JANE CORRY

Der Garten über dem Meer

Buch

Devon 1866: Die Mutter der kleinen Mary Rose Marchmont liegt im Sterben und schenkt ihrer Tochter einen mit Rubinen besetzten Ring. Er soll dem Mädchen Kraft und Trost schenken – doch gerät er in falsche Hände, kann er schlimmes Unglück bringen. Aber als Mary Roses Vater Ralph sich kurz darauf in ihre Gouvernante verliebt und dieser zur Verlobung den Rubinring ansteckt, nimmt ein schreckliches Unglück seinen Lauf.

Etwa 150 Jahre später: Als die junge Laura Marchmont in der Vergangenheit ihrer verstorbenen Großmutter stöbert, bekommt Lauras scheinbar perfektes Leben an der malerischen Steilküste Südenglands Risse …

Autor

Die studierte Anglistin Jane Corry hat für Medien wie The Times, The Daily Telegraph, The Daily Mail und Woman gearbeitet. Sie ist Mutter von drei Kindern und lebt mit ihrem Mann an der Küste im südenglischen Devon. In dieser Gegend spielen auch ihre spannenden Familienromane.

Außerdem von Jane Corry bei Blanvalet lieferbar:

Perlentöchter (38081)

Jane Corry

Der Garten über dem Meer

Roman

Aus dem Englischen
von Claudia Geng

blanvalet

FSC
www.fsc.org
MIX
Papier aus verantwortungsvollen Quellen
FSC® C014496

Verlagsgruppe Random House FSC® N001967

3. Auflage
Taschenbuchausgabe März 2016 bei Blanvalet, einem Unternehmen der Verlagsgruppe Random House GmbH,
Neumarkter Str. 28, 81673 München

Originaltitel des Romans: »The Ruby Ring«

Umschlaggestaltung: www.buerosued.de
Umschlagmotiv: Arcangel Images/Jill Battaglia
JB · Herstellung: wag
Druck und Einband: GGP Media GmbH, Pößneck
Printed in Germany
ISBN: 978-3-7341-0220-2
www.blanvalet.de

Mary Rose Marchmont

1866

1

Schritte. Sie konnte Schritte hören, die die breite alte Holztreppe neben ihrem Zimmer hocheilten. Nicht den schmalen Hinteraufgang, den die Dienerschaft hinauf- und hinunterhastete, sondern die offizielle Treppe – mit dem eleganten Bogen auf halber Strecke und dem kunstvoll geschnitzten Geländer, das von Früchten und brüllenden Tierköpfen strotzte –, die nur von der Familie und von Besuchern und, in jüngerer Zeit, von dem Doktor benutzt wurde.

War es der Doktor? War *es* endlich so weit?

Steif vor Anspannung lag Mary Rose Marchmont auf ihrem Bett und lauschte so angestrengt, dass ihr vor lauter Konzentration die Ohren klingelten. »Es wird nicht mehr lange dauern«, hatte Mama gesagt, als Mary Rose zu ihr in das riesige Bett mit den vier hohen Eckpfosten und dem seidenen Himmel kletterte, der aus Stoff gemacht war, so weich, dass er an eine Wolke erinnerte. Das war gleich nach der Epiphaniasnacht gewesen, als die Weihnachtsdekoration entfernt wurde und die Januarwinde aufkamen. Das Geräusch der Wellen, die draußen gegen die Klippen rollten, war durch die klappernden Fensterscheiben zu hören und machte es schwer, sich im Haus Gehör zu verschaffen.

»Nicht mehr lange«, hatte Mama mit ihrer sanften Stimme wiederholt, die immer klang, als würde sie zugleich singen,

»und du hast endlich ein Brüderchen oder Schwesterchen zu deinem Zeitvertreib.« Dann hatte sie Mary Rose sanft auf die Wange geküsst. »Aber du wirst für mich immer etwas Besonderes sein, weil du meine Erstgeborene bist. Vergiss das nicht.«

Gleich darauf hatte die neue Haushälterin – eine strenge große Frau mit wachen schwarzen Augen, die auf den Namen Mrs. Hasberry hörte und nicht so freundlich war wie ihre Vorgängerin, die sich aufgrund ihrer schweren Gicht zur Ruhe gesetzt hatte – scharf an die Tür geklopft, bevor sie mit frischer Bettwäsche für ihre Mutter hereinmarschierte. In der Tat, die alten Laken waren so feucht geschwitzt, dass Mary Rose, als sie widerstrebend aus dem Bett kletterte, dunkle Flecken auf ihrem blauen Seidenkleid entdeckte.

Das war vor fünf Tagen gewesen. Seitdem schien es, als wäre sie von allen vergessen worden mit Ausnahme von Annie, dem kleinen Dienstmädchen mit dem runden Mondgesicht und dem seltsamen rechten Auge, das über einen hinwegsah, wenn man mit ihr sprach. Es hieß, ihr Auge sei schief, weil ihre Mutter sie während eines Unwetters zur Welt gebracht hatte. Natürlich empfand Mary Rose Mitleid, aber gleichzeitig konnte sie nicht aufhören, auf das Auge zu starren.

»Ihr Papa sagt, Sie sollen auf Ihrem Zimmer bleiben«, hatte Annie heute Abend wichtigtuerisch verkündet, als sie Mary Rose' Zimmer mit einer Schüssel dampfender Hammelsuppe betrat, der eine Portion Hasenragout folgte. »Es ist zu viel Tumult.«

»Warum?«, hatte Mary Rose verdutzt gefragt. »Warum kann ich nicht zu meiner Mutter gehen wie sonst immer?«

Annies rechtes Auge hatte sich daraufhin sogar noch höher in Richtung Decke geschoben. Während Mary Rose ihm mit dem Blick folgte, wurde ihr Hals immer länger. »Sie hat das Fieber«, erwiderte Annie.

Das Fieber? Aber ihre Mutter war nicht krank. Vielmehr erwartete sie ein Baby! Sie hatte wieder und wieder mit Mary Rose darüber gesprochen, in gedämpftem Ton, weil, wie Mama sagte, dies nicht die Art von Konversation war, in der sich eine Dame »ergehen« sollte. Denn eine Dame zu sein, das hatte Mary Rose im Laufe der Jahre gelernt, war von höchster Wichtigkeit, selbst wenn Papa sein Vermögen durch »Handel« gemacht hatte; ein Wort, das immer nur flüsternd ausgesprochen wurde, in einem Ton, der mehrere Noten tiefer lag als der restliche Satz.

»Und warum ist das kein angemessenes Konversationsthema?«, hatte Mary Rose einmal gefragt, während sie eine kupferrote Haarsträhne um ihren Finger wickelte, was sie immer tat, wenn sie nervös war.

Daraufhin war ihre Mutter leicht errötet. »Weil eine Niederkunft eine private Angelegenheit ist.«

Ah! Das war ein Wort, das Mary Rose kannte. Und das wiederum war ausschließlich der Frau des Reverends zu verdanken. Als diese nämlich im Jahr davor mehrere Sonntage in Folge der Kirche ferngeblieben war, waren Gerüchte über mysteriöse »andere Umstände« aufgekommen, die zu ihrer »Niederkunft« führten.

Ihr geliebter Papa lobte Mary Rose oft für ihren Wortschatz und hatte erklärt, dass sie sich für »ein Kind von gerade einmal elf Jahren« rasch neue Begriffe einprägte. Und so, als die Frau des Reverends sich wieder in der Kirche zeigte, einen rotgesichtigen brüllenden Säugling im Arm, war Mary Rose verblüfft gewesen und zugleich stolz über das Wissen, das sie gerade erworben hatte.

Als ihre Mutter ihr eröffnete, dass auch sie »in anderen Umständen« sei, hatte Mary Rose daher genau gewusst, was zu erwarten war. »Ich wünsche mir schon so lange einen Bruder oder eine Schwester«, hatte sie erwidert und ihre Mutter fest umarmt. »Danke! Danke!« Nun, während Mary Rose sich auf die Fensterbank in ihrem Zimmer setzte, von der aus man auf das Meer blickte, die leere Suppenschüssel vor sich, juckte es sie, die Treppe zu ihrer Mutter hochzulaufen und zu sehen, ob das versprochene Baby endlich angekommen war. Rasch. Jetzt. Bevor jemand kam, um nach ihr zu schauen, beispielsweise der Hausdiener oder die Haushälterin oder das Küchenmädchen oder die Gouvernante, die sie sich hin und wieder mit Letitia aus dem Hause Mills teilte.

Mary Rose spähte vorsichtig aus ihrem Zimmer, konnte aber niemanden entdecken. Das war ihre Chance! Sie streifte ihre Schuhe ab, um weniger Lärm zu machen, und sauste die Brüstung entlang, vorbei an dem Zimmer, in dem ihre Tante Sophia immer nächtigte, wenn sie zu Besuch kam, vorbei an dem erwartungsfrohen Kinderzimmer, das mit einer handbemalten rosa-blauen Tapete frisch renoviert worden war, dann die zweite Treppe hoch, vorbei an dem Zimmer ihres Vaters mit dem großen Mahagonibett und dem aufwendigen Sekretär, und weiter zum Boudoir ihrer Mutter.

Aber während sie sich der Tür näherte, wurde diese unerwartet aufgestoßen. Es gelang Mary Rose gerade noch rechtzeitig, in das Zimmer ihres Vaters abzutauchen und sich dort zu verstecken, während draußen Schritte – die genauso klangen wie jene, die sie zuvor gehört hatte – vorbeigingen, im Takt mit dem gleichmäßigen, gemessenen Gang ihres Vaters.

Die Stimmen klangen gedämpft und dringlich (es war der Doktor!), aber dennoch schnappte sie ein paar Worte auf. »Kindbettfieber. Brandy und Canapé. Kritisch.«

Mary Rose' Brust schnürte sich zusammen. Mama war zuvor schon krank gewesen, als frühere versprochene Brüder und Schwestern dann doch nicht gekommen waren. Aber sie hatte sich immer davon erholt und war danach wieder ganz die Alte gewesen. Bestimmt würde es dieses Mal auch so sein? Mit trockenem Mund wartete Mary Rose, bis die Schritte treppabwärts verklungen waren, und schlich dann auf Zehenspitzen zum Zimmer ihrer Mutter.

Was? Mary Rose blieb wie angewurzelt im Türrahmen stehen, sprachlos. Was hatten sie mit ihrer Mutter gemacht? Sie war nur noch ein Schatten ihrer selbst – und so blass! Ein furchtbarer Laut entwich Mary Rose' Lippen; er erinnerte sie an die armen Kühe, die auf den Hügeln schrien, wenn man ihnen ihre Kälber wegnahm. Dann streckten sich ihr zwei dünne Arme entgegen. »Meine Tochter.« Die Stimme war so schwach, dass sie sie kaum verstehen konnte. »Bitte, komm zu mir.«

Ohne wirklich zu wollen, aber zugleich mit dem Gefühl, dass sie sollte, näherte Mary Rose sich zaghaft. »Näher«, hauchte die Stimme. »Näher.«

Es war schrecklich. Diese Frau hier hatte keinerlei Ähnlichkeit mit ihrer Mutter. Sie roch anders. Ihre Augen waren wild und unruhig. Und ihre Haare tropften, als wäre sie draußen im Meer geschwommen. »Vergiss nie, dass ich dich liebe, meine Tochter.«

Jedes Wort klang, als wäre es erzwungen, und Mary Rose musste sich anstrengen, um alles zu verstehen. »Vergiss … das … Lachen … nicht … wenn … ich … nicht … mehr … bin.«

Lachen? Mama lachte immer. Das war laut Papa einer der Gründe, warum er sich in sie verliebt hatte. Es herrschte allgemeine Übereinstimmung darüber, dass Mary Rose die Heiterkeit und Begeisterungsfähigkeit ihrer Mutter geerbt hatte. Mit ihrer wilden roten keltischen Mähne und den Sommersprossen, die sich weigerten zu verblassen, egal, wie oft sie mit

Zitronensaft darüberrieb, kam sie äußerlich jedoch ganz nach ihrem Vater.

Einige herrliche Sekunden lang dachte Mary Rose an all die Momente zurück, in denen sie und ihre Mutter im Laufe der Jahre gemeinsam gelacht hatten. Wenn sie im Garten gesessen hatten, unter der gewaltigen Zeder, die sich wie eine riesige grüne Hand über ihnen spannte und ihnen Schatten spendete wie ein Sonnenschirm. Wenn sie gemeinsam am Strand entlangspaziert waren, Hand in Hand, und über die feuchten, rutschigen Steine balancierten oder sich bückten, um Muscheln von den Felsen zu schälen. Wenn sie sich gegenseitig herausgefordert hatten, in die Wellen hinein- und wieder hinauszulaufen. Wenn ihre Mutter ihr am Abend diese langen widerspenstigen roten Haare gebürstet hatte und ihr nebenbei Geschichten erzählte.

Und was für Geschichten das waren! Sie stammten alle aus Mamas Kindheit, als sie in ebendiesem Haus am Rand der Steilklippe – daher der Name Seamouth House – aufgewachsen war, mit Blick auf die Wellen, die unten gegen die Felsen schlugen. »Gab es hier damals auch Esel?«, fragte Mary Rose dann. Obwohl sie die Antwort kannte, war es tröstend, sie immer wieder aufs Neue zu hören, so wie es tröstend war, den Rubinring an der linken Hand ihrer Mutter zu drehen, zuerst in die eine Richtung, dann in die andere, während sie den Erzählungen lauschte.

Ja, erwiderte ihre Mutter dann lachend, es gab Esel. In jenen Tagen wurden sie gebraucht, um den schweren Kalkstein die Steilklippe hoch zur Straße zu transportieren, wo er abgeholt wurde, um damit Häuser zu bauen.

»Erzähl mir von dem Ring«, bat Mary Rose dann. Daraufhin bekam ihre Mutter immer einen verträumten Blick und hielt mit dem Kämmen inne, was eine Erleichterung war, da Mary

Rose' Haare sich grundsätzlich verknoteten, was auch immer Mama damit anstellte. »Der Ring gehörte meiner Mutter und davor ihrer Mutter.« Mama blickte dabei auf die perfekt geformte Reihe aus funkelnden Steinen, eingefasst in einen schmalen Goldring. »Eines Tages, Mary Rose, wird dieser Ring dir gehören. Er wird dich für immer beschützen.«

Sie umklammerte Mary Rose' Arm, als würde sie sich plötzlich fürchten. »Aber wenn der Ring in die falschen Hände gelangt, wird der Dieb keinen Frieden finden, und die rechtmäßige Besitzerin wird nicht länger vor Unheil in ihrem Leben gefeit sein. Dann wird ein Fluch auf unserer Familie lasten! Darum ist es deine Pflicht, auf ihn achtzugeben, so wie ich es getan habe.«

Mary Rose durchrieselte ein kalter Schauer, denn wenn sie den Ring erhielt, bedeutete das, dass Mama nicht mehr am Leben sein würde, um ihn zu tragen. Aber gleichzeitig sehnte sie sich danach, das schmale Schmuckstück aus Gold mit der glitzernden Sternenreihe an ihrem Finger zu spüren. Es war so hübsch. Und es schien nach ihr zu rufen.

Nun, als sie sich auf das Bett mit dem Wolkenhimmel setzte, sah sie, dass der Ring beinahe von Mamas Finger rutschte, der dünn und knochig geworden war. »Nimm ihn.« Die Stimme klang schwach und rasselnd, aber gleichzeitig auch gebieterisch. »Nimm meinen Ring. Trage ihn jeden Tag und denke an mich, wenn ich heimgegangen bin.«

Heimgegangen? Das war die Sprache des Todes. Mary Rose überkam ein Frösteln, und sie zitterte. Plötzlich hatte sie das Bedürfnis wegzulaufen, sich von dieser Frau zu entfernen, die zwar ihre Mutter war und doch auch wieder nicht. Sie rappelte sich vom Bett hoch und wandte sich zur Tür, gerade als ihr Vater zurückkehrte, gefolgt von einer Frau, die eine steife weiße Haube und eine Schürze trug. »Mary Rose«, rief er, aber nicht auf seine übliche freundliche Art. »Was hast du hier zu suchen?«

Ihre Stimme kam leise und stockend heraus. »Ich musste mit meiner Mutter sprechen.« Bei ihrer Antwort wurde der Blick ihres Vaters weicher, und sein Schnurrbart zitterte leicht. »Natürlich«, sagte er in einem sanfteren Ton. »Schwester, warum haben Sie meine Frau unbeaufsichtigt gelassen?«

»Ich habe Medizin besorgt, Sir.« Dann stieß die Schwester ein leises Geräusch aus, ähnlich einem Keuchen oder einem Hickser. »Mr. Marchmont. Bitte, kommen Sie.«

Mary Rose wandte sich um, und schockiert bemerkte sie, dass die Augen ihrer Mutter die Decke fixierten, so wie Annies rechtes Auge das immer tat. Aber irgendetwas war anders. Beide Augen starrten in dieselbe Richtung, und statt sich zu bewegen, blieben sie steif und starr.

Gleichzeitig ertönte ein Schrei aus tiefer Kehle, der die Luft mit solch einem Terror durchdrang, dass Mary Rose' Haut zu prickeln begann, als würde sie in Flammen stehen oder im Schnee erfrieren oder beides zugleich. Entsetzt wurde sie gewahr, dass der Laut von ihrem Vater kam, der nun vor dem Bett auf die Knie fiel und mit den Fäusten gegen einen der Eckpfosten drosch.

»Pass auf, Papa!«, hörte sie sich rufen. »Du wirst Mama noch verletzen!«

Währenddessen marschierte Mrs. Hasberry, die Haushälterin, in das Zimmer und verzog das Gesicht vor Unmut. »Wer hat dieses Kind hier reingelassen? Annie! Bring Miss Mary Rose auf ihr Zimmer. Hörst du mich?«

Widerwillig erlaubte Mary Rose dem Dienstmädchen zu tun, wie ihm befohlen war. Aber kaum war Annie gegangen, klopfte es heftig an die Fensterscheibe. Wer war das? War ihre Mutter – Gott bewahre – gestorben? War das ihr Geist, der versuchte hereinzukommen? Falls ja, musste Mary Rose ihn sehen! Zum Trost!

Fieberhaft kämpfte sie mit den schweren bordeauxroten Vorhängen, um diese einen Spaltbreit aufzuziehen, aber alles, was sie sehen konnte, war der Leuchtturm, der ihr von den Klippen im Osten zuzwinkerte. »Das war der Wind«, sagte sie sich entschlossen, während sie die Angstgräte in ihrem Hals ignorierte. »Das war bloß der Wind.«

Dann glitt ihre Hand geräuschlos in ihre Tasche und brachte den Ring zum Vorschein, den ihre Mutter ihr vor weniger als einer Stunde gegeben hatte. Mary Rose ahnte instinktiv, dass es nun kein Brüderchen oder Schwesterchen geben würde. Ihr Bauchgefühl sagte ihr, dass die glasigen Augen ihrer Mutter bedeuteten, dass sie in das Land ihrer Vorfahren mit den Eseln und den alten Geschichten hinübergegangen war. Die einzige Verbindung zu ihr war nun diese Reihe von Rubinen in ihrem perfekten Ring aus Gold.

»Ich werde auf den Ring achtgeben, Mama«, schwor Mary Rose laut, mit vor Entschlossenheit bebender Stimme, trotz ihrer Trauer. »Ich schwöre bei meinem Leben, dass ich mein Versprechen halten werde. So wird immer ein Teil von dir nah bei mir sein.«

2

Was für ein herrlicher Tag! Der Horizont war mit Apricot bespritzt, und ihr Zimmer, das nach Süden zeigte, war in das Morgenlicht getaucht, das durch das Fenster strömte.

Mary Rose streckte sich wohlig in ihrem Bett. Es war fast Zeit für ihren üblichen Morgenspaziergang am Strand mit Mama. Gemeinsam, Arm in Arm, stapften sie immer barfuß durch den feuchten Sand, während sie ihre Rocksäume anhoben, damit diese nicht schmutzig wurden, und blieben hin und wieder kurz stehen, um eine Muschel aufzuheben, die ihnen gefiel.

Aber dann fiel es Mary Rose blitzartig wieder ein. Die Augen ihrer Mutter, an die Decke geheftet. Glasig. Leer. »Steh auf«, drängte Mamas Stimme in ihrem Kopf. »Steh auf und finde heraus, ob es wirklich passiert ist oder ob es nur wieder eines deiner Hirngespinste ist.«

Es stimmte, dass Mary Rose sich oft Dinge einbildete, dabei aber fest davon überzeugt war, dass sie wahr waren. »Das kommt daher, dass du eine geborene Geschichtenerzählerin bist«, sagte ihre Mutter einmal anerkennend. »Das liegt in der Familie.«

Trotzdem, wenn die gestrigen Ereignisse nur in ihrem Kopf stattgefunden hatten, wie konnte der Ring dann jetzt neben ihr auf der Matratze liegen? Sie musste damit eingeschlafen sein, das Schmuckstück sicher in ihrer Hand verschlossen. Aber vielleicht – nur vielleicht –, falls es doch magische Kräfte besaß, war Mama noch am Leben!

Den kostbaren Ring fest umklammert, schlich Mary Rose auf Zehenspitzen aus ihrem Zimmer und verharrte kurz am Treppenabsatz, um zu horchen. Nicht ein Geräusch. Nicht einmal der übliche leise Hall von Betriebsamkeit unten im Quartier der Dienerschaft, wo normalerweise um diese Zeit das Frühstück vorbereitet wurde.

Wie bereits gestern huschte Mary Rose am Kinderzimmer vorbei. Es war nach wie vor leer. Im Obergeschoss war die Tür zum Zimmer ihres Vaters geschlossen, aber die ihrer Mutter stand leicht offen. »Mach, dass sie lächelt und sich aufsetzt«, sagte sie zu dem Ring, der sich von Sekunde zu Sekunde stärker in ihrer Hand erwärmte.

Aber das Bett war leer, und die Decken waren zusammengefaltet, sodass es aussah, als hätte nie jemand darin gelegen.

Plötzlich wurde Mary Rose von einer überwältigenden Furcht ergriffen. »Mama!«, rief sie, während sie aus dem Zimmer rannte und weiter durch den Flur zur Treppe und hinunter ins Erdgeschoss. Auf ihrem Weg zum Morgenzimmer registrierte sie, dass scheinbar alles war wie immer. Die schweren Eichenkommoden, der Kartentisch, der sich auffalten ließ wie ein Blatt Papier, das Pianoforte aus Walnussholz in der Ecke, der Ofenschirm aus Seide, der auf einer Seite des Kamins stand, in dem ein Feuer brannte, die dunkelrote Samtchaiselongue, das Porträt unserer ehrwürdigen Königin in dem schweren Goldrahmen über dem Kamin, die Porzellanteller und die rosaroten Vasen, die dunkel oder hell aussehen konnten, je nachdem, wie das Licht darauffiel. Wenn Mama gestorben wäre, würde das alles hier doch sicher anders aussehen, oder nicht?

Vielleicht, kam Mary Rose plötzlich in den Sinn, war ihre Mutter im Musikzimmer. Oder draußen, um ihren kostbaren Kräutergarten zu begutachten. Vielleicht war sie auch in der Küche, um der Köchin Anweisungen zu geben …

»Mein liebes Kind!«

Mary Rose wirbelte herum und sah sich ihrem Vater gegenüber. Sie fand schon immer, dass Papa ein schöner Mann war mit seinem feuerroten Schnurrbart und der leicht gebogenen Nase. Letztere würde streng wirken, wären da nicht seine funkelnden Augen, die die Angewohnheit hatten, den Blick ihres Gegenübers zu fixieren, als würden sie keine andere Person wahrnehmen.

Heute Morgen waren Papas Augen jedoch gerötet, als hätte er geweint, und die Haut darunter war zerknittert wie das Material des italienischen Fächers, den Tante Sophia ihr geschenkt hatte.

»Wo ist Mama?«, keuchte sie. Aber statt zu antworten, legte Papa nur die Arme um sie und drückte sie kurz an sich, bevor er sie wieder losließ. Dabei sah sie, dass seine Augen nicht nur rot waren. Sie waren auch feucht. »Sie ist zu den Engeln gegangen.« Er kniete nieder, sodass ihre Gesichter auf einer Höhe waren. »Sie wird gerade im Salon aufgebahrt.«

Die Worte jagten Mary Rose einen Schauer über den Rücken. Sie hatte im vergangenen Jahr die alte Lady Romer besucht, als man diese aufgebahrt hatte. Es war eine Furcht einflößende Erfahrung gewesen, die Mary Rose selbst jetzt noch zum Zittern brachte, während sie daran zurückdachte, wie ihre Mutter tröstend ihre Hand gehalten hatte und ihr auftrug, einen Knicks zu machen vor der wächsernen bleichen Gestalt, die in einem offenen Sarg lag.

»Dann ist sie tot?« Mary Rose' Finger schlossen sich enger um den Ring und drückten ihn verstohlen. Der Umstand, dass er noch vor kurzem am Finger ihrer Mutter gewesen war, spendete ihr Trost. »Sie ist wirklich tot?«

Tränen rannen über die Wangen ihres Vaters, während er nickte.

»Und mein Brüderchen oder Schwesterchen?«

Ihr Vater schüttelte den Kopf.

Eigentlich hätte sie in Tränen ausbrechen sollen. Mary Rose wusste das. Und sie wollte es auch. Wie gerne sie es wollte! Aber aus irgendeinem Grund kamen die Tränen einfach nicht.

Dann richtete ihr Vater sich wieder auf und sprach in seinem wunderbaren tiefen Bass mit dem singenden Tonfall, der aus einem Gebiet namens Wales stammte, viele Stunden von hier entfernt. »Mary Rose, ich muss dich etwas fragen.«

Seine Stimme nahm wieder einen heiseren Klang an, und ihr Herz fühlte mit ihm. Wäre sie größer gewesen, hätte sie sich auf die Zehenspitzen gestellt und seine Tränen getrocknet. »Du warst bei deiner Mutter, als es dem Ende zuging. Hast du gesehen, ob sie ihren Ring trug?«

Die Frage, so dicht auf den Fersen ihrer Trauer, traf Mary Rose unvorbereitet. Ja, hätte sie beinahe geantwortet. Er ist hier. Fest umschlossen in meiner rechten Hand, damit ihn niemand sehen kann. Mama hat ihn mir gegeben, damit ich ihn verwahre, bis ich älter bin und vermählt. Aber bis dahin soll ich darauf aufpassen, und er wird mich beschützen.

Stattdessen ertappte sie sich dabei, dass ihr andere Worte aus dem Mund rutschten, als hätten sie ihren eigenen Willen. Worte, die sie nicht beabsichtigte. »Nein, Papa. Ich habe ihn nicht gesehen.«

Daraufhin wurde sein Gesicht noch trauriger, und Mary Rose hätte am liebsten die Lüge sofort zurückgenommen. Sie zurückgerissen. »Ich dachte es mir«, sagte er sanft, bevor sie etwas hinzufügen konnte. »Nun komm. Sie werden inzwischen fertig sein. Lass uns deiner Mutter die letzte Ehre erweisen.«

Er bot ihr seinen rechten Arm, aber Mary Rose zögerte. Dies war der Zeitpunkt, um die Wahrheit zu sagen. Doch stattdessen hakte sie sich bei ihm ein, ihre Finger fest um den Ring geklammert, und ging mit ihm hinüber in den Salon. Ihre Mutter lag dort in einem offenen Sarg. Aber wie sah sie aus!

Ihre Haut hatte einen seltsam cremefarbenen Ton statt der üblichen rosig gesunden Farbe. Sie trug ein schwarzes Seidenkleid, dabei war Hellblau ihre Lieblingsfarbe. Und ihre Augen waren geschlossen.

Mary Rose ballte die rechte Faust so fest, dass der verborgene Ring in ihr Fleisch bohrte. »Mach, dass sie atmet«, befahl sie ihm stumm. »Mach, dass sie atmet!«

Aber Mama rührte sich nicht. Aus irgendeinem Grund funktionierte der magische Ring nicht. Dieses Mal kamen die Tränen wirklich – heiß und schwer über Mary Rose' Wangen –, aber sie entsprangen eher bitterer Enttäuschung als Trauer.

»Ruhig, mein Kind«, sagte Papa, der sie sicher in den Armen hielt. Währenddessen hörte man draußen im Hof das Klappern von Pferdehufen. »Das ist deine Tante Sophia«, erklärte ihr Vater mit einer Spur von Besorgnis in der Stimme. »Sie ist mit deinem Cousin Henry eingetroffen.«

Zu jeder anderen Zeit wäre Mary Rose davongelaufen und hätte sich versteckt, wie sie das oft tat, wenn Henry zu Besuch kam. Er war ein arroganter Junge, der nie mit ihr spielen oder Konversation betreiben wollte. Aber nun gab es kein Entkommen. Es war zu spät, denn gleich darauf hörte sie das Rascheln von Seide in den Salon rauschen.

»Ralph.« Die außergewöhnlich große Frau mit dem breiten schwarzen Hut, an dem eine Straußenfeder steckte, neigte den Kopf. Mary Rose hatte nicht viel übrig für ihre verwitwete

Tante mit der schmalen hakenförmigen Nase und dem hochmütigen tiefen Tonfall, der mehr der Stimme eines Mannes ähnelte als der einer Dame.

»Nichte, ich bete für dich in dieser traurigen Zeit.« Sie musterte Mary Rose streng, als hätte diese den Tod ihrer Mutter verschuldet. Dann wandte Tante Sophia sich von ihr ab. »Und, Ralph, hast du den Ring gefunden?«

Ihr Vater schüttelte den Kopf. Das war ihre Chance, dachte Mary Rose benommen. Das war der Zeitpunkt, um ihnen die Wahrheit zu sagen. Aber ein Blick in das strenge Gesicht ihrer Tante brachte sie ins Wanken. Sicher war es besser, einen ruhigen Moment mit ihrem Vater abzuwarten und ihm unter vier Augen die Wahrheit zu sagen.

Die Beisetzung sollte in drei Tagen stattfinden. Es schien einfach nicht möglich! Worte wie »Beisetzung« und »Tod« gehörten zu anderen Leuten wie der runzeligen alten Lady Romer, aber doch nicht zu Mama, deren Haut so weich war wie die Rosenblätter im Garten.

»Meine liebe Tochter, ich fürchte, wir müssen die Wahrheit akzeptieren«, sagte Papa bekümmert. »Aber wir zwei haben immer noch uns, nicht wahr?«

Das war richtig, und Mary Rose wusste, dass ihre Mutter von ihr erwarten würde, dass sie Papa tröstete und ihm in seiner Trauer beistand. Aber in dieses Wissen mischte sich Schuld. Ihr Vater sprach jeden auf den Ring an, und je länger Mary Rose sich zurückhielt, desto mehr Ausreden erfand sie in ihrem Kopf, um ihre Beichte hinauszuzögern. »Wenn ich sage, dass Mama mir den Ring anvertraut hat, wird man mir vielleicht nicht glauben«, überlegte sie bang.

Aus Angst, der Ring könnte entdeckt werden, nähte Mary Rose ihn in den Saum ihres rechten Ärmels ein. Abends nahm sie ihn heraus, um ihn zu halten, aber statt sich kühl anzufühlen, glühte er nun auf ihrem Handteller. Manchmal hatte sie das Bedürfnis, sich Annie anzuvertrauen, die ihr tagsüber wie ein besorgtes Hündchen folgte.

Aber wenn sie das täte, würde das Mädchen sie womöglich verraten! »Ich bin noch nicht bereit, den Ring aufzugeben«, sagte sie sich. »Außerdem hat Mama gesagt, dass ich ihn für sie in meine Obhut nehmen soll.«

Unterdessen war Mrs. Deedes vom Stoffgeschäft in der Stadt zum Seamouth House bestellt worden, um Mary Rose' Trauerkleidung anzupassen. Mary Rose kam es so sonderbar vor, sich in Schwarz zu hüllen, wo Mama doch helle Farben geliebt hatte. »Weinen nützt nichts«, sagte Tante Sophia in einem barschen Ton, als sie in Mary Rose' Zimmer kam, um ihr Kleid zu begutachten. »Was vorbei ist, ist vorbei. Ich erzähle deinem Vater schon seit Jahren, dass er dich nicht mehr wie ein Kind behandeln soll.«

Dann warf sie einen missbilligenden Blick auf Mary Rose' Mähne. »Bitte, sag deinem Mädchen, es soll sich um deine Frisur kümmern.« Sie stieß ein Seufzen aus. »Ich halte nichts von dieser neumodischen Sitte, dass Frauen an Begräbnissen teilnehmen dürfen, aber dein Vater besteht auf unserer Anwesenheit. Nun komm. Wir haben viel zu tun.«

Es gab keine Gelegenheit für einen ruhigen Moment mit Papa. Er brach mit der ersten Kutsche auf, die von vier gewaltigen schwarzen Rössern mit Federschmuck gezogen wurde. Mary Rose folgte in der nächsten, zusammen mit ihrer Tante und ihrem Cousin. Nichts von alldem hier fühlte sich real an, dachte sie, während sie wie betäubt aus dem Fenster auf die hügeligen Felder starrte, die steil zu dem aufgewühlten Meer abfielen.

Sie war nervös, weil sie kurz vor dem Aufbruch den Ring an

ihren linken Ringfinger gesteckt hatte. Es schien ihr richtig, ihn für das Begräbnis »herauszulassen«, und außerdem verbarg der schwarze Handschuh ihn vor fremden Blicken. Das Gold begann nun, sich zu erwärmen, und während die Kutsche weiter voranrumpelte, spürte Mary Rose die tröstende Wärme in ihren Finger sickern. »Sei glücklich«, flüsterte die Stimme ihrer Mutter in ihrem Kopf. »Ich bin immer bei dir.«

Mary Rose lächelte schwach und fing dabei den Blick ihrer Tante Sophia auf, die ihr in ihrer üppigen schwarzen Seide gegenübersaß, die bei jeder Bewegung raschelte. Die Miene ihrer Tante drückte tiefe Missbilligung aus. »Ein Lächeln«, bemerkte sie scharf, »ist auf einer Trauerfeier nicht angemessen. Beherrsche dich gefälligst. Du bist eine Marchmont. Wir sind aus härterem Stoff gemacht. Denk immer an deinen Rang.«

Widerwillig gehorchte Mary Rose und zwang sich, ihre Gedanken auf das zu lenken, was sie gleich erwartete. Mama würde in der Kathedrale von Exeter beigesetzt werden, ungefähr fünfzehn Meilen entfernt, statt in der hübschen Pfarrkirche von Seamouth. Das war, sagte ihre Tante, »auf die gesellschaftliche Stellung deines Vaters zurückzuführen«.

Die restliche Fahrt verlief schweigend, während sich die Kutsche die Hügel hinaufmühte und wieder hinunter in Richtung Stadt. Mary Rose schaute aus dem Fenster und beobachtete, wie die Arbeiterhütten hinter ihnen kleiner wurden, zusammen mit den Männern, die ihre grauen Dockermützen abgenommen hatten, und den Frauen, die ihre kleinen Kinder an der Hand hielten, die Münder staunend aufgerissen. Sie bemitleideten sie! Dabei hatte Mary Rose ihr ganzes Leben lang *sie* bemitleidet.

Schließlich hielten sie auf dem Kopfsteinpflaster vor der prächtigen Kathedrale mit ihren taubengrauen Engeln aus Stein, die über dem massiven Holzportal in die Fassade eingebettet waren. Mary Rose ertappte sich bei der belanglosen Frage, wie der Steinmetz wohl dort hochgekommen war, um sie herauszumeißeln. Hatte er ein hohes Treppengerüst benutzt wie das eine in der Nähe von Seamouth House, das hinunter zum Meer führte?

Als sie die Kathedrale betraten, starrte Mary Rose zu den weißen Arkadenbogen und dem gewaltigen Rippengewölbe empor, wofür sie den Kopf in den Nacken legen musste. Sie wünschte sich von ganzem Herzen, dass ihre Mutter ihre restlichen Tage nicht in diesem kalten prunkvollen Mausoleum verbringen würde. Es ähnelte eher einem leeren Palast aus einem Märchenbuch als einer letzten warmen Ruhestätte.

Ihr Vater, der nun neben ihr erschien, warf ihr einen sanft tadelnden Blick zu, als wüsste er, was sie gerade dachte. Beschämt ergriff sie seinen Arm zum Trost. Die Kirchenbänke waren brechend voll! Viele Gesichter waren ihr fremd, aber es waren auch Händler aus der Stadt gekommen, ebenso der Bürgermeister und Männer aus dem Steinbruch, die Mary Rose wiedererkannte. Alle starrten sie mit einer Mischung aus Mitleid und Neugier an, sodass sie froh war über den schwarzen Spitzenschleier vor ihrem Gesicht, hinter dem sie ihre Gefühle verbergen konnte.

»Armes Kind«, hörte sie jemanden raunen. »Viel zu jung, um seine Mutter zu verlieren.« Die Worte kamen ihr unwirklich vor, als würden sie jemand anders betreffen und nicht sie. Außerdem war sie kein Kind mehr. Sie war fast eine Frau!

Ein kleiner Mann, der ein langes schwarzes talarähnliches Gewand trug, geleitete sie zur vordersten Reihe, nahe den Plätzen, die von der neuen Lady Romer und ihrem Sohn besetzt wurden. Beide blickten starr geradeaus, als wäre niemand hier außer ihnen selbst. Mary Rose war froh darüber, dankbar, nicht noch mehr aufdringliche Blicke zu ernten. Die Kälte im Raum durchdrang sie bis auf die Knochen, während sie an den kunstvollen Säulen emporblickte. Was war dort oben, zwischen den Gewölberippen? Ein Schmetterling? Im Winter?

Gebannt beobachtete sie die weiße Kreatur, die umherschwirrte und sich im Flug immer wieder fallen ließ, als wollte sie Mary Rose' Aufmerksamkeit erringen. War es die Seele ihrer Mutter, die nach ihr rief, wie der Wind an jenem Abend, als Mama gestorben war? Um ihr zu sagen, dass alles gut werden würde? Mary Rose sprang auf und streckte die Hände empor, um zu zeigen, dass sie verstand. Aber zu ihrer Enttäuschung tauchte die Kreatur unter einer Rippe durch und verschwand dahinter.

»Setz dich, bitte«, ermahnte ihr Vater sie und griff nach ihrer linken Hand, um Mary Rose sanft wieder auf ihren Platz zu ziehen. Ein kaltes Prickeln überkam sie, als sie spürte, dass seine Hand sich über dem Ring schloss. »Was ist das?«, flüsterte er. »Mary Rose, zieh deinen Handschuh aus.«

Sie zögerte, einen Moment lang beunruhigt, als Papas Blick sich verhärtete. »Ich wiederhole, zieh deinen Handschuh aus.«

Widerstrebend fügte sie sich. Mamas herrlicher Rubinring steckte an ihrem Finger, als würde er dort hingehören. Als wäre er schon immer dort gewesen. Die Gesichtsfarbe ihres Vaters wechselte von Rot zu Weiß und wieder zurück zu Rot. In diesem Augenblick erhoben sich alle Anwesenden von ihren Bänken, da nun der Bischof von Exeter, gefolgt von mehreren Priestern, den Mittelgang durchschritt.

Mary Rose wusste, dass ihr Vater es nicht wagen würde, während der Trauerfeier mehr zu sagen. Dennoch erkannte sie an seiner Miene, dass er – der in ihrem ganzen Leben nicht ein Mal seine Stimme erhoben hatte – zutiefst enttäuscht war. Etwas sagte ihr, dass sie einen Fehler begangen hatte. Einen gewaltigen.

3

»Wie konntest du so etwas Niederträchtiges tun? Ist dir nicht bewusst, dass alle Dienstboten für dein Vergehen unter Verdacht standen? Dieser Ring gehört der Familie. Es steht dir nicht zu, ihn wie eine Art Tand zu behandeln.«

Die wütende Stimme ihrer Tante und ihre frostigen grauen Augen schnitten wie ein Tranchiermesser durch Mary Rose, sodass sie sich geradezu körperlich krank fühlte vor Selbsthass. Nachdem sie von der Trauerfeier zurückgekehrt waren, hielten sie sich nun im Morgenzimmer auf, und zweifellos hatte Papa seine Schwester über Mary Rose' Tat informiert. Tante Sophias verkniffene Miene blickte missbilligend unter dem Gasleuchter, den jemand angezündet hatte, nun, da das Tageslicht draußen allmählich verblasste.

»Meine Mutter gab mir den Ring«, versuchte Mary Rose zu erklären, aber Sophia fiel ihr wütend ins Wort.

»Du hast ihn ihr gestohlen, auf ihrem Sterbebett!«

»Nein!« Mary Rose wandte sich Hilfe suchend an ihren Vater. »Ich weiß, ich hätte dir sagen sollen, dass ich den Ring habe. Aber irgendetwas hat mich daran gehindert. Und je länger ich es verschwiegen habe, umso schwieriger wurde es, dir die Wahrheit zu sagen.« Sie fröstelte, immer noch durchgefroren von der kalten Kathedrale, obwohl im Kamin ein Feuer brannte. »Außerdem hatte ich Angst, du würdest ihn mir wegnehmen und ich würde so den letzten Teil von Mama verlieren.«

Die Miene ihres Vaters wurde nun weicher. »Ich verstehe das, mein Liebes.« Er tätschelte sanft ihre Schulter. »Trotzdem hättest du es mir sagen müssen. Es ist nicht der Wert dieses Rings, der mich beunruhigt, obwohl der wahrlich groß genug ist. Vielmehr geht es ums Prinzip. Unaufrichtigkeit ist eine Sünde, mein Kind. Eine schwerwiegende Sünde.«

Aus dem Sessel, in dem ihre Tante saß, drangen ein Fächerwedeln und das Rascheln der schwarzen Seide, als Sophia sich erhob, um sich vor ihrem Bruder und Mary Rose aufzubauen. »Ralph, ich habe genug gehört. Ich werde meine Zofe bitten, meine Koffer zu packen, und zu meiner eigenen Familie zurückkehren.« Ihr habichtähnliches Gesicht starrte Mary Rose wütend an. »Deine Tochter wurde ihr ganzes Leben lang mit zu viel Nachsicht behandelt, und nun ist sie nicht besser als eine gemeine Lügnerin. Ich hoffe, du wirst mit ihr angemessen verfahren.«

Ihr Vater wartete, bis seine Schwester den Raum verlassen hatte. »Mary Rose, du weißt, dass du dich falsch verhalten hast, aber ich kann nachvollziehen, warum.« Er klopfte gegen die Tasche seines schwarzen Gehrocks, wo der Ring sich nun befand. »Es ist meine Schuld, weil ich dich dein ganzes Leben lang ermuntert habe, dich wie ein Kind zu benehmen.«

Er blickte traurig. »Das liegt daran, dass wir keine weiteren Kinder hatten, verstehst du.« Dann hellte seine Miene sich auf. »Aber ich verspreche dir, wenn du dein mündiges Alter erreicht hast, gehört der Ring dir. In der Zwischenzeit wird es keine Unwahrheiten mehr geben. Deine Mama würde sich wünschen, dass wir beide in Harmonie zusammenleben.«

Mary Rose warf sich an die Schulter ihres Vaters. Der Ring

war fort! Er war ihr weggenommen worden! Obwohl sie ihn nur für so kurze Zeit besessen hatte, fühlte sich ihr Finger nackt an ohne ihn. Vielleicht war Papa der Fluch nicht bekannt; vielleicht war das ein Geheimnis, das Mama nur mit ihr geteilt hatte. Aber das Wichtige war, dass ihr Vater sie immer noch liebte. Eine Zeitlang, vorhin in der Kathedrale, hatte sie befürchtet, seine Zuneigung für immer verloren zu haben. Und das hätte sie nicht ertragen.

»Ich verspreche es«, sagte sie ernst, während sie ihn fest umarmte. »Ich verspreche dir, Papa, dass ich dich nie wieder belügen werde.«

Während der nächsten paar Monate nahm das Leben allmählich wieder seinen normalen Gang. Oder zumindest so normal, wie es ohne ihre Mutter sein konnte. Aus dem verzweifelten Wunsch heraus, ihre Fehleinschätzung über den Ring wiedergutzumachen, machte Mary Rose es sich zur Pflicht, ihren Vater aufzuheitern, indem sie sich lachend und singend durch das Haus bewegte, so wie Mama früher, auch wenn ihr innerlich das Herz brach.

»Man sollte meinen, das Mädchen würde mehr Respekt zeigen«, hörte sie einmal Mrs. Hasberry murmeln, aber Annie verstand Mary Rose.

»Sie möchten den Master seine Sorgen vergessen lassen«, sagte sie schleppend, als sie Mary Rose für das Dinner ankleidete, dem Mary Rose nun als die einzig verbliebene Herrin des Hauses beiwohnen durfte.

Das entsprach der Wahrheit. Mary Rose gab sich große Mühe – obwohl sie es nicht so betrachtete –, ihren Vater beim Dinner mit kleinen Anekdoten von ihrem Tag zu unterhalten. »Miss Baker nimmt mit uns gerade Afrika durch«, erzählte sie dann zum Beispiel mit Begeisterung, wenn sie ihren Morgenunterricht mit Letitia beschrieb. »Hast du gewusst, dass es dort so heiß ist, dass man auf dem Boden ein Ei braten kann?«

Dann lächelte ihr Vater, aber auf eine Art, die ihr verriet, dass er das nur ihr zuliebe tat. Also versuchte sie es erneut. »Miss Baker ist so schwerhörig, dass Letitia und ich manchmal so tun, als könnten wir sie nicht verstehen, besonders wenn sie schwierige Fragen stellt.«

»Das ist nicht sehr nett«, tadelte ihr Vater, aber sie sah, dass sein Mundwinkel zuckte.

An den Tagen, an denen die Kutsche sie nicht zu Letitia brachte, wagte Mary Rose sich hinunter in die Küche und bat die Köchin, für ihren Vater etwas Besonderes zuzubereiten. Am besten etwas, das seinen Appetit anregte.

»Wie wäre es mit eingelegten Rinderröllchen?«, schlug sie einmal vor, während sie in einer Ausgabe von *Mrs. Beeton's Book of Household Management* blätterte, das ihre Mutter immer gerne zu Rate gezogen hatte. Daraufhin nickte die Köchin verständnisvoll und erwiderte, dass Mary Rose eines Tages in ihrem eigenen Haus eine sehr gute Herrin abgeben würde, und wenn sie der Auffassung sei, dass Mr. Marchmont durch das besagte Gericht seinen Appetit wiederfinden würde, werde sie es gerne zubereiten.

Mary Rose verspürte selbst nur wenig Appetit, aber sie zwang sich, alles aufzuessen, was man ihr servierte, um ihren Vater zu ermutigen. Sie wusste, dass ihre Mutter sich genau das wünschen würde, und abgesehen davon wurde sie nach wie vor von der enttäuschten Miene ihres Vaters verfolgt, nachdem er den Ring entdeckt hatte. Sie musste das wiedergutmachen. Sie musste sein Vertrauen und seine Liebe zurückgewinnen.

Und allmählich gelang ihr das auch. Oder zumindest hatte es den Anschein. »Du machst deine Aufgabe gut«, bemerkte der Pfarrer anerkennend, als er zu Besuch kam. »Wie ich sehe, bereitest du deinem Vater gute Laune. Du hast offensichtlich ein Talent dafür, andere Menschen glücklich zu machen.« Er tätschelte Mary Rose' Schulter, und sie strahlte über das Lob. »Ein kleiner Rat von mir, mein Kind. Sorge dafür, dass dein Vater regelmäßig an die frische Luft kommt. Die Natur ist die beste Medizin, sage ich immer.«

Also machte Mary Rose ihrem Vater den Vorschlag, immer nach dem Mittagessen gemeinsam einen Spaziergang zu machen, wie sie das früher mit Mama getan hatte. Sie führte ihn zu ihren alten Lieblingsplätzen, wovon sie aber nichts erwähnte, falls es ihn zu sehr aufwühlte. Zusammen erkundeten sie kleine Felstümpel, an denen sie und ihre Mutter immer gesessen hatten. Gelegentlich stiegen sie unter viel Gelächter die lange Holztreppe hinunter, die vom Rand der Steilwand zu einem Strandabschnitt führte, an den sich nur wenige trauten.

Dort unten waren sie völlig unter sich. Sie konnten nach Muscheln suchen oder nach Napfschnecken, die die Form von Halbmonden hatten und innen dieselbe blaue Farbe wie Mamas geliebte Schwertlilien im Garten. Oft stapften Vater und Tochter gemeinsam durch den Sand, Arm in Arm, manchmal plaudernd und manchmal schweigend, während sie sich allmählich leichter taten mit den Erinnerungen an die Frau, die zwar nicht mehr leibhaftig unter ihnen weilte, aber deren Geist beständig über ihnen schwebte.

Ein volles Jahr war verstrichen, und Mary Rose wurde erklärt, dass sie ihre schwarze Trauerkleidung ablegen könne. Dies betrachtete sie persönlich mit einer gewissen Schwermut, weil es befürchten ließ, dass Mama in Vergessenheit geraten würde. Es gab weitere Veränderungen. Als Letitias Gouvernante so starke Schmerzen in den Fingern entwickelte, dass sie immer häufiger nicht mehr in der Lage war zu unterrichten, durfte Mary Rose ihren Vater in sein Büro am Steinbruch begleiten und sogar an seinem riesigen Schreibtisch aus Holz mit den tiefen Rillen in der Oberfläche sitzen, in die sie einen Bleistift stecken konnte.

Danach schlenderte sie oft an der Seite ihres Vaters, der in seinem Anzug und mit seinem Stock mit dem silbernen Knauf prächtig aussah, durch die Stadt. Wie erwachsen sie sich vorkam! Und sie achtete streng darauf, sich gerade zu halten, so wie Mama es ihr immer eingeschärft hatte. Wenn sie Kindern begegneten, die Reifen rollen ließen, hatte Mary Rose nun nicht mehr das Bedürfnis mitzuspielen. Schließlich hatte sie fast ihr zwölftes Lebensjahr vollendet. »Du bist ganz schön erwachsen geworden, wie ich sehe«, sagte Miss Lillibet im Kurzwarengeschäft, wo sie vorbeischauten, um die Bänder zu begutachten. »Ein blaues Band für deine bezaubernden roten Locken? Natürlich. Ganz wie deine liebe Mama. Sie hat genau diese Farbe bevorzugt, weißt du?«

Nach und nach schien Papas Lethargie über ihrer beider Verlust nachzulassen. Aber an ihre Stelle traten ständige Fragen. Wohin gehst du? Wer begleitet dich?

»Er erlaubt mir nicht einmal, allein an der Steilküste entlangzuspazieren«, beklagte sie sich eines Abends bei Annie.

»Der Master ist in Sorge um Sie«, erwiderte das Mädchen, während es ihr Korsett aufschnürte. »Ich habe gehört, dass Ihre Tante immer noch sehr wütend sein soll. Sie sagt, man kann Ihnen nicht vertrauen.«

Mary Rose' Gedanken schweiften ab zu der silbernen Schatulle, die oben auf Mamas Frisierkommode stand. Sie war sich sicher, dass Papa den Ring darin verwahrte. Manchmal juckte es sie in den Fingern, den Ring herauszunehmen und mit dem Daumen über die Rubine zu streichen, um sich zu vergewissern, dass ihre Mutter nicht völlig verschwunden war. Aber wenn sie das tat, würde sie einmal mehr Papas Missbilligung auf sich ziehen. Und dieses Mal würde er vielleicht nicht so verständnisvoll reagieren.

»Damit waren wir bereits durch.« Mary Rose schüttelte trotzig ihre Locken. Annie meinte es gut, aber manchmal war ihre Einfalt äußerst lästig. »Meine Mutter hat mir den Ring gegeben. Ich habe für sie nur darauf aufgepasst.«

Annies Finger zerrten mit einem unnötigen Ruck an ihrer Taille. »Das mag ja sein, Miss. Aber in diesem Haus sind Unschuldige zu Unrecht beschuldigt worden. Die Leute hier in der Gegend vergessen nicht so rasch.«

Dabei musste Mary Rose an Mrs. Hasberry denken, die sich kühl und distanziert zu ihr verhielt, obwohl Mary Rose nun die Hausherrin war. Und ein ungutes Gefühl ließ sie erschaudern.

Annies Worte ließen ihr keine Ruhe. *Sie sagt, man kann Ihnen nicht vertrauen.* Von nun an war es Mary Rose, der es Unbehagen bereitete, wenn ihr Vater außer Sichtweite war. Sie war entschlossen, alles zu tun, um Papas Vertrauen voll und ganz zurückzugewinnen. Wenn er mittags von der Arbeit nach Hause kam, seine Kleidung bedeckt von weißem Staub aus dem Kalksteinbruch, nahm sie ihm persönlich seinen Gehrock ab und führte ihn anschließend in den Salon, wo sie ihm ein kleines Glas Sherry eingoss, zu seiner »Seelenstärkung«. Das war ein Ausdruck, den ihre liebe Mama früher gerne verwendet hatte, folglich war es richtig, wenn Mary Rose es ihr gleichtat.

Als das Wetter wärmer wurde, saßen Vater und Tochter in dem herrlichen Garten mit seinen prächtigen Rhododendren und Azaleen, die Mama so geliebt hatte. Manchmal fand Mary Rose sich an der Mauer wieder, die den Garten von der steil abfallenden Klippe trennte, und sie fragte sich, wie es wohl sein würde, wie die Kohlweißlinge im Sommer herunterzuflattern, tiefer und tiefer bis auf den Kiesstrand. »Bitte, Mary Rose, tritt ein Stück zurück«, sagte ihr Vater dann mit sorgenzerknitterter Stirn. »Du machst mir Angst.«

Unartigerweise freute sie sich darüber, weil es ihr zeigte, dass sie ihm noch etwas bedeutete. »Aber Papa, die Geister werden mich beschützen.«

Wieder runzelte er die Stirn. »Geister? Welche Geister?«

Mary Rose lehnte sich immer noch gegen die Mauer, während sie antwortete. »Ich habe zufällig gehört, wie die Männer im Steinbruch sich darüber unterhalten haben, Papa. Sie sprachen vom Tischrücken, um die Geister auf der anderen Seite zu rufen. Glaubst du, wenn wir uns ihnen anschließen, können wir vielleicht mit Mama in Kontakt treten?«

Es folgte das dumpfe Geräusch einer Faust, die auf eine Stuhllehne fiel. »Hör mir gut zu, Mary Rose!« Die Augenbrauen ihres Vaters waren eng zusammengezogen. »Diese Sitte des Tischrückens ist unbegründeter Unfug. Ich werde mit meinen Männern ein Wörtchen reden. Es ist nicht möglich, mit den Toten in Kontakt zu treten, indem man in einer Tischrunde sitzt und die Hand über ein Glas oder eine Karte hält.«

Ein Gefühl der Schwere senkte sich auf Mary Rose' Brust. Sie hätte nichts sagen sollen! Nun konnte sie beinahe Papas Gedanken lesen, und seine folgenden Worte bestätigten ihre Vermutung. »Deine Tante hält es für falsch, dass du ganz allein in einem Haushalt aufwächst, ohne eine Mutter oder Geschwister.«

»Nein, Papa!« Sie klammerte sich an seinen Arm. »Bitte, schick mich nicht fort zu meiner Tante und meinem Cousin! Das könnte ich nicht ertragen. Ich würde sterben. Ich schwöre, das wäre mein Tod!«

Es war die Wahrheit. Wie könnte sie ohne ihren geliebten Vater leben? Und wie könnte sie ohne den Geruch des Meeres leben, das in ihren Ohren sang, oder ohne das Salz, das sie in der Nase kitzelte? Verglichen damit waren die nassen grauen Straßen in London, wo ihre Tante lebte, nackt und kahl. Leblos. Trist ohne das Rauschen der Wellen.

»Also gut, mein Liebes.« Ihr Vater wirkte beinahe erleichtert über ihre Reaktion. Er tätschelte sanft ihre Hand. »Aber wir werden in Zukunft auf weiteren Unfug wie Tischrücken verzichten, hast du mich verstanden?«

Einstweilen zog Mary Rose weiterhin Trost aus dem Garten, den ihre Mutter so sehr geliebt hatte. Besonders angetan hatte es ihr der alte knorrige Holzapfelbaum, der in Kürze einen wundervollen Mantel aus weißen Blüten tragen würde. Mary Rose stellte sich oft vor, dass Mama in diesem Baum saß, und wenn keiner hinsah, sprach sie mit ihr. »Mach dir keine Sorgen«, sagte sie dann. »Papa und ich sind wohlbehalten. Ich hoffe, du bist es auch. Bitte, bitte, gib mir ein Zeichen.«

Aber es kam nie eins. Nicht einmal ein Schmetterling oder ein Windstoß, der an das Fenster klopfte.

Der Frühling blühte einmal mehr, und mit ihm begann Mary Rose' Körper, sich noch stärker zu verändern, als er das bereits getan hatte. Ihre Brüste schwollen an, sodass Annie große Mühe hatte, Mary Rose in ihre üblichen Mieder zu schnüren.

Die Veränderung schien jedoch bis zum nächsten Besuch ihrer Tante unbemerkt zu bleiben, der Mary Rose mit tiefer Sorge erfüllte. Angenommen, Papa überlegte es sich anders und schickte sie fort, damit sie bei seiner Schwester und deren garstigen Kindern lebte? Mary Rose' Befürchtungen waren nicht unbegründet.

»Wie kannst du deiner Tochter erlauben, über den Alkohol zu walten?«, fragte Tante Sophia am ersten Abend, als Mary Rose ganz selbstverständlich ihrem Vater seinen üblichen

Sherry servierte und in aller Unschuld ihre Tante fragte, ob sie auch ein Glas wünsche.

»Ich habe gehört«, fuhr Sophia fort, deren Hals Mary Rose an einen faltigen Truthahn erinnerte, »dass die Gouvernante der Mills mittlerweile völlig indisponiert ist und dass meine Nichte ihre Tage nun damit vergeudet, in deinem Büro zu sitzen oder im Garten zu spielen, wo sie laut mit sich selbst spricht.«

Ihr Vater stieß ein Räuspern aus. »Das ist nur vorübergehend, bis ich die Zeit gefunden habe, weitere Arrangements zu treffen.«

Tante Sophias schmale Lippen verzogen sich geringschätzig. »Ich sage dir, Ralph, diese Art Leben ist nicht angemessen für eine junge Frau.«

Mary Rose versuchte ihre Zunge im Zaum zu halten, aber die Worte bestanden darauf herauszukommen. »Papa und ich sind durchaus zufrieden mit den derzeitigen Verhältnissen, Tante.« Beide Erwachsene wandten daraufhin den Kopf zu ihr, und sie errötete leicht. Henry, der seine Mutter begleitet hatte, fing an zu kichern. Wie unhöflich. Trotzdem konnte Mary Rose nicht verhindern, dass sie noch mehr errötete. Auch wenn sie für Henry nicht besonders viel übrighatte, war er der einzige Junge, den sie kannte. Dies führte bei ihr häufig zu Schüchternheit, Verlegenheit und Nervosität, alles gleichzeitig.

»Papa und ich sind uns gegenseitig Gesellschaft«, fuhr sie entschlossen fort, »nun, da Mama nicht mehr bei uns ist.« Zum ersten Mal fühlte sie sich in der Lage, diese Formulierung auszusprechen, ohne dass ihr die Tränen kamen. »Ich erzähle ihm Geschichten, und wir unternehmen gemeinsame Spaziergänge. Was den Steinbruch betrifft, warum sollte ich mich nicht dort aufhalten? Papa hat gesagt, ich könne vielleicht mit ihm das Geschäft führen, wenn ich älter bin.«

Die entgeisterte Miene ihrer Tante, zusammen mit dem Aufblitzen von Unsicherheit in Papas Augen, war der Beweis, dass sie wieder einmal zu viel gesagt hatte. »Ralph«, begann ihre Tante bedächtig. »Ich hatte es immer so verstanden, dass das Geschäft an Henry übergeht, wenn du keinen männlichen Erben hast.«

An diesem Punkt drehte ihr Cousin sich von seiner Mutter weg und schnitt Mary Rose eine Grimasse. Das war zu viel! Mary Rose streckte ihren Fuß unter dem Tisch so weit vor, wie sie konnte, um Henry einen Tritt zu geben, und obwohl sie ihn nur leicht traf, verzog sich sein speckiges, verwöhntes Gesicht sofort zu einem Aufschrei. »Sie hat mich unter dem Tisch getreten!«, jammerte er. »Sie hat mich getreten!«

Ihr Vater blickte sie streng an. »Mary Rose«, sagte er in einem kühlen Ton, der sie innerlich zittern ließ, »ist das wahr?«

Sie nickte langsam. Nach der Episode mit dem Ring hatte sie Mama von ganzem Herzen versprochen, dass sie nie wieder die Unwahrheit sagen würde.

»In diesem Fall«, sagte ihr Vater enttäuscht, »denke ich, ist es an der Zeit, dass du dich zurückziehst.«

Später, nachdem Annie ihr schweigend eine Platte mit Bratenaufschnitt und eine Kanne kaltes Wasser gebracht hatte, hörte Mary Rose auf dem Flur die Schritte ihres Vaters, die sich ihrem Zimmer näherten.

Kaum war er eingetreten, warf sie sich in seine Arme und atmete den vertrauten Geruch seines Gehrocks ein. »Papa, schick mich nicht fort zu Tante Sophia und meinem unliebsamen Cousin. Ich flehe dich an.«

Behutsam löste er sich von ihr und ging zu dem Sessel vor dem Kamin, um darin Platz zu nehmen, während er ihr bedeutete, dass sie sich auf den hübschen rosa Sessel gegenüber setzen sollte. Dieser hatte früher einmal Mama gehört, als sie selbst noch ein Kind gewesen war. Allmählich wurde er zu klein für Mary Rose, aber sie nahm ihren Platz ein und machte sich auf ihr Schicksal gefasst.

»Deine Tante und ich hatten eine Unterredung«, begann ihr Vater.

Mary Rose fühlte sich, als würde sie gleich platzen vor Ungeduld.

»Sie hat mich davon überzeugt, dass die Zeiten sich ändern«, fuhr er fort, während er mit seinem Stock auf den Boden klopfte, als wolle er seine Aussage unterstreichen. »Bedauerlicherweise fehlt nun die Erziehung von Letitias Gouvernante, besonders hinsichtlich der Handarbeiten und anderer Fertigkeiten, die von einer Dame verlangt werden.«

Das war nicht das, was sie erwartet hatte.

»Daher habe ich beschlossen, eine Gouvernante zu uns ins Haus zu holen. Deine Tante kennt eine Frau, die vielleicht geeignet ist. Sie …«

Der plötzliche Freudenausbruch in Mary Rose' Herz war nicht zu bändigen. »Sie wird zu uns kommen und hier bei uns leben?«

Ihr Vater nickte ernst.

»Dann wirst du mich nicht fortschicken?«

Er schüttelte den Kopf. »Mein liebes Kind, wie könnte ich?« Zu ihrer Erleichterung spürte sie seine Arme um sich. »Ich brauche dich, mein Vögelchen. Ich brauche dein Lachen und dein Lächeln, das so viel Ähnlichkeit hat mit dem deiner armen Mutter.«

Verblüfft nahm sie den scharfen Unterton von roher Trauer in seiner Stimme wahr. Aber zu ihrer Erleichterung schwang noch etwas anderes darin. Liebe! Ihr Vater liebte sie. Annie hatte sich getäuscht! Er vertraute ihr wieder. Voll und ganz.

Seine freundlichen Augen blickten sie nun beruhigend an. »Deine Tante wird sich schriftlich an die fragliche Gouvernante wenden, und ich werde sie dann persönlich treffen. Wenn sie geeignet ist, stelle ich sie sofort ein.«

Papas Mundwinkel zuckte wieder, als würde er versuchen, ein Lächeln zu unterdrücken, obwohl seine Augen tränenfeucht waren. »Und wenn auch nur, um deine Tante in Zukunft davon abzuhalten, uns ständig den Marsch zu blasen.«

4

Mary Rose lernte das Lachen von Mademoiselle Laville kennen, noch bevor sie ihr Gesicht erblickte. Zuerst verwechselte sie das perlende Geräusch mit einer Welle, die sanft unten gegen die Felsen schwappte. Mary Rose saß an dem Teich im Innengarten auf dem Klippenplateau und hatte ihrer Mama im Apfelbaum – der nun seinen weißen Blütenteppich verloren hatte und große grüne Früchte trug – erklärt, dass sie eine eigene Gouvernante bekommen werde, die den ganzen Weg von Paris hierherreiste.

Natürlich war Mary Rose inzwischen zu erwachsen, um daran zu glauben, dass ihre Mutter tatsächlich in dem Baum hockte. Aber es tröstete sie hin und wieder, so zu tun als ob.

»Stell dir vor! Die Köchin sagt, ich werde bald Französisch sprechen wie meine Muttersprache, und dass sich dadurch meine späteren Heiratsaussichten verbessern. Ich habe natürlich beschlossen, dass ich nie heiraten werde. Stattdessen werde ich zu Hause bleiben und mich um Papa kümmern, damit er niemals einsam ist.«

Das war der Moment, in dem erneut das perlende Geräusch an ihre Ohren drang. Dieses Mal klang es nicht wie ein weit entferntes Plätschern am Fuß des Steinbruchs. Vielmehr erinnerte es an ein Glöckchen oder vielleicht an einen eigenartigen Vogel. Als Mama noch lebte, hatte sie Mary Rose oft auf das

Geräusch des Kuckucks aufmerksam gemacht, aber das hier klang anders. Der Laut hallte in ihren Ohren wider, als würde dieser Vogel jemanden verspotten. Gleich darauf vernahm sie die Stimme ihres Vaters.

»Bitte, Mademoiselle Laville, hier entlang. Meine Tochter wird im Garten sein. Ich weiß, dass sie sehr gespannt darauf ist, Ihre Bekanntschaft zu machen.«

Jetzt? Sofort? Papa hatte sie zwar informiert, dass ihre neue Gouvernante in dieser Woche eintreffen würde – aber doch nicht schon heute, wenn sie gar nicht vorbereitet war! Wie ihr Kleid aussah! Es hatte grüne Grasflecken, und braune Erdkrümel hafteten daran von der Stufe, auf der sie gesessen hatte. Ihre Haare hingen offen herunter, statt mit einer Schleife zurückgebunden zu sein, was zum Teil darauf zurückzuführen war, dass Annie sich heute Morgen nicht wohlgefühlt hatte und Mary Rose sich selbst frisieren musste.

Nun würde ihre neue Gouvernante sicher denken, dass Mary Rose, wie ihre Tante oft erklärte, tatsächlich nicht besser war als ein Gassenkind. Dennoch war nun keine Zeit mehr, um ins Haus zu laufen und sich umzuziehen. Die Stimmen waren bereits im Seitengarten zu hören, und die beiden würden jeden Moment durch den Geißblattbogen kommen, vorbei an den weißen Hostarabatten, die ihre Mutter so gerngehabt hatte.

»Ah, da bist du ja, mein Liebes.«

Mary Rose bemerkte eine Leichtigkeit in der Stimme ihres Vaters, die sie seit sehr langer Zeit nicht mehr gehört hatte. Sein Gesicht strahlte, aber es war nicht die falsche Heiterkeit, die er immer aufsetzte, wenn Nachbarn wie Mrs. Mills, Letitias Mutter, ihre Aufwartung machten oder wenn Tante Sophia zu Besuch kam. Stattdessen schien sich ihr Vater aufrichtig zu freuen, dass er Mary Rose gefunden hatte.

Aber es war nicht ihr Vater, der Mary Rose' Aufmerksamkeit fesselte. Vielmehr war es die junge Frau, die neben ihm stand und die Mary Rose mit einem bezaubernden, freundlichen, warmen Lächeln anblickte. Ihr dunkles Haar, so anders als ihre eigenen widerspenstigen roten Locken, rollte sich perfekt im Nacken, bevor es in einem eleganten Bogen zum Hinterkopf zurückführte.

Die Augen der Besucherin waren ein tanzendes Blau, und die Spitze ihrer Nase bog sich leicht nach oben, aber ohne diese krumm aussehen zu lassen wie die der armen Annie, die offenbar jeden Tag im Meer badete – selbst im Winter! –, nachdem ihr jemand gesagt hatte, dass sie dadurch vielleicht ihr abwegiges Auge richten konnte. Nein, Mademoiselle Lavilles Nase erinnerte eher an ein verschmitztes kleines Kind, das etwas Harmloses angestellt hatte und wusste, dass es keine Strafe zu befürchten hatte.

Was Mademoiselle Lavilles Kleid betraf, so hatte Mary Rose noch nie etwas Vergleichbares gesehen. Statt in der üblichen Glockenform war der Rock vorn gerade geschnitten und hinten auf eine Art gerafft, die Mary Rose völlig neu war. Zudem war er leuchtend rot, im Gegensatz zu den gängigen dezenten Grautönen und dem weißen Musselin, die in dieser Region bevorzugt wurden. »Leuchtende Farben«, sagte ihre Tante immer, »sind höchst vulgär.« Aber die Besucherin machte überhaupt keinen vulgären Eindruck. Nicht mit diesem hübschen Lächeln und den funkelnden blauen Augen, die von ihren dunklen Haaren abstachen.

»Enchantée, Marie Rose!« Sie sprach in einem eigenartigen Singsang, wobei sie die Vokale in »Mary« lang zog und das S in »Rose« summte. In ihrer Stimme schien dieses silbrig perlende Lachen mitzuschwingen, das Mary Rose zuerst mit dem Geräusch des Meeres verwechselt hatte. Nun, mit einem Rascheln der roten Seide, streckte Mademoiselle

Laville ihr zur Begrüßung beide Hände entgegen, als wären sie alte Freundinnen.

Ach, du liebe Güte! Die französische Lady umarmte sie doch glatt und gab ihr auf beide Wangen ein Küsschen, wobei sie eine Wolke von Lavendelparfüm hinterließ, die Mary Rose in der Nase kitzelte. Selbst ihr Vater wirkte verblüfft über diese Zuneigungsbekundung. Dann wanderten Mademoiselle Lavilles Augen über Mary Rose' wilde rote Haarmähne. Verlegen spürte Mary Rose, dass ihre neue Gouvernante die Grasflecken auf ihrem Kleid wahrnahm.

»Ich fürchte, meine Tochter ist nicht recht auf Ihre Ankunft vorbereitet«, sagte ihr Vater langsam. Mary Rose bemerkte mit Sorge, dass er sie bekümmert anblickte, als wäre sie ein Objekt, das ausgebessert werden musste.

Sie versuchte etwas zu sagen, aber irgendwie schien ihre Zunge am Gaumen zu kleben, so ähnlich wie bei dem armen Kind aus dem Dorf, das nur seltsame Grunzlaute von sich gab. Sie konnte diese Erscheinung aus roter Seide, schwarzen Haaren und tanzenden Augen nur anstarren. Dieser Rosenmund erinnerte sie an eine Illustration in einem Buch, das ihre Tante ihr geschenkt hatte. Was Mademoiselle Lavilles Schuhe betraf, so waren diese rot wie ihr Kleid. Mary Rose warf ihrem Vater kurz einen beunruhigten Blick zu. Tante Sophias Ansichten über farbenfrohe Schuhe (abgesehen von einem sehr blassen Blau oder Rosa) waren so streng wie ihre Ansichten über farbenfrohe Kleider. Was würde Papa denken?

Bitte, schick sie nicht zurück, betete sie stumm. Bitte, lass dieses hinreißende Wesen hierbleiben. Etwas sagte ihr, dass Mademoiselle Laville genau das war, was sie beide brauchten, um den Mut nicht zu verlieren. Sie würde eine Ablenkung sein. Eine Zerstreuung, um Mary Rose bei ihrem Vorhaben zu unterstützen, ihren Vater aus seiner Trauer zu holen.

Doch zu ihrer Erleichterung blickte Papa nicht auf die Schuhe ihrer Besucherin, sondern in ihr Gesicht, als wäre er von dieser Erscheinung genauso fasziniert wie Mary Rose.

»Nicht vorbereitet?«, wiederholte Mademoiselle Laville mit einer kleinen wegwerfenden Geste, als wäre das für sie nicht von Bedeutung. »Das ist verständlich. Ich bin schließlich sehr früh hier eingetroffen, weil Lord Romer darauf bestand, mir in London freundlicherweise seine Kutsche zur Verfügung zu stellen.«

Die roten Augenbrauen ihres Vaters hoben sich überrascht. »Lord Romer? Mir war nicht bewusst, dass Sie mit ihm bekannt sind.«

Wieder ertönte ein perlendes Lachen. »Lord Romer kannte meinen Vater. Tatsächlich besaß er Räumlichkeiten in Paris, wissen Sie.«

Papas Miene ließ darauf schließen, dass ihm dieser Umstand nicht bekannt gewesen war. Mary Rose' Gedanken wanderten zurück zu seinen Worten vor ein paar Wochen. »Deine Tante«, hatte er gesagt, »hat mir versichert, dass deine neue Gouvernante aus einer guten Familie mit dem Namen Laville stammt, die durch die Wirren in der Welt ihr Vermögen verloren hat. Aus diesem Grund ist Véronique, die älteste Tochter, gezwungen, sich eine Anstellung zu suchen. Es muss für sie sehr hart sein.«

Nun, im Angesicht der Person selbst, fügte sich alles zusammen. Wenn Mademoiselle Laville zu dem »Romer-Gefolge« gehörte, wie ihre Tante es nannte, war sie adliger Abstammung. Nichtsdestoweniger hatte Mary Rose genug Gespräche zwischen ihrem Vater und ihrer Tante mitbekommen, um sich zu fragen, wie ihre neue Gouvernante sich in eine Familie einfügen würde, die ihr Vermögen durch Handel erworben hatte statt durch Erbschaft. Vielleicht erklärte das, warum diese Erscheinung in roter Seide sich nun mit einem leichten Stirnrunzeln umblickte.

»Bitte, Mademoiselle, gibt es etwas, was Sie beunruhigt?«, fragte ihr Vater.

»Pepe!« Plötzlich standen schimmernde Tränen in den Augen ihrer Besucherin. »Ich war so vertieft in unsere Unterhaltung, dass ich es versäumt habe, nach meinem Pepe zu schauen.«

Wer ist Pepe?, hätte Mary Rose am liebsten gefragt, aber ehe sie etwas sagen konnte, kam das Hausmädchen mit einem Kissen in den Händen angerannt. Darauf saß ein kleiner weißer Hund, so winzig, dass er eher einem übergroßen Vogel ähnelte. Mademoiselle Laville stürzte auf ihn zu und überschüttete ihn mit Küssen und Umarmungen, bevor sie ihn emporhob und an ihre Brust drückte.

»Mon petit chien begleitet mich überallhin.« Ihr Blick wanderte von Papa zu Mary Rose. »Es stört Sie doch nicht, oder?«

Papa machte eine verdatterte Miene. Sicher, sie hatten hier selbst Hunde, aber die lebten in großen Zwingern in den Ställen. Die Vorstellung von einem Schoßhündchen, das auf einem Kissen überallhin mitgenommen wurde, war beiden so fremd, dass Mary Rose einen Moment lang befürchtete, ihr Vater würde in Gelächter ausbrechen und ihren Gast dadurch brüskieren.

»Bitte, Papa.« Es gelang ihr schließlich, ihre nervöse Zunge vom Gaumen zu lösen. »Bitte, darf Pepe bleiben?«

Ihr Vater nickte, woraufhin Mademoiselle Laville weitere Küsse verteilte, zuerst einen an ihren Hund und dann je einen auf Mary Rose' Wangen. Dabei leckte der kleine Hund Mary Rose' Hals, und sogleich durchströmte sie solch eine Wärme und Zuneigung, dass es war, als würde ein sanftes Kaminfeuer in ihr brennen.

»Ich kann sehen, dass wir bestens miteinander auskommen werden, Marie Rose!« Mademoiselle Laville gab ihren Hund wieder dem Hausmädchen und hakte sich bei Mary Rose ein. »Du musst mich Véronique nennen.« Ihre Stimme sang nun wahrhaftig, als würde sie die Tonleitern auf dem Pianoforte hochklettern. »So werde ich auch von meinen Schwestern genannt.«

Einen Moment lang dachte Mary Rose, sie würde eine neue schimmernde Träne sehen, und ihr Herz wurde von Mitgefühl ergriffen. Es musste schrecklich für ihren Neuankömmling sein in einem fremden Land, weit entfernt von zu Hause. Sie versuchte, das zu sagen, aber ihre Zunge klebte wieder am Gaumen. Jedoch spielte das offenbar keine Rolle, weil die Tränen nun verschwunden waren und Mademoiselle Laville beziehungsweise Véronique – wie kühn, sie nach solch einer kurzen Bekanntschaft beim Vornamen zu nennen! – bereits ihren Frohsinn wiedergefunden hatte, ihrer mädchenhaften Art nach zu urteilen, mit der sie Mary Rose' Arm drückte. »Wenn ich bitten darf, Marie Rose, würdest du mich in meine Chambre begleiten? Wir haben ungemein viel zu bereden, denke ich. Und später, vielleicht nach dem Dîner, wollen wir eine Partie Mikado spielen. Ich habe einen Satz Stäbchen mitgebracht. Einverstanden?«

Mikado! Mary Rose hatte das früher immer mit ihrer Mutter gespielt, aber ihr Vater hatte nichts dafür übrig. Ihr wurde leichter ums Herz. Nicht nur würde sie in Zukunft eine Verbündete haben, um Papa zu zerstreuen, auch sah es so aus, als habe sie eine neue Freundin gefunden.

5

Zunächst behielt Mary Rose recht. Véroniques Ankunft brachte tatsächlich frischen Wind in das trauernde Heim der Marchmonts. Dabei war es nicht so, als würden Mary Rose und ihr Vater aufhören, ihrer geliebten Mutter und Ehefrau voller Respekt zu gedenken; vielmehr gab es nun eine sehr mitreißende Ablenkung, die half, ihrer beider Kummer zu lindern.

Statt eifersüchtig auf den neuen Mitbewohner zu sein, wie andere Töchter das vielleicht gewesen wären, betrachtete Mary Rose mit ihrem gutmütigen Naturell Véronique als Verbündete. Als willkommene Spielgefährtin, die sich mit ihr die Aufgabe teilte, Ralph Marchmont dabei zu helfen, ohne seine geliebte Frau weiterzuleben.

Überdies, stellte Mary Rose fest, hatte es einen gewissen Reiz des Neuen, ein solch exotisches fremdes Wesen im Haus zu haben, wie es in Seamouth noch nie zuvor gesehen worden war. Doch zu ihrer Überraschung befand das nicht jeder für gut.

»Papa wird deine Mutter fragen, ob du an meinem Unterricht teilnehmen möchtest«, hatte Mary Rose nach der Morgenmesse kurz nach Véroniques Ankunft Letitia begeistert eröffnet. »Meine neue Gouvernante hat mich bereits ein paar französische Worte gelehrt.«

Aber Letitia hatte ihr einen eigenartigen Blick geschenkt.

»Mama ist sich nicht sicher, ob sie das befürworten soll. Sie findet Mademoiselle Laville sehr fortschrittlich, sowohl in ihrer Mode als auch in ihrem Auftreten.«

Mary Rose hatte sich gekränkt gefühlt durch diese Bemerkung über Véronique, die glücklicherweise zu erschöpft gewesen war, um am Gottesdienst teilzunehmen, denn sonst hätte sie womöglich diese Unterhaltung mitgehört. Als Mary Rose auf dem Rückweg ihrem Vater Letitias Worte wiedergab, nahm seine Miene einen leicht irritierten Ausdruck an. »Diese Stadt verhält sich gegenüber Fremden nicht immer freundlich. Diese Erfahrung habe ich selbst gemacht, als ich damals hier ankam. Darum, Mary Rose, ist es unsere Aufgabe, als Ausgleich für jene, die ihr mit Voreingenommenheit begegnen, alles zu tun, was in unserer Macht steht, damit Mademoiselle Laville sich hier heimisch fühlt.«

Dafür sei keine Anstrengung zu groß, versicherte sie ihm. Sie hielt ihr Wort. Bereits wenige Tage nach ihrer Ankunft erkundigte sich die neue Gouvernante, ob die Möglichkeit bestehe, ein paar Blumen aus den »très jolis jardins« in ihr Zimmer zu stellen. Non, sie wünsche kein steifes Gebinde, sondern bevorzuge zwei lose Handvoll Garten-Levkojen und Gladiolen, zwanglos arrangiert auf ihrem Frisiertisch. Die Wirkung war so verblüffend, dass Mary Rose den Gärtner bat, mehr davon zu schneiden, und sie verteilte die Blumen persönlich in mehreren Räumen des Seamouth House, den Salon inbegriffen.

»Es duftet hier fein, findest du nicht auch?«, sagte Véronique anerkennend, und Mary Rose konnte nicht anders, als ihr zuzustimmen. Offenbar liebte ihre neue Gouvernante Blumen und die Gärten genauso sehr wie sie.

Binnen kurzer Zeit war es, als wäre Véronique schon immer dagewesen. Morgens zum Frühstück tranken sie ihren Kaffee nun aus Schalen statt aus Tassen, genau wie die Franzosen.

Wirklich amüsant! Danach gingen sie nach draußen für eine Morgenrunde, während Véronique den kleinen Pepe auf ihrem Arm hielt, damit er die Aussicht bewundern konnte. »Siehst du, ma petite«, sagte sie dann zu Mary Rose, »er fühlt sich hier bereits heimisch! Ja, bitte, kraule ihn am Kopf. Das gefällt ihm.«

Mary Rose ging das Herz auf. Der kleine Hund schien sie tatsächlich gernzuhaben – und dies wiederum gab ihr das Gefühl, etwas Besonderes zu sein. Manchmal, wenn Véronique sich für das Abendessen zurechtmachte, bot sie Mary Rose an, Pepe solange in ihr eigenes Zimmer herüberzuholen. Was für eine Freude! Véronique gab ihr dann immer Pepes kleinen roten Gummiball mit, der den ganzen Weg von Paris mitgereist war.

Mary Rose vergaß völlig die Zeit, wenn sie dem Hündchen den Ball zuwarf, das ihn jedes Mal geschickt mit seinem kleinen Maul auffing, sodass sie es oft versäumte, sich rechtzeitig für das Abendessen umzuziehen. Aber dieses herrliche Gefühl der Wärme, das sie übermannte, wenn sie ihren Kopf an Pepe schmiegte, war das Risiko wert, für ihre Unpünktlichkeit gerügt zu werden.

Allerdings gab es eine Sache, die ihr Sorgen bereitete. Die exklusiven Zeiten mit Papa wurden immer seltener. Nun, da Véronique sie morgens unterrichtete, war er zu seiner ursprünglichen Routine zurückgekehrt, als Mama noch lebte, und verließ das Haus bereits beim ersten Möwenschrei, um im Steinbruch nach dem Rechten zu sehen. Manchmal kam er zum Lunch nach Hause, und hin und wieder unternahmen sie zu zweit einen ihrer Spaziergänge an der Steilküste. Aber beide fühlten sich ein wenig unwohl im Bewusstsein, dass sie Véronique allein im Haus zurückgelassen hatten.

»Sollen wir Mademoiselle Laville einladen, uns zu begleiten?«, schlug Mary Rose eines Tages vor, als sie und ihr Vater im Begriff waren aufzubrechen.

Papa nickte. »Ich denke, das wäre eine nette Geste. Es kann nicht leicht sein für jemanden in einem fremden Land, ohne die eigene Familie.«

Der erfreute Ausdruck, der über Véroniques Gesicht huschte, als sie gefragt wurde, ob sie Lust habe, sich ihnen anzuschließen, lohnte das Opfer, dass Mary Rose ihren geliebten Papa nicht ganz für sich allein haben würde. »Ich würde sehr gerne eine Promenade machen«, erwiderte Véronique. Der daraus resultierende Spaziergang zu dritt, bei dem Mary Rose' neue Freundin immer wieder innehielt, um mit einem entzückten Schrei eine Wildblume zu bewundern (während sie ihrer Schülerin gestattete, auf Pepe achtzugeben), war ein derartiger Erfolg, dass sich daraus bald eine regelmäßige Routine nach dem Mittagessen entwickelte.

»Kannst du Krocket spielen?«, hatte Véronique nicht lange nach ihrer Ankunft hoffnungsvoll gefragt.

Mary Rose hatte begeistert in die Hände geklatscht. »Ich bitte Papa schon seit geraumer Zeit, dem Gärtner zu sagen, dass er einen Krocketrasen anlegen soll.« Nun wurde ihr Wunsch erhört, und zu dritt verbrachten sie viele fröhliche Stunden damit, bunte Holzkugeln durch Tore zu schlagen: eine Übung, in der sich ihre neue Gouvernante als besonders geschickt erwies.

Die Vormittage waren unterdessen ausgefüllt mit Unterrichtsstunden, aber diese waren viel interessanter als jene damals im Hause Mills. Dank der milden Temperaturen saßen sie häufig draußen im Garten, wo ihre Gouvernante sie »Französische Konversation« lehrte, wie sie es nannte.

Innerhalb nur weniger Monate war Mary Rose in der Lage, in der fremden Sprache einen Tee zu bestellen und einer imaginären Zofe zu erklären, dass sie wünsche, für die Kutsche nach Paris bis um sieben Uhr am Abend angekleidet zu sein. Eines Tages, sagte Mary Rose sich versonnen, würde es vielleicht wahr werden …

»Siehst du«, sagte Véronique triumphierend, »du bist ein Naturtalent. Wenn du Frankreich besuchst, wirst du dich dort verständigen können.« Sie stieß ein kurzes Seufzen aus, und ihre Augen nahmen einen verträumten Ausdruck an. »Ich selbst habe durch eine Bekanntschaft meines Vaters die englische Sprache gelernt, bevor sein Geschäft in den Ruin getrieben wurde. Es gab eine Zeit, da wir uns erhofften, dass dieser Herr vielleicht mehr …«

Ihre Worte verloren sich, sodass Mary Rose nie erfuhr, was sie sich erhofft hatten. Aber instinktiv griff sie nach der Hand ihrer Gouvernante und drückte sie mitfühlend.

»Du bist sehr liebenswürdig«, murmelte Véronique. »Ich danke dir, ma chérie.«

Dann, als hätte diese Unterhaltung nie stattgefunden, sprang Véronique von ihrem Gartenstuhl auf. »Ich denke, wir brauchen eine andere Art der Lektion. Attends! Ich gehe rasch etwas holen.«

Nach wenigen Minuten kehrte sie mit einem prachtvollen Kästchen aus Palisanderholz und einem zweiten kleineren zurück.

»Ist das ein Zauberkasten?«, fragte Mary Rose, während sie an den Ring dachte, der im ehemaligen Schlafzimmer ihrer Mutter in der Silberschatulle eingeschlossen war. Wie groß ihre Sehnsucht danach immer noch war!

»Non, ma chérie, das ist ein Nähkästchen. Besitzt du denn kein eigenes?«

Mary Rose errötete. »Ich kann nicht nähen. Jedenfalls nicht besonders gut.«

Ihre Gouvernante schnalzte missbilligend mit der Zunge.

»Das ist ja schrecklich. Ich habe das Nähen von meiner grand-mère gelernt, als ich ihr gerade einmal bis zu den Knien reichte.« Sie machte eine auffordernde Geste. »Öffne es!«

Mary Rose' Finger zitterten vor Erwartungsfreude. In dem Kästchen lagen diverse Seidenbänder, jedes davon in einer schöneren Farbe als das andere. Mary Rose verschlug es vor Ehrfurcht den Atem, als ihre Gouvernante ihr Band für Band in die Hand legte. Wie weich sie waren! Ihr Favorit war natürlich das pfauenblaue, obwohl das rosarote gleich dahinter folgte.

»Schau genau zu«, sagte Véronique, während sie aus einem anderen Kästchen, das sie mitgebracht hatte, ein Stück Leinenstoff nahm. »Siehst du? Der Stoff wird in den Rahmen gespannt. Und jetzt du. Ja, genau so. Gut gemacht!«

Mary Rose glühte innerlich von dem Lob.

»Und das hier«, sagte ihre Mentorin, während sie einen weiteren Gegenstand herausnahm, »ist eine Crewel-Nadel.«

»Krawall?« Mary Rose war verwirrt. »Ist sie denn gewalttätig?«

»Non!«, lachte ihre Gouvernante fröhlich. »Sie ist nicht gewalttätig. Siehst du, sie hat ein großes Nadelöhr, um die Seidenbänder einfädeln zu können.«

Fasziniert beobachtete Mary Rose, wie Véronique mit einer niedlichen Silberschere mit raffinierten Griffen ein Stück von einem Seidenband abschnitt. Dann schälte sie einzelne Stofffasern davon ab, bis ein schmaler Streifen übrig blieb, den sie durch das Nadelöhr einfädelte. All das wurde mit so viel Fingerfertigkeit ausgeführt, dass es offensichtlich war, dass Véronique dies schon viele Male zuvor getan hatte.

»Siehst du das hier?« Sie deutete auf ein Blatt Papier mit einem Muster, das aus lauter kleinen Quadraten bestand. Jedes einzelne davon war mit einem farbigen Punkt markiert: blau wie die Wellen, rot wie die Gartenrosen oder gelb wie die blasse Sonne am Himmel. »Das ist die Vorlage für unser Motiv.«

Fasziniert verfolgte Mary Rose, wie Véronique das Muster auf ihr Leintuch kopierte, indem sie winzige blaue Kreuzstiche dort setzte, wo ein blauer Punkt war, rote Kreuzstiche, wo ein roter Punkt war, und gelbe Kreuzstiche, wo ein gelber Punkt war. Mary Rose warf einen genaueren Blick auf die karierte Mustervorlage. Diese stellte ein herrliches Gebäude dar, das mit seinen Türmen und den riesigen diamantförmigen Fenstern an ein Märchenschloss erinnerte.

»Das war mein Zuhause, direkt vor Paris«, seufzte Véronique wehmütig, »bevor mein Papa es verkaufen musste.« Dann hellte ihr Gesicht sich auf. »Ich habe die Vorlage selbst gezeichnet, und ich kann dir helfen, eine von Seamouth House zu machen. Und wenn das Sticktuch dann fertig ist, kannst du es an die Wand hängen, und alle Besucher werden es bewundern und dich für ein sehr talentiertes, reizendes Mädchen halten.«

Mary Rose konnte nicht die Wärme und Zuneigung zum Ausdruck bringen, die sie bei den Worten ihrer Gouvernante durchströmten. Talentiert? Reizend? Der einzige Mensch, der sie jemals so genannt hatte, war ihre geliebte Mama gewesen.

Allerdings schien nicht jeder Mary Rose' Begeisterung zu teilen. »Die tut so, als wäre sie hier Gast statt eine Hausdienerin«, hörte sie zufällig eines Tages das Küchenmädchen mit der Köchin tuscheln, als sie hinunter in die Küche ging, um darum zu bitten, dass das Brot knuspriger geröstet wurde, auf die französische Art.

Mary Rose hielt sofort empört dagegen. »Mademoiselle Laville ist keine Hausdienerin«, erklärte sie laut. »Sie ist meine Gouvernante, aber davor war sie eine Dame von Stand und verdient es, als solche behandelt zu werden.«

Die zwei Frauen wandten sich bei ihren scharfen Worten

überrascht um, und Mary Rose errötete. »Wenn Sie meinen, Miss«, erwiderte die Köchin kühl. »Aber ich bin mir nicht sicher, was Ihre Mama davon halten würde.«

Die heiße Wut, die in Mary Rose zu kochen begonnen hatte, brodelte nun sogar noch stärker. »Wie kannst du es wagen, so mit mir zu sprechen! Meine Mama wäre glücklich darüber, dass Papa und ich jemanden haben, der sich um uns kümmert.«

Dann machte sie auf dem Absatz kehrt und lief wieder nach oben. Ein Teil von ihr fragte sich, ob sie ihrem Vater von dem Gespräch berichten sollte. Aber irgendetwas hielt sie davon ab. Eine leise Stimme in ihrem Kopf mahnte sie, dass dies nur Probleme verursachen würde. Es hatte in der Vergangenheit schon genug Trauer gegeben. Wenn Mama hier wäre, würde sie – dessen war sich Mary Rose sicher – sich wünschen, dass sie alle glücklich waren.

Die Neuigkeit von Véroniques Geschick mit der Nadel verbreitete sich bald. Binnen kurzer Zeit wurde sie von einer Damenrunde in der Stadt eingeladen, sich ihrem Stickzirkel anzuschließen. Dieser traf sich jeden Dienstagvormittag im Haus von Mrs. Amelia Mills, Letitias Mutter. Und Mary Rose war ebenso willkommen.

»Das ist Teil deiner Erziehung«, erklärte Véronique. Zu Mary Rose' Freude war Papa einverstanden und bestand darauf, dass sie die Kutsche nahmen.

Die Dienstagvormittage im Stickzirkel erwiesen sich als enorm hilfreich, um Véroniques Stand in der Gesellschaft zu stärken, trotz ein oder zwei Unmutsäußerungen über die Schwäche ihres neuen Mitglieds für bunte Schuhe. »Nun, Mademoiselle Laville«, sagte Mrs. Mills mit widerstrebender Anerkennung, »Sie besitzen definitiv Talent.«

Zu Mary Rose' Bestürzung lehnte Véronique es höflich ab, mit den Mustern aus dem Berliner Wollstickerei-Buch (das in der Damenrunde überaus beliebt war) zu arbeiten, und machte stattdessen ihre eigenen Vorlagen, was ein bisschen Gemurmel auslöste. Unterdessen hatte Mary Rose, mit Véroniques Hilfe, bereits mit einem Motiv der Gärten von Seamouth House begonnen, mit delikat gestickten Rosen und blauen Marien-Glockenblumen und gelben Stockrosen. Hoffentlich würde es bis Weihnachten fertig sein! Es wäre nämlich ein perfektes Geschenk für ihren Vater.

Einstweilen konzentrierten sich die Gespräche in der Stickrunde auf ein spezielles Thema: die nahende Eröffnung der Eisenbahnlinie, die endlich in die Stadt kam. »Wir werden in Zukunft viel schneller nach Exeter gelangen, um Seidenbänder zu kaufen«, platzte Letitia heraus, die es nicht erwarten konnte, alt genug zu sein, um Bälle und Soireen für Erwachsene zu besuchen.

Miss Hall, eine alte Jungfer mit einer langen, schmalen Nase, nahm ihren Kneifer herunter. »Ich persönlich denke, wenn der liebe Gott gewollt hätte, dass wir mit der Eisenbahn fahren, hätte er uns keine Pferde gegeben.«

»Was für eine kuriose Idee«, bemerkte Véronique und warf Mary Rose ein verschwörerisches Lächeln zu. Mary Rose lachte daraufhin laut auf. Zu spät erst nahm sie den gekränkten Ausdruck wahr, der über Miss Halls Gesicht huschte – eine Frau, von der Mama immer freundlich gesprochen hatte. Erschrocken versuchte Mary Rose, das Lachen in ein Husten abzuwandeln, aber der Schaden war bereits angerichtet. Als sie Miss Hall zum Schluss fragte, ob sie beim Aufräumen ihrer Seidenbänder Hilfe benötige, antwortete diese, dass sie »durchaus in der Lage« sei, dies selbst zu tun.

Nichtsdestoweniger genügte selbst die kühle Kontroverse

(eins ihrer neuen französischen Wörter) zwischen ihr und Miss Hall nicht, um ihre Begeisterung über die bevorstehenden gesellschaftlichen Ereignisse zu dämpfen, die in der Diskussion zerlegt, wieder zusammengefügt und dann von Neuem erörtert wurden. An der Spitze der Liste standen der neue Bahnhof in der Stadt und die große Eröffnungsfeier.

»Es ist so aufregend, nicht wahr?«, sagte Mary Rose eines Abends, als sie, ihr Vater und Véronique im Salon Karten spielten. (Véronique hatte sich als eine gewiefte Whistspielerin entpuppt.) Ab und an ertappte Mary Rose sich dabei, dass sie sich nach den Abenden sehnte, die sie mit Papa allein verbracht hatte, aber gleich darauf hielt sie sich wieder vor Augen, dass es ihre und ihres Vaters christliche Pflicht sei, ihr Haus und ihre Herzen für diese arme Frau zu öffnen, die kein eigenes Zuhause mehr hatte.

Auch ihr Vater, fiel ihr auf, gab sich große Mühe, ein guter Gastgeber zu sein. Heute Abend sah er in seiner gestreiften Weste, die sie noch nie zuvor gesehen hatte, besonders flott aus. »Die Eisenbahn ist in der Tat eine gute Neuigkeit.« Er machte eine kurze Pause. »Ich frage mich, Mademoiselle Laville, ob Sie uns gleich die Ehre erweisen würden, auf dem Pianoforte zu spielen, sobald wir dieses Spiel beendet haben.«

»D'accord.« Ihre Gouvernante neigte zustimmend den Kopf, und wieder einmal musste Mary Rose dieses schreckliche Gefühl der Enttäuschung hinunterschlucken, weil ihr Vater nicht *sie* aufgefordert hatte, wie er das früher immer getan hatte, als sie noch zu zweit waren.

Ungefähr für die nächste halbe Stunde hörten Mary Rose und ihr Vater Véronique zu, die eine Reihe hübscher Lieder spielte und dazu sang. Dann machte sie eine Pause und schenkte Mary Rose ihr strahlendes Lächeln. »Marie Rose! Komm und sing mit mir. Ich bin hier ganz auf mich allein gestellt. Regardes! Du kennst dieses Lied. Es ist eins von denen, die ich dich bereits gelehrt habe.«

Aber das bedeutete, Papa sich selbst zu überlassen. »Bitte, leiste uns Gesellschaft«, bat sie ihn. »Véronique und ich werden dir helfen.«

Und so kam es, dass sie sich um das Pianoforte versammelt wiederfanden, so wie sie das früher getan hatten, als Mama noch lebte. Die tiefe walisische Stimme ihres Vaters – normalerweise so selbstbewusst in der Kirche – geriet bei den französischen Wörtern ins Stocken, was Mary Rose und Véronique zum Lachen brachte und zu mehreren Unterbrechungen und Neuanfängen führte.

»Das war sehr amüsant«, sagte Papa, als sie an den Kartentisch zurückkehrten. »Vielen Dank, Mademoiselle Laville, für diesen unterhaltsamen Abend.«

Eine leichte Röte breitete sich auf den schönen blassen Wangen der Französin aus. »Die Freude, Monsieur, ist ganz meinerseits.«

Einen Moment lang fühlte Mary Rose sich, als hätten die beiden ihre Anwesenheit vergessen. Dann tätschelte ihr Vater ihre Hand. »Ich habe nachgedacht, mein Liebes. Was meinst du? Sollen wir hier in Seamouth House als Teil der Feierlichkeiten für die Eisenbahn ein Gartenfest ausrichten?«

Véronique stieß ein entzücktes Keuchen aus und hielt ihre schmale behandschuhte Hand vor den Mund. Mary Rose umklammerte den Arm ihres Vaters. »Das wäre wundervoll!«

Sein Gesicht strahlte. »Gut. Dann werden wir die nötigen Vorbereitungen treffen.«

Nach dieser Ankündigung sprachen Mary Rose und Véronique von nichts anderem mehr. »Papa sagt, wir sollen uns in der Stadt neue Stoffe aussuchen«, berichtete Mary Rose begeistert am nächsten Tag. Sie und Véronique spazierten an der

Steilküste entlang und sammelten wilde Blumen, um sie hinterher als Teil ihres Unterrichts in Mary Rose' botanischem Tagebuch zu pressen und zu dokumentieren.

Véronique nickte aufgeregt. »Das habe ich auch erfahren. Wir werden gleich heute Nachmittag in die Stadt gehen, n'est-ce pas? Aber ich habe nicht die Absicht, die hiesige Schneiderin zu beauftragen. Ich habe meine eigene Nähmaschine mitgebracht. Ich werde unsere Kleider selbst nähen, falls dein Vater einverstanden ist.« Dann schenkte sie Mary Rose einen sonderbaren Blick. »Du hast großes Glück, einen solchen Papa zu haben, finde ich. Du brauchst ihn nur um etwas zu bitten.«

Ihr Vater erkannte in der Tat die Notwendigkeit einer neuen Garderobe für den großen Anlass, und Mary Rose und ihre Gouvernante verbrachten so manch herrliche Stunde damit, Stoffrollen aus Seide, Satin und Musselin in Mr. George Smith's Laden zu befühlen, der sich zwischen dem Fischmarkt und der Bäckerei befand, die Joseph Colyton und seinem Sohn gehörte.

Schließlich entschied sich Véronique sowohl für eine blasse lavendelfarbene Seide als auch für einen cremefarbenen Musselin. Gleich zwei Stoffe! Mary Rose kam unwillkürlich der Gedanke, dass das ziemlich gierig war.

»Ich denke, du solltest diese hier tragen«, sagte Véronique und wählte eine blaugrüne Seide aus.

Mary Rose stockte der Atem. Die Farbe war so auffällig. So mutig. »Vertrau mir.« Véronique klang entschieden. »Sie passt zu deinem Teint. Und mit diesen Haaren kannst du es dir leisten, Farbe zu bekennen.« Sie wandte sich an George Smith und dessen Frau, die geduldig Seidenbahn um Seidenbahn zur Auswahl ausgelegt hatten. »Mr. Marchmont lässt ausrichten, dass Sie die Rechnung an ihn schicken sollen.«

Der Ausdruck in Mrs. Smith's Gesicht erinnerte Mary Rose an die Diskussion zwischen ihr und der Köchin über

Véroniques Stellung im Haus. Sie spürte erneut Empörung im Namen ihrer Gouvernante. Wie konnte man Véronique ihr Glück absprechen, wenn sie so viel Freude in ihr Haus brachte?

»Ich werde für das Gartenfest das Cremeweiße anziehen und für den Ball das Lavendelfarbene«, verkündete Véronique, als sie auf der Hauptstraße die kurze Strecke zu Fuß nach Hause gingen.

Für den Ball? Hatte Mary Rose richtig gehört?

»Hast du das nicht gewusst?« Véroniques Augen funkelten. »Lady Romer veranstaltet einen Ball, einen Tag nach unserem Gartenfest.« Ihre Hand tastete nach der von Mary Rose. »Ich habe deinem Vater gesagt, dass ich der Auffassung bin, dass du alt genug bist, um mitzukommen, aber leider stimmte er mir nicht zu. Trotzdem wäre ich dir sehr dankbar, wenn du mir einen besonderen Gefallen erweisen könntest.«

Mary Rose nickte leise. Es wäre so reizend gewesen, ihren ersten Ball zu besuchen! »Würdest du auf meinen kleinen Pepe aufpassen, solange ich fort bin?« Véroniques Blick verschleierte sich. »Ich würde ihn keiner anderen Person anvertrauen.«

Sofort verflüchtigte sich die ganze Enttäuschung darüber, von dem Ball ausgeschlossen zu sein, wie die Pfützen auf dem Steinpflaster, die nun austrockneten, nachdem die Sonne hinter den Wolken hervorgetreten war.

»Es wäre mir eine Ehre!« Mary Rose errötete. »Ich danke Ihnen. Aber bitte, sagen Sie mir, wer wird Sie zum Ball begleiten? Miss Hall? Vielleicht würde es ihr gefallen, in feiner Gesellschaft zu sein. Ich fürchte nämlich, dass wir sie neulich arg beleidigt haben.«

Véronique lachte ihr perlendes Lachen, was einen Passanten veranlasste, kurz stehen zu bleiben und sie anzustarren, bevor er seinen Zylinder lüftete und dann weiterging. »Mademoiselle Hall? Die arme alte Jungfer. Ich glaube wohl kaum.«

Ihre Augen begannen zu funkeln, als bewahrten sie ein Geheimnis. »Allerdings hege ich die Hoffnung, dass eine gewisse Person mir in Kürze eine Offerte machen wird. Nein, stell keine weiteren Fragen, chérie! Wir werden einfach abwarten müssen.«

6

Der Stickzirkel sprach von nichts anderem mehr als den bevorstehenden Feierlichkeiten für die Eisenbahn. Mary Rose, vertieft in ihr Sticktuch mit dem Seamouth-House-Motiv, hörte gespannt zu, während die anderen Frauen darüber plauderten, was sie anzögen und wer alles käme und was für eine fantastische Kette von Ereignissen daraus hervorgehen könne.

Das steigende Lampenfieber von Mrs. Amelia Mills und den anderen Damen ließ darauf schließen, dass man bei so einer großen Veranstaltung wie dieser damit rechnen konnte, dass eine Lady einen Heiratsantrag erhalten würde.

»Mrs. Alice Thomason, geborene Goode, wurde während der Feierlichkeiten zur Krönung der Queen die Ehe angetragen«, plapperte Letitia aufgeregt. »Dabei war sie so unansehnlich, dass niemand gedacht hätte, dass jemals einer um ihre Hand anhalten würde. Aber es heißt, dass Sam Thomason, der arme Narr, zu viel von dem Brandy hatte und sich hinreißen ließ.«

Mary Rose, deren Nadel sich zu diesem Zeitpunkt gleichmäßig über der Stalluhr auf ihrem Sticktuch bewegte, fragte sich unwillkürlich, ob denn noch aufregende Ereignisse übrig seien, wenn sie ein heiratsfähiges Alter erreichte. Falls nicht, bedeutete das dann, dass nie ein Mann um sie werben würde? Andererseits hatte sie in der Stadt noch keinen einzigen jungen Mann gesehen, bei dem sie den Wunsch verspürte, »seine

Gunst zu gewinnen« – einer von Annies Lieblingsausdrücken. Der einzige Mann unter zwanzig, den Mary Rose kannte, war ihr Cousin Henry. Zuweilen glaubte sie, an ihm Gefallen zu finden, obwohl er äußerst lästig sein konnte. Aber das lag wahrscheinlich nur daran, wie Annie erklärt hatte, dass ihr sonst kein anderer Mann im angemessenen Alter und aus angemessenen Verhältnissen bekannt war. In dem Gespräch war der Eindruck entstanden, dass Annie trotz ihres Mondgesichts und ihrer langsamen Sprechweise einen weitaus größeren Kreis von Verehrern hatte, als Mary Rose sich jemals erträumen konnte.

Unterdessen blieb Véronique, deren Finger über einen prächtigen Turm auf ihrem eigenen Sticktuch flogen, die ganze Zeit still, ein leises Lächeln im Gesicht.

»Ich glaube, in Seamouth House soll ein Gartenfest stattfinden«, bemerkte Letitia, die laut Véronique mit der Zunge doppelt so schnell arbeitete wie mit der Nadel.

»Ja!« Mary Rose beugte sich begeistert vor und stach sich dabei versehentlich in den Finger. Ein kleiner Blutstropfen fiel auf ihr Sticktuch, und sie versuchte sofort, ihn zu entfernen, aber vergebens. Nun war im oberen Teil der Stalluhr ein hellroter Fleck. »Papa hat eine Wanderschauspieltruppe eingeladen, und sie wird bei uns eine Vorstellung geben!«

»Ist das so?«, dröhnte eine tiefe Stimme. In die Damenrunde kam Bewegung, während eine kleine füllige Frau in steif raschelnder Seide den Raum betrat. Alle erhoben sich und machten einen kleinen Knicks, auch Véronique, die Mary Rose mit den Augen signalisierte, dass sie es ihnen gleichtun sollte.

»Lady Romer«, sagte Miss Hall ehrerbietig. »Wie liebenswürdig von Ihnen, uns mit Ihrer Anwesenheit zu beehren.«

Mary Rose wusste aus vorherigen Gesprächen in der Gruppe, dass die neue Lady Romer, die nach dem Tod ihrer verwitweten Schwiegermutter deren Titel übernommen hatte, dem

Stickzirkel nur selten die Ehre erwies, obwohl sie dessen Vorsitzende war. Natürlich war sie viel beschäftigt mit Jagdausflügen und Bällen in London. Warum erschien sie gerade heute?, fragte sich Mary Rose, während sie ihre aristokratische Nachbarin beobachtete, als diese die Handarbeiten der Frauen der Reihe nach begutachtete und brummende Laute der Zustimmung von sich gab oder, wie im Fall der armen Miss Hall, überhaupt nichts sagte.

»Ah, Mary Rose, meine Liebe.«

Mary Rose vernahm das Rascheln von Seide und spürte, dass die Besucherin neben ihr stehen blieb. »Eure Stalluhr, wie ich sehe. Sehr gut, obwohl ich glaube, dass sie braun sein sollte statt rot.«

»Das liegt daran, dass ich mich unbeabsichtigt in den Finger gepikst habe«, entschuldigte Mary Rose eifrig den Fehler. »Das ist ein kleiner Blutstropfen, den ich nicht herausbekomme.«

Die Reaktion war ein Schnauben, das eher widerwillige Belustigung als kühle Kritik andeutete. »Es wäre nicht das erste Mal, dass das Establishment in dieser Region Blut lässt.« Es folgte ein leichtes Tätscheln auf Mary Rose' Schulter, bevor Lady Romer weiterging.

Das war wahrhaftig ein Lob! Mary Rose errötete vor Freude, obwohl sie nicht umhinkonnte, Mitleid mit der armen Miss Hall zu empfinden, deren Miene niedergeschlagen und still war. Unterdessen blieb Lady Romer vor Véroniques Stuhl stehen. »Was für ein herrliches Motiv und so detailliert ausgeführt. Ich habe gehört, dass dieses Schloss früher Ihr Heim war.« Ihre Stimme klang ungläubig. »Ist das wahr?«

Die Gouvernante senkte leicht den Kopf und antwortete in einem zurückhaltenden Ton, den Mary Rose noch nie zuvor von ihr gehört hatte. »Das ist in der Tat wahr.«

Lady Romer machte ein Gesicht, als hätte sie gerade etwas

Unerwartetes geschluckt. »Ich habe außerdem gehört, dass Sie eine Laville sind.«

Véronique neigte wieder den Kopf in eleganter Bejahung dieser Tatsache.

Lady Romers Augen wurden schmal. »Dann müssen Sie mit einer Cousine von mir bekannt sein, die in die Pariser Familie Lafayette eingeheiratet hat.«

Véroniques Augen leuchteten auf. »Certainement! Die Lafayettes waren enge Freunde meines Vaters. Wir haben früher oft gemeinsam diniert.« Sie hob kühn den Kopf. »Deshalb bin ich auch flüchtig mit Ihrem Sohn bekannt.«

»Tatsächlich.« Lady Romers Augen bekamen nun einen interessierten Glanz. »Wie überaus interessant.«

Die restliche Runde, Mary Rose inbegriffen, beobachtete mit einer Mischung aus Bewunderung und, wie erwähnt werden muss, einem leichten Anflug von Eifersucht, dass Lady Romer mehrere Minuten lang mit Véronique über gemeinsame Bekanntschaften plauderte. Meine arme Gouvernante, dachte Mary Rose, während ihre Nadel mit erhöhter Begeisterung ein- und ausfuhr. Es musste sehr hart sein für eine Edeldame, arbeiten zu müssen.

Schließlich verabschiedete sich Lady Romer mit einem generellen Nicken der Zustimmung in den Raum, während sie sich eifrig bemühte, nicht in die Richtung der unglückseligen Miss Hall zu blicken, deren Seidenbänder zu einem schlimmen Knäuel verknotet waren.

»Wisst ihr was?«, sagte Letitia gleich darauf begeistert. »Der Besuch unserer Vorsitzenden hat mich auf eine Idee gebracht!« Sie wandte sich an Mary Rose. »Vielleicht kannst du deinen Vater fragen, ob unser Stickzirkel auf eurem Gartenfest eine kleine Ausstellung machen darf. Wir würden natürlich auch an die Armenkasse spenden.«

Aus Véroniques Richtung kam ein leises Zwitschern. »Quelle bonne idée! Ich denke, wir sollten Monsieur Marchmont umgehend fragen, findest du nicht auch, ma petite?«

Einmal mehr gab Papa sein Einverständnis. Daraufhin stürzte sich die Damenrunde umgehend in hektische Aktivität, um die Stickmuster rechtzeitig fertigzustellen. Das Gartenfest war direkt im Anschluss an die Bahnhofseröffnung geplant, ein Ereignis, zu dem mehrere führende Personen der Stadt erwartet wurden, darunter der Bürgermeister, der Bankdirektor und bestimmte Geschäftsinhaber. Mary Rose' Vater, der als großer Lohnherr dafür sorgte, dass auf so viele Tische Brot kam, war gebeten worden, eine Rede zu halten.

Am Festtag selbst wurde Mary Rose beinahe schlecht vor Aufregung. »Ich wünschte, Mama könnte dabei sein«, vertraute sie Véronique an, während sie in das Seidenkleid schlüpfte, das ihre Gouvernante für sie genäht hatte.

»Nun, ma petite, ich denke, sie würde sich sehr darüber freuen, was sie hier zu sehen bekäme. Du siehst très jolie aus, aber komm, lass mich dich frisieren.«

Véroniques Finger schienen eine Ewigkeit zu brauchen, während sie ihre Haare in verschiedene Richtungen drehten und zogen, aber als sie fertig war, verschlug es Mary Rose beim Anblick ihres Spiegelbilds den Atem. Ihrer Gouvernante war es gelungen, ihre widerspenstigen rostroten Locken zu einem eleganten Chignon zu bändigen, im gleichen Stil wie der von Véronique. Mary Rose erkannte sich selbst kaum wieder!

»Ich danke Ihnen so sehr«, flüsterte sie atemlos.

Véronique nickte anerkennend. »Du machst dich, finde ich. Und nun lass uns zu der Eröffnungsfeier aufbrechen, oder wir werden die Ansprache deines Vaters verpassen.«

Der neue Bahnhof war mit blauen, roten und weißen Fähnchen geschmückt, was, wie Mary Rose ihrer Gouvernante unnötigerweise erklärte, die Farben des Britischen Empire waren. Es war gut, dass sie früh gekommen waren, denn anderenfalls hätten sie sich mit einer schlechten Sicht begnügen müssen. Es herrschte so ein großer Andrang! Entsetzt beobachtete Mary Rose, dass ein kleines Kind beinahe von einer Kutsche überrollt wurde und gerade noch rechtzeitig von seiner Mutter gerettet werden konnte.

»Gott sei Dank ist nichts geschehen«, sagte Mary Rose laut, aber es herrschte so viel Lärm, dass Véronique, obwohl sie direkt neben ihr stand, sie nicht hörte. Dann schwappte eine Woge durch die Menge, als alle anfingen, sich auf die Zehenspitzen zu stellen und zu der Linie hinüberzuspähen, die eins der benachbarten Felder durchpflügte. »Da kommt sie!«, rief jemand, und lauter Jubel erhob sich in die Luft, während ein riesiges schwarzes Monster schnaubend in den Bahnhof einfuhr und eine schwarze Rauchwolke ausstieß, die alle husten und spucken ließ, auch ihre Gouvernante, die nun zwei Spitzentaschentücher aus ihrer Tasche nahm, eins für jede von ihnen.

Dann hob die Kapelle an zu spielen, und die Jungen und Männer bliesen die Trompeten und schlugen die Trommeln, als würden die Adern in ihren Gesichtern gleich vor Stolz platzen. Mary Rose beobachtete ehrfürchtig, dass ihr Vater auf dem Podium daneben stand, zusammen mit dem Bürgermeister und dem Bankdirektor. Sie wollte gerade eine Bemerkung zu Véronique machen, als diese sanft mit einem Finger ihren Unterarm berührte, um ihr zu bedeuten, dass sie still sein sollte.

»Ladys und Gentlemen.« Es war ihr Vater! »Ich freue mich, heute diesem ganz besonderen Anlass beiwohnen zu können. Die Eröffnung der Eisenbahnlinie zwischen Seamouth und Exeter wird unser Leben für immer verändern – und zwar zum

Besseren. Wir werden nicht nur in der Lage sein, unsere Güter schneller zu transportieren, was den Handel fördern wird, sondern es bedeutet auch, dass das persönliche und private Reisen in Zukunft viel einfacher sein wird.«

In diesem Augenblick flog eine Seemöwe über ihren Köpfen hinweg und kreischte Beifall. Danach war der Bürgermeister an der Reihe, um ein paar Worte zu sprechen, bevor er sich schließlich an eine kleine Frau in blassblauer Seide wandte, die neben ihm auf einem Stuhl saß. Es war Lady Romer. Sie erhob sich und bewegte sich auf das breite blau-rot-weiße Band zu, das um das Bahnhofstor gespannt war, und durchtrennte es mit einer Schere, die ihr der Bankdirektor gereicht hatte. »Ich erkläre die Linie hiermit offiziell für eröffnet«, verkündete sie trocken, und wieder ertönte lauter Jubel. Mary Rose wurde auf einen jungen Mann in ihrer Nähe aufmerksam, der Letitias Zofe auf seine Schultern hob. Bedeutete dies, dass er um ihre Hand anhalten würde?

»Komm«, raunte Véronique ihr verschwörerisch zu. »Wir müssen zurück zum Seamouth House, damit wir vor den Gästen da sind.« Sie kehrten gerade noch rechtzeitig zurück. Die ganze Stadt, so schien es, war versessen darauf, die Heimstätte der Marchmonts zu besichtigen, und obwohl niemand in das Haus selbst eingeladen wurde, wimmelte es auf dem Grundstück von Besuchern. Alle Dienstmädchen, auch Annie, hatten gut damit zu tun, Tee und Gebäck und Kuchen zu verteilen.

»Was für herrliche Gärten«, hörte Mary Rose einen Gast sagen. »Sie erinnern an Zimmer, die von einem ins nächste führen. Ich habe gehört, die Herrin des Hauses starb vor zwei Jahren und hinterließ einen Witwer und ein Kind. Wirklich sehr traurig.«

Die Worte verursachten Mary Rose einen Kloß in der Kehle,

aber wie immer verbarg sie ihren Kummer hinter einem fröhlichen Lächeln und konzentrierte sich stattdessen auf ihre Pflichten als Gastgeberin. Genau dies, wusste sie, würde Mama von ihr erwarten. Unterdessen hatte der Stickzirkel seinen Präsentiertisch unter der Eiche aufgebaut, und viele Besucher blieben davor stehen, um die Arbeiten zu bewundern. Mary Rose eilte hinüber zu Véronique, die mit einem großen, attraktiven dunkelhaarigen Gentleman mit einem glänzenden Schnurrbart plauderte. »Marie Rose«, sagte ihre Gouvernante lächelnd. »Ich glaube, du hast bereits früher die Bekanntschaft von Lady Romers Sohn gemacht.«

Mary Rose errötete, als dieser adrette Mann, den sie seit der Beisetzung ihrer Mutter nicht mehr gesehen hatte, ihre Hand ergriff und sich vor ihr verbeugte, als wäre sie erwachsen. Wie schmissig er war. Dann richtete er seine Aufmerksamkeit wieder auf ihre Gouvernante. »Meine Mutter hat mir von Ihrem Sticktuch erzählt«, sagte er, während sein Finger über das fein ausgearbeitete Petit-Point-Motiv und die Kreuzstiche strich, die so winzig waren, dass sie mit dem bloßen Auge kaum zu erkennen waren. »Gehe ich recht in der Annahme, dass es sich hierbei um ein Bild Ihres ehemaligen Familiensitzes handelt?«

Véronique neigte bejahend den Kopf leicht zur Seite.

»In diesem Fall möchte ich es gerne erwerben, falls es käuflich ist.«

Auf Véroniques Wangen erschien jeweils ein leuchtend roter Fleck. »Sie erweisen mir damit eine große Ehre, Sir.«

»Keineswegs.« Lord Romer öffnete seine Brieftasche und nahm eine Geldnote heraus. »Ich überbringe Ihnen außerdem eine Einladung meiner Mutter. Sie lässt anfragen, ob Sie uns morgen Abend in kleiner Runde auf unserem Hausball Gesellschaft leisten möchten?«

Mary Rose beobachtete bestürzt, dass die Flecken im Gesicht ihrer Gouvernante sich verdunkelten. »Danke vielmals. Das ist überaus großzügig von Ihnen. Ich nehme die Einladung gerne an.«

7

Mary Rose war verwirrt. Sie hatte Véroniques Worte nach ihrem gemeinsamen Einkaufsbummel vor ein paar Wochen immer noch deutlich im Kopf. *»Ich hege die Hoffnung, dass eine gewisse Person mir in Kürze eine Offerte machen wird.«*

Hatte ihre Gouvernante also geahnt, dass Lord Romer sie einladen würde, oder war sie von jemand anders enttäuscht worden? Mary Rose wollte nicht fragen. In der Zwischenzeit war Véroniques unübersehbare Aufregung so ansteckend, dass Mary Rose mitfieberte. Sie verdrängte ihre Enttäuschung darüber, dass sie von dem Ball ausgeschlossen wurde, und half ihrer Gouvernante nach deren Anleitung beim Haareflechten, bevor sie sie anschließend bewunderte, als diese in ihrem wunderschönen lavendelfarbenen Seidenkleid aus ihrem Zimmer kam.

»Sie sehen aus wie eine Prinzessin«, flüsterte sie. Es war die Wahrheit. Nicht einmal Mama hatte so bezaubernd ausgesehen, obwohl dieser Gedanke Mary Rose ein eigenartiges Gefühl verursachte.

Véronique neigte den Kopf leicht zur Seite auf diese Art, die Mary Rose schon zuvor beobachtet hatte. Diese Geste kündigte oft ein Lob an. »Du wirst auf Pepe achtgeben, nicht wahr?«, sagte sie in einem Ton, der mehr wie ein Befehl klang als wie eine Bitte. Dabei ging sie in die Knie, um die seidigen Ohren des Hündchens zu kraulen.

»Ich verspreche es.« Mary Rose war mächtig stolz darauf, dass sie mit dieser verantwortungsvollen Aufgabe betraut wurde. »Ich werde ihn nicht aus den Augen lassen.«

»Bon.« Die blauen Augen ihrer Gouvernante schienen sich einen Augenblick lang schwarz zu färben. »Wenn ihm etwas zustößt, Mary Rose, muss ich dich dafür zur Rechenschaft ziehen. Gut, ich sollte nun gehen.«

Mary Rose beobachtete gebannt, wie diese Erscheinung die Treppe hinunterschwebte in die große Empfangshalle. Zufällig hielt sich ihr Vater gerade dort unten auf in seiner prachtvollen Abendgarderobe mit dem steifen weißen Kragen, der sich von dem dunklen Stoff abhob. Wie schmuck er aussah, in Mary Rose' Augen sogar noch schmucker als Lord Romer auf dem Gartenfest.

»Mademoiselle«, sagte er in einem Ton, der tiefes Erstaunen ausdrückte und, wie Mary Rose mit einem kleinen Stich der Eifersucht wahrnahm, nicht gerade wenig Bewunderung. »Sie sehen großartig aus. In der Tat, großartig. Mir war nicht bewusst, dass Sie ebenfalls den Ball besuchen.«

Oben auf dem Treppenabsatz, den kleinen Pepe sicher in ihrem Griff, sah Mary Rose, dass ihre Gouvernante einen kleinen Knicks machte. »Lady Romer war so aufmerksam, mich zu ihrer Abendgesellschaft einzuladen. Sie hat Lord Romer gebeten, mir seine Kutsche zu schicken, damit sie mit mir über die Wunder von Paris plaudern kann, die sie vor ein paar Jahren das Vergnügen hatte zu besichtigen.«

»Ich verstehe.«

Mary Rose kannte diesen Ton ihres Vaters aus dem Steinbruch. Er bedeutete, dass Papa *nicht* verstand, und zwar ganz und gar nicht! »Verzeihen Sie mir, dass ich Sie auf unserer eigenen Feier nicht mit einbezogen habe.« Seine Stimme senkte sich, und Mary Rose spitzte die Ohren, während sie Pepe nach wie vor beschützend an sich drückte, sodass sie Papas Worte gerade noch verstehen konnte. »Es ist für mich das erste Mal seit dem Tod meiner Frau, dass ich ein solches Ereignis besuche. Meine Freunde sind offenbar der Auffassung, es sei Zeit für mich, wieder am gesellschaftlichen Leben teilzunehmen. Aber es fällt mir nicht leicht.«

Gerade als Véronique darauf antworten wollte, erklang draußen in der Einfahrt das Geräusch einer Kutsche. »Au revoir!«, sagte Véronique fröhlich, während sie sich von dem Hausdiener hinausgeleiten ließ, damit er ihr beim Einsteigen behilflich sein konnte. Zum Abschied gab es keinen Knicks mehr vor ihrem Vater, beobachtete Mary Rose verwundert. Es hatte den Anschein, als wäre Véronique plötzlich ein Gast in ihrem Haus statt ihre Gouvernante.

Während der nächsten paar Minuten stand ihr Vater einfach so da. Wie einsam er wirkte! Mary Rose eilte die Treppe hinunter, Pepe immer noch auf dem Arm. »Papa, ich wünschte wirklich, ich könnte dich zu dem Ball begleiten. Ich hätte es tun können, schließlich bin ich fast alt genug, nicht wahr?«

Ihr Vater nickte. »Mag sein.« Ein wehmütiger Ausdruck huschte über sein Gesicht. »Ich sollte mir öfter in Erinnerung rufen, dass du kein Kind mehr bist. Im Nachhinein betrachtet, hätte nichts gegen deine Teilnahme gesprochen.«

Ein eigenartiges Gefühl verfing sich in Mary Rose' Brust. »Aber Véronique sagte, du hättest ihr erklärt, dass ich noch zu jung sei, als sie dich um Erlaubnis bat.«

Ihr Vater runzelte die Stirn. »Habe ich das? Ich erinnere mich nicht.« Er schüttelte bedauernd den Kopf. »Es muss mir entfallen sein. Wir haben in letzter Zeit sehr viel zu tun im Steinbruch.«

Es war ihm entfallen? Oder war es möglich, dass Véronique ihn überhaupt nicht auf den Ball angesprochen hatte? Aber warum würde sie so handeln? Plötzlich verunsichert, lief Mary Rose in den Salon zum Fenster, um die Kutsche zu beobachten, die mit dem Wappen der Romers geschmückt war und nun aus dem Hof fuhr. Wie seltsam! Wenn sie sich nicht täuschte, saß im Fond der Kutsche eine weitere Person: ein schwarz berockter Gentleman, der große Ähnlichkeit mit Lord Romer hatte. War er etwa persönlich gekommen, um ihre Gouvernante abzuholen?

Die Kutsche ihres Vaters folgte kurze Zeit später und schlängelte sich den Weg hoch zum Anwesen der Romers auf der Kuppe des Hügels auf der gegenüberliegenden Talseite. An Mary Rose' Seite stieß Pepe ein leises Jaulen aus, als würde er dagegen protestieren, dass auch er zurückgelassen worden war. Mary Rose beugte sich zu ihm hinunter, um ihn tröstend hinter den Ohren zu kraulen.

»Ich wäre auch gerne hingegangen«, erklärte sie ihm. »Vielleicht im nächsten Jahr. Es wird bestimmt noch mehr Bälle geben.« Aber keinen, das wusste sie, der so speziell sein würde wie dieser hier zur Feier der Eisenbahn. Eine solche Gelegenheit würde sich nie wieder bieten, eine, die Mary Rose entweder von Véronique oder von ihrem Vater verwehrt worden war.

Pepe blickte derart verständnisvoll zu ihr hoch, dass ihr Herz dahinschmolz. Gleichzeitig kam ihr das Versprechen ihrer Gouvernante in den Sinn. »Wenn du möchtest, kannst du aufbleiben und auf mich warten. Dann werde ich dir bei meiner Rückkehr alles berichten«, hatte sie gesagt.

Aber irgendwie rief diese Vorstellung in Mary Rose nicht so viel Begeisterung hervor, wie sie hätte auslösen sollen. »Alles in Ordnung, Miss?«, fragte Annie, als sie kam, um ihr vor dem Zubettgehen beim Auskleiden zu helfen.

»Alles bestens, danke.« Sie wollte nicht schnippisch klingen, aber aus irgendeinem Grund ärgerte sie Annies Freundlichkeit – als wäre Mary Rose diejenige, die man bemitleiden musste, statt das Mädchen mit dem seltsamen Auge. »Bitte, lass mich nun allein. Ich benötige keine Hilfe. Ich komme heute Abend selbst zurecht.«

Annie warf ihr einen gekränkten Blick zu. Sofort bekam Mary Rose ein schlechtes Gewissen, aber das Mädchen verließ das Zimmer, bevor sie sich entschuldigen konnte. Verärgert über sich selbst, rollte sie sich auf dem Fensterplatz zusammen und hielt Pepe wie ein Baby im Arm. »Jetzt sind nur noch wir zwei da«, murmelte sie, während sie das Gesicht in seinem Fell vergrub. »Nur noch du und ich, bis die anderen zurückkehren.«

Mary Rose blieb so lange auf, bis sogar der Mond schläfrig wirkte mit diesen müden Falten in seinem Antlitz. Aber sie konnte sich immer noch nicht überwinden, ins Bett zu gehen. Das Haus war so still. Offenbar hatte sich selbst die Dienerschaft schlafen gelegt, obwohl der Hausdiener bestimmt noch wach war, um die Tür zu öffnen, wenn ihr Vater zurückkehrte.

»Es ist nicht fair, dass ich nicht mitkommen durfte«, flüsterte Mary Rose, während sie an ihrem Fensterplatz saß, der auf die Zufahrt hinauszeigte. Schließlich hatte Letitia (die sechs Monate älter war) die Erlaubnis erhalten, in Begleitung ihrer Eltern an dem Ball teilzunehmen. Sie würde jetzt tanzen, über das Parkett wirbeln und kokett mit jungen Männern flirten, die aus den benachbarten Grafschaften zu dem Ereignis angereist waren.

Wenn ihre Mutter noch leben würde, dachte Mary Rose mit wachsender Unruhe, wäre auch ihr sicher gestattet worden hinzugehen. Die Ungerechtigkeit, zusammen mit der unablässigen, quälenden Sehnsucht nach ihrer Mutter, weckte in ihr das drängende Bedürfnis, den schmalen Rubinring zu halten.

Um seine Wärme zu spüren, die sich in ihrer Hand ausbreitete. Um Mama nahezukommen, die ihn bis zuletzt getragen hatte. Wenn sie ihn doch nur halten könnte – nur wenige Sekunden lang –, würde sie bestimmt Trost empfinden.

Dann schrie draußen ein Käuzchen, als wollte es Mary Rose schlagartig zur Vernunft bringen, und sie verdrängte den Gedanken sofort wieder. Nein. Das war eine dumme Idee. Wenn Papa das herausbekam, würde er ihr nie wieder vertrauen. Und das zu Recht.

In ihrer Einsamkeit erlaubte sie der Trauer, die sie so lange unterdrückt hatte, durch ihren Körper zu rinnen. »Manchmal«, erklärte sie Pepe, der auf ihrem Schoß schlief, »stelle ich mir vor, dass Mama immer noch unter uns ist. Was denkst du?«

Das Hündchen bewegte sich im Schlaf, als würde es ihr zustimmen, dann setzte Pepe sich plötzlich auf, sträubte sein Fell und hüpfte kläffend an das Fenster. Was sah er dort draußen? Bang hielt Mary Rose für den Fall, dass es sich um einen Eindringling handelte, in dem dunklen Außengelände nach einer Laterne Ausschau. Nichts.

Aber gleich darauf war ein Geräusch in der Ferne zu hören, zunächst leise und dann zunehmend lauter. Es war das Rattern einer Kutsche, die sich auf der Zufahrt näherte. »Schlauer Junge«, sagte sie zu Pepe. »Du hast sie zuerst gehört, nicht wahr?«

Mit vor Aufregung wild klopfendem Herzen beobachtete sie, wie der Zweispänner vorfuhr, und erkannte mit einem Anflug von Enttäuschung, dass es die Kutsche ihres Vaters war und nicht die von Lord Romer. Nun würde sie noch länger wach bleiben müssen, um von den Ereignissen des Abends zu erfahren.

Mary Rose wandte sich vom Fenster ab und setzte sich an

das kleine Kaminfeuer. Pepe stand nun vor der Zimmertür und bellte aufgeregt, als würde er jemanden erwarten. Er hatte recht! Sie hörte das Geräusch von Schritten – anmutige, nicht die ihres Vaters –, die den Flur entlangtrippelten.

Es war Véronique. Sie war offenbar mit Papa zurückgekehrt. Wie ihr Gesicht glühte von der Kälte! Oder lag das an der Aufregung? »Mein Kleiner, hast du mich vermisst?« Sie hob den Hund an ihre Brust und bedeckte seinen Kopf mit einem Hagel von Küssen, bevor sie sich Mary Rose zuwandte. »Ma chérie. Es war tout charmant! Ich wünschte sehr, du hättest dabei sein können. Alle waren so aufmerksam, und meine Tanzkarte war ständig voll.«

»Wurde Ihr Kleid viel bewundert?«, fragte Mary Rose, während sie über die herrliche Seide strich.

Véronique nickte und lachte über Pepe, der sich nun auf die Hinterbeine gestellt hatte und mit den Vorderpfoten um ihre Aufmerksamkeit rang. »Die anderen Frauen trugen alle diese albernen ausladenden Reifröcke, mit denen sie ständig gegeneinanderstießen und irgendwo hängen blieben. Manche haben sich dabei sogar den Rock zerfetzt! Lord Romer und ich haben so gelacht.«

Mary Rose dachte sofort an den flotten Gentleman von der Gartenfeier. »Lord Romer? Haben Sie oft mit ihm getanzt?«

Auf Véroniques Wangen erschienen wieder diese roten Flecken. »Wir haben ein wenig Aufmerksamkeit erregt, wie ich zugeben muss. Aber nun, ma chérie, musst du dich schlafen legen. Ich habe aufregende Neuigkeiten für dich, aber ich kann sie dir erst morgen früh erzählen. Nein, sieh mich nicht so flehentlich an. Ich habe jemandem mein Versprechen gegeben. Morgen wird sich alles aufklären. Ich verspreche es dir.«

Was konnte sie damit meinen? Mary Rose schlief in dieser Nacht sehr unruhig und wälzte sich ständig hin und her.

Aufregende Neuigkeiten? Vielleicht würde es einen weiteren Ball geben! Vielleicht durfte sie dieses Mal mitkommen, als Wiedergutmachung für den letzten. Oder vielleicht würde Papa sie und Véronique zu einer Fahrt mit der neuen Eisenbahn einladen.

Als Mary Rose am nächsten Tag zum Frühstück hinunterging, war sie zu der Überzeugung gelangt, dass es sich um Letzteres handelte. Sie würden nach Exeter fahren mit der Eisenbahn, die die törichte Miss Hall als ein Monster bezeichnet hatte. Mary Rose würde zu den Ersten in der Stadt gehören, die dieses Gefährt ausprobierten!

Sie würde ... Sie verharrte abrupt, als sie das Speisezimmer betrat. Statt ihren üblichen Platz am anderen Ende des Tisches hatte Véronique den Platz neben Papa besetzt – der normalerweise Mary Rose gehörte.

»Mein Liebes«, sagte ihr Vater mit einer seltsamen Stimme, die feierlich und aufgeregt zugleich klang. »Ich habe Neuigkeiten, die dir, wie ich hoffe, große Freude bereiten werden. Mademoiselle Laville hat mir die Ehre erwiesen, meinen Antrag anzunehmen und meine Frau zu werden. Mein Liebes, du wirst eine Stiefmutter bekommen.«

8

Eine Stiefmutter? Mary Rose stand da, benommen von dem Schock, und streckte die Hand aus, um sich abzustützen, während sie die Neuigkeit verarbeitete. Aber Véronique war ihre Gouvernante! Beinahe jung genug, um ihre ältere Schwester zu sein. Außerdem war Mary Rose' richtige Mutter gerade einmal drei Jahre tot, und Papa befand sich nach wie vor in tiefer Trauer. Hatte er ihr das nicht selbst gesagt, wieder und wieder? Es musste sich um einen Irrtum handeln.

Aber nein. Als sie die zwei nun betrachtete, während Véronique sich an Papas Arm klammerte, war es offenkundig, dass zwischen den beiden tatsächlich Zuneigung bestand. »Mach nicht so ein besorgtes Gesicht, ma petite. Du und ich, wir werden die allerbesten Freundinnen sein.«

Noch während Véronique sprach, schenkte sie Papa einen koketten Augenaufschlag, der seine Wangen tief erröten ließ. »Ich kann dir nicht sagen, wie glücklich mich das macht«, sagte er. Dann streckte er Mary Rose seine freie Hand entgegen. »Wir werden wieder eine Familie sein.«

Aber du und ich sind bereits eine Familie, hätte sie am liebsten aufgeschrien. Wir brauchen niemand anders, nicht in dieser Art. Doch irgendwie gelang es ihr zu lächeln, wie ihre Mutter ihr immer eingeschärft hatte. »Wer wird mich dann unterrichten?«, fragte sie, während sie immer noch versuchte, die notwendigen Änderungen zu begreifen, die nun getroffen werden mussten.

Ihr Vater hob zu einer Antwort an, aber Véronique kam ihm zuvor. »Ich werde vorerst mit dem Unterricht fortfahren. Für die Zukunft werden wir sehen.«

Was sehen? Mary Rose spürte ein seltsames Flattern der Besorgnis, aber es gab keine Gelegenheit für weitere Fragen. Innerhalb kürzester Zeit nach der Ankündigung schien sich bereits alles zu ändern. »Ich werde nach London fahren, um mein Hochzeitskleid zu besorgen«, eröffnete Véronique beim Frühstück am nächsten Morgen. Sie saß wieder auf Mary Rose' Platz neben ihrem Vater. Papa musste das doch auffallen, oder? Innerlich spürte Mary Rose einen kleinen Groll. Aber wenigstens würde Véronique wegfahren und ihr damit ermöglichen, Zeit mit ihrem Vater zu verbringen wie früher in den alten Tagen.

Aber sie hatte sich getäuscht. »Ich werde im Steinbruch gebraucht«, sagte Papa eilig, als sie ihm vorschlug, einen Morgenspaziergang am Strand zu machen. »Außerdem, trifft sich heute nicht dein Stickzirkel?« Er tätschelte sanft ihren Kopf, als wäre sie noch ein kleines Kind. »Ich bin froh, dass du hier Anschluss gefunden hast. Véronique möchte nach der Hochzeit gerne mit mir auf Reisen gehen, und es erleichtert mein Herz, wenn ich weiß, dass du deinen eigenen Gesellschaftszirkel hier in Seamouth hast.«

Damit verabschiedete er sich von Mary Rose, die gekränkt und verwirrt zurückblieb. Aber sie war entschlossen, ihre Gefühle vor der Stickrunde zu verbergen, besonders da Miss Hall sich sofort auf sie stürzte, noch bevor Mary Rose überhaupt ihre Haube abgenommen hatte. »Sag, ist es wahr, dass dein Papa diese Französin heiraten wird?«

Ihre unattraktiven aufgerissenen runden Augen traten hervor, als würden sie ihr gleich aus dem Kopf fallen. »Die ganze Stadt spricht darüber, weißt du. Offenbar widmete Lord Romer deiner Gouvernante auf dem Ball ein großes Maß an Aufmerksamkeit.«

Letitia fiel dazwischen. »Man sagt, deinen Papa schien das nicht zu kümmern, denn er bat die Französin trotzdem um einen Tanz.« Sie senkte die Stimme, obwohl kein Grund dazu bestand, da der ganze Raum aufmerksam zuhörte. »Es wird gemunkelt, dass sie den Bürgermeister dafür stehen ließ.«

»Natürlich«, unterbrach Miss Hall, die das Wort wieder an sich riss, »hat Lord Romer – der einen Ruf als Herzensbrecher genießt, glaube ich – nicht wirklich ein Interesse daran, eine Gouvernante zu ehelichen. Zweifelsohne war ihr das bewusst, und so benutzte sie ihn, um deinen …«

Ihre Stimme verlor sich, als sie Mrs. Mills' Miene bemerkte, die den Eindruck machte, als habe sie etwas geschluckt, was ihr nicht zusagte. »Um eine andere Form von Gesellschaft anzulocken«, beendete Miss Hall ihren Satz.

In diesem Moment gab es ein Geräusch an der Tür. Lady Romer! Wie prachtvoll sie aussah in ihrem grauen Seidenkleid mit dem cremefarbenen Spitzenkragen, den eine herrliche Brosche zierte. »Ich habe nicht die Absicht, hier zu verweilen«, sagte sie, während ihr Blick durch den Raum schweifte. »Ich bin gekommen, um eine bestimmte Person zu sehen, aber wie es scheint, ist sie heute nicht hier.«

Dann fiel ihr Blick auf Mary Rose, und ihr Ton wurde weicher. »Würdest du dafür sorgen, dass dein Papa diesen Brief hier erhält, meine Liebe? Ich danke dir.« Sie kam kurz an ihre Seite, um das Sticktuch zu begutachten, an dem Mary Rose Abend für Abend in ihrem Zimmer im Schein der Paraffinlampe arbeitete. Es war an den Rändern leicht ausgefranst, dank des kleinen Pepe, der es immer wieder zu stehlen versuchte, indem er mit dem Maul nach einem Stoffzipfel schnappte, aber es war trotzdem noch akzeptabel. »Du bist wirklich ein Naturtalent, meine Liebe. Deine Mutter, Gott möge ihre Seele schützen, wäre stolz auf dich.«

Mit diesen Worten verabschiedete sie sich, und Mary Rose musste unter dem Vorwand eines plötzlich auftretenden Schnupfens nach ihrem Taschentuch suchen.

Papa war nicht zu Hause, als sie zurückkehrte, also beschloss sie, sich zum Steinbruch aufzumachen, um ihm Lady Romers Brief direkt zu überbringen. Der Abstieg über den steilen Klippenpfad erinnerte sie an die Zeit, als es nur Papa und sie gegeben hatte. Wie selbstsüchtig sie doch gewesen war, sich von ihrer Gouvernante unterhalten zu lassen. Wie töricht von ihr, sich von Firlefanz wie Seidenbändern und Wildblumensammlungen und Französisch zerstreuen zu lassen. Hätte sie Papa nicht so sehr vernachlässigt, hätte er womöglich nicht das Bedürfnis entwickelt, eine andere Frau zu finden.

»Mary Rose!« Ihr Vater stand vor der Steilwand im Gespräch mit einem seiner Männer. »Was führt dich hierher?« Seine Miene trübte sich. »Ist etwas mit Véronique?«

Mary Rose spürte einen Stich, weil Papas Sorge seiner zukünftigen Frau galt statt ihr. »Ich bin gekommen, um dir einen Brief von Lady Romer zu überbringen.«

Neugierig beobachtete sie, wie ihr Vater die Mitteilung las. Seine Stirn runzelte sich, und zu ihrer großen Überraschung zerknüllte er dann das Papier und warf es in das Feuer hinter ihm. Er wandte sich rasch wieder um und bot ihr seinen Arm, als wäre nichts geschehen. »Lass uns einen Spaziergang machen, mein Liebes, so wie früher.«

Beinahe überwältigt vor Freude über seine erneute Aufmerksamkeit, hakte Mary Rose sich bei ihm ein. »Du musst wissen, ich habe mich einsam gefühlt, seit deine Mutter gestorben ist«, begann er, während sie den steilen Pfad erklommen, der zum Seamouth House führte.

»Aber Papa, du hast doch mich zum Reden! Ich weiß, in letzter Zeit war ich nicht so oft für dich da, wie ich hätte sein sollen, aber ich war mit meinen Unterrichtsstunden beschäftigt.«

Ihr Vater blieb stehen, wandte sich zu ihr und ergriff ihre beiden Hände, als hätte er etwas Wichtiges zu sagen. Die Steilwand war hinter ihm, und Mary Rose konnte das Meer sehen, das bedrohlich unter einem bleigrauen Himmel glitzerte. »Mein liebes Kind, du hast nichts falsch gemacht. Tatsächlich hast du allen Grund, dich für mich zu freuen. Ich werde sowohl dich haben als auch Véronique, um mich auf meine alten Tage zu trösten.«

Er stieß ein leises Lachen aus, bevor er weiter den Hügel emporstieg, dieses Mal, ohne ihre Hand zu halten. »Gewisse Personen in der Stadt, wie zum Beispiel Lady Romer, werden den Standesunterschied als zu groß empfinden. Allerdings, Mary Rose, darfst du nie vergessen, dass wir unser Vermögen mit Handel gemacht haben. Véronique dagegen stammt aus einem adligen Geschlecht, wenn auch aus einem mit eingeschränkten Verhältnissen.«

Mary Rose musste sich nun sputen, um mit ihm Schritt zu halten; ungewöhnlich für Papa, der doch sonst immer so viel Rücksicht nahm und anscheinend nicht bemerkte, dass Mary Rose kaum Schritt hielt. »Deine Mama«, hörte sie ihn sagen, als sie ihn schließlich einholte, »wird immer einen besonderen Platz in meinem Herzen haben. Das verstehst du doch, nicht wahr?«

Nein, hätte sie am liebsten erwidert. Das verstehe ich nicht. Wenn du Mama wirklich geliebt hättest, würdest du jetzt nicht eine andere lieben. Aber in Papas Miene lag eine solch ergreifende Mischung aus Hoffen und Bangen, dass sie keine andere Wahl hatte, als mit einem Nicken ihren Segen zu geben. »Ich wünsche mir nur, dass du glücklich bist, Papa«, flüsterte sie. »Mehr nicht.«

Die Trauung sollte im folgenden Monat vollzogen werden. »Das ist sehr bald«, bemerkte Annie eines Morgens mit ihrer üblichen Direktheit, als sie in Mary Rose' Zimmer kam, um den Kamin anzuschüren. Mary Rose, die mit ihrem Sticktuch am Fenster saß, blieb still, um ihre Gefühle zu verbergen, während ihre Nadel in den Stoff ein- und ausfuhr. Sie wusste nur allzu gut, dass eine Dame solche Angelegenheiten nicht mit der Dienerschaft besprechen sollte, und sie hatte das Gefühl, dass sie in der Vergangenheit zu offen gegenüber Annie gewesen war.

Am folgenden Nachmittag vernahm Mary Rose zu ihrer Überraschung das Rattern einer Kutsche draußen und beobachtete durch das Fenster im Morgenzimmer, dass ihre Tante ausstieg, gefolgt von ihrer Zofe. Mit einem Anflug von Enttäuschung nahm sie zur Kenntnis, dass Henry ferngeblieben war. Ihre Tante und ihr Vater diskutierten mehrere Stunden in der Bibliothek, und gelegentlich erhoben sie ihre Stimmen so sehr, dass jeder, der an der Tür vorbeikam, den einen oder anderen Satz aufschnappte.

»Du bist ein Narr, Ralph. Das Mädchen ist jung genug, um deine Tochter zu sein. Über kurz oder lang wird sie deiner überdrüssig werden.«

Dann drang die Stimme ihres Vaters durch die Tür, leiser, aber entschlossen. »Ich kann nicht wie ein Mönch leben, Sophia! Außerdem muss ich einen Erben hervorbringen.«

»Darüber haben wir schon beim letzten Mal gesprochen,

Bruder. Henry wird Mary Rose heiraten. Auf diese Weise bleibt der Steinbruch in Familienbesitz.«

Henry heiraten? Mary Rose spürte, dass sie vor Aufregung eine Gänsehaut bekam. Aber ihr Cousin hatte nichts für sie übrig, so viel stand fest, seinem Verhalten ihr gegenüber nach zu urteilen, das im besten Fall desinteressiert und im schlimmsten Fall provozierend war. Ihre Tante musste sich irren. Außerdem war Mary Rose noch viel zu jung, um eine Heirat in Erwägung zu ziehen. Im Moment war die Verbindung zwischen ihrem Vater und Véronique weitaus relevanter.

Trotz des Kummers, den ihr dies bescherte, konnte Mary Rose die instinktive Liebe nicht unterdrücken, die sie für ihren Vater empfand. »Ich werde alles tun, um dich glücklich zu machen«, schwor sie leise. »Und wenn das bedeutet, dass ich meine Gouvernante als meine neue Mama willkommen heißen muss, dann soll es so sein.«

Ihr Vater und Véronique wurden an einem herrlichen Frühsommertag in einer schlichten Zeremonie in der Pfarrkirche getraut. In ihrem cremeweißen Kleid, das ein Londoner Schneider aus Pariser Seide angefertigt hatte, sah ihre Stiefmutter umwerfend schön aus. Von der Familie der Braut war niemand zugegen, ein Umstand, den Tante Sophia scharf kommentierte. »Sehr merkwürdig. Aber nicht ganz unerwartet. Es würde mich nicht wundern, wenn hinter der jungen Frau mehr steckt, als man auf Anhieb erkennen kann.«

Zum Abschied stand Mary Rose unbeholfen vor dem Seamouth House und wusste nicht, was genau von ihr erwartet wurde. Aber dann entdeckte ihr Vater sie und näherte sich, Arm in Arm mit seiner neuen Frau. »Willst du mir nicht deinen Glückwunsch aussprechen, ma petite?«, fragte Véronique.

Mary Rose sah, dass ihr Vater sie aufmerksam beobachtete.

Sie wünschte sich so sehr, ihm zu gefallen. »Ich hoffe, ihr werdet sehr glücklich sein.«

Ein perlendes Lachen ertönte. »Ich danke dir, ma chérie. Bon, ich habe ein Geschenk für dich. Dein Vater und ich brechen gleich auf, zunächst nach Bath und von dort aus nach Italien. Du, ma petite, darfst solange auf Pepe aufpassen. Würde dir das gefallen? Das dachte ich mir.«

Véronique wandte lächelnd den Kopf zu Papa. »Ich würde mein geliebtes Hündchen niemand anders als deiner Marie Rose anvertrauen.«

»*Unserer* Mary Rose«, verbesserte er sie. »Sie ist jetzt *unsere* Tochter.«

»D'accord, Ralph.«

Ralph? Mary Rose war es so sehr gewohnt, dass Véronique ihren ehemaligen Dienstherrn mit »Monsieur Marchmont« anredete, dass ihr die neue Vertraulichkeit sonderbar vorkam. Gleich darauf fand sie irgendwie ihre Sprache wieder. »Aber wer wird mich unterrichten, während Sie fort sind?«

»Unterrichten, unterrichten! Immer dieser Ehrgeiz!« Véronique stieß ein schrilles Gelächter aus, das Mary Rose das Gefühl vermittelte, ihre Stiefmutter würde über sie lachen statt mit ihr. »Du brauchst doch auch einmal Ferien, nicht wahr, Ralph?«

Ihr Vater, der lächelnd jedes Wort seiner neuen Frau mit derart offensichtlicher Anbetung verfolgte, dass Mary Rose sich tief gekränkt fühlte, nickte bloß. »Pass auf dich auf, meine Tochter.« Er streifte flüchtig über ihre Wange. »Und tu, was deine Tante dir sagt.«

Kurz darauf setzte sich die Kutsche in Bewegung. Véronique winkte fröhlich, und Mary Rose schnappte erschrocken nach Luft. Etwas funkelte im Sonnenlicht. Nein. Das konnte nicht sein. Das war nicht möglich! Aber dann winkte Véronique erneut, und dieses Mal konnte Mary Rose ihn deutlich erkennen.

Mamas Ring – der Ring, den Papa ihr versprochen hatte, wenn sie alt genug war – steckte nun an Véroniques langem, elegantem Ringfinger! Schlimmer noch, es hatte den Anschein, als wollte Véronique sie absichtlich darauf aufmerksam machen, der demonstrativen Art nach zu urteilen, mit der sie ihre linke Hand in die Höhe hielt, damit alle den Ring sehen konnten.

9

Fassungslos und bestürzt begann Mary Rose, der Kutsche hinterherzulaufen. Dabei spürte sie, dass ihre Lunge sich mit dem Staub füllte, den die Kutschenräder aufwirbelten. Ein kleiner Stein traf sie im Gesicht, und sie ließ tatsächlich Pepe fallen, den sie bis dahin eng an sich gedrückt hatte. Die anderen hinter ihr, Tante Sophia inbegriffen, nahmen an, ihre Verzweiflung rühre daher, dass Papa wieder geheiratet hatte.

»Komm, komm«, sagte ihre Tante schroff. »Du musst stark sein, Nichte. Was geschehen ist, ist geschehen. Es ist Zeit, dass wir uns um uns selbst kümmern.« Ihre Augen wurden schmal. »Sieh dir nur dein Gesicht an. Es ist schmutzig.«

»Der Ring«, stammelte Mary Rose. »Mein Vater hat Véronique den Ring gegeben, den er mir versprochen hat, wenn ich älter bin.«

Ihre Tante stieß ein gackerndes Lachen aus. »Glaub mir, das ist erst der Anfang. Nun ist nichts mehr sicher. Nicht der Familienschmuck und auch nicht das Vermögen deines Vaters.« Ihr Gesicht nahm einen verkniffenen Ausdruck an, während ihr Blick hinunter zu dem Kalksteinbruch wanderte. »Das alles hier ist nun an Frankreich verloren, außer du kannst daran etwas ändern.«

Außer sie konnte daran etwas ändern? Sprach ihre Tante von der Heirat mit Henry wie neulich in der Diskussion, die Mary

Rose zufällig mitgehört hatte? Doch bevor sie fragen konnte, schwebte ihre Tante davon, zurück in das Seamouth House, nachdem sie sich bereit erklärt hatte, dort bis zur Rückkehr ihres Bruders zu bleiben.

Nur Annie mit ihrem seltsamen Auge schien Mary Rose zu verstehen. Sie war es, die Pepe eingesammelt hatte, der nun dasaß und der Kutsche traurig hinterherwinselte, die sich in der Ferne den Hügel hochschlängelte, bevor sie ganz außer Sicht verschwand. »Der Ring«, sagte Annie kopfschüttelnd. »Der Ring. Nun ist er fort. Fort mit einer, die ihn nicht haben sollte. Das gibt Unheil. Unheil.«

Mary Rose griff nach der Hand des Mädchens und drückte sie dankbar, während sie ein schlechtes Gewissen bekam, weil sie, wie die meisten im Haus, Annie als eine schlichte Natur abgetan hatte, die ihr Herz auf der Zunge trug. Aber das Mädchen verstand ihren Kummer, verstand, warum sich ihr Herz anfühlte, als wäre es in Fetzen gerissen worden.

Annies Liebenswürdigkeit brachte Mary Rose auf einen Gedanken. »Wie oft siehst du deinen Vater?«, fragte sie.

»Immer bei Vollmond, Miss.«

»Und vermisst du ihn nicht oder deine Familie?«

Das Mädchen schaute drein, als wäre ihm das noch nie in den Sinn gekommen. »Zu Hause sind wir fünf für ein Bett. Hier habe ich meine eigene Schlafstelle und ausreichend zu essen.«

Du liebe Güte! Annies langsame, aber manchmal erstaunliche Konversation half Mary Rose nun, neben Pepes Gesellschaft, die Zeit totzuschlagen, während sie auf die Rückkehr ihres Vaters und ihrer Stiefmutter warteten. Als aus den Wochen drei Monate wurden und dann vier, fragte sich Mary Rose, ob es voreilig von ihr gewesen sei, die beiden zu verurteilen. Vielleicht hatte Papa Véronique den kostbaren Ring nur geliehen. Vielleicht war alles nur ein simples Missverständnis!

»Möglicherweise bringt dein Vater dir bei seiner Rückkehr ein Dreirad mit?«, spekulierte Letitia. »Das wäre wunderbar, nicht wahr?«

Das wäre in der Tat wunderbar. Dreiräder waren gerade groß in Mode, sodass selbst Miss Hall in ihrer Stickrunde davon sprach. Ein wenig aufgemuntert, begann Mary Rose mit ihrem nächsten Sticktuch, ein ambitioniertes Motiv, das die Gärten des Seamouth House im Detail darstellte. Das Wetter war noch warm genug, dass sie draußen arbeiten konnte mit dem kleinen Pepe an ihrer Seite. »Du hast mich lieb, nicht wahr, Pepe?«, sagte sie und kraulte liebevoll seine Ohren. Es war so gut, von diesem kleinen Wesen angebetet zu werden, das jede ihrer Bewegungen verfolgte. »Ich habe dich auch lieb.«

Erst einige Zeit später, nachdem Mary Rose sich im Anschluss an das Frühstück mit ihrer Stickarbeit in den Garten gesetzt hatte, vertieft in die leuchtenden Grün- und Blautöne ihrer seidenen Bäume, wurde ihr bewusst, dass Pepe nirgendwo zu sehen war. »Annie«, rief sie. »Annie, bitte komm und hilf mir!«

Gemeinsam suchten sie überall, aber das Hündchen war nirgends zu finden. Mary Rose spürte aufkeimende Übelkeit. Konnte er hinunter zum Meer gelaufen sein? Vielleicht – bitte nicht, lieber Gott! – war er von der Klippe gestürzt oder in den Steinbruch gerannt. Ihr Vater hatte sie oft davor gewarnt, allein in den Schacht zu gehen. Jeder, der sich dort ohne Begleitung und ohne eine Laterne hineinwagte, konnte sich für immer verirren.

»Pepe! Pepe!«, rief sie, während sie vom Garten über den Klippenpfad hinunter zum Kiesstrand lief, wo sich der Schachteingang befand. »Pepe, wo bist du?«

Aber die einzige Antwort kam vom Meer, das zurückfauchte und sich auf die grünen Algenfinger der schwarzen Felsen warf, die sich spreizten wie eine mit Ringen aus Strandschnecken und Muscheln bestückte Hand.

»Was sollen wir tun?«, fragte Mary Rose mit Tränen in den Augen, als sie und Annie zum Haus zurückkehrten. »Ich muss ihn unbedingt finden, bevor sie zurückkommen. Unbedingt.«

Nun betete Mary Rose inständig dafür, dass sich die Rückkehr ihres Vaters verzögerte. Dies würde ihr mehr Zeit verschaffen, um den kleinen Hund zu finden. Aber nur drei Tage nach Pepes Verschwinden hörte sie die Kutsche knirschend in den Hof rollen. Mary Rose wurde schlecht vor Angst. Véronique würde außer sich geraten. Und wichtiger noch, ihr Vater würde zutiefst enttäuscht von ihr sein. Was für eine schreckliche Heimkehr das werden würde!

Während sie sich langsam zur Eingangstür bewegte, versuchte sie, sich ihre Worte zurechtzulegen. Aber gleich darauf blieb sie wie angewurzelt stehen und starrte hinaus. Ihr Vater half gerade einer wahrhaft prächtigen Dame aus der Kutsche. Sie war in cremeweißen Satin gehüllt, und ihr Haar war zu einem funkelnden Kranz aus Juwelen gesteckt, als wäre sie ein Mitglied des Königshauses.

Die Füße dieser Edeldame zierten die hübschesten spitzen Schuhe, die Mary Rose jemals in ihrem Leben gesehen hatte. Aber die Fremde schien Papa und auch ihr kaum Beachtung zu schenken und blickte stattdessen zu dem Haus hoch. Dabei umspielte ein feines Lächeln ihre Lippen.

Es war Véronique. Als würde es einen Beweis brauchen, funkelte an ihrer linken Hand Mamas Ring. Unfähig, ihn einzufordern, spürte Mary Rose, dass ihr Herz sich vor Eifersucht zusammenkrampfte. Véronique hatte nicht nur den Platz ihrer

Mutter eingenommen, sondern auch das Erbstück gestohlen, das rechtmäßig Mary Rose gehörte.

Als sie sich in Bewegung setzte, um die beiden zu begrüßen, sah sie, dass ihre Stiefmutter sich während ihrer Abwesenheit verändert hatte. Ihr Gesicht war von einer Puderschicht bedeckt, die sie aussehen ließ wie eine Porzellanpuppe statt wie eine ehemals verarmte Gouvernante. Zudem hielt sie ein Spitzentuch vor ihre Nase, was darauf hindeutete, dass die salzhaltige Meeresluft nicht mehr nach ihrem Geschmack war.

»Marie Rose.« Véronique nickte ihr zu und blickte sich dann um, als würde sie etwas suchen. »Aber wo ist mein geliebter Pepe?«

Das war er! Der Moment, den Mary Rose gefürchtet hatte. »In Ihrem Zimmer«, stammelte sie, froh, dass Annie nicht zugegen war, um ihre Lüge zu hören. »Er wartet dort auf Sie.«

»Bon.« Véronique schwebte an ihr vorüber. »Wenn du möchtest, kannst du auf mein Zimmer kommen, und ich werde dir alles über Bath erzählen. Es war très joli. Lord Romer war dort, weißt du, und er hat deinen Papa und mich zu einer kleinen Soiree eingeladen, bevor wir nach Italien ablegten.«

Mit schwerem Herzen beobachtete Mary Rose, wie sie im Haus verschwand. Véronique würde jeden Moment wieder heruntereilen und Auskunft darüber verlangen, wo ihr Hund sei. Was sollte sie tun? Und warum hatte sie eine Lüge erzählt – nur um sich ein paar Minuten zu erkaufen?

Unterdessen schritt Papa mit ausgebreiteten Armen auf sie zu. »Meine liebe Tochter.« Er drückte sie an sich, und sie atmete seinen vertrauten Geruch ein. »Ich hoffe, es geht dir gut.«

Sie nickte in seiner Umarmung, bevor sie sich widerstrebend von ihm löste. »Papa, warum trägt Véronique den Familienring? Du hast ihn mir versprochen, sobald ich mündig bin.

Außerdem hat Mama auf dem Sterbebett zu mir gesagt, dass der Ring jedem Unglück bringt, der ihn ohne Berechtigung trägt.«

Ihr Vater lachte leise. »Was für Geschichten du wieder erzählst, mein Kind. Unglück? Ich persönlich glaube nicht an solchen Hokuspokus.« Dann wurde er ernst. »Es ist tatsächlich wahr, dass ich dir den Ring versprochen habe, aber das tat ich, bevor unser gütiger Schöpfer mich mit einer neuen Frau gesegnet hat. Es ist nur angemessen, dass der Ring nun der neuen Herrin des Hauses gehört.«

Hinter ihr ertönte ein Schnauben. Es war ihre Tante. »Das mag ja sein, Ralph, aber wie du weißt, verhältst du dich in meinen Augen wie ein alter Narr. Ich muss meiner Nichte recht geben. Der Ring und all deine anderen Besitztümer gehören der Familie und nicht einer fremden Mitgiftjägerin!«

Ich danke dir, hätte Mary Rose am liebsten gesagt. Ich danke dir für deine Unterstützung, Tante. Doch die Miene ihres Vaters verdüsterte sich wie der stürmische Himmel über ihnen. Die Worte eines anderen Mannes wären vielleicht im Wind verloren gegangen, aber seine klangen bestimmt und volltönend. »Véronique ist meine Frau, und ihr werdet sie beide als solche behandeln.«

Widerwillig folgte Mary Rose ihrem Vater ins Haus, während sie sich auf das Schlimmste gefasst machte. Wie befürchtet, dauerte es nicht lange, bis Véronique mit verzweifelter Miene die Treppe herunterhastete. »Pepe! Mein Pepe!«

»Meine Liebe, was ist passiert?«

Véronique funkelte Mary Rose böse an. »Deine Tochter hat mir versprochen, auf meinen kleinen Hund aufzupassen. Nichtsdestoweniger fand ich ihn zusammengekauert unter meinem Bett, zitternd und unterkühlt und hungrig. Warum hat sie ihn nicht gefüttert und versorgt, wie sie es versprochen hat?«

»Aber Mademoiselle …«, begann Mary Rose.

Ihr Vater unterbrach sie. »Mama«, korrigierte er bestimmt.

Mama? Das hier war nicht ihre Mutter! Nicht einmal ihr Vater konnte sie dazu zwingen, diesen kostbaren Namen zu benutzen! »Véronique«, sagte sie ruhig. »Ich habe mich um Pepe gekümmert. Ich schwöre es bei meinem Leben. Aber dann ist er verschwunden, und wir haben stundenlang nach ihm gesucht. Das ist doch richtig, Annie?«

Das Mädchen, das sich stumm an ihre Seite gesellt hatte, nickte. Die Frau ihres Vaters stieß ein spöttisches Schnauben aus. »Erwartest du von mir, dass ich einem einfältigen Dienstmädchen Glauben schenke? Nein, Marie Rose, du hast mich enttäuscht. Ich habe dir das kostbarste Wesen auf der Welt anvertraut, und du hast deine Pflicht nicht erfüllt.«

Ihr Blick verhärtete sich. »Ich werde heute Abend nicht mit euch speisen, Ralph. Bitte richte der Köchin aus, dass sie mir etwas auf mein Zimmer bringen soll und auch etwas für meinen armen Pepe.«

Entgeistert beobachtete Mary Rose, dass das Gesicht ihres Vaters blass wurde. »Ich habe es dir gesagt«, zischte ihre Tante. »Sie wird dich zerstören. Hast du sie nicht gerade selbst sagen hören, dass ihr Hund kostbarer ist als alles andere? Kein Wort über ihren Ehemann. Du bist ein Narr, Bruder, und ich hoffe nur, du wirst es nicht bereuen.«

Ihr Vater schenkte ihnen beiden einen sonderbaren Blick, der Mary Rose mit einer unguten Vorahnung erfüllte. »Ich dulde es nicht, dass du so über die Mutter meines Kindes sprichst.«

Die Mutter seines Kindes? Mary Rose starrte ihn an, sprachlos, während ihre Tante einen leisen Schrei der Verzweiflung ausstieß.

»Das ist korrekt«, fuhr ihr Vater entschlossen fort, während er Tante Sophia den Rücken zukehrte und sich stattdessen Mary Rose zuwandte. »Du wirst ein Brüderchen oder ein Schwesterchen bekommen! Ist das nicht wundervoll?«

10

Ein Baby! Endlich, ein Baby! »Bist du nicht eifersüchtig?«, fragte Letitia neugierig, als Mary Rose dem Stickzirkel die Neuigkeit offenbarte.

Mary Rose hatte sich diese Frage bereits selbst gestellt. »Die Wahrheit ist, auch wenn ich es nach wie vor für falsch halte, dass Papa Véronique meinen Ring gegeben hat, dass ich mir immer Geschwister gewünscht habe. Es wird so reizend sein, jemanden zu haben, für den ich sorgen kann – und der meine Liebe erwidern wird.«

Letitia fädelte nachdenklich ein Seidenband ein. »Nicht jede Tochter würde so großzügig reagieren.«

Etwas in der Stimme ihrer Freundin ließ Mary Rose innehalten. »Versteh mich nicht falsch. Ich werde nie aufhören, um meine Mutter zu trauern. Aber ich muss akzeptieren, dass Véronique nun die Frau meines Vaters ist.«

Sie verstummte wieder, während sie an das eisige Verhalten ihrer Stiefmutter denken musste, nachdem diese von Pepes Verschwinden erfahren hatte, auch wenn er auf wundersame Weise wieder aufgetaucht war. Im Großen und Ganzen schien dieses Eis nun geschmolzen zu sein. Dennoch blieb Mary Rose nicht verborgen, dass ihre Stiefmutter ausschließlich daran interessiert war, von sich selbst zu erzählen und vor allem von den wundervollen Sehenswürdigkeiten, die sie und Papa besichtigt hatten. Es schien beinahe, als versuchte sie, Mary Rose eifersüchtig zu machen, indem sie immer wieder Szenen beschrieb, von denen Mary Rose ausgeschlossen gewesen war. Oder lag es schlicht daran, wie Letitia ihr erklärte, dass Mary Rose sich ausgeschlossen fühlte?

»Es war magnifique, Marie Rose. Magnifique! Wir wurden zu so vielen gesellschaftlichen Empfängen eingeladen, und überall wurde mir ein großes Maß an Aufmerksamkeit entgegengebracht. Ich habe mehrere Seidenstoffe für uns gekauft. Schau! Wie findest du dieses Blau? Wir werden uns selbst Kleider daraus nähen, weil ich von der hiesigen Schneiderin nicht viel halte. Sie hat wenig Ahnung von der neuesten Mode, besonders nicht in meinem Zustand.«

Dabei lächelte sie charmant von ihrem Platz auf der Couch, auf der sie den Großteil des Tages mit ihrem Sticktuch verbrachte. Während ihres Geplappers konnte Mary Rose ihre Augen nicht von Mamas Ring lösen. Manchmal überkam sie das überwältigende Bedürfnis, die Hand danach auszustrecken und ihn von dem schmalen, schlanken weißen Finger ihrer ehemaligen Gouvernante zu reißen. Aber dann hielt sie sich immer wieder Papas Glück vor Augen. Wie könnte sie ihn je bewusst verstimmen? Also zwang sie sich stattdessen zu einem Lächeln, obwohl Bitterkeit in ihr brodelte, sodass es sich anfühlte, als würde es in ihrer Brust brennen.

Das Leben folgte nun einem anderen Muster. Mary Rose schloss sich wieder Letitias Unterricht bei einer neuen Gouvernante an, da ihre Stiefmutter so viel Ruhe benötigte. Véronique empfing hin und wieder zu Hause Besucher, obwohl diese selten waren – ein Umstand, über den sie sich ständig beklagte.

»Sie akzeptieren mich nicht, diese sogenannten feinen Damen«, schnaubte sie. »Widersprich mir nicht, Marie Rose. Meine Zofe sagt mir die Wahrheit. Sie nennen mich ›die

Fremde‹, und sie denken, ich habe deinen Vater verhext. Aber ich sage dir, er kann sich glücklich schätzen, dass er mich hat. So manch einer wäre stolz gewesen, mich zu seiner Frau zu nehmen.«

Mary Rose war solch eine Prahlerei nicht gewohnt. Um ihr zu entkommen, unternahm sie häufig Spaziergänge am Strand und auf dem Klippenplateau, manchmal in Annies Begleitung. Das Mädchen gab dann gerne das Gerede der Dienerschaft wieder, was Mary Rose nach außen hin missbilligte, woran sie aber insgeheim Vergnügen fand.

»Die Köchin sagt, die neue Mistress treibt sie in den Wahnsinn, weil sie ihr ständig ausgefallene französische Gerichte zubereiten soll«, erzählte Annie eines Morgens, als der Winternebel sich allmählich einstellte. »Und sie besteht auf diesen neumodischen Leitungen, aus denen warmes Wasser kommt! Der Master hat eigens jemanden in London mit dem Umbau beauftragt, ohne die hohen Kosten zu scheuen. Außerdem werden ein Kindermädchen und eine Krankenschwester hier sein, wenn das Baby kommt.« Annie schüttelte den Kopf. »Offenbar ist Ihrem Vater keine Mühe zu groß, wenn es um seine neue Mrs. Marchmont geht.«

Unterdessen war nicht alles gut zwischen ihrem Vater und seiner Ehefrau. Aus ihren Zimmern hörte man oft laute Stimmen. Eines Tages hielt Mary Rose sich im Garten auf, unweit des Morgenzimmers, als sie zufällig Véronique erbittert argumentieren hörte. »Ich beabsichtige, diese Einladung anzunehmen, Ralph, und du wirst mich nicht daran hindern können. Ich langweile mich, je m'ennuie beaucoup, wenn ich den ganzen Tag auf der Couch liege, wie du es wünschst. Außerdem kann ich dieser petite ville nicht viel abgewinnen. Die Engländerinnen sind so eintönig! Ihre einzigen Beschäftigungen sind Bücher, das Pianoforte, primitive Malerei und die Besuche anderer langweiliger Frauen, immer nachmittags zwischen der zweiten und der fünften Stunde. In diesem Land gibt es keine Spontaneität. Nur Regeln, Regeln und noch mehr Regeln.«

Dem folgte ein »Pah!«.

»Wenn Lord Romers freundliche Einladungen nicht wären, wüsste ich nichts mit mir anzufangen.«

»Aber meine Liebe!« In der sonst so ruhigen Stimme ihres Vaters schwang Besorgnis. »Der Arzt hat dir doch bereits erklärt, dass in deinem Zustand ein Jagdausflug unklug wäre. Was, wenn dir etwas zustößt?«

»Es ist nicht meine Gesundheit, um die du dich sorgst, Ralph. Vielmehr ist es dein verzweifelter Wunsch nach einem Erben. Genau aus diesem Grund hast du mich geheiratet, n'est-ce pas?«

»Nein!« Mary Rose hörte, dass die Stimme ihres Vaters vor Verzweiflung lauter wurde. »Nein, meine Liebe. Ich habe dich geheiratet, weil ich mich in dich verliebt habe. Bevor ich das Glück hatte, dir zu begegnen, war Mary Rose meine Erbin, wie dir sehr wohl bekannt ist.«

»Aber sie ist kein Junge!« Véroniques Stimme änderte sich nun. Sie nahm einen weicheren und beinahe schlangenartigen Ton an. »Wenn ich dir einen Sohn schenke, Ralph, wird dein Vermögen ihm gehören.«

Papa schien kurz zu zögern. »Das ist wahr, obwohl ich natürlich sicherstellen muss, dass für meine Tochter gut gesorgt ist.«

In diesem Moment huschte Annie an Mary Rose vorbei und warf ihr einen neugierigen Blick aus ihrem guten Auge zu. Mary Rose war gezwungen, so zu tun, als würde sie lediglich den mit Raureif überzogenen Lavendel für ihre Stickvorlage skizzieren.

Danach war klar, dass Véronique ihre eigenen Ansichten zu

dem Thema Jagdausflüge hatte. Eines Morgens, beim Blick aus ihrem Fenster, sah Mary Rose ihre Stiefmutter auf einer herrlichen neuen grauen Stute sitzen. »Skandalös!«, befand Tante Sophia, als sie im folgenden Monat zu Besuch kam. Dieses Mal brauchte Mary Rose nicht heimlich Gespräche zu belauschen. Ihre Tante machte ihre Ansichten am Mittagstisch deutlich, als Véronique mit dem »Romer-Gefolge« draußen auf der Jagd war.

»Das Gerede ist bereits bis nach London vorgedrungen. Der Zustand deiner Frau ist mittlerweile zu offensichtlich, als dass sie sich in der Öffentlichkeit zeigen sollte. Mir ist nicht bekannt, wie man solche Dinge in Frankreich handhabt, aber ihr Verhalten entspricht definitiv nicht dem einer englischen Dame.«

Ihr Vater antwortete mit einem knappen Nicken. »Es gibt wenig, was ich dagegen tun kann.« Er zuckte mit den Schultern, als wäre Véronique ein unartiges Kind, aber eines, in das er trotzdem vernarrt war.

Ihre Tante stieß einen Laut der Verzweiflung aus. »Du bist zu nachgiebig, Ralph Marchmont! Diese Frau hat dich verhext, so wie sie eine weitere Person verhext hat, allerdings eine mit einem Titel.«

Zu Mary Rose' Entsetzen schlug ihr Vater mit der Faust auf den Tisch, sodass sie alle zusammenzuckten. »Ich möchte kein Wort mehr darüber hören, Sophia. Hast du mich verstanden?«

Wie furchtbar! Noch nie zuvor in ihrem Leben hatte Mary Rose ihren Vater so laut schreien hören. Ihr Schock wurde ein wenig gelindert von Cousin Henry, der ihr einen mitfühlenden Blick schenkte, für den sie zutiefst dankbar war.

Unterdessen wurde die Konversation im Stickzirkel von zwei Neuigkeiten dominiert. »Ich habe gehört, Lady Romer veranstaltet nächste Woche eine Jagd«, plapperte Letitia aufgeregt.

Mary Rose zuckte über ihrem Sticktuch mit den Schultern. Sie hatte nun die Steilwand erreicht und war gerade dabei, ein blaues Band für die Wellen in ihre Nadel zu fädeln. »Ist das so?«

»Wird deine Stiefmutter denn auch daran teilnehmen?«, fragte Mrs. Mills kühl. »Ich habe gehört, sie hat trotz ihres Zustands sehr viel für die Jagd übrig.«

Mary Rose begnügte sich mit einem Nicken. Sie hatte das Gefühl, dass Papa es nicht befürworten würde, wenn sie sich darin erginge, was er »Geschwätz« nannte. Glücklicherweise wandte sich die Unterhaltung der zweiten Neuigkeit zu.

»Hast du das Beste schon gehört?«, fragte Letitia sie strahlend. »Mr. Hurley hat eine Lieferung von drei Dreirädern in Empfang genommen!«

Die Runde geriet in Wallung bei der Erwähnung dieser neuen Modewelle, die durch das ganze Land schwappte. »Ich beabsichtige, eins zu erwerben«, erklärte Letitia kühn und ignorierte das Zungenschnalzen von Miss Hall, die missbilligend ihren Kneifer von ihrer schmalen Nase nahm.

Mary Rose war beeindruckt. »Und wenn du stürzt?«

»Unsinn.« Letitias Gesicht strahlte mit einer Begeisterung, von der Mary Rose sofort angesteckt wurde. »Warum fragst du nicht deinen Papa, ob du nicht auch eins haben kannst? Dann können wir gemeinsame Spazierfahrten unternehmen!«

Zu Mary Rose' Erstaunen willigte ihr Vater ein. »Du musst dich bei deiner neuen Mama bedanken. Sie denkt, das gibt dir eine Beschäftigung, mein Liebes«, sagte er und ergriff ihre Hände. »Ich bin mir mit Bedauern bewusst, dass ich dir nicht die Aufmerksamkeit gewidmet habe, die ich dir hätte widmen sollen. Was deine Stiefmutter betrifft…« An dieser Stelle senkte er die Stimme. »Du weißt ja sicher, dass sie sich auf ein bestimmtes Ereignis vorbereitet. Ich werde also sofort alles Nötige mit Mr. Hurley veranlassen.«

Wenn Jagdausflüge und Besuche auf dem Anwesen der Romers die richtige Vorbereitung für eine Niederkunft waren, dann bereitete sich Véronique ganz gewiss gut vor! In der Zwischenzeit war Mary Rose zu ihrer großen Begeisterung nun stolze Besitzerin eines Dreirads. Sie lernte mit Leichtigkeit damit zu fahren und sauste die Straße und sogar den Klippenpfad entlang, während sie ihre Gefährtin weit hinter sich ließ.

Welche Freiheit! Wie herrlich es war, den Wind in ihren Haaren zu spüren. Und wie aufregend, die armen Seelen zu überholen, die mit nur zwei Beinen zurechtkommen mussten. Selbst ihre geliebte Stickarbeit blieb manchmal liegen, und Pepe warf ihr traurige Blicke zu, wenn sie mit von der Fahrt geröteten Wangen zurückkehrte.

Eines Tages fand Letitia sich mit ihrer Zofe für einen geplanten Ausflug im Hause Marchmont ein. Mary Rose erwartete sie bereits ungeduldig, und kurz darauf brachen sie gemeinsam auf und radelten die Zufahrt zur Straße hoch. Plötzlich ertönte hinter ihnen ein Kläffen. Der kleine Pepe kam aus dem Haus gestürzt und rannte ihnen hinterher.

»Geh nach Hause, Pepe!«, rief Mary Rose. Zu ihrem Entsetzen sah sie jedoch, dass der kleine Hund auf Letitias Rad zustürmte. »Vorsicht!«, schrie sie.

Aber ihre Gefährtin strampelte weiter voran. Das Hündchen drehte im letzten Moment ab und steuerte nun stattdessen auf Mary Rose zu. Gleich darauf stockte ihr der Atem. Véronique kam ihnen entgegengaloppiert, auf ihrem Rückweg von der Jagd.

»Vorsicht!«, rief Mary Rose wieder, aber es war zu spät. Ihr Dreirad begann zu kippen. Verzweifelt streckte sie die Hände aus, aber nicht rechtzeitig genug, um ihren Sturz abzufangen. Brennender Schmerz durchzuckte sie, als die Steine ihre Haut aufschürften, und sie vernahm ein hohes Hundejaulen. Dann gab es ein schrecklich dumpfes Geräusch, als würde etwas Schweres auf dem Boden aufschlagen, gefolgt von einem schrillen Schrei. Letitia fing an zu kreischen. Furchtbare Schreie, die die Luft zerrissen.

Schwankend rappelte Mary Rose sich auf. Véronique lag auf dem Boden. Ihre Augen waren geschlossen, und der kleine Pepe leckte in dem verzweifelten Versuch, sie aufzuwecken, fieberhaft ihr Gesicht ab. Aber sie rührte sich nicht. Nein, lieber Gott, bitte nicht! Mary Rose rannte zu ihr hinüber, während ihr das Herz bis zum Hals schlug. Aber es war offensichtlich angesichts der bleichen Miene und der geschlossenen Augen.

Ihre Stiefmutter war ganz sicher tot.

Laura Marchmont

Gegenwart

11

»Wir sind heute hier versammelt, um Daisy durch das heilige Sakrament der Taufe in die Gemeinschaft der Kirche aufzunehmen …«

Laura blickte gebannt auf das Bündel aus antiker cremeweißer Spitze in den Armen ihrer besten Freundin Krissie. Zwischen den Falten schaute das niedlichste kleine Gesicht hervor, das sie jemals gesehen hatte, mit einem blonden Haarflaum (eindeutig von Krissies Seite) und strahlend blauen Augen, die hin und her huschten, während sie alles in sich aufnahmen.

Für ein paar Sekunden verharrte der Blick der kleinen Daisy auf Lauras Gesicht, als wüsste sie, dass Laura ihre auserkorene Patentante war. »Passt schon«, schien sie zu sagen, bevor ihr Blick wieder abschweifte.

»Sie ist hinreißend, nicht wahr?«, raunte der große Mann mit dem freundlichen Gesicht Laura zu, der in einem eleganten marineblauen Blazer und einer beigefarbenen Chinohose neben ihr stand – die Standarduniform von Angehörigen der Mittelschicht bei Anlässen wie diesem hier.

Laura nickte zustimmend, während der Pfarrer fortfuhr, und versuchte stillzustehen und sich in ihren neuen knallroten Pumps gerade zu halten, die sie wohl besser zuerst hätte einlaufen sollen. »Würden die Taufpaten bitte vortreten?«

»Das sind wir!«, sagte der Mann neben ihr. Laura musterte

seine funkelnden braunen Augen und seine ordentlich frisierten hellbraunen Haare und musste dabei an Krissies Worte denken. »Russell – das ist der Patenonkel – hat mit Simon in Cambridge studiert. Er wäre der perfekte Mann für dich. Ein Pharmazeut, weißt du, und außerdem frisch getrennt von seiner langjährigen Freundin!«

Laura versuchte, die Worte ihrer Freundin aus ihrem Kopf zu verdrängen und sich auf den feierlichen Anlass zu konzentrieren. Sie war es Daisy schuldig, eine gute Patentante zu sein. Die bestmögliche, die sie sein konnte. »Ich kann nicht gut mit Babys umgehen«, hatte sie ihren Freunden versucht zu erklären, als diese sie das erste Mal gefragt hatten, ob sie Patentante sein wollte. »Um ehrlich zu sein, sie machen mir Angst. Sie sind so verletzlich. So winzig.«

Krissie hatte lauthals gelacht. »Ja, aber dafür wirst du eine tolle Patentante sein, wenn Daisy älter ist. Im Gegensatz zu mir hast du nämlich ein fantastisches Gespür für Farben und kannst sie später zum Shoppen begleiten.«

Es war unmöglich gewesen, sich zu drücken, und deshalb stand sie nun hier, in der Pfarrkirche St. Giles in einem hoffentlich bald angesagten Londoner Viertel, in dem ihre Freunde sich häuslich niedergelassen hatten – gleich um die Ecke von Lauras kleinem, aber pfiffig eingerichtetem Apartment.

»Glaubt ihr an Gott, den Vater, den Allmächtigen, den Schöpfer des Himmels und der Erde?«

Die Augen des Pfarrers schienen sich direkt auf sie zu heften, während sie neben Russell, Simon, Krissie und den beiden Großelternpaaren stand, die stolz die Zeremonie verfolgten.

Laura nickte zögernd und stimmte mit den anderen ein.

»Ich glaube.«

»Seid ihr bereit, das eure dazu beizutragen, dass dieses Kind als Glied der Gemeinde Jesu Christi erzogen wird?«

Plötzlich wurde Laura von Panik erfüllt. Wie sollte sie das bewerkstelligen? Aber während sie die Repliken trotzdem mitmurmelte, fing sie den Blick ihrer Freundin auf. Krissies Miene ließ vermuten, dass sie Lauras Gefühlsregung auf den Umstand zurückführte, dass Laura noch nicht den Mann fürs Leben gefunden hatte, ganz zu schweigen davon, dass sie noch kein Kind hatte.

Plötzlich, ohne Vorwarnung, übergab Krissie ihr spontan die kleine Daisy und legte sie sanft in ihre Arme. Es war eine großzügige Geste. Eine, die absolutes Vertrauen ausdrücken sollte. O Gott! Was, wenn sie die Kleine fallen ließ?

Aber Daisy blickte mit solch einem Zutrauen zu ihr hoch, dass Laura plötzlich von Liebe und Dankbarkeit erfüllt wurde – und von Zuversicht. Sie beugte sich hinunter und küsste sanft diesen kleinen flaumigen Kopf, wobei sie den Babygeruch einatmete und die weiche Babyhaut spürte.

Gleich darauf ertönte ein lautes Geheul. Das Weinen ihrer Patentochter erfüllte nun die Kirche und hallte von dem Deckengewölbe wider. Hilfe! Laura wandte sich rasch an Krissie, die mit einem Lächeln, als wäre das alles völlig normal, ihre Tochter entgegennahm und direkt dem Pfarrer hinhielt. Daisys Gebrüll wurde noch lauter.

»Ich würde auch so schreien, wenn jemand versuchen würde, mich zu ertränken«, murmelte Russell neben ihr verschwörerisch. »Der Kerl geht ziemlich großzügig mit dem Wasser um, nicht wahr?«

Sie nickte heiter, als wäre es vollkommen natürlich gewesen, zum ersten Mal seit zwanzig Jahren ein Baby im Arm zu halten. Schließlich war das fröhliche Nicken ihre Spezialität. Stets gut gelaunt, so sahen die anderen Laura Marchmont. Eine, mit der man immer Spaß haben konnte.

»Möge Gott dich mit dem Reichtum seiner Gnade segnen …«

Für ein paar Augenblicke ließ sie die Worte des Pfarrers über sich hinwegrieseln und starrte zu dem herrlichen Buntglasfenster hoch, das eine kniende Maria vor einem unerreichbar perfekten Engel zeigte. Was für ein fantastisches Kobaltblau. Die warme Frühlingssonne schien durch das Fenster und zauberte einen Regenbogen, in dem Staubpartikel tanzten, sodass es Laura danach drängte, in ihr Apartment zurückzukehren. Der einzige Ort, an dem sie beinahe vollkommenen Frieden finden konnte.

»Nimm diese brennende Kerze zum Zeichen, dass Christus das Licht deines Lebens ist.«

Laura wurde bewusst, dass Russell ihr eine wackelig aussehende weiße Taufkerze in einem schiefen Kerzenhalter aus Pappe reichte. »Vorsicht«, flüsterte er ihr zu. »Sie möchten sicher kein Wachs auf Ihr umwerfendes Outfit kleckern.«

Sie errötete bei dem Kompliment. Sie kleidete sich immer in kräftige Farben. Das war ihr Markenzeichen, zusammen mit ihrem Lachen. Außerdem, wenn man tizianrote Haare hatte wie sie, fand man sich entweder damit ab, »Karottenkopf« genannt zu werden wie damals in der Schule, oder man machte das Beste daraus, indem man Violett oder Blaugrün trug, so wie heute.

»Daisy, mit großer Freude empfängt dich die Gemeinschaft der Gläubigen.«

Es folgte ein begeisterter Applaus, hauptsächlich von der restlichen Sonntagsgemeinde. Krissie strahlte vor Glück, und Simon war ganz der stolze Vater. Einen Moment lang spürte Laura einen Anflug von Eifersucht, den sie sofort unterdrückte. Wie konnte sie zulassen, dass irgendetwas diesen perfekten Tag für ihre Freunde trübte?

»Schätze, wir haben uns einen Drink verdient, meinen Sie nicht auch?«, sagte Russell, während sie sich einreihten und langsam hinter der kleinen Daisy und ihren Eltern die Kirche verließen. »Mein Taufgeschenk ist eine Kiste Champagner. Eigentlich soll sie so lange aufbewahrt werden, bis Daisy einundzwanzig ist, aber ich habe Simon und Krissie überreden können, zur Feier des Tages ein, zwei Flaschen zu köpfen.«

Er berührte leicht Lauras Rücken und dirigierte sie höflich über den hübschen Friedhof mit den nickenden Narzissen zwischen fleckigen Grabsteinen. Seine Berührung weckte ein mildes Interesse. Bis jetzt erfüllte Russell mit seinen guten Manieren die Kriterien. Nun ja, manche davon zumindest.

»Was haben Sie ihr zur Taufe geschenkt?«

Laura war ein bisschen erstaunt über die Frage. »Nun, ich habe ihr ein Bild gemalt.«

Russells Blick bekam diesen interessierten Ausdruck, den sie oft wahrnahm, wenn sie anderen erklärte, womit sie ihren Lebensunterhalt verdiente. »Ach ja, richtig. Simon hat mir erzählt, dass Sie Künstlerin sind.« Er zog eine Augenbraue hoch. »Dann wollen wir mal hoffen, dass Sie unserer kleinen Daisy keinen Akt geschenkt haben.«

Würde Laura jedes Mal, wenn jemand diesen Spruch klopfte, ein Pfund bekommen, würde sie mehr verdienen als das, was sie im Moment als Illustratorin bei einem kleinen Verlag bekam.

»Eigentlich bin ich botanische Malerin. Blumen und Pflanzen sind eher mein Ding.«

»Klingt zauberhaft«, erwiderte Russell und sah hinüber zu der versammelten Familie, die lachend für den Fotografen posierte. »Ich muss sagen, der Taufgottesdienst hat mich wirklich bewegt. Viel mehr, als ich gedacht hätte. Ich ertappe mich in letzter Zeit recht häufig bei dem Wunsch, eine Familie zu gründen.« Er senkte den Blick auf Lauras unberingte linke Hand. »Geht es Ihnen auch so?«

Sie stürmte voraus, so schnell sie konnte, während sie berücksichtigte, dass ihr grüner tulpenförmiger Rock nur eingeschränkte Bewegungen erlaubte. »Ich habe diese Phase noch nicht erreicht. Sollen wir uns nicht besser beeilen? Der Fotograf scheint schon auf uns zu warten, und außerdem habe ich Krissie versprochen, ihr gleich zu Hause bei der Bewirtung zu helfen.«

Glücklicherweise hatte die kleine Daisy sich selbst am Taufbecken und dann wieder vor dem Fotografen so müde geschrien, dass ihre Mutter sie bereits ins Bett gelegt hatte, als Laura in dem hübschen viktorianischen Reihenhaus mit der weißen Stuckfassade eintraf. »Sorry«, sagte Krissie entschuldigend. »Ich weiß, wie scharf du darauf warst, sie noch einmal im Arm zu halten.« Sie senkte die Stimme. »Und, was hältst du von Russell? Er sieht gut aus, findest du nicht auch?«

Laura leerte das Glas, das ihr jemand in die Hand gedrückt hatte, und blickte sich um, um sicherzugehen, dass Russell außer Hörweite war. Sie mochte wählerisch sein, was Männer betraf, aber ihr behagte die Vorstellung nicht, jemanden zu kränken. »Der erste Eindruck war nicht schlecht, aber ich bin zu dem Schluss gekommen, dass er leider nicht mein Typ ist – obwohl er einen fantastischen Geschmack für edle Tropfen hat. Der Champagner ist köstlich! Also, wie kann ich dir behilflich sein?«

Krissie schüttelte den Kopf, auf eine »Wie bist du nur drauf?«-Art. »Du musst flexibler sein. So einfach ist das! Ich wünschte, du wärst nicht so wählerisch bei Männern, Laura. Das war okay, als wir noch in unseren Zwanzigern waren, aber jetzt …«

»Bitte, fang nicht wieder davon an.« Laura legte die Hand auf den Arm ihrer Freundin. »Du klingst wie Mum. Sag mir einfach, wo der Frischkäse ist, und ich schmiere hier noch ein paar Cracker, während du dich unter die Gäste mischst. Ehrlich. Ich würde mich gerne nützlich machen.«

»Du meinst, dich vor Russell verstecken.«

»Du kennst mich einfach zu gut!«

Am Ende des Nachmittags war Laura in ziemlicher Hochstimmung. Es war ihr nicht nur gelungen, dem Cateringpersonal unter die Arme zu greifen, sie hatte auch eine reizende Unterhaltung mit Krissies Eltern geführt, die sie seit einer Ewigkeit nicht mehr gesehen hatte. Und sie hatte mit Genugtuung beobachtet, dass Russell eine eher unattraktive Frau mit einem vornehmen Akzent anquatschte, die, dem unverhüllten Interesse in ihrem Gesicht nach zu urteilen, weitaus mehr für Pharmazeuten mit Kinderwunsch übrighatte als sie. Also brauchte sie sich um ihn keine Sorgen zu machen. Gut.

»Vielen Dank für deine Hilfe«, sagte Krissie, als Laura Andeutungen machte, dass sie aufbrechen wollte. »Möchtest du noch mal einen kurzen Blick auf deine Patentochter werfen, bevor du gehst? Ehrlich, sie ist weitaus friedlicher, wenn sie schläft.«

»Gerne«, antwortete Laura fröhlich.

Als sie auf Zehenspitzen das Kinderzimmer betrat, das früher einmal das Gästezimmer gewesen war, bevor der Familienzuwachs sich einstellte, spürte sie, dass ihr Herz schneller schlug. Die Designervorhänge mit den rosa und blauen Schafen auf einer Wiese waren zugezogen, aber es gab ein Nachtlicht, das gerade hell genug war, um den herrlichen Himmel aus Lochstickerei über der weißen Wiege in der Ecke auszumachen. Darin lag ein kleines Bündel unter einer weißen Decke, die sich mit beruhigender Regelmäßigkeit hob und senkte.

Über der Wiege hing das hübsche pastellfarbene Mobile, das Laura zu Daisys Geburt gekauft hatte. »Das ist eins der wenigen Dinge, die auf sie besänftigend wirken«, flüsterte Krissie. »Ich weiß, du wirst eine fantastische Patentante sein. Und eines Tages wirst du selbst Mutter sein. Dir wird schon noch der Richtige begegnen, wenn die Zeit reif ist. Mach dir keine Gedanken.«

Laura zwang sich zu einem strahlenden Lächeln und nickte. »Danke.« Auch sie flüsterte, um Daisy nicht aufzuwecken. »Ich sollte jetzt wirklich gehen.«

Krissies Augen wurden groß vor Mitgefühl. »Die nächste Deadline?«

»Ja, aber ich liebe es so, wie es ist.«

Leise schloss Krissie die Tür des Kinderzimmers. »Ich weiß, dass du deine Arbeit liebst. Ich wünschte nur, du hättest jemanden, mit dem du dein Leben teilst, mehr nicht.«

»Mach dir meinetwegen mal keine Sorgen. Hör zu, ich kann mir meine Jacke selbst holen. Geh ruhig wieder rüber und kümmere dich um deine Gäste.«

»Sicher?«

»Sicher. Und danke für diesen absolut wunderbaren Tag. Ich rufe dich morgen mal an, okay?«

Als Laura sich auf den Weg zur Haustür machte, tippte ihr jemand auf die Schulter. »Katy? Katy Cook?«

»Wie bitte?«

Laura wandte sich um und sah eine Frau in einer dunkelblauen Cateringschürze vor sich. Sie hatte pechschwarze Haare und einen stechenden Blick, und sie starrte Laura gebannt an. »Wir haben dieselbe Schule besucht. In Kent.«

Laura setzte ihr strahlendstes Lächeln auf. Das, das Selbstvertrauen vermittelte und ihre grünen Augen funkeln ließ. »Sie müssen mich verwechseln. Mein Name ist Laura. Laura Marchmont. Und ich bin in London zur Schule gegangen.«

Die Schweinsäuglein der Frau verengten sich. »Komisch. Ich

vergesse nie ein Gesicht. Sie müssen eine Zwillingsschwester haben.«

Laura lachte. »Es heißt, manche von uns haben Doppelgänger, nicht wahr?«

Dann schnappte sie sich ihre Stola – ein wunderschönes violettes Mohaircape, das sie selbst gefärbt hatte – und eilte aus dem Haus, den Hügel hinunter und um die Ecke in ihre schützenden vier Wände. Zitternd streifte sie ihre Schuhe ab und rollte sich dann in der Embryonalstellung auf der Couch zusammen, während sie sich zwang, ihre Aufmerksamkeit auf die weißen Wände mit den farbenfrohen Leinwänden zu konzentrieren und auf die Lichterkette, die sie über dem Art-déco-Kamin angebracht hatte.

Alles, um die Gedanken auszublenden, dir ihr durch den Kopf schwirrten.

Dann putzte sie sich die Nase, ging ins Bad und wusch sich das Gesicht. »Es ist lange her«, sagte sie zu sich selbst, während sie in den handbemalten Spiegel blickte, den sie mit einer Reihe hübscher Muscheln vom Flohmarkt beklebt hatte. Ihre grünen Augen starrten zu ihr zurück, als würden sie einer anderen gehören. Man konnte die Vergangenheit nicht neu schreiben, hieß es. Man konnte nur weitermachen.

Dann kehrte sie auf die Couch zurück, die sie mit einem herrlichen goldgrünen Chintzüberwurf verschönert hatte, zugeschnitten von Designers Guild, und schaltete nach kurzem Zögern ihr Handy ein. »Mum, ich bin's. Man hat mich erkannt.«

12

»Hi!«, rief Laura fröhlich, als sie das helle, luftige Büro über dem Friseursalon in unmittelbarer Nähe der Floral Street in Covent Garden betrat – die Gegend mit ihren vielen kleinen Bistros und Cafés war perfekt zum Shoppen. Vorsichtig legte sie die schmale schwarze Mappe ab, die die Bilder enthielt, an denen sie die ganze Nacht gearbeitet hatte. »Hattet ihr alle ein schönes Wochenende?«

Steve aus der Herstellung hob den Kopf. »Kann mich nicht daran erinnern. Was bedeutet, dass es echt fantastisch gewesen sein muss!« Er erntete allgemeines Gelächter und ein paar »Gut gemacht!«

»Und wie war dein Wochenende, Laura?«, fragte Bettina, die Chefredakteurin dieser kleinen, aber gut durchdachten Zeitschrift mit Schwerpunkt auf botanischer Kunst. Laura verstand sich gut mit ihrer Chefin. Bettina war auch kinderlos, aber das schien sie und ihren Mann nicht zu stören. Sie verbrachten ihre Freizeit damit, ihr Landhaus in Norfolk herzurichten oder »als Ausstellungs-Groupies herumzutouren«, wie sie es nannten. Das war das Schöne daran, für einen Verlag wie diesen zu arbeiten – sie erhielten Einladungen zu sämtlichen Vernissagen.

»Ziemlich außergewöhnlich.« Laura schälte sich aus ihrer violetten Samtjacke und enthüllte eine figurbetonte Weste, die ihre schmale Taille zur Geltung brachte und ihrer oberen Körperhälfte schmeichelte. Die Weste passte perfekt (oder zumindest hatte es heute Morgen im Spiegel so ausgesehen) zu ihrer schwarzen Stretchjeans und den knöchelhohen roten Wildlederstiefeln. »Ich war bei der Taufe meiner Patentochter.«

»Cool.« Steve, der jeden Tag eine andere Brille trug und heute ein gelb und blau gepunktetes Modell vorführte, machte ein »Aaah!«-Gesicht. »Ich habe selbst drei Patenkinder. Die sind toll – vor allem jetzt, wo sie älter sind und man mit ihnen skaten oder ins Kino gehen kann, bevor man sie hinterher wieder abliefert.«

Laura konnte nicht anders, als Bettina ein ironisches Lächeln zuzuwerfen. Steve musste mindestens schon Mitte dreißig sein – wie die meisten hier im Büro –, aber er spielte immer noch gern den pubertierenden Clown. Trotzdem, es brauchte hier alle möglichen Typen, um eine kreative Atmosphäre zu schaffen, die (abhängig von den Deadlines) zu manchen Zeiten hektisch sein konnte und zu anderen unglaublich entspannt (vor allem freitags nach der Arbeit in der Weinbar).

Nicht zum ersten Mal dankte Laura ihrem Glücksstern, dass sie einen Job ergattert hatte, mit dem sie nicht nur die Hypothek für ihr Apartment bezahlen konnte, sondern auf den sie sich auch jeden Montagmorgen freute. Sie arbeitete nun seit fast drei Jahren hier und hatte jede einzelne Minute genossen. Es war außerdem eine lebenswichtige Ablenkung.

»Und, auf den Geschmack gekommen mit dem Kinderkriegen?«, fragte eine der neuen Aushilfen für das Layout.

»Warum wird bei Taufen immer diese Frage gestellt?«, warf Bettina rasch dazwischen. »Viel wichtiger ist: Hattest du Spaß?«

»Die Übersetzung für ›Hast du jemanden kennengelernt?‹«, witzelte Steve.

Laura kam die schwarzhaarige Frau mit der dunkelblauen

Cateringschürze und dem stechenden Blick in den Sinn. Sie verdrängte das Bild sofort wieder. Stattdessen öffnete sie ihre Mappe und nahm einen großen Pergamentbogen heraus. »Eigentlich jede Menge Leute, aber mich interessiert viel mehr, wie ihr das hier findet.«

Die anderen versammelten sich um sie, um die prächtige Anordnung von Schwertlilien zu begutachten, die auf einem reinweißen Pergamenthintergrund vor ihnen lag. Die kräftige dunkelviolette Tinte, die nun getrocknet war, wirkte majestätisch, aber die Konturen waren das eigentlich Beeindruckende daran. Laura war es mit ihrer ruhigen Hand gelungen, nicht nur die Blüten naturgetreu abzubilden, sodass man sie praktisch vom Blatt pflücken konnte, sondern auch die Knollen und Wurzeln. Genau die Art von Detail, die ihre Leserschaft wünschte.

»Wow«, sagte Steve atemlos. »Das hat was.«

Aber es war Bettinas Anerkennung, die Laura brauchte. Obwohl Bettina ihr in den drei Jahren eine Freundin geworden war, war sie zuallererst ihre Chefin. Und zwar eine anspruchsvolle, was Lauras Arbeit umso wertvoller machte. Wenn man praktisch kein Privatleben hatte, war die Karriere alles – vor allem wenn sie auf einer natürlichen Begabung beruhte wie bei Laura.

»Erstklassig.« Bettinas Blick verweilte bei jedem winzigen Strich, jeder einzelnen Linie. »Es gefällt mir, wie die Wurzeln hier an dieser Stelle enden. Gut.« Sie schaute Steve an. »Ich denke, das kann direkt in die Produktion. Laura, würdest du bitte kurz in mein Büro kommen? Da ist ein Sonderprojekt, über das ich gerne mit dir sprechen möchte.«

Der nächste Eilauftrag? Laura folgte ihrer Chefin in den kleinen gläsernen Raum, der Bettinas höheren Status symbolisierte. Die restliche Belegschaft teilte sich das luftige offene

Großraumbüro. Die Arbeitsplätze waren nur geringfügig durch beigefarbene Wandschirme voneinander getrennt und unterschieden sich durch individuelle Kleinigkeiten, welche auch immer man aufbieten konnte, um seinen Schreibtisch so persönlich wie möglich zu gestalten. In Lauras Fall handelte es sich dabei gewöhnlich um eine Vase mit frischen Blumen, je nach Jahreszeit. (Im Moment waren es Tulpen.)

Auf ihrem Schreibtisch standen außerdem ein Foto von Daisy, wenige Minuten nach ihrer Geburt, eins von Krissie und Simon an ihrem Hochzeitstag, eins von Lauras Mutter bei einem gemeinsamen Urlaub auf Sardinien vor zwei Jahren und eins von ihrem Vater, das an ihrem sechzehnten Geburtstag, kurz vor seinem Tod, aufgenommen worden war. Außerdem fanden sich darauf eine Musterkarte mit bunten Stoffen, die ihr zur Inspiration diente, und Postkarten mit Blumen- und Pflanzenmotiven, die sie sammelte, wo sie auch ging.

Bettinas Büro dagegen schmückten Fotos von ihrem Cottage in Norfolk und von ihrem Ehemann, den sie letztes Jahr im Juni geheiratet hatte. »Bitte, setz dich.«

Laura wurde unruhig. Normalerweise war Bettina nicht so förmlich. »Ich muss dir etwas mitteilen.«

»Jetzt machst du mir aber langsam Angst.« Lauras Gedanken wanderten zurück zu ihrem letzten Projekt. Ein hängender Efeu im Großformat, der mehr Zeit als üblich beansprucht hatte, bis die Darstellung stimmte. Die Schattierungen waren knifflig gewesen, und es hatte sich eine Diskussion darüber entsponnen, ob es sich um die richtige Gattung handelte.

»Keine Sorge.« Bettina lehnte sich in ihrem Sessel zurück, als wollte sie einen besseren Blick auf Laura haben. »Es hat nichts mit dir zu tun, sondern mit mir.«

Laura lachte. »Das klingt wie mein Standard-Schlussmachspruch!«

Ihre Chefin lächelte. Bettina war einer der wenigen Menschen, mit denen Laura über ihr Liebesleben gesprochen hatte. Dass keiner richtig passte. Dass es immer etwas gab, was nicht stimmte. Bettina war ganz ihrer Meinung. Warum sollte Laura sich mit dem Zweitbesten begnügen, bloß weil sie älter wurde und seltener Männer kennenlernte? Insgeheim schöpfte sie Mut aus dem Umstand, dass Bettina *ihren* Traummann auch erst gefunden hatte, als sie bereits auf die vierzig zuging.

»Laura, was ich dir eigentlich zu sagen versuche, ist, dass ich hier aufhören werde. Tom und ich haben beschlossen, Nägel mit Köpfen zu machen und etwas früher nach Norfolk zu ziehen, als wir ursprünglich geplant haben.«

Laura starrte sie an. »Aber du liebst diesen Job.«

»Ja. Aber meinen Mann liebe ich mehr. Wenn du selbst einmal den Richtigen gefunden hast, wirst du das verstehen. Ein Cousin von Tom ist vor kurzem gestorben, und das hat uns ins Grübeln gebracht. Wir möchten das Leben genießen, solange wir können.«

Laura versuchte immer noch, das alles zu verarbeiten. »Aber was ist mit der Zeitschrift?«

»Die Verleger haben bereits eine Nachfolgerin für mich bestimmt, aber die anderen wissen noch nichts davon.« Sie beugte sich über ihren Schreibtisch und berührte Lauras Arm. »Ich wollte, dass du es von mir persönlich und als Erste erfährst statt nachher von den anderen. Aber bitte, behalte es vorerst für dich. Am Nachmittag wird es eine offizielle Erklärung geben.« Bettina zögerte.

»Das ist noch nicht alles, oder?«, drängte Laura.

Bettina nickte. »Die Auflage ist gesunken. Im Moment ist die Nachfrage nach einem Nischenprodukt wie unserem nicht besonders hoch. Die neue Chefredakteurin wird mit einem knapperen Budget auskommen müssen.«

Laura bekam einen trockenen Mund. »Werde ich entlassen?«

Es entstand ein kurzes Schweigen. »Ich werde den Verlegern vorschlagen, dass sie dich auf freiberuflicher Basis weiterbeschäftigen.« Bettinas Stimme klang gespielt unbekümmert. »Betrachte es von der positiven Seite, Laura. Du wirst in deiner zauberhaften Wohnung arbeiten können. Mehr Zeit für dich haben.«

»Aber das will ich nicht!« Laura stand auf und wandte sich ab, damit Bettina ihr Gesicht nicht sehen konnte. Laura lächelte immer. Das sagte jeder. Sie weinte nie. Nicht in der Öffentlichkeit. »Ich mag meine Kollegen. Sie sind für mich wie eine Familie.«

»Ich weiß, und es tut mir leid. Es ist normal, dass du dich darüber aufregst. Aber wenn du es erst einmal verdaut hast, wirst du dich wieder besser fühlen.«

Würde sie das? Laura begann, sich die langen Tage auszumalen, die vor ihr lagen, während sie allein zu Hause sitzen und an einer Illustration arbeiten würde, die die neue Chefredakteurin in Auftrag gegeben hatte. Das Freiberuflerdasein war nicht so sicher wie eine Festanstellung. Und es war deutlich einsamer. Für ein paar Sekunden wanderten ihre Gedanken zu ihren Exfreunden zurück, die alle den Wunsch gehabt hatten, mit ihr zusammenzuziehen – beziehungsweise dass sie bei ihnen einzog.

Ian zum Beispiel mit seinem gänzlich anderen Musikgeschmack (wer waren Gentle Giant überhaupt?). Oder David, der nicht verstehen konnte, dass sie ihre Ruhe brauchte, um zu malen oder allein einen Spaziergang zu machen. Oder Jasper, der zu viel trank, aber in nüchternem Zustand nicht lustig war. Keiner von ihnen hatte aus diversen kleineren Gründen gepasst. Und keiner von ihnen war aus einem einzigen großen Grund der Richtige gewesen. Sie alle hatten sich Kinder gewünscht.

Trotzdem, was war eigentlich falsch am Singledasein? Schon vor Jahren, kurz nach Dads Tod, hatte Laura den Entschluss gefasst, das Leben mit Optimismus zu betrachten. Das war sicher besser – wie Mum immer sagte –, als jahrelang Trübsal zu blasen und zu bedauern, was nicht ungeschehen gemacht werden konnte. Insgeheim gab es nichts, was Laura sich mehr wünschte, als den Richtigen zu finden. Einen, der sie bedingungslos liebte. Aber sie verdiente es nicht, oder?

Sie zwang sich wieder zu einem Lächeln. »Du hast recht. Ich hatte ein paar tolle Jahre hier, und nun ist es Zeit, den nächsten Schritt zu gehen. Ich freue mich für dich, Bettina. Ehrlich. Solange du mich mal nach Norfolk einlädst.«

Ein Ausdruck der Erleichterung huschte über das Gesicht ihrer Chefin. »Natürlich, das werde ich. Außerdem werde ich es zu meiner persönlichen Aufgabe machen, einen Farmer für dich zu finden, der eine Frau sucht!« Sie gab Laura eine weiße Karte.

»Was ist das? Etwa schon meine Kündigung?«, scherzte Laura.

»Tatsächlich ist es eine Einladung für die Ausstellung. Wir haben nur eine erhalten, und ich dachte, du solltest sie haben.«

In dem Wirbel um die Taufe hatte Laura das beinahe vergessen. Zusammen mit Werken anderer botanischer Künstler war eins ihrer Bilder für eine private Ausstellung ausgewählt worden, die von einem prominenten Landschaftsarchitekten gesponsert wurde. Laura las das Datum auf der Karte. Nächsten Freitag. Abendgarderobe. 18.30 Uhr. Eine Postleitzahl im West End.

»Perfekt!« Sie schenkte Bettina ihren besten *Ist das Leben nicht wunderbar?*-Blick. »Darauf freue ich mich sehr.«

Auf der Einladung stand »plus eine Begleitperson«, bemerkte Laura, als sie die Karte über ihrem hübschen feuerfarbenen Art-déco-Kamin aufstellte, den sie auf dem Sperrmüll entdeckt und in ihren offenen Wohnbereich hatte einbauen lassen. Die Formulierung beruhigte sie auf eine Art. Als würde so jedem zufälligen Besucher – wie etwa Maisie, ihrer älteren Nachbarin, oder Mum bei einem ihrer Ausflüge in die Stadt –, vorgegaukelt, dass Laura tatsächlich so etwas wie »eine Begleitperson« besaß.

Trotzdem, was war falsch daran, allein hinzugehen? Laura hatte so viele Veranstaltungen ohne bessere Hälfte (ein schrecklicher Ausdruck, wie sie schon immer fand) besucht, dass sie sich perfekt daran gewöhnt hatte.

Sorgfältig arrangierte sie die Einladungskarte auf dem Kaminsims, ein Eindringling in einer Reihe von Schmuckstücken aus Porzellan und Glas, von denen jedes einzelne von besonderer Bedeutung für sie war. Der kleine preiselbeerrote Krug war ein Weihnachtsgeschenk von einem alten Exfreund, der ihr auch einen Ring schenken wollte, bis sie ihm klargemacht hatte, dass er und sie nicht wirklich füreinander bestimmt waren. »Lieber Single und glücklich«, hatte sie ihrer enttäuschten Mutter damals entschieden erklärt.

»Eines Tages, Liebes, wird dir der Richtige begegnen.« Ihre Mutter hatte sie mitfühlend angeblickt. »Einer, der Verständnis hat.«

Nun, bis jetzt war er noch nicht aufgetaucht! Aber das war auch nicht wichtig, verglichen mit anderen Dingen. Laura hatte den Anruf seit der Tauffeier hinausgezögert, da sie nicht zu verdächtig klingen wollte. Aber nun, volle vierundzwanzig Stunden später, musste sie ihn machen, oder sie würde durchdrehen.

»Hi, Krissie, ich bin's.« Laura zwang sich nun schon so

lange, heiter zu klingen, selbst wenn sie sich innerlich ganz anders fühlte, dass es zu ihrer zweiten Natur geworden war. »Ich wollte mich nur noch einmal für den wundervollen Tag gestern bedanken. Wie geht es meiner supersüßen Patentochter?«

Im Hintergrund war Gebrüll zu hören. »Sie übertrifft gerade den nationalen Dezibeldurchschnitt, wie du hören kannst!«, antwortete Krissie laut, um Daisy zu übertönen. Laura sah die Kleine bildlich vor sich. Vor lauter Brüllen würde ihr niedliches kleines Gesicht rot und zerknautscht sein. Darum flehend, dass jemand sie auf den Arm nahm und alles wiedergutmachte.

»Ich fand es auch sehr schön, dass du dabei warst, Laura. Trotzdem bedaure ich, dass es zwischen Russell und dir nicht gefunkt hat.«

Bei allem, was seitdem geschehen war, hatte Laura ihn fast schon vergessen. »Krissie, ich wollte dich noch was fragen.« Sie unterbrach sich kurz und versuchte, sich an den Text zu erinnern, auf den sie sich mit ihrer Mutter geeinigt hatte. »Die Cateringfirma war großartig. Ein Kollege von mir sucht gerade eine für seinen vierzigsten Geburtstag. Kannst du mir sagen, woher die sind?«

»Aus Kent. Ist das zu glauben? Das ist schließlich nicht gerade um die Ecke. Aber der Caterer, den ich ursprünglich beauftragt habe, hat mich versetzt, und sonst war kein anderer frei. Dann wurde mir über einen Bekannten von einem Bekannten der hier empfohlen. Die waren echt auf Zack, nicht wahr? Schsch, Daisy, ruhig! Da fällt mir ein, lustig, dass du dich danach erkundigst. Jemand aus dem Cateringteam hat mich nämlich auf dich angesprochen. Die Frau war felsenfest davon überzeugt, dich von früher aus der Schule zu kennen.«

Lauras Mund wurde trocken. »Was hast du ihr gesagt?«

»Dass du mit *mir* auf der Schule warst, natürlich, und dass dein Name ganz sicher Laura Marchmont ist. Sie dachte, du heißt Katy Irgendwas. Sie war ziemlich penetrant.«

»Du hast ihr aber nicht meine Nummer gegeben, oder?«

»Natürlich nicht. Warum sollte ich?«

»Ich dachte nur.« Lauras Herz pochte vor Erleichterung. »Klingt, als wären die doch nicht die Richtigen für die Feier meines Kollegen, wenn sie so aufdringlich sind, also lasse ich es vielleicht lieber. Was soll's, ich muss hier weitermachen. Ich melde mich nächstes Wochenende wieder, ja? Vielleicht habt ihr ja Lust, zum Sonntagsbrunch zu mir zu kommen?«

»Gern. Danke.« Das Gebrüll wurde lauter, und Krissie musste nun förmlich in den Hörer schreien. »Und was steht bei dir in dieser Woche an?«

»Nur Arbeit. Und eine Vernissage am Freitagabend.«

»Du Glückliche.« Krissie, die sich immer noch unschlüssig war, ob sie nach ihrem Mutterschutz wieder unterrichten sollte, klang wehmütig. »Du kannst mir dann am Wochenende alles berichten. Ist ja gut, Daisy, ich komme ...«

Laura legte nachdenklich den Hörer auf, während sie gleichzeitig zu der Einladung sah. Vielleicht kam sie genau zum richtigen Zeitpunkt. Sie musste dringend mal wieder ausgehen!

Aber im Laufe der Woche begann sie, ihre Meinung zu ändern. Wäre es nicht netter, überlegte sie, während sie sich widerstrebend ihre jadegrünen Ohrringe (ein weiteres Geschenk von einem ehemaligen Verehrer, der die Kurve gekratzt hatte) ansteckte, sich stattdessen schnell zu dem restlichen Räucherlachs ein Rührei zuzubereiten und es sich auf der Couch bequem zu machen in ihrer Gammeljeans vor der Abend-Talkshow im Fernsehen? Nach dem Essen könnte sie dann vielleicht an ihrem viktorianischen Küchentisch aus warmem honigbraunem Kiefernholz mit den Farbspritzern und den hübsch gedrechselten Beinen, der auf den kleinen Londoner Platz draußen zeigte, an ihrem aktuellen Projekt weiterarbeiten, dem Porträt einer Rose.

Die Abende waren inzwischen so hell, dass sie auch die Kräuterkästen gießen könnte, in denen Oregano, Petersilie und Minze gediehen, die sie selbst aus Samen gezogen hatte. Oder sie könnte die gelben und scharlachroten Geranien ausdünnen, die wie Miniwasserfälle aus den goldbraunen Terrakottatöpfen neben der Eingangstür quollen.

Es war verlockend, sehr verlockend. Andererseits hatte sie Bettina versprochen hinzugehen. Es würde einen unhöflichen Eindruck machen, wenn niemand den Verlag repräsentierte, und außerdem wollte sie schließlich ihren Beitrag sehen, nicht wahr? Es handelte sich um ein Bild, auf das sie besonders stolz war: ein Arrangement von Bergastern mit frischen malvenfarbigen Blütenblättern und gelben Blütenköpfen. Laura hatte sich riesig darüber gefreut, dass ihr Werk für die Ausstellung ausgewählt worden war, und – wie Bettina sagte – es war auch eine Ehre für den Verlag.

Nach einigem Zögern schlüpfte Laura schließlich in ein orangefarbenes Seidenhemd und eine weiße Sommerhose. Sie würde nicht lange bleiben. Nur für eine halbe Stunde oder so, um sich zu zeigen, bevor sie sich nötigenfalls unter einem Vorwand wieder aus dem Staub machte und nach Hause zurückkehrte. Vielleicht würde sie sich früh schlafen legen und morgen dann aus den Erdbeeren vom Markt Marmelade kochen. Oder ihren Wäscheschrank umräumen, den sie mit hübschen, selbstgemachten Aufklebern beschriftet hatte, auf denen zum Beispiel »Laken« oder »Kissenbezüge« stand.

Später könnte sie sich mit ihrem Zeichenblock nach Kew Gardens aufmachen, um sich in das Gras zu hocken und die genaue Form der grün-cremeweißen Funkien oder der Efeuranken oder der Goldruten einzufangen. Danach vielleicht eine offene Kunstdiskussion in der National Gallery, wo man in einer kleinen Gruppe aufgehen konnte und immer noch angenehm in Ruhe gelassen wurde.

Aber irgendwie, dachte Laura, während sie ihre Wohnungstür sorgfältig abschloss und sich dann auf den Weg zur Bushaltestelle machte, was in London wesentlich einfacher war, als das Auto zu nehmen, weckten diese kleinen Annehmlichkeiten nicht mehr dieselbe Begeisterung in ihr wie früher. War es möglich, dass sie in die Falle getappt war und sich festgefahren hatte? So sehr an ihre eigene Gesellschaft gewöhnt, dass sie unfähig war, sich auf eine tiefer gehende Beziehung einzulassen?

Laura fröstelte, obwohl es ein warmer Abend war, und trat von einem Fuß auf den anderen, während sich hinter ihr jemand in die Schlange einreihte. Vielleicht hatte Bettinas Ankündigung mit Norfolk sie mehr beunruhigt, als ihr zunächst bewusst gewesen war. Wenn jemand wie ihre Chefin sich verändern konnte, bedeutete das vielleicht, dass sie dasselbe tun sollte. Sonst würde sie weiter in ihrem alten Trott verharren und zu Hause sitzen und arbeiten – ohne jede Gesellschaft, nun, da sie entlassen wurde – und dabei immer einsamer werden.

Ja, sagte sie sich, als der Bus endlich kam. Es war Zeit, etwas dagegen zu unternehmen. Die Frage war nur, was?

Der Freitagabendverkehr war sogar noch schlimmer als üblich, und als Laura in der Ausstellung ankam – in einer kleinen Galerie direkt am Soho Square –, brachen die ersten Gäste bereits wieder auf.

Sie nahm am Eingang ein Glas Champagner entgegen (nicht annähernd so gut wie Russells edler Tropfen!) und trug sich mit ihrer Schnörkelschrift in das Gästebuch ein, bevor sie sich umblickte. Es standen die üblichen versprenkelten Grüppchen herum, die man an solchen Abenden antraf. Ein paar Frauen, die aufgedonnert am Arm ihrer älteren Männer hingen und zögerlich klangen aus Unsicherheit, ob sie das Richtige zu einem Thema sagten, von dem sie nicht viel Ahnung hatten. Andere Gäste wiederum waren betont lässig gekleidet, in abgewetzten Jeans und mit auffälligem Schmuck – auch im Gesicht. Und es gab ein paar wie Laura. Die Künstler. Die unauffällig herumschlichen. Die so taten, als würden sie nicht heimlich lauschen, aber insgeheim hofften, dass jemand ihr Werk lobte und der begehrte rote runde Sticker darauf angebracht wurde, der einen Verkauf anzeigte.

Und dort drüben hing ihr eigenes preisgekröntes Werk, an der Rückwand der Galerie, in einem recht hübschen Rahmen, den die Organisatoren ausgesucht hatten. Laura hatte immer das Gefühl, selbst auf dem Präsentierteller zu sitzen, wenn ihre Arbeiten ausgestellt wurden. »Das ist, als würde man sich vor allen ausziehen«, hatte sie einmal Krissie zu erklären versucht. »Man kommt sich richtig nackt vor.«

Als Laura nun auf das Arrangement von Bergastern zusteuerte, sah sie, dass jemand davor stehen blieb. Ein großer Mann, ein sehr großer, der die Hände in die Hüften stemmte. Er stand sehr aufrecht da in einer Jeans und einem braunen Cordjackett von der Sorte, die ihr Vater früher immer getragen und über die sie als Kind gern mit dem Zeigefinger gestrichen hatte, um den samtenen Stoff zu befühlen.

Mit einem Schlag wurde ihr klar, dass der Mann ihr Bild sorgfältig studierte. Wirklich sehr sorgfältig und nicht so, wie manch anderer Kunstwerke betrachtete – ohne sie zu verstehen oder oberflächlich mit einem abschätzigen Kopfschütteln oder mit einem Nicken und einem schnellen »Gefällt mir«. Aber dieser Mann, der breitbeinig vor ihrem Bild stand, die Hände nun tief in seinen Hosentaschen vergraben, schien jede einzelne Linie und Schattierung in sich aufzunehmen.

»Gefällt es Ihnen?«, hätte Laura ihn am liebsten gefragt, aber natürlich war das ausgeschlossen. Sonst würde sie vielleicht gezwungen sein zuzugeben, dass das Bild von ihr stammte, und dann würde ihr Gegenüber ins Schwärmen geraten (selbst wenn es gar nicht ehrlich gemeint war), um ihre Gefühle nicht zu verletzen. Nun, manche würden jedenfalls so reagieren. Es gab andere, die hier auch vertreten waren und die es immer wieder fertigbrachten, an Kunstwerken herumzukritisieren, die sie selbst niemals erschaffen könnten.

Unerwartet wandte der Betrachter ihrer Kunst sich zu ihr um, und Laura sah, dass er zwar groß und breit war, aber eher muskulös als dick. Er wirkte von vorn auch jünger. Mitte vierzig vielleicht? Ein attraktives, leicht gebräuntes Gesicht mit Lebensspuren, eine kantige Kieferpartie und eine Nase, die einem Rugbyspieler gehören könnte. Seine jungenhaften Augen musterten sie nun mit einem belustigten Ausdruck, als hätte sie wieder einmal Farbtupfer im Gesicht oder wäre falsch gekleidet oder als würden sie sich von irgendwoher kennen.

Aber das konnte nicht sein. Wenn sie sich schon einmal begegnet wären, würde sie sich daran erinnern. Sie vergaß zwar manchmal einen Namen, aber nie ein Gesicht. Ihr Künstlerauge skizzierte jedes Gesicht im Geiste.

»Ein wundervolles Motiv, nicht wahr?«, sagte er mit einem leicht breiigen Akzent. Sein Ton war vertraulich, fiel ihr auf, als hätten sie sich hier zuvor schon unterhalten und würden ihr Gespräch nun wieder aufnehmen. »Mir gefällt vor allem, wie die Blüten sich von der Leinwand abheben. Ich kann sie förmlich riechen.«

»Danke.« Laura errötete und spürte eine Hitze im Körper,

obwohl die Klimaanlage im Raum ihr eine Gänsehaut an den Armen verursachte.

Er runzelte verwirrt die Stirn. »Danke?«, wiederholte er, bevor sein Gesicht sich aufklärte. »Sie meinen, das Bild ist von *Ihnen*? *Sie* haben das gemalt? *Sie* sind die Künstlerin?«

Warum hatte sie ihre eigene Regel gebrochen? Warum hatte sie offen zu erkennen gegeben, dass es ihre Arbeit war? Laura versuchte zu antworten, aber die Worte wollten nicht herauskommen. Stattdessen brachte sie nur ein Nicken zustande.

»Aber es ist großartig!« Er streckte seine Hand vor. »Entschuldigung, Sie müssen mich für sehr unhöflich halten. Mein Name ist Haywood. Charles Haywood. Ich bin Architekt – unser Büro zählt zu den Sponsoren dieser Ausstellung.«

»Ich bin Laura«, begann sie, aber die Worte stolperten unerklärlicherweise übereinander, während ihre Beine sich anfühlten, als würden sie auf dem Boden zerfließen.

»Ich weiß!« Er nickte, und seine Augen lachten. Dieser Mann strahlte eine Lebensfreude aus, die äußerst anziehend war. »Ich habe mir den Namen auf dem Bild notiert. Laura Marchmont.« Er berührte leicht ihren Arm, und unerwartet durchzuckte sie ein elektrischer Schlag. »Sollen wir uns was zu trinken organisieren und uns eine ruhige Ecke suchen? Ich bin noch nie einer richtigen Künstlerin begegnet, und ich würde gerne mehr von Ihnen erfahren!«

13

Die Galerie lichtete sich mittlerweile, sodass es nicht schwer war, am Rand einen freien Tisch und zwei Stühle zu finden. Charles gehörte, wie Laura wohlwollend bemerkte, zu der Sorte Mann, die einen Kellner auf sich aufmerksam machen konnte, ohne arrogant zu wirken. Binnen kurzer Zeit standen zwei Gläser mit prickelndem Inhalt vor ihnen und ein Teller mit Häppchen.

»Die mit den Garnelen sind absolut köstlich. Na los, nehmen Sie sich eins!« Er lächelte dieses zauberhafte Lächeln mit zerknittertem gebräuntem Gesicht und griff selbst zu. »Halten Sie mich bitte nicht für verfressen, aber ich war den ganzen Tag auf der Baustelle und komme fast um vor Hunger.«

Auf der Baustelle? Dann fiel es ihr wieder ein. Natürlich. Er war Architekt. »War es interessant?«

Er nickte, wartete aber, bis er den Mund leer hatte – Gott sei Dank! –, bevor er antwortete. Laura hatte einmal einen Verehrer, der dachte, er könnte gleichzeitig reden und essen, und sich dann aufregte, als sie ein zweites Date ablehnte. »Faszinierend. Ein uraltes Mönchskloster in Essex, das gerade umgebaut wird. Davon haben wir auch ein oder zwei in meiner Welt – in Devon –, aber das heute war nicht weniger spektakulär.«

Devon! Das erklärte also seinen leicht leiernden Akzent, genau wie seine Lebensfreude. Lauras Vater, dessen Familie aus dem Südwesten stammte, war genauso gewesen. »Dort unten geht es entspannter zu«, sagte er früher immer.

Tatsächlich erinnerte sie dieser Mann auf eine seltsame Art an ihren Vater. Natürlich an eine jüngere Version. Er beugte sich nun zu ihr vor, die Ellenbogen auf den Tisch gestützt, als wollte er ihr näherkommen. Es war beängstigend und schmeichelhaft zugleich. »Ich wollte schon immer wissen, wie man überhaupt Künstler wird. Das ist die Art Beruf, von der der Rest von uns nur träumen kann. Ein bisschen so wie Schauspieler. Oder Schriftsteller.«

Er lehnte sich nun auf seinem Stuhl zurück wie ein Kind, das darauf wartete, unterhalten zu werden. »Bitte!« Seine Augen fixierten ihre. »Verraten Sie es mir.«

Laura musste unweigerlich lachen. Es war, als würde sie einem verspielten, ausgewachsenen Labrador gegenübersitzen. Jemandem, der nicht die übliche Verschlagenheit oder Geschäftstüchtigkeit oder Bitterkeit hatte, die sie so oft im Kunstbetrieb beobachtete. Selbst Steve aus der Herstellung besaß eine scharfe Zunge, die ein Rasiermesser wie ein Radiergummi aussehen ließ.

»Also«, begann sie vorsichtig, »es fing damit an, dass ich in der Schule gehänselt wurde.« Verdammt. Es war nicht ihre Absicht gewesen, das zu sagen, aber Charles' freundliche Augen – bereits besorgt geweitet – hatten sie dazu verleitet. »Nichts Wildes«, fügte sie hastig hinzu. »Das Übliche, wenn man solche Haare hat wie ich. Karottenkopf. Solche Dinge.«

Er sah nun bestürzt drein. »Aber Ihre Haare sind umwerfend. Sie waren das Erste, was mir an Ihnen aufgefallen ist.« Gleich darauf wurde seine Miene verlegen, was im Kontrast zu seiner kräftigen Statur ziemlich süß wirkte. »Sie erinnern mich an ein wunderschönes präraffaelitisches Gemälde. Ich war schon immer ein Bewunderer von Holman Hunt.«

»Ich auch!«

»Haben Sie die Ausstellung in der Tate letztes Jahr gesehen?«

»Natürlich!«

»Die Maler damals waren ihrer Zeit weit voraus, nicht wahr? Sie ärgerten die traditionelle Kunstwelt, indem sie sich trauten, etwas anderes zu machen. Aber tut mir leid, ich schweife ab.«

Er nahm sich das letzte Häppchen, nachdem er es zuerst ihr angeboten hatte, und schluckte es fast in einem Stück hinunter. Am liebsten hätte sie gekichert. Laura war noch nie jemandem wie ihm begegnet, wurde ihr bewusst. Nun, jedenfalls keinem Erwachsenen wie ihm. Keinem, der mit so viel Leidenschaft redete. Der von einer Sekunde zur nächsten das Thema wechselte, um dann wieder zum vorherigen zurückzukehren. Der das Leben genoss, ob in Form von Häppchen oder Kunst oder Champagner oder der Lebensgeschichte einer anderen Person. Es war so erfrischend!

Sie holte tief Luft und versuchte, ihre Nerven zu beruhigen. »Mein Vater war Landschaftsgärtner. Er hatte ein gutes Auge für Farben und Formen. In seiner Freizeit zeichnete und malte er ein bisschen. Als ich … gehänselt wurde, schlug er vor, dass ich meinen Kummer und Schmerz auf dem Papier auslasse.«

Sofort warf Charles dazwischen: »Er ist sicher ein erstaunlicher Mann!«

»*War*«, korrigierte sie sanft.

Sein Blick wurde sofort weicher vor Mitgefühl. »Das tut mir leid.«

»Danke. Er starb kurz nach meinem sechzehnten Geburtstag. Bis dahin hatte ich bereits die Schule gewechselt.«

»Und, wurden Sie an der neuen Schule immer noch gehänselt?«

Laura fing an zu bereuen, dass sie so viel von sich preisgegeben hatte. Das sah ihr überhaupt nicht ähnlich. Aber etwas an diesem Mann ließ sie ihre Deckung vernachlässigen.

Sie versuchte, es locker zu nehmen. »Nein. Dort ließ man mich in Ruhe.«

»Weil man Sie für Ihre Kunst bewunderte?«

Sie nickte, einerseits verlegen, weil es stimmte, und andererseits verblüfft, weil er sie so gut einzuschätzen vermochte.

»Und Sie haben dort neue Freunde gefunden?«

»Allerdings!« Nun war sie wieder auf sichererem Terrain. »Meine beste Freundin Krissie. Ich bin die Taufpatin ihrer Tochter. Daisy ist jetzt drei Monate alt.«

»Das ist wundervoll. Ich habe selbst zwei Töchter. Hannah ist gerade dreizehn geworden, und Eloise ist sechzehn, benimmt sich aber wie achtzehn.«

Seine Worte dämpften das unbeschwerte Gefühl, das sich in ihrem Herzen ausgebreitet hatte. Töchter? Natürlich. Er war verheiratet! Bei einem Mann wie ihm war das zu erwarten. Untypisch für sie – vielleicht weil sie Charles zunächst nicht als potenziellen neuen Freund betrachtet hatte –, hatte sie auf ihre übliche Vorsichtsmaßnahme verzichtet, den Ringfinger seiner linken Hand zu überprüfen.

Aber nun konnte sie nicht anders und senkte den Blick darauf. Nichts. Nicht einmal ein schmaler weißer Streifen Haut als Hinweis darauf, dass sich dort normalerweise ein Ring befand.

»Ich bin seit zwei Jahren geschieden«, erklärte er ruhig. »Meine Exfrau und ich verkehren recht freundschaftlich miteinander, bedenkt man, dass sie mich wegen eines anderen verlassen hat. Ich dachte, so ist es am besten für die Mädchen. Sie wohnen weiterhin in ihrem Elternhaus bei Exeter, während ich mir ganz in der Nähe eine Junggesellenwohnung gesucht habe, damit ich sie täglich sehen kann.« Sein Gesicht hellte sich auf. »Wir haben auch eine kleine Strandhütte und einen Kajak.«

»Am Meer?« Laura spürte einen Anflug von Begeisterung. Das erklärte also seine Bräune und das leicht gegerbte Gesicht. »Sie leben am Meer?«

»Allerdings. Ich war schon immer der Meinung, dass es nur einen Sinn ergibt, in einer Gegend wie Devon zu leben, wenn man so nah wie möglich am Wasser wohnt. Es hat was, buchstäblich am Abgrund zu leben!«

Sie konnte es sich bildlich vorstellen. Eine sehr fahle malvenfarbene Linie – Menschen, die keine Künstler waren, dachten immer, der Horizont wäre grau, aber tatsächlich konnte er fast alle Farben haben, sei es ein sehr mattes Indigo oder ein Violett oder ein Rot oder ein Graublau, manchmal mit einem Stich Gelb oder Apricot.

»Freut mich sehr, dass Sie sich bei uns wohlfühlen!«

Beide blickten auf, überrascht von der scharfen Stimme einer kleinen, gut gekleideten Frau mit glänzenden schwarzen Kitten Heels und einer wichtigtuerischen Miene. Laura erkannte sie wieder aus dem Organisationsteam. »Leider müssen wir nun schließen. Ich bedanke mich für Ihren Besuch.« Sie blickte Laura an. »Ihr Bild hat viel Bewunderung erzielt. Gute Arbeit.«

Laura spürte eine Woge der Freude. »Haben Sie etwas dagegen, wenn wir einen letzten Blick darauf werfen?«, fragte Charles höflich.

Die Frau schenkte ihm einen *Du bist ein unartiger Junge, aber dein Lächeln ist so charmant, dass ich dir nicht widerstehen kann*-Blick. »Also gut. Aber in zwei Minuten müssen wir hier wirklich die Türen abschließen.«

»Vielen Dank.« Er stand auf, wartete neben Lauras Stuhl – so gute Manieren! – und legte dann leicht die Hand auf ihren Rücken, um sie zu ihrem Bild zu dirigieren. Ein starkes Beben durchzuckte sie. Lag das an seiner Berührung, oder lag es –

Himmel! – an dem roten Aufkleber unten rechts auf ihrem Bild?

»Jemand hat es gekauft«, keuchte sie.

»Allerdings.« In seiner Stimme schwang ein leichtes Perlen. Wie der Anflug eines Lachens, das versuchte, sich zu verstecken, aber ohne Erfolg.

Laura fuhr zu ihm herum. »*Sie* waren das, nicht wahr?«

Sie stand nun so nah vor ihm, dass sie seinen Geruch wahrnahm. Eine angenehme Mischung aus Holz und Champagner und noch etwas, was sie nicht richtig einordnen konnte. »Genau genommen war es unsere Firma. Aber ich bin Seniorpartner, also habe ich ein Mitspracherecht, wofür wir unser Geld ausgeben.« Er lächelte zu ihr hinunter, und wieder staunte sie, wie groß er war. »Aber ich hätte das Bild nicht gekauft, wenn ich mich nicht sofort in es verliebt hätte. Meine Mutter züchtete früher Bergastern in Devon, wo ich aufgewachsen bin. Sie zählen zu meinen frühesten Erinnerungen.«

Sie schluckte vor Rührung. »Danke. Ich fühle mich sehr geschmeichelt.«

»Bitte!« Es war die gepflegte Frau mit den glänzenden schwarzen Kitten Heels, die ungeduldig von der Tür herüberrief.

»Ich mache Ihnen einen Vorschlag.« Er berührte wieder ihren Arm, und Laura spürte die Wärme durch ihren seidenen Hemdsärmel. »Haben Sie noch Zeit für ein spätes Dinner? Ich habe nämlich den Eindruck, dass wir mit unserer Unterhaltung noch nicht fertig sind. Sie?«

Für jemanden, der schon sein ganzes Leben lang in Devon wohnte, kannte sich Charles Haywood in London gut aus. Er führte Laura in eine Kopfsteinpflastergasse, die vom Soho Square abzweigte, zu einer kleinen Bar, in der sie noch nie zuvor gewesen war. Wie sie erfreut wahrnahm, gab es dort weiche dunkelrote Sofas und live dezent im Hintergrund gespielte Jazzmusik, sodass man sich trotzdem unterhalten konnte.

»Ich liebe Jazz«, bekannte sie, während Charles ihr aus ihrer Stola half.

»Ich auch.« Sein Gesicht hellte sich auf. »Sollen wir nach hinten durchgehen?«

Während er sprach, berührte er sanft ihren Ellenbogen – o mein Gott, wieder ein heftiger Stromschlag! – und dirigierte sie dann zu einer Sitznische. Das Lokal kam Laura vertraut vor, obwohl sie hätte schwören können, dass sie diesen Ort noch nie zuvor betreten hatte. Charles selbst kam ihr vertraut vor. Was natürlich Unsinn war. Ihre Fantasie ging nur gerade mit ihr durch. Sie hätte sich wohl besser mit zwei Gläsern Schampus begnügen sollen, statt ein drittes zu trinken.

»Darf ich Ihnen den hier empfehlen?«, fragte Charles, während er mit einem dicken, kräftigen Finger auf einen Wein in der Karte zeigte. Eine richtige Männerhand, registrierte sie wohlwollend. Stark. Zu allem fähig. Sie errötete bei diesem Gedanken.

»Ich sollte wirklich nichts mehr trinken.« Sie hatte das Gefühl, dass ihre Stimme klang, als würde sie einer anderen gehören. »Ich hatte bereits mehr, als ich sonst trinke.«

»Ich auch. Aber ich denke, wenn wir zu dem Wein etwas essen – eine richtige Mahlzeit statt nur diese klitzekleinen Appetithäppchen –, absorbiert das den Alkohol. Meinen Sie nicht auch?«

Warum eigentlich nicht? Laura hörte beinahe Krissie in ihr Ohr zischen: »Ein attraktiver Mann ohne Ring am Finger kommt nicht oft daherspaziert!« Außerdem würde sie Charles ohnehin bald vergraulen. So wie sie die anderen vergrault hatte, als sie ihre Geschichte erfuhren. Beziehungsweise einen Teil davon.

»Fischpastete?« Charles nickte anerkennend zu ihrer Wahl. »Ich glaube, ich nehme dasselbe. Achtung, das ist ein kleiner Test.«

Ein Test? Er grinste. »Um zu sehen, ob sie an die Fischpasteten in meinem Teil der Welt heranreicht.« Er legte die Speisekarte weg. »Kennen Sie den Südwesten?«

Sie schüttelte den Kopf. »Nein. Aber die Familie meines Vaters stammt aus Devon. Ich weiß leider nicht mehr, woher genau. Das ist eins dieser Details, die mit der Zeit offenbar verloren gegangen sind.«

»Das ist schade.« Er wartete, bis die Kellnerin ihre Bestellung aufgenommen hatte und zwei Gläser Weißwein vor ihnen standen. Die Musik war leiser geworden, sodass man sich ohne Anstrengung unterhalten konnte. Oder vielleicht lag es auch am Wein. Oder an Charles. So oder so, Laura spürte, dass sie locker wurde wie schon seit sehr langer Zeit nicht mehr.

»Erzählen Sie mir von Ihrer Arbeit«, sagte sie plötzlich.

Seine Augen glänzten mit derselben Begeisterung, die ihr zuvor schon aufgefallen war. »Ich liebe Formen – deshalb interessiere ich mich auch so sehr für Kunst. Ich kann zwar nicht mit dem Pinsel umgehen wie Sie, aber ich verstehe, dass ein Gebäude mit den Fenstern steht und fällt.« Seine Stimme hob sich vor Enthusiasmus. »Ich habe eine Schwäche für herrliche graue Schieferdächer, die auf das Meer zeigen, weil das der einzige Ort zum Leben ist. Alles andere«, an dieser Stelle machte er eine weit ausholende Geste, »ist nichts, weil es kein Wasser ist. Wasser ist lebenswichtig, finden Sie nicht auch?«

Bevor sie eine Chance hatte, darauf zu antworten, plapperte er bereits weiter. »Man muss an einem Ort leben, der einen inspiriert! Ich bin stundenlang durch Städte geschlendert, um ihre Architektur zu studieren. Nicht weit von meinem Haus gibt es ein paar wunderschöne Flecken, darunter einen fantastischen Küstenort namens Seamouth mit einer Reihe herrlicher Regency-Hotels direkt an der Strandpromenade, ein paar Imbissbuden, die frische Krabbensandwiches verkaufen, und Eisverkäufern auf Fahrrädern.«

»Klingt wundervoll.« Ihr Ton war wehmütig, weil plötzlich die Erinnerung an Familienspaziergänge am Grand-Union-Kanal in ihr hochstieg. »Mein Vater«, fügte sie mit einem Kloß im Hals hinzu, »hat das Wasser immer geliebt.«

Er nickte. »Gibt es einen besonderen Mann in Ihrem Leben, Laura?«

Sein plötzlicher, völlig zusammenhangloser Themenwechsel überraschte sie, und sie bemerkte wie schon zuvor, dass er ihre nackte linke Hand musterte. »Nein.« Sie schlug ihren unbekümmertsten *Mich stört das nicht*-Ton an. »Es hat zwar in der Vergangenheit diverse Männer gegeben, aber keinen, der …« Sie unterbrach sich gerade noch rechtzeitig. Sie hatte bereits mehr gesagt, als sie wollte.

»Es ist definitiv besser zu warten, bis einem der oder die Richtige begegnet.« Sein Gesicht wirkte für einen Moment traurig. »Zu meinem Pech ist genau das meiner Exfrau Stephanie passiert, als sie sich in einen anderen verliebte. Aber ich habe mir große Mühe gegeben, zivilisiert damit umzugehen.«

»Dafür bewundere ich Sie.«

»Für mich stehen die Kinder immer an erster Stelle.« Seine Stimme klang entschlossen. »Darum habe ich noch niemanden gefunden. Erstens ist es noch zu früh, und zweitens muss es eine ganz besondere Frau sein, die versteht, dass meine Familie mir alles bedeutet.«

Meine Familie bedeutet mir alles! Genau das, was Dad zu ihr gesagt hatte, als sie in Tränen aufgelöst von der Schule kam und er sie tröstend in den Arm nahm, während er ihr versprach, dass sie wegziehen würden, damit sie neu anfangen konnten.

Ihre Augen wurden feucht, aber glücklicherweise kam in diesem Augenblick die Fischpastete. Charles fiel mit derselben Begeisterung darüber her wie vorhin über die Häppchen. Sie musste schmunzeln.

»Sagen Sie nicht, dass eine Kaper in meinem Bart hängt.«

»Aber Sie haben gar keinen Bart.«

»Richtig! Tut mir leid, das ist ein Spiel, das ich immer mit den Mädchen spiele. Also, warum schmunzeln Sie?«

»Weil Sie lustig sind.«

Er lehnte sich amüsiert auf seinem Stuhl zurück. »Ich hatte zu meiner Zeit ein oder zwei Rendezvous, aber das ist das erste Mal, dass eine Frau mich so schnell durchschaut.«

»Rendezvous?«, wiederholte sie. »Ist das hier auch eins?«

Seine Augen hefteten sich auf ihre. »Es ist, was immer wir wollen. Das ist das Erfreuliche am Erwachsensein, finden Sie nicht auch? Darf ich Ihnen noch eine persönliche Frage stellen?«

Sie nickte.

»Haben Sie Kinder?«

Sie schüttelte den Kopf. Immer wenn sie das gefragt wurde – und das geschah in den letzten Jahren immer häufiger –, fand sie es nach wie vor seltsam, dass jemand überhaupt auf die Idee kam, dass sie Mutter sein könnte. Die Vorstellung, die Verantwortung für ein Kind zu haben, war irgendwie irreal.

»Nein, ich habe keine Kinder.«

Es kam mit mehr Entschlossenheit heraus als beabsichtigt.

»Wissen Sie, heutzutage braucht man keinen Mann mehr dafür.« Seine Augen funkelten. »Ich habe gehört, die Auswahl an Bratenspritzen soll toll sein.«

Sie brach in Gelächter aus. Normalerweise erntete sie misstrauische oder mitleidige Blicke, wenn sie ihre Kinderlosigkeit offenbarte. Aber nicht von diesem Mann hier. Seine Lebensfreude, in Kombination mit dem Wein und der Begeisterung über ihr Bild, machte sie plötzlich unvorsichtig. »Ich kann keine Kinder bekommen.«

Sein Blick wurde wieder weich, sodass sie sich wünschte, sie hätte den Mund gehalten.

»Das tut mir sehr leid«, sagte er leise.

»Deshalb«, fuhr sie fort, während sie dachte, wenn schon, denn schon, »habe ich nie geheiratet. In jungen Jahren war es für jeden Mann ein Albtraum, seine Freundin zu schwängern. Aber heute möchte anscheinend jeder Mann über dreißig eine Familie gründen. Und das ist dann normalerweise der Punkt, an dem die Männer irgendeine Ausrede erfinden und sich aus dem Staub machen.«

»Dieser hier nicht«, erwiderte Charles leise. Er streckte den Arm aus und legte seine große, warme, tröstende Hand auf ihre. Es fühlte sich an, als würde ihr ganzer Körper in Flammen stehen. »Ich habe bereits zwei Töchter und kann keine weiteren Kinder haben. Damit wären wir also zu zweit.«

Er *konnte* keine weiteren Kinder haben?

»Normalerweise gebe ich nicht so schnell so viel von mir preis«, fuhr Charles fort und wandte sich mit leicht gedämpfter Begeisterung wieder seiner Fischpastete zu. »Aber Sie, Laura Marchmont, haben etwas an sich, das mich verzaubert hat.«

Während er sprach, begann die Jazzband wieder zu spielen, und das Paar am Nebentisch stand auf, um zu tanzen. »Sollen wir?«, fragte Charles und legte sein Besteck nieder.

Sie schob ihren Stuhl zurück. »Ich fühle mich geehrt.«

Er grinste. »Warum das?«

»Weil Sie mir den Vorzug vor Ihrer Fischpastete geben!« Sie versuchte zu scherzen, um ihre Nervosität zu verbergen.

»Allerdings.« Er nickte, während er ihre Hand ergriff. »Glauben Sie mir, die Wahl fiel mir nicht schwer.« Er nahm eine übertrieben gerade Haltung an und legte in klassischer Manier seine Hand um ihre Taille, während er die Augen halb schloss und das Kinn hob, als wäre er Clark Gable in den 1920ern. »Obwohl Sie Ihre Meinung vielleicht ändern werden, wenn Sie gesehen haben, wie ich tanze. Meine Töchter finden mich immer sooo peinlich.«

Am liebsten hätte sie ihn danach in ihre Wohnung gebeten, aber etwas hinderte sie daran. Zu schnell. Zu früh. Außerdem hatte sie das schon einmal getan, nur um am nächsten Tag zu bereuen, dass sie neben jemandem aufwachte, der am Morgen danach weitaus weniger interessant und attraktiv war als am Abend zuvor.

Glücklicherweise bat Charles auch nicht darum, noch auf einen Kaffee mit reinzukommen, als er sie mit dem Taxi absetzte. Einen Moment lang befürchtete sie, dass er sich mit einem banalen Spruch wie »Bis dann« verabschieden würde. Das hätte sie nicht ertragen. Es hätte einen der wundervollsten Abende zunichtegemacht, den sie jemals erlebt hatte.

»Wissen Sie, es gibt nichts, was ich jetzt lieber täte, als mich bei Ihnen einzuladen«, sagte er leise auf dem Rücksitz des Taxis, während sie in ihrer Handtasche nach dem Schlüssel kramte. »Aber das mit uns ist etwas ganz Besonderes. Denken Sie nicht auch?«

Sie nickte, unfähig zu sprechen.

»Also stellt sich nur noch eine Frage.«

Ja! Ja!

»Wann werde ich Sie wiedersehen?«, fragte er und ergriff ihre Hand.

Sie zögerte, plötzlich von Zweifel erfüllt. Wie würde er reagieren, wenn – falls – sie ihm alles erzählte? »Ich weiß nicht.«

»Aber ich!«, rief er unvermittelt. »Warum kommen Sie nicht

einfach nächstes Wochenende zu mir nach Devon? Dann kann ich Ihnen das Meer zeigen. Und Sie können meine Töchter kennenlernen. Einverstanden?«

Er war wie ein Kind! Ein erwachsenes, unglaublich attraktives Kind mit einem Charme, der auf jeden wirkte, von der steifen Frau in den schwarzen Kitten Heels bis zu dem Taxifahrer. Laura wusste instinktiv, dass Charles ihm ein Trinkgeld geben würde. Er war ein freundlicher, großzügiger Mann mit einem guten Sinn für Humor. Und er war verfügbar. Aber das Wichtigste war: Er wollte keine Kinder.

Und dann küsste er sie.

14

Laura war schon hunderte Male zuvor geküsst worden. Aber noch nie so, wie Charles Haywood sie auf dem Taxirücksitz geküsst hatte. Nun, eine Woche später, als sie im Zug nach Exeter saß, schloss sie die Augen und ließ jeden Moment noch einmal Revue passieren, so wie sie das seit jenem Abend immer wieder getan hatte.

Seine Lippen hatten sich weich angefühlt und zugleich hart vor Entschlossenheit. Er hatte nicht lange herumgefackelt. Er begehrte sie! Wollte sie mit dem ganzen Verlangen eines ersten Kusses. Aber gleichzeitig war es ihr vorgekommen, als hätten sie das schon zuvor getan. Laura hatte einmal eine Mitbewohnerin, die fest an Reinkarnation glaubte. Laura selbst hatte das immer belächelt. Aber letzten Freitag, auf dem Rücksitz des Taxis, als sie sich widerstrebend von Charles löste, hatte sie sich gefühlt, als wäre sie von einem Blitz getroffen worden. »Es fühlt sich so natürlich an«, hatte sie gemurmelt.

»Ich weiß.« Seine Augen hatten ihren Blick festgehalten, so wie er ihre Hände festhielt. »Als würden wir uns schon ewig kennen.«

Genau!

»Hast du das schon mal erlebt?«

Sie hatte den Kopf geschüttelt.

»Ich auch nicht.«

Dann, zu ihrem großen Bedauern, war er ausgestiegen und hatte ihr die Tür aufgehalten. »Wenn du jetzt nicht gehst, werde ich dich begleiten müssen. Und ich möchte nicht, dass es so mit uns weitergeht«, hatte er schlicht erklärt. In dem sanften Licht der Straßenlaterne hatte sie gesehen, dass er sich dieses Mal keinen Scherz erlaubte. Dass er nicht den erwachsenen Clown spielte. Dass er jedes Wort ernst meinte. Benommen war sie die Treppe zu ihrer Wohnung hochgestolpert und hatte anschließend die ganze Nacht kein Auge zugetan, während sie sich vor lauter Aufregung und Nervosität beinahe die Fingerknöchel zerbiss.

Und nun saß sie im Zug, um sich mit ihm zu treffen.

»Nimm den um zwanzig nach zehn ab Waterloo«, hatte er ihr am Telefon erklärt, als er am nächsten Tag anrief, um die Einzelheiten zu besprechen. »Das dauert zwar länger als über Paddington, aber die Strecke ist meiner Ansicht nach malerischer.« Hätte er neben ihr gestanden, hätte er bestimmt ihren Arm berührt, um seinen Standpunkt zu unterstreichen. »Ich denke, sie wird dir gefallen.«

Er hatte recht! Laura starrte aus dem Fenster, während sie die Umrisse der Bäume studierte (allein diese Weiden dort drüben!) und den Verlauf des Flusses, der sich hufeisenförmig durch die Wiesen schlängelte wie Spaghetti auf einem grünen Teller.

Im Geiste wie auch mit dem Bleistift in ihrer rechten Hand skizzierte sie den Viadukt, der sich majestätisch über die Straße mit ihren Miniaturfahrzeugen spannte. Gelb gesprenkelte Wiesen säumten die Strecke, Butterblumen vermutlich oder das, was ihr Vater »Eier mit Speck« genannt hatte: kleine gelbe und rote Wildblüten, die er gemeinsam mit ihr in ihrem ziemlich abgegriffenen Pflanzenlexikon nachgeschlagen hatte.

Zügig fertigte sie in ihrem Zeichenblock eine Skizze nach

der anderen an, dankbar für die Ablenkung. Allein in der Kunst fand sie Zuflucht. Zuflucht vor etwas, was immer in ihrem Hinterkopf herumspukte. Etwas, was sie gewöhnlich verdrängen konnte, aber was immer wieder zurückkehrte, um sie zu verfolgen.

»Wirst du es diesem Charles sagen?«, hatte ihre Mutter gefragt, als Laura ihr am Telefon erzählte, dass sie einen Mann kennengelernt hatte.

»Noch nicht.« Ihre Antwort hatte schärfer geklungen als beabsichtigt. »Ich muss erst sehen, wie es läuft.«

Diese Aussicht war wie ein säuerlicher Geschmack im Mund. Das Bewusstsein, dass, wenn das mit Charles tatsächlich etwas Besonderes war – gab es daran überhaupt einen Zweifel? –, unweigerlich der Zeitpunkt kommen würde, an dem sie ihm die Wahrheit sagen musste.

»Scheue keine Brücke, die dir begegnet«, hatte ihr Vater früher immer gesagt. Während der Zug durch die Landschaft ratterte, wiederholte Laura den Satz in ihrem Kopf, bis sie sich ein bisschen beruhigt hatte.

»Die Fahrscheine, bitte!«

Die Stimme des Schaffners katapultierte sie zurück in die Gegenwart. Laura gab dem Mann mit dem freundlichen Gesicht den orangefarbenen Abschnitt und lehnte sich wieder in ihrem Sitz zurück. »Sie fahren nach Exeter, nicht wahr?«, bemerkte jemand neben ihr. Es war ihre füllige, gemütlich wirkende Sitznachbarin, die schon die ganze Zeit versuchte, ein Gespräch zu beginnen, seit sie in Waterloo abgefahren waren. »Ich auch. Ich komme gerade von einem Besuch bei meinen Enkelkindern.«

Die Frau hatte einen ähnlichen westenglischen Akzent wie Charles, nur war ihrer stärker, und Laura musste sich konzentrieren, um zu verstehen, was sie sagte. »Sie sind acht und sechs, und das dritte ist gerade unterwegs. Meine Tochter liegt mir ständig damit in den Ohren, dass ich zu ihnen nach Buckinghamshire ziehen soll, aber ich könnte mich nie vom Meer trennen. Nicht einmal für meine Familie. Ich hoffe ja, dass meine Tochter eines Tages Vernunft annimmt und wieder in meine Nähe zieht. Was ist mit Ihnen? Fahren Sie Freunde besuchen?«

»Ja.« Laura antwortete aus Höflichkeit, obwohl sie nicht wirklich Lust hatte, eine Unterhaltung zu führen. Sie musste nachdenken. Angenommen, Charles entsprach nicht dem Bild, das sie sich in ihrer Fantasie ausgemalt hatte? Was, wenn er, bei Licht betrachtet, langweilig war? Oder sogar ein bisschen verdreht – er war nämlich definitiv exzentrisch! Er mochte Jazz, aber es konnte genauso gut sein, dass er daneben für eine Musikrichtung schwärmte, die sie nicht ausstehen konnte. Einer ihrer Exfreunde konnte damals stundenlang, mit verzückt geschlossenen Augen, den atonalen Klängen von Schostakowitsch lauschen. Ugh! Und was, wenn Charles seine Exfrau immer noch liebte?

Laura geriet in Panik. Achtundvierzig Stunden schienen auf einmal eine sehr lange Zeit zu sein, um sie mit einem Fremden zu verbringen. Abgesehen davon, war sie überhaupt richtig angezogen für das, was auch immer er mit ihr vorhatte? Als sie sich heute Morgen angekleidet hatte, war es ihr richtig erschienen, in eine vorgeblich legere weiße Jeans zu schlüpfen, die in Wirklichkeit einen perfekten Schnitt hatte und schrecklich teuer gewesen war. Sie trug dazu ein T-Shirt aus beiger Seide von Hobbs und eine austerfarbene Designerhüftjacke mit schmalen Aufschlägen. Zu Hause hatte die Kombination lässig-schick gewirkt und trotzdem elegant wie aus einem Hochglanzmagazin. Aber nun fragte sie sich, ob die weiße Hose nicht ein wenig »städtisch« aussah und sie besser eine blaue Jeans hätte anziehen sollen.

Wenigstens brauchte sie sich keine Gedanken zu machen, was sie mit ihren Haaren anfangen sollte. Nachdem sie sich kurz nach ihrem dreißigsten Geburtstag für eine neue Frisur entschieden hatte, gab es nur noch eine Möglichkeit, ihr Haar zu tragen: kurz und elfenhaft. Dazu passten hervorragend, auf Krissies freundliche Empfehlung hin, große Ohrringe wie die langen silbernen, die Laura sich vom Erlös ihrer letzten Illustration geleistet hatte. Der Bubikopf hatte ihr außerdem mehr Selbstbewusstsein verliehen und bewirkte, dass man sie ernster nahm, statt sie als eine Art rothaarige Alice im Wunderland mit schulterlangen Locken zu betrachten.

»Das ist meins!«

»Nein! Meins!«

Der Lärm von Kindern, die sich weiter vorn im Abteil zankten, brachte Laura ruckartig zur Besinnung. Vergessen waren ihre Haare oder ihre Kleidung oder das, was Charles und sie zusammen unternehmen würden. Die Aussicht, seine Töchter kennenzulernen, war das, was ihr eigentlich Angst machte. Eloise und Hannah. Hannah und Eloise. Sie wiederholte leise ihre Namen im Takt mit dem Rattern des Zugs, der über die Schienen sauste, damit sie in ihrem Kopf realer klangen.

»Pubertierende Mädchen!«, hatte Krissie gegluckst, als Laura mit ihr telefonierte, um sie ins Bild zu setzen. »Mach dich auf was gefasst, Laura. Ich habe in diesem Alter meiner Stiefmutter das Leben zur Hölle gemacht. Am besten, du bestichst die Mädchen mit Zigaretten oder Klatschzeitschriften, aber das wird trotzdem nicht viel nützen, kann ich dir sagen.«

Vorsichtshalber hatte Laura keine Geschenke eingepackt, um bei Charles nicht den Eindruck zu erwecken, dass sie sich zu sehr bemühte. Schließlich, versuchte sie sich einzureden, war es nicht so, als würde sie dort länger verweilen. Sie kam lediglich zu einem Kurzbesuch, um die Mädchen kennenzulernen und ein dringend benötigtes Wochenende fernab des Londoner Trubels zu verbringen. Zumindest war sie entschlossen, es so zu betrachten. Denn falls es mit Charles gründlich schieflaufen sollte, wäre sie so vor möglichen Verwundungen geschützt.

»Du fährst also nur runter, um die Mädchen kennenzulernen«, hatte Krissie mit einem Prusten wiederholt. »Glaub mir, die werden das nicht so simpel betrachten. Und hast du dir schon überlegt, wo du übernachten wirst? Was, wenn es nur ein Bett gibt und du auf Charles keinen Bock mehr hast?«

Zu viele Fragen. Nicht ausreichend Wissen für Antworten.

»Darf ich mal sehen?« Die Stimme ihrer Sitznachbarin riss sie aus ihren Gedanken. Meine Güte! Die Frau starrte mit unverhohlener Neugier auf ihre Skizze. »Wer ist das?« Als Laura den Blick auf ihren Skizzenblock senkte, stellte sie erschrocken fest, dass sie, ohne dass es ihr bewusst war, in den letzten paar Minuten Charles mit seinem herzlichen Lächeln gezeichnet hatte, das sie von dem Blatt anstrahlte. »Es wird alles gut«, schien er zu sagen. »Es wird alles gut.«

Die Fahrt kam Laura viel länger vor als drei Stunden. Aber gerade als sie im Begriff war einzunicken, brach um sie herum Geschäftigkeit aus. Eine Familie auf der anderen Seite des Gangs fing an, ihr Gepäck und ihre Siebensachen einzusammeln, darunter ein kleiner roter Plastikeimer und eine Schaufel.

»Ich hoffe, Sie haben Glück mit dem Wetter«, sagte die geschwätzige Großmutter, die es mit Laura inzwischen aufgegeben hatte und ihre Aufmerksamkeit stattdessen auf die Familie richtete. »Bisher war es noch ein bisschen kühl, aber die Sonne soll bald herauskommen, wenn man den Wetterfröschen Glauben schenken kann.«

Laura kramte in ihrer Tasche nach dem Kompaktpuder mit

Spiegel, um rasch ihr Aussehen zu überprüfen. Sie hätte das schon früher tun sollen, statt zu zeichnen, denn der Zug kam nun quietschend zum Stehen, und dort auf dem Bahnsteig, o mein Gott, war Charles und suchte mit den Blicken die Scheiben der Wagen ab. Neben ihm standen zwei rotblonde Mädchen, eins davon kleiner als das andere. Die Kleinere schaute erwartungsvoll, aber das größere, stämmigere und wahrscheinlich ältere Mädchen tippte hektisch auf seinem Handy.

Ein Stich der Enttäuschung durchzuckte Laura. Nach dem letzten Telefonat mit Charles war sie davon ausgegangen, dass sie die Mädchen erst später am Tag treffen würde. Aber nun waren sie hier, dabei hatte Laura noch nicht einmal richtig die Chance gehabt, ihren Vater näher kennenzulernen. Sie beobachtete, dass die Kleinere nun die Hand ihres Vaters ergriff und daran zog, als wollte sie ihm etwas Wichtiges mitteilen. Charles hatte Laura noch nicht entdeckt, darum war es so, als würde sie das bewegliche Porträt einer Familie betrachten – einer Familie, zu der sie nicht gehörte, sich aber dennoch hingezogen fühlte.

Und dann sah Charles sie auch. Er fing an zu grinsen und so ansteckend und unbefangen zu winken, dass sie automatisch zurückwinkte und lächelte wie ein Kind. Kaum öffneten sich die Zugtüren, sprang er auch schon herein, ehe sie die Chance hatte auszusteigen. »Ich muss dir was erklären«, sagte er rasch, während seine Wange ihr Gesicht streifte, das daraufhin sofort rot zu glühen begann. »Stephanie kann die Mädchen dieses Wochenende nicht nehmen, weil sie arbeiten muss und gerade Sommerferien sind, also musste ich sie vorhin abholen und …«

Schon okay, wollte sie sagen, aber eine Stimme kam ihr zuvor. Eine scharfe, fordernde Stimme, die dem größeren Mädchen auf dem Bahnsteig gehörte. »Mach mal hin, Dad.«

Das Kind – oder eher der Teenager – in sehr kurzen Jeansshorts und einem knappen blassrosa T-Shirt würdigte Laura keines Blickes. Wie unhöflich. »Wir haben Kohldampf, und du hast gesagt, du lädst uns zum Mittagessen ein.«

»Eloise!«, sagte Charles vorwurfsvoll, während er Laura einen entschuldigenden Blick zuwarf. »Du hast Laura noch nicht einmal Hallo gesagt.«

»Hi!«

Es kam in einem Ton heraus, der deutlich zu verstehen gab, dass das Mädchen nur widerwillig gehorchte.

»Hallo.« Laura schwankte leicht auf dem Bahnsteig, während sie krampfhaft überlegte, was sie sagen konnte, ohne wie eine ältere Tante zu klingen. Sie nahm die Halskette des Mädchens wahr, die aus türkisfarbenen und goldenen Muscheln bestand. »Deine Kette ist sehr hübsch.«

Sie erntete einen finsteren Blick. Eindeutig ein *Steig wieder in den Zug und fahr nach Hause*-Blick. »Mum hat sie mir gekauft.«

»Verstehe.« Laura nickte eifrig, als würde sie jeden Samstagmittag auf fremden Bahnsteigen stehen und sich mit zwei Teenagern unterhalten, die eindeutig keinen Wert auf ihre Anwesenheit legten. Hatte sie völlig den Verstand verloren? Vielleicht. Trotzdem konnte sie dieses brennende Verlangen in sich nicht verleugnen, das sie von dem Moment an gespürt hatte, als sie Charles' erwartungsvolles Gesicht auf dem Bahnsteig entdeckte.

»Ich habe genau die gleiche Kette«, sagte das kleinere Mädchen, dessen Gesicht mit Sommersprossen übersät war und das einen viel freundlicheren Eindruck machte als seine Schwester.

»Das ist schön«, hörte Laura sich lahm sagen, während Eloise bereits in Richtung Ausgang davonstapfte. »Keine Sorge«, raunte Charles ihr zu und hob ihre Mulberry-Reisetasche auf. »Sie beruhigt sich schon wieder, wenn sie dich näher kennengelernt hat.« Dann blickte er sie an, als würden sie sich bereits lieben, und Laura unterdrückte nur mit Mühe die Vorstellung, wie er sie im Arm hielt und seine Finger durch ihre Haare streiften.

Und dann fiel bei ihr der Groschen. Das hier war ein Test. Wenn die Mädchen sie nicht ausstehen konnten, würde Charles die Beziehung mit ihr nicht fortführen. Sie musste die zwei irgendwie für sich gewinnen.

15

Sie kletterten in seinen Wagen – oder besser gesagt: in seinen Jeep. Keine dieser großen Geländelimousinen, die auf dem Rücksitz Privatschüler durch die Stadt kutschierten, sondern ein ordentlich verdreckter grauer Offroader mit einem »National Trust«-Aufkleber an der Windschutzscheibe und einem schwarzgrauen Neoprenanzug im Kofferraum, neben Schwimmflossen und Aktenordnern.

»Alles klar?«, fragte Charles, als er Laura beim Einsteigen auf der Beifahrerseite half, während die Mädchen sich auf die Rückbank plumpsen ließen.

Laura wollte Ja sagen, aber sie wurde von dem wütenden Gezanke übertönt, das nun zwischen Hannah und Eloise ausbrach.

»Du hast die SMS gelöscht, die ich gerade bekommen habe.«

»Nein, hab ich nicht.«

»Ich hab's gesehen. Dad, lies ihr die Leviten. Das ist nämlich nicht fair!«

Entsetzt über den Krach, den die beiden Mädchen veranstalteten, warf Laura Charles einen Blick zu. Hätte sie sich vor Gästen so aufgeführt, wäre ihre Mutter stinksauer geworden. Aber Charles hatte offenbar kein Problem damit. »Kommt schon, ihr zwei. Was soll Laura von euch denken?«

Er grinste sie an, während er ihr half, den leicht schmuddeligen Gurt zu entwirren, bevor er ihn einrasten ließ. Dabei streifte er ihren Arm. Die Berührung jagte den gleichen erregenden Stromschlag durch ihren Körper, den sie schon am ersten Abend mit Charles gespürt hatte. Also war es *keine* einmalige Sache gewesen.

Sie fuhren zum Essen in einen Ort namens Topsham. »Du wirst begeistert sein«, versicherte Charles ihr mit dieser jungenhaften Begeisterung in der Stimme, die ihr am ersten Abend so gefallen hatte. Sie passte zu dem leicht vergammelten Jeep und Charles' eigenwilliger Kombination aus braunen Fransenshorts und einem blau-gelb gestreiftem Businesshemd, die irgendwie funktionierte. »Topsham hat einen fantastischen Hafen und …«

»Und ein echt cooles Restaurant«, plapperte Hannah vom Rücksitz dazwischen. Wenigstens machte sie einen gesprächigeren Eindruck als Eloise, die während der kurzen Fahrt mit versteinerter Miene aus dem Fenster starrte. Ärgerte sie sich über die gelöschte SMS oder über Lauras Anwesenheit? Laura war sich nicht sicher.

Es war eine Erleichterung, als sie schließlich von der Hauptstraße links abbogen und sich durch ein Geflecht von Straßen schlängelten, bis Laura einen Teppich aus Masten und verschiedenfarbigen Booten erblickte, die in einer breiten Flussmündung auf und ab schaukelten.

»Da ist sie«, verkündete Eloise laut.

Hatte Charles noch jemanden eingeladen? Hannah hüpfte hinter ihr auf und ab. »Pst, Ellie, das soll eine Überraschung sein. Wir dürfen Laura noch nichts sagen, oder, Dad?«

Charles' Augen blickten funkelnd zu Laura hinüber, und sie wurde von einer kindischen Vorfreude übermannt, die sofort von einem spöttischen Schnauben hinter ihr zermalmt wurde. »Geheimnisse sind doof. Und gefährlich.«

Laura spürte ein Kribbeln auf der Haut. Das war die Stimme eines Kindes, das verletzt worden war, ein Kind, das etwas wiederholte, was ein Erwachsener gesagt hatte.

»Du hast recht, Ellie«, begann sie, wobei sie den Spitznamen des Mädchens aufgriff, aber sie wurde sofort zurechtgewiesen.

»Für Sie Eloise.« Trotz blitzte in diesen Augen auf, und Laura bemerkte nun, dass das Mädchen, obwohl die Schwestern sich auf den ersten Blick zum Verwechseln ähnlich sahen, ein volleres Gesicht hatte. »Nur enge Freunde und meine Familie nennen mich Ellie.«

Charles fuhr nun mit so viel Enttäuschung in der Stimme dazwischen, dass es Laura schwer ums Herz wurde in der Gewissheit, bereits an der ersten Hürde gescheitert zu sein. »Ellie, das ist nicht nett. Wir haben vorhin darüber gesprochen. Gäste behandelt man höflich.«

»Aber sie ist nicht unser Gast, Dad!«, meldete sich Hannah zu Wort. »Sie ist deine spezielle Freundin. Das hast du uns selbst gesagt.«

Spezielle Freundin? Laura drehte fragend den Kopf zu Charles, während er gleichzeitig zu ihr sah. Ihre Blicke hakten mit derselben Genauigkeit ineinander wie ein Schlüssel in ein Schloss. Du fühlst dasselbe, nicht wahr, schien seine Miene zu fragen. Ja, hätte sie am liebsten gerufen. Ja!

»Komm.« Hannah zog sie an der Hand aus dem Jeep, sodass Laura in ihren neuen Kitten Heels von Russell & Bromley beinahe stolperte, die sie sich eigens für den Anlass gekauft hatte. »Hier entlang.«

Lachend zog das Mädchen sie über die Straße in Richtung Hafen. Dort gab es einen schmalen Holzsteg, der zu einer Reihe von Booten führte, die sanft auf dem Wasser schaukelten. »Fahren wir mit dem Boot zum Restaurant?«

»Das *ist* das Restaurant!« Hannah hüpfte auf der Stelle,

wobei ihre Muschelkette mithüpfte. »Die *April May* ist unser Boot.« Sie deutete auf ein Boot am anderen Ende, dessen Rumpf ein blau-weißer Streifen zierte. »Es gehört Mum und Dad. Wir machen hier jeden Samstag ein Picknick. Guck mal.«

Laura wandte sich um und sah, dass Charles über den schmalen Steg balancierte und dabei so tat, als würde er beinahe ins Wasser fallen. »Dad«, rief Hannah lachend. »Lass den Quatsch. Sonst landet unser Essen noch im Wasser!«

Lauras Blick heftete sich auf den Korb, den Charles trug. »Geht das in Ordnung?« Seine Augen suchten ihre. »Ich habe vergessen zu fragen, ob du leicht seekrank wirst, aber wir werden nicht weit rausfahren. Nur ein paar Meilen, damit du die Aussicht bewundern kannst.«

Er streckte die Hand aus, um ihr an Bord zu helfen, und – wieder einmal – verlor Laura durch die Stromschläge, die von seiner Berührung ausgingen, fast das Gleichgewicht. »Vorsicht!« Seine Hand legte sich um ihre Taille, und ihr Körper drohte sich aufzulösen. Vor ihr auf dem Boot sah sie Eloise, die angewidert die Augen verdrehte. »Kannst du segeln?«, fragte Laura sie, entschlossen, sie für sich zu gewinnen, so wie ihr das offenbar – Gott sei Dank – mit der jüngeren Schwester bereits gelungen war.

»Segeln?« Das Mädchen funkelte sie an. »Man kann die *April May* nicht segeln. Das ist ein Motorboot.«

Nicht so schnell, schalt Laura sich selbst. Sie hat dich gerade erst kennengelernt. Sie ist nicht wie ihre Schwester. Du kannst nicht erwarten, dass sie dich sofort in ihr Herz schließt.

»Ich fürchte, du musst die hier anziehen«, sagte Charles grinsend und gab ihr eine neonorange Schwimmweste. »Eine reine Vorsichtsmaßnahme.«

Gegen das Wasser oder gegen deine ältere Tochter, hätte sie fast erwidert, aber Charles zog nun das Starterseil, um den

Außenborder anzuwerfen. Fasziniert beobachtete Laura, wie sie an den anderen Booten vorbei aus dem Hafen glitten. Es ähnelte dem Gefühl, wenn man im Zug saß und beim Anrollen meinte, dass der Bahnsteig sich bewegte statt man selbst. Vor ihnen flatterte ein rot-schwarzer Vogel vorbei, und eine Möwe schrie über ihren Köpfen in einem weißen Blitz.

Charles blickte von der Spitze des Boots (war es das Heck oder der Bug?) zu ihr. »Glücklich?«, formte er mit den Lippen, und sie nickte, während sie ein aufgeregtes Kribbeln spürte. Ja. Sie war glücklich. Glücklich wie schon seit sehr langer Zeit nicht mehr, selbst wenn Eloise' Blicke sich in ihren Rücken bohrten.

Sie verbrachten einen wundervollen Nachmittag, aber als der Abend anbrach, wurde Laura zunehmend unruhig. Charles hatte ihr bereits gesagt, dass er die Mädchen »zu Hause« absetzen würde, aber sie geriet ein wenig aus dem Konzept, als er vor einem sehr hübschen weißen Cottage hielt, direkt außerhalb von Topsham, und ihr erklärte, dass er »gleich« wieder zurück sein werde.

Hannah winkte ihr fröhlich zum Abschied, aber Eloise stieg einfach aus dem Wagen und stapfte wortlos davon. Die meisten Männer, hatte Laura irgendwo gelesen, lieferten ihre Kinder zu Hause ab, ohne mit ihrer Exfrau ein Schwätzchen zu halten. Charles dagegen blieb über zehn Minuten verschwunden, und als er zurückkam, wirkte er immer noch gut gelaunt. War das nun ein gutes oder ein schlechtes Zeichen?, fragte sie sich. Bedeutete das, dass er nach wie vor die Gesellschaft seiner Exfrau genoss, oder dass er erwachsen genug war, um ein freundschaftliches Verhältnis mit ihr zu pflegen?

»Danke, dass du so nett zu den Mädchen warst«, sagte er. »Hannah mag dich wirklich.«

»Aber Eloise nicht«, fügte sie hinzu.

»Das kommt schon noch.«

Die Gewissheit, mit der er das sagte, versetzte Laura in freudige Erregung. Dann hatte sie also doch nicht versagt! »Was möchtest du jetzt machen?«, fragte er. Er ergriff ihre Hände, und die Anspannung war beinahe unerträglich.

»Können wir ins Bett gehen?« Die Worte platzten unbewusst aus ihr heraus, und nun, o Gott, war es zu spät. Was würde er von ihr denken? Er nahm sicher an, dass sie leicht zu haben war, dass es ihr nur darum ging, ihn eng an sich zu spüren, während er sie langsam auszog, so wie er das in der vergangenen Woche Abend für Abend in ihrer Vorstellung getan hatte.

»Tut mir leid.« Sie drehte den Kopf weg. »Ich wollte das nicht sagen.«

»Laura.« Die ungeschminkte Qual in seiner Stimme erinnerte an die eines Tiers. Seine Finger schlossen sich nun um ihre Handgelenke, als wollte er sie auf dem Beifahrersitz fixieren. »Laura«, wiederholte er. »Ich habe an nichts anderes gedacht, seit wir uns begegnet sind, aber ich will nicht, dass du denkst, dass ich so was ständig mache. Du bist anders. Du bist ganz anders.«

Sie nickte mit trockenem Mund. »Du auch.«

Er rückte von ihr weg, und einen Moment lang spürte sie die Enttäuschung förmlich über sich hereinbrechen, während er den Motor startete. »Es ist eine Viertelstunde von hier.« Er legte die Hand auf ihr Knie und stöhnte leise, als hätte er die Hitze darin wahrgenommen. Ohne jede Vorwarnung scherte er aus und jagte die Straße entlang, bis er schließlich auf einen steilen Weg abbog und kurz darauf mit quietschenden Reifen anhielt. Laura hatte das Gefühl, als würden sie ohne Handbremse rückwärts den Hügel hinunterrollen. »Ich bin mir nicht sicher, ob ich warten kann«, flüsterte er, während seine Hand unter ihr Seiden-T-Shirt glitt. »Du?«

»Ich will nicht, dass du gehst«, sagte er am nächsten Abend.

Sie umklammerte ihn durch die offene Zugtür und murmelte an seinem Hals. »Ich auch nicht.«

»Nächstes Wochenende?«

Sie nickte.

»Bitte treten Sie zurück, Sir.«

Widerwillig nahm Charles den rechten Fuß von der Trittstufe und ging zwei Schritte zurück. Sein Gesicht trug immer noch die Spuren eines Kissenabdrucks nach ihrem fieberhaften Liebesspiel in der Nacht.

Er formte etwas mit den Lippen, aber sie konnte es nicht deuten. Jeder Muskel in ihrem Körper brannte vor Qual wie auch vor Ekstase. Wie war es möglich, dass sie diesen Mann gerade einmal seit einer Woche kannte und sich jetzt schon nicht mehr vorstellen konnte, ohne ihn zu leben?

Laura wanderte kläglich an ihren Platz zurück, unfähig, ihren Skizzenblock aufzuschlagen. Stattdessen ließ sie immer wieder den Samstagabend Revue passieren, als Charles und sie in seiner Zweizimmerwohnung mit der winzigen Küche und den Schnappschüssen von den Mädchen am Kühlschrank (darin befand sich ein Stück Käse, das an einen Zahnabdruck erinnerte) angekommen waren und direkt in das Schlafzimmer mit dem tragbaren Fernseher und dem großen Bett durchgingen, das den ganzen Raum dominierte.

Noch einmal? Sie spürte ihn immer noch in sich, nachdem sie sich vor einer knappen Stunde im Wagen geliebt hatten. Ja! Es sah so aus, als würde es ganz bestimmt eine Wiederholung geben!

Als er sie gestern Abend in seine Arme schloss, hatte sie versucht, sich nicht auszumalen, wer schon alles in diesem Bett gelegen hatte. Sie hatten darin auch den ganzen Sonntag verbracht, obwohl die Sonne durch das Fenster schien und draußen die Möwen kreischten und sie zum Spielen aufforderten.

»Musst du heute nicht zu den Mädchen?«, hatte sie gefragt, nachdem er sie kurz allein gelassen hatte, um in den Laden an der Ecke zu gehen, und anschließend mit warmen Schokocroissants zurückkehrte, die auf ihren nackten Körper krümelten, sodass er sie »sauber machen« musste, wie er es nannte.

Er hatte lächelnd ihre Wange gestreichelt. Daraufhin hatte sie den Kopf zu ihm gedreht und an seinem Zeigefinger geleckt. Es war eine kleine Geste, aber eine, die bereits von weiteren Ritualen kündigte. »Sie verbringen den Sonntag immer mit Stephanie.«

Das war gut! Die meisten geschiedenen Männer bezeichneten ihre Exfrau als die Mutter ihrer Kinder. Dass Charles seine Exfrau beim Vornamen nannte, sprach für guten Willen und eine zivilisierte Trennung, genau so, wie er es beschrieben hatte. Solange es nicht zu zivilisiert zuging. Charles und Stephanie waren erst seit zwei Jahren geschieden, hielt Laura sich vor Augen. Es war nicht unbekannt, dass Expaare wieder zusammenfanden. Der Gedanke beunruhigte sie.

»Nächste Woche«, hatte er erklärt, während er einen fiktiven Schokokrümel von ihrer linken Brust leckte, »fahren sie mit ihrer Mutter in den Urlaub. Ich könnte also zu dir kommen, wenn du magst.«

Ja, ja, hätte sie am liebsten gesungen. Er wollte sie wiedersehen. Das hier war nicht, trotz Krissies schrecklicher Warnungen, eine dieser Wochenendaffären mit einem geschiedenen zweifachen Vater, der einfach das Bedürfnis hatte … nun, sein sexuelles Selbstbewusstsein zu stärken. Noch besser, er war sogar bereit, nach London zu kommen, auf ihr Terrain, wo sie ihn durch Kew Gardens führen und mit ihm Tee trinken konnte im V-&-A-Museumscafé mit seinen herrlichen Buntglasfenstern oder wo sie ihm vielleicht ihre besten Geheimtipps zeigen würde – wie das Leighton House Museum an der Holland Park Road. Ja, sie hatte bereits ihr nächstes gemeinsames Wochenende geplant, als sie in seinen Armen lag und beide nach dem anderen rochen, ohne dass einer von ihnen unter die Dusche gehen und den Geruch des anderen abwaschen wollte.

Und trotzdem saß sie nun in einem Zug, der sie weiter und weiter von ihm entfernte zu einem Job, für den sie noch vor wenigen Tagen gelebt hatte und der ihr nun wie ein furchtbares Hindernis vorkam: Er schuf nämlich eine gewaltige räumliche Entfernung zu diesem Mann, der ihr schlichtweg nicht nur das Herz geraubt hatte, sondern auch den Verstand.

In diesem Augenblick klingelte ihr Handy, was den älteren Mann auf der anderen Tischseite veranlasste, die Augenbrauen hochzuziehen. »Charles« erschien auf dem Display, und Lauras Herz hüpfte vor Freude, während sie die Missbilligung ihres Tischnachbarn ignorierte und nach dem Handy griff.

Selbst wenn sie seinen Namen nicht auf dem Display gelesen hätte, seine dunkle schokoladige Stimme war unverwechselbar. Aber ihr fehlte der scherzhafte und neckische Unterton der letzten zwei Tage. Sie klang ernst. Ernst und bestimmt. »Laura? Ich vermisse dich jetzt schon.«

Sie schwebte. Schwebte an die Decke des Abteils, wo die Ablagefächer mit Gepäck vollgestopft waren. »Ich vermisse dich auch«, flüsterte sie, wobei sie die Worte auskostete.

Ihr Gegenüber hüstelte laut und deutete auf ein Schild am Fenster, auf dem »Ruhezone« stand. Verlegen, aber auch verärgert darüber, dass er das Recht hatte, sie zu unterbrechen, stand sie auf und ging auf die Abteiltür zu. »Ich kann nicht frei reden … Charles, bist du noch da?«

Verdammt. Der Empfang war weg. Nun dachte Charles

womöglich, sie hätte ihn abgewürgt. Dass er ihr egal wäre! Ein Rinnsal aus Schweiß rann über ihren Rücken. Vielleicht dachte er, dass dieses Wochenende für sie nur eine kleine Abwechslung gewesen war von dem, was er scherzhaft als ihr »Künstlerleben im Scheinwerferlicht« bezeichnet hatte. Vielleicht … Gott sei Dank. In diesem Augenblick kam eine SMS an.

Sprachlos las sie die Nachricht und musste sich an einem fremden Sitz abstützen. *»I love u.«* Wirklich? Wirklich?

Laura überkam das verrückte Bedürfnis, den Fremden neben ihr zu bitten, die Nachricht laut vorzulesen, um sich zu vergewissern, dass sie richtig gelesen hatte. Stattdessen tippte sie rasch eine Antwort mit einer Gewissheit, die sich nicht in ihren zitternden Fingern widerspiegelte: »I lv u 2.«

Dann kehrte sie mit wackeligen Beinen an ihren Platz zurück, fassungslos über die Ungeheuerlichkeit, die sie gerade begangen hatte. Noch nie zuvor hatte sie einem Mann eine Liebeserklärung gemacht. Hatte sie gerade etwas getan, das sie später bereuen würde?

Die Frage beschäftigte sie die ganze Woche, aber kaum klopfte Charles am folgenden Freitagabend an ihre Tür, nachdem er mit seinem Jeep (der nun eher unpassend vor ihrem Haus in London parkte) aus Devon gekommen war, lösten sich ihre Ängste auf. Wieder verbrachten sie den größten Teil des Wochenendes im Bett, obwohl sie sich am Samstagnachmittag immerhin aufraffen konnten, es für fast zwei Stunden zu verlassen, um das Leighton House Museum zu besuchen. Gemeinsam bewunderten sie die herrlichen Buntglasfenster und Kacheln sowie die Porträts von Männern mit herzförmigen Gesichtern, die manchmal beinahe feminin wirkten, aber gleichzeitig männlichen Schneid ausdrückten, der dem Betrachter aus dem Rahmen entgegensprang. »Hast du schon einmal daran gedacht, dich in der Glasmalerei zu versuchen?«, fragte er.

Sie nickte. »Tatsächlich habe ich es bereits ausprobiert. Aber das ist eins der Dinge, zu denen ich bei der alltäglichen Arbeit nicht mehr gekommen bin.«

Seine Augen funkelten. »Ein Freund von mir hat eine Werkstatt für Glasmalerei in Beer, das ist nicht weit von mir entfernt. Ich kann dich mal dorthin bringen, wenn du möchtest. Dort kann man auch wunderbar am Strand frühstücken.«

Frühstück am Strand? Es war eine andere Welt, wurde Laura allmählich bewusst, dort unten in Devon. Eine sichere Welt. Wo noch nie jemand von ihr gehört hatte. »Weißt du«, sagte sie unvermittelt, »ich habe angefangen, Blumen zu zeichnen, weil mein Vater Landschaftsarchitekt war.« Ihre Augen wurden feucht. »Ich dachte, das würde ihn vielleicht zurückbringen.«

Seine Hand tastete nach ihrer. Sie standen vor einer Skizze, die Frederick Leighton als Studie benutzt hatte, bevor er die große Version an der angrenzenden Wand schuf. »Was ist mit dir?«, fragte sie, bemüht, so zu klingen, als hätte sie sich nicht gerade blamiert. »Was hat dich dazu bewogen, Architekt zu werden?«

Seine Augen nahmen einen entrückten Ausdruck an. »Wenn ich ehrlich bin, ein Lego-Bausatz, den mein Vater mir geschenkt hat. Ich habe es schon immer geliebt, Dinge zusammenzubauen, und meinen Eltern oft damit in den Ohren gelegen, an unserem Haus die Form der Fenster zu verändern oder hier und da ein Zimmer anzubauen. Meine Mutter hat das wahnsinnig gemacht, bis ich alt genug war, um ein Haus für sie zu entwerfen, in das sie dann eingezogen sind.«

Sie lachten, und er zog sie eng an sich, sodass sie seine Haut riechen konnte. Sie schmeckte immer noch salzig, obwohl sie vorhin geduscht hatten. Er sei gestern im Meer geschwommen, hatte er erzählt, und der lässige Ton, in dem er das sagte, hatte sie eifersüchtig gemacht. Plötzlich schien London, das sie immer geliebt hatte, etwas zu fehlen. »Ich würde gerne wieder nach Devon kommen«, flüsterte sie, und er nickte.

Er küsste ihren Hals, und diese inzwischen vertrauten kleinen Stromschläge jagten über ihren Rücken. »Ich liebe es, wie du ›wieder‹ sagst.«

Sie nickte. »Ich auch.«

Gemeinsam gingen sie die wunderschöne Treppe hinunter und verließen das Museum, um in den Holland Park hinüberzuschlendern, wo Paare ihre Decken auf der Wiese ausgebreitet hatten, bis sie an einer Familie mit zwei Kindern vorbeikamen, die ungefähr im selben Alter waren wie Eloise und Hannah. »Finden die Mädchen mich sympathisch?«, fragte Laura schüchtern. Sie hatte schon früher fragen wollen, aber immer gehofft, dass Charles das Thema zuerst ansprechen würde. Nachdem ihr die Frage herausgerutscht war, bereute sie es sofort. Das Zögern in seinem Gesicht und in seinen Worten war Antwort genug. »Hannah findet dich sehr hübsch.« Sein Ton war zurückhaltend, und Laura hätte an diesem Punkt aufhören sollen, konnte es aber nicht.

»Und Eloise?«

Er beschleunigte seine Schritte, sodass sie die Familie mit ihrer großen blauen Kühlbox und dem schallenden Gelächter weit hinter sich ließen. »Es ist nicht leicht für Kinder, wenn die Eltern einen neuen Partner kennenlernen. Aber sie wird schon noch auftauen.«

Lauras Mund wurde trocken. »Dann betrachtest du das mit uns als etwas Langfristiges?«, fragte sie vorsichtig.

»Natürlich.« Er riss besorgt die Augen auf. »Du nicht?«

»Doch, ja, schon, aber … aber ich möchte nicht deiner Beziehung zu deinen Kindern im Weg stehen.«

Er nahm sie nun so fest in den Arm, dass er beinahe die Luft aus ihr herausdrückte. »Das tust du nicht. Sie lieben mich, und sie werden bald lernen, dass ich, um glücklich zu sein, nicht ohne dich leben kann.«

»Ist das dein Ernst?« Sie hatte mit ihrer simplen Frage vorhin nicht beabsichtigt, die Dinge derart zu beschleunigen, aber nun, da es geschehen war, musste sie die Wahrheit wissen.

»Natürlich.« Neben dem Eiswagen kniete er sich vor ihr auf die Wiese, ohne die Menschenschlange wahrzunehmen, die zu ihnen herüberstarrte. »Laura Marchmont, möchtest du meine Frau werden?«

16

»Du musst Charles sagen, was damals passiert ist.« Ihre Mutter, die es immer schaffte, jünger auszusehen, als sie tatsächlich war, obwohl ihr naturblondes Haar an den Schläfen allmählich weiß wurde, blickte sie entschlossen über den Tisch hinweg an.

Sie saßen im Teesalon bei Fortnum & Mason, wo sie sich einmal im Monat trafen. Ihre Mutter deckte sich dort immer mit Earl Grey und Russian Caravan ein, während Laura hinterher gerne in der Royal Academy of Arts vorbeischaute. Im Moment gab es allerdings dringendere Angelegenheiten, die besprochen werden mussten.

»Du musst es ihm sagen«, wiederholte ihre Mutter.

»Pst!« Laura blickte sich nervös um. Sie waren von Wochenendshoppern und Touristen umgeben, aber seit ihrer Erfahrung auf der Tauffeier war Laura auf der Hut. »Ich kann nicht«, sagte sie leise. »Ich habe Angst, ihn zu verlieren.«

Die Augen ihrer Mutter wurden feucht vor Mitgefühl. »Aber Schatz, es war ein Unfall. Das wissen wir beide.«

»Mum!« Lauras Ton war schroff. Nicht nur aus Angst, dass ihnen jemand zuhören könnte, sondern auch, dass ihr diese eine Chance auf Glück womöglich wieder entrissen wurde. »Verstehst du nicht?«, fuhr sie in eindringlichem Flüsterton fort. »Ich habe endlich einen Mann kennengelernt, der mich nicht braucht, um eine Familie zu gründen, und den ich liebe.

Richtig, ich liebe ihn! Ich weiß, es ist noch früh, aber du hast immer gesagt, wenn ich dem Richtigen begegne, werde ich ihn erkennen. Nun, ich habe ihn erkannt.«

Sie unterbrach sich kurz, um Luft zu holen. »Wenn ich Charles über … über alles aufkläre, könnte das das Ende bedeuten.« Ihr Hals war dick von Tränen. »Das würde ich nicht verkraften.«

Ihre Mutter biss sich auf die Unterlippe. »Ich verstehe das. Aber trotzdem denke ich, es wäre am besten, von Anfang an offen zu sein.«

Nicht zum ersten Mal wünschte sich Laura, sie hätte Geschwister, denen sie sich anvertrauen konnte. Jemanden, der sie verstand.

Ihre Mutter nippte an ihrem Tee und seufzte, während sie zu einem benachbarten Tisch blickte, an dem eine ältere Frau und eine Frau in Lauras Alter mit einem kleinen Kind auf dem Schoß saßen, wahrscheinlich Mutter und Tochter. »Weiß er denn, dass du keine Kinder bekommen kannst?«, fragte ihre Mutter leise.

Laura nickte.

»Weiß er auch, dass das eine bewusste Entscheidung war?«

Sie schüttelte den Kopf.

»Ich wünsche mir immer noch, du hättest es nicht getan.« Ihre Mutter betrachtete weiter das kleine Kind, das seine Mutter neckisch an den Haaren zog. »Dieser Arzt hätte das nie machen dürfen.«

Laura fiel dazwischen. »Wie kannst du so was sagen? Neben allem anderen gab es auch gesundheitliche Gründe zu berücksichtigen, Mum.«

Sie verstummte, weil sie nicht die Tragödie zur Sprache bringen wollte, mit der sie aufgewachsen war. Nämlich den Umstand, dass es vor ihr zwei Babys gegeben hatte, die an dem

Herzleiden gestorben waren, das die Familie ihres Vaters plagte und das auch ihn schließlich umgebracht hatte. Glücklicherweise war Laura davon nicht betroffen.

»Die Medizin hat heutzutage viel mehr Möglichkeiten, Schatz«, sagte ihre Mutter sanft.

»Aber sie kann die Vergangenheit nicht ungeschehen machen, oder?« Laura stand auf. »Tut mir leid, dass du dich nicht für mich freuen kannst.«

Zu spät wurde ihr bewusst, dass sie laut geworden war. Die Frau am Nebentisch hob neugierig den Kopf, und Laura errötete. »Aber ich freue mich für dich, Liebling.« Versöhnlich griff ihre Mutter nach ihrer Hand. »Ich mache mir einfach Sorgen um dich, mehr nicht. Außerdem finde ich, dass das alles ziemlich schnell geht. Du stürzt dich doch nicht kopflos in diese Ehe, oder?«

»Nein.« Laura ließ ein Lächeln aufblitzen, mehr für die Zuschauer als für alles andere. »Ich weiß, dass Charles der Richtige ist.«

Kurz darauf verließen sie gemeinsam das Kaufhaus und traten hinaus auf die Piccadilly Street, auf der reger Betrieb herrschte. »Außerdem ist das ein Neuanfang, Mum.«

Sie musste plötzlich wieder an die Frau in der dunkelblauen Schürze auf der Tauffeier denken. Es war Zeit, sich aus dem Staub zu machen. Und Charles bot ihr einen Ausweg.

Auch Krissie reagierte besorgt. »Du kennst ihn doch kaum«, wandte sie leise ein, nachdem Laura ihr am Telefon begeistert die Neuigkeit eröffnet hatte.

»Aber ich habe das Gefühl, als würde ich ihn schon ewig kennen.« Laura spürte tief in sich ein Glühen. »Es ist, als wären wir seit Jahren zusammen. Wir haben so viel gemeinsam und …« Sie stockte und errötete leicht.

»Sag nichts«, stöhnte Krissie. »Ihr habt tollen Sex.«

Laura spürte, dass sie nun knallrot wurde, und war froh, dass ihre Freundin ihr Gesicht nicht sehen konnte. »Wir verstehen uns blendend. Sowohl körperlich als auch geistig.«

»Genau wie Simon und ich, bevor Daisy dazukam.« Krissie lachte. »Wart's ab.«

Manchmal musste Laura sich in Erinnerung rufen, dass Krissie ihre Vergangenheit nicht kannte. Zum Glück plapperte ihre Freundin bereits weiter. »Findest du nicht, es wäre schlauer, mit der Heirat zu warten, bis seine Töchter sich ein wenig an dich gewöhnt haben?«

In Laura machte sich Unmut breit. »Hannah mag mich wirklich. Behauptet Charles.«

»Und die andere?«

Zweifel flackerte kurz in ihr auf. »Charles sagt, dass Ellie – ich meine Eloise – sich arrangieren wird.«

Krissie stieß ein Schnauben aus. »Hoffen wir es! Denk nicht, dass ich versuche, dir dein Glück madig zu machen, Laura. Ich möchte dir bloß Kummer ersparen, mehr nicht. So, nachdem wir die schwierigen Fragen nun hinter uns gebracht haben, lass uns überlegen, was du anziehen wirst. Ich denke, das ist ein toller Vorwand, um nach Knightsbridge zu fahren, oder?«

Bettina und die anderen im Verlag reagierten mit weitaus mehr Begeisterung. »Charles sagt dies, Charles sagt das«, spöttelte Bettina, als Laura immer wieder von ihrem Verlobten schwärmte. Ihre Augen funkelten. »Es ist schön, dich so glücklich zu sehen.«

Und das war sie auch! Trotz der Bedenken ihrer Mutter und ihrer besten Freundin. Zum ersten Mal in ihrem Leben machte Laura die Erfahrung, dass sie sich geradezu körperlich krank fühlte, wenn sie Charles' Stimme nicht spätestens alle zwei bis drei Stunden vernahm. Er war wie eine Droge; nicht dass sie jemals welche ausprobiert hätte – sie bevorzugte es, sich unter Kontrolle zu haben. Aber nun fühlte sie sich hoffnungslos *außer* Kontrolle, ein köstliches, rasantes Gefühl, bestärkt durch die Überraschung in ihrem Kollegen- und Freundeskreis, dass Laura Marchmont schließlich im Alter von fünfunddreißig – fast sechsunddreißig – Jahren den Bund der Ehe einging.

Zwei Monate später wurden sie in einem hübschen efeubewachsenen Standesamt aus rotem Backstein mit Blick auf die Mündung des Dart River getraut. Sie feierten im kleinen Kreis, nur mit den engsten Angehörigen wie Lauras Mutter (Granny war leider zu gebrechlich, um zu kommen) und einem Onkel, ferner Krissie und ein paar Freunden von Charles mit ihren Frauen, die einen freundlichen Eindruck machten, aber Laura dennoch mit unverhohlener Neugier musterten. Hannah schenkte ihnen eine selbstgebastelte Karte, die mit Küssen unterschrieben war. Eloise schmollte und schenkte ihnen nichts.

Peinlicherweise brach Lauras Mutter während der kirchlichen Trauung in Tränen aus. »Ich wünschte, dein Vater hätte das noch miterlebt«, sagte sie hinterher schniefend auf dem Empfang in einem hübschen Kellerbistro direkt bei der Kathedrale von Exeter. »Charles, du wirst sie mir doch regelmäßig vorbeibringen, nicht wahr? Devon ist so weit weg.«

Laura, wunderschön in ihrem schmal geschnittenen weißen Abendkleid von Amanda Wakeley, dem sie den Vorzug gegenüber einer Baiserwolke aus dem Brautmodengeschäft gegeben hatte, schüttelte den Kopf. »Mum, es sind gerade einmal drei Stündchen bis London, und außerdem muss ich sowieso wegen der Arbeit ungefähr einmal im Monat hochkommen.«

Bettina hatte eingewilligt, Laura vorübergehend auf Honorarbasis zu beschäftigen, bis die neue Chefredakteurin übernahm. Es war weniger Geld, aber Charles, wie er selbst betonte, war nun der Brotverdiener. Die alte Laura hätte sich dagegen gesträubt, aber der neuen Laura verlieh es ein angenehmes Gefühl der Sicherheit.

»Kaum zu glauben, dass ich jetzt zwei Stiefenkeltöchter habe!«, verkündete ihre Mutter, während sie Hannah und Eloise anstrahlte, die ihr am Tisch gegenübersaßen. Letztere, bemerkte Laura, spielte mit dem tropfenden Wachs einer roten Kerze. Warum verbot Charles ihr das nicht? Und warum hatte er ihr erlaubt, diesen unpassenden Gothic-artigen schwarzen Minirock anzuziehen, der ihre recht pummeligen Schenkel kaum bedeckte?

»Stiefenkeltöchter?«, wiederholte Eloise patzig. »Wir sind nicht miteinander verwandt, wissen Sie. Sagt jedenfalls Mum.«

Lauras Mutter machte ein langes Gesicht. »Tut mir leid, Liebes. Ich wollte nicht anmaßend sein. Ich finde es einfach nett, zwei neue junge Mitglieder in der Familie zu haben.«

»Sie meinen, weil Sie alle schon so alt sind?« Eloise' Lippen kräuselten sich. »Ich persönlich finde es ekelhaft, in diesem Alter zu heiraten. Es ist ja nicht so, als wäre man noch jung genug für Sex.«

»Ellie!«, sagte Hannah und gab ihr kichernd einen Stups. »Das ist unhöflich!«

»Ja, allerdings«, pflichtete Laura in scharfem Ton bei und drehte sich zu Charles um, damit er etwas sagte. Aber er war bereits weitergegangen, um einen älteren Onkel zu begrüßen, der aus Schottland angereist war. Sie würde es ihm später erzählen müssen.

»Mach keine große Sache daraus«, sagte ihre Mutter leise. »Es ist nicht leicht für die Mädchen. Schließlich kennen sie dich noch nicht so lange. Gib ihnen etwas Zeit. Was sagtest du, wie weit ihr auseinanderwohnt?«

»Einen Katzensprung.« Laura überkam ein Anflug von Besorgnis. »Charles ist nach der Trennung ganz in die Nähe gezogen, damit er die Mädchen jeden Tag sehen kann.«

Ihre Mutter nickte anerkennend. »Wirklich ein fürsorglicher Vater. Ich weiß, es ist schwer, Schatz, aber du solltest ihm nicht auf den Schlips treten. Kinder kommen immer an erster Stelle.«

Aber sie sind keine Kinder, hätte Laura am liebsten laut protestiert. Sie waren dreizehn und sechzehn. Fast erwachsen. Charles ließ ihnen so viel durchgehen! Aber sie würde nichts sagen – noch nicht. Jedenfalls nicht, bevor sie aus den Flitterwochen zurückgekehrt waren. Charles hatte ein Wochenende in einem wunderschönen Hotel in St Mawes gebucht, an der Südküste von Cornwall, und Laura konnte es kaum erwarten, mit ihm allein Zeit zu verbringen, fern von all diesen Leuten.

»Unterhältst du dich gut, Mrs. Haywood?« Charles tauchte nun hinter ihr auf und beugte sich hinunter, um ihr einen leichten Kuss auf den Nacken zu geben. Eloise bedachte diese Liebesbekundung mit einem finsteren Blick, wie Laura beobachtete.

»Und wie geht es meinen kleinen Prinzessinnen?« Charles blickte strahlend seine Töchter an.

»Wir wollen jetzt nach Hause.« Eloise stand auf, sodass ihr Stuhl über den Boden scharrte.

»Gleich, Schätzchen. Wir haben doch gerade erst die Reden gehört.«

Die Augen des Mädchens waren hart, beinahe schwarz. »Wenn du uns nicht sofort zu Mum bringst, nehmen wir eben den Zug.«

Laura schenkte Charles einen *Willst du nicht ein Machtwort sprechen?*-Blick, aber er antwortete lediglich mit einem bedauernden Achselzucken. »Also gut, Engelchen. Wir brauchen aber noch ein paar Minuten, um uns von allen zu verabschieden.«

Wie lächerlich! Aber es war schwierig, ihm hier eine Szene zu machen. Als Laura und ihr Ehemann (solch ein zauberhaftes Wort!) sich ein letztes Mal unter die Gäste mischten, spürte sie plötzlich, dass eine hübsche Frau in einem teuer aussehenden blau-gelben Seidenkleid sie am Arm festhielt. Sie erkannte in ihr die eine Hälfte des Paares wieder, das Charles ihr früher am Abend als »alte Freunde« vorgestellt hatte. Die Frau lächelte sie nun freundlich an. »Ich wollte Ihnen nur sagen, wie schön es ist zu sehen, dass Charles wieder glücklich ist.«

Laura errötete. »Danke.«

Dann wurde das Lächeln der Frau kühl. »Die letzten zwei Jahre waren eine harte Zeit für ihn. Es würde mir nicht gefallen, wenn ihm wieder Kummer zugefügt wird.«

Laura fühlte sich unbehaglich. Was wollte die Frau damit sagen? »Mir auch nicht«, erwiderte sie.

Die Frau nickte. »Unter uns beiden gesagt, ich glaube, es hat ihn ziemlich mitgenommen, als Steph im Mai wieder geheiratet hat.«

Steph? Seine Exfrau war wieder verheiratet?

»Und dann nicht einmal den Mann, wegen dem sie den armen Charles verlassen hat. Diese Beziehung hat nicht gehalten. Ihren neuen Ehemann hat sie offenbar durch ihre Arbeit kennengelernt. Wussten Sie das nicht? Ach, du meine Güte, hoffentlich habe ich jetzt nichts Falsches gesagt.«

Laura machte eine versöhnliche Bemerkung und ging anschließend weiter, während sie einen Blick auf ihren frisch angetrauten Ehemann warf. Stephanie hatte vor zwei Monaten wieder geheiratet? Ungefähr zur selben Zeit hatte Charles um Lauras Hand angehalten. Hatte er das aus Reflex getan? Um seiner Exfrau zu zeigen, dass sie nicht die Einzige war, die ein zweites Mal heiraten konnte?

»Bist du so weit, Liebling?« Charles schloss nun zu ihr auf und legte den Arm um sie. »Bereit, den Rest deines Lebens mit mir zu verbringen?«

Sie nickte enttäuscht, als er nur ihre Wange streifte, statt sie richtig auf den Mund zu küssen.

»Ja«, antwortete sie bedächtig. »Wenn du es bist.«

Sein Gesicht umwölkte sich für einen Augenblick, bevor es sich zu einem breiten, großzügigen Lächeln verzog. »Natürlich bin ich bereit. Darum haben wir geheiratet. Oder nicht?«

17

St Mawes war wunderschön. Laura hatte zuvor Bilder davon gesehen, aber nichts hätte sie auf dieses sagenhafte Fischerdorf vorbereiten können, das um einen Hafen gebaut war, der sich nach Frankreich hin öffnete. Auf der Landseite säumten weiße Häuser terrassenförmig den steilen Hügel: Jedes davon verbreitete mediterranes Flair mit seinen Palmen und Veranden. Kein Wunder, dass dieser Küstenzipfel als Englands kleine Riviera bekannt war.

Was ihr Hotel betraf, so war es unglaublich. Laura war vom ersten Moment an von dem Landhausambiente fasziniert, in dem nichts übertrieben wirkte. Ihr Zimmer war geräumig, und das Bett zierte ein herrlicher goldener und gelber Überwurf von Colefax and Fowler. Aber das Beste war, dass das Zimmer auf den Hafen und den St-Anthony's-Leuchtturm hinauszeigte, der ihnen von der Roseland-Halbinsel zuwinkerte. Begeistert schob Laura das Fenster auf und spürte die Nachtbrise ihre Wangen kühlen. Sie beruhigte. Sie besänftige das Gluckern vor Schreck und Unruhe, das in ihrem Magen rumorte, seit die Frau auf der Hochzeitsfeier sie über Stephanies Heirat informiert hatte.

»Warum hast du mir nichts davon gesagt?«, hätte sie bei mehr als nur einer Gelegenheit während der zweistündigen Fahrt von Exeter beinahe gefragt. Aber Charles hatte in seiner

Begeisterung unentwegt davon geschwärmt, was für ein großartiger Tag hinter ihnen lag und wie schön es war, dass die Mädchen sie offenbar mochten (war er blind?). Es war so gut wie unmöglich, zu Wort zu kommen, geschweige denn ein ernstes Gespräch zu beginnen, das alles verdorben hätte.

Nun, während sie sich von der Aussicht losriss, war Laura entschlossen, es nicht länger aufzuschieben. »Charles«, begann sie. Und unterbrach sich sofort. Er stand vor ihr, splitternackt. Langsam bewegte er sich auf sie zu und schickte sich an, den Reißverschluss an ihrem Kleid aufzuziehen. Zuerst behutsam, dann drängend.

»Man kann uns sehen!«, sagte sie, halb lachend, halb protestierend.

»Unmöglich«, murmelte er, während er ihr die Spitzenunterwäsche abstreifte, auf deren Kauf Krissie bei ihrem gemeinsamen Einkaufsbummel vor der Hochzeit bestanden hatte. »Aus diesem Grund habe ich genau dieses Zimmer verlangt. Es ist uneinsehbar.«

Ein warnender Schauer durchrieselte sie. Genau dieses Zimmer? Das hörte sich an, als würde er es gut kennen. »Warst du schon mal hier?«, versuchte sie zu sagen, aber seine Lippen verschlossen ihren Mund, und sie war verloren.

Wenn Charles sie so berührte, gab es nichts, was sie tun konnte, um ihren Körper aufzuhalten und Nein zu sagen.

Laura wurde früh am nächsten Morgen wach. Im ersten Moment konnte sie sich nicht erinnern, wo sie war. Dann kreischte draußen eine Seemöwe, und ihr fiel nach und nach alles wieder ein. Die Hochzeit. Sie war nun Mrs. Charles Haywood! Dann kam die nächste Welle der Erinnerung. Stephanie.

»Charles«, sagte sie und drehte sich zu ihm. Er war nicht da! Die Badezimmertür stand weit offen. Laura kletterte eilig aus dem Bett und warf voller Unbehagen einen Blick in das Bad. Gehörte ihr frischgebackener Ehemann zu den Männern, die kein Problem damit hatten, sich in Gesellschaft aufs Klo zu setzen oder unter die Dusche zu stellen? Sie persönlich brauchte ihre Privatsphäre. Ihr wurde bewusst, dass sie beide wenig über die Gewohnheiten des anderen wussten.

Aber Charles war nicht in dem Bad mit dem herrlichen Fenster, das von der Decke bis zum Boden reichte. Und seine Betthälfte war kalt.

Was sollte sie tun? Hastig, ohne sich mit ihrer üblichen morgendlichen Dusche aufzuhalten, nahm sie eine Jeans aus ihrem Koffer, zusammen mit einem dünnen blauen Sommerpullover und einem Paar Slipper für draußen. Vielleicht war er unten. Falls nicht, würde sie ihn im Dorf suchen müssen, aber wo?

Als sie zur Tür ging, schwang diese plötzlich auf. Charles stand vor ihr, mit breitem Lächeln und gerötetem Gesicht, als wäre er draußen spazieren gewesen. Er hielt eine weiße Rose in der Hand. »Guten Morgen, meine bezaubernde Ehefrau!«

Sie starrte ihn verständnislos an. »Ich habe mir Sorgen gemacht. Wo warst du?«

Er grinste immer noch. »Ich wollte dir die hier schenken.« Er gab ihr die Rose, als würde er eine Gratulation erwarten. Dann nahm er sie in die Arme und tanzte wie beim letzten Mal mit ihr durch das Zimmer, obwohl Laura sich nun von ihm löste. »Charles, hast du mich nicht verstanden? Ich sagte, ich habe mir Sorgen gemacht. Du kannst nicht einfach so verschwinden und mich im Ungewissen lassen.«

Sein Grinsen verblasste. »Tut mir leid. Ich wollte dich nicht beunruhigen.«

Pass auf, dachte Laura. Krissies Worte fielen ihr wieder ein, als sie sich bei ihrer gemeinsamen Shoppingtour vor der Hochzeit zwischendurch zum Plaudern hingesetzt hatten. »Charles war lange mit einer anderen Frau verheiratet. Du hast immer allein gelebt. Es wird eine Zeitlang dauern, bis ihr euch aneinander gewöhnt habt.«

Das war alles schön und gut, aber gewisse Dinge mussten geklärt werden, bevor Charles und sie weitermachten.

»Charles«, begann sie. »Ich muss dich etwas fragen.«

»Nicht hier.« Er ergriff ihre Hand. »Draußen. Da gibt es etwas, was ich dir unbedingt zeigen muss. Es wird dir den Atem verschlagen.«

Er führte sie aus dem Hotel und dann eine Steigung hoch, die Laura ins Schnaufen brachte, obwohl sie sich etwas darauf einbildete, ziemlich fit zu sein. »Schau«, sagte er. Sie starrte auf die wunderschöne weiße Kirche auf der Hügelspitze, die auf den Hafen hinunterzeigte. »Ist die Aussicht nicht atemberaubend? Ich dachte, das könnte ein hübsches Motiv für dich sein.«

»Erst wenn du mir erklärst, warum du mir das mit Stephanie verschwiegen hast«, entgegnete sie leise.

Sein Lächeln erstarb. »Was meinst du?«

»Jemand aus deinem Freundeskreis hat mir auf der Hochzeitsfeier erzählt, dass deine Exfrau vor zwei Monaten wieder geheiratet hat. Ungefähr zu der Zeit, als wir uns kennenlernten. Ist das der Grund, warum du mich so schnell gebeten hast, deine Frau zu werden? Um es Stephanie heimzuzahlen? Weil ich dir zufällig zur richtigen Zeit über den Weg lief und es dir gerade gelegen kam?«

»Nein.« Sein Gesicht war ernst. »Bitte, setz dich.«

Er deutete auf einen Felsen. Mit Herzklopfen nahm sie neben ihm Platz und schaute auf das Meer, das unter ihnen glitzerte. »Nein. Ich wollte dich heiraten, weil ich zum ersten Mal in meinem Leben einer Frau begegnet bin, die mir auf die denkbar angenehmste Weise den Kopf verdreht hat. Sowohl im geistigen Sinn als auch im körperlichen.« Er begann, beruhigend ihren Handrücken zu streicheln. »Man sagt, die große Liebe gebe es nur ein Mal im Leben, und ich hatte die Suche danach bereits aufgegeben. Und dann kommst du plötzlich daher mit deinen präraffaelitischen Haaren, und ich erfahre, dass du dieses großartige Bild gemalt hast, das ich übrigens auch so gekauft hätte. Und das war's! Ich dachte, wenn ich dir sage, dass meine Exfrau gerade erst wieder geheiratet hat, würdest du die falschen Schlüsse ziehen so wie jetzt.«

Eine Woge der Erleichterung durchströmte Laura. Sie konnte das nachvollziehen. An Charles' Stelle hätte sie sich vielleicht genauso verhalten. »Ich bin so froh«, flüsterte sie und lehnte den Kopf an seine Schulter. »Aber wir müssen trotzdem ein paar Dinge klarstellen. Zum Beispiel hätte ich mir heute Morgen keine Sorgen zu machen brauchen, wenn du mir eine Nachricht hinterlassen hättest.«

Er nickte. »Tut mir leid. Ich schätze, ich bin es gewohnt, nur für mich zu denken.«

Sie konnte das verstehen. »Ich auch.«

Er beugte sich leicht vor und schloss sie in die Arme. Dankbar atmete sie seinen inzwischen vertrauten Geruch ein. »Ich liebe dich so sehr, Laura.«

»Ich liebe dich auch.« Über seine Schulter hinweg sah sie wilde Hundsrosen und herrliche Gärten, die sich vor ihr erstreckten. Einerseits wünschte sie sich, für immer in Charles' Armen zu liegen. Andererseits brannte sie darauf, die Szenerie zu zeichnen, die sie umgab.

Dann ließ er sie los und sah ihr direkt in die Augen. »Jetzt bist du an der Reihe.«

»Wie bitte?«

»Gibt es etwas, was du mir erzählen möchtest, Laura? Irgendein Geheimnis vielleicht?«

Ihr Mund wurde trocken, und sie fing an zu zittern. Warum fragte er? Hatte Mum sich auf der Hochzeit verplappert?

Dann lachte er. Ein lautes, fröhliches, glückliches Lachen. »Schon gut. Das war bloß ein Scherz. Einer der Gründe, warum ich dich geheiratet habe, Laura, ist, dass du offen und ehrlich bist. Du sagst, was du denkst. Du bist wunderbar. Begabt. Klug. Clever. Sexy. Aber vor allem gibt es keine verborgenen Seiten an dir.« Er nahm sie an die Hand. »Na komm, es gibt noch so viel, was ich dir zeigen muss. Du hast doch deinen Skizzenblock mitgebracht, oder?«

Laura versuchte, während der zwei zauberhaften Tage in St Mawes ihr schlechtes Gewissen zu verdrängen. Versuchte zu verdrängen, dass sie die Chance vertan hatte, reinen Tisch zu machen, wie ihre Mutter ihr dringend empfohlen hatte. »Hättest du es getan«, redete sie sich ein, »wäre das vielleicht das Ende gewesen. Du musst es vergessen und weiterlächeln, so wie du das immer getan hast. Genau wie Dad gesagt hat.«

Also verdrängte sie es, was ihr durch die herrliche Umgebung leichter gemacht wurde. Sie liebte die schmalen Wege, die sich fröhlich über den steilen, felsigen Hügel schlängelten, vorbei an hübschen weißen Häusern, die auf die Festung hinunterblickten. Es war unmöglich, dem zu widerstehen! Obwohl Laura sich vorgenommen hatte, in ihren Flitterwochen nicht zu arbeiten, kam ihr Skizzenblock immer wieder zum Einsatz.

»Das ist wundervoll«, sagte Charles, während er in einem Gartencafé neben ihr saß und beobachtete, wie sie eine Reihe von langen blauen Blumen kopierte, mit Staubblättern, die sich nach ihnen ausstreckten, als würden sie sich nach einer Umarmung sehnen. »Wie machst du das?«

Sie lachte. »Das Entscheidende ist«, erklärte sie, »eine

Pflanze oder Blume aus allen Blickwinkeln zu betrachten – und zwar genau zu betrachten.«

Er machte ein ernstes *Ich verstehe*-Gesicht. »So wie du mich auf der Kunstausstellung betrachtet hast?«

Sie lachte. »Hörst du mir nun zu?«

»Ich bin ganz Ohr.«

»Dann machst du eine Skizze, die dir hinterher als Vorlage dient, mit Anmerkungen als Gedächtnisstütze, wie das Licht auf die Blätter fällt oder welche Kurve das Blütenblatt beschreibt.«

Er streckte die Hand aus und tätschelte unerwartet ihren Hintern. »Ich vergöttere Ihre Kurven, Mrs. Haywood.«

»Charles! Es könnte uns jemand sehen! Außerdem hast du versprochen, mir zuzuhören.«

»Das tue ich. Das tue ich.«

»Dann heftest du die Skizze an ein Fenster, das nach Süden zeigt, und zeichnest sie leicht mit dem Bleistift auf Aquarellpapier nach. Anschließend wäschst du den Hintergrund in einer hellen Farbe, bevor du drei bis vier Farbschichten aufträgst, entweder nass auf trocken oder nass in nass.«

»Wie findet man die richtigen Farben?«

Endlich konzentrierte er sich. »Das ist das Spannende an Aquarellen. Man weiß nie, was am Schluss herauskommt, wenn die Farben ineinander verlaufen.«

»So wie in einer Ehe?«

Laura sah von ihrem Zeichenblock auf und blickte ihn an, während ihr Herz sich mit Liebe füllte, aber auch mit Besorgnis. »Richtig. Ähnlich wie in einer Ehe.«

Er reichte ihr einen Teller mit köstlichen Butterkeksen. »Und was bin ich deiner Meinung nach für eine Farbe?«

»Ein wunderschönes Ockergelb«, antwortete sie prompt.

Er wirkte überrascht. »Warum?«

»Weil du mein Herz vor Glück höher schlagen lässt! Und weil du mich ans Meer geführt hast. Was denkst du, was für eine Farbe ich bin?«

»Grün«, antwortete er genauso prompt. »Smaragdgrün, wegen deiner Haare und des Rings.«

Laura sah auf ihre linke Hand. Charles und sie hatten beschlossen, nur Eheringe zu kaufen und auf den Verlobungsring zu verzichten. Charles hatte ihren Ring in einem Antiquitätengeschäft entdeckt und ihn ohne sie gekauft. Es sei ein Risiko, hatte er leicht entschuldigend bemerkt, aber Laura hatte sich auf den ersten Blick in den Ring verliebt. Der Stein ähnelte einem Smaragd, eingefasst in einen schmalen Goldring. »Viktorianisch«, hatte der Antiquitätenhändler offenbar versichert. Der Ring passte perfekt, als wäre er für sie gemacht.

Nun, während sie auf der Terrasse des Teesalons saßen und die Sonne vor einem apricotfarbenen Himmel unterging, empfand Laura, den Kopf an Charles' Schulter gelehnt, beinahe vollkommenen Frieden. Sie konnte in Devon neu anfangen. Es würde ein sauberer Schnitt sein.

Mary Rose Marchmont

1870

18

Stille! Eine schreckliche Stille, die bis in alle Ewigkeit fortzudauern schien. Selbst die Seemöwen, die über den Himmel glitten, kreischten nicht mehr. Die Welt hatte aufgehört, sich zu drehen. Langsam kehrte Mary Rose' Erinnerung zurück. Das Dreirad. Pepe, der kläffend angerannt kam. Letitia, die nicht rechtzeitig auswich. Véronique, die ihnen entgegengaloppierte und vom Pferd stürzte…

Vielleicht, dachte Mary Rose, als sie sich über den Körper ihrer Stiefmutter beugte, war das nur wieder ein schrecklicher Traum oder ein *cauchemar*, wie die Franzosen dazu sagten. Mary Rose' Träume waren noch lebhafter geworden, seit sie das Buch *Alice im Wunderland* gelesen hatte. Alles konnte im Traum passieren! Gerade wenn man dachte, alles sei verloren, wachte man einfach wieder auf.

Aber im Moment geschah das nicht. Sie nahm Véroniques Hand, die sich warm anfühlte. Es war nicht möglich, im Traum Wärme zu spüren, oder? Langsam begann Mary Rose, mit dem Finger über den Ring ihrer Mutter mit den herrlichen blutroten Steinen zu fahren. Er fühlte sich real genug an, und die Juwelen funkelten in der Nachmittagssonne.

Gleich darauf kam ihr ein furchtbarer Gedanke. Wenn dies kein Traum war, wäre es so leicht, kinderleicht, den Ring von Véroniques schlankem Finger zu streifen.

»Lieber Gott!« Die entsetzte Stimme ihres Vaters hinter ihr katapultierte Mary Rose schlagartig zurück in die Gegenwart. »Was ist passiert?«

Augenblicklich ließ Mary Rose die Hand ihrer Stiefmutter fallen. »Das war nicht meine Schuld, Papa«, begann sie weinend, während sie auf das umgekippte Dreirad deutete. Letitia, wie sie nun bemerkte, kauerte an der Grasböschung und zitterte, als wäre der Boden mit Schnee bedeckt, obwohl über ihnen die Sonne strahlte.

»Sag es ihm, Letty«, flehte sie ihre Freundin an. »Erzähl Papa, wie es passiert ist. Sag ihm, dass wir auf unseren Dreirädern zufällig auf Véronique getroffen sind.«

Aber Letitia stöhnte nur, und als sie versuchte, sich aufzurichten, begann sie zu schwanken und fiel wieder um. »Mein Knöchel«, wimmerte sie. »Mein Knöchel!«

Papa ignorierte sie und kniete neben Véroniques reglosem Körper nieder. Mary Rose spürte einen Stich der Eifersucht, als sie sah, dass Tränen über seine Wangen liefen. Kümmerte es ihn nicht, dass ihr Arm blutete und ihr Kopf so heftig schmerzte, dass ihre Sicht verschwommen war?

»Mein Liebling«, schluchzte er, während er den Kopf seiner Frau in seinen Schoß bettete. »Du darfst nicht sterben. Bitte, stirb nicht.«

Dann war Véronique gar nicht tot? Mary Rose spürte eine Mischung aus Bedauern und Erleichterung, während sie nun bemerkte, dass Véroniques Brust sich tatsächlich hob und senkte. »Papa«, flüsterte sie und berührte seinen Arm. »Es war ein Unfall. Du musst mir glauben.«

Aber er schien sie nicht zu hören. »Meine geliebte Frau. Bitte, wach auf.«

Benommen stolperte Mary Rose an ihrem Dreirad vorbei und flüchtete sich in die Sicherheit des Hauses. Doch noch bevor sie den Eingang erreichte, spürte sie, dass ein Arm sich nach ihr ausstreckte und sie festhielt. Es war Annie. Die einfältige Annie, deren rechtes Auge, in den Himmel gerichtet, nun beruhigend wirkte, weil es Mary Rose nicht verurteilen konnte.

Wortlos führte das Mädchen sie nach oben in ihr Zimmer und setzte sie auf einen Stuhl. Nach wenigen Minuten kehrte es mit einer Schüssel warmem Wasser und einem Tuch zurück. Behutsam reinigte es Mary Rose' Schürfwunden und gab ihr anschließend eine Tasse mit warmer Milch. »Trinken Sie«, befahl es, als wäre Mary Rose das Dienstmädchen und Annie die Mistress. Innerhalb von Minuten spürte Mary Rose, dass ihr die Augen zufielen. Als sie in ihr Bett schlüpfte, nahm sie draußen vage das Klappern von Hufen wahr und einen lauten Ruf, dass der Doktor eingetroffen sei.

Als Mary Rose am nächsten Tag wach wurde, war es im Haus so still wie an dem Morgen nach dem Tod ihrer Mutter. Für wenige Sekunden hatte sie keine Erinnerung daran, was geschehen war – aber dann kehrte alles zurück, und sie richtete sich kerzengerade im Bett auf. Véronique! Lebte sie? Oder war sie in der Nacht gestorben?

Ohne dass sie etwas dagegen tun konnte, begann Mary Rose, sich das Leben ohne ihre Stiefmutter auszumalen. Ihr Vater würde anfangs natürlich große Trauer leiden. Aber mit der Zeit würde er sicher darüber hinwegkommen, und sie könnten wieder das Leben aufnehmen, das sie früher geführt hatten. Sie könnten gemeinsam zu ausgiebigen Spaziergängen an der Steilküste aufbrechen, und Mary Rose würde nicht länger ausgeschlossen werden, wie das nun der Fall war. Vielleicht würde ihr Vater mit ihr nach Bath reisen oder nach Italien, so wie er das mit Véronique getan hatte. Wäre das nicht schön?

Aber als sie die Treppe hinunterging, noch in ihrem Nachthemd, beschlich Mary Rose ein ungutes Gefühl. War es wirklich möglich, dass sie und Papa fortfuhren, als wäre ihre ehemalige Gouvernante nie in ihr Leben getreten? War es nicht besser, wenn der Vorfall gestern tatsächlich nur ein schrecklicher Traum gewesen war und ihr Vater und ihre Stiefmutter nun an der großen Tafel im Speiseraum saßen?

Ihr Vater würde dann aufblicken und in freundlichem Ton zu ihr sagen: »Guten Morgen, mein Liebes. Ich hoffe, du hast gut geschlafen.« Derweil würde ihre Stiefmutter kurz den Kopf heben, während sie nebenbei den kleinen Pepe am Tisch fütterte, und mit einem Nicken Mary Rose' Anwesenheit zur Kenntnis nehmen.

Aber keine derartige Szenerie erwartete Mary Rose an diesem Morgen. Die Tafel war gedeckt und wartete auf die üblichen Tischgäste, aber niemand hatte Platz genommen. Mary Rose stockte der Atem, und sie klingelte nach einem Dienstboten. Es schien eine Ewigkeit zu dauern, bis jemand reagierte, und dann geschah es in Gestalt des Hausmädchens. Dieses musterte Mary Rose steif mit einer Abneigung, die sie noch nie zuvor verspürt hatte.

»Wo ist mein Papa?«, fragte sie zitternd.

»In der Bibliothek.« Die Augen des Mädchens blickten kühl. »Er wünscht, Sie zu sehen.«

Nervös folgte sie dem Hausmädchen durch den Flur zu dem Raum, dessen Wände von Büchern gesäumt waren. Mary Rose war einmal auf einen Stuhl geklettert, um eins der Werke aufzuschlagen, musste aber enttäuscht feststellen, dass es keine Bilder enthielt.

Wie seltsam, dachte sie, während ihr Vater sich vom Fenster abwandte und sich zu ihr drehte, dass ihr in Momenten wie diesem so belanglose Dinge in den Sinn kamen. »Mary

Rose«, hob Papa an, als würde er ihren Namen zum ersten Mal aussprechen. Dann wiederholte er ihn, als hätte er ihn nicht bereits gesagt. »Mary Rose.«

Einen Moment lang stand sie zitternd da und versuchte, die Worte hervorzupressen, aber sie wollten nicht über ihre Lippen kommen. »Meine Stiefmutter«, brachte sie schließlich stammelnd heraus. »Ist sie wohlauf?«

Zu ihrer Bestürzung sah sie, dass Tränen in seinen Augen brannten. »Sie liegt in diesem Moment im Bett und ruht sich aus.«

Eine riesige Woge der Erleichterung überkam sie. »Dann ist sie nicht tot.«

Ihr Vater zuckte zusammen, als hätte etwas Scharfes seinen Körper durchbohrt. »Sie hat Gott sei Dank überlebt.« Dann stöhnte er auf und schlug die Hände vors Gesicht. »Aber dein Bruder ist zu den Engeln gegangen.«

»Aber ich habe keinen Bruder, Papa!«, rief sie und näherte sich ihm mit ausgestreckten Händen.

Was? Ihr Vater wich zurück, als wollte er nichts mit ihr zu tun haben. »Du hattest einen, Mary Rose, aber durch den Sturz …«

Seine Stimme klang mit einem Mal, als würde in seiner Kehle ein Bissen feststecken. »Der Sturz hat deinen Bruder das Leben gekostet.« Er schüttelte den Kopf und wich sogar einen weiteren Schritt vor ihr zurück. »Deiner Mama geht es nicht gut.«

Mary Rose brauste sofort auf. »Sie ist nicht meine Mama!«

Er ging darüber hinweg und fuhr fort. »Sie benötigt absolute Ruhe und darf nicht …« Wieder unterbrach er sich kurz, bevor er weitersprach. »Sie darf nicht mit einem Anblick konfrontiert werden, der sie aufregen könnte. Du wirst von hier fortgehen, Mary Rose, in eine kleine private Einrichtung für junge Damen, die von deiner Tante empfohlen wurde und die sich in Dorset befindet. Ich denke, du wirst dort gut aufgehoben sein.«

Nein! Nein! Das durfte nicht wahr sein! »Aber Papa, ich kann dich nicht verlassen. Mein Zuhause ist hier. Ich schwöre, es war ein Unfall. Außerdem war es Pepes Schuld. Und Letitias. Sie ist nicht rechtzeitig ausgewichen.«

Das Gesicht ihres Vaters glänzte nun feucht vor Tränen, aber gleichzeitig sah sie Zorn in seinen Augen aufblitzen, was ihr Angst machte. »Du darfst niemals andere für deine eigenen Torheiten verantwortlich machen, Mary Rose. Ich habe das Mädchen angewiesen, deine Sachen zu packen. Du reist noch heute Nachmittag ab.«

19

Miss Hammonds Einrichtung für junge Damen war ein Privathaus in Lyme Regis. Es gab nur zwei weitere junge Damen, die dort untergebracht waren. Mary Rose traf sie bei ihrer Ankunft am Pianoforte an, Seite an Seite, und ihre Gesichtszüge verrieten, dass es sich um Schwestern handelte. Miss Hammond selbst war eine kleine rundliche Frau mit einem freundlichen Gesicht, die älter zu sein schien als Tante Sophia, aber jünger als Lady Romer.

Sie kleidete sich in Trauergewänder aus schwarzer Seide, die raschelten, wenn sie sich bewegte. Dies tat sie, wie Mary Rose später erfuhr, zu Ehren von Prinz Albert, dem geliebten Gemahl von Königin Victoria, der fünf Jahre vor Mary Rose' Mutter gestorben war.

Miss Hammond war zwar nicht verwandt mit der königlichen Familie, aber sie empfand, wie sie jedem gern erklärte, der sie darauf ansprach, Hochachtung für »unseren verehrten Prinzgemahl«. Deshalb tat sie es der Königin gleich, die nach wie vor ihre Witwentracht trug und sich selten in der Öffentlichkeit zeigte.

»Willkommen, Mary Rose. Ich hoffe, du wirst in einem hohen Maß von deinem Aufenthalt hier profitieren.«

Miss Hammonds Stimme war freundlich und ruhig, ohne den verdammenden Ton, der in den Worten ihres Vaters schwang, als er sich von ihr verabschiedet hatte. Wären die schrecklichen Ereignisse nicht gewesen, die Mary Rose hinter sich gelassen hatte, wäre es ihr vielleicht gar nicht wie eine Strafe vorgekommen, in Miss Hammonds Einrichtung für junge Damen geschickt zu werden, was ja eindeutig hinter dieser Maßnahme stand.

Sie teilte sich ein bescheidenes Zimmer mit den beiden Schwestern, die Amelia und Martha hießen und wie sie ihre Mutter verloren hatten. Ihr Papa war, statt eine Stiefmutter zu suchen, nach Afrika gegangen, um das Familienvermögen zu vergrößern. Die Ältere, Martha, erzählte dies, während Mary Rose sich abmühte, ihre Koffer ohne Annies Hilfe auszupacken.

Ein großer Kleiderschrank stand neben dem Fenster, und als Mary Rose hinausschaute, wurde ihr schwer ums Herz. Wo war das Meer? Zu ihrer Enttäuschung stellte sie fest, dass es auf der anderen Seite des Hauses lag. Es würde schwer sein, morgens aufzuwachen und nicht die Sonne auf dem Wasser glitzern zu sehen.

Die drei Mädchen verbrachten ihre Zeit nach Anweisung von Miss Hammond, die sie die Grundlagen des Pianofortespiels lehrte sowie Haltung, Gesang, Handarbeit, Rechnen und Schreiben. Als die Privatlehrerin erkannte, wie geschickt Mary Rose mit der Nadel umgehen konnte, klatschte sie anerkennend in die Hände. Daraufhin drängten die anderen beiden Mädchen sich um Mary Rose und ergingen sich in lauter Bewunderung.

»Ich wünschte, ich könnte auch so meisterhaft sticken«, seufzte Amelia, deren Gesicht von hübschen Ringellocken umrahmt wurde, die Mary Rose an Letitia erinnerten. Ihre eigenen roten Locken dagegen hatten nun, da sie nicht länger auf Véronique oder Annie zurückgreifen konnte, um ihr

Haar zu bändigen, wieder ihre wilden Gepflogenheiten aufgenommen.

»Meine Stiefmutter hat es mich gelehrt«, erklärte Mary Rose, woraufhin ein Schweigen entstand. Den verkniffenen Mienen von Miss Hammond und den Schwestern nach zu urteilen, war Mary Rose' Geschichte offenbar bereits zu ihnen durchgedrungen. »Wir haben früher immer gemeinsam gestickt, bis …«

Ihre Stimme verlor sich. Eine Weile herrschte Stille, bis Miss Hammond in einem lebhaften Ton anhob: »Dann solltest du vielleicht ein neues Sticktuch beginnen, meine Liebe. Wir haben hier ein Musterbuch, an dem du dich orientieren kannst. Warum blätterst du es nicht einfach durch und schaust, was dir davon gefällt?«

Das Sticken und die Gesellschaft ihrer zwei neuen Freundinnen sorgten für Ablenkung, und zu ihrer eigenen Überraschung begann Mary Rose, ein recht zufriedenes Dasein bei Miss Hammond zu führen. Doch die schreckliche Szene, als Véronique auf dem Boden lag, verfolgte sie weiterhin, besonders in ihren Träumen. Wäre Pepe ihnen nicht hinterhergerannt, würde sie nun zu Hause sein und ihren kleinen Bruder im Arm wiegen.

Stattdessen hatte man sie hierhin abgeschoben, als hätte sie nie existiert. Wenn Amelia und Martha am Frühstückstisch Briefe erhielten, warum lag dann auf dem Silberteller nie einer für Mary Rose? Hatte ihr Vater sie völlig vergessen? Monate vergingen ohne ein Wort von ihm.

Dann, eines Tages, als sie und ihre Gefährtinnen gerade den 23. Psalm kopierten, um sich im Schreiben zu üben, wartete auf sie eine Überraschung. »Mary Rose«, zwitscherte Miss Hammond in einem Ton, der vermuten ließ, dass etwas Erfreuliches bevorstand. »Du hast Besuch. Man erwartet dich im Salon.«

Die beiden Schwestern warfen ihr aufgeregte Blicke zu. »Vielleicht ist das dein Papa«, sagte Amelia. »Vielleicht ist er gekommen, um dir zu vergeben.«

Mit Herzklopfen folgte Mary Rose Miss Hammond durch den Flur in den Raum, der für förmliche Anlässe reserviert war, zum Beispiel wenn der Herr Pfarrer zu Besuch kam. Eine untersetzte Gestalt mit einer schmalen Habichtsnase saß steif und aufrecht in dem Sessel neben dem Kamin.

»Tante Sophia.« Mary Rose versuchte, die Enttäuschung in ihrer Stimme zu verbergen. »Wie liebenswürdig von dir, mir deine Aufwartung zu machen.«

»Meine Liebe, ich bin gekommen, um dich heute auszuführen.« Ihre Tante küsste sie kurz auf beide Wangen. »Ich habe jemanden mitgebracht.«

»Papa!«, keuchte Mary Rose.

»Nein, nicht deinen Vater.« Ihre Tante reckte das Kinn vor, als wäre sie verärgert über Mary Rose' Vermutung. »Sondern Henry! Willst du nicht deinen lieben Cousin begrüßen?«

Erst jetzt nahm Mary Rose die andere Gestalt am Fenster wahr, das auf Miss Hammonds Rosengarten zeigte, der nun, im Oktober, kahl war. Sie schluckte ihre Enttäuschung hinunter und machte einen kleinen Knicks. Du liebe Güte. Henry gab ihr einen Handkuss! Er sah älter aus als bei ihrer letzten Begegnung, und er trug nun Koteletten und eine freundlichere Miene.

»Wie überaus entzückend, dich wiederzusehen, Cousine«, murmelte er.

An jenem Nachmittag war Henry überaus aufmerksam zu ihr und schlug sogar vor, gemeinsam mit Amelia und Martha draußen auf dem Rasen Krocket zu spielen, da so mildes Wetter herrschte. Die Idee schien die Schwestern in Verlegenheit zu stürzen, was sie jedoch nicht daran hinderte, sich ihnen freudig anzuschließen.

Aber es war Mary Rose, der Henry seine ganze Aufmerksamkeit widmete. »Ich hoffe, du bist hier einigermaßen zufrieden«, bemerkte er, als sie einen Spaziergang durch Miss Hammonds Garten machten.

Während er sprach, bot er ihr seinen Arm, und die Berührung ihrer Körper war seltsam angenehm und tröstend.

»Ich vermisse mein Zuhause«, stammelte sie.

Er nickte und schenkte ihr ein freundliches Lächeln. »Das ist verständlich.«

Dann, vielleicht aufgrund der Überraschung, ihren Cousin zu sehen, ertappte Mary Rose sich dabei, dass sie ihm erklärte, dass sie den schrecklichen Unfall zutiefst bereue.

Er nickte wieder. »Meine Mutter und ich geben dir keine Schuld daran.«

»In der Tat, wir geben dir keine Schuld«, sagte Tante Sophia, die nun zu ihnen aufschloss.

Es tat so gut, das zu wissen! »Das war der Fluch«, erklärte Mary Rose weiter, ermutigt durch den Zuspruch der beiden. »Dessen bin ich mir sicher.«

Ihre Tante sog scharf die Luft ein. »Was meinst du damit, Kind?«

Mary Rose errötete. »Mama hat mir auf ihrem Sterbebett gesagt, wenn jemand den Ring trägt, ohne dazu berechtigt zu sein, wird diese Person ein böser Fluch ereilen.«

»Was für ein Unfug.« Die Stirn ihrer Tante runzelte sich missbilligend. »So etwas darfst du nicht sagen, liebe Nichte. Die Leute werden sonst denken, dass du nicht ganz richtig im Kopf bist.«

Es entstand ein kurzes Schweigen, während Henry vor offensichtlichem Unbehagen von einem Fuß auf den anderen trat. Sie war zu freimütig gewesen, schalt Mary Rose sich selbst, selbst wenn sie die Wahrheit gesagt hatte. Dann bot ihr Cousin ihr wieder seinen Arm, und sie schlenderten an Amelia und Martha vorüber, die sie mit unverhohlenem Neid beobachteten. Vielleicht, dachte Mary Rose unwillkürlich, hatte sie ihre Verwandten falsch eingeschätzt. Deren Freundlichkeit – offenkundig in den Briefen, die Henry ihr nun regelmäßig schrieb – machte es leichter, die Trennung von ihrem Vater zu ertragen.

Die Monate vergingen, und aus Herbst wurde Winter. Schnee fiel, und als er verharschte, trugen die Äste der Eiche vor ihrem Fenster lange weiße Handschuhe. Mary Rose arbeitete unterdessen unentwegt an ihrer Stickerei. Statt eine Vorlage aus Miss Hammonds Musterbuch zu nehmen, hatte sie sich erneut für Seamouth House als Motiv entschieden. Eine Sommerszene. Sie stickte feine Backsteine, die so rot leuchteten wie die Kirschen in dem Obstgarten zu Hause. Und dieses bezaubernde gelbe Seidengarn würde sie für das Geißblatt an dem Tor verwenden, das zum Strand hinunterführte.

Die Farben waren kräftiger als gewöhnlich, weil es Mary Rose gelungen war, Seidenbänder zu erwerben, die mit einer Substanz namens Anilin gefärbt worden waren. Diese, erklärte sie den Schwestern, entfache die Farben auf eine Weise, wie es die alten Pflanzenfarbstoffe nicht vermochten.

Gott sei Dank hatte sie eine Beschäftigung! Sie half ihr, den kalten Ausdruck in Papas Augen zu verdrängen, als er sie fortgeschickt hatte. »Sehr schön, mein Kind«, lobte sie die gute Miss Hammond, als sie sah, wie ordentlich Mary Rose ihre Sache machte.

»Das ist ein Geschenk für meinen Vater«, erklärte Mary Rose, wobei sie vor Freude errötete. »Ich möchte es ihm zu Weihnachten geben.«

In den vergangenen Wochen hatte sich angesichts der bevorstehenden Festtage eine leichte Aufregung breitgemacht. Doch nun gab Miss Hammond einen Laut von sich, der einem Hüsteln ähnelte. Mary Rose und die Schwestern hatten gelernt, dass dieser Laut der Vorbote für Neuigkeiten war. »Was deinen Papa betrifft«, sagte Miss Hammond, während sie sich an die Pflanze hinter Mary Rose wandte, »so habe ich von ihm einen Brief erhalten. Du wirst am Tag vor Heiligabend hier abgeholt und am darauffolgenden Mittwoch wieder zurückgebracht.«

Solch eine kurze Zeit! Martha und Amelia würden fast einen Monat fort sein! Miss Hammond tätschelte sanft Mary Rose' Schulter. »Aber keine Sorge, meine Liebe. Ich bin mir sicher, dein lieber Papa wird sich sehr über das Geschenk freuen, das du für ihn anfertigst.« Sie hüstelte wieder. »So wie ich das verstanden habe, wird er auch eine Überraschung für dich haben.«

Eine Überraschung, überlegte Mary Rose, als die Kutsche der Marchmonts schließlich eintraf, um sie nach Hause zu bringen. Hatte Letitia, die ihr übrigens kein einziges Mal geschrieben hatte, ihre Mitschuld an dem Unfall eingestanden? Würde Mary Rose nun verziehen werden? Diese Fragen und andere beschäftigten sie in Gedanken während der ganzen Fahrt. O mein Gott. Mary Rose stockte der Atem. Dort war Papa, der aus dem Haus trat, um sie zu begrüßen.

Als er sie umarmte, atmete Mary Rose begierig seinen Geruch ein. Er verströmte genau wie immer diese tröstende Mischung aus Zigarrenrauch und Kalkstein. Nur für einen kurzen Augenblick konnte sie in der Fantasie schwelgen, dass es nur sie beide auf der Welt gab. Dann deutete er mit einem Nicken auf das Fenster, durch das sie Véronique sehen konnte, die sich auf der Chaiselongue mit Blick auf das Meer ausruhte. Es war, wie Mary Rose mit einem Stich registrierte, dieselbe Liege, die ihre Mutter immer bevorzugt hatte.

»Meine liebe Tochter«, sagte Papa mit belegter Stimme, während er sie an den Händen hielt, sodass seine Wärme ihre

Arme hochwanderte und ihren ganzen Körper durchströmte. »Eine lange Zeit ist vergangen. Ich bedaure, dass dein Besuch nur von kurzer Dauer sein wird.«

Er bedauerte es? Warum bedauerte er es, wenn doch er derjenige war, der die Dauer ihres Aufenthalts bestimmt hatte? »Deine Stiefmutter ist der Auffassung, dass ein längerer Aufenthalt nicht klug wäre.«

Also war es Véroniques Entscheidung! Die Ungerechtigkeit lastete wie eine biblische Steinsäule auf ihrer Brust. Nur mit Mühe unterdrückte sie einen leisen Aufschrei, denn damit, das wusste sie, würde sie die Dinge nur verschlimmern. Véronique war eine Meisterin darin, die Wahrheit zu verdrehen – niemand konnte gegen sie gewinnen. Weder Mary Rose noch ihr Vater, der von Véroniques raffiniertem Zauber geblendet war.

»Bevor du hineingehst, muss ich dir noch etwas mitteilen.« Ihr Vater deutete wieder mit einem Nicken auf die Silhouette im Abendlicht. »Deine Stiefmutter ist erneut guter Hoffnung. Sind das nicht erfreuliche Neuigkeiten?«

20

Endlich zu Hause! Allerdings war es nicht so, wie Mary Rose es in Erinnerung hatte. Es mochte vielleicht noch dasselbe Haus sein mit seinen herrlichen, durch Mauern abgetrennte Gärten, die sich bis an den Rand der Steilküste erstreckten. Auch das Meer war noch so, wie sie es von früher kannte, mit seiner Eigenart, in dem einen Moment so friedlich zu sein und im nächsten so zornig. Selbst der Holzapfelbaum mit seinen knorrigen Armen und spitzen Fingern war nicht gealtert.

Doch als sie die Außentreppe hocheilte und in die geräumige Empfangshalle lief, wo im Kamin fröhlich ein Feuer brannte, kam sie sich vor wie eine Fremde. In Véroniques Gegenwart unterschied sich Papas Verhalten sehr von seiner herzlichen Begrüßung. Jedes Mal, wenn er das Wort an Mary Rose richtete, warf er vorher einen Blick auf seine Frau, als würde er um Erlaubnis bitten. Es gab auch neue Gesichter in der Dienerschaft, die Mary Rose fremd waren. Eine Zofe hatte einen merkwürdigen Akzent.

Annie raunte ihr zu, dass die neue Zofe den ganzen Weg von Paris gekommen sei, wo sie Véroniques Familie gedient hatte. Was Véronique selbst betraf, so war sie durch ihre Schwangerschaft rund geworden und bewegte sich langsam, als würde sie einen Sack Kartoffeln schleppen. Ihre Miene gab Mary Rose das Gefühl, nicht länger hierherzugehören.

»Bonjour«, sagte Véronique zur Begrüßung und ging dann weiter, als wäre Mary Rose lediglich im Garten gewesen statt mehrere Monate lang fort. Von da an war es offensichtlich, dass sie nichts mehr mit ihrer Stieftochter zu tun haben wollte. Tatsächlich, als Mary Rose am nächsten Morgen versuchte, mit Véronique eine Unterhaltung zu beginnen, blitzten deren Augen zornig auf. »Komm mir nicht zu nah!« Dann scheuchte sie ihre Stieftochter fort, als wäre diese ein lästiges Insekt. »Ich fürchte, du bringst mir Unglück.«

Unglück? Wutentbrannt senkte Mary Rose ihren Blick auf den Rubinring. Die Finger ihrer Stiefmutter waren derart geschwollen, dass die Steine beinahe in den Hautfalten verschwanden.

»Es ist der Ring meiner Mutter, der dir Unglück bringt«, zischte sie. »Du hast kein Recht, ihn zu tragen. Er gehört mir.«

Véronique stieß einen spitzen Schrei aus, als wäre sie geschlagen worden. Sofort kam ihre Pariser Zofe angelaufen, woraufhin die Knie ihrer Stiefmutter nachgaben und sie auf einen Stuhl sank. »Schaff sie fort!«, kreischte sie und wedelte mit der Hand in Mary Rose' Richtung. »Ich will sie nicht sehen. Schaff sie fort!«

Später versuchte Mary Rose ihrem Vater zu erklären, was vorgefallen war, aber seine Miene war kühl, und seine Stimme klang abgehackt. »Ich halte es für das Beste, dass du auf deinem Zimmer bleibst, bis deine Tante zu den Feierlichkeiten eintrifft.«

Es war so unfair. Mary Rose spürte eine heiße Wut in sich brodeln. Wie konnte ihre ehemals lebenslustige, quirlige Gouvernante sich so sehr verändern? Würde sie niemals einsehen, dass ihr Sturz vom Pferd ein Unfall gewesen war, eine schreckliche Kettenreaktion, über die Mary Rose keine Kontrolle gehabt hatte? Mary Rose ging langsam und mit gesenktem Kopf nach oben in ihr Zimmer. Ihre Stimmung hob sich leicht, als sie den kleinen Pepe entdeckte, der geduldig neben ihrem Bett wartete, und auch Annie, die den Tisch am Fenster deckte mit Bratenaufschnitt.

»Master sagt, Sie essen hier«, sagte das Mädchen. Sein seltsames Mondgesicht mit dem schielenden rechten Auge, das starr nach oben blickte, wirkte freundlich, aber auch mitleidig. Wie schrecklich, dass ein Dienstmädchen mit ihr Mitleid empfand. »Von der Köchin«, fügte Annie stolz hinzu und deutete auf ein kleines Glas Götterspeise.

Mary Rose' Kehle schnürte sich zu. Als Kind hatte sie Götterspeise geliebt; damit wollte die Köchin ihr eindeutig zu verstehen geben, dass die Dienerschaft sich noch an die alten Zeiten erinnerte.

»Danke.« Überwältigt von Emotionen, nickte Mary Rose schroffer als beabsichtigt. »Übermittle der Köchin bitte meinen Dank.« Dann setzte sie sich an den kleinen Tisch, während Pepe an ihrer Seite blieb und sich von ihr mit Leckerbissen füttern ließ.

Wie merkwürdig. Annie stand immer noch da und beobachtete sie, als hätte sie nichts anderes zu tun. »Hund kann neue Mistress nicht mehr leiden.«

Mary Rose runzelte die Stirn. »Warum?«

Die einfältige Annie grinste und enthüllte dabei die große Lücke zwischen ihren Schneidezähnen. »Er riecht ihre Angst.« Sie grinste wieder. »Neue Mistress hat Angst, dass Hund vielleicht dem Baby schadet.«

Mary Rose blickte zu dem kleinen Pepe hinunter, der neben ihr zu winseln begann. Er kam sich genau so verlassen vor wie sie! »Hab keine Angst«, sagte sie leise. »Wir haben jetzt uns, nicht wahr?«

Am nächsten Tag traf Tante Sophia ein, zusammen mit

Henry. Mary Rose wurde nach unten gerufen, um sie zu begrüßen, als wäre sie nie verbannt worden. Während ihres kurzen Zimmerarrests hatte die Dienerschaft unten im Salon vor dem Fenster einen großen Christbaum aufgestellt. Was für ein herrlicher Anblick!

»Ich weiß, das ist jetzt in Mode«, bemerkte ihre Tante spitz, »aber ich betrachte diese neue Sitte nach wie vor als vulgär.«

Nein! Mary Rose fand den Baum wundervoll, und ihr Cousin, seiner Miene nach zu urteilen, ebenso. »Er ist grandios, denkst du nicht auch?«, flüsterte sie ihm schüchtern zu, weil er seit seinem Besuch in Miss Hammonds Haus noch erwachsener geworden zu sein schien. Außerdem trug er nun einen Schnurrbart, der ihm prächtig stand.

Henry nickte und machte eine leicht steife Verbeugung vor ihr, sodass sie am liebsten gekichert hätte. »Er ist in der Tat ein anbetungswürdiger Anblick so wie die Herrin des Hauses.«

Mary Rose warf einen Blick zu Véronique, die sehr aufrecht auf dem Canapé saß und widerwillig – so hatte es zumindest den Anschein – mit Tante Sophia Konversation betrieb. »Meine Stiefmutter sieht in der Tat umwerfend aus, da stimme ich dir zu.«

Henry legte die Hand seitlich an den Mund und raunte ihr dahinter zu: »Ich meinte damit nicht die fremde Mitgiftjägerin, wie meine Mutter sie nennt, sondern die wahre Herrin des Hauses.«

Er nickte kurz in ihre Richtung. Meinte er etwa *sie*? Aber bevor er mehr sagen konnte, brach erwartungsfrohe Unruhe aus, als der Hausdiener Lord und Lady Romer ankündigte. Véroniques Miene nahm augenblicklich einen lebhafteren Ausdruck an. »Lord Romer«, gurrte sie. »Wie überaus liebenswürdig von Ihnen, uns mit Ihrem Besuch zu beehren.«

Mary Rose starrte die große, elegante Gestalt an, die in

einem schwarzen Gehrock selbstbewusst hereinmarschierte und direkt auf ihre Stiefmutter zusteuerte. Behutsam führte der Lord Véroniques Hand an seine Lippen für eine Dauer, die Mary Rose ungeziemend lang vorkam. »Ich versichere Ihnen, Madame, die Freude ist ganz auf meiner Seite.«

Henry stieß neben ihr ein leises Schnauben aus. »Laffe«, murmelte er leise. Dann, immer noch in gedämpftem Ton, fügte er hinzu: »Ich nehme an, du hast von den Gerüchten gehört?«

Mary Rose schüttelte den Kopf. Ihr Cousin beugte sich daraufhin zu ihr, um ihr ins Ohr zu flüstern, eine Handlung, die ihr das Gefühl vermittelte, etwas Besonderes zu sein. »Man munkelt, dass der Kindsvater vielleicht nicht dein …«

Seine Stimme verlor sich, als seine Mutter sich ihnen mit wildem Fächerwedeln näherte, obwohl es im Haus dank des Schnees, der in der Nacht gefallen war, nicht übermäßig warm war. »Mary Rose, meine Liebe. Ich würde gerne ein Wort mit dir wechseln.«

Sophia warf einen Blick zu ihrem Bruder Ralph, der sich im Gespräch mit Lady Romer befand und gelegentlich mit einem unbehaglichen Ausdruck zu seiner Frau hinübersah, die nahezu unentwegt fröhlich über etwas lachte, das Lord Romer gesagt hatte. Armer Papa!

Mary Rose begleitete ihre Tante in die Bibliothek, während Henry zurückblieb, wie sie mit einem Anflug von Enttäuschung wahrnahm, um mit Letitia zu plaudern, die inzwischen mit ihren Eltern eingetroffen war, um an den Feierlichkeiten teilzunehmen. Bitte, Tante, halte mich nicht zu lange auf, hätte sie am liebsten gesagt. Sie brannte darauf, zu Henry zurückzukehren, damit er seinen Satz beenden konnte.

Seine Worte waren noch ganz frisch in ihrem Kopf. *»Man munkelt, dass der Kindsvater vielleicht nicht dein …«*

Sicher wollte er damit nicht andeuten, dass Papa nicht der Vater von Véroniques Baby war. Das wäre skandalös. Andererseits, könnte dies nicht das Wunder sein, für das Mary Rose gebetet hatte? Ihr Vater würde solch ein Verhalten nicht dulden, dessen war sie sich sicher. Er würde Véronique fortjagen, und dann wäre alles wieder gut.

So wie es aussah, hatte ihre Tante wohl ähnliche Gedanken. »Meine Liebe.« Sophia klopfte nun sanft auf den freien Stuhl neben ihr, nachdem sie sich in der Bibliothek gesetzt hatte. Er stand unter dem herrlichen Ganzporträt von Mary Rose' Mutter, das von einem berühmten Maler aus London angefertigt worden war. Es schien, als würde Mama zu ihnen hinunterlächeln und Mary Rose ermuntern, den Worten ihrer Tante Gehör zu schenken. Nichtsdestoweniger war Mary Rose verwirrt. Vor Véroniques Ankunft hatte Sophia beinahe alles missbilligt, was Mary Rose tat. Aber nun war sie so freundlich. Mary Rose fühlte sich fast unbehaglich in der Ungewissheit, welche Wandlungen ihre Tante vielleicht noch vollziehen würde.

»Meine Liebe«, wiederholte Sophia. »Ich möchte mit dir über eine höchst delikate Angelegenheit sprechen. Die Frau deines Vaters hofft, wie dir zweifelsohne bekannt ist, einen Stammhalter hervorzubringen.« Sie hob die Hand vor den Mund und hustete zart. »Allerdings, um es ohne Umschweife zu sagen, hat sie erklärt, dass sie dich nicht im selben Haus wie ihr Kind haben möchte.«

Obwohl diese Neuigkeit keine Überraschung war, spürte Mary Rose einen Stich – vor Kränkung, Enttäuschung und akuter Scham.

»Sie fürchtet«, fuhr Tante Sophia in einem zischenden Ton fort, »du könntest eines Tages den Steinbruch und das alles hier erben.« Ihre Hand machte eine ausladende Bewegung, und Mamas Miene auf dem Porträt schien sich zu verfinstern, als würde sie Tante Sophias Befürchtung teilen.

»Falls Véronique«, sagte ihre Tante weiter und beugte sich näher zu Mary Rose, um ihr ins Ohr zu zischen, »keinen Sohn gebärt, bleibt der Steinbruch in sicherem Familienbesitz. Allerdings gilt das nur, wenn du, meine Liebe, heiratest und einen Sohn bekommst.«

Heiraten? Aber sie hatte noch nicht einmal ihr sechzehntes Lebensjahr vollendet. Ihre Mutter hatte mit siebzehn geheiratet, wie sie ihr oft erzählt hatte.

»Du wirst im Nu älter werden«, fügte ihre Tante hinzu, als ahnte sie, was Mary Rose gerade dachte. »Tatsächlich ist dank der Einrichtung, die ich euch empfohlen habe, aus dir eine junge Dame geworden. Nicht mehr lange, und du wirst die Bewunderung zahlreicher Verehrer auf dich lenken.«

Mary Rose spürte, dass sie errötete. Sie hatte sich nie als reizvoll für Verehrer betrachtet in der Art, die Letitia zweifelsohne eigen war. Ihre Nase war zu groß, und ihre Augen, auch wenn sie strahlten, wenn Mary Rose in den Spiegel lächelte, waren grün – solch eine ungewöhnliche Farbe. Außerdem war da noch ihre widerspenstige rote Mähne, die sicher jedes Interesse verhinderte – das hatte Véronique ihr zumindest oft erklärt.

»Darüber hinaus«, fuhr ihre Tante fort, »ist mir bewusst, dass Henry eine gewisse Zuneigung für dich hegt.«

Henry! Mary Rose begann zu lachen, hörte aber auf, als sie die Miene ihrer Tante sah.

»Mein Cousin hat mich nicht immer sehr freundlich behandelt«, erklärte sie. »Aber ich gebe zu, dass er sich in letzter Zeit weitaus liebenswürdiger benimmt.«

Ihre Tante lächelte nun. »Das liegt daran, dass du ihm etwas bedeutest, meine Liebe. Es ist möglich, dass er dir eines Tages seine Zuneigung offenbaren wird. Falls es so kommt, hoffe ich, dass du deine Pflicht erfüllen wirst.« Die Stimme ihrer Tante bekam nun einen scharfen Unterton, während sie mit ihrem Fächer auf ihr Knie klopfte, als wollte sie ihre Worte unterstreichen. »Es darf nicht sein, dass der Steinbruch in fremde Hände fällt, meine Liebe.«

Sie sprach den Begriff »fremde Hände« aus, als hätte sie etwas Bitteres verschluckt, während sie gleichzeitig ehrfürchtig zu dem Porträt hochblickte. »Ich bin mir sicher, deine liebe Mama wäre derselben Auffassung, wenn sie noch lebte.«

Aber was war mit den Gerüchten über den Vater von Véroniques Kind, hätte Mary Rose am liebsten gefragt. Doch sie hielt den Mund, denn die Erfahrung hatte sie gelehrt, dass es manchmal besser war zu schweigen. Und stattdessen zu warten. Zu hoffen. Und zu beten.

Überdies gaben die Worte ihrer Tante ihr mehr als genug zum Nachdenken.

21

Mary Rose konnte während des restlichen Nachmittags kaum stillsitzen. Henry hatte Gefühle für sie? Er würde vielleicht um ihre Hand anhalten? Die Vorstellung war ziemlich reizvoll, wie sie zugeben musste, besonders da ihr Cousin in letzter Zeit so zuvorkommend und bemüht war.

Eine Heirat würde ihr ein eigenes Zuhause geben – eine wundervolle Aussicht, nun, da Véronique über Seamouth House waltete. Doch was Tante Sophias Empfehlung betraf, dass Henry und Mary Rose einen Stammhalter zeugen sollten, so war das sicher unmöglich. Véronique war ihnen zuvorgekommen. Oder jedenfalls würde sie ihnen zuvorgekommen sein, wenn ihr Baby auf der Welt war. Und obwohl ihre Tante einen offensichtlichen Widerwillen gegen das bevorstehende Ereignis hegte, war Mary Rose begeistert. Sie hatte sich so lange einen Bruder oder eine Schwester gewünscht. Nun, mit Gottes Wille, würde sich ihr Wunsch erfüllen.

Später, nachdem die Gäste sich verabschiedet hatten, präsentierte Mary Rose ihrem Vater das Sticktuch, das sie bei Miss Hammond für ihn angefertigt hatte. »Eine sehr hübsche Arbeit«, lobte er und gab es Véronique zur Begutachtung.

Ihre Stiefmutter runzelte die Stirn. »Wie ich sehe, hast du die Technik, die ich dir gezeigt habe, nicht verlernt, aber bitte, was ist das hier unten in der Ecke?«

»Das ist ein Rosenstrauch. Papa hat ihn Mama zur Hochzeit geschenkt«, antwortete Mary Rose strahlend. »Ist er dir draußen noch nicht aufgefallen? Er verbreitet einen höchst lieblichen Duft.«

Während sie sprach, produzierte ihr Vater einen verlegenen Laut in der Kehle. Gleich darauf warf Véronique die Stickerei auf den Boden. »Ich kann dem nichts abgewinnen«, sagte sie mit ansteigender Stimme. »Bitte, Ralph, bring deine Tochter fort. In meinem Zustand ist jede Aufregung Gift für mich.«

Sie sank auf der Chaiselongue zurück, als würde sie nach Atem ringen. »Mein Riechsalz!«, rief sie. »Ich brauche sofort mein Riechsalz.« Dann legte sie die Hände auf ihren gewölbten Bauch und begann zu wimmern. »Schick nach Doktor Clarke, Ralph, ich flehe dich an. Ich glaube, meine Zeit ist gekommen.«

Plötzlich schien im ganzen Haus Chaos auszubrechen. Mary Rose wurde aus dem Salon gefegt. Die Rufe der Dienstboten hallten durch die Räume, und Mary Rose konnte den kleinen Pepe oben in ihrem Zimmer jaulen hören, als würde er Not leiden.

Hastig eilte sie zu ihm hoch und setzte sich mit ihm auf das Bett, wo sie ihm den Rücken kraulte. Kurz darauf rannte er zum Fenster und kläffte wie verrückt. Der Doktor! Mary Rose beobachtete, wie er von seinem Pferd stieg und ins Haus lief. Hin und wieder hörte sie Schreie aus dem Zimmer ihrer Stiefmutter auf der anderen Seite des Flurs.

Diese Schreie beunruhigten den kleinen Hund zutiefst. »Ich fürchte, dein Frauchen muss sterben so wie meine arme Mama«, flüsterte Mary Rose, aber diese Aussicht bekümmerte sie nicht so sehr, wie es hätte sein sollen.

Wenn Véronique nicht mehr hier sein würde, war es vielleicht möglich, zu den alten Zeiten zurückzukehren, als Papa und sie damit zufrieden gewesen waren, sich gegenseitig Gesellschaft zu leisten. Dann könnte sie Henry heiraten und einen männlichen Erben zur Welt bringen. Und dann würden alle sie wieder gernhaben, und der Ring würde wieder ihr gehören.

Die Vorstellung gewann zunehmend an Reiz, sodass Mary Rose sich eine Zeitlang in ihren Fantasien verlor. Sie musste wohl irgendwann eingenickt sein, denn als sie wach wurde, war es draußen schon dunkel. Ihr Magen knurrte vor Hunger, und Pepe scharrte an der Tür. Er musste gefüttert und bewegt werden.

Gerade als sie seinen Bedürfnissen nachkommen wollte, ertönte ein gellender Schrei. Und gleich darauf noch einer. Aber es klang nicht wie Véronique, eher wie ein Tier, das Schmerzen litt. Sollte sie ihr Zimmer verlassen? Aber wenn sie das tat, würde zweifelsohne jemand sie wieder zurückschicken und ihr sagen, sie solle nicht lästig sein.

»Gleich, Pepe, gleich.« Glücklicherweise hörten die Schreie auf. Mary Rose nahm den kleinen Hund auf den Arm und schlich sich auf Zehenspitzen zur Treppe, vorbei am Zimmer ihrer Stiefmutter. Pepe, zweifellos erpicht darauf, sich draußen zu erleichtern, sprang von ihrem Arm und sauste voraus. Während sie ihm folgte, hörte sie eine Stimme.

»Marie Rose. Marie Rose!«

Véronique?

Verwirrt kehrte sie um und betrat das Schlafzimmer ihrer Stiefmutter – um gleich darauf laut nach Luft zu schnappen. Ihre Stiefmutter hielt ein winziges rotes Wesen im Arm, eingehüllt in ein weißes Tuch. Noch nie zuvor hatte Mary Rose einen so kleinen Menschen gesehen. Wie fantastisch! Was für ein Wunder!

Véroniques Gesicht war blass und ihre Stimme schwach. Aber sie trug ein Lächeln auf den Lippen, das Mary Rose an jenen Tag erinnerte, als Véronique ihr verkündet hatte, dass sie den Ball besuchen würde.

»Das hier ist dein neuer Bruder, Marie Rose. Nein, komm nicht näher. Ich wollte nur, dass du ihn siehst.« Ihr Lächeln wurde schmal. »Ich habe deinem Vater einen Stammhalter geschenkt, Marie Rose. Wie findest du das? Sein Name ist Ralph Jacob, nach deinem Papa, aber wir werden ihn Jacob nennen.«

Mary Rose war kaum fähig zu atmen. Sie war gebannt von dem kleinen Gesicht, das sie scheinbar direkt anblickte wie eine Puppe. Er mochte sie! Ihr neuer kleiner Bruder mochte sie! Dessen war sie sich sicher. Während sie eine zauberhafte Wärme durchströmte, hatte sie eine weitere Gewissheit. Sie mochte ihn auch!

»Ich bete ihn an«, flüsterte sie. »Er ist vollkommen.« Ihre Augen füllten sich mit Tränen. »Danke, Véronique. Danke!«

Mary Rose konnte sich nicht beherrschen, als sie schließlich zu Miss Hammond zurückkehrte. Sie konnte an nichts anderes mehr denken als an ihr neues Brüderchen.

»Er ist perfekt«, schwärmte sie stolz vor Amelia und Martha, deren Erzählungen von einem Weihnachtsfest, das sie bei einer unverheirateten Tante in Yorkshire verbracht hatten, zur Bedeutungslosigkeit verblassten. »Und so winzig. Er hat so süß gemaunzt, bis er mich gesehen hat. Dann hörte er auf. Stellt euch vor! Es war, als hätte mein Anblick ihn beruhigt.«

Die Mädchen, deren älterer Bruder zwar hin und wieder einen Brief schickte, aber selten zu Besuch kam, wirkten plötzlich verstimmt. »Ich dachte, du hättest für deine Stiefmutter nichts übrig«, sagte Martha verdrießlich.

»Es stimmt, sie hat sich verändert, seit sie nicht mehr meine Gouvernante ist. Sie behandelt mich nicht besonders nett, wie ihr wisst.« Mary Rose' Miene hellte sich auf. »Aber ich glaube, dass das alles nun ein Ende haben wird, nachdem mein kleiner Bruder auf der Welt ist.« Sie unterbrach sich kurz, während sie an Annies Worte bei ihrem Weihnachtsbesuch denken musste. »Sie hat keinen Grund mehr, auf mich eifersüchtig zu sein, nun, da sie mit meinem Papa ein eigenes Kind hat.«

Miss Hammond, die an jenem Morgen den Mädchen erlaubt hatte, vor dem Unterricht miteinander zu plaudern, lächelte wohlwollend. »Sag mir, meine Liebe, durftest du deinen Bruder im Arm halten?«

Alle drei Augenpaare waren auf sie gerichtet, und Mary Rose errötete. Niemals Unwahrheiten erzählen, hatte ihre liebe Mama immer gesagt. »Natürlich durfte ich ihn halten.« Mary Rose stockte erneut kurz. »Meine Stiefmutter bestand sogar darauf. Seine winzigen Finger haben meinen Daumen umschlossen, als wollte er mich nie wieder loslassen.«

Sie wandte sich an Miss Hammond. »Darf ich in unseren Stickstunden ein Leibchen für meinen Bruder anfertigen?«

»Aber sicher, meine Liebe.« Miss Hammonds Miene trübte sich fast unmerklich. »Es ist ein Jammer, dass du deinen Bruder erst zum Osterfest wiedersehen wirst. Bis dahin wird er ein gutes Stück gewachsen sein.«

Osterfest? Das war noch vier Monate entfernt. Mary Rose war nicht bewusst gewesen, dass sie so lange warten musste, bis sie wieder nach Hause durfte. »Ich glaube, dein Papa hat die Absicht, mit seiner Frau nach Paris zu reisen, um das Baby der französischen Verwandtschaft zu präsentieren«, fuhr Miss Hammond fort. Dann schenkte sie Mary Rose ein zuversichtliches Lächeln. »Sie werden sich sicher freuen, dich nach ihrer Rückkehr wiederzusehen.«

Mit einer Beharrlichkeit, die ihre Augen stark beanspruchte, während sie im schwachen Schein der Abendlampe ihre Stiche setzte, machte sich Mary Rose daran, das Geschenk für ihren

Bruder anzufertigen. Das Ergebnis verschlug Miss Hammond die Sprache. »Exquisit!«, hauchte sie, während sie die feine Stickerei auf dem Leibchen bewunderte. »Absolut bezaubernd. Du wirst es mitnehmen, wenn du nächsten Monat zu Besuch nach Hause fährst.«

Zu Mary Rose' bitterer Enttäuschung fiel dieses Vorhaben jedoch aus. Ein paar Tage vor ihrer geplanten Abreise erhielt sie eine kurze Mitteilung von ihrer Tante Sophia. »Mein Bruder und seine Frau werden bedauerlicherweise in Paris aufgehalten«, schrieb sie. »Du wirst die Osterzeit bei uns verbringen. Ich hoffe, das wird nach deinem Geschmack sein. Henry sieht deinem Besuch mit großer Freude entgegen.«

Mary Rose war furchtbar enttäuscht, aber Miss Hammond versprach ihr, das Leibchen für Jacob mit der Penny Post zum Seamouth House zu schicken. Unterdessen sandte Tante Sophia ihr eine Kutsche vorbei. »Du hast so ein Glück«, seufzte Amelia, »dass du einen derart hübschen Cousin hast. Ich wünschte, ich könnte mit dir tauschen.«

Auf dem ganzen Weg zu ihrer Tante dachte Mary Rose an diese Worte. Sie und ihre neuen Freundinnen hatten viele Abende damit verbracht, ihre Heiratsaussichten abzuwägen. Amelia und Martha hatten sich bereits damit abgefunden, in nicht allzu ferner Zukunft in die Rolle einer Gouvernante zu schlüpfen. Mary Rose hingegen hoffte insgeheim, dass der Vorschlag ihrer Tante, Henrys Frau zu werden, eines Tages Gewissheit sein würde.

Diese Hoffnung verstärkte sich in den folgenden zwei Wochen, die sich als überaus reizend entpuppten. Ihre Tante hatte ein eng gedrängtes Programm organisiert mit Picknickausflügen, langen Spaziergängen, Tennis- und Krocketpartien, Liederabenden im Salon und Scharaden mit weiteren Hausgästen. Und Henry war höchst aufmerksam. Dies verlieh Mary

Rose ein Selbstvertrauen, so wie sie es früher hatte, als ihre Mutter noch lebte.

Allzu bald kehrte sie zu Miss Hammond zurück, wo endlich – welch Freude! – eine kurze Nachricht von ihrem Vater eingetroffen war, in der er seine Hoffnung zum Ausdruck brachte, dass sie sich bei Miss Hammond bessere. Der Brief trug ein französisches Siegel, ein Hinweis darauf, dass er in Paris aufgegeben worden war, und Mary Rose drückte ihn nachts unter der Bettdecke fest an sich, um sich zu vergewissern, dass Papa ihr tatsächlich geschrieben hatte. Wie sehr sie sich danach sehnte, ihn und ihren hinreißenden kleinen Bruder wiederzusehen.

Letzten Endes musste sie nicht lange warten. Amelia und Martha hatten inzwischen eine sichere Stellung als Gouvernanten gefunden und würden zu einem Ort namens Scunthorpe abreisen. Miss Hammond selbst plante, ihre Schwester in Deal zu besuchen, was viele Meilen entfernt war. »Ich habe deinen Vater schriftlich informiert«, erklärte sie eines Abends, als Mary Rose das nächste Leibchen für ihren Bruder bestickte. »Es hat den Anschein, dass er inzwischen zurückgekehrt ist. Er wird dir nächste Woche eine Kutsche schicken.«

Ihre Gebete wurden endlich erhört! Dennoch war es schmerzlich, von der lieben Miss Hammond Abschied zu nehmen und auch von Amelia und Martha, die für Mary Rose inzwischen wie Schwestern waren. Eng aneinandergeklammert, versprachen sie sich hoch und heilig, sich regelmäßig zu schreiben. Es war so schlimm, dass Mary Rose sich beinahe wünschte zu bleiben, aber das stand natürlich außer Frage. Ihr lieber Papa hatte sie nach Hause bestellt, in den Schoß der Familie. In der Zwischenzeit wollte ihre Tante mit ihm über Henry sprechen. Dies war ein Geheimnis, das Mary Rose eisern für sich behalten hatte und nicht einmal mit Martha oder Amelia teilte. Erst als die Kutsche in die lange Zufahrt bog, die zum Seamouth House führte, gestattete sie sich, sich aufgeregt aus dem Fenster zu lehnen.

Zu ihrer Überraschung stand bereits eine Anzahl von Kutschen in der Remise. Hatten Papa und Véronique Gäste? Als Mary Rose' Kutsche vorfuhr, kam der Hausdiener heraus, um sie zu begrüßen. »Der Master sagt, Sie möchten auf Ihr Zimmer gehen«, erklärte er. »Er wird in Kürze bei Ihnen sein.«

Bestürzt folgte Mary Rose ihm, vorbei am Salon, wo sie ihre Stiefmutter erspähte, die gerade in einer Unterhaltung fröhlich auflachte. Véronique erwiderte kühl ihren Blick, wandte sich dann aber wieder ihrem Gast zu, ohne Mary Rose weiter zur Kenntnis zu nehmen. Die Kränkung war mehr als deutlich.

Nach einer scheinbaren Ewigkeit klopfte es endlich an ihrer Tür. »Papa!«, rief sie und schlang die Arme um ihn.

»Mein liebes Kind.« Er drückte sie herzlich. »Was für eine Freude, dass du wieder zurück bist.«

Allerdings wirkte seine Miene nicht so glücklich wie seine Worte. »Ich fürchte allerdings, dass du eine Veränderung vorfinden wirst.«

Ein kalter Schauer durchrieselte sie. »Was für eine Veränderung, Papa? Dem kleinen Jacob geht es doch gut, oder?«

Dieses Mal war der Ausdruck nicht fehlzudeuten, der über Papas Gesicht huschte. Es war pure Freude, die zu ihrer Überraschung leichte Eifersucht in ihr weckte. »Es geht ihm prächtig, danke. Nein, ich spreche von deiner Stiefmutter. Sie leidet an einer kleinen Unpässlichkeit.« Er unterbrach sich und stieß ein leises Räuspern aus, als wollte er sich Zeit verschaffen, bevor er fortfuhr.

»Eine Unpässlichkeit?« Mary Rose war verwirrt. »Aber sie machte einen kerngesunden Eindruck, als ich sie vorhin unten im Salon gesehen habe.«

Ihr Vater nickte. »In Gesellschaft geht es ihr bestens, aber wenn wir unter uns sind, ist sie, fürchte ich, ein wenig misslaunig.« Es folgte ein weiteres Räuspern. »Der Doktor sagt, das sei nicht ungewöhnlich nach einer Niederkunft. Dennoch fürchte ich, dass sie dich nicht so gastfreundlich behandeln wird, wie man vielleicht hätte hoffen können.« Er zögerte kurz. »Sie neigt unglücklicherweise dazu, in heftigen Zorn zu geraten.«

Mary Rose versuchte, all diese Informationen zu verarbeiten. Ihre Stiefmutter hatte sie bereits an Weihnachten nicht gastfreundlich behandelt, wie Papa es ausdrückte. Das ließ nichts Gutes für die Zukunft ahnen!

»Ich denke«, fuhr Papa fort, »unter den gegebenen Umständen wäre es das Beste, wenn du es nach Möglichkeit vermeidest, ihr unter die Augen zu treten.«

Dies war in der Tat ein herber Schlag. »Bitte, was ist mit meinem kleinen Bruder?« Ihre Augen füllten sich mit Tränen. »Wird mir auch das Vergnügen verwehrt, ihn zu sehen?«

Der Blick ihres Vaters bestätigte ihre Vermutung. »Deine Stiefmutter fürchtet um seine Sicherheit, nachdem …«

Seine Stimme verlor sich, aber Mary Rose brauchte ihn nicht zu bitten, den Satz zu vollenden. Er sprach von dem schrecklichen Unfall, den sie aus ihren Gedanken hatte verdrängen müssen, um nachts schlafen zu können.

»Um deinen Bruder kümmert sich eine Kinderfrau, die angewiesen ist, ständig in seiner Nähe zu bleiben«, fuhr ihr Vater fort. »Wenn du den Wunsch hast, Jacob zu sehen, kannst du das tun, aber nur in ihrer Anwesenheit. Leider ist er von kränklicher Verfassung und benötigt große Fürsorge.«

Sie wollten sie nicht einmal in die Nähe ihres Bruders lassen? Mary Rose versagten beinahe die Worte angesichts dieser Demütigung. Sie nahm ein ordentlich gefaltetes Päckchen zur Hand. »Das hier habe ich für den kleinen Jacob gemacht.«

Ihr Vater wickelte das Geschenk aus und brachte das Leibchen zum Vorschein. »Die Stickerei ist ganz vorzüglich«, staunte er. »Ich danke dir. Allerdings fürchte ich, dass es inzwischen viel zu klein für ihn ist.« Sein Gesicht begann wieder zu strahlen. »Wenn du ihn siehst, wirst du erstaunt sein, wie rasch er gewachsen ist.«

Mary Rose nickte, während sie ihre Enttäuschung hinunterschluckte. »Und das Leibchen, das ich euch vor ein paar Monaten geschickt habe?«

Er blickte verlegen. »Davon weiß ich nichts. Vielleicht hat deine Stiefmutter vergessen, es zu erwähnen.«

Vergessen? Wohl eher beschlossen, kein Wort darüber zu verlieren! Mary Rose blickte aus dem Fenster. »Vorhin auf der Zufahrt habe ich bemerkt, dass der Rosenstrauch meiner Mutter am Haupttor verschwunden ist. Der, den ich auf das Tuch stickte, das ich dir zu Weihnachten geschenkt habe.«

Ihr Vater produzierte erneut dieses verlegene Räuspern in seiner Kehle. »Ich fürchte, Véronique hat ihn entfernen lassen. Sie störte sich an dem Duft.«

Mary Rose war nicht fähig, mehr davon zu ertragen. Wie konnte ihr geliebter Vater so schwach sein? »Um Himmels willen, Papa! Siehst du nicht, was diese Frau uns antut?«

Und damit machte sie auf dem Absatz kehrt und stürmte aus ihrem Zimmer, lief hinaus in den Garten, durch das Tor und den steinigen Pfad hinunter. Sie hielt erst inne, als sie das Meer erreichte. Dann setzte sie sich auf einen Felsen und beobachtete, wie die Wellen über den flachen, jungfräulichen Sand züngelten, während langsam die Ebbe einsetzte.

Es musste etwas geschehen, sagte Mary Rose sich. Sie konnte nicht – nein, sie wollte nicht so weitermachen.

22

Trotz der Kränkung und ihres Grolls wegen des Rosenstrauchs verbrachte Mary Rose jede wache Minute damit, der Kinderfrau und ihrem wundervollen Bruder zu folgen. Schließlich traf Jacob keine Schuld. Er war lediglich eine Schachfigur in diesem grausamen Spiel. Eine perfekte Schachfigur mit diesem süßen kleinen Rosenmund und den Augen, die ihr überallhin folgten. Wie reizend es war, ihren kleinen Finger in seine winzige warme Hand zu legen und zu spüren, wie seine Faust sich fest um ihn schloss!

Die schwarzäugige Kinderfrau, die Véronique aus Frankreich herbestellt hatte und die nur wenig Englisch sprach, begegnete Mary Rose anfangs mit Misstrauen und beobachtete argwöhnisch jede ihrer Bewegungen. Aber als sie sah, dass der kleine Jacob zu weinen aufhörte, sobald seine große Schwester ihn im Arm hielt, erlaubte sie Mary Rose immer häufiger, ihn zu nehmen. Allerdings zog sie eine Grenze bei Mary Rose' Angebot, Jacob in seinem Kinderwagen durch den Garten spazieren zu fahren.

»Non«, antwortete sie scharf. »Meine Mistress sagt, Sie dürfen nicht mit ihm allein bleiben, und ich lege keinen Wert darauf, aus die Haus zu gehen.« Sie schauderte. »Der englisch Wetter ist so kalt.«

Es war so unfair! Mary Rose hatte nicht den geringsten Zweifel, dass der kleine Jacob sie lieber mochte als diese schwarzäugige Kinderfrau, die unablässig schniefte und sich über den englischen Regen oder die englische Küche beschwerte. »Es ist auch nicht so, als würde Jacob viel für seine Mutter übrighaben«, dachte sie eines Tages, nachdem Véronique dem Kinderzimmer einen flüchtigen Besuch abgestattet hatte – nur um von ihrem Sohn ignoriert zu werden, der mehr an seinem Kreisel interessiert war.

Es würde vielleicht anders sein, wenn Véronique mehr Zeit mit ihm verbringen würde. Aber stattdessen war sie ständig außer Haus und machte Besuche oder Jagdausflüge mit Lord Romer. Unterdessen schien Jacob die Sturheit seiner Mutter geerbt zu haben, denn er trat um sich und stimmte ein Gezeter an, sobald ihn jemand anders als Mary Rose auf den Arm nehmen wollte. Er liebte es außerdem, wenn sie ihm vorsang oder lustige Grimassen schnitt. Nach und nach fasste die Kinderfrau, die mit den Anfällen des kleinen Jacob nur schwer zurechtkam, mehr Vertrauen zu Mary Rose und erlaubte ihr, sich bei der Pflege ihres Bruders einzubringen – vorausgesetzt, Véronique war nicht in der Nähe.

Zu ihrer Freude wurde Mary Rose auch erlaubt, die Kinderfrau und ihren Schützling in die Stadt zu begleiten, wo sie stolz neben dem Kinderwagen einherging und die bewundernden Reaktionen der Ladenbesitzer und der Bewohner in sich aufsog. »Was für ein hübscher Junge«, sagte Miss Hall vom Stickzirkel, der sie vor der Metzgerei begegneten. Und Mary Rose glühte vor Stolz, als wäre das Kompliment für sie bestimmt statt für ihren Bruder.

Einmal wurde sie sogar von Papa nach unten gerufen, um einer Reisebekanntschaft von ihm vorgestellt zu werden. Wie schön es war, die Augen ihres Vaters vor Freude leuchten zu sehen, als er beobachtete, dass der kleine Jacob sich an seiner

Schwester festklammerte, während die Kinderfrau versuchte, ihn von ihr zu lösen. Und wie erfreulich es war, in der Miene von Papas Gast Bewunderung zu lesen. »Ich hoffe, ich werde auch gleich das Vergnügen haben, die neue Mrs. Marchmont kennenzulernen«, sagte der Besucher.

Daraufhin verschwand der glückliche Ausdruck in Papas Gesicht und wich einer Unsicherheit, die Mary Rose sowohl Sorge als auch Freude bereitete. »Meine Frau ist auf der Jagd«, erwiderte er knapp. »Ich erwarte sie nicht vor Einbruch der Dunkelheit zurück.«

Tatsächlich begegnete Mary Rose erst zwei Wochen nach ihrer Rückkehr von Miss Hammond ihrer Stiefmutter wieder. »Ah, da bist du ja. Ich glaube, deine Tante wird uns in Kürze besuchen.« Véronique runzelte die Stirn. »Ich hoffe, sie erwartet nicht, dass ich sie unterhalte.«

Wie unhöflich! Aber gleichzeitig spürte Mary Rose ein leichtes Kribbeln vor Aufregung. »Meine Tante möchte mit meinem Vater über eine Familienangelegenheit sprechen.«

Sofort wünschte sie, sie hätte nichts gesagt, da Véronique sie nun scharf musterte. »Und was wünscht sie mit ihm zu besprechen?«

Es war nun zu spät, um die Worte zurückzunehmen. »Es betrifft meinen Cousin Henry, glaube ich.«

Die strenge Miene ihrer Stiefmutter verzog sich nun zu einem hämischen Lachen. »Ich verstehe! Deine Tante hält sich wohl für besonders schlau. Sie wünscht, dass du deinen Cousin heiratest, nicht wahr?« Abermals ertönte ein kurzes Gelächter. »Wir werden sehen.« Dann wurde ihr Gesicht wieder ernst. »Es gefällt mir nicht, dass du mit deinem Bruder und der Kinderfrau so viel Zeit verbringst. Hast du mich verstanden? Du bist auf Wunsch deines Vaters hier, aber du wirst ohnehin bald nach Frankreich gehen.«

Nach Frankreich? Mary Rose war verwirrt, während Véronique mit diesem verschlagenen Lächeln nickte. »Ich habe dir dort eine sichere Anstellung beschafft. Eine ältere Angehörige meiner Familie benötigt eine Gesellschafterin. Das wird für dein Französisch großartig sein. Vielleicht findest du dort sogar einen Ehemann.« Dann senkte sie die Stimme. »Es ist weit, sehr weit von hier entfernt. Du hast mein erstes Kind getötet, Marie Rose. Das werde ich niemals im Leben vergessen.«

Sicher würde Papa dem nicht zustimmen, oder? Als Mary Rose sich auf die Suche nach ihm begab, erklärte ihr jedoch der Hausdiener, dass ihr Vater in seinem Club diniere und erst spät zurückerwartet werde. In dieser Nacht weinte Mary Rose sich in den Schlaf. Sie wurde fortgeschickt! Weit fort von allen, die sie liebte, von ihrem Vater und dem kleinen Jacob.

Am nächsten Morgen eröffnete Annie ihr, dass die französische Kinderfrau von einem Leiden heimgesucht worden sei, das sie den ganzen Tag ans Bett fesselte. »Mrs. Hasberry ist heute für den Kleinen verantwortlich«, fügte sie wichtigtuerisch hinzu. Als Mary Rose die Haushälterin aufsuchte, um dieser ihre Hilfe anzubieten, wurde sie jedoch abgewiesen.

»Das ist nicht nötig«, erwiderte Mrs. Hasberry kühl, obwohl der kleine Jacob, der auf ihren Knien saß, strampelte und schrie, als Mary Rose sich entfernte. Es war nicht richtig. Ihr Bruder wollte *sie* – und nicht Mrs. Hasberry mit ihrer sauertöpfischen Miene.

Nach dieser Zurückweisung brach sie mit Pepe zu einem Morgenspaziergang an der Steilküste auf. Ihr vierbeiniger Gefährte lief ein Stück voraus und stöberte nach Kaninchen. Auch er, dachte Mary Rose mit Groll, war von seinem Frauchen zugunsten eines aristokratischen Verehrers kaltgestellt worden. Armer Papa! Aber warum unternahm er nichts dagegen?

Als Mary Rose zur Mittagszeit zurückkehrte, erklärte Annie ihr, dass Lord Romer Véronique gerade seine Aufwartung mache und dass ihr Vater im Steinbruch sei. Besaß diese Frau überhaupt kein Schamgefühl? Schallendes Gelächter drang nun aus dem Musikzimmer, sodass es jeder hören konnte.

»Ich gehe für Mrs. Hasberry in die Stadt.« Annies gutes Auge fixierte sie. »Brauchen Sie etwas?«

»Nein danke. Ich werde mich in das Frühstückszimmer setzen und an meinem Sticktuch weiterarbeiten.« Wieder ertönte aus dem Musikzimmer schallendes Gelächter – dieses Mal in einer tieferen Tonlage –, und Mary Rose ertappte sich bei dem Wunsch nach der Gesellschaft ihrer Freundinnen wie früher bei Miss Hammond. Trotzdem, wenigstens hatte sie noch ihre Stickerei. Die Konzentration auf ihre Arbeit half ihr, in ihrer eigenen Welt zu versinken und den ganzen Kummer und Schmerz abzulegen.

Kaum hatte sie sich mit ihrem Nähkästchen hingesetzt, wurde ihr bewusst, dass die neue Seide noch in ihrem Zimmer lag. Sie schüttelte missbilligend den Kopf und machte sich auf den Weg nach oben. Dort angekommen, vernahm sie aus dem Kinderzimmer einen Laut.

Jacob rief nach ihr! Sie war sich sicher. Wie sehr sie sich danach sehnte, ihren kleinen Bruder an sich zu drücken und ihn zu herzen oder ihm vorzusingen und ihn mit lustigen Grimassen zum Lachen zu bringen. Seine Schreie wurden lauter. Mrs. Hasberry – die bei ihm sein musste – war offensichtlich nicht in der Lage, ihn zu beruhigen. Aber *sie*, Mary Rose, konnte das!

Vorsichtig öffnete sie die Tür zum Kinderzimmer. Wie merkwürdig. Die Haushälterin war nicht da. Niemand war da. Nur Jacob in seinem großen weißen Gitterbett, die dunkelbraunen Augen weit aufgerissen und auf sie geheftet, als würde er darum flehen, dass sie ihn herausnahm. Seine kleinen plumpen Fäuste schlugen wütend gegen die Gitterstäbe, und er war in ein cremeweißes französisches Petit-Point-Gewand gekleidet, das Véronique in Frankreich bestellt hatte.

Mary Rose war bereits zuvor aufgefallen, dass sein helles Haar zu wachsen begann, aber nun, im Sonnenlicht, das durch das Fenster fiel, sah sie, dass sein Schopf einen zarten Rotstich hatte, ihrem eigenen nicht unähnlich. Eine Woge des Stolzes erfasste sie. Jeder würde wissen, dass sie Bruder und Schwester waren. Allerdings wirkte Jacob auch blasser als sonst, und seine Lippen hatten einen bläulichen Ton, während sein Atem merkwürdig rasselte.

»Kleiner Jacob«, murmelte sie leise. »Du erkennst mich wieder, nicht wahr?«

Er gab einen zustimmenden Laut von sich. Instinktiv ging Mary Rose zu ihm. Seine Haut war so weich! So warm!

Sanft, ganz sanft hob sie ihn aus seinem Bettchen und drückte ihn an sich. Seine kleinen Arme ruderten in der Luft, als würde er sich über Mary Rose' Anblick freuen, obwohl das Rasseln in seiner Brust lauter zu werden schien. »Mein geliebtes Brüderchen«, flüsterte sie und küsste ihn zart. Oh, wie sehr sie ihn in ihr Herz geschlossen hatte! Dabei spielte es keine Rolle, dass seine Mutter die unausstehliche Véronique war. Jacob und sie teilten sich schließlich denselben Vater, oder nicht? Jacob würde wachsen und groß und stark werden. Sie würden sich gegenseitig Gesellschaft leisten und füreinander da sein.

Plötzlich hörte Mary Rose ein Geräusch. Rasch legte sie ihren Bruder in sein Bett zurück und sauste gerade noch rechtzeitig aus dem Zimmer. Während sie den Flur entlangeilte, hörte sie aus Véroniques Zimmer Schritte kommen. Gleichmäßige, feste Schritte, nicht leichte wie die ihrer Stiefmutter. Es musste Mrs. Hasberry sein, die zu ihrem Schützling zurückkehrte.

Was für eine glückliche Flucht, dachte Mary Rose, während sie sich auf ihren Fensterplatz sinken ließ, wo sie ihre Seide zurückgelassen hatte. Gott sei Dank hatte niemand sie gesehen. Trotzdem war es das Risiko wert gewesen. Sie spürte nach wie vor die Wärme von der Berührung ihres Bruders. Wie wundervoll es war, geliebt zu werden.

Innerlich immer noch glühend, schnitt sie ein Stück rosa Seidenband für die Rose in ihrem Motiv ab. Aber kaum hatte sie das getan, ertönte ein Schrei aus der Richtung des Kinderzimmers. Es war Véronique. Daran bestand kein Zweifel. Mary Rose würde diese schrille, hysterische Stimme überall erkennen. »Mein Baby!«, kreischte Véronique. »Sie hat mein Baby umgebracht!«

Mary Rose gefror das Blut in den Adern. *Umgebracht?* Sicher handelte es sich um ein Missverständnis. Sie war doch erst vor wenigen Minuten bei ihm gewesen!

Sie eilte hinüber ins Kinderzimmer und blieb dann wie angewurzelt stehen, kaum fähig, die Szene vor ihr zu begreifen. Jacobs kleiner Körper lag auf dem Boden, mit dem Gesicht nach unten. Seine pummeligen Ärmchen, die ihr eben noch so nah gewesen waren, lagen nun seltsam verdreht da, merkwürdig abgespreizt.

Und unter seinem niedlichen Köpfchen mit dem rötlich goldenen Haarflaum war eine Blutlache, die sich zu einer immer größeren Pfütze auf dem Boden ausbreitete.

23

»Man hat dich gesehen!«, schrie Véronique, die neben Jacob kniete und sich über seinen kleinen Körper beugte.

Nein. NEIN! Schweiß rann Mary Rose über den Rücken, während die Worte in einem fieberhaften Schwall aus ihr herauspurzelten. »Das war ich nicht. Ich schwöre es bei meinem Leben. Du musst mir glauben!«

Ihre Stiefmutter starrte sie mit fleckigem Gesicht an, das vor Abscheu kaum wiederzuerkennen war. »Mrs. Hasberry sah dich vor ein paar Minuten aus dem Kinderzimmer kommen.«

»Ja, aber da ging es Jacob noch bestens«, erwiderte Mary Rose, aber sie wurde von dem lauten Wehgeschrei ihrer Stiefmutter übertönt, sodass ihre Worte untergingen.

»Du hast mein Baby herausgenommen und auf den Boden geschleudert. Du bist eine Teufelin. Ein Kind des Teufels selbst.«

»Du hast kein Recht, das zu sagen.« Mary Rose spürte, dass ihre ganze Wut sich nun entlud. Wut, die sie all die Jahre unterdrückt hatte, die nun aber nicht mehr aufzuhalten war. »Du warst mit Lord Romer im Musikzimmer. Du weißt also nicht, was sich hier oben zugetragen hat.«

»Was für eine Boshaftigkeit! Was für Lügen! Glaub ihr kein Wort, Ralph.«

Erst da nahm Mary Rose ihren Vater wahr, der mit schreckensbleicher Miene im Türrahmen stand, sein Gehrock vom

Staub aus dem Steinbruch bedeckt. Er erwiderte ihren Blick, als hätte er sie noch nie zuvor gesehen. Einen Moment lang stand er da wie eine Marmorstatue. Dann ging ein Ruck durch ihn hindurch, als hätte ihn jemand wieder zum Leben erweckt.

»Um Gottes willen, holt den Doktor.« Sein Blick irrte wild zu dem Knäuel aus Dienstboten, die herbeigelaufen waren und sich nun um ihre Stiefmutter scharten, während diese über Jacobs leblosem Körper hemmungslos schluchzte.

Papa kniete neben seinem kleinen Sohn nieder und drehte ihn vorsichtig auf den Rücken. Ein entsetztes Raunen ging durch die Anwesenden. Jacobs Augen waren glasig und starr. Da war kein Wimpernschlag. Kein Wiedererkennen.

»Schafft sie hinaus!«, donnerte Papa. Mary Rose brauchte ein paar Sekunden, um zu realisieren, dass ihr Vater *sie* damit meinte. Ungläubig bewegte sie sich auf ihn zu und versuchte, nach seinem Ärmel zu greifen. Hoffte auf seine tröstende Umarmung oder auf ein Zeichen des Zuspruchs. Er musste doch wissen, dass sie niemals zu solch einer schrecklichen, gottlosen Tat fähig sein würde.

»Nein!« Er stieß sie weg, sodass sie gegen den Türrahmen stürzte. »Rühr mich nicht an. Komm mir nie wieder zu nah. Du bist für mich gestorben. Hast du verstanden? Ich will dich nie wieder sehen.«

Das konnte nicht wahr sein. Mary Rose versuchte, sich aufzurappeln, trotz der Schwellung an ihrem Arm, die nun vor ihrem bloßen Auge größer wurde. »Papa! Du musst mir glauben!« Sie holte tief Luft. »Ich war vorhin tatsächlich im Kinderzimmer, um nach Jacob zu schauen.«

Mrs. Hasberry stieß ein Schnauben aus. »Ich habe Ihnen doch gesagt, dass ich sie gesehen habe. Kleine Lügnerin.«

»Aber ich bin nur hineingegangen, um ihn zu beruhigen.« Verzweifelt suchte sie den Blick ihres Vaters, und einen Augenblick lang schien es, als würde er ihr Glauben schenken. »Ich weiß, es wurde mir verboten, aber Jacob liebt mich, Papa, und ich liebe ihn. Anschließend habe ich ihn vorsichtig wieder in sein Bettchen gelegt und bin ins Frühstückszimmer gegangen, um an meinem Sticktuch weiterzuarbeiten.«

Ihre Worte sprudelten nun hervor, lieferten sich einen Kampf darum, verstanden zu werden. »Schau!« Sie griff in ihre rechte Tasche und zog einen glänzenden rosa Seidenstreifen heraus. Ein weiteres Dienstmädchen brach in Tränen aus, und Véroniques Schluchzen wurde lauter.

»Aber als ich dort war, habe ich jemanden gehört. Jemanden, der aus dem Zimmer meiner Stiefmutter kam.« Sie warf einen Blick zu Mrs. Hasberry. »Ich nahm an, sie wäre es gewesen. Aber wer auch immer das gewesen sein mochte, vielleicht war es dieselbe Person, die diese schreckliche Tat begangen hat. In Gottes Namen, ich sage die Wahrheit.«

Mary Rose bekreuzigte sich und stolperte dann auf ihren Vater zu in der Hoffnung auf Vergebung, stieß dabei aber gegen Véronique, die laut aufkreischte.

»Sie will mir Schaden zufügen.« Véronique stand nun auf, wobei sie den leblosen Jacob an ihre Brust drückte. »So wie damals mit dem Dreirad, als sie versuchte, mich umzubringen. Glaubst du mir nun, Ralph? Weiche von mir. Nein! Wage es nicht, mein Baby anzurühren!«

»Aber der Doktor kann ihn doch bestimmt wieder gesund machen.« Mary Rose' Hand begann heftig zu zittern, während sie versuchte, den Hinterkopf ihres Bruders zu streicheln. Eine seltsame klebrige Substanz blieb an ihren Fingern haften. Blut. Ein dunkles Purpurrot, genau wie der Fleck, der, wie sie nun sah, die weiße Spitzenborte auf der Bluse ihrer Stiefmutter färbte. »Bitte, bringt Jacob zum Doktor, damit dieser ihm wieder Leben einhaucht.«

»Siehst du, Ralph!« Véroniques Stimme war so schrill, dass sie wie die Steinbruchglocke durch das Zimmer schallte. »Deine Tochter ist wahnsinnig. Sie gehört in eine Anstalt.« Damit stürzte sie sich auf Mary Rose, mit Augen so rot wie der Rubinring. Während sie auf dem linken Arm den kleinen Jacob hielt, dessen Augen weit offen standen, als würde er aufmerksam zuhören, packte sie mit der anderen Hand Mary Rose an ihrem Spitzenkragen. »Ich bringe dich um«, zischte sie. »Ich bringe dich um, weil du mir meine Babys genommen hast.«

Véronique drückte ihr nun fest die Kehle zu. Mary Rose konnte weder atmen noch schreien. »Siehst du nun, wie das ist?«, fauchte ihre Stiefmutter. »Das hast du meinem Baby angetan. Und nun verfahre ich so mit dir.«

Gleich darauf war ein Geräusch zu hören. Ein dumpfes Poltern in Mary Rose' Ohren. Und dann wohltuende Erlösung. Mary Rose taumelte zurück, hustend und spuckend.

»Schafft sie fort.« Es war wieder die Stimme ihres Vaters, von Verachtung erfüllt. Sie spürte nun einen Druck an ihrem Arm. Jemand hielt sie fest wie eine Schraubzwinge. »Sie kommen mit mir.« Die Stimme war ihr vage bekannt. Sie gehörte einem der hiesigen Wachtmeister, einem Mann, der sonst immer respektvoll an seinen Helm tippte, wenn er ihr auf der Straße begegnete.

»Was machen Sie da?«, schluchzte sie. »Papa, halte ihn auf, ich flehe dich an.« Verzweifelt streckte sie die Hand nach ihrem Vater aus, aber er trat einen Schritt zurück, als hätte sie eine ansteckende Krankheit. Die Dienerschaft musterte sie mit unverhohlenem Abscheu, während Mary Rose abgeführt und draußen in eine Kutsche verfrachtet wurde.

Ihre Glieder schlackerten so sehr, dass sie beim Einsteigen das Gleichgewicht verlor. »Papa!«, rief sie laut. »Es kümmert mich nicht, was mit mir geschieht. Es ist nur wichtig, dass du weißt, dass ich die Wahrheit sage.«

Aber die Kutsche setzte sich bereits in Bewegung, und die Räder gruben sich in den Schlamm und schleuderten einen Klumpen Erde hoch, der Mary Rose ins Auge traf und kurz blind machte. Sie kramte nach einem Taschentuch, konnte aber keins finden. Stattdessen behalf sie sich mit einem Zipfel ihres Rocks und wischte sich damit das Gesicht ab. »Wohin fahren wir?«, schluchzte sie.

»Ins Zuchthaus.« Der Wachtmeister war kurz angebunden, als wünschte er, nicht hier zu sein.

»Aber nicht ich habe meinen Bruder umgebracht! Ich bin unschuldig!«

Währenddessen klapperte eine Kutsche aus der Gegenrichtung an ihnen vorbei. Durch das Fenster erkannte Mary Rose Doktor Clarke mit seinem ordentlich gestutzten grauen Bärtchen und dem schwarzen Zylinder. Ein Hoffnungsschimmer glomm in ihrer Brust.

»Der kommt zu spät, Miss.« Der Wachtmeister schien ihre Gedanken zu lesen. »Man wird Sie bis zum Prozess einsperren.«

»Prozess?«

»Spielen Sie nicht die Ahnungslose, Miss Marchmont.« Sie sah, dass er das Gesicht verkniff und seine Oberlippe so schmal wurde, dass er nichts Freundliches mehr an sich hatte. »Sie werden für den Mord an Ihrem Halbbruder Jacob Marchmont vor Gericht gestellt.«

Die Falten zwischen seinen Augenbrauen vertieften sich, und seine Augen wurden schmal vor Verachtung. »Und meiner Meinung nach werden Sie an den Galgen kommen.«

Einmal, vor vielen Jahren, waren Mary Rose und ihr Vater an dem Gefängnis im Moor vorbeigeritten. Es handelte sich um eine hohe, düstere, abschreckende Festung, die in der Einöde emporragte wie ein riesiges graues Gesicht, das tiefes Missfallen ausdrückte. »Es erinnert mich an Tante Sophia«, hatte sie damals zu Papa bemerkt, der daraufhin herzlich lachte.

»Sehr komisch, mein Liebes. Sehr komisch.«

Nun schmerzte ihr Herz bei der Erinnerung, während die Kutsche des Wachtmeisters auf die Festung zurumpelte. Hoch und höher fuhren sie, erklommen den steilen Hügel, der mit Dornenbüschen gespickt war. Die Art von Dornen, bei denen ein Pikser in den Finger genügte, um ihn bluten zu lassen, so wie der Kopf des kleinen Jacob am Busen ihrer Stiefmutter geblutet hatte. Mary Rose zitterte vor Entsetzen.

War das hier wirklich real? Die Ereignisse der letzten zwei Stunden waren so unfassbar und unvorhersehbar, dass sie immer noch darauf wartete aufzuwachen. Aber nun waren sie da! Das Gefängnistor vor ihnen öffnete sich, und die Kutsche rollte über holperige Pflastersteine, die Mary Rose' Knochen und ihren Verstand durchrüttelten.

Mary Rose starrte an den dunkelgrauen Steinmauern des schrecklichen Gebäudes vor ihr empor. Sie waren mit dunkelgrünem Moos und dunklen Flecken übersät, als hätte jemand etwas darauf verschüttet. Wo waren die Fenster? Ihr Blick wanderte höher, und sie entdeckte kleine schmale Schlitze wie die Linien am Strand, die sie manchmal mit Stöcken in den Sand zeichnete.

Ihr Herz begann wieder zu rasen, so wie vorhin, als sie Jacobs Leichnam zum ersten Mal wahrgenommen hatte. »Bitte, sperren Sie mich nicht hier ein«, flüsterte sie.

»Hier entlang, Miss.« Unsanft wurde sie von einem Mann am Arm gepackt, der ihr unbekannt war und der sie durch einen Seiteneingang in dieses grauenhafte Gebäude stieß. Als sie einen Blick zurückwarf, sah sie den Wachtmeister neben der Kutsche stehen und sie mit einer Mischung aus Mitleid und Verachtung beobachten. Ein Teil von ihr wäre am liebsten wieder hinausgerannt, um sich in die sichere Kutsche zu flüchten. Wenigstens war der Wachtmeister ein vertrautes Gesicht!

»Bitte!«, rief sie ihm zu. »Bitte, lassen Sie mich nicht zurück!« Aber währenddessen umklammerte ein zweiter Mann ihren anderen Arm und zerrte sie weiter durch einen schmalen Gang und dann in den nächsten. Die Luft war kalt, als wäre sie in Mrs. Hasberrys Speisekammer. Allerdings war diese Kälte hier nicht von der tröstlichen Sorte, die zur Lagerung von Fisch und Fleisch benötigt wurde. Vielmehr handelte es sich um eine Grabeskälte, von der sich die Härchen auf ihren Unterarmen aufstellten und ihr Mund so trocken wurde, dass ihre Zunge am Gaumen festklebte.

»Wohin gehen wir?«, fragte sie. Aber keiner der beiden Männer gab Antwort, während sie sie eine steile Steintreppe hinunterzogen. Wenn sie stürzte, würde sie sich sicher das Genick brechen.

Vielleicht würde Papa dann Reue zeigen. Sie konnte es sich bildlich vorstellen. Er würde hierher an diesen schrecklichen Ort eilen, sie in seine Arme schließen und ihr sagen, dass er immer an ihre Unschuld geglaubt habe. Und dann vielleicht …

»Hier hinein, *Mylady*.«

Die harschen Worte zerschnitten ihre Fantasien, und Mary Rose bekam erneut einen Stoß versetzt, der sie in einen Raum beförderte, in dem sich auf den ersten Blick Schicht um Schicht Frauen übereinanderzutürmen schienen. Manche lagen auf dem Boden, auf groben Holzbrettern, andere auf Brettern an der Wand, ähnlich den Bücherregalen in Papas Bibliothek, nur dass diese hier mit Menschen gefüllt waren, einer über dem anderen.

Was für ein furchtbarer Gestank! Mary Rose würgte es vor Ekel vor den Körperausdünstungen. Und was für ein Lärm! Drüben in der Ecke rauften sich zwei Frauen und kreischten dabei so laut, dass ihre Stimmen in den Ohren schmerzten. Die eine, eine kleine rundliche Frau, versuchte, der anderen ganze Haarbüschel auszureißen. Doch die Männer, die Mary Rose in diesen Raum geworfen hatten, machten keinerlei Anstalten, die beiden Streithennen voneinander zu trennen.

Die anderen Frauen starrten sie an, mit großen neugierigen Augen, während sie sich ihr näherten. »Was haben wir denn da?«, zischte eine und zupfte an Mary Rose' Rüschenbluse. »Eine echte Lady, wenn ich mich nicht irre. Aber das werden wir dir hier schnell austreiben.«

Bevor Mary Rose wusste, wie ihr geschah, wurde sie von einer Horde Frauen umrundet, die ihr die Kleider vom Leib rissen und sich selbst überstreiften, um anschließend darin herumzustolzieren und sich zu brüsten. »Seh ich nicht fein aus, eh?«, rief eine. »Schätze, so kann ich mir jetzt einen Gentleman angeln.«

Ein lautes, gackerndes Gelächter schallte durch den Raum. Vergeblich stürzte Mary Rose an die Tür – sie war von außen verriegelt. Während sie mit den Fäusten dagegenhämmerte, zogen ihre neuen Gefährtinnen sie bis auf die Unterwäsche aus, und Mary Rose begann, vor Schock und Scham am ganzen Leib zu zittern. »Hilfe! So helft mir doch!«, schrie sie.

Wieder vernahm sie ein lautes Gackern hinter sich. Es stammte von einer Frau mit leuchtend roten Haaren, das jedoch viel auffälliger war als das glänzende Kupferrot der Marchmonts. Statt Kleidung zu tragen, die sich für ihr Geschlecht geziemte, steckte sie in einer Hose und einer Jacke, die sicher einem Mann gehört hatten. »Schreien nützt nichts«, sagte sie grinsend, wobei sie eine große schwarze Lücke zwischen ihren Vorderzähnen entblößte. »Die lassen dich hier erst raus, wenn du vor den Richter treten musst, und hinterher stecken sie dich wahrscheinlich wieder rein. – Dir gefällt wohl mein Aufzug, was?«, höhnte sie weiter. »Hab die Sachen von einem Kerl, den sie gestern gehängt haben. Brauchst gar nicht so große Augen zu machen. Eines Tages wirst du für solche Sachen dankbar sein.« Sie deutete mit einem Nicken auf Mary Rose' Unterkleid. »Ist nämlich wärmer als das, was du jetzt noch am Leib trägst, schätze ich.«

Gleich darauf war ein lautes Rasseln zu hören, als die Tür geöffnet wurde. Mary Rose' Herz hob sich vor Erleichterung. Das war bestimmt ihr Vater, der gekommen war, um sie herauszuholen! Gott sei Dank. Sie würde sich nie wieder seinen Weisungen widersetzen. Wenn Gott beschloss, ihren kleinen Bruder gesund zu machen, gelobte sie, Jacob nie wieder ohne Erlaubnis anzurühren. Sie würde nie mehr wegen Véronique mit den Augen rollen. Sie würde, ohne zu klagen, dem Unterricht folgen. Sie würde …

Weiter kam sie nicht mit ihren Gedanken, denn Mary Rose wurde von den anderen Frauen zur Seite gedrängt, die auf die beiden Männer zustürmten, die einen dampfenden Topf hereintrugen. Darin schwamm ein übel riechender Brei aus grauem Haferschleim, der nun mit einer Schöpfkelle in Blechschüsseln verteilt wurde, um die sich ihre Zellengenossinnen förmlich rissen. Sie pusteten auf den Inhalt ihrer Näpfe und kippten ihn anschließend in sich hinein, ohne einen Löffel zu Hilfe zu nehmen.

»Abendessen«, bemerkte ihre Gefährtin in den Männerkleidern. »Du brauchst nicht so ein Gesicht zu machen. Du wirst dafür noch dankbar sein, bevor die Nacht um ist. Komm mit. Oder es wird gleich nichts mehr übrig sein.«

Mary Rose versuchte von der Suppe zu essen, aber sie schmeckte so abscheulich, dass der Brei ihr jedes Mal sofort wieder hochkam, wenn sie sich überwand, ihn zu schlucken. Die anderen hingegen schienen keine Schwierigkeiten damit zu haben. Während Mary Rose zögerte, riss ihr eine der Frauen ihre Schüssel aus der Hand und leerte sie in ihren Schlund.

»Siehst du?«, tadelte ihre neue Bekanntschaft. »Sie wird es morgen wieder versuchen, du solltest also auf der Hut sein. Bis dahin wirst du nämlich froh sein über den Brei. Und nun, rasch, sichere dir dein Bett.« Sie deutete auf ein Holzbrett. »Mach schon. Beeil dich, oder eine andere wird es dir wegschnappen.«

Mary Rose starrte entsetzt auf das raue, gespaltene, splittrige Holz. »Da soll ich schlafen?«

Die Rothaarige schüttelte den Kopf. »Du bist mir vielleicht ein Herzchen. Wie du an diesem Ort hier überleben willst, weiß nur der liebe Gott. Leg dein Brett neben meins, und ich sorge dafür, dass niemand versucht, dir noch mehr Kleider vom Leib zu stehlen. Ganz richtig. Und jetzt leg dich hin und schließ die Augen. Sprich dein Nachtgebet, wenn du willst, obwohl mir kein Beten mehr hilft.«

»Aber wo soll ich mich waschen?«

»Waschen?« Wieder ertönte ein gackerndes Lachen. »Das wäre eine feine Sache. Wenn du Glück hast, darfst du dich mal auf den Pott setzen.«

»Auf den Pott?«

Noch während sie fragte, sah Mary Rose, dass ein Stück von ihr entfernt eine Frau ihre Röcke anhob und sich dann rittlings über eine große Porzellanschüssel hockte. Das Geräusch, das gleich darauf folgte, zusammen mit dem Geruch, sagte alles. Mary Rose spürte Galle in ihrer Kehle hochsteigen, und sie wandte sich angewidert ab.

Ihre neue Bekanntschaft schüttelte den Kopf. »Ob du es glaubst oder nicht, ich habe zuerst genauso reagiert wie du. Aber vertrau mir, du wirst dich daran gewöhnen. Und nun leg dich hin und sprich dein verdammtes Gebet. Das ist das Einzige, was dir hier Trost spenden wird. Außerdem wird der Kaplan dich freundlich behandeln, wenn er dich beten sieht.«

Es schien keine andere Alternative zu geben, als zu tun, was man ihr sagte. Wie rau das Holz war! Sie schürfte sich die Haut auf, als sie versuchte, sich darauf auszustrecken. Und es war so hart! Zu Hause würde dieses Brett nicht einmal für einen Hund angemessen sein, am wenigsten für den kleinen Pepe, der auf einem Tuch aus weicher französischer Wolle schlief. »Verzeihung«, flüsterte sie. »Wissen Sie, wann mein Prozess sein wird, damit ich wieder freikomme?«

»Freikommen?« Ihre Helferin stieß einmal mehr ein Gackern aus und schlug sich auf die Oberschenkel. »Du denkst, die lassen dich frei? Mach dich auf etwas gefasst, mein feines Fräulein. Wer einmal hier landet, kommt nie wieder von hier fort.« Sie schenkte Mary Rose einen mitleidigen Blick. »Bloß in der Kutsche des Leichenbestatters.«

24

»Es nützt nichts, vor dich hin zu jammern, Mädchen.« Es war die scharfe Stimme ihrer rothaarigen Kameradin Eliza, deren weibliche Formen einen absurden Kontrast zu der Männerkleidung bildeten, die sie immer noch trug. »Du hast die ganze Nacht geweint. Selbst im Schlaf. Und du hast gesprochen. Wer ist dieser Jacob? Dein junger Verehrer?«

Mary Rose rieb sich die Augen. »Mein Bruder. Von dem alle behaupten, ich hätte ihn getötet. Aber das war ich nicht!«

»Ob du es warst oder nicht, Mädchen, du wirst heute deine fünf Sinne beisammenhaben müssen.«

Eliza neigte den Kopf in Richtung Fenster, hinter dem die Seemöwen kreischten. Deren Rage war lauter als die Frauen in der Zelle, die sich nun auf ihren Brettern regten und sich über Grenzen zankten. »Hörst du das?«

Mary Rose' Haut begann zu kribbeln. Das waren keine Möwen! Sondern menschliche Stimmen. Viele Stimmen. Sie schrien und riefen im Chor, als würden sie etwas skandieren. Ein Wort, besonders ein Wort, drang immer wieder heraus. *»Mörderin. Mörderin!«*

Eliza zuckte mit den Achseln. »Sie haben dein Schicksal bereits entschieden.«

Mary Rose zog ihr Schultertuch enger um sich, einerseits weil ihr kalt war und andererseits zum Schutz. Sie schlich zum

Fenster, spähte vorsichtig hinaus und zog sich dann hastig wieder zurück. »Aber es sind so viele! Und ich erkenne keinen davon wieder. Sie sind nicht aus meiner Stadt.«

Eliza kicherte. Ihr Atem roch so abstoßend, dass Mary Rose am liebsten die Hand vor die Nase gehalten hätte. »Denkst du, das spielt eine Rolle? Es geht um das Spektakel, verstehst du? Jeder liebt eine gute Vorstellung, besonders wenn darin ein Mord vorkommt. Du wirst es heute selbst sehen.«

»Heute? Was geschieht denn heute?«

Eliza lachte wieder. »Herr, du bist ein richtiges Unschuldslamm, nicht wahr? Es wird eine sogenannte Anhörung geben, um herauszufinden, ob dein Fall vor einem höheren Gericht verhandelt werden muss.«

Was bedeutete das? Aber gerade als Mary Rose fragen wollte, schwang die Tür auf. Es war der Wachtmeister von gestern. Ihr Herz hob sich bei seinem vertrauten Anblick, sank dann aber wieder, als er sie grob am Arm packte. »Kommen Sie, Miss. Es ist Zeit.«

»Zeit wofür?«

Seine Augen wurden schmal. »Spielen Sie hier nicht die Unschuldige. Für den Prozessauftakt im Gemeindehaus natürlich.«

Panik durchzuckte Mary Rose, und sie blickte sich wild um. Bereits innerhalb weniger Stunden hatte sich gezeigt, dass sie auf Elizas Urteil vertrauen konnte. Aber ihre temperamentvolle Freundin war in eine heftige Auseinandersetzung mit einer kleinen rundlichen Frau verwickelt, die eine Flasche Rum unter ihrem Kleid versteckt hatte.

Mary Rose wurde durch das Gängelabyrinth der Zuchtanstalt in Richtung Ausgang geschubst, vor dem eine Kutsche für sie bereitstand. Als sie aus dem Halbdunkel des Gefängnisses in das Tageslicht hinaustrat, musste sie blinzeln, und sie schnappte dankbar nach frischer Luft, die nun ihre Lunge füllte. So viele Menschen! So viele Gesichter, grausam verzerrt, die sie anspuckten und anbrüllten.

»Seht euch diese roten Haare an!«, schrie jemand. »Wenn die nicht das Erkennungszeichen einer Hexe sind, dann weiß ich es auch nicht!«

Ein zustimmendes Grölen ertönte, und gleich darauf rief eine andere Stimme, die höher war als die anderen: »Mörderin!«

Eine zweite Stimme fiel ein und dann eine dritte und vierte. »Mörderin! Mörderin!«, erhob sich der Chor, und als Mary Rose in die Kutsche stieg, traf sie etwas Spitzes an der Schulter. Es war ein Stein. Dann traf sie der nächste im Gesicht. Wie konnte der Wachtmeister es wagen, nicht die geringsten Anstalten zu machen, um sie zu schützen? Sie war die Tochter von Ralph Marchmont, dem Besitzer der Kalkbrennerei in Seamouth. »Wollen Sie mir nicht helfen, Sir?«, fragte sie bebend, während er sie unsanft auf den Sitz stieß und ihr gegenüber Platz nahm.

Er lachte. »Ihnen helfen, Miss? Ich bezweifle, dass Ihnen noch jemand helfen kann.«

Unvermittelt brandete Zorn in ihr auf. »Sie täuschen sich. Es handelt sich um ein Missverständnis. Wenn mein lieber Papa mich im Gerichtssaal sieht, wird er für meine Freilassung sorgen und Sie für Ihr grobes Benehmen strafen.«

Einen Moment lang huschte ein besorgter Ausdruck über das Gesicht des Mannes, aber dann lachte er wieder. »Das glaube ich nicht, Miss. Nach allem, was ich gehört habe, möchten Ihr Vater und Ihre Familie nichts mehr mit Ihnen zu tun haben.«

Er versuchte lediglich, ihr Angst zu machen. Oder nicht? Während die Kutsche zurück in die Stadt in Richtung Gemeindehaus rumpelte, begann Mary Rose, ihr Gebet zu sprechen. »*Liebe Mama. Bitte schau vom Himmel auf mich herunter und beschütze mich. Mach, dass mir kein Leid geschieht. Mach, dass Papa mich wieder lieb hat und dass er die Wahrheit erkennt.*«

Das Gemeindehaus war kein großes Gebäude, aber als Mary Rose hineingeführt wurde, staunte sie über die Anzahl der Menschen, die sich dort versammelt hatten. Im Gegensatz zu der johlenden Menge vorhin waren ihr hier viele Gesichter vertraut, fast so gut wie ihr eigenes. Alle Damen aus dem Stickzirkel waren da und zeigten nun kopfschüttelnd auf sie. Selbst Lady Romer, die regungslos dasaß, den Kopf leicht zur Seite geneigt, musterte sie, als wäre sie ihr ein Rätsel.

Dann hob ein Gemurmel im Saal an, das lauter und lauter wurde. Ihr Vater war eingetroffen! Mary Rose' Herz begann, schneller zu schlagen. Er war in Begleitung von Véronique, die sich in ein schwarzes Tuch gehüllt hatte. Aber seine Augen weigerten sich, Mary Rose' Blick zu erwidern. Er glaubte ihr nicht. Ihre Schultern sackten herunter. Alles war verloren.

»Mary Rose Marchmont«, donnerte ein Mann auf der anderen Seite des Saals. Er trug die Art Kleidung, die sie an Papas Freunden aus London gesehen hatte, und er sprach mit einem Akzent, der ihr fremd war. »Du bist des Mordes an deinem Halbbruder Jacob Marchmont angeklagt. Bekennst du dich schuldig oder nicht schuldig?«

Die Frage kam für Mary Rose so überraschend, dass sie kurz zögerte. Nein, versuchte sie zu antworten, aber kein Ton kam über ihre Lippen. Ein ahnungsvolles Raunen ging durch den Saal.

»Ich frage dich noch einmal«, polterte der Mann. »Bekennst du dich schuldig oder nicht schuldig?«

»Nicht schuldig«, murmelte sie. Dann versuchte sie, es lauter zu sagen, aber nachdem sie es einmal herausgebracht hatte, war es, als würde ihr Mund sich weigern, die Worte zu wiederholen.

Daraufhin brachen im ganzen Saal laute Rufe und Schreie und Wehklagen aus. Letzteres kam von Véronique, aber es war die Miene ihres Vaters, die Mary Rose erstarren ließ. Sein Blick war kalt und hart. Und dieses Mal schaute er sie direkt an.

»Papa!«, rief sie verzweifelt. »Das ist die Wahrheit. Du musst mir glauben.«

Sie versuchte, ihm ein Lächeln zu schenken – sagte er nicht immer, dass sie ein wunderschönes Lächeln habe, das nie verfehlte, ihn aufzuheitern, wie niedergeschlagen er auch sein mochte? Aber sofort hob das nächste missbilligende Gemurmel im Publikum an. »Seht ihr?«, schrie eine Frau, in der Mary Rose ein Dienstmädchen aus Letitias Haus wiedererkannte. »Sie findet es auch noch lustig, ein unschuldiges Kind umgebracht zu haben.«

Ganz bestimmt nicht, wollte Mary Rose zurückrufen, aber die Worte blieben ihr im Hals stecken. Dann entdeckte sie zwei weitere vertraute Gesichter in der Menge. Tante Sophia und Henry. Henry würde ihr doch sicher glauben. Aber er wandte den Blick ab, als würde er sie nicht kennen. Wenn sie doch nur vertraulich mit ihm sprechen und ihm erklären könnte, was geschehen war. »Cousin!«, rief sie. »Cousin!«

»Ruhe!« Ein Mann mit Perücke klopfte mit einem Holzhammer auf sein Pult. »Wie lautet die Einschätzung der Polizei?«

Ein Gesetzeshüter trat vor, mit rotem Kopf, als wäre es ihm peinlich, vor so vielen Menschen zu sprechen. »Nach meiner Auffassung hat Mary Rose Marchmont in bösartiger Absicht ihren Halbbruder Ralph, genannt Jacob, auf den Boden geworfen und ihm aus Eifersucht und dem Wunsch heraus, den Besitz ihres Vaters zu erben, den Schädel zerschmettert.«

»Ihr tut mir unrecht.« Mary Rose' Stimme hallte scharf durch den Saal, als würde sie jemand anders gehören. »Ich habe meinen Bruder geliebt.« Sie wandte sich an ihren Vater und an Véronique, die laut weinte. »Das ist die Wahrheit.«

»Ruhe!« Der Mann mit der Perücke klopfte wieder mit seinem Hammer. »Sir, ich gebe Ihnen vier Wochen Zeit, um Beweise für Ihre Behauptung zu sammeln. Der Fall wird hiermit an das Gericht in Exeter verwiesen.«

Vier Wochen? »Papa«, schrie sie über den Tumult hinweg. »Lass mich nicht hier!«

Aber er erhob sich und verließ den Saal, ohne auch nur einen Blick zu ihr zurückzuwerfen. Sein rechter Arm war um seine Frau gelegt, als wäre nur sie ihm wichtig. Mary Rose spürte, dass ihr der Schweiß ausbrach, und ihre Ohren rauschten, als würde sie gleich in Ohnmacht fallen. »Wasser«, versuchte sie zu sagen, aber ihre Stimme hatte sie erneut verlassen. Jeweils eine Hand umklammerte ihre Arme, und sie wurde durch die johlende Menge zum Ausgang bugsiert, wobei sie sich wegduckte, als sie bespuckt wurde.

»Steigen Sie in die Kutsche«, befahl einer der Wachtmeister, aber ihre Beine waren wie Wackelpudding und gehorchten ihr nicht.

»Ich sagte, einsteigen«, herrschte eine andere Stimme sie an, und gleich darauf wurde sie in die Kutsche gestoßen, sodass sie auf höchst undamenhafte Art auf den Sitz fiel.

»Tötet sie, tötet sie«, skandierte ein Meer von Stimmen, als würden sie einen Kinderreim aufsagen.

»Ihr macht einen Fehler!«, schrie sie.

Aber niemand hörte ihr zu. Mary Rose konnte nur weinen, als die Kutsche losfuhr und durch die vertrauten Straßen ihrer Heimatstadt rumpelte, bevor sie den Hügel zum Moor erklomm, wo das finstere, abschreckende Gefängnis sie erwartete.

25

Während des folgenden Monats wachte Mary Rose jeden Morgen mit vom Schlaf auf dem Holzbrett steifen und kalten Knochen in der aufrichtigen Überzeugung auf, dass heute der Tag war, an dem ihr Vater kommen würde, um sie zu befreien. Könnte er sie doch nur an diesem schrecklichen Ort sehen, dachte sie, dann würde er nicht zulassen, dass sie auch nur eine Minute länger hier ausharren musste.

Bestimmt würde seine Nase heftig kribbeln, genau wie ihre, in der schlechten Luft hier drinnen, einer Mischung aus Exkrementen und Alkoholausdünstungen. Seine Ohren würden klingeln von dem ständigen wütenden Gezänk über einen Mundvoll Haferschleim oder ein Kleidungsstück. Sein Herz würde brechen angesichts der Wehklagen jener, die ihre Unschuld beteuerten. Und er würde fürchterlich schockiert sein über die Wachen, die, statt bei den Handgreiflichkeiten dazwischenzugehen, sich daneben stellten und amüsiert zuschauten, als verfolgten sie einen Hahnenkampf. So grauenhaft! Diese Furcht erregenden, zahnlosen Frauen mit ihren scharfen Worten und von Härte gezeichneten Gesichtern würden – so Elizas Warnung – vor nichts Halt machen, um an ein Extrastück Brot heranzukommen.

»Warum bist du eigentlich hier?«, fragte Mary Rose eines Abends ihre neue Freundin, als sie an der Zellenrückwand saßen, abseits von einem weiteren Zwist.

Elizas Blick nahm einen entrückten Ausdruck an. »Ich habe meinen Mann umgebracht.«

Mary Rose sog scharf die Luft ein und rückte leicht von Eliza ab. Diese lachte.

»Das war ein Scherz«, sagte Mary Rose erleichtert.

»Nein, ich sage die Wahrheit. Er hat versucht, mir ein Messer in den Leib zu rammen, aber ich war schneller. Nicht dass diese feinen Herren mit ihren Perücken mir glauben würden. Ich bin keine Dame wie du, anderenfalls wäre mein Schicksal längst besiegelt.«

»Ich verstehe nicht.«

Eliza kicherte. »Nein? Alle sprechen von dir. Darum starren die Wachen dich immer an, und darum wird dein Fall vor unseren verhandelt. Du bist hier in der Gegend eine Berühmtheit. Eine feine Lady, die ihren kleinen Bruder umgebracht hat.«

»Aber ich habe ihn nicht getötet!«

»Das ist richtig, Herzchen, du beteuerst es ja immerzu. Vielleicht wird dir das deinen Hals retten, vielleicht aber auch nicht. Wir werden es früh genug erfahren.«

»Ich kann es nicht erwarten, meine Unschuld zu beweisen.« Mary Rose straffte sich. »Ich weiß, Papa wird bei unserer nächsten Begegnung die Gelegenheit gehabt haben, noch einmal in sich zu gehen. Er kann unmöglich glauben, dass ich zu so etwas fähig wäre.«

Eliza warf den Kopf in den Nacken und kicherte wieder. »Du Unglückselige. Du weißt nichts vom Leben, oder? Dein Papa ist wie alle Männer. Er wird dich nicht retten. Er hat eine neue Frau, und seine Leidenschaft sitzt zweifellos so tief in seiner Hose, dass sein Verstand verloren gegangen ist. Männer!« Sie lehnte sich hinüber und kniff Mary Rose unerwartet in die Wange. »Sie sind alle gleich.«

Entsetzt über diese Taktlosigkeit wich Mary Rose zurück, während ihre Wange von dem allzu vertrauten Schmerz brannte. Wie konnte diese Frau es wagen und so reden, als würde sie Papa kennen?

»Miss Mary Rose Marchmont.« Die Stimme eines Aufsehers dröhnte durch den Raum, und ein paar Frauen unterbrachen ihre Zankerei und begannen zu johlen. »Miss Mary Rose«, äffte eine höhnisch nach. Eine andere lachte, aber Eliza hatte aufgehört zu kichern.

»Rasch«, zischte sie und schob Mary Rose in Richtung Wache. »Möglicherweise hast du recht. Hier rufen die einen nur auf, wenn man Besuch hat oder der Galgen winkt. Vielleicht ist dein Papa ja doch noch gekommen, um dich herauszuholen.«

Mary Rose konnte mit den langen Beinen des Wachmanns kaum Schritt halten, während dieser ihren Arm umklammert hielt und sie durch das Gängelabyrinth führte. Sie stolperte mehrmals über lose Steine, bis sie schließlich in einen Raum hineingestoßen wurde und sich auf dem Steinboden wiederfand.

»Allmächtiger«, sagte eine vertraute weibliche Stimme erschüttert. »Maria, bitte reich mir mein Riechsalz. Das Mädchen verströmt einen Geruch, als würden wir in der Fischhalle stehen. Und was seine äußere Erscheinung betrifft, so habe ich noch nie etwas Vergleichbares gesehen.«

Lady Romer! Mary Rose rieb sich ungläubig die Augen und rappelte sich vom Boden hoch. Was machte Lady Romer mit ihrer Zofe hier? War Papa etwas zugestoßen?

»Ich habe nicht die Absicht, hier länger zu verweilen, mein Kind.« Lady Romers kühle blaue Augen wurden schmal, und sie trat einen Schritt zurück. »Dieser Ort hier ist nicht nach meinem Geschmack. Ich bin lediglich gekommen, um dir von

Dame zu Dame eine Frage zu stellen, obwohl ich einräumen muss, dass deine derzeitige Situation deinen Status fraglich macht.« Ihre Augen verengten sich erneut. »Hast du deinen kleinen Bruder auf den Boden geschleudert oder nicht?«

»Nein.« Die Steinmauern warfen Mary Rose' Stimme als Echo zurück. »Nein. Das habe ich nicht getan. Ich war es nicht.«

Lady Romer antwortete mit einem kurzen Nicken, als wäre sie zufrieden. »Ich kann in deinem Gesicht lesen, dass du die Wahrheit sprichst. Ich werde offen zu dir sein, Mary Rose. Ich habe für deine Stiefmutter nichts übrig. Zuerst war ich von ihr recht angetan, so wie mein Sohn bedauerlicherweise immer noch von ihr angetan ist. Allerdings glaube ich inzwischen, dass sie dich zum Sündenbock gemacht hat.«

Ihr Blick wurde für einen Moment weich, und Mary Rose spürte einen Hoffnungsschimmer. »Ist dir bewusst, dass deine Verhandlung morgen stattfinden wird?«

»Morgen?« Mary Rose spürte, dass ihre Kehle eng wurde, sowohl vor Schreck als auch vor Erleichterung. »Dann wird mein Papa erscheinen und für mich Fürsprache einlegen. Er muss wissen, dass ich zu einer solchen Tat niemals fähig wäre.«

Lady Romer schnaubte. »Das bezweifle ich, Mary Rose. Aber du hast mein Wort, dass ich für dich tun werde, was in meiner Macht steht. Und nun ertrage ich keine Minute länger an diesem furchtbaren Ort. Wache, wo seid Ihr? Ich verlange, dass Ihr mich augenblicklich nach draußen geleitet.«

Als Mary Rose am nächsten Morgen die Augen aufschlug, sah sic, dass Eliza bcrcits wach war. »Bist du bcrcit?«, fragtc ihrc Freundin ohne ihren üblichen spöttischen Unterton.

Die Erinnerung an gestern kehrte zurück. »Ja. Ich glaube fest daran, dass Lady Romer meinen Papa dazu bringen wird, die Wahrheit zu erkennen.«

Dieses Mal kicherte Eliza nicht. Sie lächelte nur traurig. »Hier, fass das an.« Sie grub tief in ihrer Tasche und gab dann Mary Rose eine schmutzige Stoffschleife, die in ferner Vergangenheit vielleicht einmal rot gewesen war. »Es wird dir Glück bringen.«

Mary Rose hob zu einem Dank an, aber Eliza fiel ihr ins Wort. »Ich will keine Dankbarkeit«, sagte sie, während sie die Schleife wieder an sich nahm und tief in ihrem Ausschnitt verbarg. »Ich möchte nur, dass du weißt, dass die Schleife meiner kleinen Tochter gehörte.«

»Deiner Tochter?« Mary Rose starrte sie verblüfft an. »Und wo ist deine Tochter jetzt?«

Elizas Augen wurden feucht. »Mein Mann, seine Seele soll für immer in der Hölle schmoren, hat sie erstickt, weil ihre Schreie ihm in seinem Suff lästig waren. Deshalb habe ich ihn umgebracht, obwohl es sehr wohl wahr ist, dass er mit dem Messer auf mich losging.« Sie wandte den Kopf ab. »Ich erzähle nicht jedem von meinem Baby. Es tut zu weh.«

Mary Rose umklammerte die Hand ihrer Freundin. »Das ist wirklich grauenvoll. Aber man wird dich sicher freilassen, wenn du deine Geschichte dem Richter vorträgst.«

»Mein armer Unschuldsengel! Du hast tatsächlich keine Ahnung von der Welt, nicht wahr? Bereite dich auf deine Abholung vor. Hörst du die Schritte draußen im Flur? Das sind die Wachen. Sie kommen, um dich vor Gericht zu bringen.« Eliza bekreuzigte sich. »Sei tapfer. Ich werde für dich beten.«

Hatte Mary Rose bei der Anhörung den Eindruck gehabt, dass der Gemeindesaal überfüllt war, so wurde sie nun eines Besseren belehrt. Hier, im Gericht von Exeter – ein abweisendes Gebäude mit solch hohen Decken, dass jedes Geräusch darin widerhallte –, herrschte ein noch dichteres Gedränge. Die Damen aus dem Stickzirkel waren abermals gekommen, genau wie der Metzger und Mr. Smith, der das Stoffgeschäft führte, in dem sie und Véronique in glücklicheren Zeiten Stammkundinnen gewesen waren. Aber keiner von ihnen schenkte ihr ein aufmunterndes Lächeln. Stattdessen waren ihre Gesichter starr vor Abscheu.

Dort drüben saß Mrs. Hasberry, die Haushälterin, die ihre Augen abwandte, als Mary Rose sie flehentlich anblickte. Zu Mary Rose' Enttäuschung war von Annie mit dem tröstenden Mondgesicht und dem Auge, das sie nicht verurteilen konnte, nichts zu sehen.

Aber dort – Gott sei Dank! – war ihr Vater, und neben ihm saß Véronique, ganz in Schwarz gekleidet, das Gesicht von einem Schleier verhüllt. »Papa!«, rief Mary Rose über den furchtbaren Lärm hinweg, aber zu ihrem großen Kummer wandte er sich von ihr ab, so wie er das vor vier Wochen getan hatte.

Gleich darauf dröhnte eine Stimme durch den Saal. Sie kam von einem Mann mit einer Perücke, der an einem Tisch auf einem Podium in der Saalmitte saß. »Ich rufe den Konstabler auf.«

Derselbe Mann, der Mary Rose nach dem Tod ihres armen Bruders abgeführt hatte, stieg nun auf das Podium. Er schwitzte stark, während er auf die Bibel schwor, und begann anschließend zu sprechen. »Euer Ehren, wir haben Beweise, dass Mary Rose Marchmont des Mordes an ihrem Bruder Jacob Marchmont schuldig ist.«

»Das ist nicht wahr!« Warum glaubte man ihr nicht? »Ich war es nicht.«

»Ruhe!«, entgegnete der Wachtmeister. »Ich rufe unsere Hauptzeugin auf.«

Entgeistert beobachtete Mary Rose eine finster blickende Mrs. Hasberry, die sich von ihrem Stuhl erhob. Die Stimme der Haushälterin war klar, selbstsicher und kühl. »Ich habe mit meinen eigenen Augen Mary Rose aus dem Kinderzimmer huschen sehen, als ich aus der Küche zurückkehrte, wo ich für den Kleinen Milch holte. Sie hatte es sehr eilig und lief davon wie ein verängstigtes Kaninchen.«

Daraufhin vernahm man ein hohes Klagegeheul von Véronique.

»Haben Sie Grund zu der Annahme, dass Mary Rose ihrer Stiefmutter Schaden zufügen wollte?«, fragte der Mann mit der Perücke Mrs. Hasberry.

Die Haushälterin bekreuzigte sich. »Ja, allerdings. Mary Rose provozierte vor etwas über einem Jahr mit ihrem Dreirad absichtlich einen Zusammenstoß, bei dem Mrs. Marchmont vom Pferd stürzte und ihr ungeborenes Kind verlor.«

»Das war keine Absicht!«, schrie Mary Rose. »Papa, sag ihnen, dass es ein Unfall war. Sag es ihnen!« Aber er mied ihren Blick, und sie spürte seinen Verrat wie die Klinge eines scharfen Küchenmessers.

»Ruhe!« Der Mann mit der Perücke wandte sich wieder an die Haushälterin. »Warum haben Sie das Mädchen nicht zur Rede gestellt, als es aus dem Kinderzimmer kam?«

Mrs. Hasberrys Gesicht färbte sich rot. »Weil mir auffiel, dass die Tür zu Mrs. Marchmonts Schlafzimmer offen stand. Das war ungewöhnlich. Ich betrat das Zimmer und sah, dass jemand sich an Mrs. Marchmonts Schmuckschatulle zu schaffen gemacht hatte. Dann stellte ich fest, dass ein kostbarer Familienring verschwunden war. Er gehörte früher der ersten Mrs. Marchmont, und Mary Rose hatte ihn zuvor schon einmal gestohlen. Damals standen ich und das restliche Hauspersonal unter Verdacht.«

Von der Empore drangen laute Buhrufe und aus dem Stickzirkel entsetzte Schreie, ehe Mrs. Hasberry fortfuhr. »Ich bin davon überzeugt, dass Mary Rose den Ring erneut gestohlen hat und sich hinterher an ihrem kleinen Bruder verging, weil sie auf ihn eifersüchtig war. Sie wollte die Liebe ihres Vaters mit niemandem teilen. Zudem hörte ich sie zufällig eines Morgens mit ihrer Tante darüber sprechen, was sein würde, wenn ihr Bruder starb. Ihre Tante erklärte ihr, dass in diesem Fall Mary Rose den Besitz ihres Vaters erben würde.« Mrs. Hasberry schürzte die Lippen. »Meiner Ansicht nach war das der Grund, warum sie den kleinen Jacob ermordet hat.«

»So war es nicht!« Wieder schrie Mary Rose so laut, dass ihre Kehle brannte und sich wund anfühlte. »Ich war nicht im Zimmer meiner Stiefmutter, sondern ein anderer. Ich habe denjenigen gehört!«

Es nutzte nichts. Ihre Stimme ging in dem entsetzten Raunen auf der Zuschauergalerie und in lautem Fächerflattern unter. Einige Damen hielten sich Riechsalz unter die Nase und erklärten sich der Ohnmacht nahe.

»Ruhe! Ich verlange Ruhe! Konstabler, gibt es noch weitere Zeugen?«

»Nein, Mylord.«

Also wünschte sonst niemand, gegen sie auszusagen. Mary Rose' Herz hob sich hoffnungsvoll. Das war doch sicherlich etwas Gutes. Dann wandte der Mann mit der Perücke sich an sie. »Hat die Angeklagte etwas zu ihrer Verteidigung zu sagen?«

»Ich habe meinen Bruder nicht umgebracht … Mrs. Hasberry hat das alles falsch verstanden … Es ist nicht so gewesen.«

Noch während sie sprach, wurde Mary Rose bewusst, dass ihr Gestammel sie schrecklich schuldig klingen ließ. Zu allem Übel begannen fremde Menschen auf der Empore zu lachen und wieder zu skandieren. »Mörderin! Mörderin …«

Wo war die Gerechtigkeit? Mary Rose kannte diese Menschen nicht – von denen viele aussahen wie Vagabunden von der Straße –, wie konnten sie also ein Urteil über sie fällen? Eliza hatte recht gehabt. Diese Leute mochten vielleicht nur zum Zeitvertreib hier sein, aber sie beeinflussten womöglich, wie sie nur allzu deutlich erkennen konnte, die Entscheidung des Gerichts.

»Nein. Ich werde das nicht zulassen!« Mary Rose blickte auf und sah durch ihre Tränen, dass Lady Romer sich nun erhob. »Da ich dieses Mädchen schon sein ganzes Leben lang kenne, glaube ich nicht, dass es zu einem Mord fähig wäre. Seine Stiefmutter hingegen ist eine manipulative, durchtriebene Frau, die alles tun würde, um ihre gesellschaftliche Stellung zu verbessern.«

Die Zuschauergalerie schnappte kollektiv nach Luft. Véronique hob zum ersten Mal den Kopf, und Mary Rose sah, dass sie zu weinen aufgehört hatte und nun ihre hübschen kleinen Zähne fletschte.

»Diese Französin«, fuhr Lady Romer mit einer Stimme fort, die den Saal durchdrang, »gibt vor, von adliger Herkunft zu sein, aber sie ist nichts weiter als die Tochter eines verstorbenen Notars. Schlimmer noch, sie hat bei zahlreichen Gelegenheiten versucht die Gunst meines Sohnes zu gewinnen, ungeachtet des Umstands, dass sie eine verheiratete Frau ist.«

Wieder brach auf der Empore Tumult aus. »Ganz recht.« Lady Romer nickte energisch, fast so, als würde sie das Publikum genießen. »Seit ihrem bedauerlichen Eintritt in die Familie meines Nachbarn lässt sie nichts unversucht. Tatsächlich existiert das Gerücht, dass ihr totes Kind nicht der leibliche Sohn von Ralph Marchmont war.«

Wieder keuchte der ganze Saal entsetzt auf, begleitet von vereinzeltem Gelächter. »Dann hat sie also ihrem Mann Hörner aufgesetzt, wie?«, brummte ein älterer Zuschauer.

»Genug!« Papa erhob sich nun, mit vor Wut gerötetem Gesicht. Véronique neben ihm weinte, das Haupt gesenkt. »Ich dulde es nicht, dass meine Frau beleidigt wird.«

»Ruhe!« Der Mann mit der Perücke klopfte auf sein Pult. »Worauf wollen Sie hinaus, Lady Romer?«

»Mylord, ich will darauf hinaus, dass die Anschuldigungen gegen Mary Rose nicht beweiskräftig sind. Es mag sein, dass die Haushälterin gesehen hat, dass Mary Rose das Kinderzimmer verließ, aber das bedeutet nicht, dass das Mädchen auch diejenige war, die dieses schändliche Verbrechen begangen hat. Könnte nicht die Haushälterin selbst die Täterin sein? Oder eine andere Person, die sich bedeckt hält?«

Abermals entstand Tumult in der Menge neben einem klagenden Aufschrei von Mrs. Hasberry, die sich »höchst ungerecht« behandelt fühlte. Lady Romer blieb jedoch gefasst. »Was den Ring betrifft, so mag es sein, dass Mary Rose ihn gestohlen hat, aber das kann ebenso gut als die Tat einer trauernden Halbwaise gewertet werden statt die einer Mörderin. Beide Taten müssen nicht zwangsläufig miteinander in Verbindung stehen.«

Ihre Augen wurden schmal, während ihr Blick über die Zuschauergalerie wanderte. »Selbst ein Narr kann das sehen. Zudem möchte ich anfügen, dass Mary Rose und ihr kleiner Bruder immer einen sehr innigen Eindruck machten, wenn ich sie zusammen sah.«

Nun schallten von allen Seiten laute Rufe durch den Saal. »Bringt sie an den Galgen!«, brüllte einer.

»Verschont sie! Ich glaube nicht, dass unsere Mary Rose zu solch einer Tat fähig ist!«

Das kam von Letitia. Mary Rose warf ihrer Freundin einen dankbaren Blick zu, aber diese schaute zur Seite, als wollte sie ihre Dankbarkeit nicht. Papa blieb stumm und hielt das Gesicht immer noch abgewandt.

Der Radau im Saal war nun so laut, dass der Mann mit der Perücke hart auf sein Pult hämmern musste, um sich Aufmerksamkeit zu verschaffen. »Ich habe die Fakten gehört und eine Entscheidung gefällt. Mary Rose Marchmont, du hast ein abscheuliches Verbrechen begangen. Du hast deinen kleinen Bruder ermordet und wirst daher zu deinem Schöpfer geschickt.«

Zu ihrem Schöpfer? Ein eiskalter Schauer lief ihr über den Rücken. Das war unmöglich. Ihr Vater würde es nicht zulassen, dass sie sterben sollte. Dessen war sie sich sicher. Warum also blieb sein Haupt gesenkt, sein Blick auf den Boden geheftet, sein Mund stumm?

»Mary Rose Marchmont«, fuhr der Richter mit Donnerstimme fort. »Ich erkläre dich hiermit des Mordes für schuldig und verfüge, dass du als Strafe für dein schändliches Verbrechen morgen bei Sonnenaufgang gehängt wirst.«

Im Saal brachen nun alle Dämme. Mary Rose klingelten die Ohren, als würden die Sonntagsglocken direkt in ihrem Kopf läuten. Sie fing an zu zittern, und ihre Zähne klapperten vor kalter Angst. Zwei Hände packten sie von links und zwei von rechts und schleiften sie davon, so grob, dass sie ihre Knochen schmerzhaft spürte. Finger streckten sich nach ihr aus, um sie zu piesacken. Jemand kniff sie so fest in den Unterarm, dass sie vor Schmerz aufschrie. Ein anderer schleuderte ihr Obszönitäten entgegen – Wörter, die sie nie zuvor vernommen hatte. Wieder andere brüllten Dinge, die sie sehr wohl verstand. Gottlos. Kind des rothaarigen Teufels.

Aber dazwischen nahm sie immer wieder ein Schluchzen wahr, das nicht von einer Frau stammte, sondern von einem Mann. Es war dasselbe Schluchzen, das sie an jenem Abend gehört hatte, an dem ihre Mutter gestorben war. Da war es wieder. Es kam von ihrem Vater. Wenn er tatsächlich weinte, widerstrebte es ihm vielleicht, dass sie sterben sollte.

Das allein wäre eine Entschädigung für das Schicksal, das sie erwartete.

»Papa!«, rief sie, während sie unsanft zu der verdreckten Kutsche befördert wurde, die draußen wartete. »Papa, ich liebe dich!« Und dann, weil das Schluchzen nun von dem höhnischen Gejohle der Menge übertönt wurde, schrie sie, so laut sie konnte: »Bitte glaube mir, Papa. Ich habe weder den Ring gestohlen, noch habe ich dem kleinen Jacob Leid zugefügt.«

Sie unterbrach sich kurz, um nach Luft zu schöpfen für ihren letzten Satz. Einen Satz, den sie aus vollen Leibeskräften herausbrüllte, damit er über den Pöbel hinweg gehört wurde. »ICH BIN UNSCHULDIG!«

Laura Marchmont

Gegenwart

26

St Mawes war der perfekte Ort für die Flitterwochen gewesen mit seinem atemberaubenden Hafenpanorama und dem romantischen Dinner (mit Champagnerküssen) auf der weißen Terrasse. Vielleicht war das der Grund, warum es Laura schwerfiel, sich in Charles' moderner Junggesellenwohnung bei Exeter einzugewöhnen. Obwohl diese ungefähr dieselbe Größe wie ihr Londoner Apartment hatte, fehlte ihr die luftige Atmosphäre. Die kahlen Wände verbreiteten eine abweisende Kälte, und statt eines richtigen Herds gab es nur eine Mikrowelle.

Trotzdem, sagte Laura sich, würde sie es hier bald gemütlicher gestalten. Sie hatte natürlich ihre ganzen Bilder mitgebracht und einen alten viktorianischen rosaroten Button-Back-Sessel, an dem ihr Herz hing und der einmal jemandem aus ihrer Familie väterlicherseits gehört hatte, vor langer Zeit. Aber ihre restlichen Möbel waren eingelagert, bis sie für ihr Londoner Apartment einen Käufer finden würde und sich mit Charles nach einem Haus umschauen konnte.

»Keine Eile«, sagte Charles, während er eine Kommode für sie leer räumte. »Wir werden uns bei der Suche Zeit lassen. Mir würde es nämlich gefallen, wenn dies unser erster und letzter Umzug sein wird, dir nicht auch?«

Sie hatten sich bereits auf die Grundvoraussetzungen geeinigt, die das Haus erfüllen sollte. Nicht zu weit entfernt von den Mädchen (das war Charles' Bedingung) und so nah wie möglich am Meer (das war ihre). Während Charles in der Arbeit war, verbrachte Laura die Vormittage damit, an dem kleinen Küchentisch zu malen – der nicht annähernd groß genug war für all ihre Farben und Notizbücher. Am Nachmittag durchstöberte sie die Lokalzeitungen nach Immobilien, die sie sich leisten konnten, und klapperte anschließend in ihrem Mini Cooper diverse Städte und Dörfer ab.

Devon war ganz anders als alles, wo sie zuvor gelebt hatte. »Devon gehört zu den größten Grafschaften im Land«, erklärte Charles ihr stolz. Laura glaubte das sofort. Ohne ihr Navi würde sie sich hier hoffnungslos verirren. Manche Ortsnamen waren unaussprechlich oder klangen fast biblisch. Einige Städte waren atemberaubend schön mit ihren alten Kirchtürmen, die Laura veranlassten, anzuhalten und Skizzen anzufertigen, statt Häuser zu besichtigen. Und andere wiederum waren ziemlich langweilig oder zu weit ab vom Schuss.

Was Dartmoor betraf, so jagten ihr die weiten offenen Flächen Angst ein. Sie hatte von Menschen gehört, die im Moor verschollen waren, und als sie nun auf die karge Landschaft hinausblickte, die sich Meile um Meile vor ihr erstreckte, glaubte sie das gern. »Ich möchte definitiv nicht hier wohnen«, erklärte sie Charles, nachdem sie sich von außen ein riesiges Gutshaus angesehen hatten, das für einen Spottpreis zu haben war.

Er lachte. »Entweder man liebt diese Gegend, oder man fürchtet sie. Aber hier wären wir ohnehin zu weit weg von den Mädchen.«

Die Mädchen! Immer die Mädchen! Charles sprach kaum einen Satz, in dem sie nicht vorkamen. Andererseits war Krissie genauso. Ihre ganze Welt drehte sich nur noch um Daisy. Vielleicht war das normal, wenn man ein Kind hatte. Nicht zum ersten Mal spürte Laura einen leisen Stich des Bedauerns, gefolgt von der Selbstbeschwichtigung, dass sie das Richtige getan hatte. Womit hätte sie es verdient, je Mutter zu sein?

Währenddessen bemühte sie sich bestmöglich um ihre Stieftöchter. Eloise und Hannah kamen zweimal in der Woche direkt nach der Schule zum Essen, für dessen Zubereitung Laura immer eine Ewigkeit in der Küche zubrachte, weil Eloise so wählerisch war. In der einen Woche war sie plötzlich Vegetarierin, und Laura machte sich viel Arbeit, um sie mit einem Ziegenkäse-Flan zu überraschen. »Sorry«, meinte ihre Stieftochter daraufhin mit süffisantem Grinsen. »Ich verzichte auch auf Milchprodukte.« Ein paar Wochen später kehrte sie wieder zu fleischhaltiger Kost zurück. Also servierte Laura ihr schließlich statt der Lachspastete ein Schinkensandwich.

Nach dem Abendessen brach die Hölle los, als Eloise entdeckte, dass ihre Kommodenfächer für Lauras Kleidung freigeräumt worden waren. »Du hattest kein Recht, unsere Sachen anzufassen, Dad«, brüllte sie. »Als du hier eingezogen bist, hast du gesagt, dass das auch unser Zuhause ist.«

Aber du wohnst hier nicht rund um die Uhr, hätte Laura am liebsten eingewandt. Stattdessen, als sie den gequälten Ausdruck in den Augen ihres Mannes sah, ließ sie sich breitschlagen, ihre Sachen in einem Koffer unter dem Bett zu deponieren. »Die Mädchen haben es sicher nicht leicht«, gab ihre Mutter mitfühlend zu bedenken, als Laura ihr am Telefon davon erzählte. »Für sie ist das eine große Umstellung. Zuerst heiratet ihre Mutter wieder und dann auch noch ihr Vater.«

Das war richtig. Laura selbst war aus purem Egoimus froh darüber gewesen, dass ihre Mutter kein zweites Mal geheiratet hatte. Sie hätte es nur schwer ertragen, wenn ein anderer Mann Dads Platz eingenommen hätte. Diese Einsicht machte sie noch entschlossener, zu Charles' Töchtern nett zu sein, selbst wenn Eloise ihre Geduld immer wieder auf die Probe stellte – vor allem als sie mit einem silbernen Nasenring auftauchte! Unglaublicherweise zuckte Charles nicht einmal mit der Wimper.

»Ich habe keinen Aufstand gemacht, weil es zwecklos ist«, erklärte er an jenem Abend, als sie sich im Bett aneinanderkuschelten. »Das ist nur eine Phase. Und den Ring kann man wieder entfernen, im Gegensatz zu einem Tattoo.«

»Aber es ist so unhygienisch«, wandte Laura ein. »Und wenn du nichts sagst, wird es beim nächsten Mal ein Tattoo sein oder sogar eins von diesen scheußlichen Zungenpiercings.«

»Ich werde mit Steph darüber reden.« Charles' Ton in der Dunkelheit ließ Laura wünschen, sie hätte den Mund gehalten. Obwohl sie wusste, dass ihr Mann mit seiner Exfrau regelmäßig Kontakt hatte, fühlte sie sich ausgeschlossen. Zum ersten Mal wurde ihr bewusst, dass ein gemeinsames Kind ein Band schuf, das man niemals zertrennen konnte.

»Danke, dass du wegen der Kommode eingelenkt hast«, fügte Charles hinzu. »Das bedeutet mir sehr viel.«

»Aber findest du nicht, dass du ein bisschen zu nachgiebig bist?«, flüsterte sie zurück.

»Möglich. Bitte, Liebling, versteh das jetzt nicht falsch, aber wenn du selbst Kinder hättest, könntest du das besser nachvollziehen. Meine Töchter leben nun mit einem anderen Mann unter einem Dach. Einem Mann, der nicht ihr Vater ist, aber sie öfter zu Gesicht bekommt als ich. Das macht mich krank. Wenn die Mädchen zu uns kommen, möchte ich, dass sie glücklich sind.«

»Ich verstehe das. Aber irgendwo musst du eine Grenze ziehen.«

Er rollte sich zur Seite, weg von ihr. Von Panik ergriffen, kuschelte sie sich an seinen Rücken. »Ich will mich nicht mit dir streiten, Charles. Mir ist einfach nur wichtig, dass du meinen Standpunkt genauso berücksichtigst wie den der Mädchen. Es hilft nichts, sie zu verhätscheln.«

Das Gespräch löste eine leicht unterkühlte Stimmung zwischen ihnen aus, die ein paar Tage anhielt. »Das wird dir jetzt nicht gefallen«, sagte Krissie, als Laura sie am Telefon um Rat bat. Wenn ihre Freundin doch nur in ihrer Nähe wohnen würde wie früher. »Aber Charles hat nicht ganz unrecht. Wäre ich gezwungen, zwischen Daisy und Simon zu wählen, würde ich mich wahrscheinlich für meine Tochter entscheiden, wenn ich ehrlich bin. Es gibt nichts Stärkeres als die Bindung zwischen Mutter und Kind, wie du eines Tages selbst herausfinden wirst.« Sie kicherte. »Du und Charles solltet besser mal in die Pötte kommen.«

Laura biss sich auf die Unterlippe. Wie oft war sie in Versuchung geraten, sich ihrer Freundin anzuvertrauen? Ihr die Wahrheit zu sagen? Aber jedes Mal hielt die Angst sie zurück. So wie jetzt.

»Ich weiß nicht genau, ob wir überhaupt ein gemeinsames Kind wollen, um ehrlich zu sein. Charles ist glücklich mit seinen Töchtern, und ich bin glücklich mit Charles.«

»Wirklich nicht?« Krissies Stimme klang erschrocken. »Nun, du solltest es aber nicht völlig ausschließen. Daisy ist großartig. Anstrengend, aber großartig.« Im Hintergrund war ein Geheul zu hören. »Da, es geht schon wieder los. Ich muss Schluss machen.«

Nicht nur Charles' Töchter stellten Laura vor eine Herausforderung, sondern auch ihre neue Heimat. Obwohl Laura ihr neues Leben genoss, schreckte sie immer noch morgens aus dem Schlaf hoch, während sie dachte: »Ich bin in Devon.« Es fühlte sich einfach nicht real an.

Sie hatte zuvor schon gehört, dass das Leben hier einem gemächlicheren Gang folgte, aber ihr war nicht bewusst gewesen, wie frustrierend und zugleich angenehm menschlich es sein konnte. »Heute Morgen auf der Post habe ich gute fünf Minuten hinter einer Frau angestanden, die mit der Angestellten am Schalter über ihre Hämorrhoiden diskutierte«, erzählte sie Charles verdrossen. »Es schien sie nicht zu kümmern, wer alles mithören konnte – beziehungsweise dass die Schlange hinter ihr immer länger wurde!«

Er lächelte breit, als hätte sie ein Kompliment ausgesprochen. »Devon nimmt sich Zeit für die Menschen«, erinnerte er sie in betont breitem Dialekt und wirbelte sie dann durch die Küche, als wären sie auf einem Tanzparkett. »Du wirst dich daran gewöhnen, mein Liebes.«

Würde sie das? Die Bankangestellte hatte ihr einen vielsagenden Blick zugeworfen, als Laura ein Konto auf ihren neuen Familiennamen eröffnete. Kannte diese Frau vielleicht die erste Mrs. Charles Haywood? Es war gut möglich. Tatsächlich fragte Laura sich jedes Mal, wenn sie in der Stadt war, ob ihr Charles' Exfrau über den Weg laufen würde. Die Vorstellung verunsicherte sie. Wie diese Stephanie wohl aussah? Was würden sie miteinander reden? Früher oder später, dachte Laura, würden sie sich kennenlernen, auch wenn Charles wenig begeistert gewirkt hatte, als sie ihm das vorschlug.

Dann rief ihre Mutter eines Abends an. Ihre Stimme klang leicht brüchig, und Lauras Herz setzte einen Takt lang aus vor Angst, ihrer Mutter könnte es schlecht gehen. Seit ihrem Umzug nach Devon wurde ihr immer mehr bewusst, dass die »drei Stündchen bis London«, wie sie so vorschnell vor ihrer Mutter verharmlost hatte, in einem Notfall zu lang sein konnten. Aber nicht ihrer Mutter ging es schlecht, sondern Granny, ihrer Großmutter väterlicherseits, die zu gebrechlich gewesen war, um zur Hochzeit zu kommen und der Laura hinterher ein paar Abzüge und ein Stück von der Hochzeitstorte geschickt hatte.

»Seit ihrem Sturz ist sie schwach und tatterig. Sie spricht immer wieder von dir, Liebes. Hast du die Möglichkeit raufzukommen?«, fragte ihre Mutter.

Es traf sich zufällig, dass Laura ihre aktuelle Auftragsarbeit (ein hängendes Geißblatt) im Verlag abgeben musste, aber selbst wenn nicht, hätte sie die Fahrt auf sich genommen. Sie hing nämlich sehr an ihrer kleinen, zierlichen Großmutter mit der zarten Haut. Sie war eine der letzten Verbindungen zu ihrem geliebten Vater. Vor ein paar Jahren hatte Granny widerwillig ihr Haus verkauft und war in eine Seniorenwohnanlage gezogen. Aber seit ihrem Sturz befand sie sich in einem Pflegeheim. Das klang nicht gut.

»Nimm dir so viel Zeit, wie du brauchst«, sagte Charles, als Laura ihm davon berichtete. »Ich werde so lange die Mädchen zu mir nehmen. Das ist doch in Ordnung, oder?«

Es schien fast, als würde er sich darauf freuen, Laura aus der Wohnung zu haben. Nein, das war nicht fair. Am Bahnhof küsste er sie leidenschaftlich zum Abschied, was sie an ihren ersten, nur wenige Monate zurückliegenden Abschied erinnerte, als sie das Gefühl gehabt hatte, es würde ihr das Herz zerreißen, weil sie Charles auf dem Bahnsteig zurücklassen musste. Aber nun, während der Zug in Richtung London beschleunigte, spürte sie, dass sich Vorfreude in ihr breitmachte. Natürlich würde sie Charles vermissen, aber sie war auf dem Weg nach Hause. Zurück in die Stadt, in die sie wirklich gehörte.

Kaum stieg Laura in Paddington aus, spürte sie eine große Erleichterung. So viele Menschen, die umhereilten! So viel Lärm! Keiner, der dich in der Schlange beim Gemüsehändler anstarrte, womöglich weil deine Vorgängerin kurz vor dir im Laden gewesen war. Das bunte Treiben lenkte Laura fast ein wenig von ihrer Sorge um Granny ab. Aber zuerst musste sie im Verlag vorbeischauen und ihre Arbeit abgeben. Während sie mit der Rolltreppe zur U-Bahn hinunterfuhr, nahm sie begierig die Reklame an den Wänden in sich auf. Es war alles so lebendig. So viel Trubel.

Laura freute sich sehr über den herzlichen Empfang in ihrem ehemaligen Büro.

»Wie geht es dir?«

»Du hast ja solches Glück, dass du London hinter dir lassen konntest.«

»Du siehst fantastisch aus, Laura! Das Verheiratetsein steht dir.«

Nachdem sie sich schließlich losreißen konnte und mit der U-Bahn nach Edgware fuhr, wo Grannys Pflegeheim war, überlegte Laura, ob sie sich nicht doch zu schnell in ein neues Leben gestürzt hatte, trotz Krissies Warnung. Denk jetzt nicht darüber nach, sagte sie sich entschlossen, bevor sie auf die Klingel eines hübschen Backsteingebäudes drückte, das ein Privathaus hätte sein können, wäre nicht das Schild außen an der Tür gewesen. Sie musste sich jetzt ganz auf Granny konzentrieren.

Eine freundliche junge Frau in einem weißen Kittel öffnete ihr und bat sie hinein. Kurz darauf musste Laura ihren Schreck verbergen. Das letzte Mal, dass sie ihre Großmutter gesehen hatte, war an Weihnachten gewesen, als Granny zugegebenermaßen bereits gebrechlich gewirkt hatte, aber längst nicht so schwach wie jetzt. Laura küsste die knittrige Wange der alten Dame, wobei sie ihre papierdünnen Handgelenke wahrnahm, die von dem Sturz mit großen lilablauen Blutergüssen übersät waren. Unglaublich, dass sie sich nichts gebrochen hatte.

»Laura!« Granny blickte zu ihr hoch. »Bist du das?«

Sie nickte eifrig, während sie sich insgeheim Vorwürfe machte, weil sie nicht früher gekommen war.

»Ich dachte, du wärst fort.«

Jedes Wort klang schleppend und angestrengt, als würde es ihrer Großmutter viel Mühe bereiten, etwas herauszubringen.

»Fort? Nein, Granny. Ich habe geheiratet. Weißt du nicht mehr? Hast du meine Hochzeitsbilder nicht bekommen?«

Die alte Dame wandte ruckartig den Kopf zu dem Beistelltisch, auf dem eine silbern gerahmte Fotografie stand. Schlagartig erkannte Laura, dass es sich um ihr Hochzeitsporträt handelte, mit Charles an ihrer Seite, der liebevoll zu ihr heruntersah.

»Die Torte«, sagte Granny nun und nickte. »Sehr fein.«

Gott sei Dank, sie schien bei klarem Verstand zu sein. Aber so zerbrechlich! Laura hätte sie am liebsten in den Arm genommen und gehalten, sie in die Granny zurückverwandelt, die sie als Kind gekannt hatte.

»Es tut mir leid, dass ich nicht früher gekommen bin«, sagte sie lahm. »Aber Charles und ich wohnen mehrere hundert Meilen entfernt.«

Der bläulich violett verfärbte Mund der alten Dame mit einem Spuckebläschen auf der Unterlippe bewegte sich, aber es kam kein Ton heraus. Erkennbar verärgert über sich selbst, nahm sie einen zweiten Anlauf, aber ihre Stimme war so schwach, dass Laura sich stark konzentrieren musste, um sie zu verstehen.

»Wo? Wo wohnst du jetzt?«

»In der Nähe von Exeter, aber wir sind im Moment auf der Suche nach einem Haus.«

Granny hörte anscheinend nicht zu. Stattdessen wurde sie in ihrem Sessel unruhig und blickte sich um, als hätte sie etwas verloren. »Kann ich dir was holen?«, fragte Laura, während sie sich fragte, was die alte Dame wollte. Offenbar ging man davon aus, dass Granny eine Zeitlang hierbleiben würde, den

Kleinmöbeln und anderen Gegenständen nach zu urteilen, die Laura von früher wiedererkannte.

Ihre Großmutter nickte, die Lippen konzentriert geschürzt. »Dort drüben«, brachte sie heraus.

Laura folgte ihrem Blick, der auf einem Sticktuch ruhte, das in einem Glasrahmen an der Wand hing. Ein recht hübsches Kreuzstichmotiv von einem alten Landhaus mit symmetrisch angelegten Gärten. Sie erinnerte sich, dass sie als Kind immer bewundernd mit dem Finger auf dem Glas die Stiche nachgezeichnet hatte.

»Nimm es.« Die Worte kamen zischend über die bläulichen Lippen. Dann fügte ihre Großmutter etwas hinzu. Es hörte sich an wie »Hochzeitsgeschenk«.

»Bist du sicher, Granny?« Laura war es unangenehm, den Rahmen von der Wand zu nehmen. Er war ziemlich schwer! Wie um alles in der Welt sollte sie ihn mit ihrem ganzen anderen Gepäck nach Hause transportieren? Sie stellte sich vor, wie sie das Pflegeheim verließ, den großen Rahmen unter den Arm geklemmt. Das Personal würde doch bestimmt denken, sie hätte das Tuch gestohlen!

»Es gehört dir. Familienerbstück.« Ihre Großmutter stocherte durch die Luft in Richtung Sticktuch. »Heaven«, sagte sie.

»Heaven?«, wiederholte Laura verwundert.

Der Mund der alten Dame verkrampfte sich erneut in ihrer Not, das Wort richtig herauszubringen. *»Devon.«*

»Ah, ich verstehe«, sagte Laura, erleichtert darüber, dass ihre Großmutter nicht den Verstand verloren hatte. War das Sticktuch in Devon gekauft oder dort angefertigt worden? Was für eine Geschichte es auch immer hatte, Granny wirkte jedenfalls fest entschlossen, dass Laura es haben sollte. Die alte Dame wirkte nun erschöpft. Ihr Kinn sank auf die Brust, und ihr Atem ging tiefer. »Soll ich gehen?«, fragte Laura behutsam.

Sie erhielt keine Antwort bis auf die leisen und regelmäßigen Atemzüge. Lauras Herz schmerzte vor Angst. »Ich komme bald wieder«, versprach sie. Dann beugte sie sich hinab und gab ihrer Großmutter einen Kuss auf die lichten grauen Haare, durch die die Kopfhaut schimmerte, bevor sie auf Zehenspitzen das Zimmer verließ und sich mit dem wunderschönen, aber verblassten Sticktuch unter dem Arm wie eine Grabräuberin vorkam.

27

Laura saß während der gesamten Rückfahrt in dem überfüllten Zug mit Grannys Hochzeitsgeschenk auf dem Schoß da. Hin und wieder nahm sie es aus der Tragetasche heraus, um einen Blick darauf zu werfen. Das Motiv war wirklich sehr fein ausgearbeitet mit diesen winzig kleinen scharlachroten, brillantblauen, schlüsselblumengelben und flechtengrünen Stichen. Es musste eine Ewigkeit gedauert haben, es anzufertigen.

»Wie schön«, bemerkte eine ältere Frau neben ihr. Ob auf der Südwestroute jeder fremde Leute anquatschte, fragte sich Laura, während sie an die Hinfahrt denken musste.

»Haben Sie es gekauft?«

»Es stammt aus der Familie meiner Großmutter«, antwortete Laura mit einem Anflug von Stolz.

»Unten rechts steht ein Name«, bemerkte die Frau.

In der Tat. Ganz klein, was wohl erklärte, warum Laura ihn noch nicht bemerkt hatte, versteckte er sich unten in der rechten Ecke neben einem kleinen Rosenstrauch, der in roter und grüner Seide gestickt war. Tatsächlich waren die Buchstaben so winzig, dass sie kaum zu entziffern waren. »Ich habe in meiner Tasche eine Lupe«, sagte die Frau entschuldigend. »Ich sticke nämlich selbst, um ehrlich zu sein, darum trage ich immer eine Lupe bei mir. Hier.«

Neugierig geworden, warf Laura einen genaueren Blick auf

die Signatur. M R M. Wer war M R M? Sie spürte leichte Enttäuschung angesichts der Initialen, weil sie auf einen vollständigen Namen gehofft hatte. Es musste einen Grund haben, warum das Tuch im Besitz ihrer Großmutter gewesen war. Entweder war es von jemandem aus der Familie gestickt worden, oder es war einfach eine hübsche Dekoration, die Granny viel bedeutet hatte.

Da stand noch mehr, direkt darunter. Ein Wort, das in einen anderen Rosenstrauch eingewoben war. Laura konnte die Buchstaben mit der Lupe noch gerade so erkennen. Es schien der Name eines Ortes zu sein. Seamouth. Und daneben ein Datum. 1880.

Seamouth? Hatte nicht Charles diesen Ort einmal erwähnt? Sie versuchte, sich an seine Worte zu erinnern. Etwas über einen bezaubernden alten Küstenort mit herrlichen Regency-Hotels, Krabbensandwiches und Eisverkäufern, die auf der Strandpromenade entlangradelten.

»Haben Sie jemals von diesem Ort gehört?«, fragte sie ihre Sitznachbarin, die immer noch die Handarbeit bewunderte.

Die Frau nickte eifrig. »Seamouth ist ungefähr vierzig Minuten von Exeter entfernt. Dort stehen noch ein paar prachtvolle alte Häuser. Die Stadt ist recht berühmt. Sie hat mehrere Dichter beherbergt und sogar Queen Victoria, die damals aber noch ein Baby war. Meine Eltern machten früher mit uns Sonntagsausflüge dorthin.«

Prachtvolle alte Häuser? Darum klingelte bei dem Namen Seamouth eine zweite Glocke! War das nicht einer der Orte, die Charles und sie bei ihrer Immobiliensuche auf der Karte eingekreist hatten, aber dann wieder verwarfen, weil es dort zu teuer war? Laura zeichnete mit dem rechten Zeigefinger den Umriss des Hauses auf dem Sticktuch nach. Es war wirklich beeindruckend. Und auch ziemlich groß, im Grunde ein vornehmes Landhaus aus rotem Backstein, mit reizenden Fensterrahmen und hohen Schornsteinen, alles in feinem Kreuzstich. Die Art von Immobilie, die weit außerhalb ihrer Finanzierungsmöglichkeiten lag.

Aber eigentlich war es der Garten, der hervorstach. Was für eine unglaubliche Sorgfalt und Detailgenauigkeit auf jeden einzelnen Zweig verwendet worden waren, auf jedes einzelne Blatt, auf jede einzelne Blüte. Das erinnerte Laura an ein Märchen, das ihre Mutter ihr früher immer als Gutenachtgeschichte erzählt hatte, als sie noch klein war, das Märchen von den Wichtelmännern, die für den armen Schuster die Schuhe mit so feinen Stichen nähten, dass sie kaum zu sehen waren.

In ihrer Vorstellung malte Laura sich M R M aus, wer auch immer sich hinter dem Kürzel verbarg, tief gebeugt im Schein einer Kerze oder Öllampe, um sicherzustellen, dass jeder einzelne Stich perfekt war. Genau wie sie, Laura, stundenlang im hellen Schein der Schreibtischlampe in dem kleinen Atelier arbeitete, das Charles inzwischen im Gästezimmer für sie eingerichtet hatte, weil der Küchentisch zu klein war.

»Danke«, sagte sie und gab ihrer Sitznachbarin die Lupe zurück.

»Gern geschehen.« Die Frau warf wieder einen bewundernden Blick auf das Sticktuch. »Das dürfte wohl einiges wert sein. Sie sollten es schätzen lassen.«

In Laura erwachte plötzlich ein Beschützerinstinkt, und sie steckte den Rahmen entschlossen zurück in die Tasche. »Es hat für mich einen hohen persönlichen Wert, da es meiner Großmutter gehörte.«

Aber es steckte mehr dahinter, dachte sie, während der Zug auf seinem Weg zum Meer schnaufend durch die Landschaft von Dorset rollte, jeder Wagen vollgepackt mit Urlaubern und Einheimischen wie ihre Sitznachbarin. Das Sticktuch stammte von ihrer Familie väterlicherseits. Obwohl Laura sich große Sorgen um Granny machte, spürte sie gleichzeitig eine Mischung aus Begeisterung und Vorfreude. Das Familienerbstück kam aus demselben Teil der Welt, in dem sie nun lebte. Folglich bewegte sie sich nun wahrscheinlich auf denselben Pfaden, die ihre Vorfahren einst beschritten hatten.

Es war fast wie ein Zeichen mit der Botschaft: »Ja, es war richtig von dir, so weit wegzuziehen.« Sie konnte es kaum erwarten, nach Hause zu kommen und Charles das Geschenk zu zeigen.

Er wartete auf dem Bahnsteig auf sie. Aber kaum flog Laura in seine Arme, wusste sie, dass etwas nicht stimmte. Seinen Augen fehlte das übliche Funkeln, und er blickte verhalten. »Was ist?«, fragte sie, während ihr plötzlich einfiel, dass sie im Ruhewagen ihr Handy ausgeschaltet hatte. »O Gott, es ist doch nichts mit Granny, oder? Hat Mum angerufen?«

Charles schüttelte den Kopf. »Nein. Nichts dergleichen.«

Ihr Herz schlug vor Angst noch schneller. »Was ist es dann?«

»Es betrifft die Mädchen.« Charles' Miene war ernst.

Eine Mischung aus Schuld und Panik überkam Laura. Sag nicht, dass ihnen etwas zugestoßen ist!

»Ich fürchte, sie waren während deiner Abwesenheit in deinem Atelier.«

»Was?« Laura wollte ihren Ohren nicht trauen. »Haben sie etwas angefasst?«

Er nickte. »Ich habe alles so hinterlassen, wie ich es vorgefunden habe. Ich wollte nicht noch mehr Unordnung stiften. Es tut mir so leid, Laura. Ich habe mir die beiden natürlich vorgeknöpft. Sie sagen, sie wollten sich nur mal umschauen und haben dabei aus Versehen die Tasse umgestoßen.«

»Was für eine Tasse?«

Charles machte ein bedauerndes Gesicht. »Meine Kaffeetasse. Die, die du mir geschenkt hast, mit unseren Namen darauf. Ich kann mich zwar nicht erinnern, dass ich sie dort habe stehen lassen, aber das muss wohl so gewesen sein. Es tut mir wirklich leid.« Er nahm ihren Reisekoffer und die Tasche mit dem Glasrahmen vom Boden auf. »Lass uns nach Hause fahren, ja? Dann kannst du dir selbst ein Bild davon machen.«

Es war schrecklich! Was für ein furchtbares Chaos! Die Arbeit von Wochen war ruiniert. Laura hätte am liebsten laut geschrien, als sie den dunkelbraunen Kaffeefleck auf ihrem Skizzenblock sah, der sämtliche Blätter durchdrungen hatte, und einen weiteren auf der Illustration einer einzelnen imposanten Schwertlilie, die Laura vor ihrer Abreise frisch begonnen hatte. Das Bild war nun zerstört, völlig unbrauchbar mit dem braunen Fleck direkt auf der herrlichen violetten Blüte. Dasselbe galt für ihren außerordentlich teuren Zobelhaarpinsel mit der feinen Spitze, der in die Gesso Grundierung getaucht worden war, die sie für den Hintergrundeffekt benutzte.

»Sie müssen mich hassen«, sagte sie und ließ sich auf den Boden sinken, wobei sie den Kopf in die Hände stützte. »Wirklich hassen.«

Charles hockte sich neben sie auf den Boden. »Ich habe es dir doch erklärt, Liebling. Es war ein Unfall. Sie waren nur ein bisschen neugierig, wie Mädchen in dem Alter eben so sind. Das mit der Kaffeetasse war ein Versehen.«

»Sicher! Eine Kaffeetasse, die du angeblich dort vergessen hast, obwohl du dich nicht daran erinnern kannst. Außerdem erklärt das nicht, warum mein Pinsel auch ruiniert ist. Völlig ruiniert. Bist du dumm, Charles? Das war pure Absicht.«

Noch während sie das Wort »dumm« aussprach, wusste sie, dass sie zu weit gegangen war. »Respekt«, hatte ihre Mutter immer gesagt, »ist einer der wichtigsten Bestandteile einer Ehe.«

»Ich wollte nicht ›dumm‹ sagen«, fügte sie hastig hinzu. »Ich meinte eher ›naiv‹. Ich weiß, es ist schwer für dich, das zu erkennen, aber es handelt sich um einen klaren Sabotageakt, weil deine Töchter mich hier nicht haben wollen.«

Er saß eine Weile lang stumm da, als müsste er das erst einmal verdauen. »Vielleicht«, sagte er schließlich und kratzte sich hinter dem linken Ohr, wie immer, wenn er nachdachte, »haben wir ihnen nicht genug Zeit gegeben.«

Wieder eine Ausrede! Er wollte den Arm um sie legen, aber sie wich aus. Wann würde er die Augen öffnen? »*Du* wolltest so schnell heiraten, Charles.«

»Ja. Und ich bin froh, dass wir es getan haben.« Er beugte sich wieder zu ihr und begann ihr Gesicht mit zarten Schmetterlingsküssen zu bedecken. »Laura, wir sind beide keine zwanzig mehr. Du hast deine Art, Dinge zu tun, und ich meine. Wir müssen Kompromisse schließen, und dazu gehört auch, Zugeständnisse an meine Mädchen zu machen.«

Meine Mädchen! Dad nannte sie früher auch »mein Mädchen«. Die Erinnerung verursachte Laura einen Stich und verstimmte sie noch mehr. Rasch sprang sie auf, um von Charles wegzukommen. »Sie sind so verwöhnt, Charles. Siehst du das denn nicht? Ich weiß, du versuchst, das mit der Scheidung wiedergutzumachen, aber wenigstens haben sie einen Vater, was mehr ist, als ich hatte, als ich in Eloise' Alter war.«

»Das ist jetzt ein bisschen unfair«, sagte er.

»Ach ja?« Wütend begann sie, ihre feuchten Skizzen einzusammeln. »Dann sag mir doch: Hast du sie bestraft? Hast du ihnen das Taschengeld gestrichen? Oder Hausarrest gegeben?«

Charles klang defensiv. »Ich habe ihnen gesagt, dass sie sich bei dir entschuldigen sollen. Ihre Mutter bringt sie heute Nachmittag vorbei.«

»Ich will sie nicht sehen.« Laura war bewusst, dass sie sich kindisch verhielt, aber sie konnte nicht anders. »Das ist das Letzte, was ich nach diesem Tag brauchen kann. Meine Großmutter ist sehr schwach, und jetzt auch noch das.«

Sie hob eine einzelne Skizze auf, die auf den Boden gefallen und so zum Glück dem Schicksal ihrer Schwestern entgangen war. »Bitte, lass mich einfach für eine Weile allein, während ich hier aufräume.«

Laura war immer noch aufgebracht, als die Mädchen später eintrafen und Sturm klingelten. Sie sah aus dem Fenster und erhaschte gerade noch einen Blick auf das silberne Cabrio deren Mutter, das auf der Straße davonbrauste. An der Wohnungstür waren gedämpfte Stimmen zu hören und gleich darauf Schritte, die sich durch den Flur ihrem Atelier näherten.

Eloise' Blick war herausfordernd, auch wenn Hannahs Augen feucht waren und voller Reue. »Wir möchten uns entschuldigen«, sagten beide gleichzeitig ohne jede Einleitung, als hätten sie es einstudiert. Die Entschuldigung klang hohl und unaufrichtig.

»Warum habt ihr das getan?«, fragte Laura.

Eloise zuckte mit den Achseln. »Wie gesagt, es war ein Versehen.«

Laura schnaubte verächtlich.

»Ehrlich«, bekräftigte Hannah eifrig. »Wir würden deine Sachen nie absichtlich zerstören. Ich finde deine Bilder toll. Ich wünschte, ich könnte auch so gut malen.«

Laura spürte, dass sie schwach wurde. War das die Wahrheit? Konnte es tatsächlich ein Versehen gewesen sein? Sie konnte es sich beinahe bildlich vorstellen. Zwei Mädchen, neugierig darauf, im Atelier ihrer Stiefmutter herumzuschnüffeln. Sie betrachteten ihre Bilder und stießen dann versehentlich eine Kaffeetasse um, die Charles dummerweise dort hatte stehen lassen. Es war nicht einmal unwahrscheinlich.

»Wenn ihr gerne malen möchtet«, sagte Laura steif, »kann ich euch helfen, aber in einer kontrollierten Umgebung.« Sie spürte, dass Charles neben ihr eifrig nickte.

»Das wäre schön, nicht wahr, Mädels?«

»Nein danke.« Eloise drängte sich an ihnen vorbei. »Ich habe jetzt genug von langweiliger Malerei.«

Genug von langweiliger Malerei! Nachdem sie Lauras Werke zerstört hatte! Laura funkelte Charles an und wartete darauf, dass er etwas sagte, aber er schenkte ihr lediglich ein entschuldigendes Achselzucken. »Belass es vorerst dabei«, raunte er ihr zu. »Ich werde später noch einmal mit ihnen reden.«

»Das reicht nicht«, zischte sie. »Siehst du nicht, wie sie mit dir umspringen?«

Wütend stürmte sie zurück in ihr Atelier, um weiter aufzuräumen. Charles konnte seine Zeit ruhig allein mit seinen Töchtern verbringen.

Erst nachdem die Mädchen wieder weg waren, später am Abend, erzählte sie ihm von dem Sticktuch. Der schreckliche Vorfall hatte ihr jegliche Begeisterung geraubt, und ihr war fast danach, es gar nicht zu erwähnen.

»Sieh dir das an.« Sie nahm den Glasrahmen aus der Tasche. »Das hat mir Granny geschenkt.«

Charles stieß einen Pfiff aus, eindeutig bemüht, den Frieden wiederherzustellen. »Edel. Wer hat es gemacht?«

»Das weiß ich nicht, aber hier unten in der Ecke sind winzige Initialen. Siehst du? M R M. Und darunter steht noch Seamouth. Hast du nicht mal gesagt, das wäre eine der hübschesten Küstenstädte hier in der Gegend?«

Ihr Mann nickte begeistert. »Das ist ja unglaublich! Während du weg warst, habe ich von einem neuen Bauprojekt dort unten gehört. Das Objekt, ein gut erhaltener viktorianischer Altbau direkt an der Steilküste, ist noch gar nicht inseriert.

Durch den Umbau entstehen drei große Eigentumswohnungen. Das Haus heißt Bay View Heights.«

Eine Wohnung? Sie suchten eigentlich ein Haus. Andererseits wünschte Laura sich verzweifelt, aus dieser Wohnung hier auszuziehen und sich mit Charles ein gemeinsames Nest zu schaffen, wo die Mädchen ihre Privatsphäre zu respektieren hatten, statt *sie* als den Eindringling, den Störenfried, zu betrachten.

»Ich weiß, wir haben gesagt, wir möchten ein Haus für uns«, fuhr Charles begeistert fort. »Aber zu jeder der drei Wohnungen gehört ein eigener Garten, und außerdem gibt es einen durch Mauern abgetrennten Gemeinschaftsgarten, von dem aus man einen atemberaubenden Blick auf den alten Kalksteinbruch hat. Jede Wohnung verfügt über drei Schlafzimmer, du könntest also eins davon als Atelier nutzen, und wir hätten immer noch ein Gästezimmer für die Mädchen. Sollen wir mal vorbeifahren und es uns anschauen?«

28

Insgeheim hatte Laura gehofft, dass Bay View Heights wie das alte rote Backsteinhaus auf dem Sticktuch aussehen würde. Aber das Gebäude war kleiner (zwei Etagen, nicht drei) und außerdem weiß statt rot. Es hatte auch nicht diese hohen Schornsteine, und die Fenster waren anders angeordnet. Die Kiesauffahrt war gerade und nicht hufeisenförmig wie auf dem Sticktuch. Trotzdem war es bezaubernd!

Die Immobilienentwickler hatten eindrucksvolle Arbeit geleistet. Die Wohnung, die Laura und Charles besichtigten – Shellscape –, war mit ihren hohen Stuckdecken geräumig wie ein klassischer Altbau. In den Schlafzimmern waren noch die Originalkamine erhalten genau wie im Wohnzimmer, gekachelt mit William-Morris-Motiven in satten Farbtönen zwischen Rot und Ockergelb. Aber es war die Aussicht, die den Ausschlag gab. Der Blick auf die Klippen, die zum Meer abfielen. Die Laura anflehten, zum Strand hinunterzulaufen, auf der Stelle!

»Können wir uns das leisten?«, fragte sie atemlos, während sie an den hohen Unterhalt für die Kinder dachte, den ihr Mann jeden Monat an Stephanie zahlte. Charles' Arm schloss sich enger um sie.

»Gerade noch so, vorausgesetzt, deine Wohnung findet einen Käufer.« Er blickte sie zärtlich an. »Denkst du, du kannst hier glücklich werden?«

»Solange wir unter einem Dach leben«, antwortete sie schlicht. »Aber nur, wenn sich mit den Mädchen was ändert.« Sie holte tief Luft. Dies würde nicht einfach werden, aber sie musste es aussprechen. »Du musst strenger zu ihnen sein.«

Er starrte sie enttäuscht an. »Und du musst begreifen, dass sie viel durchgemacht haben.«

»Das heißt aber doch nicht, dass du ihnen alles durchgehen lassen musst!«

»Das heißt aber auch nicht, dass du so unerbittlich sein musst.«

Einen Moment lang standen sie da und starrten sich an, als wären sie Fremde. Dann begannen sie gleichzeitig zu reden. »Du zuerst«, sagte Charles, ohne zu lächeln.

Seine Miene, die sonst so fröhlich war, machte ihr Angst. »Ich wollte sagen, dass ich dich nicht verlieren möchte.« Ihre Augen füllten sich mit Tränen.

Es war die Wahrheit. Sie liebte Charles. Liebte diesen herzensguten, witzigen, großzügigen, gelegentlich exzentrischen Mann. Noch dazu gab er ihr Raum zum Malen. Und er akzeptierte, dass sie keine Kinder haben konnte. Sein einziges Manko waren die Mädchen.

»Ich möchte dich auch nicht verlieren«, erwiderte er ruhig. »Aber ich verstehe nicht, wie jemand, der herzlich und liebevoll ist, so hart sein kann zu zwei Teenagern, die noch nicht richtig erwachsen sind. Hast du vergessen, wie es war, als du in ihrem Alter warst? Hast du nie Fehler gemacht?«

Laura erstarrte. »Doch«, flüsterte sie. »Doch, habe ich.«

»Dann lass uns von nun an versuchen, auf den Standpunkt des anderen Rücksicht zu nehmen, ja?« Er zog sie an sich und senkte die Lippen auf ihre, sodass sein Mund ihren verschloss. Für eine kleine Weile vergaß Laura die Welt um sich herum. Als sie sich schließlich voneinander lösten, musterte er sie eindringlich. »Also, sollen wir in Seamouth einen Neuanfang wagen?«

»Ja«, sagte sie dankbar. »Ja.«

Unglaublicherweise, und als wäre es vorherbestimmt, wurde Lauras Apartment im folgenden Monat verkauft und ihr Angebot für Shellscape von den Bauherren akzeptiert. Sie konnte es kaum erwarten! In ihrem Kopf hatte sie bereits genau ausgearbeitet, was wohin kommen würde. Ihr hübscher rosa Samtsessel, den sie in einem Antiquitätengeschäft in Battersea entdeckt hatte, passte perfekt vor das Erkerfenster im Wohnzimmer. Charles' Esstisch aus Mahagoni würde drüben an der Seite stehen, und das neue Bett, das sie gekauft hatten, als ein Symbol für ihren Neuanfang, würde im großen Schlafzimmer seinen Platz finden.

»Wir könnten die Mädchen ihr Zimmer selbst einrichten lassen«, schlug Charles vor.

Laura nickte, während es ihr nach wie vor widerstrebte, sich mit ihren Stieftöchtern auseinanderzusetzen. Seit der Verwüstung in ihrem Atelier machte sie sich rar, wenn die beiden zu Besuch kamen. Besser, sie ließ die Mädchen nicht sehen, wie aufgebracht sie war, um ihnen nicht womöglich das Gefühl zu geben, sie hätten gewonnen.

Am selben Tag, an dem Charles und sie ihre Unterschriften unter den Kaufvertrag gesetzt hatten, kam der Anruf von ihrer Mutter. Laura hörte sofort an ihrem Ton, was passiert war. »Es tut mir leid, Schatz. Granny ist heute Morgen gestorben.«

Laura wollte weinen, aber es kamen keine Tränen. Stattdessen fühlte sie sich wie betäubt. Betäubt und schuldig. »Ich hätte sie noch mal besuchen sollen«, stammelte sie. »Aber ich war so beschäftigt mit der Wohnung und meiner Arbeit.«

»Deine Großmutter hätte dafür Verständnis gehabt«, tröstete ihre Mutter sie. »Es ist schließlich nicht mehr so einfach für dich, jetzt, wo du so weit weg bist.«

Zu weit weg. Das meinte ihre Mutter damit. Wäre Laura näher dran gewesen, hätte sie Granny öfter sehen können. Nun war es zu spät. Während sie trauerte, kehrten die Erinnerungen an all die Jahre wieder. Granny, die ihr von Familienferien am Meer erzählte. Granny bei Lauras Konfirmation. Granny bei ihrer Abschlussfeier. Laura hasste sich dafür, dass sie nur an sich selbst gedacht hatte. Von nun an würde sie Mum öfter besuchen – es war zu einfach gedacht, davon auszugehen, dass Menschen bis in alle Ewigkeit da waren.

»Kommst du mit zur Beisetzung?«, fragte sie Charles, nachdem sie sich neben den Umzugskartons in seinem Schoß ausgeweint hatte.

Er nickte. »Natürlich.«

Es war eine kleine Trauerfeier in einer Kirche im Norden Londons. Laura beobachtete bekümmert, wie der Sarg ihrer Großmutter hereingetragen wurde. Ja, Granny hatte ein langes und erfülltes Leben, wie jeder sagte. Aber sie hatte auch viel zu bewältigen gehabt. Sie war jung Witwe geworden und hatte ihren Sohn überlebt. Wie hart musste es für eine Mutter doch sein, ihr Kind zu verlieren. Nein. Fang nicht damit an.

Laura drückte Charles' Hand. Sie nahm sich vor, die Mädchen einzuladen, wenn sie wieder zu Hause waren. Vielleicht zum Bowlen oder Reiten. Irgendetwas, um zu zeigen, dass sie ihnen verziehen hatte, ihrem Vater zuliebe.

Nach dem Gottesdienst versammelten sie sich in der Wohnung von Lauras Mutter in Chesham. Mum war untröstlich, als wäre Granny ihre leibliche Mutter gewesen. »Sie war eine echte Persönlichkeit, Schätzchen, wie alle in deiner Familie väterlicherseits«, sagte sie schniefend in der Küche und wischte sich über die Augen. »Ach, bevor ich es vergesse, der Notar hat mir bereits gesagt, was im Testament steht. Sie hat fast alles mir hinterlassen. Kein großes Vermögen, aber ich werde nicht mehr arbeiten müssen. Ich möchte dir gern etwas davon abgeben.«

»Nein«, erwiderte Laura. »Ehrlich, wir brauchen nichts.«

Sie warf einen Blick zu Charles, dessen Miene ausdrückte, dass er die Notlüge billigte.

»Nun, ich muss zugeben, dass das Geld mir sehr gelegen kommt, um endlich meine Wohnung abzubezahlen.« Ihre Mutter seufzte. »Aber dir hat sie auch was vermacht. Wahrscheinlich entspricht es nicht ganz deinem Geschmack, aber vielleicht kannst du sie ja verkaufen. Tatsächlich wusste ich gar nicht, dass sie so etwas besitzt, bis wir ihr Testament gefunden haben.«

»Was ist es denn?« Laura war neugierig geworden.

»Ein großer Haufen verstaubter Sticktücher! Dem Datum nach viktorianisch. Ich denke, jemand aus der Familie hat sie angefertigt, weil auf allen derselbe Name steht. Komm mit. Ich habe sie drüben in deinem alten Zimmer.«

Neugierig folgten Laura und Charles ihr in den kleinen Raum, wo immer noch Lauras schmales Jugendbett an der Wand stand. Auf der rosa Tagesdecke aus Frotteeplüsch – nach wie vor unverändert! – lagen mehrere zusammengerollte Stoffe in der Größe von Geschirrtüchern, die nach moderigen Mottenkugeln und altmodischen Gebrauchtwarenläden rochen. Vorsichtig wickelte Laura jedes einzelne Tuch auf und staunte über die herrlichen Stickmotive, die mit so großer Sorgfalt ausgeführt worden waren. Sie stellten alle eine ähnliche Szenerie dar: ein traumhaftes rotes Backsteinhaus mit großen zweiflügeligen Fenstern und einer Reihe von Schornsteinen, so hoch und prächtig, dass sie wie Zylinderhüte auf einer Hochzeit aussahen. Bewundernd musterte Laura den Garten mit den Kletterrosen, die sich an einer kleinen Mauer emporrankten, und den anmutigen Stechpalmenstrauch mit den roten Beeren oben rechts in der Ecke.

Ihr wurde mit Bestürzung bewusst, dass es sich um dasselbe Motiv handelte wie auf dem Sticktuch, das Granny ihr nachträglich zur Hochzeit geschenkt hatte. Angesichts des Alters der Tücher und der nachlässigen Art, sie einfach zusammenzurollen, waren sie noch in einem erstaunlich guten Zustand, abgesehen von einem oder zwei, die an den Rändern ausgefranst waren. Alle anderen hatten einen sorgfältig genähten Saum, auch wenn der Stoff, wahrscheinlich Leinen, inzwischen so fadenscheinig war, dass Laura, wenn sie ihre Hand dahinter hielt, die Umrisse ihrer Finger durch das Gewebe sehen konnte.

Manche unterschieden sich in kleinen Details von den anderen, fiel ihr auf. Auf einem war ein kleiner Hund. Auf einem anderen ein Buggy beziehungsweise ein Kinderwagen, wie man in jener Zeit dazu sagte. Auf dem nächsten war eine Mutter mit ihrem Kind, und auf einem anderen wiederum zwei Mädchen, ungefähr im selben Alter, mit Häubchen und ausladenden Röcken.

Jedes der Tücher trug eine Jahreszahl, in chronologischer Reihenfolge, abgesehen von zwei Jahren, die fehlten, nämlich 1880, das sie bereits hatte, und 1883. Letzteres war vermutlich im Laufe der Zeit verloren gegangen. Wie schade. Und jedes Tuch enthielt den Namen Seamouth in denselben winzig filigranen Stichen. Die Werke jüngeren Datums trugen dieselben Initialen wie Lauras Exemplar, das Granny ihr zuvor geschenkt hatte. Aber auf den älteren war die Signatur größer und länger.

»*Mary Rose Marchmont*«, las Laura laut.

»Mary Rose?«, wiederholte ihre Mutter und setzte ihre Schildpattlesebrille auf. »Der Name sagt mir was. Ich erinnere mich, dass dein Vater einmal eine entfernte Vorfahrin erwähnte, die so hieß, damals, als er den Familienstammbaum erforschte. Ich glaube, es gab einen Hinweis, dass sie in irgendeinen Skandal verwickelt war.« Sie seufzte. »Das ist das Problem mit Familien. Wenn die Ahnen zu ihrer Zeit nichts aufgeschrieben haben, geraten sie einfach in Vergessenheit, und die nachkommenden Generationen bleiben keinen Deut schlauer zurück.«

Laura spürte einen kleinen Kloß im Hals. »Hatte diese Mary Rose Kinder?«

»Ich glaube nicht. So ein Jammer.«

Ein angespanntes Schweigen entstand, während jede wusste, was die andere gerade dachte. »Ich habe dir doch erzählt, oder nicht«, sagte Laura, um das Thema zu wechseln, »dass der Name Seamouth auch schon auf dem ersten Sticktuch steht und dass das der Ort ist, wo Charles und ich unsere neue Wohnung gekauft haben?«

Ihre Mutter, die bewundernd die Handarbeit studierte, blickte interessiert auf. »Wirklich! Meine Güte, was für ein Zufall. Dann kannst du vielleicht mehr über die Tücher herausfinden. Das wäre ein schönes Projekt für dich, und außerdem …«

Ihre Stimme verklang.

»Außerdem was?«, fragte Laura und nahm die linke Hand ihrer Mutter, wobei sie den Ehering fühlte. Dabei kam ihr in den Sinn, dass Mum diesen inzwischen mehr als doppelt so lange trug, als ihre Ehe tatsächlich gedauert hatte.

»Ich denke, deinem Vater würde es gefallen, wenn du dich mit seiner Ahnengeschichte beschäftigst«, sagte ihre Mutter sanft. »Denkst du nicht auch?«

29

Waren die Sticktücher ihr als ein Zeichen geschickt worden? Waren sie eine Mahnung, dass Laura als die letzte Generation der Marchmonts die Verpflichtung hatte, mehr über ihre Familiengeschichte in Erfahrung zu bringen? War es möglich, fragte sie sich, als sie und Charles von der Trauerfeier nach Hause fuhren, dass dies mehr als ein glücklicher Zufall war oder sogar ein Wink des Schicksals?

Laura hatte das Schicksal immer als etwas betrachtet, dem man mit Vorsicht begegnen sollte – im Gegensatz zu Krissie, die auf Kristalltherapie schwor und hin und wieder zu einer Hellseherin ging. Trotzdem hatte Laura einen gewissen Respekt davor. Manchmal schienen Dinge tatsächlich aus einem bestimmten Grund zu passieren so wie jener Abend, an dem sie Charles auf der Kunstausstellung kennengelernt hatte.

Aber selbst wenn es nicht Schicksal war, schrie die Sache förmlich danach, dass man ihr auf den Grund ging. Wer war diese Mary Rose Marchmont? Und warum war in den späteren Jahren ihr Name auf den Sticktüchern zu den Initialen M R M geschrumpft, winzig klein, als wollten sie sich dafür entschuldigen, dass sie überhaupt da waren?

Laura musste es herausfinden. Sie hatte das Gefühl, dass Granny ihr ein Rätsel gestellt hatte. Aber das alles musste vorerst warten, bis sie umgezogen waren. In der Zwischenzeit, beschloss Laura, würde sie die anderen Sticktücher auch einrahmen lassen, damit sie sie in der neuen Wohnung aufhängen konnte. Tatsachlich wusste sie schon genau, wo sie hinsollten. Wie meinte Charles: Kunstwerke wie diese verdienten es, präsentiert zu werden, statt zusammengerollt zu verstauben.

Der Gedanke an ihr neues, gemeinsames Zuhause war derart berauschend, dass Laura das Gefühl hatte zu schweben. »Freust du dich schon auf morgen, Liebling?«, fragte Charles am Abend vor ihrem Umzug. Sie lagen im Bett, umgeben von Umzugskartons, unfähig zu schlafen in der Gewissheit, dass morgen die Möbelpacker anrückten und sie in ihr neues Leben aufbrechen würden. Ein Leben, in dem sie anfangen konnten, eigene Erinnerungen aufzubauen. Wo die Mädchen und ihre Mutter nicht praktisch um die Ecke wohnten.

Ein Leben am Meer. Das Meer. Laura wiederholte das Wort im Kopf und verweilte wellenförmig auf dem »e«, das schaukelnde Wasser vor Augen. Ihr ganzes Leben hatte sie in oder in der Nähe von London zugebracht, aber sich manchmal insgeheim danach gesehnt, an den Strand gehen zu können, das Wasser bei Ebbe und Flut zu beobachten und dem Kreischen der Seemöwen zu lauschen. Und nun würde ihr Traum wahr werden. Nicht nur das, dachte sie, während sie sich schläfrig zu Charles drehte und sich an seinen Rücken kuschelte, sie verwirklichte diesen Traum sogar mit dem einzigen Mann, mit dem sie den Rest ihres Lebens verbringen wollte.

Der folgende Morgen war einer dieser zauberhaften Septembertage, die einem vorgaukelten, es sei immer noch Sommer. Ein gutes Omen, dachte Laura glücklich, während sie und Charles dem Möbelwagen durch die Vororte von Exeter in Richtung Bay View Heights und Shellscape folgten. Ihr Herz flatterte vor Aufregung. So reizende Namen! Jede der drei Wohnungen hatte einen eigenen Namen: Es gab noch Seagull Vista auf der Ostseite und Lime View auf der Westseite. Laura hoffte, dass sie mit den anderen Bewohnern auskommen würde, und fragte sich, ob darunter ein Paar sein würde wie Charles und sie, vielleicht sogar mit Kindern.

Dabei fiel es ihr wieder ein. Die Mädchen! Sie würden nach der Schule vorbeikommen, um sich ihr neues Zimmer anzusehen. War das nicht ein bisschen früh?, hätte sie am liebsten zu Charles gesagt. Sie würden noch lange nicht mit dem Auspacken fertig sein. Aber Laura hielt sich zurück. Eloise und Hannah waren seit ihrem Sabotageakt ziemlich kleinlaut, also war es ihnen vielleicht eine Lektion gewesen. Außerdem, da sie nun nicht mehr so nah beieinanderwohnten, fühlte Laura sich in der Lage, großzügiger zu sein.

»Ist es nicht wunderschön?« Charles hielt vor dem Tor, und sie betrachteten das formschöne, elegante weiße Haus, die Originalschiebefenster und das graue Schieferdach. Eine gut genährte Möwe hockte auf dem gedrungenen Schornstein, als würde sie nach ihnen rufen, und im Hintergrund konnte Laura das Meer sehen, das in der Sonne glitzerte und winkte.

Aber es war der Garten, der ihr wirklich den Atem verschlug, als sie die Kieseinfahrt hochfuhren, die sie sich mit den anderen Eigentümern teilten. Er war noch schöner, als sie ihn von ihren vorherigen Besuchen in Erinnerung hatte. Ein milder früher Herbst schien das Beste in ihm hervorgebracht zu haben. Rittersporne, vom Sommer übrig geblieben, neigten ihre schweren Köpfe zu plumpen violetten und zartrosa Lupinen. Ein Strauch saftig blutroter Pfingstrosen schwebte beschützend über einer Lavendelrabatte, die an eine sauber getrimmte Buchsbaumhecke grenzte. Und vor der tiefroten Ziegelsteinmauer wuchs im Halbschatten an einem fächerförmigen Spalier eine robuste japanische Zierquitte, deren kleine orangerote Blüten sich von den dunkelroten Pfingstrosen abhoben.

Das hier war kein neuer Garten, von den Immobilienentwicklern angelegt und frisch mit Ware aus dem Gartencenter bepflanzt. Er war bereits ausgewachsen. Ein eigenständiges Wesen, das, obwohl das Haus bis zu dem Umbau stark vernachlässigt worden war, auf wundersame Weise überlebt hatte. Laura juckte es in den Fingern, ihren Skizzenblock herauszuholen, aber die Möbelpacker hatten bereits die Ladeklappen geöffnet und luden Kisten und rollbare Garderobenschränke aus.

»Wo soll das hin, Mrs. Haywood?«, fragte einer der Männer.

Ihr neuer Familienname überraschte Laura manchmal noch. Sie warf einen Blick zu Charles und lächelte, ein bezauberndes, warmes *Ist-es-nicht-wundervoll*-Lächeln. »Können Sie das bitte in die Diele stellen? Und das hier vielleicht …«

Sie wurde von einem großen, leicht gebeugt gehenden Mann in einer graugrünen Samtsmokingjacke unterbrochen, dem eine kleine, großzügig proportionierte Frau mit einem freundlichen Gesicht folgte. »Sie müssen unsere neuen Nachbarn sein! Wir wohnen im Seagull Vista. Audrey und Derek Palmer. Schön, Sie kennenzulernen!« Derek schüttelte bereits Charles' Hand. »Wir dachten, wir kommen mal kurz heraus und stellen uns vor.«

Audrey nickte begeistert. »Ich habe gehört, Sie sind ebenfalls von London übergesiedelt, genau wie wir.«

»Ich schon, aber mein Mann ist von hier.« Laura fragte sich, wie alt dieses Paar mit der gepflegten Ausdrucksweise wohl sein mochte. Ende sechzig oder Anfang siebzig vielleicht?

»Ah!« Derek strahlte. »Wie lautet noch dieses Sprichwort, das ich gehört habe? In Devon geboren, in Devon veredelt, Kraft in den Armen, aber sturer Schädel!«

Charles lachte schallend. »Es gibt davon eine Abwandlung,

aber die ist ziemlich unanständig. Sie geht ungefähr so, wenn ich mich nicht irre.« Seine tiefe Stimme fiel in einen übertriebenen Dialekt, und er gestikulierte beim Reden mit den Armen in der Luft herum. »In Devon geboren, in Devon vermählt, Kraft in den Armen und spitze im Bett.«

»Charles!« Laura warf einen besorgten Blick auf ihre neuen Nachbarn, aber die bogen sich vor Lachen.

»Ich sehe, wir werden uns gut verstehen.« Audrey tätschelte liebevoll den Arm des älteren Mannes. »Sie werden bald merken, dass mein Derek keinerlei Zeit- oder Taktgefühl besitzt. Nun wollen wir Sie aber nicht länger aufhalten. Wir wollten uns nur kurz vorstellen und Ihnen sagen, dass wir hoffen, Sie auf eine Tasse Tee bei uns empfangen zu können, sobald Sie sich eingerichtet haben.«

Derek schnaubte. »Tee! Du wirst ihnen wohl etwas Härteres anbieten müssen, denke ich. Und warten Sie nicht, bis Sie sich eingerichtet haben, sonst wird es Wochen dauern so wie bei uns. Kommen Sie auf ein Schnäpschen rüber, sobald Sie können.« Er holte eine Taschenuhr hervor. »Passt Ihnen vier Uhr? Um diese Zeit gönnen wir uns gewöhnlich ein Gläschen, nicht wahr, meine Liebe?«

Laura war mehr als bereit für eine Pause, nachdem sie ihr ganzes kostbares Porzellan ausgepackt und auf der vor Jahren auf dem Camden Market erstandenen butterblumengelb gestrichenen Kommode arrangiert hatte. Charles war offenbar genauso bereit, seiner Miene nach zu urteilen. Der Schweiß tropfte an ihm herunter, nachdem er das neue Bett aufgebaut hatte, ganz zu schweigen von seiner komplizierten Musikanlage.

Es wirkte schon jetzt sehr gemütlich, dachte Laura begeistert. Irgendwie passte die Kombination aus ihrem und Charles' Stil in dieses zauberhafte alte Haus mit seinem Wink an die

Moderne. Diese raffinierten neuen cremefarbenen Jalousien an der Innenseite des alten Erkerfensters sahen aus, als wären sie schon immer dort gewesen. Und das geschliffene Eichenparkett mit den uralten Astausbrüchen schien für die kobaltblauen und narzissengelben Läufer wie gemacht zu sein, die Laura aus Grannys Wohnung mitgebracht hatte.

Ihrer Großmutter hätte es hier gefallen, das wusste Laura instinktiv. Und ihre Mutter würde sicher begeistert sein. Laura konnte es kaum erwarten, sie nach Devon einzuladen, aber erst wenn hier alles einigermaßen fertig war.

»Bereit für ein Schnäpschen?«, fragte Charles. Er gab ihr eine herrlich herzliche verschwitzte Umarmung. »Ich bin ziemlich neugierig, wie die Wohnung der beiden aussieht, du nicht auch? Die andere Wohnung, Lime View, wird offenbar nur als Ferienwohnung genutzt von einem Paar, das im Ausland lebt. Also sind wir im Grunde nur zwei Parteien im Haus. Recht angenehm, findest du nicht auch?«

Tatsächlich hatte die Wohnung der Palmers einen ähnlichen Grundriss, aber eine andere Aussicht, nämlich auf die Stadt statt auf die Küste. Laura war insgeheim dankbar, dass Charles und sie als Erste zum Zug gekommen waren. Die Einrichtung von Audrey und Derek war ein Tribut an die Siebzigerjahre mit einem Sofa in grün-braunem Paisleymuster, Retromöbeln von G-Plan und Teppichboden statt Parkett. Jedem das Seine, dachte Laura, während sie durch die Küche schlenderte, wo auf dem Fensterbrett eine Reihe Töpfe mit frischen Kräutern stand.

»Gärtnern Sie auch so gerne?«, fragte sie Audrey, die in eine große Teekanne mit kochendem Wasser losen Tee aus einer Dose gab, die schon bessere Tage gesehen hatte.

»Absolut, meine Liebe. Das ist mit ein Grund, warum wir die Wohnung hier gekauft haben. Ich praktiziere zwar nicht mehr, aber ich beschäftige mich immer noch gerne mit Pflanzen.«

Praktizieren? War sie eine Ärztin? Und falls ja, was hatte das mit dem Gärtnern zu tun?

»Sie wirken leicht verwirrt.« Audrey stieß ein heiseres Lachen aus, als hätte sie diesen Spruch schon bei anderen Leuten gebracht. »Ich bin Herbalistin. Ich braue meine eigenen Zaubertränke, wie Derek es nennt. Derek ist wesentlich konventioneller als ich, wissen Sie. Er war früher Kinderarzt. Sogar ein recht bekannter während seiner Glanzzeit, aber mittlerweile sind wir beide im Ruhestand.«

Sie warf Laura einen raschen Blick zu. »Ich nehme an, Sie haben keine Kinder, oder sind sie gerade in der Schule?«

Laura schüttelte den Kopf. »Mein Mann hat zwei Töchter im Teenageralter aus erster Ehe. Sie leben bei ihrer Mutter in der Nähe von Exeter. Charles und ich haben keine gemeinsamen Kinder geplant.«

In jüngster Zeit hatte Laura sich angewöhnt, diesen letzten Satz zu Fremden zu sagen, um sich vor den geradezu unausweichlichen höflichen Antworten wie »Dann wird es ja nicht mehr lange dauern!« oder »Ich bin auch erst spät Mutter geworden« zu schützen. Trotzdem lief ihr dabei jedes Mal ein eiskalter Schauer über den Rücken: eine Mahnung an das leere Kinderbett vor all diesen Jahren. Ein Bild, das sie mit aller Macht zu tilgen versucht hatte, das aber tagein, tagaus vor ihrem geistigen Auge erstand wie eine verborgene, schreckliche, stumme Narbe.

Audreys Lider flatterten. »Ich verstehe.« Sie stellte die Teekanne auf ein Holztablett mit altmodischen perlenverzierten Griffen. »Macht es Ihnen etwas aus, den Mohnkuchen hinüberzutragen? Derek hat ihn heute Morgen gebacken.« Sie schenkte Laura ein Zwinkern. »Ich ermuntere ihn immer, sich zu beschäftigen.«

Auf dem Weg zum Wohnzimmer sah Laura, dass eine der Zimmertüren ein Stück offen stand. Im Vorbeigehen warf sie einen Blick hinein. Mit einem dunklen Eichenschrank, an dem ein Anzug hing, als würde er darauf warten, getragen zu werden, war der Raum eher männlich eingerichtet. Die Tür des benachbarten Zimmers stand ebenfalls offen – hier handelte es sich wohl um das Zimmer einer Frau, mit pinkfarbenen geblümten Chintzvorhängen und einem Stapel Krimis neben dem Bett. Obwohl Derek und Audrey recht liebevoll miteinander umgingen, hatten sie anscheinend getrennte Schlafzimmer, wurde Laura bewusst. Wie traurig.

Sie hatten gerade ihre erste Tasse Tee getrunken, als draußen auf dem Kies das Geräusch eines Wagens zu hören war und gleich darauf die Stimme einer Frau, klar und ziemlich scharf. Charles versteifte sich. Dann ertönte eine hellere, quengelige Stimme, worauf die Frauenstimme erwiderte: »Eloise, ich habe Nein gesagt.«

»Die Kinder!« Gereizt sprang Laura auf. »Sie sind zu früh.«

Charles schenkte ihr und dann ihren Gastgebern einen entschuldigenden Blick. »Sieht so aus, als könnten sie es nicht erwarten. Es tut mir schrecklich leid, aber wir müssen gehen.«

»Das verstehen wir natürlich, nicht wahr, mein Lieber?« Audrey legte ihre Hand auf den Arm ihres Mannes.

»Sicher. Ein anderes Mal, ein anderes Mal.«

Die Palmers müssen uns für unhöflich halten, dachte Laura verärgert, während Charles und sie sich auf den Weg hinaus in die Einfahrt machten, wo eine große langbeinige Blondine gerade eine Reisetasche aus einem silbernen Cabrio hievte.

Stephanie! Es war das erste Mal, dass Laura ihre Vorgängerin richtig zu sehen bekam. Zweifellos war Stephanie dieses Mal mit ausgestiegen, um ausgiebig herumzuschnüffeln. Laura nahm den ordentlich frisierten blonden Pagenkopf, das perfekte Make-up und den schlanken Körper wahr, der in der Art von weißer Jeans und Trägertop steckte, die ihr selbst gefiel.

Irgendwie hatte sie erwartet, Stephanie würde … nun ja, irgendwie mütterlicher aussehen. Währenddessen trat Charles von einem Fuß auf den anderen. Normalerweise war er die Höflichkeit in Person, aber nun machte er nicht einmal Anstalten, die Frauen einander vorzustellen.

»Hi. Ich bin Laura.« Sie ergriff die Initiative und streckte die Hand aus. »Nett, Sie kennenzulernen.«

»Gleichfalls.« Charles' Exfrau ließ ein kühles Lächeln aufblitzen. »Ich hoffe, es stört Sie nicht, dass ich die Mädchen schon so früh vorbeibringe, aber sie sind ganz wild darauf, ihr neues Zimmer zu sehen. Es ist unheimlich wichtig, dass sie sich hier geborgen fühlen, denken Sie nicht auch? Vor allem weil ihr Daddy ja nun nicht mehr in unmittelbarer Nähe wohnt.«

»Dad!« Hannah flog in Charles' Arme.

»Hallo!« Er wirbelte seine Tochter im Kreis herum, was Laura törichterweise eifersüchtig machte, und breitete dann die Arme für Eloise aus. »Kommt mit und seht euch euer neues Zimmer an!«

Zu Lauras Verdruss schloss Stephanie sich ihnen an, als würde die Einladung auch für sie gelten. Drinnen verzog sie den Mund. »Meine Güte, da habt ihr aber noch jede Menge zu tun!«

»Wir sind erst heute Vormittag umgezogen, wissen Sie«, erwiderte Laura angespannt, während sie sich nun wünschte, sie hätte ihren Stapel mit den kostbaren Sticktüchern in ihrem Zimmer in Sicherheit gebracht, statt ihn in der Diele zu deponieren, wo sie die Rahmen aufhängen wollte. »Bitte sei vorsichtig, Eloise!« Das Mädchen schoss an ihnen vorbei, wobei es einen der Rahmen umstieß und beinahe darauftrampelte. »Das sind Erbstücke meiner Großmutter.«

»Mir wäre es lieber, Sie würden meine Kinder nicht maßregeln«, bemerkte Stephanie kühl.

»Dann sollten sie sich vielleicht besser benehmen.« Zu spät spürte Laura den Groll aus sich herausströmen. »Haben sie Ihnen erzählt, dass sie eine Arbeit von mir ruiniert haben?«

»Laura!« Charles' Stimme hatte einen warnenden Unterton. »Ich glaube nicht, dass wir wieder davon anfangen sollten.« Wie konnte er es wagen, so zu tun, als würde sie sich falsch verhalten und nicht die Mädchen? Wütend postierte sie sich mit verschränkten Armen vor den Sticktüchern, als wollte sie sie beschützen.

»Ich hoffe, ich verursache hier keine schlechte Stimmung«, sagte Stephanie süffisant. »Ich bin gleich wieder weg. Geht es in Ordnung, dass die Mädchen hier übernachten? Ich habe heute Abend etwas vor.«

Wie dreist! Aber Charles stimmte sofort erfreut zu, ohne mit ihr Rücksprache zu halten.

»Ach, übrigens, Charlie, ich habe euch zum Einzug ein kleines Geschenk mitgebracht.«

Charlie? Das hörte Laura zum ersten Mal. Sie beobachtete, wie Stephanie in ihre Tasche griff und einen ziemlich hübschen türkisfarbenen Krug zum Vorschein brachte. »Den hast du in unseren Flitterwochen gekauft, weißt du noch? Er passt nicht mehr in mein Schlafzimmer, nachdem wir renoviert haben. Ich dachte mir, Laura wird bestimmt ein Plätzchen dafür finden.«

Sie war so berechnend! Stephanie wollte eindeutig darauf aufmerksam machen, dass sie und Charles eine gemeinsame Vergangenheit hatten. Nicht nur einen türkisfarbenen Krug, nicht nur die Mädchen, sondern eine lange Zeit der gemeinsamen Erinnerungen. Erinnerungen, die zu ersetzen Jahre dauern würde. War es überhaupt möglich, fragte sich Laura, dieselbe Art von Beziehung mit einem Ehemann aufzubauen, wenn man keine gemeinsamen Kinder hatte? Sie brauchte Bestätigung und suchte Charles' Hand. Als Antwort drückte er ihre fest.

»Tut mir leid wegen eben«, sagte er leise, nachdem Stephanie gegangen war und die Mädchen lautstark ihr Zimmer erkundeten.

»Schon gut«, erwiderte sie, eher aus Höflichkeit. Aber es war nicht gut. Es war überhaupt nicht gut. Sie hatten Shellscape als eine Zuflucht, als einen Neuanfang für sie beide gekauft. Aber Laura dämmerte allmählich, dass es niemals wirklich möglich war, völlig neu anzufangen, wenn einer der Partner bereits Kinder hatte.

30

Charles entschuldigte sich ein weiteres Mal, als die Mädchen wieder weg waren. »Dein Groll ist verständlich, nachdem sie deine Arbeit vernichtet haben, aber ich wollte einfach nicht schon wieder streiten.« Er verzog das Gesicht, sodass er wie ein kleiner Junge aussah. »Es ist mir unheimlich wichtig, dass meine drei Mädchen miteinander auskommen.«

Seine drei Mädchen? Obwohl Laura sich immer noch gekränkt fühlte, begann ihr Herz zu schmelzen. Wenn sie diejenige gewesen wäre, die Kinder in diese Ehe mitbrachte, hätte sie sich dann nicht auch sehnlichst gewünscht, dass sich alle mochten? Natürlich, keine Frage. Außerdem würde es in Zukunft einfacher werden, nun, da Charles und sie ihr eigenes Reich hatten, und die Mädchen würden schließlich nicht ständig vor der Tür stehen, oder?

»Ich bin mir sicher, dass sich mit der Zeit alles fügen wird«, tröstete Audrey sie. Seit dem Einzug waren inzwischen fast drei Wochen vergangen – wie schnell die Zeit verflogen war! –, und Laura saß bei einer Tasse Kräutertee in der Küche ihrer Nachbarin und lauschte dem Kreischen der Möwen draußen. Sie hatte am Vormittag ihre Auftragsarbeit abgeschlossen und wollte gerade eine kleine Pause machen, als Audrey anrief und ihr vorschlug, auf einen Sprung vorbeizukommen.

Es war nicht das erste Mal. Die beiden Frauen hatten es

sich zur Gewohnheit gemacht, sich auszutauschen, wie Audrey es nannte. Laura genoss die Gesellschaft, nachdem sie das Geplänkel im Büro nicht mehr hatte und Charles den ganzen Tag in der Arbeit war. »Das tut auch mir gut«, sagte Audrey. »Derek treibt sich nämlich ständig draußen herum und sucht nach Fossilien. Damit hat er angefangen, seit wir hier wohnen. Aber so kommt er wenigstens vor die Tür, und ich habe ihn aus den Augen!«

Irgendwann, bei einem dieser Kräutertees, nach denen Laura seltsamerweise inzwischen süchtig war, ertappte sie sich dabei, dass sie Audrey über Charles, ihre stürmische Romanze und seine Töchter ihr Herz ausschüttete. Es sah ihr überhaupt nicht ähnlich, sich einer Person anzuvertrauen, die sie erst seit kurzem kannte, aber Krissie und ihre Mutter waren so weit weg, und es war schwierig, am Telefon über solche Dinge zu reden.

Audrey machte nun ein nachdenkliches Gesicht. »Sie dürfen das jetzt nicht missverstehen, meine Liebe, aber Ihr Mann hat seine Töchter seit sechzehn Jahren, nun ja, zumindest die ältere. Und Sie kennt er wie lange? Nicht einmal ein Jahr? Also, egal, wie sehr er Sie liebt, er wird zwangsläufig zu seinen Mädchen halten. Sie müssen clever sein. Laden Sie die Mädchen ein, unternehmen Sie Dinge mit ihnen, die ihre Mutter nicht mit ihnen macht. Sie haben hier am Meer die idealen Voraussetzungen dafür. Machen Sie mit Ihnen Spaziergänge an der Küste. Kaufen Sie ihnen Sachen in diesem Laden für junge Leute gleich neben dem Fischmarkt. Gehen Sie mit ihnen surfen.«

»Aber ich kann nicht surfen, im Gegensatz zu Charles.«

»Dann ermuntern sie *ihn*, mit den Kindern am Wochenende surfen zu gehen. So können Sie sich Ihrer Arbeit widmen, und die Mädchen werden es zu schätzen wissen, dass sie mehr Zeit mit ihrem Vater verbringen dürfen.«

Sie hatte nicht unrecht. »Wollten Sie und Derek nie Kinder haben?«, fragte sie vorsichtig.

»Derek und ich?« Audrey legte den Kopf in den Nacken und stieß ein lautes, kehliges Lachen aus. »Das wäre heutzutage nicht erlaubt, obwohl ich annehme, dass es in bestimmten Landesteilen durchaus noch vorkommt, auch hier in Devon.« Sie beugte sich vor und tätschelte Lauras Hand. »Derek ist mein Bruder, Schätzchen. Ich dachte, das wäre Ihnen klar.«

Das erklärte also die getrennten Schlafzimmer. »Aber Sie passen so perfekt zusammen«, sagte Laura stockend, zutiefst verlegen. »Und Sie machen immer den Eindruck, als würden Sie sich in der Gesellschaft des anderen sehr wohl fühlen.«

»Das tun wir auch«, bestätigte Audrey, während sie ihre Tasse vom Tisch nahm und Laura bedeutete, ihr durch die Hintertür nach draußen zu folgen. »Wir haben in dieser Hinsicht viel Glück. Ich kann es nicht nachvollziehen, wenn Geschwister sich nicht verstehen.«

Laura spürte vor Neid einen Stich, weil sie daran denken musste, wie sehr sie sich als Kind einen Bruder oder eine Schwester gewünscht hatte. »Haben Sie schon immer zusammengelebt?«

»Die letzten zwanzig Jahre.« Ein leichter Schatten huschte über Audreys Gesicht, während sie eine Gießkanne nahm und sich daranmachte, ihre Terrakottakübel zu wässern. »Dereks Frau ist früh gestorben, und ich selbst habe nie den Richtigen gefunden.« Sie unterbrach sich und zupfte ein Blatt von einer ihrer Pflanzen, um daran zu schnuppern. Ihre Stimme klang nun leicht erstickt. »Ich habe einmal mein Herz verloren, aber der Gute war nicht verfügbar. Also habe ich die Finger von ihm gelassen, bevor die Versuchung uns beide übermannte.«

Laura hatte instinktiv das Bedürfnis, ihre neue Freundin tröstend in die Arme zu nehmen, aber Audrey fuhr bereits fort.

»Er hatte ebenfalls Kinder. Aus diesem Grund kann ich verstehen, dass es für Ihren Charles nicht leicht ist und für seine erste Frau genauso wenig. Es fällt ihr sicher schwer, ihre Kinder zu einer anderen Frau zu schicken.«

Laura lachte. »Den Eindruck macht sie aber nicht. Vielmehr benutzt sie uns ständig als Babysitter.«

»Vielleicht weil sie möchte, dass die Kinder ihren Vater so oft wie möglich sehen. Hier, schnuppern Sie mal.«

Laura bekam einen Rosmarinzweig in die Hand gedrückt. Sollte der nicht Glück bringen? Zumindest sagte ihre Mutter das immer. »Die Leute schieben die Probleme der modernen Gesellschaft immer auf die sogenannten Patchworkfamilien«, erklärte Audrey in verständnisvollem Ton. »Dabei waren diese in der viktorianischen Zeit beinahe die Norm. Wissen Sie, die Menschen starben jung, und der verwitwete Partner heiratete oft wieder. Die Kinder aus der ersten Ehe mussten dann den Stiefelternteil ›Mama‹ oder ›Papa‹ nennen. Stellen Sie sich das vor!«

Audrey machte eine ausholende Geste über den herrlichen Garten, der sich bis zum Klippenrand erstreckte. »Ich bin mir ziemlich sicher, dass hier früher einige Patchworkfamilien lebten. Da war bestimmt was los, kann ich mir vorstellen.« Sie lachte leise. »Ich habe mir vorgenommen, ein paar Nachforschungen anzustellen, um mehr über dieses Haus und seine Geschichte herauszufinden. Haben Sie Lust, mir dabei zu helfen?«

Laura war in Versuchung. »Ich habe schon selbst daran gedacht, aber auf mich wartet ein neuer Auftrag. Witzigerweise eine Tuschezeichnung mit Küchenkräutermotiv.« Sie warf einen Blick auf die Pflanzentöpfe. »Hauptsächlich glatte Petersilie und Salbei.« Plötzlich kam ihr eine Idee. »Hätten Sie etwas dagegen, wenn ich nachher mit meinem Skizzenblock vorbeikomme? Das wäre mir wirklich eine Hilfe.«

»Ganz und gar nicht, meine Liebe. Sehr gerne. Es interessiert mich nämlich, wie Sie arbeiten. Ich werde Sie natürlich nicht stören. Aber ich würde mich freuen, wenn ich hinterher das Resultat sehen darf.«

Es gab nichts, was Laura mehr hasste, als wenn ihr jemand beim Zeichnen zusah. Glücklicherweise konnte Audrey offenbar ihre Gedanken lesen. »Drinnen habe ich noch ein paar kleinere Töpfe«, fügte sie freundlich hinzu. »Vielleicht möchten Sie lieber ein paar davon mit rübernehmen und als Modell benutzen. Kommen Sie, suchen wir gemeinsam welche aus.«

Audrey bestand darauf zu helfen, um die Töpfe in Lauras Wohnung hinüberzutragen. »Meine Güte«, sagte sie, als sie den Karton in der Diele abstellte. »Sind die nicht wundervoll?« Sie starrte auf die Sticktücher, die Charles hatte rahmen lassen und die unter Lauras Aufsicht in symmetrischen Reihen aufgehängt worden waren, sodass sie sich deutlich von den cremefarbenen Wänden abhoben. »So detailliert«, staunte Audrey. »Woher um alles in der Welt haben Sie die?«

»Sie stammen von einer Urahnin von mir, denke ich, obwohl nicht viel über sie bekannt zu sein scheint, außer dass ihr Name Mary Rose Marchmont war. Die Tücher sind irgendwann bei meiner Großmutter gelandet.« Laura spürte wieder eine Woge des Verlusts. »Sie ist vor kurzem gestorben und hat sie mir vermacht. Tatsächlich sind sie mit ein Grund, warum wir uns hier nach einer Wohnung umgesehen haben. Sehen Sie das hier?«

Sie deutete auf den Ortsnamen in kleinen Kreuzstichen rechts unten in der Ecke.

»Seamouth?« Audrey stieß einen leisen Pfiff aus. »Ach, du meine Güte. Natürlich. Es war früher üblich, den Entstehungsort hinzuzufügen, nicht wahr?« Sie schaute genauer hin und gab kleine Laute der Bewunderung von sich. »Ich frage mich, ob dieses Haus noch existiert. Ich erkenne es nicht, Sie vielleicht? Obwohl, der Garten ist sehr typisch für diese Gegend. Tatsächlich ähnelt die Aufteilung in mehrere, ineinander übergehende Gärten unserer Anlage hier, finden Sie nicht auch? Sicher, das Haus sieht völlig anders aus. Aber vielleicht hatten sie denselben Landschaftsarchitekten.«

Sie warf Laura einen begeisterten Blick zu. »Sie sollten im Museum in Exeter nachfragen, ob die nicht mal einen Blick darauf werfen wollen, und hören, was die Experten dazu sagen. Warum nehmen Sie nicht die Mädchen mit? Das könnte für sie sehr lehrreich sein.«

Natürlich wollten die Mädchen nicht mitkommen. »Ins Museum?«, höhnte Eloise mit einem *Machst-du-Witze?*-Blick, als sie und ihre Schwester am Wochenende zu Besuch kamen. »Damit nerven die uns in der Schule schon ständig.«

»Wie wäre es dann mit der Strandpromenade?« Beinahe, als würde es ihm nachträglich einfallen, fügte Charles, an Laura gewandt, hinzu: »Hast du Lust mitzukommen?«

»Macht ihr euch ruhig einen Vater-Töchter-Nachmittag«, antwortete sie, während sie an Audreys Rat dachte. Also zog Charles mit den Mädchen allein los, um Felstümpel zu erkunden und auf dem Pier Minigolf zu spielen, während Laura zu Hause arbeitete. Das entwickelte sich immer mehr zur Gewohnheit. Hinterher kehrten die Mädchen dann mit rosigen Wangen zurück, lachend und triefend vor Nässe, und schleuderten ihre nassen Sachen auf den Boden, während sie stillschweigend davon ausgingen, dass Laura ihren Pinsel zur Seite legte und dafür sorgte, dass die Sachen trocken waren, bevor sie am Sonntagabend wieder nach Hause fuhren.

Also sorgte sie dafür, weil es einfacher war, als zu schmollen, und Charles nahm sie in den Arm, wenn die Mädchen wieder weg waren, und bedankte sich bei ihr für ihre Gastfreundlichkeit. Laura unterdrückte ihren Groll, indem sie sich sagte, dass für Eloise und Hannah die neue Umgebung am Meer bald ihren Reiz verlieren würde und dass Charles und sie dann wieder mehr Zeit füreinander hätten.

In der Zwischenzeit genoss sie es aus vollem Herzen, am Wasser zu leben. Die Luft war viel besser als in London, und Laura spürte, dass sie allmählich lockerer wurde. Es ärgerte sie nicht mehr, wenn es in der Schlange auf dem Postamt nur langsam voranging, weil jemand am Schalter ein Schwätzchen hielt. Stattdessen fand sie es tröstlich, an einem Ort zu leben, wo Freundlichkeit und gute Manieren noch etwas zählten.

Ihre liebste Tageszeit war gleich am frühen Morgen, wenn sie aus dem Bett kletterte, noch bevor Charles zur Arbeit aufbrach, um eine Runde auf der Uferpromenade zu laufen. Der Horizont war unglaublich – dieses Apricot und die blassen Blautöne! –, sodass sie manchmal stehen blieb und sich gegen das Geländer lehnte, um die roten Felsformationen über dem alten Kalksteinbruch mit seinem »Zutritt verboten«-Schild zu bewundern.

»Erosion«, hatte Audrey ihr erklärt. »Das entwickelt sich hier allmählich zu einem ziemlichen Problem.«

Ein Stück weiter an der Küste entlang gab es eine hohe, schmale weiße Holztreppe, die wohl bis in die Zwanzigerjahre der einzige Zugang zum Strand gewesen war, bevor ein steiler, aber breiter Fußweg in den Felsen geschlagen wurde. Die Mutigeren benutzten immer noch die Treppe, Laura inbegriffen. Ihr wurde zwar jedes Mal ein bisschen schwindelig, wenn sie die Stufen hochstieg, aber die Aussicht von oben lohnte die Anstrengung allemal. Bei klarem Wetter konnte man meilenweit schauen bis nach Exeter und manchmal sogar bis nach Plymouth.

Ihre Morgenrunden führten außerdem dazu, dass sie anderen Joggern und manchen Hundebesitzern regelmäßig begegnete und man sich bald mit einem Nicken grüßte. Einige Leute sprangen jeden Tag ins Wasser, ungeachtet des Wetters, darunter eine ältere Frau, die jeden Morgen ihr Rad gegen das Geländer lehnte und ihre Kleidung im Fahrradkorb zurückließ, um ins Meer hinauszuschwimmen, wobei sie sich ein gutes Stück vom Strand entfernte. Wie mutig!

»Mum, du musst unbedingt kommen«, sagte sie immer wieder, wenn sie ihrer Mutter am Telefon die Szenerie beschrieb. »Ich möchte gern, dass du es mit eigenen Augen siehst.«

»Liebling, die Fahrt dauert so lange, und mir fällt das Reisen zunehmend schwer mit meiner schlimmen Hüfte. Wann kommst du das nächste Mal wieder rauf?«

Laura überlegte kurz. »Sobald mein nächster Auftrag fertig ist, komme ich dich besuchen.«

»Gut, Schatz. Wann immer du Zeit hast.«

Zeit! Sie war im Moment die größte Hürde. Nie genug Zeit, um an ihren Aufträgen zu arbeiten, den Haushalt zu machen und sich Charles zu widmen, wenn er zu Hause war. Aber andere Kinderlose bekamen das alles unter einen Hut. Wie schafften sie das? Laura war noch nicht einmal dazu gekommen, mit ihren Sticktüchern nach Exeter ins Museum zu fahren, wie Audrey vorgeschlagen hatte.

»Ich muss mir eben die Zeit nehmen«, sagte sie sich. Also packte sie an einem frischen Herbstmorgen zwei der Sticktücher in Luftpolsterfolie und brach auf gut Glück nach Exeter auf, ohne zu wissen, ob jemand im Museum ihr weiterhelfen konnte. Exeter war wirklich eine außergewöhnliche Stadt. Die Kathedrale thronte stolz und majestätisch mitten auf dem Marktplatz. Obwohl die Altstadt im Krieg schwer bombardiert worden war, gab es dort zwischen modernen Geschäften, in denen sich Teenager wie Eloise und Hannah drängten, noch ein paar historische Überbleibsel wie die St Stephen's Church.

Trotz des Umstands, dass Laura unangemeldet kam, war die Museumskuratorin, eine kleine Frau mit grauen Haaren und Brille, sehr hilfsbereit. Sie ließ sich etwas Zeit, um die beiden Sticktücher älteren Datums zu betrachten, die Laura mitgebracht hatte und die unten in der Ecke mit »Mary Rose Marchmont« signiert waren. »Die späteren Arbeiten«, erklärte Laura, »enthalten nur noch die Initialen, aber ich weiß nicht genau, warum.«

»Wunderschön ausgeführt«, murmelte die Kuratorin anerkennend. »Leider nicht mein Fachgebiet, fürchte ich. Aber ich könnte die Tücher einsenden, um sie von einem unserer Spezialisten begutachten zu lassen.«

Laura behagte die Vorstellung nicht. »Eigentlich möchte ich sie nicht aus der Hand geben. Ich wollte nur mehr über sie in Erfahrung bringen. Halten Sie sie für ungewöhnlich?«

Die Kuratorin zuckte mit den Schultern. »Die Stickkunst war in dieser Epoche relativ weit verbreitet. Es war das, womit sich die Frauen damals beschäftigten.« Sie drehte sich zu ihrem Computer. »Aber ich meine, wir haben da was … Ja. Na bitte. Es handelt sich um den Auszug aus einem Reisetagebuch, das ein gewisser William Winkworth verfasst hat. Er beschreibt darin seine Reise durch Devon in der zweiten Hälfte des neunzehnten Jahrhunderts. Sieh einer an! Hier wird ein Damen-Stickzirkel in Seamouth erwähnt.«

Sie zitierte laut aus dem Text: *»Ich hatte das Glück, einen Abend mit Lord Romer zwecks einer geschäftlichen Unterredung zu verbringen. Bedauerlicherweise hatte ich nicht die Gelegenheit, mehr als nur die flüchtige Bekanntschaft seiner Mutter zu machen, da diese im Aufbruch begriffen war, um ihrem Stickzirkel in Seamouth beizuwohnen, dem sie vorsteht. Lord Romer erklärte* *mir kurz, dass in dieser Damenrunde viel über einen jüngsten Skandal gesprochen würde, ohne dass er sich in näheren Einzelheiten ergehen wollte. Morgen bin ich zu einem Picknick unter Bäumen mit Blick auf das Meer eingeladen. Ich beneide meinen Gastgeber darum, dass er in solch einer ländlichen Idylle lebt.«*

Es gab also damals einen Stickzirkel, und zwar ungefähr zu jener Zeit, als Mary Rose' Tücher entstanden waren. Laura konnte sich fast bildlich vorstellen, wie ihre Vorfahrin ihren Platz in einem Raum voller Damen einnahm, die aufgeregtschockiert einen Provinzskandal diskutierten.

»Wir haben hier eine Expertin für alte Stickerei, die Ihnen vielleicht weiterhelfen kann«, schlug die Kuratorin vor, während sie an ihrem Bildschirm herunterscrollte. »Da ist sie ja. Sie wohnt in Paignton. Das ist nicht weit weg. Soll ich ihr eine E-Mail schreiben?«

31

»Und, wie kommst du dort unten zurecht?«, fragte Krissie, als sie sich in der Woche darauf bei Laura meldete. Sie versuchten schon seit einer Ewigkeit, Neuigkeiten auszutauschen, aber jedes Mal, wenn sie miteinander telefonierten, brüllte Daisy.

»Sie zahnt gerade«, hatte Krissie ihr in angespanntem Ton erklärt. Aber heute Abend war Daisy tatsächlich einmal früh eingeschlafen, sodass sie endlich zum Quatschen kamen.

»Seamouth ist ganz reizend.« Laura schlug einen fröhlicheren Ton an, als ihr innerlich zumute war.

»Und der Rest?«

Krissie kannte sie einfach zu gut. Laura ging mit dem schnurlosen Telefon ins Schlafzimmer hinüber. Charles schaute sich im Wohnzimmer eine Sendung über die Jurassic Coast an – unvorstellbar, dass sie dort nun lebte! –, und obwohl Laura nicht vorhatte, Vertrauliches zu offenbaren, benötigte sie etwas Privatsphäre.

»Ich liebe es, am Meer zu sein«, begann sie zögernd, während sie die Beine anzog und sich in die Kissen zurücklehnte.

»Aber?«, fügte Krissie erwartungsvoll hinzu.

»Es ist nicht einfach, mit jemandem verheiratet zu sein, der zwei Kinder und eine Exfrau hat.«

»Aha.« Der Ton ihrer Freundin deutete an, dass sie das nicht überraschte. »Erzähl weiter.«

Laura setzte sie kurz über Eloise' anhaltende Feindseligkeit ins Bild (obwohl Hannah sich nicht so schlimm aufführte) und über Stephanie, die weiterhin ihre Kinder unangemeldet vorbeibrachte, weil sie »ihren Daddy vermissen, seit er nicht mehr um die Ecke wohnt«.

»Sie wohnen doch nur ein paar Kilometer entfernt, oder nicht?«

»Ja, aber in Devon ist es üblich, dass Familien ziemlich eng beieinanderbleiben. Hier unten herrscht eine andere Mentalität.«

»Nun, entweder wirst du dich daran gewöhnen müssen, oder den Mädchen wird nichts anderes übrig bleiben, als sich anzupassen.«

Ha! Letzteres war eher unwahrscheinlich.

»Wie läuft die Arbeit?«

»Das ist auch so eine Sache. Zurzeit sitze ich noch an einem Auftrag, aber danach sieht es eher mau aus. Die Zeitschrift hat eine neue Chefredakteurin, die ihre eigenen Kontakte mitgebracht hat. Ich halte zwar auch anderweitig nach Arbeit Ausschau, aber es ist nicht einfach.«

Krissie schnalzte mitfühlend mit der Zunge. »Simon sagt, dass im Moment überall die Freiberufler eingespart werden.« Krissies Mann war leitender Kulturredakteur für die Wochenendbeilage einer renommierten überregionalen Zeitung. »Trotzdem, wenigstens hast du noch Arbeit. Ich glaube nicht, dass mich jemals wieder jemand einstellen wird. Ich bin geistig so abgestumpft, dass ich zu nichts anderem mehr fähig bin, als im Schlaf Windeln zu zählen.«

»Wie geht es meiner hinreißenden Patentochter?« Laura konnte nicht verhindern, dass sich ein wehmütiger Unterton in ihre Stimme schlich.

»Die ist schneller auf allen vieren unterwegs, als du dir vorstellen kannst. Die Familienhebamme geht davon aus, dass sie früh laufen lernen wird.« Die Stimme ihrer Freundin platzte geradezu vor Stolz. »Und wie sieht es mit dir aus? Du kennst ja die Redensart: Ein Haus gebaut, ein Baum gepflanzt, ein Kind gezeugt.«

Schnell versuchte Laura, das Thema zu wechseln. »Übrigens, es gibt noch etwas ziemlich Ungewöhnliches zu berichten. Granny hat mir eine Sammlung Sticktücher vermacht, die von einer meiner Ahnen stammt, die früher auch in Seamouth gelebt hat. Unglaublich, nicht wahr?«

»Wow! Sagenhaft, dann schließt sich mit dir der Kreis. Vielleicht war das vorherbestimmt.« Das war typisch für Krissie mit ihren Horoskopen und ihren Tarotkarten, so etwas zu sagen.

»Jedenfalls werde ich mich mit einer Expertin für alte Stickerei in Paignton treffen – das ist ungefähr eine Stunde von uns entfernt. Darum werde ich wahrscheinlich erst in der Woche danach nach London kommen.«

»Mist!«

»Wie bitte?«

»Daisy ist aufgewacht. Dabei habe ich sie erst vor zwanzig Minuten hingelegt. Warum können Babys nicht mit einem fertigen Gebiss zur Welt kommen? Hör zu, Laura, tut mir leid, aber ich muss aufhören. Ich werde versuchen, nachher noch mal bei dir durchzuklingeln, falls ich das Kind beruhigen kann. Falls nicht, telefonieren wir einfach in den nächsten Tagen wieder, okay?«

Die Expertin für Stickerei hieß Ioana Morse. Die Fahrt nach Paignton kostete Laura deutlich mehr Zeit, als sie sich eingeräumt hatte, aber der zähe Verkehr gab ihr die Möglichkeit, sich über das seltsame Unbehagen Gedanken zu machen, das sie seit ihrem Telefonat mit Krissie empfand.

Jahrelang hatte sie sich eingeredet, dass im Leben noch andere Dinge zählten, als Kinder zu kriegen. Aber die kleine Daisy war so süß. So anbetungswürdig. Wie ihre Welt wohl jetzt aussehen würde, wenn die Dinge anders gekommen wären?, fragte sich Laura, als sie an Mrs. Morse' Tür klopfte, unter jedem Arm einen Rahmen geklemmt.

Würde sie dann selbst ein Kind haben? Vielleicht sogar zwei? Und wäre sie dann überhaupt Charles begegnet? Wahrscheinlich nicht. Der Gedanke machte ihr Angst. Das Schicksal, wenn man daran glaubte, war so willkürlich!

»Mrs. Haywood?« Eine kleine, mollige Frau mit einem fröhlichen runden Gesicht bat sie herein. »Bitte, folgen Sie mir.« Sie führte Laura in ein kleines Wohnzimmer, dessen Wände vollständig von Sticktüchern gesäumt waren. Auch auf der Anrichte standen mehrere Rahmen, genau wie auf dem Tisch in der Mitte. Neugierig nahm Laura einen davon in die Hand. Das Tuch war anders als ihre Exemplare, ohne Bildermotiv. Aber aus dem Text war zu erkennen, dass die Stickarbeit von einem achtjährigen Mädchen zur Feier der Ostertage angefertigt worden war.

»Hinter jedem einzelnen steckt eine eigene Geschichte«, sagte Iona und deutete mit einem Nicken auf Lauras mitgebrachte Rahmen. »Darf ich einen Blick darauf werfen?«

Mit dem Gefühl, als würde sie ein Baby hergeben, trennte Laura sich von ihren Sticktüchern. Iona zog eine Lupe aus einem Samtbeutel und nahm sich Zeit, um jedes Detail genau zu studieren. »Das Motiv ist immer dasselbe – dasselbe Haus, derselbe Garten«, erklärte Laura, »aber trotzdem ist jedes anders. Sehen Sie? Auf dem hier ist ein kleines Kind neben einer älteren Frau. Und auf dem anderen ist ein Kinderwagen.«

Iona nickte. »Faszinierend. Es ist, als würden sie die Lebensgeschichte der Künstlerin erzählen.«

»Genau! Die Pflanzen unterscheiden sich auch. Ich könnte mir vorstellen, dass das mit der jeweiligen Jahreszeit zusammenhing. Sehen Sie hier die Rosen? Auf dem anderen ist ein Weihnachtskranz gestickt neben Stechpalmen und einer Mistel. Einige Pflanzen sind sogar in winzigen Kreuzstichen direkt darunter benannt.«

»Äußerst erstaunlich«, murmelte Iona.

»Es ist also nicht üblich, dass ein Stickmotiv detaillierte pflanzenkundliche Angaben enthält?«

»Das meinte ich nicht, meine Liebe. Ich spreche hiervon.«

Sie nahm einen langen, schmalen Stab vom Tisch und gab Laura das Vergrößerungsglas. »Ich nehme an, es ist Ihnen noch gar nicht aufgefallen. Die Stiche sind für das bloße Auge zu klein.«

»*Unschuldig*.« Laura runzelte die Stirn und schaute genauer hin. »Vielleicht war das damals die Bezeichnung für eine Pflanze. Es steht direkt neben ›Silberblatt‹.«

Iona schüttelte den Kopf. »Mag sein, dass es ein Pflanzenname war, aber lesen Sie mal den Spruch darunter. Er ist sehr fein gestickt und schon ziemlich verblasst, aber durch die Zusatzlinse ist er gerade noch so zu erkennen. Es scheint sich um einen Reim zu handeln.«

Laura räusperte sich kurz, bevor sie laut vorlas:

»*Unschuldig bin ich,*
Denn du tatest nicht gut.
Du stahlst meinen Ring
Und verfluchtest unser Blut.«

Während sie die Worte aussprach, kroch ein kalter Schauer über ihren Rücken. Unschuldig? So wie sie? Verflucht? Einmal mehr blitzte in ihrem Kopf das Bild von dem leeren Kinderbett auf. Die Dunkelheit. Die Silhouette am Fenster. Ihr Schrei.

NEIN! »Blende es aus«, befahl sie sich eisern. Dies hier war ihr neues Leben. Es gab kein Zurück.

»Das zweite Tuch enthält dieselbe winzige Botschaft unten in der Ecke, versteckt in dem Rosenstrauch.« Ionas Stimme hob sich vor Begeisterung. »Sagten Sie nicht, Sie hätten im Wagen noch mehr davon?«

Laura ging hinaus, um die anderen Exemplare zu holen, und stapfte gleich darauf raschelnd durch das Herbstlaub zurück, das auf dem Weg lag. Die Rahmen waren so schwer, dass sie mehrmals gehen musste und hinterher ein wenig außer Puste war und leicht benommen, nicht von der Anstrengung, sondern vor Aufregung. Hinter Mary Rose verbarg sich eindeutig mehr, als auf den ersten Blick zu erkennen war.

»Ja.« Iona legte die Lupe zur Seite. »Jedes einzelne davon enthält denselben Reim in sehr winzigen Stichen. Auf Sticktüchern finden sich oft Verse oder Sprichwörter, aber normalerweise sind sie der Hauptbestandteil des Motivs. Hier jedoch scheint es, als würde der Reim sich absichtlich verstecken. Überaus faszinierend!«

»Aber wer ist mit ›du‹ gemeint?«, wunderte Laura sich laut. »Und warum hat derjenige oder diejenige den Ring gestohlen – wenn überhaupt?«

»Sie könnten einen Anfang machen, indem Sie den Namen ihrer Vorfahrin googeln.« Ionas Gesicht hatte sich vor Aufregung gerötet. »Und eventuell lohnt sich ein weiterer Besuch im Museum, um zu sehen, ob Sie im Stadtarchiv etwas über sie finden können. Sie leben in demselben Ort wie Ihre Urahne, haben Sie gesagt? Wie wäre es, wenn Sie mal die Einheimischen fragen? In Devon, wie Sie wahrscheinlich bereits festgestellt haben, wird Blut ziemlich großgeschrieben. Die

Verbindung zu den eigenen Vorfahren ist stark ausgeprägt, und die Geschichten werden von Generation zu Generation weitergegeben, wie es das in großen Städten wie London nicht gibt.« Sie warf einen neidischen Blick auf die Sticktücher. »Lassen Sie mich wissen, wie Sie vorankommen, ja?«

Leider offenbarte Google nichts von Bedeutung. Es gab jede Menge Treffer zu »Mary Rose« (das berühmte Kriegsschiff in Portsmouth) und zu anderen Orten mit dem Namen Seamouth. Auch für »Marchmont« gab es einige Ergebnisse, aber keins davon war relevant, und nirgendwo tauchten alle drei Begriffe zusammen auf.

»Ihr neues Projekt scheint Sie ja ziemlich zu fesseln«, bemerkte Audrey, als Laura zu ihrem täglichen Plausch und Kräutertee bei ihr war. »Funktioniert es?«

Funktionieren? Was meinte ihre Nachbarin damit?

Audrey reichte ihr ein Schokoladenbiskuit. »Nun, meine Liebe, verzeihen Sie mir, wenn ich das sage, aber für Derek und mich ist es offensichtlich, dass Ihre Beschäftigung mit dem Thema einer Art Verdrängungstherapie gleicht. Daran ist nichts verkehrt, wenn es Sie von anderen Dingen ablenkt. Aber eine junge Ehe darf man nicht vernachlässigen. Das ist wie mit meinen Kräutern. Noch Tee?«

Die Minze hatte einen beruhigenden Effekt auf Laura. »Wenn überhaupt«, erwiderte sie und stellte ihre efeugrüne Porzellantasse ab, »dann bin ich diejenige, die sich vernachlässigt fühlt. Charles rackert wie ein Stier für seine Töchter, damit sie mit der Schule ins Skilager fahren können.«

Audrey legte den Kopf schief, als würde sie darüber nachdenken. »Sie und ich sind kinderlos, Laura. Aber für Eltern kommen die Kinder in der Regel an erster Stelle, ob uns das gefällt oder nicht. Übrigens, wenn Sie mehr über diese geheimnisvolle Mary Rose herausfinden möchten, warum sprechen Sie nicht mal die Frau in dem kleinen Antiquitätenladen an, gleich hinter dem neuen Fish-and-Chips-Lokal. Er heißt *Mollys Sammlerstücke*. Die Frau ist ein echtes Unikat. Ihre Familie lebt hier schon seit vielen Generationen. Das hat sie mir neulich selbst erzählt, als ich bei ihr im Laden gestöbert habe. Eine ziemlich gerissene Person – sie hat direkt versucht, uns die Pendeluhr unserer Mutter abzuschwatzen, als sie hier eine Lieferung abgab –, aber auch eine unschätzbare Goldgrube an Informationen. Lassen Sie sie bloß nicht die ganze Zeit zu Wort kommen, sonst hört sie nie wieder auf!«

Laura machte sich mit dem Rad auf den Weg. Sie hatte sich neuerdings angewöhnt, ihr altes Fahrrad aus Studentenzeiten zu benutzen, das sie bei dem Umzug mitgenommen hatte, zusammen mit ihren anderen Besitztümern. Für die geringen Entfernungen schien es zu bequem, das Auto zu nehmen, und außerdem liebte sie es, den Wind in den Haaren zu spüren, wenn sie den Hügel in die Stadt hinunterfuhr. Sie fühlte sich dabei wie eine richtige Einheimische, statt immer für eine Touristin gehalten zu werden.

Wenig später sauste sie unten durch die Seitengassen und hielt gleich darauf vor *Mollys Sammlerstücke*, wo sie ihr Rad abstellte und sicherte. Vorsichtig nahm sie den Rahmen mit dem Sticktuch aus ihrem Korb und betrat den kleinen Laden. Sie sah sich um, aber obwohl die Türglocke laut gebimmelt hatte, erschien niemand auf der Bildfläche. Laura ließ neugierig den Blick durch den langen, schmalen Raum schweifen, der mit Porzellanstücken, alten Büchern, verstaubten Spitzendecken und mehreren starräugigen Staffordshire-Kaminhundpaaren vollgestopft war.

»Hallo?«, rief sie laut.

Schließlich hörte sie, dass sich hinten etwas rührte, und gleich darauf erschien eine kleine Frau mit einem wachen vogelähnlichen Gesicht und mausgrauen Haaren, die im alpenländischen Stil zu zwei seitlichen Schnecken geflochten waren. Es war eine optimistisch jugendliche Frisur für jemanden, der nach Lauras Schätzung Mitte bis Ende fünfzig war. Die Frau hatte außerdem eine große, hell verblasste Narbe über der Oberlippe, was auf eine Hasenscharte in der Kindheit hindeutete, die nicht besonders gut korrigiert worden war. Laura spürte einen Anflug von Mitgefühl.

»Ich musste mich hinten gerade um meine Mutter kümmern.« Sie sprach in einem breiten Dialekt (viel stärker als der von Charles) und in einem Ton, als hätte Laura sie gestört. Ganz anders als die nervösen Antiquitätenhändler in London, die sich sofort auf einen stürzten, wenn man zur Tür hereinkam.

Die Frau kam Laura irgendwie bekannt vor. »Sie gehen jeden Morgen im Meer schwimmen, oder?«, fragte sie, als es ihr plötzlich dämmerte. »Ich sehe Ihr Rad immer an der Promenade stehen.«

Die Frau bejahte, indem sie ruckartig den Kopf auf und ab bewegte. »Das ist richtig. Das mache ich schon seit meiner Kindheit. Sie sind neu hier, nicht wahr?«

Audreys Worte fielen ihr wieder ein. »Lassen Sie sie bloß nicht die ganze Zeit zu Wort kommen, sonst hört sie nie wieder auf!« Laura durfte außerdem nicht zu spät zurückkehren, damit sie heute noch die neue Chefredakteurin an die Strippe bekam, bevor der Tag um war. »Ich bin in den Besitz von diesem Erbstück hier gekommen.«

Sie präsentierte der Frau das Sticktuch, deren Blick kurz aufflackerte, bevor sie Laura den Rahmen einfach aus den Händen nahm, ohne um Erlaubnis zu fragen, und ihn ins Licht hielt.

»Sehr hübsch.« Dann gab sie ihn so rasch zurück, wie sie ihn genommen hatte. »Aber ich kaufe zurzeit nichts.« Sie machte eine ausladende Geste über eine Auswahl von alten Drucken an der Wand über einer wahren Aladinhöhle voller alter Bücher, ferner Bambustische, eine Mahagonikommode, eine bunt gemischte Porzellansammlung und allen möglichen Krimskrams, der zu Stapeln aufgetürmt war. »Die Saison ist praktisch zu Ende, und ich muss noch den ganzen Haufen hier loswerden.«

Sie warf wieder einen Blick auf das Sticktuch und schniefte. »Außerdem gibt es so ein Zeug hier an jeder Ecke fast geschenkt.«

»Ich will es nicht verkaufen.« In Laura machte sich allmählich Unmut breit. »Ich möchte mehr über die Person herausfinden, die es angefertigt hat. Ihr Name war Mary Rose Marchmont. Sie lebte vor ungefähr hundertfünfzig Jahren in Seamouth. Man sagte mir, dass Sie viel über die Geschichte der Stadt wissen, und ich habe mich gefragt, ob Ihnen die Familie Marchmont vielleicht ein Begriff ist.«

»Marchmont. Marchmont.«

Die Frau murmelte den Namen wie einen Reim. »War das nicht die Familie, die ihr Geld mit dem Steinbruch gemacht hat?«

»Den man nicht mehr betreten darf?«

»Genau der. Sie haben in einem der besseren Häuser gewohnt. Seamouth House, so hieß das Anwesen damals.«

Seamouth House? Laura machte sich im Geiste eine Notiz. Das klang in der Tat herrschaftlich.

»Es stand oben auf dem Hügel. An der Straße, die zum Wald hochführt, der auf das Meer hinauszeigt. Das Haus wurde vor kurzem umgebaut. Jetzt befinden sich darin drei Wohnungen oder Apartments oder wie immer das heißt. Die Investoren haben damit einen richtigen Reibach gemacht, hört man sagen.«

An der Straße, die zum Wald hochführte, der auf das Meer hinauszeigte? Umgebaut zu drei Wohnungen? »Aber das ist das Haus, in dem ich wohne! Bay View Heights! Es hat keinerlei Ähnlichkeit mit dem Haus auf dem Sticktuch.«

Molly schniefte wieder und richtete ihre Aufmerksamkeit auf ein Stück Spitze, das von der überladenen Theke gefallen war und neu gefaltet werden musste. »Tja, kann es ja auch nicht.«

Wieder redete sie, als müsste Laura das alles wissen. »Sehen Sie, Ende des neunzehnten Jahrhunderts gab es dort ein schlimmes Feuer, bei dem mehrere Menschen umkamen. Etwas später, um die Jahrhundertwende, wurde dort ein neues Haus errichtet.« Sie grinste verschlagen. »Kein Wunder, dass die Bauplaner es umgetauft haben. Die wollten wahrscheinlich die Kundschaft nicht mit dieser Geschichte vergraulen. Die Leute hier in der Gegend sind nämlich sehr abergläubisch.«

Ein Feuer? Bei dem Menschen starben? Laura überlief ein Frösteln, und sie hatte wieder dieses seltsame, leicht irreale Gefühl wie neulich. Das erklärte also, warum Teile des Hauses auf dem Sticktuch vertraut wirkten und der Garten so ähnlich war. Plötzlich musste sie an die schwarzen Flecken am Fuß der alten Steinmauer denken. Natürlich! Das waren Brandflecken. Laura stockte der Atem, als ihr die Wahrheit mit einem Schlag bewusst wurde. Sie wohnte tatsächlich in Mary Rose Marchmonts ehemaligem Zuhause.

32

»Ach du lieber Himmel.« Audrey stieß beeindruckt, fast männlich, einen leisen Pfiff aus. »Wie unwahrscheinlich ist das denn? Und Sie sagen, diese Mary Rose ist eine weitläufige Verwandte?«

Laura nickte. Sie hatte das alles selbst noch nicht ganz verarbeitet. »Die genaue Verbindung lässt sich nicht mehr feststellen, weil jeder, der es hätte wissen können, inzwischen verstorben ist.« Sie biss sich auf die Unterlippe, während sie an ihren Vater und ihre Großmutter dachte. »Aber es gibt definitiv eine Verbindung. Meine Mutter vermutet, dass sie eine entfernte Cousine war oder vielleicht eine Urgroßtante.«

Audrey schlug die Hände zusammen. »Wie ungemein aufregend!«

Sie war bald nach Lauras Entdeckung mit Derek zu einem Freitagabenddrink herübergekommen. Die beiden Paare saßen draußen auf der Terrasse, um die letzten milden Herbsttage auszunutzen, bevor die Nächte länger wurden. Eloise und Hannah, die das Wochenende hier verbrachten, weil ihre Mutter wieder einmal mit ihrem Mann unterwegs war, hatten den Fernseher laut aufgedreht. Trotz Lauras dezenten Andeutungen hatte Charles nichts dagegen unternommen, sondern lediglich mit den Achseln gezuckt und erwidert, er wolle, dass seine Töchter sich wie zu Hause fühlten. Das hatte zu einer unterkühlten Stimmung zwischen ihnen geführt, die ihr Mann nun vor den Gästen überspielte.

»Unglaublich, nicht wahr?«, stimmte Charles zu, während er ihre Gläser mit Winter-Pimms aus dem Krug auffüllte. »Ich wollte es kaum glauben, als Laura es mir erzählt hat.«

»Als wäre es vorherbestimmt«, fügte Derek langsam hinzu.

Laura spürte ein Kribbeln vor Aufregung. »Diesen Gedanken hatte ich auch schon.«

»Und was hat es mit diesem seltsamen Reim auf sich, meine Liebe?« Audreys Miene nahm einen interessierten Ausdruck an. »Haben Sie vor, der Sache auf den Grund zu gehen? Wer behauptet, unschuldig zu sein, und in welcher Hinsicht? Und wer hat den Ring gestohlen? Lach nicht, Derek. Wirklich, du bist und bleibst ein alter Skeptiker.«

Charles warf Laura einen Blick zu. »Tatsächlich habe ich mich auch gefragt, ob das vielleicht ein Scherz sein soll. Die Leute damals liebten das Melodramatische, nicht wahr? Außerdem haben wir beide im Internet recherchiert und nichts gefunden.« Er lehnte sich auf dem Gartensofa zurück und streckte den Arm hinter ihr aus, um sie im Nacken zu kraulen.

Laura wich ihm aus, enttäuscht von seiner Reaktion. »Diese Frau hat sehr viel Zeit darauf verwendet, immer wieder dieselbe Botschaft auf insgesamt zwanzig Tücher zu sticken, Jahr für Jahr. Ich glaube nicht, dass sie melodramatisch war. Vielmehr versuchte sie damit, sich Gehör zu verschaffen, dass sie fälschlicherweise irgendeiner Sache beschuldigt wurde!«

»Vielleicht hängt es mit dem Feuer zusammen.« Derek beugte sich aufgeregt vor, als wäre er dabei, einen Kriminalfall zu lösen. »Vielleicht hatte ihre Stickerin etwas damit zu tun, dass das Haus damals abgebrannt ist.«

»Das wäre eine Möglichkeit, nicht wahr?« Audreys Gesicht

hellte sich auf. »Haben Sie Molly auf die versteckte Botschaft aufmerksam gemacht?«

Laura schüttelte den Kopf. »Eigentlich hatte ich es vor, aber dann rief hinten ihre Mutter nach ihr, und sie hatte es plötzlich eilig, mich loszuwerden.«

Sie erinnerte sich, dass sie ohnehin nach Hause gemusst hatte, um die neue Chefredakteurin zu erwischen, die wie üblich in einem Meeting gesteckt und sich nicht zurückgemeldet hatte. Nun hatte sie überhaupt keine Aufträge mehr. Wenn sie nicht arbeitete, fühlte sie sich schrecklich rastlos.

»Darf ich Ihnen helfen?« Audreys Augen funkelten. »Ich liebe ein gutes Rätsel. Wie wäre es, wenn ich ein bisschen im Internet weiterrecherchiere und Sie noch einmal die Stadtbücherei aufsuchen? Ich weiß, Sie waren bereits dort, aber damals wussten Sie noch nichts von dem Feuer, oder? An Dereks Brandstiftungstheorie könnte etwas dran sein.«

Laura fröstelte. »Ich hoffe nicht. Mir gefällt der Gedanke nicht, eine derart bösartige Vorfahrin zu haben. Aber Sie haben natürlich recht. Die Bücherei wäre noch einmal einen Versuch wert.« Sie warf einen Blick zu Charles. »Ich werde die Mädchen mitnehmen.«

»Uns mitnehmen? Wohin?« Hannah und Eloise kamen auf die Terrasse heraus und begannen sofort, um einen Platz auf den Knien ihres Vaters zu rangeln.

»In die Bücherei!« Charles schenkte Laura einen liebevollen Blick, der seinen Dank darüber ausdrückte, dass sie die beiden einbezog.

»Igitt!« Eloise' Stimme hob sich schrill vor Abscheu. »Mum sagt, dort ist es dreckig und dass man außerdem nie weiß, wer alles die Bücher schon in der Hand hatte. Wir *kaufen* unsere Bücher immer neu.«

»Was für ein Jammer.« Audrey wirkte leicht schockiert. »Als

ich noch ein Kind war, gingen unsere Eltern jeden Samstag mit uns in die Bücherei. Das war ein fester Bestandteil unserer Wochenenden. Man findet dort eine wunderbare Auswahl an Büchern. Wir sollten die Büchereien heutzutage mehr unterstützen!«

Angespornt von ihrer Schwester, verzog auch Hannah das Gesicht. »Wir müssen doch nicht wirklich mit, oder, Daddy?«

Charles zuckte entschuldigend mit den Achseln. »Ich werde morgen was anderes mit ihnen machen, Laura. Dann hast du Zeit für deine Recherche.«

»Cool, Dad.« Eloise warf Laura einen feindseligen *Du gehörst nicht in unsere Familie*-Blick zu. »Können wir ins Kino gehen, wie wir das früher immer samstags gemacht haben?«

Charles antwortete mit seiner Donald-Duck-Imitation. »Sicher, Schätzchen«, quakte er. »Solange wir uns Micky Maus anschauen.«

Die Mädchen krümmten sich vor Lachen. Waren sie nicht schon ein bisschen zu alt für alberne Stimmen, dachte Laura gereizt, während sie Audrey einen vielsagenden Blick zuwarf.

»Vielleicht ist das ganz gut so«, raunte ihre Nachbarin ihr beim Abschied zu. »Charles sollte mit seinen Kindern allein Zeit verbringen. Ich bin froh, dass Sie Ihr Projekt haben. Vielleicht ist es genau das, was Sie brauchen.«

Die Bibliothekarin hätte nicht hilfsbereiter sein können und bewaffnete Laura mit diversen Büchern über Seamouth, vom siebzehnten Jahrhundert bis in die Gegenwart. Offenbar war die Stadt ein Thema, das vielen am Herzen lag. Mehrere Berichte stammten von Zeitzeugen, deren Nachkommen noch immer in der Gegend lebten, und enthielten Verweise auf Persönlichkeiten der Stadt bis in die Siebzigerjahre. Audrey hatte recht. Die Familienbande waren in diesem Teil der Welt in der Tat eng.

Laura verbrachte den Großteil des Tages an einem Tisch im Lesesaal, wo sie einen Stapel historischer Bücher und alte Tageszeitungen durcharbeitete und alles überflog, in dem der Name »Seamouth House« oder »Marchmont« oder ein Brand erwähnt sein könnte. Nichts!

»Wir schließen leider in zehn Minuten«, sagte die Bibliothekarin schließlich leise zu ihr. Laura nickte enttäuscht. Sie war sich so sicher gewesen, etwas zu finden. Trotzdem war es keine Zeitverschwendung gewesen. Dank der Bücher hatte sie viel über diese Küstenstadt erfahren, in der sie nun lebte. Offenbar war die Eröffnung des Bahnhofs damals ein großes Ereignis gewesen. Eins der Bücher mit einem marmorierten Einband enthielt einen anschaulichen Bericht darüber, dass die ganze Stadt sich versammelt hatte, um die Ankunft des ersten Zugs zu bejubeln. Laura war auch auf die Schilderung eines Schiffsunglücks gestoßen, das zwölf Menschenleben gefordert hatte, während das Wrack an der Küste strandete, wo es von den skrupelloseren Einwohnern geplündert wurde. Ein anderes Buch beschrieb die weiße Holztreppe, die von der Klippe zum Strand hinunterführte – unglaublich, dass sie immer noch existierte. »Nur die Mutigen wagten sich darauf«, erklärte einer der Autoren sachkundig. »Die Mode in jener Zeit erwies sich nämlich als ein großes Hindernis.«

Laura konnte es sich fast bildlich vorstellen. Hatte Mary Rose zu den Mutigen gezählt und war mit ihren Freundinnen kichernd die Treppe hinuntergestiegen und wieder hinauf, fragte sie sich. Die Daten würden passen. Ein anderer Autor berichtete vom Bau der Uferpromenade: der asphaltierte Weg, der heute noch am Strand entlangführte und den Laura bisher als selbstverständlich betrachtet hatte. Aber vor weniger als hundert Jahren hatte er einfach aus grobem Kies bestanden. Hatte Mary Rose den Weg benutzt, um Besorgungen in der Stadt zu erledigen? Das konnte nicht einfach gewesen sein.

Dann, gerade als Laura das Buch zuklappen wollte, fiel ihr etwas ins Auge. Eine Schlagzeile in einer der alten Zeitungen, die ihr förmlich entgegensprang.

»Einheimische wegen Mordes zum Tod durch den Strang verurteilt.«

Bestürzt las sie den Text darunter. *»Mary Rose Marchmont, Tochter von Ralph Marchmont, Besitzer des Kalksteinbruchs, ist des Mordes an ihrem Halbbruder für schuldig befunden und soll gehängt werden.«*

Mord? Ihre Vorfahrin hatte ihren Halbbruder ermordet? Laura spürte den bitteren Geschmack von Galle im Mund. Sie musste wieder an den Vers auf dem Sticktuch denken.

Unschuldig bin ich.

Sie hatte angenommen, dass sich dieses Dementi auf den angeblich gestohlenen Ring bezog. Aber was, wenn Mary Rose in Wahrheit den Mord bestritt und ihre Geschicklichkeit mit der Nadel benutzt hatte, um ein immerwährendes Zeugnis ihrer Unschuld zu schaffen?

Trotzdem, etwas stimmte hier nicht. Der Artikel war von 1872, dem Jahr, in dem das erste Sticktuch entstanden war. Aber die anderen Tücher datierten zwanzig Jahre weiter. Das ergab keinen Sinn. Wie konnte ihre Vorfahrin weitere Sticktücher angefertigt haben, wenn sie gehängt worden war?

Ärgerlicherweise endeten die Informationen an dieser Stelle. Der Verfasser hatte den Fall lediglich als Beispiel für »das Recht und die fehlende Ordnung in jener Zeit« verwendet. Laura musste mehr darüber in Erfahrung bringen. »Darf ich das hier ausleihen?«, fragte sie die Bibliothekarin, die trotz ihrer Freundlichkeit offensichtlich erpicht darauf war wegzukommen.

»Der Präsenzbestand ist eigentlich nicht ausleihbar, aber wenn Sie mir versprechen, dass Sie das Buch gleich am Montag zurückbringen, geht das in Ordnung.«

»Danke.« Nachdem Laura das Buch sorgfältig in ihrem Fahrradkorb verstaut hatte, radelte sie flott durch die Stadt. Sie hatte es eilig, nach Hause zu kommen, zurück an ihren Computer, wo sie nun mit dieser neuen Information vielleicht mehr herausfinden würde. Als sie an der Kirche und dem stillgelegten viktorianischen Bahnhof, der jetzt ein Privatgebäude war, scharf links abbog, sah sie Molly vor ihrem Antiquitätenladen, die sich gerade anschickte, einen Korbsessel mit einem 35 £-Preisschild hineinzutragen und Feierabend zu machen.

»Hallo.« Laura war immer noch atemlos vor Aufregung über ihre Entdeckung. »Ich war neulich mit meinem Sticktuch bei Ihnen. Erinnern Sie sich?«

Molly nickte schroff, als wollte sie sagen: »Sprich schon weiter!«

Laura zögerte kurz, verunsichert, wie diese recht eigenartige Frau mit ihren Schneckenzöpfen reagieren würde. »Die Frau, die es angefertigt hat, ist eine weitläufige Verwandte von mir, die in der viktorianischen Zeit lebte. Ihr Name war Mary Rose Marchmont. Allerdings habe ich gerade herausgefunden, dass sie wegen Mordes gehängt wurde.«

Mollys Miene blieb ungerührt, als würde sie das nicht überraschen. »Ach ja? In jener Zeit passierten viele Dinge, die nicht hätten passieren dürfen, wenn Sie wissen, was ich meine.«

»Aber Sie wissen nichts Genaues darüber?«

»Nein.« Sie lachte, und Laura kam sich töricht vor, dass sie überhaupt gefragt hatte. »Warum sollte ich?«

»Ich dachte nur …« Laura wurde bewusst, dass sie ins Stocken geriet. »Sie wussten über das Haus Bescheid, also dachte ich, dass Sie vielleicht auch über den Mord Bescheid wissen.«

»Tut mir leid.« Hinten aus dem Laden drang das laute, hartnäckige Klingeln eines Telefons. »Aber ich kann mich mal für Sie umhören, wenn Sie möchten.«

»Danke. Hier, ich gebe Ihnen meine Nummer.«

Gleich darauf radelte Laura weiter, während die Worte »Mord« und »gehängt« in ihrem Kopf widerhallten, neben dem Vers auf den Sticktüchern, der nun plötzlich, im Licht dieser neuen Entdeckung, düster wirkte.

»Unschuldig bin ich,
Denn du tatest nicht gut.
Du stahlst meinen Ring
Und verfluchtest unser Blut.«

War es möglich, fragte sie sich, als sie kurz darauf in die Zufahrt von Bay View Heights bog, dass Mary Rose tatsächlich unschuldig war? Und dass die Person, die den Ring gestohlen hatte, auch für den Tod ihres armen Halbbruders verantwortlich war?

Laura bremste knirschend vor dem Haus und spürte Übelkeit in sich aufsteigen. Oder hatte Mary Rose den Mord tatsächlich begangen, um sich für einen gestohlenen Ring zu rächen?

Aber die wahre Frage – die, der Laura sich endlich stellen musste – war viel schlimmer. War es möglich, dass dieser Fluch über das »Blut« der Auslöser für Lauras eigenes dunkles Geheimnis war?

Das Geheimnis, von dem Charles nie erfahren durfte.

33

Charles war schockiert, als Laura ihm alles berichtete. »An deiner Stelle würde ich zu niemandem ein Wort darüber verlieren«, sagte er leise. »Die Leute hier können sehr engstirnig sein.« Er nahm sie liebevoll in den Arm. »Es ist möglich, dass es nicht besonders gut ankommt, wenn du herumläufst und erzählst, dass es in deiner Familie eine Mörderin gab, die am Galgen endete. Das war damals sicher eine große Sache, und die Leute hier sind sehr nachtragend.«

Seine Worte machten ihr Angst. »Dann muss es jemanden geben, der mehr darüber weiß«, wandte sie ein. »Außerdem besteht immer noch die Möglichkeit, dass Mary Rose tatsächlich unschuldig war. Damals, in einer Zeit ohne gerichtsmedizinische Hilfsmittel, war es viel schwieriger, seine Unschuld zu beweisen.«

Charles zuckte mit den Achseln. Obwohl der Sommer längst vorbei war, trug er Shorts, weil er es »bequemer« fand. Es passte zu seinem leichten Hang zur Exzentrik, der sich auch darin ausdrückte, dass er mit ihr durch die Küche tanzte oder ihre Unterwäsche als »Runterwäsche« bezeichnete, weil, wie er scherzhaft erklärte, »ein Mann ordentlich auspacken sollte«. Aber im Moment, da es für Laura wichtig war, dass er ernst blieb, fand sie diesen Hang eher irritierend.

»Ich kann verstehen, wie du dich fühlst, aber ganz ehrlich,

Laura, es ist schon sehr lange her. Schlag es dir einfach aus dem Kopf.« Er wich mit einem besorgten Stirnrunzeln einen Schritt zurück. »Anderenfalls wird es uns die Freude an diesem zauberhaften Haus hier vergällen, meinst du nicht auch?«

Aber das konnte sie nicht. Egal, wo sie war, ob auf der Strandpromenade mit den blau-weiß gestreiften Liegestühlen, die sich im Wind blähten, oder auf der Hauptstraße mit ihrer seltsamen Mischung aus Geschäften des täglichen Bedarfs und Teesalons für Touristen, Laura musste immer daran denken, dass sie auf den Spuren von Mary Rose Marchmont wandelte.

In ihrem neuen Zuhause war ihr das sogar noch stärker bewusst. Das Haus selbst mochte ein anderes sein als jenes, in dem ihre Vorfahrin aufgewachsen war, aber der Garten draußen war derselbe. Während sie durch das Fenster auf den gepflegten Rasen und die weißen Staudenrabatten blickte, fragte sie sich, ob Mary Rose früher dort gesessen und Geißblatt und Efeu und Kletterrosen skizziert hatte, so wie sie das nun tat, um die Formen auf ihren wunderschönen Sticktüchern präzise abzubilden.

Es wirkte widersprüchlich, dass eine Frau, die ihren eigenen Bruder umgebracht haben sollte, mit so viel Aufwand ihre Stickerei betrieb. Aber wer wollte behaupten, dass eine Künstlerin nicht auch eine Mörderin sein konnte? Was war mit all den Gefangenen, die in der Haft ein Buch schrieben oder Bilder malten? Menschen konnten sowohl abgrundtief böse als auch herzensgut sein. Und dazwischen gab es sehr viele Abstufungen. Man brauchte nur ihre Stieftochter Hannah als Beispiel zu nehmen: Konnte sie in der einen Minute noch richtig nett sein, behandelte sie Laura in der nächsten mit hochmütiger Verachtung. Wenigstens war Eloise ziemlich beständig in ihrer Unfreundlichkeit, sodass man bei ihr wusste, woran man war. Und was war mit Laura selbst? War sie nicht genauso schuldig wegen dieser grauenhaften Sache, die sie vor all den Jahren getan hatte?

Je mehr sie sich den Kopf zerbrach, umso hysterischer wurde sie innerlich. Wenn sie doch nur Arbeit hätte, um sich abzulenken, wie sie das früher getan hatte. Ich muss mich beschäftigen, dachte sie, oder ich drehe noch durch! Also nahm sie am nächsten Tag, nachdem Charles zur Arbeit gefahren war, ihren Skizzenblock und ging hinaus, um durch den Gemeinschaftsgarten zu schlendern. Er war wirklich wunderschön. So raffiniert angelegt wie eine Reihe von Räumen, die jeweils durch einen Steinbogen miteinander verbunden waren. Der Gärtner, der von der Eigentümergemeinschaft über die Nebenkosten finanziert wurde, war gerade mit seiner Arbeit zugange und pflanzte Frühjahrsknollen und Mauerblümchen.

Er war ein junger, frisch aussehender Mann, der seinen Spaten enthusiastisch und mit einer Gewissheit in die Erde stieß, um die Laura ihn beneidete. »Der Garten ist schon sehr alt, nehme ich an«, bemerkte sie in der Hoffnung, ein Gespräch mit ihm zu beginnen.

Der junge Mann nickte. »Gut möglich. Jedenfalls gibt es hier jede Menge alte Wurzeln, so viel ist sicher. Dieses Stück hier kostet mich eine Ewigkeit.«

Er deutete mit einem Nicken auf die Steinmauer hinter ihr. »Das da habe ich entdeckt, als ich den Efeu entfernt habe.«

Ein Tor! Ein kleines verrostetes Tor, hinter dem, wie Laura nun sah, eine Treppe mit ausgetretenen Steinstufen zum Strand hinunterführte. »Seien Sie vorsichtig!«, rief der Gärtner. Aber sie war nicht mehr zu bremsen. Sie eilte bereits mit einem seltsamen Gefühl der Vertrautheit hinunter. Ein paar Mal geriet sie ins Straucheln, konnte sich aber jedes Mal abfangen. Als sie unten ankam, keuchte sie vor Hochgefühl.

Es war Ebbe, und der normalerweise von Kieseln bedeckte

Strand war nun eine jungfräuliche Leinwand aus reinem, unberührtem Sand. Nach einer kurzen Atempause begann Laura, über den Sand zu laufen und sich dabei wie ein Kind zu drehen, vor Freude über diese Entdeckung. Sie konnte es kaum erwarten, Charles davon zu erzählen, bedeutete es doch, dass sie ihren eigenen privaten Zugang zum Meer hatten.

Ein kleiner weißer Hund stieß zu ihr (sein Besitzer konnte nicht weit sein), und gemeinsam liefen sie zu einem Klippenvorsprung, der bei Flut immer weit draußen und absolut unerreichbar wirkte. Laura kletterte auf einen flachen weißen Felsen, der an die unterste Sprosse einer Trittleiter erinnerte, und ließ den Blick über den Horizont schweifen wie ein Schiffskapitän. Der Felsvorsprung war wie ein Problem im Leben, dachte sie. Unmöglich zu bewältigen, wenn man ihn aus der Ferne betrachtete. Aber von Angesicht zu Angesicht fand man eine Möglichkeit, damit fertigzuwerden. Es war seltsam tröstend.

Gleich darauf ertönte ein Pfiff, und ihr vierbeiniger Kamerad rannte zu seinem Herrchen zurück. Sie hätte auch gerne einen Hund, dachte Laura. Vielleicht würde sie mit Charles darüber reden. Sie lief weiter am Strand entlang und blieb dann vor der gewaltigen roten Steilwand stehen, in deren Stein Namen geritzt waren. *John liebt Amanda, 1987.* Hatte die arme Mary Rose einen Mann geliebt? Zu jener Zeit wurden Verbindungen viel früher geschlossen. Und wenn ja, war er für sie eingetreten, als man sie des Mordes beschuldigte?

Hoch und höher stieg Laura, vorbei an dem alten stillgelegten Kalksteinbruch und dem angrenzenden Café mit seinen Touristen. Während sie weiterstapfte, begann der alte Glockenturm zu läuten, fast wie ein klösterlicher Aufruf zum Gebet. Vorbei an der Ehrentafel für die Bürgerwehr im Zweiten Weltkrieg und zurück durch die herrliche Grünanlage mit ihren Mauerblümchen, die wie Minisoldaten angeordnet waren.

Als sie wieder in der Wohnung war, streifte sie ihre feuchten Turnschuhe von den Füßen und checkte ihr Handy, das sie versehentlich in der Diele vergessen hatte. Sie hatte vier neue Nachrichten. Die erste war von der neuen Chefredakteurin, die einen Auftrag für sie hatte. Ja! Die zweite war von Krissie, die wissen wollte, ob sie mit Daisy ein paar Tage zum Ausspannen kommen könne. »Ich weiß, es ist ziemlich kurzfristig, aber ich drehe durch, wenn ich noch länger mit einem brüllenden Baby in einem kleinen Haus festsitze!«

Die dritte Nachricht stammte von Audrey, die ihr mitteilte, dass sie und ihr Bruder für ein paar Wochen nach London zurückkehren müssten, weil Dereks Schwägerin gestorben war. Und die letzte Nachricht war wieder von der neuen Chefredakteurin. Es habe eine Änderung in letzter Minute gegeben. Ob Laura einen zusätzlichen Auftrag annehmen und beide Arbeiten bis zum Monatsende abliefern könne – zwei Wochen früher als der ursprüngliche Termin?

Laura spürte einen Adrenalinrausch. Es würde knapp werden, aber wenigstens war sie wieder im Rennen, karrieretechnisch. Und das Geld würde für Eloise' Skiausflug mit der Schule gelegen kommen. Laura würde nicht mehr viel Zeit haben, um über Mary Rose weiterzuforschen, aber vielleicht war das ganz gut so. Wollte sie wirklich in ein Wespennest stechen? Vielleicht hatte Charles recht. Es war Zeit, die Vergangenheit ruhen zu lassen.

Auch ihre eigene.

Laura war so sehr in ihre Arbeit für den ersten Auftrag vertieft (eine saftige Rote Bete in verschiedenen Purpurschattierungen mit hängenden Wurzeln), dass sie sich beinahe verspätete, als sie Krissie und Daisy in Exeter abholte. Wenn doch nur der Bahnhof von Seamouth noch in Betrieb wäre, dachte sie. Das würde das Leben wesentlich einfacher machen. Andererseits war die fehlende Eisenbahnanbindung ein Vorteil, wenn dadurch verhindert wurde, dass Zugladungen voller Tagestouristen in Seamouth einfielen. Lustig, dass sie allmählich schon wie die Einheimischen dachte.

»Wie schön, dich zu sehen«, japste Krissie, die eine brüllende Daisy an sich drückte, während Laura versuchte, den Buggy und eine Reihe von prall gefüllten Reisetaschen (inklusive eines rosa Kindertöpfchens) in ihren Kofferraum zu zwängen. »Ich werde nie wieder mit diesem Kind eine längere Zugfahrt machen. Die einzige Möglichkeit, Daisy am Schreien zu hindern, war, meine Bluse aufzuknöpfen und sie ordentlich reinhauen zu lassen. Du hättest mal das Gesicht von dem alten Knaben sehen sollen, der mir gegenübersaß.«

Glücklicherweise schlief Daisy während der vierzigminütigen Autofahrt ein. Laura warf im Rückspiegel einen Blick auf das kleine pausbäckige Gesicht ihrer Patentochter, deren Kopf in dem Kindersitz seitlich weggekippt war. »Ist alles in Ordnung mit ihr? Atmet sie noch?«

Krissie brach in schallendes Gelächter aus. »Es geht ihr bestens. Vertrau mir. Du würdest es mitkriegen, wenn es anders wäre. Oder besser gesagt, du wirst es mitkriegen, wenn Charles und du euer eigenes Kind habt.«

Laura schüttelte den Kopf, während sie gleichzeitig ein Lächeln zustande brachte. »Ich habe es dir schon gesagt. Wir haben Charles' Mädchen, das reicht.«

»Das ist nicht dasselbe wie ein eigenes Kind«, begann Krissie und unterbrach sich gleich darauf, als der Wagen die Hügelspitze erreichte, bevor es nach Seamouth hinunterging. »O mein Gott. Das ist fantastisch!«

Beide sahen von oben auf die Stadt, die unmittelbar an das glitzernde Meer grenzte. »Kein Wunder, dass du so blendend aussiehst, bei der ganzen frischen Seeluft«, sagte Krissie. Dann blickte sie ihre Freundin scharf an. »Du bist doch glücklich, oder?«

»Ja«, antwortete Laura entschieden und dachte dabei an ihren Schwur, die Vergangenheit zu begraben. »Sehr.«

»Das freut mich. Wenigstens eine.« Krissies Stimme klang, als würde sie gleich in Tränen ausbrechen.

Laura blickte besorgt zu ihr hinüber. »Alles in Ordnung?«

»Nicht wirklich. Ich bekomme jede Nacht nur ungefähr zwei Stunden Schlaf, und ansonsten bin ich eigentlich nur damit beschäftigt zu verhindern, dass Daisy sich Erbsen in die Nase steckt oder gegen eine Kante stößt und sich eine Gehirnerschütterung holt. Meine Mission lautet, dafür zu sorgen, dass sie unbeschadet aufwächst, bis sie achtzehn ist. Aber ich schwöre dir, ab dann wird sie auf sich allein gestellt sein. Oh, und rechne nicht damit, dass ich weitere Kinder bekomme, weil Simon und ich nämlich vergessen haben, wie man welche macht.«

Krissies Augen waren feucht von Tränen. Hätte Laura nicht den Wagen gefahren, hätte sie sich zu ihrer Freundin hinübergebeugt und sie in den Arm genommen. »Tut mir leid, aber hin und wieder habe ich solche Anfälle.«

»Postnatale Depression?«, mutmaßte Laura vorsichtig, während sie in die Zufahrt bog.

»Das hat Simon auch gesagt. Er wird dir sicher noch mehr erzählen, wenn er morgen runterkommt. O Gott, gleich geht es wieder los.«

Wie auf ein Stichwort begann Daisy sich zu rühren, als der Wagen hielt. Aber statt loszubrüllen, begann sie zu glucksen. »Es gefällt ihr hier«, sagte Krissie, während sie ihre Tochter aus dem Kindersitz hob und dann den Blick schweifen ließ. »Das ist auch kein Wunder. Was für ein herrliches Haus! Ich liebe die großen Fenster. Und die Schornsteine erinnern mich an ein Märchenschloss.«

»Vergiss nicht, uns gehört nur ein Drittel davon«, erwiderte Laura, erfreut. »Aber eigentlich haben wir nur eine Nachbarpartei – die übrigens reizend ist –, weil die andere ihren ersten Wohnsitz im Ausland hat. Es ist also fast so, als hätten wir das Haus für uns allein. Komm, lass uns reingehen.«

Aber Krissie blieb stehen, während sie an der Fassade hochsah. »Was ist das für ein Krach?«

Laura stöhnte, als aus dem Fenster der Mädchen über ihnen laute Musik dröhnte. »Das sind Eloise und Hannah. Sie haben einen eigenen Schlüssel und kommen und gehen, wie es ihnen gefällt.«

»Stört dich das?«

»Ja. Aber was soll ich dagegen machen?«

»Mit Charles reden?«

»Das habe ich bereits.« Laura stöhnte wieder. »Das ist ein längeres Gesprächsthema, und außerdem lässt Eloise nicht mit sich verhandeln. Du wirst sie gleich kennenlernen, sobald wir das ganze Gepäck raufgebracht haben. Dann wirst du sehen, was ich meine.« Laura kämpfte sich mit den Taschen ihrer Freundin die Treppe hoch. »So, dein Zimmer ist gleich dort drüben, das hier ist … O Gott. Nicht schon wieder.«

Laura stürzte an ihren Schreibtisch und richtete das umgekippte Marmeladenglas auf, das mit Wasser gefüllt gewesen war. Jemand hatte es umgestoßen, und der Inhalt war über ihr Rote-Bete-Bild gelaufen. Aber das war noch nicht alles. Auf dem Papier waren außerdem Kratzer, als hätte jemand Galgenmännchen gespielt.

Laura konnte gerade noch so die Buchstaben entziffern.

»H … A … U … A … B!«

34

»Warum habt ihr das getan?«, brüllte Laura, während sie Krissie im Flur stehen ließ und in das Zimmer der Mädchen stürmte.

»Was denn?«, entgegnete Eloise hochmütig und sah ihr mit unverhohlener Verachtung direkt in die Augen.

Wie konnte sie es wagen, die Ahnungslose zu spielen! »Ihr habt mein Bild zerstört. So wie schon einmal.«

Hannah errötete schuldbewusst, wie Laura bemerkte. »Wir wollten was spielen und brauchten Papier. Also haben wir uns welches von deinem Schreibtisch genommen.«

»Ich glaube dir nicht.« Laura spürte, wie ihre Hände an der Seite sich zu Fäusten ballten. Sie hatte das Bedürfnis, beiden eine runterzuhauen, aber das durfte sie nicht. »Ihr macht solche Spiele nicht. Ihr interessiert euch bloß für eure Laptops und teure Skiausflüge. Wartet nur, bis euer Vater nach Hause kommt. Wir werden sehen, was er dazu sagt.«

Wäre Daisy nicht gewesen, wäre die Stimmung am ersten Besuchstag ihrer Freundin völlig ruiniert gewesen. Aber als die Mädchen eine Stunde später die Treppe herunterkamen, als wäre nichts geschehen, stürzten sie sich sofort auf Krissie, die im Schaukelstuhl Daisy zum Bäuerchen animierte.

»Ist die süß!«, gurrte Hannah. »Darf ich sie mal halten?«

»Vorsichtig«, mahnte Laura scharf. Sie konnte sich kaum

überwinden, mit den Mädchen zu sprechen, und hatte bereits Charles in der Arbeit über den Vorfall verständigt.

»Wir unterhalten uns darüber, wenn ich nach Hause komme«, hatte er in düsterem Ton erwidert. Jetzt konnte sie seinen Schlüssel im Schloss hören.

»Daddy!«, rief Eloise, und Hannah ließ beinahe Daisy fallen in ihrem Bestreben, zu ihrem Vater zu eilen, sodass Lauras Herzschlag kurz aussetzte.

»Meine Engel!«

Die Stimme ihres Mannes schwebte in die Küche, wo Laura auf dem Herd die Soße für die Pasta bolognese anrührte. »Ich habe gehört, ihr wart heute unartig.«

Laura warf Krissie einen Blick zu und verdrehte die Augen. »Siehst du, was ich meine? Er schimpft nicht mal mit ihnen.«

»Es war ein Unfall, Dad. Wir haben das nicht absichtlich getan.«

»Habe ich das nicht schon einmal gehört?«, murmelte Laura.

»Ein Unfall? Seid ihr sicher?« Charles kam nun in seiner flaschengrünen Regenjacke, die er zu Baustellenbesichtigungen anzog, in die Küche und umarmte Laura zur Begrüßung. »Hallo, Krissie. Wie geht es dir? Da ist ja auch Daisy! Die ist aber gewachsen!«

»Mir geht es gut, Charles«, antwortete Krissie ruhig. »Aber es gibt da etwas, worüber ich mit dir reden muss. Können wir uns vor dem Abendessen kurz unter vier Augen unterhalten, wenn das für dich okay ist?«

»Es tut mir leid«, sagte Charles, als er und Laura schließlich an jenem Abend im Bett unter sich waren. »Vielleicht war ich mit den Mädchen zu nachsichtig. Deine Freundin Krissie hat mir ins Gewissen geredet.«

»Gut.« Laura drehte sich von ihm weg und spürte gleich

darauf seine Hände, die sie ermunterten, sich wieder auf den Rücken zu rollen.

»Aber sie teilt meine Meinung, dass man als Eltern alles für sein Kind tun würde.«

»Wie du bereits gesagt hast«, erwiderte Laura steif, »ich selbst habe keine Kinder. Also habe ich davon auch keine Ahnung, oder?«

»Krissie hat auch gesagt, eins der wichtigsten Dinge, die man für seine Kinder tun könne, sei, ihnen ihre Grenzen aufzuzeigen.« Charles seufzte. »Womöglich habe ich das seit der Scheidung ein wenig schleifen lassen.«

»Womöglich.«

Er machte ein reumütiges Gesicht. »Ich habe einfach Angst, dass ich die Mädchen verliere, wenn ich sie zu oft ins Gebet nehme. Sie leben mit einem anderen Mann zusammen, Laura. Mit einem Stiefvater, der sie öfter zu sehen bekommt als ich. Wenn sie sich hier nicht willkommen fühlen, kommen sie vielleicht gar nicht mehr.«

Sie nahm seine Hände. »Ich verstehe das. Wirklich. Aber wo ziehst du die Grenze?«

»Nun, ich habe Eloise gesagt, dass ihr Skiausflug gestrichen ist.«

Laura schnappte nach Luft. »Wirklich?«

»Ja.« Er klang traurig.

Es entstand ein Schweigen. Eloise freute sich schon seit einer Ewigkeit auf diesen Ausflug. Nun würde sie nicht mit ihren Freundinnen fahren können. Sie würde sich ausgeschlossen fühlen, wenn die anderen zurückkehrten und von ihren Erlebnissen berichteten. Ausgestoßen! Genau so, wie Laura sich in diesem Alter gefühlt hatte, bevor sie die Schule wechselte und Krissie kennenlernte.

»Ich will nicht, dass du ihr den Ausflug streichst«, sagte sie bedächtig. »Ich möchte einfach nur, dass sie sich entschuldigt. Bei mir persönlich.«

Charles' Stimme klang erleichtert. »Sicher? Ich werde es ihr sagen. Gleich morgen früh. Aber trotzdem müssen wir uns eine Strafe überlegen.«

»Danke.«

Charles zog sie an sich. »Nein. Ich danke dir für dein Verständnis. Das mit deinem Bild tut mir sehr leid.«

Laura dachte an das ruinierte Rote-Bete-Motiv, das sie nun neu beginnen musste, sobald Krissie abgereist war. »Danke. Aber du musst etwas verstehen, Charles. Ich wünsche mir auch, dass die Mädchen mich mögen, aber ich bin nicht bereit, mir von ihnen auf der Nase herumtanzen zu lassen.«

»Ich möchte das auch nicht.« Charles schloss den Arm enger um sie. »Ich verspreche dir, es wird nicht wieder vorkommen.«

Am nächsten Morgen kam Simon mit dem Auto von London herunter. Er sah müde aus, dachte Laura, verglichen mit ihrem Mann. Die Menschen hier, wie sie beobachtet hatte, arbeiteten fleißig, aber sie nahmen sich auch Zeit, um segeln oder wandern zu gehen und sich zu amüsieren. Simon mit seinen verrückten Arbeitszeiten als Journalist könnte davon ein bisschen brauchen.

»Das hier ist das Paradies!«, schwärmte er, als sie alle zusammen am Samstagnachmittag einen Strandspaziergang machten. Das Wetter war so mild, dass sie T-Shirts trugen und die kleine Daisy barfuß durch den Sand stapfte. »Vielleicht sollte ich mir hier unten einen Job suchen.«

»Das wäre großartig. Daisy, nicht so schnell!«

Krissie sauste ein Stück voraus, während Eloise zu Laura aufschloss. »Danke, dass ich trotzdem zu dem Ausflug mitdarf.« Das Mädchen klang aufrichtig zerknirscht.

»Ich wollte nicht, dass du dich ausgeschlossen fühlst.« Laura warf von der Seite einen Blick auf ihre Stieftochter. »Ich weiß nämlich, wie das ist.«

»Woher?«

»Das ist jetzt unwichtig. Ich will bloß, dass wir uns vertragen. Einverstanden?«

Eloise nickte. »Ich werde mich bemühen. Aber du wirst nie meine Mum sein.«

»Das will ich auch nicht.« Laura bückte sich, um eine Muschel aufzuheben, und steckte sie in ihre Hosentasche. »Aber ich würde mir wünschen, dass wir Freundinnen werden.«

Eloise nickte wieder. »Okay.«

»Keine Sabotageakte mehr gegen meine Bilder?«

Eloise schenkte ihr ein eigenartiges Lächeln. »Nein. Nicht gegen deine Bilder.«

Laura versteifte sich. »Oder gegen sonst was?«

»Ich sagte doch schon, ich werde mich bemühen, oder?« Im nächsten Moment stürmte sie los. »Hannah! Wer als Erste oben ist!«

Laura beobachtete, wie ihre Stieftöchter die weiße Holztreppe hochjagten, und sie beschlich ein ungutes Gefühl. »Ist jetzt alles geklärt?«, fragte Krissie, die sich nun wieder an ihre Seite gesellte, während Simon eine schläfrige Daisy trug, die an ihrem Daumen nuckelte.

»Ich hoffe es.«

»Darf ich dir was sagen?« Krissie berührte Lauras Arm. »Ich möchte nicht, dass du das falsch verstehst, aber ich muss es loswerden.«

»Falls es um die Mädchen geht, ich würde sie lieber vorerst ein Weilchen vergessen, wenn es dir nichts ausmacht.«

»Nein, es geht um dich. Ich weiß, du hast zwar gesagt, du willst keine Kinder, aber irgendwie siehst du anders aus, Laura.

Du hast so ein inneres Strahlen, und, wenn ich das hinzufügen darf, du hast auch ein bisschen zugenommen. Kann es vielleicht sein, dass du schwanger bist?«

Laura stieß ein »Das ist doch lächerlich!«-Prusten aus. »Ausgeschlossen! Charles hatte eine Vasektomie. Außerdem ist mir morgens nicht schlecht.«

»Periode?«

»Unregelmäßig. Aber das war schon immer so.«

Krissie zuckte mit den Schultern. »Es sind schon seltsamere Dinge passiert. Eine Frau aus meinem Geburtsvorbereitungskurs bekam anfangs immer noch ihre Tage und war daher überzeugt, dass ihre Morgenübelkeit auf chinesisches Fastfood zurückzuführen war. Trotzdem, wenn Charles sterilisiert ist, hast du wohl recht.«

Beim Abendessen – eine laute Angelegenheit, da Daisy brüllte, während Eloise und Hannah ständig mit ihren Handys beschäftigt waren – sprach Simon Laura auf die »Wandteppiche« an, die er in der Diele gesehen hatte.

»Eigentlich sind das Sticktücher«, erwiderte sie. Sie warf einen Blick auf Charles und begann dann, Simon über Mary Rose aufzuklären.

»Was für eine sensationelle Geschichte!«, sagte Krissie fasziniert.

»Unglaublich.« Simon legte seine Gabel nieder. »Wie traurig, dass sie so jung am Galgen endete. Mit sechzehn, sagtest du? Und diese Sticktücher mit dem Vers, in dem sie ihre Unschuld beteuert, darf ich mir die mal genauer ansehen?«

Krissie stöhnte. »Er wittert eine neue Story! Warum muss mein Mann alles in einen Zeitungsartikel verwandeln?«

»Laura, du zeigst Simon die Sticktücher«, sagte Charles rasch, »und ich räume derweil den Tisch ab. Möchte jemand

Kaffee? Eloise! Hannah! Ich habe gesagt, beim Essen sind Handys tabu.«

»Aber wir sind fertig mit dem Essen!«

Leicht verärgert über das Verhalten der Mädchen und die Unfähigkeit ihres Mannes, sie zu bändigen, führte Laura Simon in die Diele. »Wie du siehst, sind die Tücher in chronologischer Reihenfolge, allerdings fehlt ein Jahr«, erklärte sie, während Simon die Stickarbeiten musterte. »Und siehst du das, hier unten in der Ecke? Jedes Tuch enthält diese kleine Botschaft, aber man kann sie nur mit einer Lupe entziffern.«

»Wie lautet sie?«

Laura konnte sie auswendig, Wort für Wort.

»Unschuldig bin ich,
Denn du tatest nicht gut.
Du stahlst meinen Ring
Und verfluchtest unser Blut.«

Simon stieß einen leisen Pfiff aus. »Tatest nicht gut? Vermutlich bezieht sich das auf den angeblichen Mord. Aber wie passt der Ring in diese Geschichte?«

»Das weiß anscheinend keiner.«

»Unglaublich. Hast du was dagegen, wenn ich mit meiner Handykamera ein paar Fotos mache und ein bisschen zu dem Thema recherchiere?«

»Ich weiß nicht.« Laura fühlte sich nicht wohl bei dem Gedanken. »Einerseits würde ich gerne mehr erfahren, andererseits auch nicht.«

»Mörderisches Blut und so?« Einen schrecklichen Moment lang dachte Laura, dass Simon mit seinem ganzen beruflichen Insiderwissen über ihre Vergangenheit Bescheid wusste. Dann lachte er. »Du glaubst doch nicht etwa an so was, oder doch?«

Einige Tage später, nachdem Laura eine neue Rote Bete gemalt und auch den zweiten Auftrag abgeschlossen hatte, fuhr sie nach Exeter. Irgendwie fand sie sich in der Kathedrale wieder und atmete die kühle, stille Atmosphäre ein, während sie zu dem Rippengewölbe hochstarrte, wo Generationen von Erinnerungen und Kirchenliedern wie Perlen im Staub hingen. War es möglich, fragte sie sich, während ihr Finger das Steinrelief eines Ritters auf einem Sarg nachzeichnete, dass Mary Rose hier die Messe besucht hatte?

Es wäre durchaus denkbar. Wie groß war die Wahrscheinlichkeit, auf derselben Straße zu gehen oder dieselbe Stadt zu besuchen wie eine längst vergessene Vorfahrin?

Ihre Überlegungen lenkten sie fast, aber nicht ganz von ihrem eigentlichen Ziel ab. Sie glaubte zwar nicht wirklich, dass an Krissies Vermutung etwas dran war, aber es konnte nicht schaden, der Sache auf den Grund zu gehen. Mit einem extremen Gefühl der Befangenheit kaufte Laura bei Boots einen Schwangerschaftstest. Und jetzt? Sie konnte ihn später zu Hause machen, aber nun, da das Ding sich in ihrer Handtasche befand, hielt sie die Spannung plötzlich nicht mehr aus. Nervös suchte sie im House of Fraser die Kundentoilette auf. Warum, fragte sie sich, während sie unbeholfen über der Kloschüssel kauerte, das weiße Stäbchen in einer Hand, tat sie das? Es war ja nicht so, als ob …

O mein Gott. Sie starrte auf den blauen Strich, der sich vor ihren Augen bildete. Krissie hatte recht gehabt. Sie war schwanger! Während ihr vor Schreck schlecht wurde, hielt sie das Stäbchen ins Licht, um ganz sicherzugehen. Wie konnte das passieren? Und noch wichtiger, was würde sie jetzt deswegen unternehmen?

35

»Schwanger?« Ihre Mutter auf der anderen Tischseite bei Fortnum & Mason wiederholte das Wort fassungslos. »Aber du kannst doch gar nicht schwanger werden!«

Laura dachte an jene Zeit zurück, als sie eine frischgebackene Absolventin des *Central Saint Martins College of Art and Design* gewesen war, kurz nach ihrem zweiundzwanzigsten Geburtstag. Zu Hause hatte es einen heftigen Streit mit ihrer Mutter gegeben. »Ich werde mich sterilisieren lassen, und du wirst nichts dagegen machen können«, hatte Laura getobt. »Verstehst du denn nicht? Ich würde mit einem Kind nicht klarkommen. Jedes Mal, wenn ich es ansehe, müsste ich daran denken, was ich getan habe.«

Nun, all die Jahre später, ergriff Laura die Hand ihrer Mutter. Deren Handgelenke waren schon immer sehr schmal gewesen, aber heute wirkten sie geradezu zerbrechlich. »Als ich damals in der Klinik war«, sagte Laura bedächtig, »hat die Ärztin es mir ausgeredet.« Sie schluckte, während sie an die freundliche Frau mittleren Alters dachte, die mit ihr das Beratungsgespräch vor dem Eingriff geführt hatte. »Sie meinte, ich würde es später vielleicht bereuen.«

Die Miene ihrer Mutter wirkte gequält. »So viele Jahre, und du hast mir nie was gesagt. Warum hast du auf die Ärztin gehört und auf mich nicht?«

»Weil sie nicht emotional betroffen war.«

»Und du hast ihr alles gesagt?«

Laura nickte. »Sie hat mir die Pille verschrieben, aber meinen Freunden – und dir – habe ich erzählt, dass ich keine Kinder bekommen kann. Es war die Wahrheit! Ich war seelisch nicht in der Lage dazu.«

Ihre Mutter umklammerte Lauras Hand. »Aber du wolltest es auch nicht für immer ausschließen, sonst hättest du den letzten Schritt gemacht.«

Laura nickte, während sie gleichzeitig lächelte und weinte. »Als Charles mir gesagt hat, dass er sterilisiert ist, war ich unheimlich erleichtert. Das hieß nämlich, dass mir die Entscheidung aus den Händen genommen wurde.«

»Und wie konntest du dann schwanger werden?« Die Augen ihrer Mutter bekamen plötzlich einen ängstlichen Ausdruck. »Lieber Gott, bitte sag jetzt nicht, dass du fremdgegangen bist.«

»Mum! Natürlich nicht.« Laura sah sich verlegen um, aber die anderen Gäste schienen alle in ihre eigenen Gespräche vertieft zu sein. »Ich habe mich schlaugemacht. Eine Vasektomie ist nicht immer hundertprozentig sicher.«

Ihre Mutter stieß ein langes, tiefes Seufzen aus. »Du musst es Charles sagen.«

Laura biss sich auf die Unterlippe. »Er wird sich wünschen, dass ich das Kind behalte.«

»Und du wünschst dir das nicht?«

»Doch. Nein.« Sie streifte verzweifelt mit den Fingern ihre Haare zurück. »Nicht nach … nicht nach dem, was passiert ist.«

»Dann wirst du es ihm also sagen?« Die Stimme ihrer Mutter klang ruhig. »Das mit dem Baby. Und das, was mit Andrew passiert ist.«

Andrew! Das war das erste Mal seit Jahren, dass eine von

ihnen diesen Namen aussprach. Lauras Augen füllten sich wieder mit Tränen. Ihre Mutter beugte sich zu ihr hinüber und umarmte sie kurz. »Möchtest du, dass ich dir den Rücken stärke?«

»Nein. Aber danke.« Sie schluckte. »Ich muss das allein machen. Trotzdem, ich brauche die Unterlagen. Die Zeitungsausschnitte. Die ganzen Artikel, die wir aufbewahrt haben. Und den Untersuchungsbericht.«

Ihre Mutter nickte. »Natürlich. Ich bin sehr stolz auf dich, Laura. Und ich weiß, dein Dad würde dasselbe sagen.«

Lauras Stimme kam zitternd heraus. »Ich hoffe nur, dass ich Charles nicht verliere. Ich weiß nicht, ob ich das verkraften würde …«

Laura wartete einen weiteren Monat, um ganz sicherzugehen. In den ersten Schwangerschaftswochen kam es relativ häufig zu einem Abgang, sagte Mum. Aber der Test – und Krissie – behielten recht. Zudem wurden Lauras Brüste empfindlich, und sie bekam den obersten Knopf ihrer Jeans inzwischen nur noch mit Mühe zu. Sie konnte es nicht länger verbergen.

»Können wir ein Stück spazieren gehen?«, schlug sie an einem sonnigen Samstag im November vor, als die Mädchen zur Abwechslung einmal das Wochenende bei ihrer Mutter verbrachten.

»Sicher!« Charles' Augen leuchteten auf vor Begeisterung. Er war wie ein Kind, wenn es darum ging, etwas zu unternehmen. Es gab nichts, was er lieber tat, als Laura zu denkmalgeschützten Bauten zu führen – von denen es hier in der Gegend reichlich gab – oder in ein urtümliches Küstendorf, damit sie ihren Skizzenblock hervorholen konnte. »Sollen wir Whisky mitnehmen?«

Whisky war der Hund von Dereks verstorbener Schwägerin, mit dem Audrey und ihr Bruder aus London zurückgekehrt waren, ein niedlicher kleiner Schnauzer. Laura hatte angefangen, ab und zu mit ihm Gassi zu gehen. Aber heute nicht. »Eigentlich wäre es mir lieber, wenn wir zwei allein zum Wald hochgehen.«

Charles warf ihr einen fragenden Blick zu. »Das klingt ernst.«

Sie nickte. »Ist es auch.«

»Spann mich nicht auf den Falter!«

Dies war eine von Charles' kleinen Verschrobenheiten: seine Vorliebe, Wörter absichtlich zu verdrehen. Normalerweise fand Laura das amüsant, aber nun stockte ihr der Atem. Würde ihm hinterher auch noch nach Scherzen zumute sein? »Bitte, hab noch ein bisschen Geduld.«

Während sie schweigend den Hügel zum Wald hochmarschierten, bekam Laura Herzklopfen. Du musst das nicht tun, sagte sie sich. Aber sie würde es tun! Wenn sie dieses Kind bekommen wollte, musste sie sowohl zu ihrem Mann als auch zu sich selbst ehrlich sein.

Sie erreichten eine einsame Bank am Waldrand, von der aus man auf das Meer schauen konnte. »Der perfekte Ort für einen Mord«, bemerkte Charles leichtfertig, während sie sich Seite an Seite setzten.

»Wenn du wüsstest.« Leise gab sie ihm die Mappe, die sie mitgenommen hatte. »Ich möchte, dass du dir das hier ansiehst.«

Charles wirkte nun besorgt, während er einen zwanzig Jahre alten Zeitungsausschnitt herausnahm.

»NACH TOD VON KLEINKIND: SCHÜLERIN IN KENT VERHÖRT.«

Laura wandte den Blick ab, während er den Artikel las, und spürte Übelkeit in sich aufsteigen.

»Ich verstehe nicht«, sagte Charles leise. »Hier geht es um ein Mädchen namens Katy Cook. Wer ist das?«

Zu spät wünschte Laura, sie hätte ihm den Ausschnitt nicht gezeigt und stattdessen einfach so weitergemacht, wie sie das schon seit Jahren tat. Aber nun war das Spiel aus. Sie musste reinen Tisch machen in der Hoffnung, dass Charles mit Verständnis reagieren würde statt mit Verurteilung. »Ich habe damals für unsere Nachbarn babygesittet. Sie hatten einen kleinen Jungen. Sein Name war Andrew.«

Sie holte tief Luft. Wie klar nun alles zu ihr zurückkehrte. Es war 1991, und sie war fünfzehn. Im selben Alter wie Mary Rose, als diese des Mordes an ihrem kleinen Bruder angeklagt worden war.

36

Er kam in ihre Richtung! Katy konnte ihn in dem rot-blauen Stroboskopgeflacker sehen, das die Tanzfläche erhellte. Normalerweise war der große Raum mit dem Podest an der Stirnwand, auf dem sonst der Schreibtisch der Direktorin stand, der tägliche Treffpunkt für die Morgenandacht und für Ankündigungen vor der ersten Stunde. Aber heute Abend war der Raum für das Schulfest in eine Disko verwandelt worden. Er war kaum wiederzuerkennen mit dem DJ auf der Bühne, den roten und silbernen Wimpeln an den Wänden und den Horden von Teenagern in Outfits, die so wenig Ähnlichkeit wie möglich mit der flaschengrünen Schuluniform hatten. Die Lehrer waren bestimmt entsetzt!

Aber das Wichtigste war, dass Peter – den Katy bereits flüchtig aus dem gemischten Debattierkurs kannte – jetzt lächelnd auf sie zusteuerte. Instinktiv ahnte sie, dass er sie gleich zum Tanzen auffordern würde, und ihr Herz schlug einen kleinen Purzelbaum.

Eins der Mädchen neben ihr – ein viel hübscheres aus ihrem Französischkurs – machte ebenfalls ein hoffnungsvolles Gesicht. Peter warf einen Blick auf ihre Nachbarin, und einen schrecklichen Moment lang glaubte Katy, alles wäre verloren. Dann wandte er den Blick ab und richtete ihn stattdessen wieder auf sie.

»Sollen wir?«

Er griff nach ihrer Hand und umschloss sie fest. Katy war so aufgeregt, dass sie glaubte, vor Glück gleich platzen zu müssen. Während sich an ihrem Hals rote Flecken abzeichneten, stakste sie ihm in ihren Stiefeln hinterher, die sie sich von ihrem Babysittergeld gekauft hatte und deren hohe Absätze ungewohnt für sie waren. Ihr Kleid war ein Geschenk ihrer Großmutter – oder vielmehr hatte Granny ihr das Geld dafür gegeben.

»Geh und kauf dir was Hübsches zum Anziehen«, hatte sie gesagt und ihr einen Zwanzig-Pfund-Schein in die Hand gedrückt. »Zu meiner Zeit haben wir unsere Abendkleider aus Ballonseide genäht, aber heute sind die Dinge anders.«

Ballonseide? Katy liebte die Geschichten ihrer Großmutter über den Krieg und die Küste, wo Granny aufgewachsen war. Sie saß oft zu Grannys Füßen in der Doppelhaushälfte am Stadtrand von Broadstairs, einen Katzensprung von ihrem Zuhause entfernt, und lauschte den Erzählungen über das Sammeln von Muscheln und Wellhornschnecken, um sie in Marmeladengläsern an die Touristen zu verkaufen.

»Wie sehr ich mir wünschte, noch einmal jung zu sein«, hatte ihre Großmutter wehmütig geseufzt, als Katy vorbeikam, um das kurze Kleid zu präsentieren, das sie von Grannys Geld gekauft hatte und das ihrer Mutter missfiel. »Du wirst mir doch hinterher darüber berichten, nicht wahr?«

Im Moment jedoch war dieses Versprechen das Letzte, woran Katy dachte, während Peter, der anerkennend ihr Kleid gemustert hatte, sie von ihren Freundinnen wegführte, mitten auf die Tanzfläche.

Aber kaum waren sie dort angelangt, wechselte die Musik. O mein Gott, ein langsames Stück. Die Paare um sie herum rückten näher zusammen und umarmten sich so eng, dass man keinen Abstand zwischen ihnen erkennen konnte.

Katy wagte kaum zu atmen und beobachtete, dass Peter ganz nah an sie herantrat und die Arme um ihre Taille legte. Es war das erste Mal, dass ein Junge das bei ihr tat. Endlich! Katy hätte vor Erleichterung am liebsten laut gesungen. Sie war bereits fünfzehn, aber an einer reinen Mädchenschule gab es wenige Gelegenheiten, einen Jungen kennenzulernen.

Nun jedoch wurde sie so eng umklammert, dass sie Peter beinahe bitten wollte, seinen Griff etwas zu lockern. Aber das konnte sie natürlich nicht tun, sonst dachte er womöglich, dass sie nicht an ihm interessiert sei. Stattdessen drehten sie sich langsam im Kreis, während Katy darauf achtgab, ihm nicht auf die Füße zu treten. Ihre eigenen waren nämlich ziemlich groß, was Mum als ein »Familienmerkmal« bezeichnete. Und obwohl Katy nicht wirklich dick war, wünschte sie sich sehnlichst, so schlank zu sein wie das hübsche Mädchen aus ihrem Französischkurs, das nun mit einem großen, spindeldürren Jungen in einer schwarzen Lederjacke tanzte. Babyspeck, sagte ihre Mutter dazu. Er würde mit der Zeit vergehen.

Nicht dass das im Moment eine Rolle spielte – jedenfalls anscheinend nicht für ihren Tanzpartner. Peter legte nun seine Wange an ihre. Sie konnte sein raues Kinn spüren. Und seinen Geruch wahrnehmen. Er roch anders als das Aftershave, das Dad jeden Morgen auftrug. Peters Geruch erinnerte sie an die Kiefern unten in ihrem Garten. Er weckte in ihr das Bedürfnis, sich noch enger an ihn zu schmiegen.

O mein Gott! Seine rechte Hand streichelte sie jetzt seitlich, gefährlich nah an ihrer Brust. Konnte jemand sie in dem schummrigen Licht sehen? Hoffentlich nicht! Da Katy noch nie zuvor mit einem Jungen getanzt hatte, war sie sich nicht sicher, was sie tun sollte. Sollte sie ihn daran hindern? Und falls sie das tat, würde er sie dann stehen lassen? Das wäre schrecklich …

Mutig legte sie den Kopf an seine Schulter. Seine Hand kam wieder gefährlich nah. Zu nah. Ihr würde nichts anderes übrig bleiben, als ihn aufzuhalten. Dann, sowohl zu ihrer Enttäuschung als auch zu ihrer Erleichterung, endete die Musik. Gleich darauf gingen die Lichter an, und Peter ließ sofort die Hände sinken. Hinter ihm entdeckte Katy ihre Mathelehrerin, die stirnrunzelnd zu ihr hinüberblickte. Katy zuckte innerlich zusammen. Wie viel hatte die Lehrerin gesehen?

»Ich danke euch allen für diesen tollen Abend!«

Das war der DJ. Die Disko war vorbei! Offenbar wurde ihnen lediglich ein einziger langsamer Tanz gewährt. Katy blickte Peter nervös an. In dem hellen Licht sah sie jede Menge hässliche rote Pickel auf seinem Kinn. Er trug keine Brille, wie sie es aus dem Debattierkurs von ihm kannte, und nun starrte er sie blinzelnd an, als könnte er sie nicht richtig erkennen. Aber das war unwichtig. Er war ein Junge, oder? Und selbst wenn er sie nicht um ein Date bat, war sie wenigstens zum Tanzen aufgefordert worden, statt mit ihrer Handtasche am Rand zu versauern.

»Kann ich deine Nummer haben?« Peter stotterte ein wenig vor Nervosität – eine Schüchternheit, die so gar nicht zu der forschen Art passen wollte, mit der seine Hand vorhin im Halbdunkel zu ihrer Brust hochgewandert war.

Ihre Nummer? Katy war starr vor Aufregung. Peter wollte sie wiedersehen!

»Ich habe keinen Stift«, stammelte sie.

Sein Gesicht wurde lang. Sofort erkannte sie, dass er sie falsch verstanden hatte. Dass er dachte, sie wolle ihm einen Korb geben. »Die Nummer ist 51555«, fügte sie hastig hinzu.

Seine Miene hellte sich auf. »Das kann ich mir merken.«

Dann, während er die helle Beleuchtung und das Gewimmel um sie herum ignorierte, beugte er den Kopf zu ihr. Er wollte sie küssen! Katy war noch nie geküsst worden. Aber sie hatte darüber gelesen. Aus ihrer Mädchenzeitschrift wusste sie genau, was zu tun war. Sie bereitete sich darauf vor und schloss die Augen, ohne dass es sie kümmerte, dass die Mathelehrerin mit der grauen Kraushaarfrisur sie missbilligend beobachtete.

Sie spürte, dass etwas kurz ihre Lippen berührte. Keine Zunge. Nichts Feuchtes oder Schmatzendes, wie es in ihrer Zeitschrift beschrieben worden war. Sie öffnete wieder die Augen, leicht enttäuscht. Peter stand da und wirkte mit sich selbst zufrieden, während seine Freunde hinter ihm lachten und herumalberten. Katy bemerkte, dass eins der älteren Mädchen sie bewundernd anstarrte. Es fühlte sich gut an.

»Ich melde mich«, sagte er.

Und dann verschwand er in der Menge und ließ Katy zurück, die ihre Handtasche holen ging und anschließend nach draußen stöckelte, wo ihr Vater im Auto wartete, um sie nach Hause zu fahren.

37

Charles schenkte ihr ein beklommenes Lächeln. »Wenn ich nicht schon wüsste, dass am Ende was Schlimmes passiert, würde ich die Geschichte eher süß finden. Ich hätte dich gerne gekannt, als du noch ein Teenager warst.«

Dann hörte er auf zu lächeln. »Bitte, erzähl weiter.«

Und wieder einmal fuhr Laura fort, als würde jemand anders die Geschichte erzählen. Auf diese Weise war es einfacher. Einfacher, die Wahrheit zu sagen.

»Und, hat dein neuer Verehrer sich schon gemeldet?«

Granny schnitt ein großzügiges Stück von der mit Sahne und Marmelade gefüllten Biskuittorte ab und gab es Katy auf einem Teller aus Knochenporzellan mit einer Bordüre aus Gänseblümchen.

»Nein.« Katy schob sich das erste Stück Kuchen in den Mund. Normalerweise liebte sie die selbstgebackenen Köstlichkeiten ihrer Großmutter, aber die Torte schmeckte nicht wie sonst. Genau wie alles andere nicht wie sonst schmeckte, wenn sie darüber nachdachte. Nicht mehr seit letztem Samstag. Seitdem saß Katy bei jedem Klingeln des Telefons wie auf glühenden Kohlen, und irgendwie hatte ihr das den Appetit genommen.

»Es ist erst Donnerstag.« Die Stimme ihrer Großmutter klang gespielt fröhlich. »Noch reichlich Zeit.«

»Aber alle gehen am Samstagabend aus!« Katy stellte ihren Kuchenteller ab und warf sich verzweifelt rücklings auf die beigefarbene Parker-Knoll-Couch ihrer Großmutter. »Das heißt, alle außer mir.«

»Weißt du«, sagte Granny bedächtig, »als ich noch ein junges Mädchen war, riefen die jungen Männer nicht an. Sie schickten Nachrichten. Das dauerte viel länger, aber es steigerte auch die Vorfreude.« Ihre Augen funkelten. »Der Trick ist, ihn nicht wissen zu lassen, dass du darauf wartest. Wenn er anruft, sag ihm, du bist beschäftigt.«

»Aber dann fragt er mich vielleicht nie wieder.«

»Das ist sein Problem, Liebes. Vielleicht wird es ihm eine Lehre sein, dass man gewisse Dinge nicht bis zur letzten Minute aufschiebt.«

»Aber was, wenn er sich gar nicht meldet?« Katys Stimme wurde lauter. »Ich hatte noch nie einen festen Freund. Die anderen in meiner Klasse haben alle schon einen. Aber ich bin fett und hässlich mit diesen doofen Haaren. Karottenkopf, so nennen sie mich!«

»Unsinn.« Ihre Großmutter wirkte schockiert. »Lass mich das bloß nie wieder aus deinem Mund hören. Du bist wunderschön, Katy. Dir ist es nur noch nicht bewusst. Du hast ein klassisches Aussehen, eins, das voll zur Geltung kommen wird, wenn du mal älter bist. Du hast einen eleganten langen Hals, und was deine Haare betrifft, nun, sie sind dein leuchtender Heiligenschein. Sie haben diesen sagenhaften rostroten Ton, der von meiner Familienseite stammt. Vertrau mir, wenn sich dieser Peter nicht meldet, wird es bald Hunderte andere junge Männer geben, die dir nachlaufen. Du wirst die Qual der Wahl haben. Achte nur darauf, dass du eine kluge Wahl triffst so wie ich, Engelchen.«

Aber als Katy sich auf den Heimweg machte, war sie nicht

überzeugt. Peter hatte nun sicher nicht mehr vor, sie anzurufen. Wahrscheinlich lachte er gerade mit seinen Freunden über diesen unbeholfenen Kuss. Es hatte eindeutig an ihrer mangelnden Erfahrung gelegen, nicht an seiner. Und nun würde sie wieder den Samstagabend mit ihren Platten zu Hause verbringen, statt auszugehen wie ihre Freundinnen, die alle einen festen Freund hatten.

»Katy? Bist du das?«

Ihre Mutter rief aus der Küche, wo sie gerade eine Lammkeule für den Sheperd's Pie heute Abend durch den Fleischwolf drehte. Katys Eltern waren nicht reich, aber sie waren auch nicht arm. Ihr Vater war Landschaftsarchitekt, und ihre Mutter blieb zu Hause, um sich um Katy zu kümmern, obwohl das nicht mehr nötig war. Wann würde sie realisieren, dass Katy praktisch erwachsen war?

»Katy?«, wiederholte ihre Mutter. »Mrs. Green hat angerufen. Sie wollte wissen, ob du am Samstagabend babysitten kommst.«

Samstagabend? Ihr Herz sackte ihr in die Hose. »Kann sein, dass ich ausgehe.«

»Wohin?« Die Stimme ihrer Mutter klang scharf.

»Ich weiß noch nicht.«

»Nun, wenn du es noch nicht weißt, dann ist es auch nicht fest, oder? Mrs. Green klang jedenfalls so verzweifelt, dass ich ihr gesagt habe, dass du kommst.«

Katy stürmte in die Küche. Ihre Mutter trug eine Blümchenschürze und schnitt gerade Zwiebeln klein. Von den Dämpfen tränten ihre Augen. »Du hattest kein Recht, für mich zuzusagen. Und Andrew ist ein kleiner Tyrann. Das ist der Grund, warum seine Mutter verzweifelt ist. Ich wette, dass kein anderer den Job machen will.«

»Tut mir leid, Schatz. Aber da ich weiß, dass du für Weihnachten sparst, dachte ich, dass du auf das Geld nicht verzichten willst. Kein Grund, gleich an die Decke zu gehen.«

»Du musst immer über mich bestimmen!« Katy machte auf dem Absatz kehrt und lief die Treppe hoch, um sich in ihr Zimmer mit den U2-Postern an den Wänden zu flüchten. Aber nachdem sie sich wieder beruhigt hatte, begann sie sich zu fragen, ob ihre Mutter nicht doch richtig gehandelt hatte. Schließlich hätte Peter, hätte er sich melden wollen, das inzwischen längst getan, oder nicht?

Zwei Tage später – gerade als sie abends ihre Schulsachen eingepackt hatte, um nachher bei den Greens ihre Hausaufgaben zu machen – hörte sie unten das Telefon klingeln. »Katy!«, rief ihr Vater gleich darauf die Treppe hoch. Er arbeitete wieder an seinem Schreibtisch im Wohn- und Esszimmer an seinem Familienstammbaum. Es handelte sich um ein Projekt, mit dem er sich schon seit Jahren beschäftigte und, wie jeder ulkte, wohl nie fertig werden würde. »Telefon für dich!«

Sie sauste die Treppe des bescheidenen Vierzimmer-Reihenhauses hinunter, in dem sie wohnten, seit Katy auf der Welt war, und schnappte sich den Hörer.

»Hallo?«

»Hier ist Peter.« Ihr Herz machte einen Satz beim Klang seiner Stimme. »Ich habe mich nur gefragt, was du heute Abend so machst.«

Sie zögerte. Es wäre so einfach zu sagen, dass sie frei sei. So einfach, Mrs. Green mit ihrem schwierigen Dreijährigen abzusagen. Aber dann sah sie ihre Mutter, die aus der Küche zu ihr schaute und mit den Lippen »Du kannst die Greens nicht im Stich lassen« formte, als wüsste sie, was Peter gerade gesagt hatte.

»Ich muss babysitten.«

»Oh.«

Sicher dachte er, sie wollte ihn abwimmeln. »Aber ich kann fragen, ob du vorbeikommen darfst, wenn du möchtest«, schob sie rasch hinterher.

Ihre Mutter runzelte die Stirn, und Katy kehrte ihr den Rücken zu, während sie vor lauter Nervosität das grüne Telefonkabel um ihre Finger wickelte.

»Wirklich?« Peter klang erleichtert, ja geradezu begeistert. Er wollte sie sehen! »Das wäre super. Gib mir die Adresse, und ich komme gegen neun vorbei. Okay?«

Laura unterbrach sich. Ihr Mund war trocken.

»Erzähl weiter«, sagte Charles leise. Er blickte auf den Zeitungsausschnitt auf seinem Schoß und dann wieder zu ihr. Er hielt nicht länger ihre Hand. »Bitte. Du kannst jetzt nicht aufhören.«

Die Greens waren nicht begeistert gewesen, als Katy anrief, um zu fragen, ob ihr Freund »später vorbeikommen« dürfe. Aber sie konnte auch heraushören, dass die Greens unbedingt ausgehen wollten. Außerdem, sagte sie sich, brachten viele Mädchen aus der Schule ihren Freund zum Babysitten mit.

Colette aus ihrem Französischkurs machte das ständig. »Man kann Platten hören und rumknutschen, ohne dass die Eltern an die Tür klopfen«, prahlte sie immer. Der Umstand, dass Katy diesem Beispiel nun folgte, würde garantiert ihr Ansehen bei den angesagten Leuten in der Schule steigern, wenn sie es am Montag herumerzählte.

»Hier ist die Telefonnummer, unter der wir zu erreichen sind«, sagte Mrs. Green und gab Katy einen Zettel. Mrs. Green war eine kleine Frau, die immer gut gekleidet war und den Duft von Apple Blossom von Helena Rubinstein verströmte. »Ruf an, wenn es ein Problem gibt. Wir können in zehn Minuten da sein. Andrew schläft schon, darum bitte nicht die Toilette oben benutzen. Sonst wacht er womöglich noch auf, und es hat eine Ewigkeit gedauert, bis er eingeschlafen ist. Oh, und du kannst dich gerne von den Schokoladenkeksen bedienen. Sie sind in der Dose neben dem Wasserkocher.«

Katy konnte es nicht erwarten, dass die Greens verschwanden. Kaum hörte sie den Wagen draußen starten, schlüpfte sie aus ihrer alten Jeans und streifte ein glitzerndes blaues kurzes Kleid über, das sie am Vormittag von ihrem gesparten Geld bei Top Shop gekauft hatte. Dieses war zwar eigentlich für das Weihnachtsgeschenk für ihre Mutter bestimmt gewesen, aber sie würde heute Abend genug verdienen, um die Summe zu ersetzen. Schließlich wollte sie für Peter gut aussehen.

Da war er! Katy hörte, dass er den Weg hochkam. Rasch öffnete sie die Haustür, bevor er eine Chance hatte, auf die Klingel zu drücken und Andrew aufzuwecken.

»Hi.« Er trat schüchtern von einem Fuß auf den anderen. In dem Licht aus der Diele konnte sie sehen, dass er versucht hatte, seine Pickel mit Make-up abzudecken. Ein bisschen seltsam war das schon, aber es bewies, dass er sich Mühe gab.

Nervös führte sie ihn ins Wohnzimmer, froh darüber, dass es viel größer war als das ihrer Eltern und mit den modernen Möbeln und dem großen Fernseher auch besser ausgestattet. Aber das Wichtigste war, dass keine peinlichen Eltern in der Nähe waren.

Verlegen setzten sie sich Seite an Seite auf die riesige cremefarbene Ledercouch. Es war, als wären sie in ihrem eigenen Haus, dachte Katy begeistert. »Möchtest du fernsehen?«

Peter zuckte mit den Achseln. »Okay.«

Vor ihnen auf dem Bildschirm machte Henry Cooper mit seiner albernen Mütze ein dummes Gesicht. Peter lachte, und das Eis war gebrochen, während er beiläufig seinen Arm hinter Katy drapierte.

»Soll ich uns einen Kaffee machen?«, fragte sie nach einer Weile und setzte sich auf.

Er streichelte ihr Bein, als sie aufstand, was sie ganz kribbelig machte. »Warum heben wir uns den nicht für später auf?«

Er zog sie wieder auf die Couch herunter und begann, sie zu küssen. Dieses Mal war es anders. Fast, als hätte er einen Kurs im Küssen gemacht! Seine Zunge erforschte Stellen in ihrem Mund, von deren Existenz sie nichts geahnt hatte. Sie spürte, dass sie unten feucht wurde. Aber es ging sehr schnell. Zu schnell. Sie gehörte nicht zu dieser Sorte Mädchen!

»Ich bin mir nicht sicher«, sagte sie, als seine Hand zu dem Reißverschluss hinten an ihrem Kleid wanderte.

»Na gut.«

Hatte er darauf gewartet, dass sie »Stopp« sagte? Zu ihrer Erleichterung verlegte er sich darauf, sie wieder zu küssen. Es war so schön! Irgendwann dachte sie, oben ein Geräusch gehört zu haben, aber dann war alles wieder ruhig. Sollte sie hochgehen und nach Andrew sehen? Mrs. Greens Worte fielen ihr wieder ein. »Es hat eine Ewigkeit gedauert, bis er eingeschlafen ist.« Laura horchte einen Moment lang in die Stille. Kein Mucks war zu hören. Vielleicht hatte sie sich das Geräusch nur eingebildet.

Ihre Lippen fingen an, sich wund anzufühlen. Sie wollte sich lösen, aber Peter hörte nicht auf. Seine Hände näherten sich wieder ihren Brüsten und zeichneten die Konturen nach. Die Feuchtigkeit zwischen ihren Beinen war nun weg. Sie brauchte Luft.

»Hast du das eben gehört?«

»Was denn?«

Peter keuchte, als wäre er gerannt, und sie spürte etwas seltsam Hartes, während er versuchte, sich auf sie zu legen.

»Gerade eben.« Sie schob ihn sanft weg.

»Ich hab nichts gehört.« Er versuchte, sich wieder auf sie zu rollen.

Andrew konnte ihre Ausrede sein! »Ich muss mal kurz nach dem Kleinen sehen.« Sie sprang von der Couch auf und zog den Saum ihres Kleids herunter, bevor sie auf Zehenspitzen die Treppe hochging. Das Kinderzimmer war, wie sie von ihren früheren Einsätzen wusste, gleich das erste Zimmer rechts. Das, in dem das Nachtlicht brannte.

Leise schlich Katy hinein. Merkwürdig. Das Bett war leer. Sie ließ den Blick durch das Zimmer mit der überquellenden Spielkiste und der weißen Kommode schweifen, auf der ein großer Teddy saß. Am Fenster baumelte ein dunkler Schatten. Und während Katy darauf starrte, stieß sie einen Schrei aus.

Andrew hing an der Schnur der Fensterjalousie. Sein Gesicht war blau. Und er bewegte sich nicht.

38

Ungefähr eine Minute lang sagte Charles nichts. Er saß einfach nur da und starrte ins Leere. Dann legte er locker den Arm um Laura. »Was ist dann passiert?«

Laura hörte ihre Stimme, als wäre es nicht ihre eigene, sondern die einer unparteiischen Erzählerin, die gezwungen war, sich von der Protagonistin zu distanzieren, um zu überleben.

Hinterher versuchte Katy, alles aus ihrem Gedächtnis zu verdrängen. »Das ist die einzige Möglichkeit, um damit fertigzuwerden«, hatte Granny in ernstem Ton gesagt. Es stimmte. Hätte Katy ihrem Verstand erlaubt, sich mit dem Grauen an jenem Samstagabend auseinanderzusetzen, hätte sie nicht weitermachen können. Wie sie damals die Treppe hinuntereilte. Wie sie aus dem Haus rannte, während sie Peter stehen ließ, mit zerknittertem Hemd, sprachlos vor Verwirrung.

Wie sie zu ihrem Elternhaus lief. An die Tür hämmerte und Dad erklärte, was passiert sei. Den Notruf wählte. Die Greens anrief. Zu spät erkannte, dass sie eine Mund-zu-Mund-Beatmung hätte machen sollen.

Das hätte wahrscheinlich auch nichts mehr genützt, sagte der Gerichtsmediziner. Die Leichenschau hatte ergeben, dass die Strangulation »selbstverschuldet« war. Tod durch Unfall, lautete sein Fazit.

»Gott sei Dank war Peter dabei«, sagte ihr Vater. »Damit hast du einen Zeugen. Niemand kann dir die Schuld geben.«

Aber die Greens sahen das nicht so. Und auch nicht die Lokalzeitung.

»15-JÄHRIGE BABYSITTERIN SCHMUST MIT FREUND, WÄHREND KLEINKIND SICH AN FENSTERJALOUSIE ERHÄNGT«, brüllte die Schlagzeile.

In der Schule starrten sie alle an, wenn sie den Flur durchquerte. Niemand wollte im Unterricht neben ihr sitzen. Die Lehrer musterten sie kühl. Und Peter meldete sich nicht. Dads Geschäft, das auf Mund-zu-Mund-Propaganda basierte, versiegte. Mum fühlte sich nicht mehr imstande, das Haus zu verlassen. Grannys Gemüsehändler bediente sie schweigend.

Nacht für Nacht schluchzte Katy in ihr Kissen, während sie an den kleinen Andrew dachte. An den spitzbübischen kleinen Andrew, der es irgendwie bewerkstelligt hatte, aus seinem Bett zu klettern und sich in der Schnur einer Jalousie zu verheddern, die seine Eltern erst kurz zuvor in einem Baumarkt gekauft hatten.

»Wir gehen weg«, sagte Dad schließlich. »Wir ziehen an einen anderen Ort, wo uns niemand kennt.« Er legte tröstend den Arm um Katy. Er wirkte grau und bleich nach dem Schrecken der vergangenen Wochen.

»Dad hat recht.« Mum versuchte zu lächeln, aber sie hatte Falten im Gesicht, die vorher dort nicht gewesen waren. »Es wird ein Neuanfang sein.«

»Aber sie werden uns finden«, weinte Katy. »Ich könnte erkannt werden.«

»Das ist die andere Sache.« Dad versuchte, heiter zu klingen. »Wir werden unseren Familiennamen ändern. Du solltest auch deinen Vornamen ändern, um auf der sicheren Seite zu sein. Dann können wir von vorn beginnen.« Er drückte sie wieder kurz an sich. »Alles hinter uns lassen. So tun, als wäre es nie geschehen. Vertrau mir. Das ist die einzige Möglichkeit. Es ist eine furchtbare Sache, die da passiert ist, Engelchen. Aber wir werden es überstehen. Das verspreche ich dir.«

»Was für eine Geschichte.« Charles' Gesicht war blass, aber sein Arm lag noch um Laura. »Die armen Eltern des Kleinen.«

Sie nickte, erschöpft von ihrer Beichte und von der Überzeugung, dass Charles sie nun verlassen würde. Genau wie sie es erwartet hatte, rutschte sein Arm von ihren Schultern, und er wandte ihr mit ernster Miene das Gesicht zu. »Und was für eine schreckliche Bürde, die du zu tragen hast.«

Sein Mitgefühl gab ihr einen Funken Hoffnung. »Aber es war *meine* Schuld.«

»Nein!« Er schüttelte den Kopf. »Du warst damals noch ein halbes Kind. So wie die Mädchen. Ich fand schon immer, dass Babysitter viel zu viel Verantwortung tragen. Außerdem wurde als Ursache ein Unfall festgestellt.« Charles wedelte mit dem Artikel vor ihrer Nase. »Der Gerichtsmediziner hat dich von jeder Mitschuld freigesprochen.«

»Aber ich selbst habe mich nicht freigesprochen, verstehst du nicht? Genauso wenig wie alle anderen in der Schule und in unserer Nachbarschaft. Darum sind wir nach London gegangen, wo ich Krissie kennengelernt habe. Sie weiß übrigens nichts davon. Und darum haben wir unseren Familiennamen geändert. Marchmont ist der Mädchenname meiner Großmutter, und aus Katy wurde Laura. Und darum hat Dad sechs Monate später einen Herzinfarkt erlitten. Von dem ganzen Stress.«

Laura brach in eine Flut von Tränen aus. »Das war alles meine Schuld!«

»Nein, nein.«

»Doch! *Vergiss es*, hat Dad gesagt, bevor er starb. Tu so, als wärst du jemand anders! Lache! Sei fröhlich! Verbirg die Tränen! Aber jetzt kann ich das nicht mehr. Jetzt hat sich alles geändert.«

Eine Hand legte sich auf ihre Schulter.

»Meinetwegen?«

»Nein. Weil ich schwanger bin.«

Seine Miene änderte sich. Statt Mitgefühl drückte sie nun Erschrockenheit aus. »Aber wie kann das sein? Du hast doch gesagt, du kannst keine Kinder bekommen.«

»Ich weiß.« Sie vergrub den Kopf an seiner Schulter, atmete seinen Geruch ein. Sie hatte Angst, dass das, was sie ihm gleich beichten würde, der berühmte Tropfen sein könnte, der das Fass zum Überlaufen brachte. Dann zwang sie sich, ihm in die Augen zu schauen. »Ich fürchte, das war eine Notlüge. Verstehst du, ich konnte keinen Mann heiraten, der unbedingt eine Familie gründen wollte. Ich bezweifelte, dass ich jemals der Verantwortung gewachsen sein würde, ein Kind zu haben, nachdem ich bei Andrew völlig versagt habe. Ich habe auch ernsthaft in Erwägung gezogen, mich sterilisieren zu lassen, aber… aber ich brachte es irgendwie nicht über mich. Es hatte so etwas Endgültiges.«

Ein schreckliches Schweigen entstand. Ängstlich fuhr sie fort. »Aber dieses Baby ist von dir, Charles. Ich schwöre es. Ich habe im Internet über Vasektomie recherchiert und…«

»Vasektomie?« Er runzelte die Stirn und lachte gleichzeitig. »Warum?«

»Weil du eine hattest. Wahrscheinlich ist das der Grund, warum du dich wunderst, dass ich schwanger geworden bin und…«

»Ich hatte keine Vasektomie.«

Nun war es an ihr, zutiefst verwirrt zu sein. Sie versuchte, sich seine Worte bei ihrem Kennenlernen in Erinnerung zu rufen. »Du hast gesagt, du kannst keine weiteren Kinder haben. Daran kann ich mich noch genau erinnern.«

Er blickte verlegen. »Ich meinte damit, dass ich keine weiteren Kinder in Betracht zog, weil meine Mädchen alles sind, was ich mir gewünscht habe. Aber jetzt ist das anders.« Er streichelte sanft ihren Bauch. »Du erwartest ein Kind von mir, Laura. Das ist großartig!«

Sie versuchte noch, das alles zu verarbeiten. »Und du gibst mir keine Schuld? Wegen Andrew?«

»Nein. Es war ein Unfall. Ein schrecklicher Unfall. Du warst noch so jung.« Er umfasste ihr Gesicht mit beiden Händen und küsste sie zärtlich. »Du darfst das nicht dein ganzes Leben lang mit dir herumschleppen.«

»Aber Andrews Eltern werden mich immer für schuldig halten! So wie jeder Mary Rose für schuldig hielt.«

Charles' Miene klärte sich auf. »Nun verstehe ich! Darum nimmt dich das Schicksal deiner Vorfahrin so sehr mit. Du glaubst, weil Mary Rose eine Kindsmörderin war, hat sie dir eine Art Fluch vererbt, wie in dem Vers auf den Sticktüchern steht.«

Laura nickte. »Ich habe Angst. Angst, dass ich unserem Kind unbeabsichtigt schaden könnte. Babys sind so zerbrechlich. Was, wenn ich es versehentlich fallen lasse oder ihm kurz den Rücken zukehre, und es passiert was Schlimmes?«

»Glaub mir.« Er legte den Arm um ihre Schulter und zog sie an sich. »Alle Eltern machen sich Sorgen. Das liegt in der Natur der Sache. Eloise möchte den Führerschein machen. Wie beängstigend ist das? Aber da muss man einfach durch. Manchmal tut man das Richtige, und manchmal liegt man auch daneben.«

Sie nickte. »Das kann ich verstehen.«

»Wichtig ist nur«, fügte er hinzu, während seine Lippen über ihre Stirn streiften, »dass wir beide zusammen bald Eltern werden. Ist das nicht das Wunderbarste, was dir jemals passiert ist? Und mach dir keine Sorgen wegen Hannah und Eloise. Du hast ja gesehen, wie sie auf die kleine Daisy reagiert haben. Sie werden in ihr Brüderchen oder Schwesterchen völlig vernarrt sein, da bin ich mir sicher!«

39

Charles gab ihr keine Schuld an Andrews Tod. Er würde nicht fortgehen oder sie verlassen. Er akzeptierte sie, so wie sie war. Und mit allem, was sie getan hatte.

Diese Erkenntnis nahm die Last nicht ganz von Lauras Schultern. Aber wenigstens blickte sie zum ersten Mal seit der Tragödie zuversichtlich in die Zukunft und auf ihre Mutterschaft. Mit Charles an ihrer Seite würde sie es schaffen.

Allerdings zählte sie nicht auf die Reaktion der Mädchen. »Ein Baby?«, wiederholte Hannah langsam, als Laura und Charles beim Mittagessen am nächsten Sonntag den beiden ihre Neuigkeit eröffneten. »Seid ihr dafür nicht viel zu alt?«

»Han!«, sagte Charles schockiert. »Das ist unhöflich.«

»Tatsächlich gelte ich in medizinischer Hinsicht schon als alt«, räumte Laura ein.

»Wird es ein Junge oder ein Mädchen?«, warf Eloise abrupt dazwischen.

»Wir wollen uns überraschen lassen.«

»Cool. Können wir jetzt nach Hause?«

»So früh schon?« Charles wirkte enttäuscht.

»Ja. Wir müssen noch Hausaufgaben machen.«

Die mangelnde Begeisterung der Mädchen war genau das, womit Laura gerechnet hatte. Ihre Mutter dagegen war völlig aus dem Häuschen. »Und, fühlst du dich nun besser, nachdem du Charles alles erzählt hast?«, fragte sie am Telefon.

»Ja. Aber Krissie weiß immer noch nichts davon. Darum sei bitte vorsichtig, was du sagst.«

»Laura, darin bin ich eine Altmeisterin.«

Sofort bekam Laura ein schlechtes Gewissen. Ihr egoistisches Verhalten vor all den Jahren hatte ihre Familie massiv in Mitleidenschaft gezogen und gezwungen, ihre Heimat zu verlassen, und es war wohl auch für den Herzinfarkt ihres Vaters verantwortlich gewesen. Sie schuldete ihrer Mutter eine Menge.

Auch Audrey reagierte mit großer Begeisterung. »Ich frage mich, meine Liebe, ob es vielleicht an meinem Kräutertee liegt. Die Vorstellung würde mir gefallen. Er kann sich nämlich durchaus positiv auf die Fruchtbarkeit auswirken. Nun gut, wie kommen Sie eigentlich mit unserer Mary Rose voran?«

Audrey redete, als wäre die geheimnisvolle Schöpferin der Sticktücher in ihrer Vorstellung genauso real wie in Lauras Kopf. Seltsam war, dass Laura nun, seit sie sich mit ihrer Schwangerschaft angefreundet hatte, das drängende Bedürfnis spürte, Mary Rose' Unschuld zu beweisen. Wenn Andrews Tod ein Unfall gewesen war, dann war der Tod des kleinen Ralph vielleicht auch einer.

Charles gab ihr seine volle Unterstützung. »Ich weiß, ich habe dir empfohlen, die Recherche abzubrechen«, sagte er bei einem gemeinsamen Bummel über die Strandpromenade. Die Ultraschalluntersuchung vor ein paar Tagen hatte ergeben, dass Laura schon fast im fünften Monat war. »Aber nun haben sich die Dinge geändert. Vielleicht hilft es dir, dein seelisches Trauma zu verarbeiten, wenn du einen Beweis dafür findest, dass deine Vorfahrin unschuldig war. Allerdings habe ich keinen Schimmer, wie du dabei am besten vorgehst.«

Sie setzten sich auf eine Bank mit Blick auf den Strand,

damit Laura sich kurz ausruhen konnte. »Audrey hat mir ihre Hilfe angeboten. Sie sagt, sie freue sich über eine Beschäftigung.«

»Dann nimm ihr Angebot an.« Charles legte behutsam die Hand auf ihren Bauch. »Ich bin schon sehr gespannt darauf, unser Kind zum ersten Mal zu spüren, du nicht auch?« Er gab ihr einen flüchtigen Kuss auf die Stirn. »Die Mädchen werden sich anständig verhalten, wenn es auf der Welt ist. Mach dir keine Gedanken.«

Während die Wochen vergingen, wurde Lauras Vorfreude auf den errechneten Geburtstermin im Frühjahr immer größer. Allerdings staunte sie, wie dick und träge sie wurde. Vor ihrer Schwangerschaft konnte sie stundenlang an ihrem Schreibtisch sitzen oder in einem Garten, um eine Christrose oder eine Japanische Quitte oder Mauerblümchen nachzuzeichnen. Aber nun bekam sie Rückenschmerzen, wenn sie zu lange in einer Position verharrte.

Eines Tages gönnte sie sich eine Pause und fuhr nach Exeter. Die Schaufenster waren weihnachtlich dekoriert, und Banner forderten dazu auf, schon jetzt die Geschenke zu kaufen, um dem Hauptandrang zu entgehen. Nächstes Jahr um diese Zeit würden sie zu dritt sein, dachte Laura mit einem freudigen Kribbeln.

Als sie an einem Laden für Babyartikel vorbeikam, sah sie an dem riesigen Plakat hoch, das eine gelassene Mutter zeigte, die ihr winziges Baby im Arm hielt. Die Vorstellung, dass Laura bald selbst ein Kind haben würde, war unfassbar. Sie würde es keinen Moment aus den Augen lassen, schwor sie sich. Immer darauf achtgeben. Niemals …

Sie blieb stehen, als direkt vor ihr eine große, elegante Frau mit einem blonden Pagenkopf aus einem Geschäft herauskam. Stephanie! Links von ihr war Eloise, die Laura böse anfunkelte, rechts von ihr Hannah, die Laura einen verlegenen Blick zuwarf.

Laura war versucht, mit einem kurzen Nicken weiterzugehen, aber das wäre unhöflich gewesen, ganz zu schweigen von kindisch. »Hallo«, sagte sie verlegen.

»Ach, hallo!« Der Blick von Charles' Exfrau wanderte langsam an Laura hinunter bis zu der unübersehbaren Wölbung unter ihrer Winterjacke. »Ich glaube, da ist wohl ein Glückwunsch angebracht.« Stephanies sarkastischer Ton widersprach ihren Worten, die an sich völlig angemessen waren.

»Und ich dachte, Charles hätte genug vom Windelwechseln und von schlaflosen Nächten.« Sie schenkte Laura ein irritiertes Lächeln. »Ich sollte Sie besser vorwarnen, Laura. Erwarten Sie nicht, dass Charles an den Wochenenden viel Zeit haben wird. Schließlich hat er noch eine andere Familie, um die er sich kümmern muss. Eine, die er schon hatte, bevor Sie daherkamen.«

Wie konnte sie vor den Mädchen so reden! Lauras alter Groll auf Eloise und Hannah begann zu bröckeln. Zum ersten Mal wurde ihr bewusst, dass die Antipathie der Mädchen vielleicht von ihrer Mutter geschürt worden war. Sie wandte sich direkt an ihre Stieftöchter statt an Stephanie. »Euer Vater und ich hoffen eigentlich, dass ihr mit dem Baby Freundschaft schließen werdet. Vielleicht habt ihr ja hin und wieder Lust, mir zu helfen und auf ihn oder sie aufzupassen.«

Eloise blickte finster und hakte sich solidarisch bei ihrer Mutter ein, aber Hannah schenkte Laura ein kleines, schüchternes Lächeln, was darauf hindeutete, dass ihr das Angebot gefiel.

»Gut, wir müssen weiter.« Stephanie warf einen Blick auf ihre teuer aussehende goldene Armbanduhr. »Wir haben gleich einen Friseurtermin, nicht wahr, Mädels?« Sie ließ für Laura ein schroffes Lächeln aufblitzen. »Ich genieße diese Phase mit meinen Mädchen so sehr! Mich würden keine zehn Pferde dazu bringen, noch einmal ein Baby großzuziehen. Das war in meinen Zwanzigern okay, aber jetzt kann ich gut darauf verzichten.«

Eine schreckliche Frau, dachte Laura, als sie sich auf den Weg zu ihrem Wagen machte. Warum war Stephanie so gehässig? Bereute sie es vielleicht, dass sie Charles verlassen hatte? Oder war es möglich, dass sie, wie Krissie spekuliert hatte, in Laura eine Bedrohung sah? »Mir würde es auch gegen den Strich gehen, wenn Daisy ihre Wochenenden mit einer anderen Frau verbringen würde.« Aber das konnte es auch nicht sein, weil Stephanie die Mädchen ständig zu ihnen abschob, damit sie selbst wegfahren konnte.

Mehr als alles andere hatte jedoch ihre Anspielung, dass Laura schon ein bisschen zu alt sei, um Mutter zu werden, wehgetan. Dabei bekamen viele Frauen in Lauras Alter Kinder, oder nicht? Sicher, es würde zwangsläufig für sie anstrengend werden, genau wie für Charles, aber solange ihr Kind gesund war, spielte es keine Rolle.

Aber was, wenn es nicht gesund sein würde, fragte sich Laura, als sie in ihren Wagen stieg. Wie würden sie damit zurechtkommen? Sie hatte das Gefühl, dass *sie* ihr Kind vorbehaltlos lieben würde. Aber Charles, der sich ursprünglich kein weiteres Kind gewünscht hatte, würde sich vielleicht damit schwerer tun.

Was ihre Stieftöchter betraf, so kam ihr nun die Hoffnung naiv vor, dass sie dem Baby unvoreingenommen begegneten. Mit so einer Mutter war es praktisch vorprogrammiert, dass sie Lauras Kind ablehnten, ob gesund oder nicht. Charles würde hin- und hergerissen sein. Und wo würde sie bleiben?

Als Laura zurück in ihrer Wohnung war, hatte sie sich in einen Zustand hineingesteigert, der sich durch ihr Alleinsein, das sie normalerweise schätzte, sogar noch verschlimmerte. Würde Krissie noch in der Nähe wohnen, wäre sie zu ihr gegangen. Stattdessen fand sie sich vor Audreys Tür wieder und nahm kurz darauf auf der Couch mit dem Paisleymuster Platz, eine Tasse Tee und ein Stück Biskuittorte in den Händen, wo sie sich all ihre Sorgen von der Seele redete.

Audrey reagierte wunderbar beruhigend. »Wenn Ihr Baby da ist, meine Liebe, werden Sie wahrscheinlich feststellen, dass Sie jedes Problem angehen, wie es kommt. Meinst du nicht auch, Derek?«

Audreys Bruder, in eine medizinische Fachzeitschrift vertieft, antwortete mit einem Nicken.

»Etwas anderes, meine Liebe«, fuhr Audrey fort. »Ich habe ein paar Recherchen zu dem Haus betrieben. Sie hatten recht. Es ist tatsächlich abgebrannt, 1892. Allerdings konnte ich keinen stichhaltigen Anhaltspunkt dafür finden, dass es Tote gab beziehungsweise ob es Brandstiftung war oder ein Unfall. Ein örtlicher Landbesitzer erwarb das Grundstück schließlich und errichtete dieses Haus hier. Von da an hatte es wechselnde Besitzer – anscheinend blieb niemand lange hier –, bis es zu einem Bürogebäude umgebaut wurde, das unsere Immobilienentwickler wieder in privaten Wohnraum zurückverwandelten. Faszinierend, finden Sie nicht auch?«

Laura war beunruhigt. »Ich frage mich, warum hier niemand Wurzeln geschlagen hat.«

»Die Firmen in dem Bürogebäude gingen pleite«, bemerkte Derek, ohne den Kopf zu heben.

»Wohl die Zeichen der Zeit«, sagte Audrey ein wenig verunsichert. »Wir werden ihnen jedenfalls das Gegenteil beweisen, nicht wahr? Ich zumindest habe nicht die Absicht, jemals von hier fortzugehen, es sei denn in einem umweltfreundlichen Sarg. Sie vielleicht?«

Laura berührte die Holzlehne der Couch. »Nein. Ich auch nicht.« Aber in ihrem Hinterkopf wuchs ein bohrender Verdacht, so lächerlich, dass sie ihm zuerst kaum Raum in ihren Überlegungen gab. Aber je mehr sie versuchte, ihn auszublenden, umso beharrlicher kehrte er zurück. Angenommen, Mary Rose Marchmont war tatsächlich unschuldig gewesen, aber niemand hatte ihr geglaubt. Wäre es dann nicht möglich, vorausgesetzt, man glaubte an solche Dinge, dass sie das Haus und den Garten und jeden, der hier lebte, mit einem Fluch belegt hatte?

In der folgenden Woche bekam sie eine E-Mail von Simon, Krissies Mann. »*Glückwunsch zu deiner Schwangerschaft! Habe ein bisschen über deine Mary Rose recherchiert und dachte, das hier könnte dich interessieren.*« Der Anhang enthüllte einen Zeitungsbericht, der auf 1872 datiert war. Aufgeregt überflog Laura den Text.

»*Die Verhandlung gegen die fünfzehnjährige Mary Rose wird fortgesetzt. Das Mädchen wird beschuldigt, ihren kleinen Bruder Ralph aus seinem Bett genommen und auf den Boden geschleudert zu haben, wodurch sein Schädel zerschmettert wurde.*«

Ihre Urahne hatte ihren kleinen Bruder auf den Boden geworfen? Laura gefror das Blut in den Adern. Also war es wahr. Ein Unfall konnte wohl ausgeschlossen werden. Sie schauderte. Wie entsetzlich! Die ganze Zärtlichkeit, die sich in ihrem Herzen für ihre Vorfahrin, die doch eine Mörderin war, angesammelt hatte, verhärtete sich nun. Aber dann las sie weiter.

»*Lady Romer von Gut Romer Hall in Seamouth wurde in den Zeugenstand gerufen. Sie gab zu Protokoll, dass die Beschuldigte mit ihrem Bruder immer sehr zärtlich umgegangen sei.*«

Lauras Herz hob sich. Das klang schon eher nach der Mary Rose, die sie mit diesen herrlichen Sticktüchern und der Liebe zur Natur verband. Gespannt scrollte sie ein Stück hinunter, aber der Artikel schien hier zu enden. War das alles? Oder hatte Simon ihr versehentlich nur einen Teil geschickt? Rasch tippte sie eine Antwort, während sie spürte, dass das Baby in ihr sich bewegte, stärker als jemals zuvor, als wollte es seine Erwartungsfreude zum Ausdruck bringen.

»Sorry«, kam kurz darauf zurück. *»Das war alles, was ich finden konnte. Ich habe weitere Quellen überprüft, aber ohne Erfolg. Frustrierend, nicht wahr?«*

Allerdings! Laura schwirrte der Kopf vor Fragen, von denen keine beantwortet werden konnte. Hatte man Mary Rose tatsächlich gehängt? Oder war sie begnadigt worden? Das würde erklären, warum in den folgenden zwanzig Jahre weitere Sticktücher entstanden waren. Laura stemmte sich von ihrem Stuhl hoch – sie war inzwischen so schwer! – und watschelte ans Fenster, wo sie auf den frostigen Boden hinausblickte.

Wie seltsam. Sie hatte das eigenartige Gefühl, dass auf der anderen Seite der Scheibe jemand war. »Was ist aus dir geworden, Mary Rose?«, fragte sie und drückte den Mund an die Scheibe. »Was ist damals wirklich passiert?«

40

»Gut«, sagte die Ärztin bei Lauras nächster Vorsorgeuntersuchung. »Es scheint alles in Ordnung zu sein. Wie fühlen Sie sich?« Laura stemmte sich von der Behandlungsliege hoch und sah auf ihren riesigen Bauch. Es schien unmöglich, dass ihr ehemals straffer Körper sich zu so einem gigantischen Ballon ausgedehnt hatte. »Ich mache mir ein bisschen Sorgen.«

Die Ärztin gab ihr eine Papiertücherbox. »Es ist völlig normal, dass man während einer Schwangerschaft emotional wird«, sagte sie sanft. »Bei den vielen Hormonen im Körper.«

Laura versuchte zu lächeln. »Die Sache ist die, dass ich auch noch andere Probleme habe, mit denen ich mich herumschlage. Mein Mann war schon einmal verheiratet, und seine Töchter aus erster Ehe, nun ja, zumindest eine davon, sind nicht sehr glücklich darüber, dass er wieder Vater wird. Und dann ist da noch meine Arbeit.«

»Sie sind Illustratorin, wie ich gehört habe.«

Laura erinnerte sich nicht, der Ärztin von ihrem Beruf erzählt zu haben, andererseits war dies hier eine kleine Stadt, in der jeder jeden zu kennen schien. »Ja. Genauer gesagt, botanische Malerin, und ich möchte damit nicht aufhören, weil meine Arbeit mir Spaß macht.«

Die Ärztin nickte. »Das kann ich gut verstehen. Liegt Ihnen sonst noch etwas auf dem Herzen?«

»Ich habe mich gefragt«, begann Laura, »ob es normal ist, dass man in der Schwangerschaft anfängt, sich mit seiner Familiengeschichte zu beschäftigen. Ich mache mir ständig Gedanken über … nun, über Verwandte, die ich nie kennengelernt habe.« Sie unterbrach sich, während sie an Charles' Warnung dachte, dass sie nicht jedem von Mary Rose erzählen sollte.

Die Ärztin nickte. »Familiäre Bindungen werden tatsächlich deutlich wichtiger, wenn man ein neues Leben in die Welt setzt.« Sie warf einen Blick auf ihre Notizen. »Ich weiß, Sie leben noch nicht sehr lange hier. Haben Sie hier in der Gegend Familie?«

»Nein.« Laura schüttelte den Kopf und spürte die Tränen emporquellen. »Meine Mutter lebt in London, aber zurzeit ist sie verreist. Sie macht gerade eine Kreuzfahrt.« Laura hatte sich gefreut, als ihre Mutter ihr erzählte, dass sie sich von Grannys Geld einen Urlaub gönnen würde. Hatte Laura ihr nicht selbst geraten, das Leben ein wenig leichter zu nehmen, und hatte sie sich nicht immer gewünscht, dass ihre Mutter damit aufhörte, Lauras Leben zum Mittelpunkt ihres eigenen zu machen? Trotzdem kam sie sich nun törichterweise verlassen vor. Dann fiel ihr Audrey ein. »Aber ich habe hier ein, zwei Freundschaften geschlossen.«

»Das freut mich zu hören. Sie werden weitere Freunde finden, wenn das Kind da ist. Haben Sie schon mit dem Geburtsvorbereitungskurs begonnen?«

»Ja, aber … die anderen Frauen sind viel jünger als ich.« Laura dachte an ihren letzten Kurstermin, der von der hiesigen Hebamme geleitet wurde und in dem einige der Teilnehmerinnen nicht viel älter als Eloise waren.

»In dieser Gegend bekommen die Frauen ihr erstes Kind oft sehr früh«, stimmte die Ärztin zu. »Nun, ich bin jedenfalls für

Sie da, wenn Sie mich brauchen. Selbst wenn Sie nur plaudern wollen.«

Sie war so nett, dachte Laura wieder, als sie die Praxis verließ und sich von der Hauptstraße aus auf den Rückweg machte. Warum hatte sie ihrer Ärztin also nicht gesagt, was sie wirklich beunruhigte? Dass sie von Mary Rose immer mehr besessen war bis zu dem Punkt, an dem alles andere unwichtig erschien? Selbst beim Zeichnen ertappte sie sich dabei, dass sie an ihre Vorfahrin dachte und sich ausmalte, wie diese eine Stickvorlage skizzierte. Ihre Mutter sagte immer, dass ihr schleierhaft sei, woher Laura ihre künstlerische Ader hatte. Aber nun war es klar. Sie hatte ihr Talent von einer Frau geerbt, die entweder eine Mörderin war oder ein missverstandenes junges Mädchen. Was davon traf zu? Das war es, was Laura in Erfahrung bringen musste.

»Einen Penny für Ihre Gedanken.« Es war Molly aus dem Antiquitätenladen, die im Eingang stand und einen Kerzenleuchter aus Messing polierte. Sie musterte Lauras prallen Bauch. »Wie geht's Ihnen denn?«

»Sehr gut, danke.« Während Laura antwortete, machte ihr Baby einen Purzelbaum.

»Ich wollte mich eigentlich schon längst bei Ihnen melden.« Molly hielt den Kerzenleuchter ins Licht und nickte zufrieden, bevor sie das Poliertuch in ihre Hosentasche stopfte. Dann fasste sie mit ihrer fettverschmierten Hand an einen ihrer Schneckenzöpfe, wodurch sie einen braunen Fleck auf ihren Haaren hinterließ. »Ich habe mich wie versprochen umgehört und ein bisschen mehr über diese Vorfahrin von Ihnen herausgefunden.«

Laura hielt den Atem an.

»Es sieht leider so aus, als wäre sie ein ziemlich böses Weib gewesen. Meine Mutter konnte sich erinnern, dass ihrer Großmutter mal jemandem erzählt hat, dass diese Mary Rose versucht haben soll, ihre Stiefmutter umzubringen, indem sie ihr Pferd zum Straucheln brachte.«

Laura fröstelte. »War das, bevor sie angeblich ihren kleinen Bruder ermordete?«

»Das weiß ich genauso wenig wie Sie.« Molly zuckte bedauernd mit den Achseln. »Meine Mutter, Gott schütze sie, steht kurz davor, ein Telegramm von der Queen zu bekommen. Ihr Verstand war früher messerscharf, aber in letzter Zeit hat sie ziemlich abgebaut. Trotzdem dachte ich, ich gebe die Info mal an Sie weiter. Schätze, Sie sind nicht zufällig an Spode-Porzellan interessiert, oder doch? Ich habe hier ein zauberhaftes Einzelstück, ganz frisch reingekommen. Schauen Sie.«

Laura warf einen Blick auf den blau-weißen Teller in der Mitte der Auslage. Wie konnte Molly nach dem, was sie Laura eben eröffnet hatte, von ihr erwarten, dass sie das kostbare Porzellan bewunderte?

»Vielleicht ein anderes Mal. Danke.«

Laura setzte ihren Weg nach Hause fort, während sie sich wünschte, sie wäre dieser Frau nicht begegnet. Über ihr schrien die Möwen, als würden sie sie hänseln. Böses Blut, böses Blut, schienen sie zu kreischen. Ein Stück vor ihr kickte ein Teenager mit einem Ring in der Nase eine Getränkedose über die Promenade und beobachtete, wie diese über das Geländer flog und ins Meer plumpste, das wütende weiße Schaumspritzer gegen die Küste peitschte.

Es war zwar nur ein kleiner Akt des Ungehorsams, dachte Laura, während sie beobachtete, wie die Dose fröhlich im Wasser schaukelte, aber er war trotzdem beunruhigend. Was veranlasste jemanden dazu, die falschen Dinge zu tun? Was veranlasste die Menschen, auf der Straße zu randalieren oder sich gegenseitig in tausend Stücke zu sprengen? Warum hinterließen Touristen ihre Abfälle am Strand? Was brachte eine junge Frau dazu, ihren Bruder zu ermorden? Was brachte eine junge Babysitterin dazu, ein Geräusch oben zu ignorieren?

Selbst das Baby in ihrem Bauch verhielt sich ruhig. Als wäre es sich nicht sicher, wie es auf ihre Überlegungen reagieren sollte.

In der Woche darauf klopfte Audrey aufgeregt an Lauras Tür. Es war Sonntag, und Charles war unterwegs, um die Kinder abzuholen und sie zum Mittagessen mitzubringen. Audrey trug ein elegantes Kostüm und ein keckes grünes Hütchen. »Meine Liebe, ich komme gerade aus der Kirche. Beim Kaffee mit der Pastorin habe ich zufällig Ihre Mary Rose erwähnt, und Sie werden niemals glauben, was sie mir erzählt hat! Nein, ich werde Ihnen die Überraschung nicht verderben. Sie müssen einfach mitkommen und es sich selbst ansehen! Wir nehmen Derek mit, obwohl er, unter uns gesagt, nicht mehr derselbe ist, seit seine Schwägerin gestorben ist. Ich mache mir ein bisschen Sorgen um ihn. Er redet unzusammenhängendes Zeug und vergisst ständig Dinge.«

Gemeinsam gingen sie, beziehungsweise Laura watschelte eher, den Hügel hinunter zur Kirche, während Derek mit dem kleinen Schnauzer an der Leine vorausstapfte. Whisky machte einen aufgeregten Eindruck, als wäre er in das Geheimnis eingeweiht. Die Kirche war ein kompaktes normannisches Steingebäude mit herrlichen Buntglasfenstern und alten Steinplattenwegen. Nicht annähernd so prächtig wie die Kathedrale in Exeter, aber weitaus einladender. Das Geschwisterpaar führte Laura allerdings direkt weiter zu dem Friedhof hinter einer Gruppe von Eiben.

»Hier!«, verkündete Audrey triumphierend. »Lesen Sie!«

Laura betrachtete die Inschrift auf dem Grabstein, der von

der Witterung und der Zeit so viele Risse hatte, dass es schwer war, die Namen darauf zu entziffern.

Hier ruht Jolyon Marchmont, drei Monate alt.

Dahinter stand das Datum 1876. Vier Jahre nach Mary Rose' Verurteilung.

Hier ruht Elizabeth Véronique Marchmont, sechs Tage alt.

Wieder ein Säugling. Ein Jahr später.

»Verstehen Sie, was das bedeutet?«, fragte Audrey aufgeregt. »Mach schon, Derek. Du bist der Kinderarzt. Sag es ihr.«

Derek nahm seine Brille ab, deren Gläser in der kalten Luft beschlugen, polierte sie kurz und setzte sie dann wieder auf. »Nun, es sieht so aus, als wären diese Kinder hier die Halbgeschwister von Mary Rose gewesen und die Vollgeschwister des kleinen Ralph, der gleich dort drüben begraben liegt. Sehen Sie? Direkt unter der Eibe. Die Säuglingssterblichkeit zur damaligen Zeit war sehr hoch, aber eine solche Häufung innerhalb einer Familie ist doch eher ungewöhnlich und legt die Vermutung nahe, dass die Kinder an einer Erbkrankheit litten.«

Laura ging ein Licht auf. »Dann wurde Ralph vielleicht gar nicht ermordet? Er könnte auch eines natürlichen Todes gestorben sein?«

»Richtig!«

»Aber das erklärt nicht, warum sein Schädel zertrümmert war.«

»Aha!« Derek machte ein zufriedenes Gesicht. »Er könnte bereits tot gewesen sein, ehe er auf den Boden geworfen wurde.«

»Ist das nicht ein bisschen weit hergeholt?«

Derek zuckte mit den Schultern. »Es ist nur eine Theorie. Leider können wir sie nicht beweisen. Dafür ist es zu lange her.« Er tätschelte Lauras Arm. »Wenn Sie meine Patientin wären, meine Liebe, würde ich Ihnen raten, es dabei zu belassen. Vergessen Sie die Geschichte. Ich habe das auch schon zu Audrey gesagt, aber meine liebe Schwester hat eine Leidenschaft für knifflige Rätsel, wovon der Krimistapel neben ihrem Bett zeugt. Sie sollten sich nun vor allem auf Ihr Baby konzentrieren. Wir bringen Sie jetzt wieder nach Hause, ja?«

Sie spazierten zurück in der kalten, frischen Luft, jeder in seine eigenen Gedanken versunken. Als sie schließlich um die Ecke bogen, stand Charles' Wagen nicht in der Einfahrt, was bedeutete, dass er noch nicht mit den Mädchen zurück war. Gut so, das gab ihr etwas Zeit, um sich zu sammeln und die Röstkartoffeln aufzusetzen. »Sie haben gesagt, Sie erwarten die Mädchen zum Mittagessen«, bemerkte Audrey sanft.

Laura nickte, und ihr wurde schwer ums Herz.

Audrey umarmte sie herzlich. »Am Ende renken sich solche Dinge gewöhnlich ein.« Sie hob den Kopf beim Geräusch eines Wagens, der sich auf der Zufahrt näherte. »Sieht so aus, als würden sie kommen. Ach du lieber Himmel, Sie haben mir gar nicht erzählt, dass Eloise gerade Autofahren lernt.«

»Sie ist siebzehn. Charles sponsert ihr den Führerschein«, begann Laura, bevor sie überrascht verstummte. Ein großes L-Schild prangte vorn an dem Wagen, und am Steuer saß eine breit grinsende Eloise, während Charles den Beifahrer gab. Sie fuhr ziemlich schnell, zu schnell für die Kurve.

»Vorsicht!«, rief Derek laut. Dann ging alles so schnell, dass es schwer war, dem Geschehen zu folgen. Später konnte Laura sich vage daran erinnern, dass Derek Audrey zur Seite geschubst hatte und dann an Lauras Arm zerrte, um sie aus der Schusslinie zu befördern. Aber der Wagen steuerte geradewegs auf sie zu. Sie sah Charles' schreckensstarre Miene und bekam noch flüchtig mit, dass er versuchte, das Lenkrad herumzureißen. »Bremsen!«, brüllte er. »Bremsen!«

Ihr Bauch bewegte sich, als würde ihr ungeborenes Kind spüren, dass der Wagen auf sie zuraste.

»Mein Baby!«, schrie sie. Dunkel nahm sie einen scharfen Schmerz an ihrer Schläfe war. Und dann wurde alles schwarz.

Mary Rose Marchmont

1872

41

»Mary Rose Marchmont, ich erkläre dich hiermit des Mordes für schuldig. Du wirst morgen bei Sonnenaufgang am Galgen hingerichtet, als Sühne für dein schlimmes Verbrechen.«

Die furchtbaren Worte des Richters hallten in Mary Rose' Kopf nach, als sie durch die geifernde Menge zu der Kutsche hinausgezerrt wurde.

»Gottlos!«

»Böse!«

»Mörderin!«

Mary Rose versuchte zu atmen, aber sie bekam keine Luft. Ihr Herz fühlte sich an, als wäre es in ihrem Hals gefangen. Angstvoll spähte sie durch den schmalen Spalt in dem schwarzen Schultertuch, das sie sich tief ins Gesicht gezogen hatte. Draußen erwartete sie ein Meer von Männern und Frauen und sogar Kindern, die brüllend die Fäuste schüttelten.

Wie entsetzlich! Elizas Worte fielen ihr wieder ein. *»Da draußen gibt es Leute, die es für einen netten Zeitvertreib halten, die Verurteilten zu beobachten, selbst wenn sie gar nicht mit ihnen bekannt sind. Sie erfreuen sich an dem Unglück anderer und sind rasch dabei, einen zu bespucken, ohne die Wahrheit zu kennen.«*

»Bitte, Sir«, wandte sich Mary Rose zögernd an den Wachtmeister, der steif in seiner Uniform und seiner unbeugsamen Haltung dastand, als wollte er kein Teil von alldem hier sein.

»Hätten Sie die Güte, mir zu sagen, wohin man mich bringen wird?«

Ihre Stimme kam zitternd heraus, und ihre Glieder begannen unkontrolliert zu zucken, als würden sie nicht ihr gehören. Der Mann musterte sie kühl, als wollte er nicht, dass seine Worte sich mit ihren in derselben Luft mischten. »Ins Zuchthaus zum Kerkermeister, Miss. Wohin denn sonst?«

In die Zuchtanstalt zurück? Dann würde sie vielleicht Eliza vor der Hinrichtung noch einmal sehen. Diese Aussicht spendete Mary Rose ein wenig Trost. Eliza mochte nicht von ihrem Schlag sein, aber diese Frau (die ihren Ehemann erstochen hatte, aber sich immer noch an die Schleife ihres toten Kindes klammerte, um sich zu trösten) würde mitfühlender reagieren als die Meute hier um sie herum. Elizas Zuspruch würde ihr vielleicht helfen, sich auf das vorzubereiten, was ihr bevorstand. Mary Rose spürte eine Welle der Angst, gepaart mit Übelkeit, in sich hochsteigen. Der Galgen! Sie sollte gehängt werden!

Sie konnte sich in ihrem Leben nur an ein einziges Mal erinnern, dass jemand aus der Stadt am Galgen hingerichtet worden war. Bei dem Verurteilten handelte es sich um einen nichtsnutzigen Raufbold, wie die Köchin ihr hämisch erzählt hatte, der in einem Anfall von Trunkenheit seine Frau erschlagen und seine beiden Kinder erstickt hatte. Alle waren sich einig, dass er es verdient hatte, unverzüglich in die Hölle geschickt zu werden. Die Köchin wohnte mit einem Teil der Dienerschaft der Hinrichtung bei, und sie kehrten anschließend in einer solchen Erregung zurück, dass es war, als wären sie bei einem Tanz gewesen. »Sie haben ihm eine schwarze Haube über den Kopf gezogen«, lachte einer.

»So einen dicken Strick habt ihr noch nie gesehen«, bemerkte ein anderer. »Der Kerl zuckte wie ein Kaninchen und kreischte wie ein abgestochenes Schwein.«

Ihre Beschreibungen hatten Mary Rose wochenlang Albträume beschert. Würde ihr nun dasselbe bevorstehen? Bevor sie eine Chance hatte, sich weiter Gedanken zu machen, hielt die Kutsche ruckartig im Gefängnishof. Gleich darauf wurde Mary Rose durch einen feuchten Gang geführt, in dem das Wasser heruntertropfte und der mit grünen Flechten übersät war, sodass sie mehrmals ausglitt und sich nur mit Mühe fangen konnte.

»Holt meinen Papa!«, rief sie laut. Aber ihr Schrei wurde ignoriert. Stattdessen wurde sie grob in einen kleinen, kalten, menschenleeren Raum gestoßen. »Bitte, helft mir doch. Ich muss meinem Vater Lebewohl sagen.«

Der Wachtmeister stieß ein kurzes Lachen aus, während er die Tür hinter ihr zuschlug. »Der einzige Besucher, den du jetzt noch empfangen darfst, ist der Gefängniskaplan. Soll ich ihn herbeirufen?«

Der Kaplan? Was für einen Sinn hatte das, wenn sie ohnehin sterben musste? Sie würde dem lieben Gott im Himmel erklären, was passiert war, wenn sie vor ihm stand. Er würde bestimmt Verständnis für sie haben und wissen, wer Jacob in Wirklichkeit umgebracht hatte!

»Nein!«, rief sie. »Ich wünsche nur meinen Papa zu sehen.«

»Du lehnst die Beichte ab? Das ist der endgültige Beweis für deine Schuld.« Damit schob er die massiven schwarzen Riegel an der schweren Tür vor, und Mary Rose blieb allein zurück und kauerte sich in eine Ecke, fest in ihr Schultertuch gewickelt, mit nichts als einer Schüssel Wasser neben sich, als wäre sie ein Hund.

In jener Nacht tat sie kein Auge zu. Irgendwann, steif vor Kälte und Angst, stellte sie sich auf die Zehenspitzen, um durch die Gitterstäbe des Fensters den Vollmond zu betrachten. Er würde jetzt auch auf Papa scheinen. Ob dieser sich unruhig im Schlaf wälzte, mit Herzklopfen angesichts der Aussicht, dass seine Tochter morgen früh den Galgen besteigen würde?

Der Galgen! Mary Rose drehte das Wort in ihrem Mund herum, als würde sie eine eigenartige Speise kosten, die ihr nicht schmeckte. Nichts von alldem hier schien ihr real. Doch allmählich entspannte sich ihr Körper, während das Licht der aufgehenden Sonne nach und nach in Zickzacklinien durch die Gitterstäbe strömte. Es erinnerte sie an die Fischgräten in dem kleinen Hafen, wo die Männer morgens immer ihren Fang hereinbrachten. Wenn sie sterben musste, dann sollte es so sein. Wenigstens würde sie dann mit Mama wiedervereint sein. Sie würde ihr von Véroniques Grausamkeit erzählen. Und sie würde den kleinen Jacob im Arm halten können, seine zarte Haut streicheln und spüren, wie seine Hand ihren kleinen Finger umklammerte.

Die Sonne schob den Mond zur Seite. Es würde nun nicht mehr lange dauern. Plötzlich durchdrang ein Hahnenschrei die Morgenstille, gefolgt von einem Gemurmel draußen, zuerst leise und dann immer lauter, bis es zu einem ohrenbetäubenden Sprechgesang anschwoll. »An den Galgen mit ihr! An den Galgen mit ihr!«

Mary Rose' Atemzüge wurden wieder kürzer. Zu spät wünschte sie sich, sie hätte den Besuch des Kaplans erlaubt. Ihre Entschlossenheit, das Unausweichliche zu akzeptieren, begann zu bröckeln. Innerhalb der nächsten Stunde würde man ihr den Strick um den Hals legen. Ob es schnell ginge, hätte sie am liebsten gefragt. Würde sie dort hängen wie ein hilflos zappelnder Fisch am Ende einer Angelschnur?

Kurz darauf wurde die Tür aufgestoßen. Mary Rose wagte es kaum aufzublicken. Aber statt des Henkers stand ein schmächtiges Wiesel von einem Mann vor ihr, mit so schmalen Lippen, dass sie kaum zu sehen waren. Seine Miene war streng, und seine wässrigen Augen durchbohrten sie, als versuchten sie, direkt in ihre Seele zu dringen. Instinktiv ahnte sie, dass dies der Kerkermeister war.

»Hier entlang«, herrschte er sie an und packte ihren Arm.

Er führte sie durch unzählige Tunnelgänge und schließlich eine Treppe empor, die so steil war, dass Mary Rose, als sie zurückblickte, leicht schwindelig wurde. Zudem herrschte ein übler Gestank, ähnlich wie Fisch und auch wie der Nachttopf, den Annie morgens immer mitnahm. Annie! Wenn doch nur das Mädchen jetzt bei ihr sein könnte.

Die Angst lockerte ihre Eingeweide. Entsetzt schaute sie auf die weiche braune Masse, die an ihren Beinen hinunterlief. Der Geruch verursachte ihr Übelkeit.

Der Kerkermeister verzog angewidert das Gesicht. »Du bist nicht besser als ein Stück Vieh. Man hätte dich hängen sollen.«

Hätte? Mary Rose fasste Mut. Hatte sie richtig gehört? »Bitte sagt, Sir, werde ich nun doch nicht gehängt?«

Der Mann blickte finster. »Du wirst vor dem Galgen verschont bleiben, dank der schönen Worte einer Lady – einer, die weitaus mehr Dame ist, als du jemals sein wirst.«

Ein Hoffnungsstreif tat sich vor ihr auf. »Ich verstehe nicht.«

»Lady Romer hat sich eingeschaltet. Sie hat sich an den Lord Oberrichter in London gewandt und ihm erklärt, sie sei der Auffassung, man habe dich ungerecht behandelt.«

»Dann komme ich frei?« Mary Rose konnte es nicht fassen. Das Bild von ihrem geliebten Garten und dem peitschenden Meer darunter erschien plötzlich vor ihrem geistigen Auge. Sie würde durch den Garten laufen, im Tau hüpfen, mit der Hand über die warme honigfarbene Steinmauer streichen …

»Frei? Nein.« Die höhnische Antwort zerschmetterte ihre

Hoffnung, gerade als diese zum Flug anhob. »Du wirst für zwanzig Jahre eingekerkert.«

Zwanzig Jahre! Das Gewicht dieser Worte legte sich schwer auf ihren Magen. Sie würde zwanzig lange Jahre an diesem gottverlassenen Ort mit seiner klammen Kälte und dem Gestank und den Frauen in den Kleidern von toten Männern ausharren müssen?

Mary Rose rechnete im Kopf, wie Véronique es ihr beigebracht hatte. Bis sie freikäme, wäre sie siebenunddreißig Jahre alt! Die Zahl klang wie die Totenglocke, die draußen läutete.

Mit siebenunddreißig wäre sie eine verwelkte alte Jungfer wie Miss Hall. Papa wäre dann vielleicht schon tot. Vielleicht würde sie selbst zuvor an Hunger oder an der Pest sterben, was hier in diesem Höllenpfuhl an der Tagesordnung war, wie sie bereits beobachten konnte. »Ich glaube, mir wäre es lieber, gehängt zu werden«, sagte sie schwach.

Der Kerkermeister nickte knapp. »Meiner bescheidenen Meinung nach verdienst du den Galgen, Mylady. Sei dankbar, dass man dir Gnade erwiesen hat.«

Gnade! Solch ein hübsches Wort. Diese Gnade war der Einmischung von Lady Romer zu verdanken. Mary Rose dachte kurz an die Vorsitzende des Stickzirkels und an die anderen aus der Gruppe. Sie schienen nun weit entfernt, wie in einer anderen Welt. Immer noch benommen von dem Schock, dass ihr Leben verschont wurde, ließ Mary Rose sich brutal weiterzerren und wurde schließlich in einen anderen Raum gestoßen, wo der pickelige Sohn des Kerkermeisters sie erwartete.

»Stillhalten«, befahl er ihr und hängte ihr ein Pappschild um den Hals, als würde sie zum Verkauf feilgeboten. Darauf stand eine Zahl. Mary Rose las sie auf dem Kopf. 112? »Was ist das?«, fragte sie bang.

»Das ist ab sofort dein Name, Miss.« Der Sohn des Kerkermeisters begaffte sie, als wäre er fasziniert und abgestoßen zugleich. Seine Augen funkelten auf eine Art, die sie bei den Verehrern beobachtet hatte, die nach der Arbeit auf der Straße vor Seamouth House auf die Dienstmädchen warteten. Ängstlich versank Mary Rose in ihrem Schultertuch und wünschte sich, einen besseren Schutz zu haben.

»Das werden wir dir abnehmen, Mylady, oder soll ich sagen Gefangene 112?« Grob riss er ihr das Tuch weg. Dabei berührte seine Hand ihre Brust, so flüchtig, dass sie nicht genau wusste, ob es ein Versehen war oder Absicht.

Dann umklammerte er so fest ihren Arm, dass seine Finger einen Bluterguss in ihre Haut brannten. »Mylady«, murmelte er leise. »Sehr gut.« Er grinste, und seine gelben Zähne waren so nah, dass sie seinen abstoßenden Atem riechen konnte. »Sehr gut.«

Dann plötzlich ließ er ihren Arm fallen, als hätte er in glühende Kohlen gefasst, und nahm ein großes Buch von seinem Tisch. Mit einer schwungvollen Bewegung zog er eine Schreibfeder aus seiner Hosentasche und tauchte sie in das Tintenfass auf dem Tisch. Das Buch enthielt, wie Mary Rose nun sehen konnte, eine Liste von Frauennamen, jeder einzelne davon versehen mit einem Datum und ein paar Stichwörtern zu dem jeweiligen Verbrechen. Der häufigste Eintrag war »Diebstahl« oder »Geldschuld«, gefolgt von »keine feste Bleibe«. Mary Rose zuckte zusammen, während sie beobachtete, wie der Junior notierte:

Mary Rose Marchmont. 1872. Alter: siebzehn Jahre. Größe: ein Meter sechzig. Gewicht: fünfzig Kilogramm. Äußerliche Merkmale: rote Haare, grüne Augen, Muttermal auf dem linken Arm. Verbrechen: Kindsmord.

»Stillhalten«, befahl der Sohn ihr wieder und drückte sie unsanft auf einen Stuhl. Was würde nun geschehen? Dann bemerkte sie, dass ein anderer Mann den Raum betreten hatte, mit einem kleinen Kasten in der Hand. Es war eine Kamera! Genau wie die, vor der sie und Véronique kurz vor der Hochzeit posiert hatten. Das war Papas Idee gewesen. Sie hatten sich in Mr. Bonds Atelier in der Stadt abwechselnd in Pose gesetzt, kichernd, ordentlich drapiert in Spitze und Seide.

»Bitte lächeln«, hatte Mr. Bond gesagt. Dann hatte man eine kleine Explosion vernommen, und Mr. Bond hatte erklärt, dass »alles im Kasten« sei. Wahre Zauberei! Das Ergebnis war ein kleines Porträt von ihr, auf dem sie ein schüchternes Lächeln trug, und ein weiteres von Véronique, auf dem diese wie immer wunderschön aussah.

Insgeheim war Mary Rose mit den Fotografien zufrieden gewesen, die Papa einrahmen ließ und im Salon auf den Kaminsims stellte. »Meine beiden Mädchen«, hatte er freudig bemerkt. Mary Rose' Herz war vor Stolz angeschwollen!

Nun jedoch, als der Gefängnisfotograf sie ablichtete, spürte sie eine tiefe Scham, weil dieses Bild nicht in einem edlen Silberrahmen auf einem Kaminsims stehen würde, sondern ihren Eintrag in diesem schweren Buch ergänzend dokumentieren sollte. Aber ihre gewohnte Zuvorkommenheit und Schüchternheit ließen sie den Mann, der sich unter einem schwarzen Tuch hinter der Kamera versteckte, lieblich anlächeln, als würde sie wieder in einem Atelier posieren.

»Was gibt es da zu grinsen?« Der Sohn des Kerkermeisters spuckte auf den Boden. »Du bereust also nicht?«

»Doch. Ich meine, nein, weil ich es nicht getan habe. Und ...«

»Sei still, Weibsstück! Mach schon, lass uns sehen, was die Vorsteherin aus dir macht.« Er schubste Mary Rose grob in einen weiteren Raum. Vor ihr stand nun eine große Frau mit einem üppigen Busen, die Haare zu einem straffen Dutt gesteckt, darüber eine schlichte Haube, die ihre spitze Nase betonte. Ihr Hals war so breit, dass es aussah, als würde ihr Kopf direkt auf den Schultern sitzen, im Gegensatz zu Mary Rose' Schwanenhals – ein hübsches Merkmal, das sie, wie Papa oft mit Stolz bemerkt hatte, von ihrer Mutter geerbt hatte.

In ihren rauen roten Händen hielt die Vorsteherin eine Schere, so groß wie ein Schermesser für Schafe. Instinktiv legte Mary Rose beschützend die Hände über ihre lange rostrote Lockenmähne. »Setz dich«, befahl die Vorsteherin barsch und deutete auf einen klapprigen Holzstuhl. »Nimm die Nadeln heraus.«

Verängstigt gehorchte Mary Rose. Gleich darauf spürte sie kaltes Metall auf der Haut in ihrem Nacken, dem ein knirschendes Geräusch folgte, das sie daran erinnerte, wenn die Köchin zu Hause in der Küche einen knusprigen Schweinebraten aufschnitt. Zu ihrer Bestürzung sah sie ihre dicken roten Locken büschelweise auf den Boden um sich herum fallen.

Ihre Haare! Ihre schönen Haare! Wie nackt und kalt sich ihr Nacken anfühlte. Sie hob die Hände zum Kopf in der Hoffnung, dass durch irgendein Wunder noch alles an seinem Platz war. Aber in ihrem Nacken klaffte eine riesige Lücke, und darüber ertastete sie eine gezackte Kontur, als wären ihre Haare ungleichmäßig mit rücksichtslosen, brutalen Schnitten abgerupft worden.

Aber es war keine Zeit zum Trauern, da der Sohn des Kerkermeisters bereits wieder an ihrer Seite stand. »Hier entlang, *Mylady*.« Das letzte Wort sagte er mit einem sarkastischen Lächeln auf den Lippen, die ihr wieder so nahe kamen, dass sie seinen ekelhaften fischigen Atem riechen konnte. Er stieß sie vor sich her durch einen anderen kalten, feuchten Mauergang mit einem derart schlimmen Geruch, als würde direkt darunter eine Kloake liegen. Wasser tropfte von den Wänden und sammelte sich in großen Pfützen. Mary Rose schrak zurück, als ihre Füße nass wurden und jeden Schritt unangenehm machten.

»Darf ich bitten, *Mylady*?«

Der Sohn des Kerkermeisters lachte, als fände er das alles höchst amüsant. Dann stieß er sie in eine Zelle. Mary Rose stockte kurz der Atem. Der Raum war vollgepackt mit Frauen jeder Größe und jedes Alters, und jede trug eine Nummer um den Hals. Es war so laut! Und es stank so übel!

Erleichtert erkannte sie ein paar Frauen wieder, mit denen sie zuvor eingesperrt gewesen war. Diese starrten sie an, die Münder offen vor Staunen. »Du solltest wirklich dankbar sein, Miss«, sagte der Sohn des Kerkermeisters grinsend, während er auf mehr als vertrauliche Art mit dem Finger seitlich über ihr Kleid fuhr. »Das Zuchthaus ist mehr, als du verdienst. Die anderen Unseligen hier haben keine feinen Freunde wie deine Lady Romer.«

Er schnippte neckisch gegen ihren Arm, sodass sie angewidert zurückwich, und leckte sich die Lippen, als wollte er sich gleich ein schmackhaftes Mahl munden lassen. »In der Zwischenzeit sehe ich unserem Kennenlernen mit Freude entgegen. Kein Grund zur Eile. Wir beide haben zwanzig Jahre, du und ich. Das ist reichlich Zeit, denkst du nicht auch?«

Dann schlug er die Tür hinter ihr zu. Doch sein Gelächter war immer noch zu hören, während seine Schritte auf dem Steinboden allmählich verklangen.

42

Er war fort. Gott sei Dank, er war fort! Mary Rose war so erleichtert, dass sie zunächst gar nicht wahrnahm, dass Eliza neben ihr stand. »Dann bist du also doch kein Geist«, flüsterte ihre Freundin und ergriff ihre Hand. »Du fühlst dich warm an wie aus Fleisch und Blut. Wie kann das sein? Man hat uns gesagt, dass du heute Morgen gehängt wirst. Schau!«

Sie führte Mary Rose ans Fenster. Der Wind pfiff heulend durch die Ritzen, sodass beide vor Kälte zitterten. Ihre dünnen Kleider waren kein Schutz gegen den eisigen Sturm, der sich einen Weg in die Zelle boxte.

Draußen konnte Mary Rose ein Galgengerüst sehen, eine hohe und kahle Konstruktion aus einem Holzpfahl und einem Querbalken, an dem ein Seil fröhlich im Wind tanzte. Vor Schreck bekam sie eine Gänsehaut. Wäre Lady Romer nicht eingeschritten, würde sie nun an diesem Seil baumeln mit schlaff herunterhängendem Kopf. Vielleicht waren zwanzig Jahre im Kerker doch die bessere Alternative.

Zum ersten Mal seit vielen Wochen spürte Mary Rose einen Hoffnungsschimmer. Sie lebte! Das brachte zwar ihren Bruder nicht zurück, aber der kleine Jacob würde, wenn er sprechen könnte, sicher erklären, dass es seinem Wunsch entspreche, wenn seine Schwester am Leben blieb.

Eines Tages würde die Welt die Wahrheit erfahren, wie auch

immer diese lauten mochte. Irgendwer *musste* ihren Bruder aus seinem Bett genommen haben, außer er hatte irgendwie die Kraft aufgebracht und war selbst herausgeklettert. Immerhin hatte er bereits begonnen zu krabbeln und sich aufzusetzen und sich auf seine kleinen kräftigen Beinchen hochzustemmen. Es war nicht unmöglich.

Bei der Erinnerung wurden ihre Augen feucht, was Eliza jedoch mit Freudentränen verwechselte. »Du bist noch einmal davongekommen. Du wirst sehen, es ist gar nicht so schlimm hier.« Sie kicherte. »Es gibt welche, die absichtlich ein Verbrechen begangen haben, um nicht im Armenhaus zu landen. Hier bekommen wir wenigstens zu essen, und sonntags dürfen wir sogar ins Badehaus.« Sie versetzte Mary Rose scherzhaft einen Kinnstüber. »Das ist mehr, als ich zu Hause hatte, kann ich dir sagen.«

Dann wandte Eliza sich an eine dünne, hagere Frau mit stechenden schwarzen Augen und einem verkniffenen Gesicht. Diese hatte, wie Mary Rose auffiel, einen zahnlosen Oberkiefer und eine lange, schmale, weiß schimmernde Narbe über dem rechten Auge, als hätte jemand eine scharfe Klinge durch ihr Fleisch gezogen. »Na, mach schon, Genossin. Hol uns von dem Wasser dort drüben.«

Mary Rose versuchte, sich nicht zu ekeln, als die Schüssel pflichtgemäß gebracht wurde. Das Wasser war trüb und hatte einen öligen Film auf der Oberfläche, als wäre es zuvor für hygienische Zwecke verwendet worden, die zu delikat waren, um sie zu benennen. Doch Eliza riss bereits einen Streifen Stoff vom Beinsaum ihrer zerlumpten Männerhose, die sie immer noch trug, tauchte ihn in das Wasser und wrang ihn langsam aus, damit Mary Rose die Tropfen mit der Zunge auffangen konnte.

Was für eine Labsal! Mary Rose war nicht bewusst gewesen,

dass ihr Mund ganz trocken war, bis die faulige Flüssigkeit den Weg zu ihrer Zunge fand. »Leider ist von dem Haferschleim nichts mehr übrig«, sagte Eliza bedauernd und starrte auf ihren leeren Teller, der noch Spuren vom Frühstück trug. »Aber es sind nur noch wenige Stunden bis zum Einbruch der Dunkelheit, und dann bekommen wir eine zweite Mahlzeit. Wenn das Glück mit uns ist, gibt es etwas Fleisch, obwohl ich eher glaube, dass es bloß das übliche Stück Brot sein wird. Komm!«

Sie deutete auf das raue Holzbrett, das knapp über dem kalten Steinboden in einem Gestell inmitten von anderen Brettern lag wie eine Reihe von umgestürzten Grabsteinen. »Dein altes Brett hat sich jemand unter den Nagel gerissen, aber das hier tut es auch. Ruh dich aus. Und wenn dir heute Nacht ein Mann nahekommt, vergiss nicht, laut zu schreien.«

Mary Rose spürte, dass ihre Augen vor Verwunderung groß wurden. »Ein Mann? Hier? Das ist doch sicher verboten.«

Ihre neue Freundin stieß ein heiseres Lachen aus. »Diese neue Zelle ist anders als die, in der wir vorher waren.« Sie deutete mit einer kundigen Geste auf die dicke Mauer. »Dahinter liegt der Männertrakt. Die Frau mit der Narbe über dem Auge hat dort einen Schatz. Sie schieben sich Liebesbotschaften unter der Tür durch und bestechen den Sohn des Kerkermeisters, um sich gegenseitig besuchen zu können.«

Ein Funke glomm in Elizas Augen, als würde die Vorstellung sie begeistern. »Manchmal kann sie sich draußen im Hof, wo wir uns Bewegung verschaffen, ein oder zwei Küsse von ihm stehlen.«

Das war haarsträubend! »Werden wir nicht beaufsichtigt?«

Eliza zwickte sie leicht zum Spaß. »Ich sehe, ich muss in deiner Nähe bleiben und auf dich aufpassen. Nein, glaub nicht, ich mache das in der Hoffnung auf eine Gegenleistung. Obwohl ich es bedauerlich finde, dass du dein feines Schultertuch bereits verloren hast. Der Kerkermeister und sein Weib, die Vorsteherin, haben es inzwischen sicher schon verschachert. Beiden darfst du nicht trauen, aber der Sohn ist der Schlimmste von allen.«

Eliza deutete auf das Lager. »Beeil dich, oder es wird dir jemand zuvorkommen, und dann bleibt dir nur noch der kalte Stein, auf den du deinen Kopf betten kannst.«

Das Brett lag in einem Wandregal, und darüber befand sich noch eine Reihe und darüber noch eine. So viele Frauen auf so engem Raum! Es war, dachte Mary Rose, während sie versuchte, Elizas Anweisungen zu folgen, wie auf einem Schiff. Sie hatte in Büchern Bilder von Matrosen in ähnlicher Position gesehen, nur dass diese alle fröhliche Gesichter hatten.

Mit ihrem angeborenen Optimismus versuchte Mary Rose, das Beste aus ihrem »Bett« zu machen, während sie sich auf dem rauen, splitterigen Holz hin- und herwälzte. Aber ihr Schlaf wurde von einer alten Frau gestört, die im Kreis umherwanderte und wie zu ihrer eigenen Unterhaltung laut vor sich hin summte. Die Melodien erinnerten Mary Rose an die Kinderlieder, die Mama ihr früher vorgesungen hatte, als sie noch klein war, um sie in den Schlaf zu lullen. Arme Närrin, dachte sie, als die Alte an ihr vorbeischlurfte. Arme, verrückte Närrin.

Aber nicht jede war so verständnisvoll. »Halt die Klappe, altes Weib!«, schimpfte eine von Mary Rose' Bettnachbarinnen, die sich von den anderen durch ihr breites, bulliges Gesicht und einen Bauch abhob, der so groß war, dass er seitlich über ihr Brett hing. Später erfuhr Mary Rose, dass diese Fleischmasse von Extraportionen Kartoffeln und Fleisch herrührte, die der Sohn des Kerkermeisters ihr im Austausch für »Gefälligkeiten auf dem Hof« heimlich zukommen ließ. »Ein paar von uns versuchen hier, ein bisschen Schlaf zu bekommen, bevor die Arbeit beginnt.«

Arbeit, wunderte sich Mary Rose, während sie versuchte, eine Schlafposition zu finden. Was für eine Art von Arbeit gab es an einem Ort wie diesem zu verrichten?

Am nächsten Morgen sollte sie es herausfinden. Kaum begann die frühe Morgensonne durch das verstaubte, zersprungene Fensterglas zu scheinen, flog die Zellentür auf. »Hoch mit euch!«, schrie die Vorsteherin. Gleichzeitig läutete oben auf dem Turm eine tiefe Glocke, sodass Mary Rose die Ohren klingelten.

»Wir müssen aufstehen, wenn die Gefängnisglocke siebenmal schlägt«, erklärte Eliza und gab Mary Rose die Notdurftschüssel, damit sie sich erleichtern konnte. Mary Rose schauderte. »Mach nicht so ein Gesicht. Es gibt draußen nur ein einziges Plumpsklosett, aber dort herrscht immer so ein Andrang, dass du genauso gut die hier benutzen kannst. Beeil dich, der Haferschleim wird gleich ausgeteilt.«

Mit einer gewissen Bewunderung beobachtete Mary Rose, wie ihre Beschützerin sich durch die Menge boxte und mit einem triumphierenden Grinsen zwei dampfende Schüsseln geronnenen Brei zurückbrachte. »Iss, denn bis zum Mittag wird nichts mehr davon übrig sein, und dann gibt es nur ein Stück Brot, das so trocken ist, dass dir dieser Fraß hier wie ein Festmahl erscheint.«

Mary Rose folgte aus Höflichkeit, aber der Haferschleim lag ihr später wie ein Stein im Magen. »Bitte, sag mir, wie verbringen wir hier unsere Tage?«, fragte sie.

Eliza gackerte. »Wir spielen nicht Pianoforte oder machen Besuche wie die feinen Damen, so viel ist jedenfalls sicher. Nein, wir nähen und stricken.«

Mary Rose fasste Mut. »Wir dürfen uns die Zeit mit Handarbeit vertreiben?«

Eliza gab ihr einen leichten Schubs. »Du bist mir vielleicht ein seltsames Wesen! Wir flicken die Kleider der männlichen Gefangenen und der Familie des Kerkermeisters. Wir müssen auch Wollstrümpfe stricken für die Wohlfahrt, als hätten wir die nicht selber nötig. Schau, da kommt die Vorsteherin mit deinen Nadeln.«

Mama hatte sie vor Jahren das Stricken gelehrt, und es dauerte nicht lange, bis Mary Rose' Nadeln mit tröstender Zuversicht klapperten, auch wenn die graue Wolle derb und rau war. Aber zu ihrer Enttäuschung wurden ihnen die Nadeln mittags wieder abgenommen, und den restlichen Tag blieben sie sich selbst überlassen.

Mary Rose ließ den Blick schweifen und sah, dass ein paar Frauen Karten spielten, was sie an die Abende erinnerte, an denen sie und Papa mit Véronique Whist gespielt hatten, damit diese sich schneller heimisch fühlte. Welch Ironie! Eine andere Frau versuchte, ihr quengeliges Baby zu stillen, ein winziges blasses Würmchen, das kaum größer aussah als Véroniques Pepe.

Aber die meisten ihrer neuen Gefährtinnen dösten einfach vor sich hin oder saßen zusammengesunken auf dem Boden, wo sie ins Leere starrten, als versuchten sie, einfach bloß diesen Tag zu überstehen, der in den nächsten und dann in den übernächsten übergehen würde. Einige Frauen hielten Ginflaschen umklammert, und nur der Himmel wusste, woher sie diese hatten.

»Von den Wachen, du Unschuld«, hatte Eliza auf ihre Frage kichernd geantwortet und die ehemals kirschrote Schleife ihres Babys gestreichelt. Normalerweise bewahrte sie das Erinnerungsstück sicher an ihrem Körper auf. Aber hin und wieder holte sie es hervor und hielt es gegen ihre Wange oder strich mit den Fingern darüber, als wäre es ein kostbarer Talisman. »Die bekommen sie für ihre Gefälligkeiten.«

Was für Gefälligkeiten, fragte sich Mary Rose, während sie sich mit großen Augen in dieser neuen Welt umblickte. Man wusste hier nie, was als Nächstes passieren würde. Gelegentlich brach eine Rauferei aus, wenn eine Gefangene versuchte, einer anderen eine Flasche Ale zu entreißen. Dem folgte ein Hagel von Fauchlauten und Schlägen und Kratzen, bis einer der Wärter einen Eimer mit fauligem Wasser über die Kontrahentinnen kippte, um sie voneinander zu trennen. Mary Rose hielt sich immer möglichst weit davon fern und kauerte sich in eine Ecke. Nie zuvor hatte sie solch furchtbare Szenen von Schamlosigkeit beobachtet, nicht einmal in der Hauptstadt Exeter, wenn sie dort mit Papa zu Besuch gewesen war.

Der Gedanke an ihren Vater verursachte Mary Rose einen harten Kloß im Hals. Wenn er wüsste, was sie hier durchleiden musste, würde er nicht zulassen, dass sie auch nur einen Moment länger hierblieb. »Ich bin mir sicher, dass mein Vater mich bald besuchen kommen wird«, verkündete sie Eliza fröhlicher, als ihr tatsächlich zumute war.

»Ach ja?« Eliza grinste und entblößte seitlich in ihrem Mund eine Lücke mit nacktem Zahnfleisch. »Wenn es dir hilft zu träumen, Herzchen, dann ist das deine Sache.«

Du täuschst dich, hätte Mary Rose am liebsten erwidert. Ihr Vater würde sich in diesem Moment auf seinen Besuch vorbereiten. Bestimmt war er durch Lady Romers beherztes Eintreten für ihre Sache ins Wanken gekommen. Er würde Véronique davon überzeugt haben, dass es sich um ein gravierendes Missverständnis handelte und dass Mary Rose nicht im Geringsten für den Tod ihres Bruders verantwortlich war.

Mary Rose blickte hoffnungsvoll zum Fenster hinaus. Er konnte nun jeden Tag hier eintreffen.

Doch ein Tag verging wie der andere. Es gab nach wie vor keinerlei Anzeichen, dass Ralph Marchmont das Gefängnis mit seinem Besuch beehren würde, noch traf ein Brief ein oder eine Nachricht.

Mary Rose hatte das Gefühl, den Verstand zu verlieren, so wie die arme alte Närrin, weil sie abgesehen von der Strickarbeit, die allmählich eintönig wurde, keine Möglichkeit hatte, sich zu beschäftigen. Wie sehr sie sich danach sehnte, ihrer geliebten Stickerei nachzugehen. Ihre Finger juckte es nach einem Bleistift, um eine Vorlage zu zeichnen und die Farben zu markieren, in dem das Motiv gestickt wurde.

Und wie sehr sie sich nach Jacobs weicher Berührung sehnte. Es ließ sie neidisch werden auf die blasse Mutter mit ihrem Baby, dessen dünne Schreie von morgens bis abends die Luft erfüllten.

»Das Würmchen wird es wohl nicht überstehen«, sagte Eliza unverblümt. »Die Muttermilch ist genauso vertrocknet wie dieses Brett, auf dem wir sitzen. Nicht genug, um eine Maus zu füttern, geschweige denn ein Kind.«

Wie konnte Mary Rose essen, wenn ein Baby hungerte? Leise schlich sie zu der Mutter hinüber und schabte den letzten Rest ihres kärglichen Mahls in deren Schüssel. Die Frau zuckte sofort zurück. »Versuchst du etwa, mich zu vergiften?«, fauchte sie.

»Ich versuche lediglich zu helfen.«

Die Stimme der Frau war schwach, aber der Abscheu darin war unmissverständlich. »Du bist die Kindsmörderin, nicht wahr? Du hast dein eigenes Blut getötet. Halte dich von mir und meinem Kind fern. Hast du verstanden?«

Rot vor Verlegenheit, kehrte Mary Rose zu ihrem Brett zurück. »Hör nicht auf sie«, zischte Eliza. »Selbst wenn du deinem Bruder das Leben genommen hast, hattest du sicher einen guten Grund dafür. Daran habe ich keinen Zweifel.«

Bei dieser Unterstellung ihrer neuen Freundin verspürte Mary Rose einen Stich. »Ich schwöre bei meinem Leben, dass ich eine solch gottlose Tat nicht begangen habe!«

In Elizas Augen glitzerte Skepsis. »Wer war es dann?«

»Ich weiß es nicht.« Mary Rose warf sich auf den Boden und weinte vor Kummer und Frustration. »Aber ich war es nicht!«

Warum glaubte ihr niemand, nicht einmal ihre neue Freundin Eliza, dass sie unschuldig war? Als Mary Rose wieder zu sich kam, war es dunkel in der Zelle, aber es herrschte eine bedrückende Stille, durchbrochen von dem leisen Maunzen eines Kätzchens. Etwas stimmte nicht. Eliza, die mit ihr wach geworden war, spürte es auch. »Warte hier«, flüsterte sie und schlich hinüber auf die andere Seite des Raums. Gleich darauf kehrte sie mit einem Bündel im Arm leise zurück.

»Die Mutter ist gestorben«, wisperte sie. »Das Würmchen hier wird auch nicht mehr lange auf dieser Welt haben.«

»Bitte.« Mary Rose streckte die Hände aus. Eliza zögerte kurz und gab ihr dann das Baby. Zärtlich streichelte Mary Rose die Kinderwange. Sie war so weich, wie die von Jacob gewesen war, wirkte aber eingefallen, und die Knochen traten hervor wie bei einem unterernährten Hund. Armes kleines Würmchen! Es tat ihr im Herzen weh, als der kleine zarte Mund nach ihren Brüsten suchte, geschrumpft, wie sie waren, dank der mageren Kost.

»Gib ihm das«, flüsterte Eliza und bot ihr den Gemeinschaftspott, den die Frauen abends herumreichten, um sich zu erleichtern.

Mary Rose war entsetzt. »Das kann ich nicht. Das ist nicht sauber.«

»Es ist die einzige Flüssigkeit, die es hier gibt«, erklärte Eliza. »Komm, lass mich machen.«

Mary Rose wurde beim Zusehen schlecht. Zuerst gab es

einen schwachen Protest, aber dann schien die stinkende Brühe das Kind zufriedenzustellen. Eliza nickte ein, also nahm Mary Rose das Baby behutsam an sich und beobachtete, wie seine Lider langsam schwer wurden.

Wie tröstend es war, das Kind zu halten und zu spüren, wie ihre Körperwärme (so gering sie auch war) in das Bündel aus Haut und Knochen auf ihrem Schoß drang. Sie wünschte sich von ganzem Herzen, eines Tages ein Baby wie dieses zu haben. Sie musste an Henry denken und an ihre Tante, die vor vielen Monaten eine Verlobung angeregt hatte, und sie errötete in der Dunkelheit.

Ob ihr Cousin, fragte Mary Rose sich hoffnungsvoll, immer noch an sie dachte? War es möglich, dass er geduldig auf sie wartete, bis sie endlich diesen unglückseligen Ort verlassen durfte?

Langsam sank sie in einen herrlichen Traum, in dem sie mit Henry am Meer entlangspazierte und ein kleines Kind ihnen vorausrannte und lachend durch den Wellenschaum hüpfte, während das Wasser an seinen kleinen Füßen hochspritzte. Aber als sie aufwachte, lag ein steifes, kaltes Gewicht auf ihr. Im ersten Morgenlicht konnte sie sehen, dass das Kind sie mit glasigen Augen anstarrte.

Mary Rose senkte den Kopf, um das kleine Köpfchen zu küssen, aber es war ebenso kalt und steif. Sie stieß ein lautes Keuchen aus. »Eliza«, zischte sie und stupste ihre Freundin. »Bitte, wach auf! Sieh, was sollen wir tun?«

Eliza nickte verschlafen, als habe sie damit gerechnet. »Leg das Kind zurück zu seiner Mutter, bevor die anderen sich rühren. Du willst sicher nicht eines weiteren Mordes beschuldigt werden.«

»Aber ich habe dir schon gesagt, dass ich Jacob nicht umgebracht habe! Und dem Würmchen hier habe ich auch nichts getan.«

Eliza nickte wieder. »Sicher. Und selbst wenn du heute Nacht sein Gesicht in deinen Rock gedrückt hättest, bis es aufhörte zu atmen, wäre das ein Akt der Mildtätigkeit gewesen. Ich hätte wahrscheinlich dasselbe getan.«

Mary Rose hatte keine Zeit, um zu diskutieren. Rasch, bevor die anderen wach wurden, tat sie, wie ihr gesagt worden war. Als die ersten Frauen einige Zeit später aufstanden, schien es niemanden zu wundern, dass sowohl Mutter als auch Kind in der Nacht gestorben waren. »Umso mehr Haferschleim für uns«, bemerkte eine. »Schade, dass nicht noch ein paar mehr diesem Beispiel folgen.«

Mary Rose schauderte. In was für einer Hölle war sie gelandet? Dann begann sie zu singen. Zuerst leise. Ein altes Kinderlied, das ihre Mutter sie vor vielen, vielen Jahren gelehrt und das sie mit der Zeit vergessen hatte. Aber nun kehrte die Erinnerung daran zurück, als würde jemand wissen, dass Mary Rose den Trost brauchte, den dieser Vers ihr spendete.

»Alle Dinge kehren an den Anfang zurück. Lass Tapferkeit deine Lanze sein und bleibe deinem Herzen treu, mein Kind. Dann wirst du nie etwas zu fürchten haben!«

43

Es gab kein Begräbnis für das Kind oder seine Mutter. Beide Leichname wurden einfach abgeholt und fortgeschafft, als wären sie leere Teller.

»Sinnlos zu weinen«, erklärte Eliza ihr nachdrücklich. »Und erzähl bloß niemandem, was du getan hast.«

»Aber ich habe nichts …«, begann Mary Rose.

»Ich warne dich!« Ihre Freundin fuhr sie mit einem Zorn an, den sie noch nie erlebt hatte. »Halte deine Zunge im Zaum! Hast du verstanden? Die werden dir keine zweite Chance geben.«

Eingeschüchtert folgte Mary Rose ihrem Rat. Die Tage verstrichen. Am Anfang schien jede Stunde wie eine Ewigkeit. Aber als die dunklen Nächte immer früher hereinbrachen, verschmolzen die Tage zu einem.

Wie lange war sie bereits im Gefängnis? Die wenigsten Frauen hier konnten rechnen. Manche von ihnen ritzten jedoch Striche in die Mauer, indem sie ihre Fingernägel benutzten, da an scharfe Gegenstände nur schwer heranzukommen war. Jeder Strich stand für eine Woche, und Mary Rose, die das beobachtet hatte, begann es ihnen gleichzutun. Es hob ein wenig ihre Stimmung, sodass sie sich hin und wieder dabei ertappte, dass sie über einen der derben Sprüche um sie herum lachen musste.

Sie hatte acht dieser Striche gezogen, als Jack, der Sohn des Kerkermeisters, in die Zelle geschlichen kam, nachdem sie ihre spärliche Morgenration Haferschleim verschlungen hatten. Wie eine Schlange näherte er sich Mary Rose. »Gefangene 112? Du hast vornehmen Besuch.«

Ein Grölen hob unter den anderen Frauen um sie herum an.

»So, so, vornehmen Besuch, was?«

»Das gehört sich so für Mylady.«

Dieser Kommentar speziell kam von der Frau mit dem gewaltigen Bauch. Sie hatte von Anfang an besonderen Anstoß an Mary Rose genommen und verspottete sie fortwährend wegen ihrer Ausdrucksweise oder ihrer aufrechten Haltung, die sie sich bewahrte.

Eliza, die rasch die kirschrote Schleife ihres Babys zwischen ihren Brüsten versteckt hatte, als der Sohn des Kerkermeisters hereinkam, war fassungslos. »Du hattest recht! Dein Papa ist gekommen, um dich zu sehen.«

Mary Rose konnte kaum sprechen vor Aufregung. Papas Herz war schließlich doch weich geworden. Aber wie würde er auf ihre äußere Erscheinung reagieren? Obwohl es in diesem Höllenloch keinen Spiegel gab, wusste Mary Rose durch das Berühren ihrer Haare, dass ihre gestutzten Locken inzwischen von Schmutz und Schweiß verfilzt waren. Was ihr Gesicht betraf, so fühlte ihre Haut sich wund und trocken an. Mit Schrecken wurde ihr außerdem bewusst, dass sie nicht sehr angenehm roch.

Eliza ahnte, was ihr durch den Kopf ging. »Es spielt keine Rolle, wie du aussiehst«, rief sie ihr zu, als Jack ihren Arm umklammerte, gefährlich nah an ihrem Busen. Resolut führte er sie unter dem Johlen der anderen Frauen, die neidisch ihr Kleid berührten, aus der Zelle. Offenbar glaubten sie, dass durch die bloße Berührung ihres Leibs auch ihnen die Freilassung winkte oder zumindest ein Besucher. »Bitte«, flehte Mary Rose den Sohn des Kerkermeisters an. »Ihr quetscht meinen Arm.«

Er schnaubte laut. »Hast du nicht deinen kleinen Bruder zerquetscht, als du ihm den Schädel zertrümmert hast?«

»Das war nicht ich«, begann sie, unterbrach sich aber, als er eine Tür öffnete und sie wie einen rohen Lammrücken in einen Raum schleuderte. Neugierig blickte Mary Rose sich um. Diesen Raum hatte sie noch nie gesehen. Er verfügte über einen richtigen Stuhl und einen richtigen Tisch, auf dem eine Gaslampe stand, deren Licht ein kleines Leuchtfeuer in das trübe Halbdunkel des Raums aussandte.

Dann starrte sie auf die zitternde Gestalt vor ihr.

»Ich dachte, du wärst Papa«, sagte sie. »Hat er dich begleitet, Letitia?«

Die junge Frau in dem hübschen lavendelfarbenen Kleid schüttelte den Kopf. Wie zum Schutz hielt sie ein weißes Spitzentaschentuch vor den Mund. Trotz ihres Schwurs, an diesem Ort hier zuversichtlich zu bleiben, spürte Mary Rose, dass ihr Tränen der Enttäuschung in die Augen traten. »Dann hat er dich vielleicht geschickt?«

Letitia machte einen kleinen Satz rückwärts wie ein verängstigtes Kaninchen. »Nein.« Sie schüttelte wieder den Kopf. »Er ist in Frankreich mit deiner neuen Mama.«

Papa war in Frankreich? Die Worte legten sich wie ein Stein auf ihr Herz. Ihr Vater hatte so wenig für sie übrig, dass er es nicht einmal für notwendig erachtete, in demselben Land wie seine Tochter zu bleiben?

»Lady Romer schickt mich.« Letitia plapperte ängstlich weiter, und ihr hübscher Rosenmund bebte, während ihre Stimme zögernd klang. »Sie wünscht, dass ich dir dies hier gebe.«

Dabei überreichte sie Mary Rose ein Päckchen, das ordentlich mit einem Faden verschnürt war. Mary Rose vergaß ihre guten Manieren und grapschte danach, so wie ihre Zellengenossinnen nach einer Extraportion Haferschleim grapschten. Faden! Genau das, was sie brauchte, um ihre Kleider enger zu nähen, nachdem sie so viel Gewicht verloren hatte.

»Willst du es nicht weiter aufmachen?«, fragte Letitia, deren Augen sogar noch größer wurden, als sie sah, dass Mary Rose den Faden entfernte und ihn sich um die Taille band.

»Ist es etwas zu essen?«, fragte Mary Rose, während sie das Papier aufriss. Seit einigen Wochen hatte ihr Magen aufgehört, sich zu beschweren, nachdem er sich an das Gefühl gewöhnt hatte, leer zu sein. Dennoch lief ihr das Wasser im Mund zusammen bei der Aussicht auf eine Extrascheibe Brot oder ein Stück Fleisch.

Letitia beobachtete sie mit unverhohlenem Entsetzen. »Nein, es ist nichts zu essen. Hätte ich geahnt, dass es dir hier an Nahrung mangelt, hätte ich dir etwas mitgebracht. Nein, es ist ein Stück Stoff, und ein paar Seidenbänder.«

Stoff? Seidenbänder? Die Enttäuschung war so bitter und niederschmetternd, dass Mary Rose das Päckchen auf den Steinboden schleuderte. Dabei nahm sie wahr, dass Letitia sich ängstlich duckte. »Du hast mit einem Mal ein Temperament, das ich nicht von dir kenne.« Letitia erhob ihre Stimme. »Wache, ich bitte Sie, bringen Sie mich von dieser Wahnsinnigen fort.«

»Nein, verzeih mir.« Mary Rose versuchte, sich an Letitia zu klammern, während der Sohn des Kerkermeisters eintrat. Aber ihre alte Freundin stieß einen spitzen Schrei aus. »Bitte, fass mich nicht an. Ich habe zuvor Mitleid mit dir empfunden, aber nun sehe ich, dass es richtig war, dich hierherzuschicken. Es ist nicht mehr, als du verdienst. Dein armes Brüderchen! Wie konntest du so niederträchtig sein?«

Und dann wurde Mary Rose wieder durch den Mauergang

geschleift und wie ein alter Lumpen in ihre Zelle zurückgeschleudert, wo Eliza und die anderen Frauen warteten.

»Mary Rose, was ist passiert, dass du so blass bist?«

»Hat unser hochverehrter Papa deine Begnadigung erwirkt?«

»Was hast du da in der Hand?«

Jemand versuchte, ihr das Mitbringsel zu entreißen, aber sie wich gerade noch rechtzeitig zurück. »Das gehört mir«, knurrte sie, während ihr bewusst war, dass sie die Zähne entblößte und Speichel aus ihrem Mund spritzte. »Rühr das nicht an, oder ich werde dir den Schädel zerschmettern.«

Die Frau, die versucht hatte, ihr das Päckchen zu stehlen, zog sich zurück. »Ich sehe, du lernst schnell«, murmelte Eliza anerkennend. Sie führte Mary Rose zu ihren benachbarten Brettern und bedeutete ihr, sich zu setzen. »Was hast du denn da für Kostbarkeiten?«

Sie verzog enttäuscht die Miene, als Mary Rose ihr den Stoff und die Auswahl an Seidenbändern in allen Farben des Regenbogens zeigte. Ferner war eine Nadel beigefügt und eine hübsche kleine Schere mit verzierten Griffen. Zugegeben, es fehlte der Stickrahmen, aber sie würde auch so zurechtkommen, indem sie den Stoff über ihr Knie legte.

»Damit macht man Sticktücher«, erklärte Mary Rose leise, und ihre Wut und Enttäuschung legten sich, während sie mit ihren rauen Fingern über die herrlichen Seidenbänder strich.

»Sticktücher?« Eliza lachte schallend. »Sticktücher kann man nicht essen!«

Aber Mary Rose fädelte bereits das Garn durch das Nadelöhr, wobei sie in dem trüben Morgenlicht ihre Augen anstrengen musste. »Das mag sein, aber sie werden meine Seele laben.«

»Deine Seele laben?« Eliza kicherte. »Dieser Ort hier hat dir den Verstand verdreht.«

»Nein, ich werde es überstehen«, erwiderte Mary Rose, die

Trost aus der Vertrautheit schöpfte, mit der sich die Nadel in den Stoff senkte und wieder hob. »Mit diesem Geschenk kann ich meinem Vater eine geheime Botschaft senden, die vielleicht sein Herz erweichen wird.«

Eliza runzelte die Stirn. »Was meinst du damit?«

»Du wirst sehen.«

Am Abend, vor dem Einschlafen, sprach Mary Rose mit von der Stickarbeit wunderbar müden Fingern leise ihr Nachtgebet. »Lieber Gott, ich danke dir für dieses unerwartete Geschenk, das mir hilft, mich von dem Grauen um mich herum abzulenken. Segne meine geliebte Mama und richte ihr bitte aus, dass ich die Hoffnung habe, eines Tages wieder mit ihr vereint zu sein. Segne auch den kleinen Jacob und lass mich bitte seine kleine warme Faust spüren, die sich um meinen Finger schließt, bevor dein Reich naht. Schenk mir die Kraft zu lächeln in der Gewissheit, dass Unglück zu höheren Dingen führt. Amen.«

Mary Rose verwahrte Letitias unverhofftes Geschenk sorgfältig zusammengerollt unter ihrem Körper, wenn sie schlief, damit niemand es stehlen konnte. Anfangs zogen ihre feinen Stiche unerwünschte Aufmerksamkeit auf sich.

»Mylady widmet sich wieder ihrer Stickkunst«, spottete eine der Frauen.

»Hoffentlich pikst sie sich nicht in den Finger«, kicherte eine andere.

»Wäre sie nicht aus besserem Hause, dürfte sie ihr feines Tuch nicht behalten«, murrte eine dritte. »Für so eine gelten andere Regeln als für uns. Das ist nicht gerecht, sage ich euch.«

Aber schließlich richtete sich die allgemeine Aufmerksamkeit auf andere Neuankömmlinge, und Mary Rose konnte in Ruhe weiterarbeiten. Es war nicht möglich, eine Vorlage auf

Kästchenpapier anzufertigen, wie Letitia und sie das im Stickzirkel getan hatten. Stattdessen musste Mary Rose sich das Motiv im Kopf vorstellen und ihre Stiche entsprechend setzen.

Die erforderliche Konzentration lenkte sie bald von diesem dunklen, feuchten Ort mit seinem Geschnatter und seinen Streitigkeiten ab. Ihre ruhigen, gleichmäßigen Bewegungen gaukelten ihr stattdessen eine Stille vor und halfen ihr außerdem, den nach Fisch stinkenden Sohn des Kerkermeisters zu ignorieren, dessen Schlitzaugen ihr überallhin folgten.

Oft saß Eliza an ihrer Seite und beobachtete mit unverhohlener Bewunderung, wie das Bild vor ihren Augen Gestalt annahm. »Und dort hast du früher tatsächlich gelebt?«, fragte sie erstaunt, als die Umrisse von Seamouth House auf dem Leinenstoff erschienen. »Das ist wahrhaftig ein Palast. So viele Räume!« Ihr schmutziger plumper Zeigefinger zeichnete die großen zweiflügeligen Fenster nach, die dank der Seidenbänder von Letitia zum Leben erwacht waren. »Ich habe noch nie so ein prächtiges Haus gesehen.«

Sie musterte Mary Rose, als würde sie sie in einem neuen Licht betrachten. »Und sag mir, was ist das für ein prachtvoller Park davor?«

Mary Rose' Nadel fuhr auf und ab durch den Stoff, zusammen mit ihren aufgewühlten Emotionen. »Das ist unser Garten. Mama liebte es, darin zu sitzen.« Sie lächelte bei der Erinnerung. »Papa sagte immer, dass wir genug Hauspersonal haben, um die Erde umzugraben und die Zweige zu stutzen, aber Mama packte trotzdem mit an. Als ich klein war, lehrte sie mich die Namen aller Pflanzen. Siehst du, das hier ist ein Silberblatt. Und das ist eine Rose. Wir hatten so viele davon. Meine Lieblingssorte waren die cremeweißen. Sie hatten genau denselben Farbton wie ein Kleid, das meine Mutter einst trug.«

Ihre Augen füllten sich mit Tränen, aber neben der Trauer empfand sie auch Freude. Es tat so gut, über ihre liebe Mama zu sprechen, als wäre diese immer noch hier und nicht bei den Engeln. »Sie dufteten auch wie sie.«

»Bitte, kannst du mir zeigen, wie man stickt?«, fragte eines Tages eine kleine Frau mit dunkler rauer Haut und einer harten Aussprache.

Mary Rose wäre der Bitte gerne nachgekommen, aber Letitia hatte ihr nur ein Stück Stoff mitgebracht und eine einzige Nadel. Angenommen, jemand versuchte sie zu stehlen? Sie musste sich etwas ausdenken, um potenzielle Diebe abzuwehren! »Ich fürchte, nein«, antwortete sie und hob die Nadel in das Licht empor. »Hierbei handelt es sich nämlich um ein besonderes Werkzeug. Darin befindet sich ein Gift, das ausnahmslos jeden tötet, der nicht weiß, wie man die Nadel richtig hält.«

Um sie herum schnappten die Frauen erschrocken nach Luft, und die Dunkelhäutige zuckte zurück und kauerte sich in eine Ecke der Zelle. Die dicke Frau, die dem Sohn des Kerkermeisters erlaubte, sie nachts zu besuchen, murmelte laut etwas über Hexen. Zu Mary Rose' Erleichterung blieb ihre Gegnerin jedoch auf Distanz.

Eliza kicherte. »Eine vergiftete Nadel! Das ist gut.«

Mary Rose' Lippen spannten sich. »Das war kein Scherz.« Noch während sie es aussprach, spürte sie, dass es wahr war. Sie malte sich aus, dass jeder Stich in das Tuch einen Stich in Véroniques Körper repräsentierte. Wäre der Ring nicht an ihre Stiefmutter gegangen, wäre es nie so weit gekommen. Aber nun lastete ein Fluch auf ihrer Familie. Genau wie ihre Mutter auf dem Totenbett gewarnt hatte.

Es verbreitete sich das Wort, dass Mary Rose besondere Fähigkeiten besaß, mit denen sie jeden vernichten konnte, der versuchte, sich an ihrer Stickausrüstung zu vergreifen. Die missgünstigen Kommentare hörten auf, aber hin und wieder näherte sich ihr die eine oder andere, um zu verfolgen, wie Mary Rose' geliebter Garten allmählich Formen annahm. Da war der Stechpalmenstrauch, von dem Mama und sie Zweige mit leuchtend roten Beeren abgeschnitten hatten, um in der Weihnachtszeit das Haus zu schmücken. Und da war die honigfarbene Steinmauer, an der sich eine rosarote Seidenrose emporrankte.

Oftmals zählte Mary Rose leise mit, während die Nadel ein- und wieder auftauchte. Ein Stich, zwei Stiche, drei Stiche…

»Was murmelst du da vor dich hin?«, fragte ein Mädchen, das noch ein wenig jünger war als Mary Rose selbst. Es war mager, wie alle hier aufgrund der Mangelernährung, aber es hatte ein sympathisches Gesicht, das noch nicht von der bösen Natur dieses Ortes gezeichnet war. Womöglich lag das daran, dass es erst seit kurzem unter ihnen weilte.

»Ich zähle die Stiche. Siehst du?« Ihre Nadel bohrte sich in den Stechpalmenstrauch. »Eins.« Sie tauchte aus einem anderen Blatt wieder hervor. »Zwei.« Und wieder hinein in dasselbe Blatt. »Drei.«

Die Augen des Mädchens wurden groß vor Bewunderung. »Ich würde auch gerne zählen können.«

»Dann werde ich dir helfen.«

Seine Augen glänzten. »Wirklich? Ich würde auch gerne lesen lernen. Kannst du mir das auch lehren?«

»Mich lehren«, verbesserte Mary Rose. Dann kam ihr eine Idee. »Ich kann unter die Pflanzen ihre Namen sticken, damit du dir die Buchstaben einprägen kannst.«

»Werde ich dann meinen Namen schreiben können?«

Mary Rose nickte, erfreut über die Begeisterung ihrer neuen Bekanntschaft. »Mit der Zeit ganz sicher. Bitte, sag mir, wie ist dein Name?«

»Dora.« Das Mädchen runzelte die Stirn. »Ist das schwer zu schreiben? Mein Vater sagt immer, er wollte, ich wäre nie getauft worden, und er bereute den Tag, an dem ich zur Welt kam.«

All dies schilderte es in einem gleichgültigen Ton, aber Mary Rose sah ihm an, dass es innerlich verletzt war. »Das ist ein sehr hübscher Name«, erwiderte sie rasch. »Sag mir, wie hat es dich hierher verschlagen?«

Die Stimme des Mädchens begann zu stocken. »Ich habe etwas sehr Böses getan.«

Wirklich? Das Mädchen sah nicht aus, als wäre es imstande, jemandem das Leben zu nehmen, aber seit sie hier war, hatte Mary Rose gelernt, dass Gesichter täuschen konnten.

»Ich habe einen Brotlaib gestohlen, weil mein Magen so sehr knurrte.«

Schockiert legte Mary Rose ihre Nadel zur Seite und berührte tröstend die Hand des Mädchens. »Hat dein Vater dir nichts zu essen gegeben?«

»Er war zu sehr im Ginhaus beschäftigt, um sich darum zu kümmern, und meine Mama war immer draußen auf der Straße.«

»Um Speisen zu erbitten?«

Das Mädchen lachte. »Nein. Sie ist keine Bettlerin. Sie hat Gefälligkeiten angeboten, um unsere kleinen Bäuche zu füllen.«

Eliza, die Mary Rose' verwirrte Miene beobachtet hatte, begann zu gackern. »Sie ist eine Liebesdienerin, mein Unschuldslamm! Komm, wir werden dich das Leben lehren, und du lehrst uns, wie man zählt und unsere Namen schreibt. Das ist ein fairer Tausch, meinst du nicht auch?«

Binnen kurzem hatte Mary Rose eine kleine Gruppe von Frauen um sich geschart, die alle darauf erpicht waren, sich fortzubilden. Wie gut es tat, ihnen zu helfen und ihren Dank zu empfangen. Mary Rose lehrte sie auch das alte Kinderlied ihrer Mutter, und es dauerte nicht lange, und sie beherrschten den Text auswendig.

»Alle Dinge kehren an den Anfang zurück. Lass Tapferkeit deine Lanze sein und bleibe deinem Herzen treu, mein Kind. Dann wirst du nie etwas zu fürchten haben!«

»Das Lied gibt mir das Gefühl, als könnte ich alles bewältigen – selbst das Überleben an diesem Ort hier«, bemerkte Eliza und klopfte Mary Rose auf den Rücken. »Du bist wahrhaftig keine Gewöhnliche!«

Die kräftige Frau mit dem dicken Bauch hielt sich jedoch von ihr fern und murmelte weiter von vergifteten Nadeln und Hexerei.

Doch eines Nachts, als Mary Rose auf ihrem Brett lag, ihr Magen leer und hungrig, ihr Kleid feucht von Blut, das jeden Monat austrat, kam ihre Widersacherin in der Dunkelheit zu ihr herübergekrochen.

»Gib mir deine vergiftete Nadel, oder ich sage dem Kerkermeister, dass du damals das Würmchen umgebracht hast, so wie du deinen Bruder umgebracht hast. Streite es nicht ab! Ich habe gesehen, dass du es von der Mutterbrust weggerissen hast, um es anschließend zu ersticken.«

»Nein, das habe ich nicht getan! Ich habe lediglich versucht, es zu beruhigen.«

Die Frau grinste böse. »Meinst du, die werden einer Kindsmörderin Glauben schenken? Dieses Mal werden sie dich hängen, das ist sicher.« Sie streckte den Arm aus und umklammerte Mary Rose' Handgelenk. »Gib mir deine Nadel, sage ich.«

Ihr leises, eindringliches Geflüster weckte Eliza, die neben ihnen laut geschnarcht hatte. »Was ist hier los?« Sie nahm

Mary Rose' Angreiferin wahr. Blitzartig zog sie etwas aus ihrer Tasche und warf sich auf die Ruhestörerin.

Als Nächstes ertönte ein Schrei. »Mein Auge! Sie hat mir ins Auge gestochen!«

Beinahe unmittelbar darauf kam der Sohn des Kerkermeisters herein, in der Hand eine Laterne. Entsetzt sah Mary Rose Blut aus dem Auge ihrer Widersacherin tropfen und einen spitzen Stein in Elizas Hand. Hastig versuchte ihre Freundin, das Beweisstück in ihre Tasche zu stopfen, aber es war zu spät. Der Sohn des Kerkermeisters zerrte sie bereits am Arm hoch.

»Kommt zurück!«, schrie Mary Rose. »Ich bitte euch, lasst sie los! Das war alles meine Schuld!« Aber ihre Stimme ging in dem Gezeter und Geheul um sie herum unter.

»Ruhe, hysterisches Pack!«, brüllte eine andere Wache und schüttete einen Eimer mit einer übel riechenden Schmutzbrühe über sie aus. Es folgte ein Sturm von Verwünschungen und Gemurmel, während jede an ihren Platz zurückkehrte. Vorsichtig tastete Mary Rose unter ihrem Brett entlang. Ihr Sticktuch war noch da, aber zu was für einem Preis? »Lieber Gott«, murmelte sie, »bitte bring Eliza zurück.«

44

Eine Woche später war Mary Rose derart beunruhigt, dass sie ihr Sticktuch kaum zur Hand nahm. Eliza war immer noch nicht zurückgekehrt, und die Gerüchteküche brodelte wild. Sie war geflohen! Sie hatte die Wache getötet! Sie war in den Turm verlegt worden – ein trostloser, Furcht einflößender Ort für jene, die an einer ansteckenden Krankheit litten. Sie hatte den Zorn des Kerkermeistersohns auf sich gezogen. Jede dieser Spekulationen konnte zutreffen. Und alle hatten schreckliche Folgen.

Unterdessen trug Elizas Opfer eine schwarze Augenklappe. »Dahinter ist ein See aus Blut«, raunte jemand. Zum Glück hielt die Provokateurin zu Mary Rose Abstand, obwohl es sie nicht daran hinderte, ihr quer durch den Raum Drohungen zuzurufen. »Das wird dir und deiner Freundin noch leidtun!«

Mary Rose saß ihrerseits da und stickte, wobei sie ihre Nadel mit einer Tapferkeit auf und ab bewegte, die sie nicht in sich fühlte. Selbst das Lied ihrer Mutter half nicht. Dann, an einem nebligen Morgen, als es so kalt war, dass sich sogar das Seidengarn gefroren anfühlte, drang von draußen ein Geräusch durch das Fenster, als würde etwas über den Boden geschleift.

In der Zelle brach Bewegung aus und dann ein Gedränge, als die Frauen zum Fenster stürmten, um zu sehen, was draußen vor sich ging. Die größeren hoben die kleinen auf ihre Schultern, während Mary Rose sich einen Weg hindurchbahnte.

Schließlich ergatterte sie einen Platz, von dem aus sie die Szenerie draußen beobachten konnte. Entsetzt starrte sie auf das hölzerne Galgengerüst und die geifernde und kreischende Menge darum herum, genau so, wie sie damals Mary Rose empfangen hatte, als man sie zum ersten Mal an diesen Ort hier brachte.

»Es ist Eliza!«, rief Dora, die von jemandem hochgehalten wurde. »Seht doch!«

Jeder einzelne Knochen in Mary Rose' Körper erstarrte, während sie beobachtete, wie ihre Freundin zu dem Galgenstrick hochgeschleift wurde. »Gnade! Gnade!«, schrie sie laut, aber noch während sie brüllte, legte der Henker mit seiner Kapuze Eliza die Schlinge um den Hals.

Mary Rose konnte nicht länger hinsehen. Ein Raunen ging durch die Frauen um sie herum und durch die Menge, die sich draußen versammelt hatte. Dann folgte Totenstille.

»Sie ist tot«, sagte die Stimme der kleinen Dora.

»Es ist richtig, dass sie dran glauben musste«, rief die Frau mit dem verletzten Auge. »Seht euch die Wunde an, die sie mir zugefügt hat. Ich kann nur noch mit einem Auge sehen.«

Mary Rose stieß einen dumpfen Schrei aus und warf sich weinend auf Elizas Brett, unfähig zu sprechen. Dann kamen ihr die Worte ihrer Mutter auf dem Sterbebett in den Sinn. *»Wenn der Ring in die falschen Hände gelangt, wird der Dieb keinen Frieden finden, und die rechtmäßige Besitzerin wird nicht länger vor Unheil in ihrem Leben gefeit sein. Dann wird ein Fluch auf unserer Familie lasten. Darum ist es deine Pflicht, auf ihn achtzugeben, so wie ich es getan habe.«*

Sie hatte dieses Versprechen gebrochen. Sie hatte darin versagt, den Ring in sichere Obhut zu nehmen, und nun wurden ihr alle genommen, die sie in ihr Herz geschlossen hatte. Sie würde sich von nun an nie wieder erlauben, jemanden lieb zu haben. Nicht einmal Papa, es sei denn, auch ihm widerfuhr eine Grausamkeit.

Während sie weinte und frustriert mit den Fäusten auf das Brett hämmerte, nahm sie plötzlich durch eine Ritze im Holz ein Schimmern wahr. Nachdem sie den Gegenstand vorsichtig herausgefischt hatte, sah sie in dem Dämmerlicht, dass es die kostbare kirschrote Kinderschleife war. Eliza musste sie dort versteckt haben, um sie sicher zu verwahren.

»Ich werde für dich darauf achtgeben, Eliza«, murmelte sie und steckte die Schleife in ihr Dekolleté. »Und wenn wir uns eines Tages wiederbegegnen, werde ich sie dir zurückgeben.«

Nach Elizas Hinrichtung hatte Mary Rose einen lebhaften Traum, in dem ihre Freundin am Galgen baumelte und Mamas kostbaren Ring mit der rechten Hand umklammerte, den Mary Rose daraufhin über ihren eigenen Finger streifte. Endlich war er wieder in ihrem rechtmäßigen Besitz. Nun würde er sie alle beschützen.

Als sie aufwachte, starrte sie untröstlich auf ihre blanke Hand. Hätte sie doch nur ihr Versprechen nicht gebrochen, das sie Mama gegeben hatte. Hätte sie doch nur Mamas Bitte erfüllt, auf den Ring achtzugeben. Dann hätte er wie ein wertvoller Talisman gewirkt, und nichts von alldem hier wäre geschehen.

Während die Wochen und Monate verstrichen, wurde Mary Rose' schlechtes Gewissen über Elizas Hinrichtung durch den Trost gelindert, den sie aus Dora zog. Tag für Tag saß das Kind an ihrer Seite und zählte leise jeden Stich mit, während es mit atemloser Faszination beobachtete, wie die Nadel in den Stoff ein- und wieder auftauchte. Zuerst nahm ein Rosenstrauch

Konturen an, dann der von Mauern umgebene Garten und schließlich ein Lavendelbeet.

Oft teilte sie aus Mitleid ihren Haferschleim mit dem Mädchen. »Nimm dich in Acht, Kind«, zischte die Frau mit der Augenklappe, als sie beobachtete, dass Dora Mary Rose' Schüssel so sauber ausleckte, dass das Blech in der Frühlingssonne glänzte, die nun durch das trübe Fenster schien. »Womöglich hat die Hexe ihr eigenes Essen vergiftet, um dich zu überlisten.«

Aber Dora ignorierte sie und blieb an Mary Rose' Seite, so wie zu Hause Pepe immer neben ihr gesessen hatte. Ihren Schwur vor Augen, niemanden mehr in ihr Herz zu schließen, versuchte Mary Rose, Distanz zu dem Kind zu wahren. Aber es war so schwer! Es lag in ihrer Natur, andere Menschen lieb zu gewinnen – vor allem wenn sie Fürsorge benötigten wie die kleine Dora.

Wenn ihr jemand zu nahe kam, der einen bedrohlichen Eindruck machte, reckte Mary Rose ihre Nadel in die Höhe wie ein Miniaturschwert. Dann vernahm man ein Aufkeuchen, so wie die Kinder aus ihrer Heimatstadt nach Luft schnappten, wenn im Sommer der Feuerjongleur bei Lady Romers Gartenfesten auftrat, und der Störenfried zog sich wieder zurück.

Jenen, die etwas lernen wollten, war es jedoch gestattet, sich zu nähern und Dora zu lauschen, die beflissen die Zahlen wiederholte, während die Nadel sich hob und senkte. »Eins, zwei, drei ...«

Eine Handvoll Frauen begann außerdem, das Alphabet zu lernen, und Mary Rose bereitete es große Freude, ihr Wissen an diese armen Kreaturen weiterzugeben. Wie schön es war, wenn ihre Gesichter aufleuchteten, weil sie das A für das Wort »Apfel« oder das U für »Unschuld« auf dem Leinenstoff wiedererkannten.

Anfangs beobachteten die Gefängniswachen sie mit großem Argwohn. »Wenn Lady Romer nicht wäre, würde man ihr das nicht erlauben«, murmelte einer. Das stimmte. Mary Rose war ihrer Gönnerin unendlich dankbar, obwohl sie seit Letitias Besuch vor vielen Monaten von niemandem aus dem Stickzirkel etwas gehört oder gesehen hatte.

Dennoch, um die Wachen günstig zu stimmen, bot sie sich an, sogar noch mehr Kleider zu flicken. Da sich ihr Geschick mit der Nadel herumgesprochen hatte, fand sie sich bald mit einem Berg von Arbeit wieder, der nicht nur die Zeit schneller vergehen ließ, sondern ihr auch Wohlwollen einbrachte.

»Für eine Mörderin bist du gar nicht so schlecht«, murmelte ein kleiner untersetzter Wärter und musterte sie von oben bis unten, als er ein ausgebessertes Hemd abholte. Als Antwort strich Mary Rose mit dem Finger über die Spitze ihrer Nadel, woraufhin sich der Mann rasch entfernte. Andere Wachen wurden allmählich zugänglicher und bedankten sich für ihre raffinierte Handarbeit. Aber während die Wochen verstrichen und die große Eiche auf ihrem Sticktuch langsam begann, ihre Äste zu dem in ordentlichen Kreuzstichen ausgearbeiteten Lavendelbeet auszustrecken, gab es weiterhin kein Anzeichen für eine Nachricht von draußen. Nicht von Papa aus Frankreich und auch nicht von Tante Sophia und Cousin Henry.

Als das fröhliche Zwitschern der Amsel draußen dem Gesang der Sommerlerchen wich, wurde Mary Rose zum ersten Mal bewusst, dass es der kleinen Dora nicht gut ging. Es fing damit an, dass sie bei den Zahlen ins Stocken geriet. Davor hatte sie bewundernswert vorgezählt, auch wenn sie oftmals bei neunundsechzig hängen blieb und man ihr die Siebzig vorsagen musste.

Ihre Haut wurde fahl, und ihr Appetit ließ nach, sodass

Mary Rose den Haferschleim aus der Schüssel schöpfen und das Mädchen füttern musste. Allzu oft spuckte es ihn wieder aus, woraufhin Mary Rose, der es widerstrebte, Nahrung zu verschwenden, sich den Rest selbst in den Mund steckte. Solche Manieren, dachte sie, wären in ihrem alten Leben inakzeptabel gewesen. Aber das Leben hier war anders.

Dann eines Morgens, als die Hitze im Raum unerträglich wurde aufgrund der vielen Frauen, die sich mit den Ellenbogen Platz zu verschaffen versuchten, brach die kleine Dora auf dem Steinboden zusammen. Ihre Stirn glühte, als Mary Rose die Hand darauflegte.

»Bitte, helft mir!«, rief sie laut. »Das Mädchen ist krank.«

Der Wärter, der gerade zu Abend aß, ließ sich Zeit, bevor er kam, obwohl die anderen Frauen laut an die Tür hämmerten, um auf sich aufmerksam zu machen. Bis dahin war das Gesicht der kleinen Dora totenblass, abgesehen von kleinen roten Flecken, die sich rasch auf ihren Wangen und Armen ausbreiteten, sodass man dabei zusehen konnte.

»Die Pocken!«, schrie eine der Frauen entsetzt und klammerte sich an den Arm einer anderen. »Schafft sie fort, oder sie wird uns alle anstecken!«

»Nein.« Mary Rose hörte sich mit einer Gelassenheit sprechen, die sie innerlich nicht fühlte. »Bitte, lasst mich mit ihr gehen. Ich werde sie pflegen. Außerdem war sie in den vergangenen Monaten ständig an meiner Seite. Es ist also wahrscheinlich, dass ich genauso ansteckend bin wie sie.«

Ihr Argument schien den Mann umzustimmen, da er nun nickte. Hastig schnappte sie sich ihre Stickarbeit und ihr Brett, bevor sie von dem Wärter mitgeschleift wurde, während ein zweiter die kleine Dora trug. »Wohin gehen wir?«, fragte sie verzweifelt.

»In den Turm«, antwortete der zweite Wärter knapp, der

sorgfältig Abstand zu ihr hielt, als hätte er Angst, dass ihre bloßen Worte die Pocken übertragen könnten. Mary Rose' Herz begann zu flattern. Der Turm! Sie hatte genug Gerüchte gehört, um zu wissen, dass man, wenn man in den Turm ging, niemals wieder herauskam.

Tatsächlich war der Turm angenehmer als ihre alte überfüllte Zelle. Das Atmen fiel leichter, da sie die Luft nur zu zweit verbrauchten. Wasser stand permanent zur Verfügung in einer Kanne, die der Wärter immer direkt hinter der Tür abstellte, weil er den Raum nicht betreten wollte. Und von dem Haferschleim gab es nicht zwei Portionen am Tag, sondern drei. Welch Ironie, dachte Mary Rose, während sie die Stirn der kleinen Dora abtupfte, dass das Mädchen nicht imstande war zu essen.

Wenn die Kleine schlief, obschon unruhig, arbeitete Mary Rose an ihrem Sticktuch weiter. Es lag nun beinahe ein Jahr zurück, dass sie damit angefangen hatte, und es war fast fertig. Es fehlte nur noch die Botschaft. Mary Rose hatte sich darüber gründlich Gedanken gemacht und wusste genau, was sie sagen wollte. Aber sie musste den Wortlaut winzig klein einsticken, damit er nicht auffiel, oder das Wachpersonal würde das Geschenk nicht weiterleiten. Ihr Vater würde es sich dann hoffentlich genauer ansehen und ihren Appell lesen.

Dann, eines Morgens, öffnete Dora die Augen mit solch einem Leuchten darin, dass Mary Rose Mut fasste. »Bin ich schon im Himmel?«, murmelte das Mädchen.

»Nein!« Mary Rose drückte Dora eng an sich. »Du bist durch einen dunklen Tunnel gegangen, aber ich glaube, du bist auf dem Weg der Besserung.« Doch die Stirn des Mädchens war immer noch heiß, und in seiner Lunge war ein seltsames Rasseln. Mary Rose spürte selbst ein fremdartiges Pochen in ihrem Kopf, und sie fühlte sich der Ohnmacht nahe. Als sie die Wache hörte, die die nächste Schüssel Haferschleim brachte, rief sie laut: »Sir, ich bitte euch, kommt herein. Ich fühle mich selbst nicht gut.«

Widerwillig, oder jedenfalls wirkte es so, wurde die Tür weiter geöffnet, und der Wärter trat ein. Als er Mary Rose sah, wurden seine Augen groß. »Du bist voller Flecken!«, rief er. »Du hast die Pocken!«

Mary Rose nickte. Sie hatte sich das schon gedacht. Es spielte keine Rolle – nicht mehr. Was für einen Sinn hatte es, zu leben, wenn ihre Liebsten ihre Liebe nicht erwiderten? »Lieber Gott«, betete sie, »verschone mich nicht wie beim letzten Mal.« Dann fielen ihr die Augen zu, und sie sank zurück auf das Brett, während sie das fiebernde Kind in den Armen hielt.

Wenn Mary Rose später an diese Episode zurückdachte, konnte sie sich an nicht mehr viel erinnern, abgesehen von den Hitzewallungen, die von heftigem Schüttelfrost abgelöst wurden. Hin und wieder nahm sie wahr, dass ihr jemand einen feuchten Lappen auf die Stirn legte und manchmal damit ihre Lippen benetzte, auf denen sich von der Fieberhitze Bläschen gebildet hatten. Eines Tages schließlich schlug sie die Augen auf und spürte, dass die Schmerzen in ihren Gliedern verschwunden waren, zusammen mit dem Fieber.

Zu ihrem Schreck saß ein kleiner Mann mit einem breiten, großzügigen Mund und einer leichten Knollennase an ihrer Seite, bekleidet mit einem schwarzen Rock, einem steifen weißen Kragen und einem Barett wie das des Reverends in Seamouth. »Mein Name ist Vater Benedikt«, sagte er sanft. »Ich bin der Kaplan. Du befindest dich auf dem Weg der Besserung, denke ich.«

Mary Rose versuchte zu sprechen, aber die Worte kamen nur schwach und holpernd heraus. »Die kleine Dora«, brachte sie flüsternd über die Lippen.

Vater Benedikt schüttelte den Kopf und bekreuzigte sich gleichzeitig. »Sie ist bei ihrem Schöpfer. Gott schenke ihrer Seele Frieden.«

Mary Rose war froh! Dieser Ort hatte ihr nichts übrig gelassen. Aber dann wurde ihr etwas anderes bewusst. »Mein Sticktuch!«, rief sie gequält. »Es ist weg.«

Vater Benedikt legte eine kühle Hand auf ihren Arm. »Dein Vater hat es mitgenommen. Er wollte dich besuchen, aber der Arzt riet ihm wegen der Ansteckungsgefahr davon ab.«

Ihr Papa war hier gewesen? Ihr Herz hob sich. Dann liebte er sie doch! Vielleicht war er gekommen, um ihr zu sagen, dass er die schrecklichen Lügen über sie nicht glaubte. »Hat er eine Nachricht hinterlassen?«

Der Kaplan antwortete mit einem Kopfschütteln.

»Oder eine Botschaft?«

Wieder ein Kopfschütteln.

Sie spürte dumpfe Enttäuschung, gefolgt von einem Hoffnungsschimmer. »Aber er nahm mein Sticktuch mit?«

Die Antwort war ein Nicken.

»Hat er etwas dazu gesagt?«

»Nein.«

»Und wird er wiederkommen?«

»Mir wurde gesagt, dass er verreist ist, aber ich weiß nicht, wohin. Mein Kind, du darfst dich nicht so quälen, oder du wirst wieder krank. Sollen wir gemeinsam das Gebet sprechen? Gott hat dich, eine Mörderin, verschont, und dafür müssen wir dankbar sein, obgleich du eine Sünderin bist.«

Mary Rose wandte sich von ihm ab. »Ich bin keine Sünderin. Gott weiß das, auch wenn mir sonst keiner glaubt.«

Der Gefängniskaplan blickte sie strenger an als zuvor. »Du beharrst nach wie vor auf deiner Unschuld?«

»Ja.« Mary Rose dachte an das Sticktuch und an den fein eingearbeiteten Vers unten in der Ecke: die trotzige Botschaft an den wahren Schuldigen, wer auch immer er oder sie war.

Unschuldig bin ich,
Denn du tatest nicht gut.
Du stahlst meinen Ring
Und verfluchtest unser Blut.

Denn unschuldig war sie, sowohl was den Mord betraf als auch den Diebstahl. Wenn Papa diese Worte las, würde er ihr vielleicht endlich glauben. Und wenn nicht, würde sie weitere Sticktücher anfertigen, Jahr für Jahr, immer mit derselben Botschaft, bis er seine Meinung änderte.

45

Von Tag zu Tag wurde Mary Rose stärker. Jeden Abend sprach sie ein kleines Gebet für Dora. Als sie die Kraft dazu hatte, sang sie leise ihr altes Kinderlied. *»Alle Dinge kehren an den Anfang zurück. Lass Tapferkeit deine Lanze sein und bleibe deinem Herzen treu, mein Kind. Dann wirst du nie etwas zu fürchten haben!«* Und jeden Morgen hoffte sie auf ein Wort von Papa.

Dann, eines Tages, als die Sommersonne ihr Bestes tat, um durch das schmale Turmfenster zu dringen, überbrachte der Kerkermeister ihr ein Päckchen. »Für dich«, sagte er widerwillig.

Mit Herzklopfen wickelte Mary Rose ein Stück Leinenstoff aus dem Papier. Er ähnelte dem, das Letitia ihr im letzten Jahr mitgebracht hatte. Mit ihm purzelte eine feine Auswahl von bunten Seidenbändern heraus in einem herrlichen Sonnengelb, einem zarten Grün, in Geranienpink, Purpurrot und Pfauenblau. Genau das, was sie benötigte, um das Garn zu ersetzen, das sie bereits verbraucht hatte.

Doch es war die beigefügte Notiz, die ihren Blick fesselte und die die unverwechselbare, geliebte, schwungvolle Handschrift ihres Vaters trug.

Meine Tochter,

An dieser Stelle flatterte ihr Herz vor Enttäuschung, weil die Anrede kein herzliches Beiwort enthielt wie »liebe« oder »geschätzte«.

Trotz deiner Verdorbenheit bekümmert es mich, dass du an einem solch unglückseligen Ort untergebracht bist.

Sie musste an diesem Punkt unterbrechen, um kurz durchzuatmen. War Papa etwa nicht hier gewesen, um ihr zu vergeben, sondern lediglich, weil er sich dazu verpflichtet gefühlt hatte?

Ich habe dem Kerkermeister Geld gegeben, damit du jeden Abend eine warme Mahlzeit erhältst und einen Raum für dich allein. Der Stoff und die Seide sind ein Geschenk von Lady Romer und dem Stickzirkel. Die Damen sind der Auffassung, dass eine solche Beschäftigung beruhigend auf deinen Geist wirken kann. Ich weile zurzeit in Paris, werde mich aber bemühen, dir in einem Jahr wieder einen Besuch abzustatten, wenn ich hoffe zurückzukehren.

Mary Rose' Augen füllten sich mit Tränen, während sie weiterlas.

Hochachtungsvoll
Ralph Marchmont

Die Förmlichkeit der Schlussformel durchbohrte sie wie eine Klinge. Ralph Marchmont? Kein »Papa«. Und von dem Sticktuch oder seiner verborgenen Botschaft war keine Rede. Glaubte er ihr nicht? Oder hatte er den Reim nicht entdeckt?

Während sie sich auf dem kalten Steinboden grämte, verwandelte sich der Sonnenstrahl in einen Regenbogen aus glitzerndem Staub. Mary Rose blickte auf, vorübergehend geblendet von der Herrlichkeit des Lichts und der Farben. Das war sicher ein Zeichen! Ein Zeichen, dass sie ihr Bestreben nicht aufgeben sollte, ihren Vater von ihrer Unschuld zu überzeugen. Außerdem würde der wahre Mörder sich vielleicht bald offenbaren.

Gleich darauf wurde die Tür entriegelt, und der Kerkermeister betrat den Raum. In seinen Händen trug er einen Napf mit dünner Haferschleimsuppe. Mary Rose sammelte ihre ganze Energie und Courage, um ihn mit einem strengen Blick zu bedenken. »Mein Papa schreibt, dass er Euch Geld gab, damit ich meine eigene Zelle bekomme und jeden Abend eine warme Mahlzeit. Warum habe ich noch nichts davon erhalten?«

Eine verräterische Röte kroch über das dunkelhäutige Gesicht des Mannes. »Du warst krank. Es war bisher nicht möglich, dich zu verlegen.« Er senkte den Blick auf die Schüssel. »Was diese Mahlzeit hier betrifft, so ist sie nicht für dich bestimmt, sondern für eine andere Unglückselige. Das Wirtshaus in der Stadt ist angewiesen, dir ein Mahl zuzubereiten. Einer von meinen Männern wird es abholen.«

Der Kerkermeister zitterte, und Mary Rose sah, dass er Angst hatte. Das war kein Wunder. Ihr Vater war ein mächtiger Mann in dieser Gegend. »Ich wünsche keinen eigenen Raum. Ich ziehe es vor, in die Zelle zurückzukehren, in der ich zuvor war.«

Der Mann runzelte die Stirn und kratzte sich am Kopf, als wäre er verwirrt. »Warum willst du zu dem geifernden Gesindel zurück? Du bist dort sicher nicht unter deinesgleichen.«

Doch sie nickte entschlossen, wobei sich Erleichterung in ihrer Brust über die Gewissheit breitmachte, dass sie die richtige Entscheidung traf. »Sie sind jetzt meine Familie. Ich werde dafür sorgen, dass jede einzelne der Reihe nach das warme Mahl verzehrt, das für mich bestimmt ist.«

Der Kerkermeister stieß ein kurzes, abgehacktes Lachen aus. »Nun weiß ich, dass du wahrhaftig den Verstand verloren hast. Aber wenn dies dein Wunsch ist, dann soll es so sein. Das heißt natürlich, nur solange das Edelmetall deines Vaters ausreicht.«

»Bis dahin«, erwiderte Mary Rose, »wird mein Papa zurück sein und mich besuchen.«

Wieder ertönte ein meckerndes Lachen. »Sei dir da nicht so sicher, mein feines Fräulein. Sei dir da nicht so sicher.«

Als Mary Rose kräftig genug war, um wieder in ihre überfüllte Zelle zurückzukehren, beschlichen sie Zweifel, ob sie nicht voreilig entschieden hatte. Während ihrer Abwesenheit hatte der Kerkermeister eine neue Regel eingeführt, wonach die Frauen eine Stunde am Tag die Tretmühle bedienen sollten. Gerüchte besagten, dass die Männer diese Arbeit sieben Stunden am Tag machen mussten.

Nie zuvor in ihrem Leben hatte Mary Rose solch eine grausame Apparatur gesehen! Nicht einmal auf der Landausstellung, wo sie einmal beobachtet hatte, dass der Besitzer der Taverne sich zur Belustigung seiner Freunde aus freien Stücken an den Pranger fesseln ließ. Aber dieses Monster hier lud seine Gäste nicht zur Heiterkeit oder Zerstreuung ein, und es gab keine Möglichkeit, sich vor seinem anhaltenden Ruf zu drücken. Stattdessen wurden sie und die anderen Frauen höchst unsanft unter dem Gelächter des Kerkermeistersohns dorthin geschubst und gestoßen, der ihnen befahl, auf das Laufrad zu steigen, als wäre es ein Pferd.

Die Vorrichtung hatte, wie Mary Rose zählte, vierundzwanzig Stufen, die alle ungefähr zwanzig Zentimeter weit auseinanderlagen. Ihrer täglichen Spaziergänge beraubt, war Mary

Rose nicht mehr viel Bewegung gewohnt. Nun schmerzte jeder Knochen in ihrem Leib, während sie sich zwang, dieses riesige Mahlwerk in Bewegung zu halten, das aus Korn Mehl für Brot machte. Die einzige Möglichkeit, um diese Tortur zu überstehen, war, das alte Lied ihrer Mutter zu singen, während das Rad sich langsam drehte.

»Alle Dinge kehren an den Anfang zurück. Lass Tapferkeit deine Lanze sein und bleibe deinem Herzen treu, mein Kind. Dann wirst du nie etwas zu fürchten haben!«

Die anderen folgten ihrem Beispiel. Obwohl jedes einzelne Wort anstrengend war, half ihnen das Singen, die Arbeit durchzustehen. Wenn ihnen schließlich erlaubt wurde, von der Mühle zu steigen, sank Mary Rose in eine dumpfe Benommenheit und brach erschöpft auf ihrem steifen Holzbrett zusammen.

Wären nicht diese Frauen gewesen, die den Wunsch hatten, ihren Unterricht fortzusetzen, hätte Mary Rose sich vielleicht geschlagen gegeben. Aber sie war, sagte sie sich, aus härterem Holz geschnitzt! Sie musste um der anderen willen existieren.

»Bitte, zeig uns, wie die Buchstaben geformt werden«, flehte eine, ein heimatloses Kind, das sie an die arme kleine Dora erinnerte. Also begann Mary Rose' Nadel einmal mehr, in den Stoff ein- und wieder aufzutauchen, während sie die Beschriftung eines Apfelbaums stickte. Dann konnte die Kleine mit dem Finger den genauen Umriss in den Staub auf dem Boden nachzeichnen. »Das ist ein A«, erklärte Mary Rose. »A wie Apfel.«

»Sag mir, was ist das?«, fragte das Kind ängstlich, als würde ein Apfel beißen.

War es möglich, dass es nie einen gekostet hatte? »Das ist eine süße Frucht, die bei meinem Nachbarn im Obstgarten wächst.« Diese Erklärung kam von der kräftigen Frau mit der

Augenklappe, die abseits in der Ecke saß. »Sie ist der Grund, warum ich an diesem Ort hier bin. Mein Nachbar hat mich vor Gericht gebracht, weil ich seine Äpfel gestohlen habe, um sie zu verkaufen und von dem Geld meine Kinder zu ernähren.«

Mary Rose' Herz machte einen kleinen Satz. »Wo sind deine Kinder jetzt?«

Die Frau wischte sich mit der Hand über die Nase und schnipste dann ein gelbes Kügelchen auf ihr Knie. »Eins ging mit mir hier rein, aber es ist letztes Jahr gestorben. Was aus den anderen drei geworden ist, weiß ich nicht.«

Wie furchtbar! Statt die Frau zu hassen, weil sie den Tod ihrer Freundin Eliza herbeigeführt hatte, empfand Mary Rose nun Mitleid mit ihr. Als der Kerkermeister mit ihrer warmen Mahlzeit, einem Lammkotelett-Gericht, den Raum betrat, schickte sie ihn zu der Frau mit dem beschädigten Auge. »Bitte, sie soll heute an der Reihe sein«, erklärte sie. Die Frau machte ein Gesicht, als wäre ihr soeben ein zweifelhaftes Geschenk zuteilgeworden. »Wenn du dich nicht traust, werde ich es einer anderen geben«, bemerkte Mary Rose in beiläufigem Ton und zuckte mit den Achseln.

Daraufhin stürzte sich die Frau auf das Essen, griff mit beiden Händen zu und schaufelte alles gierig in sich hinein. Sie sagte keinen Ton, bis sie fertig war, und selbst dann stieß sie nur ein lautes, anerkennendes Rülpsen aus. Ohne auch nur ein Wort des Danks rollte sie sich wieder auf ihrem Holzbrett zusammen, um zu schlafen. Allerdings hielt sie sich am nächsten Morgen mit Sticheleien gegen Mary Rose zurück und nannte sie auch nicht mehr »die Mörderin«. Stattdessen gab sie ihr den Namen »Stickerin«.

Die Monate verstrichen, und mit ihnen schritt das neue Sticktuch voran. Laut den Strichen an der Wand war es sicher bald Zeit für den nächsten Besuch ihres Vaters! Mary Rose' Herz begann vor Aufregung schneller zu klopfen, und sie stickte bis spät in die Nacht in einem Halbdunkel, das nur vom Mondlicht erhellt wurde, damit das Tuch rechtzeitig fertig wurde.

»Das ist in der Tat sehr hübsch«, bemerkte Vater Benedikt, als er Mary Rose einen Besuch abstattete. Sie hatte bemerkt, dass er ihr inzwischen mehr Zeit widmete, als hätte er erkannt, dass sie sich von den anderen Frauen unterschied. Dies freute sie einerseits und kam ihr andererseits zutiefst ungerecht vor.

Sie nahm das Kompliment mit einem Nicken entgegen. »Es ist für meinen Papa, wenn er mich wieder besuchen kommt.«

Ein Anflug von Mitleid schien über das Gesicht des Kaplans zu huschen, als wüsste er etwas, das sie nicht wusste. Mary Rose senkte wieder den Kopf, um den Stechpalmenstrauch zu vollenden, dessen Blätter in einem leuchtenden Grün mit kleinen roten Punkten herausragten. »Er wird kommen«, sagte sie halblaut, als müsste sie sich selbst überzeugen. »Er wird kommen.«

Der Gefängniskaplan erwiderte nichts darauf und strich stattdessen mit dem Finger über den eingestickten Vers. »*Unschuldig bin ich?*«, las er mit trauriger Stimme. »Mein Kind, wann wirst du endlich einsehen, dass deine Haltung töricht ist?«

»Niemals«, hob sie an, aber noch während sie sprach, legte Vater Benedikt sanft eine Hand auf ihren Arm. »Ich bin gekommen, um dir etwas mitzuteilen«, sagte er. »Auf dich wartet ein Besucher, aber steigere dich gar nicht erst hinein. Es ist nicht die Person, die du erwartest. Komm mit! Und schau nicht so erschrocken! Dein Besucher hat den Kerkermeister für dieses Sonderrecht bezahlt.«

Vielleicht, sagte Mary Rose sich, war es wieder Letitia. Falls ja, würde sie sie darum bitten, das Sticktuch, das nun vollendet war, Papa zu überbringen. Doch als der Gefängniskaplan sie in einen Raum mit einem Tisch, auf dem ein Krug Wasser stand, führte, stieß sie einen kleinen Schrei aus.

Es war Henry, ihr teurer Cousin! Allerdings älter als bei ihrer letzten Begegnung und mit einem vollen Backenbart, der ihn sogar noch attraktiver aussehen ließ. Seine sonst so knabenhafte Erscheinung war zu der eines Mannes gereift, und sein Auftreten war selbstsicherer, sodass kaum mehr etwas auf den zaghaften jungen Mann hindeutete, den sie zuletzt zu Gesicht bekommen hatte. Aber er war es eindeutig.

»Ich habe befürchtet, du hättest dich von mir abgewandt!«, rief sie und lief zu ihm in der Erwartung, dass er zur Begrüßung ihre Hände ergriff. »Ist Tante Sophia auch hier?«

Henry schüttelte den Kopf, und sie meinte, Bestürzung in seiner Miene aufflackern zu sehen, während er vor ihr zurückwich. Ihr wurde schwer ums Herz, als er in seinem Eifer, sie nicht zu nah an sich herankommen zu lassen, beinahe den Stuhl neben dem Tisch umstieß. »Du hast dich sehr verändert«, sagte er in leisem Ton, der seine Abscheu nicht verbarg. Ein kalter Schauer durchfuhr sie.

»Es ist hier an diesem Ort nicht einfach, sich wie eine Dame zu kleiden«, erwiderte sie stockend. »Bitte, sag mir, ist mein Papa wohlauf?«

Henrys Mund zuckte, ein Zeichen dafür, wie sie aus früheren Zeiten in Erinnerung hatte, dass er nervös war. »Er hält sich noch in Frankreich auf.«

Enttäuschung machte sich in ihr breit. »Ich dachte eigentlich, er würde mich in Kürze besuchen kommen. Dennoch bin ich dankbar für deine Anteilnahme, lieber Henry.«

Daraufhin machte er eine kleine ruckartige Bewegung und

tupfte sich mit einem Taschentuch über die Stirn, die vor Schweiß glänzte, obwohl es nicht warm war. »Ich komme in einer bestimmten Absicht, Cousine.«

Sie wartete mit angehaltenem Atem, der wie ein Spinnennetz zwischen ihnen hing, während sie vor Freude kaum Luft zu holen wagte. Er war gekommen, um ihr seine Liebe zu erklären! Er war gekommen, um ihr zu versprechen, dass er auf sie warten würde, bis man sie aus diesem schrecklichen Kerker entließ. Sie konnte es sich nun vorstellen. Sie würden in aller Stille heiraten, und Mary Rose würde ihr restliches Leben der Aufgabe widmen, ihn glücklich zu machen. Sie würden in einem Haus am Meer leben, und Papa, bewegt von der Treue seines Neffen, würde erklären, dass er gewusst habe, dass seine Tochter unschuldig war.

Dann zerschnitten Henrys Worte ihre süßen Fantasien. »Ich bin gekommen, um dir zu sagen, dass ich mich vermählen werde.«

Vermählen! Vermählen? Mary Rose musste an den Vorschlag ihrer Tante denken, sie und Henry zusammenzuführen. Wie töricht von ihr zu glauben, dass es dazu immer noch kommen könnte.

»Sag mir, mit wem wirst du dich vermählen?«, fragte sie in einem Ton, der, wie sie hoffte, ihre tiefe Enttäuschung verbarg.

Sein Blick flackerte, unfähig, ihrem standzuhalten. »Mit Miss Letitia Mills.«

Mary Rose entfuhr ein kleiner Schrei. Letitia! Ihre alte Freundin? Dann zwang sie sich zu sprechen. »Ich freue mich sehr für euch.«

»Ich bin gekommen, um dich um einen Gefallen zu ersuchen.« Wieder mied Henry ihren Blick. »Meine Mutter lässt dir ausrichten, dass der Familienring in meinen Besitz wechseln sollte, weil er meiner zukünftigen Frau zusteht. Bitte sag mir, wo er versteckt ist.«

Das war also der Grund, warum ihr Cousin sie endlich besuchte! Nicht um ihr Trost oder freundliche Worte zu bringen, sondern um sie noch mehr zu kränken. »Ich besitze den Ring nicht«, antwortete sie kühl. »Ich habe ihn nicht gestohlen. Und ebenso wenig habe ich meinen Bruder umgebracht.«

Henrys Gesichtsfarbe verdunkelte sich. »Meine verehrte Mutter hat vorausgesehen, dass du so reagieren wirst. Ich muss dir leider mitteilen, dass ihre Gesundheit angegriffen ist. Dieses Unwohlsein ist zum Teil auf ihr bitteres Bedauern darüber zurückzuführen, dass sie Véronique als deine Gouvernante in unsere Gesellschaft einführte und damit unwissentlich dieses ganze Verderben auslöste. Es wird sie bekümmern zu erfahren, dass die vielen Monate der Buße in der Zuchtanstalt dich nicht erweicht haben.«

»In der Tat, das haben sie nicht.« Mary Rose hörte, wie ihr Ton sich verhärtete. »Vielmehr haben sie mich erst recht gelehrt, wie wichtig es ist, die Wahrheit zu sagen. Fort mit dir, Henry, und richte deiner Mutter aus, dass sie den Ring woanders suchen muss. Vielleicht hat Véronique ihn selbst versteckt, um Unheil anzurichten.«

Sie las in der Miene ihres Cousins, dass diese Möglichkeit tatsächlich bereits diskutiert worden war. Während er unbeholfen versuchte, versöhnliche Worte zu finden, kehrte sie ihm den Rücken zu. »Wache!«, rief sie laut. »Mein Besucher wünscht zu gehen.« Erst dann fiel ihr das Sticktuch in ihrer Hand ein. »Ich bitte dich, Henry, gib das hier meinem Papa. Und falls du auch nur einen Funken Mitgefühl für mich übrighast, möchte ich dich ersuchen, deine Anverlobte zu fragen, ob sie mir weiteres Material zukommen lassen kann, als ein Zeichen unserer alten Freundschaft. Das Sticken ist die einzige Beschäftigung, die mich davor bewahrt, in diesem Höllenpfuhl, in den ich nicht gehöre, den Verstand zu verlieren.«

Er nickte, und für einen Augenblick glaubte sie, eine Spur von Mitleid über sein Gesicht huschen zu sehen. »Ich werde mein Bestes tun.«

Das war immerhin etwas. In diesem Moment schwang die Tür auf. Lieber Gott. Mary Rose spürte ein tiefes Unbehagen, als Jack, der Sohn des Kerkermeisters, erschien statt der Kerkermeister selbst. Er packte sie grob am Arm und führte sie aus dem Raum und durch einen der Mauergänge. Das Gespräch mit Henry hatte Mary Rose körperlich aus dem Gleichgewicht gebracht und noch mehr seelisch. »Bitte«, sagte sie verlegen, »ich muss mich erleichtern.«

Widerwillig und leise fluchend stieß Jack sie in einen kleinen Raum, der links abzweigte. Es war ein Abort, der für Besucher bestimmt zu sein schien. An der Wand hing sogar ein Spiegel. Neugierig, weil sie seit vielen Monaten keinen Spiegel mehr gesehen hatte, wagte Mary Rose nervös einen Blick. Zuerst erkannte sie das fremde Gesicht mit den verfilzten Haaren und dem harten Ausdruck nicht, das ihr entgegenstarrte.

Aber es war der Anblick ihrer Haut, der Mary Rose bis ins Mark erschütterte. Kein Wunder, dass Henry von ihrer äußeren Erscheinung so sehr abgestoßen war! Ihre Haut war mit kleinen tiefen Pockennarben übersät. Bestimmt konnte nun niemand sie jemals lieben, dachte sie still. Nicht einmal ihr Vater.

»Schockiert dich dein Anblick?«, knurrte eine Stimme hinter ihr. Sie fuhr ruckartig herum, während Jack sich zwischen ihr und dem Ausgang positionierte. Verzweifelt versuchte sie, nach hinten auszuweichen, als er mit seinem schmutzigen Wurstfinger mit einer Intimität über ihr vernarbtes Gesicht strich, die sicherlich höchst despektierlich war. »Die Pocken haben dich entstellt, das kann ich dir versichern. Nicht viele Männer werden noch erpicht darauf sein, dich zu berühren.«

Seine Hand wanderte nun an ihrem Körper herunter, zeichnete den Umriss ihrer Brust nach. »Nein, bleib, wo du bist. Du solltest dankbar sein für meine Aufmerksamkeiten.« Er lachte, und sie zuckte vor seinem fischigen Atem zurück.

In ihrer Angst versuchte sie zu schreien, aber er presste ihr eine Hand auf den Mund, während er mit der anderen ihren Rock hochraffte. Als sie versuchte, ihn zu treten, wich er geschickt zur Seite aus und lachte, als wäre das alles ein Spiel. Plötzlich ertönte hinter ihnen eine laute Stimme.

»Jack! In Gottes Namen, was machst du da?«

Es war der Kerkermeister! Noch nie war Mary Rose über seinen Anblick so froh gewesen. Doch statt Reue zu zeigen, wandte sich Jack grinsend ab. »Ich habe nur Myladys Rock gerichtet, Vater. Sie bat mich darum.«

Mary Rose wollte protestieren, aber sie hatte für ein paar Sekunden ihre Sprache verloren. »Nein«, brachte sie schließlich stammelnd heraus, während ihr bewusst war, dass sich schlagartig eine Röte auf ihrem Hals abzeichnete. »Das ist nicht wahr.«

»Ach nein?« Die Miene des Kerkermeisters war starr und ungläubig, aber ob es sein Sohn war, dem er nicht traute, oder Mary Rose, war schwer zu sagen. So oder so, sein Mund hatte sich missbilligend verzogen. »Scher dich fort, Jack. Ich selbst werde die Gefangene 112 in ihre Zelle zurückbringen.«

46

Die Begebenheit mit dem Kerkermeistersohn hatte Mary Rose so sehr verängstigt, dass sie von da an ihre Sticknadel immer zum Schutz bei sich trug. Unterdessen hielt Letitia, was Henry versprochen hatte. Innerhalb kurzer Zeit nach seinem Besuch traf ein Päckchen ein, das wieder ein Stück Leinenstoff und Seidenbänder enthielt. Auch eine Notiz war beigefügt.

Liebe Mary Rose,
ich bete täglich für dich und hoffe, du kannst dich in deinem Herzen für Henry und mich freuen. Ich werde dir jedes Jahr neues Material schicken.
L.

Das war alles? Mary Rose vermutete, dass ihre alte Freundin mehr geschrieben hätte, wenn es ihr erlaubt gewesen wäre. Sie konnte sich nur allzu deutlich vorstellen, wie Letitias Bräutigam hinter ihr stand, während diese ihre Nachricht schrieb. Ihre weichen Locken würden in ihr freundliches Gesicht fallen, und vielleicht würde sie an glücklichere Tage denken, in denen sie und Mary Rose viele gemeinsame Stunden miteinander verbracht hatten.

Vielleicht war es richtig, sagte sich Mary Rose, dass Henry Letitia heiratete. Schließlich war es nicht so, als würde sie selbst in Frage kommen. Nicht solange sie hier drinnen war! Außerdem, wie konnte sie ihrer lieben Freundin dieses Glück verwehren? Und war es nicht außerordentlich freundlich von Letitia, ihr Nachschub zu senden? Mary Rose befühlte liebevoll die Seidenbänder, während sie spürte, dass die Berührung des kühlen Stoffs ihre Seele beruhigte.

Abend für Abend beugte sie den Kopf über ihr nächstes Sticktuch, obwohl ihr Rücken und ihre Beine von der Zwangsarbeit auf der Tretmühle schmerzten. Um sie herum sammelte sich dann eine kleine Schar Bewunderinnen, von denen die einen darauf erpicht waren, ihre Stiche mitzuzählen, während die anderen Erholung von dem Keifen und Spucken der übrigen Frauen im Raum suchten. Inspiriert von dem Lied aus Mary Rose' Kindheit, wurden nun auch andere Melodien vorgetragen, manche davon mit Texten, die Mary Rose noch nie zuvor gehört hatte. Aber das alles half, um nicht den Mut zu verlieren.

Nach einigen Wochen war ein Teil ihrer Zuschauerinnen in der Lage, selbstständig zu zählen, ohne ihre Führung zu benötigen. »Eins, zwei, drei«, zählten sie im Chor, und eines denkwürdigen Tages erreichte die Frau mit dem großen Leibesumfang und der Augenklappe die eindrucksvolle Summe von sechzig. Mary Rose belohnte sie mit einem Applaus und animierte die anderen, ihrem Beispiel zu folgen.

Trotzdem, in Anbetracht des Unglücks, das ihr zu folgen schien und all jene niederstreckte, die sie liebte, war Mary Rose darauf bedacht, niemandem in ihrer kleinen Anhängerschar besondere Aufmerksamkeit zuteilwerden zu lassen. Anderenfalls würde derjenigen sicher ein Unheil widerfahren, so wie dem kleinen Jacob, Dora und Eliza.

Als daher ein weiteres Mädchen, das erst vor kurzem in die Zuchtanstalt eingeliefert worden und in einem ähnlichen

Alter wie Dora war, seinen Namen auf die beschlagene Fensterscheibe schrieb, die mittlerweile im Winterwind und Regen klapperte, lobte Mary Rose es laut. Aber nicht zu sehr, um den Fluch nicht weiterzureichen.

Die Aussicht aus dem Fenster war trostlos. Sie bestand aus Wiesen, die sich weiter erstreckten, als das Auge reichte: eine endlos grüne Landschaft, die sich von Monat zu Monat kaum veränderte und nur wenig Abwechslung bot und dennoch eine heimtückische Erinnerung an die Freiheit war, die die Insassen der Zuchtanstalt verloren hatten.

Aber es gab ein Barometer – eine Uhr, die es den Frauen ermöglichte, die Jahreszeit einzuschätzen. Dabei handelte es sich um eine einsame Eiche, die direkt vor der Gefängnismauer stand. Wenn man sich auf die Zehenspitzen stellte, konnte man den dicken, kräftigen Stamm sehen und die Blätterkrone, die die Form eines riesigen Sonnenschirms hatte.

Dank dieser Eiche, anhand der Farbe ihrer Blätter, war es möglich zu beurteilen, ob gerade Sommer oder Winter oder Frühling oder Herbst herrschte. Tatsächlich erfreute der Baum sich einer solchen Beliebtheit, dass die groß gewachsenen Frauen oft aufgefordert wurden, die kurz geratenen auf ihre Schultern zu heben. Auf diese Weise konnten sie beobachten, wie das Jahr voranschritt, und einen Funken Hoffnung in ihren Herzen nähren – die Hoffnung, dass sie eines Tages frei sein würden.

Es war diese Eiche, die Mary Rose nun studierte. Sie musste sich in Erinnerung rufen, wie die Blätter sich krümmten und neigten, um auf ihrem Sticktuch die Form richtig darzustellen. Mit der Zeit trieb der Baum wieder grüne Blätter aus, strotzend vor Begeisterung über ein neues Jahr und einen neuen Anfang. Mary Rose hatte ihr drittes Sticktuch beinahe vollendet.

Drei Sticktücher! Nachdenklich und nicht ohne eine Spur von Stolz betrachtete sie den Leinenstoff vor ihr. Drei Sticktücher – jedes stand für ein Jahr Strafe, und jedes enthielt dieselbe Botschaft an den unbekannten Mörder und erklärte ihre Unschuld.

Doch das letzte war schwieriger anzufertigen gewesen als die ersten beiden. Mary Rose bereitete es zunehmend Mühe, sich an den geliebten Garten ihrer Mutter zu erinnern. Daran, wie die schweren violetten Blütenzweige des Schmetterlingsstrauchs bogenförmig über der fruchtbaren Erde baumelten. Daran, welche Form genau der Apfelbaum hatte und wie groß sein Abstand zu der honigfarbenen Mauer war. Daran, wie die Kohlköpfe und die dicken Bohnen im Gemüsegarten auf der anderen Seite der Mauer aussahen, neben den violetten Artischockenblüten, die wie Kronen im Wind nickten.

Zu ihrer Bestürzung verblassten all diese Bilder in ihrer Erinnerung. Manchmal war sie gezwungen, sich die Pflanzen in ihrer Fantasie auszumalen, statt sie wie früher gewissenhaft abzubilden als eine getreue Dokumentation, so wie Mrs. Hasberry, die Haushälterin, sorgfältig über jeden Kauf und jeden Besuch eines Lieferanten Buch führte.

Tagsüber, wenn Mary Rose zusammen mit den anderen Frauen zu der großen Tretmühle hinausgeführt wurde, die sich wie ein hölzerner Vogel vom Boden erhob und ihr ein enges Gefühl in der Brust sowie Hustenreiz verursachte, versteckte sie ihre Sticksachen sorgfältig unter ihrem Brett.

Dann, eines Tages, als sie sich von der Arbeit zurückschleppte, erblickte sie mit einem Schreck eine Fremde vor ihrer Lagerstatt, die ihr kostbares Sticktuch in den Händen hielt. Die Frau war gekleidet, wie Mary Rose früher gekleidet gewesen war, in edle Seide und mit einem Häubchen. Neben ihr stand ein Mann in feinem Zwirn. Er hatte einen Backenbart, der Mary Rose an Henry erinnerte, und er trug eine Brille.

»Bitte«, sagte Mary Rose erschrocken, »nehmen Sie mir nicht meine Stickerei weg. Sie ist alles, was mir geblieben ist.«

Ein überraschter Ausdruck erschien in den Gesichtern der beiden Fremden, während sie sich zu ihr umwandten. »Ich kann an Ihrer Redeweise erkennen, dass Sie eine Dame sind«, sagte die Frau, und ihr Blick wanderte über Mary Rose' Gesicht und Hals, an denen immer noch der Schweiß hinunterlief. »Seien Sie unbesorgt. Wir haben nicht die Absicht, Ihnen Ihr Stickzeug wegzunehmen. Wir sind lediglich hier, um die Zustände an diesem Ort zu überprüfen.«

Unterdessen nahm der Mann seine Brille ab und polierte sie rasch mit einem Taschentuch, bevor er sie wieder auf seine recht schmale, glänzende Nase setzte. In der kurzen Zeit, in der seine Augen unbedeckt waren, beobachtete Mary Rose, dass sie klein waren und umherhuschten wie die eines nervösen Tiers. »Ich nehme an, Sie sind die berüchtigte Mary Rose, die ihren kleinen Bruder ermordet hat.«

Dann würde ihr Sticktuch also doch konfisziert werden! Und dabei war es fast vollendet. Mary Rose entriss der Frau ihre kostbare Handarbeit und lief damit in eine Ecke, wo sie sich hinkauerte. »Ich bin keine Mörderin, aber wenn Sie mir das hier wegnehmen, ist das mein sicherer Tod.«

Heiße Tränen der Wut rannen über ihr Gesicht. »Ich bitte nicht allein für mich um Milde, sondern auch für die anderen unglücklichen Seelen in diesem Raum, die durch meine Arbeit das Alphabet lernen.«

Der Mann runzelte die Stirn. »Wie das?«

In diesem Moment schaltete sich das junge Mädchen ein, das Dora so ähnlich war. »Wenn sie den ersten Stich in das Tuch setzt, sage ich ›eins‹. Wenn sie den nächsten setzt, sage ich

›zwei‹. Ich kann schon bis zehn zählen, aber die dort drüben kommt siebenmal so weit. Ich habe auch die Buchstaben unter den Pflanzen gelernt und kann nun meinen Namen auf das Fenster schreiben, aber nur, wenn es draußen kalt genug ist, dass die Scheibe beschlägt, sonst kann man ihn nicht sehen.«

Das alles brach mit einer solchen Energie aus dem Mädchen heraus, ohne eine Pause zwischen den Worten, dass die Frau in der feinen purpurnen Seide entzückt ausrief: »Das ist ganz erstaunlich, oder nicht, Mr. Salcombe?«

Der backenbärtige Gentleman neigte in kurzer Bejahung den Kopf. »Gestatten Sie uns, Ihnen den Grund unseres Besuchs zu erklären. Ich begleite Mrs. Yates, eine Repräsentantin der Gesellschaft britischer Damen zur Förderung der Reformation weiblicher Gefangener.«

»Wovon redet er?«, fragte die Frau mit der Augenklappe.

Mary Rose war selbst verwirrt. »Bitte, erläutern Sie uns das näher«, bat sie höflich.

»Meine Liebe.« Die Frau setzte sich nun auf Mary Rose' Brett und forderte sie auf, neben ihr Platz zu nehmen, als wären sie zu Hause in Papas Salon. »Haben Sie schon einmal von Mrs. Fry gehört?«

Mary Rose schüttelte den Kopf. »Das kann ich nicht behaupten.«

»Mrs. Fry«, fiel der Gentleman ein, »war bis zu ihrem vorzeitigen Ableben eine glühende Verfechterin von Gefängnisreformen. So trat sie dafür ein, dass männliche und weibliche Gefangene nicht mehr in unmittelbarer Nähe zueinander untergebracht sein sollten …«

»Dafür ist es wohl ein bisschen zu spät!«, kicherte jemand und zeigte auf eine junge Frau, deren angeschwollener Bauch erkennen ließ, dass sie schwanger war. »Ihr Bauch war flach wie ein Brett, als sie hier ankam. Einer der Männer hat sie im Hof besprungen, und bald werden wir ein weiteres Maul zu füttern haben. Gott möge uns beistehen.«

Ein lautes Gekicher ging durch die Zelle, während die Dame in Maulbeerseide missbilligend die Lippen schürzte. Mary Rose hoffte inständig, dass ihre Geringschätzung sie nicht einbezog. Hatte die Frau vorhin nicht gesagt, dass sie an ihrer Redeweise erkennen würde, dass sie eine Dame vor sich hatte? Doch äußerlich unterschied Mary Rose sich nicht von den anderen Frauen, und ihr war zudem bewusst, dass sie sich ungehobelte Manieren angewöhnt hatte, die sie früher nie gezeigt hätte, beispielsweise dass sie sich gierig auf jede Schale Haferschleim oder jedes Stück Brot stürzte, wenn das Essen verteilt wurde, um es dann wie ein Tier hinunterzuschlingen.

»Unser Ziel ist es, Mrs. Frys Arbeit fortzusetzen und den Bildungsstand zu verbessern«, erklärte die Besucherin in einem Ton, der jeder weiteren Unterbrechung trotzte. »Ich habe den Eindruck, dass Sie, Mary Rose, bereits einen Anfang gemacht haben, und dafür sind wir Ihnen dankbar. Sollten wir die Möglichkeit haben, Sie mit Material zu versorgen, würden Sie dann mit Ihrer guten Arbeit fortfahren?«

Mary Rose stieß ein kurzes, heiseres Lachen aus. »Das würde ich sehr gerne, wenn mehr Zeit dafür übrig wäre. Aber wir werden gezwungen, deutlich mehr Stunden als zuvor auf der Tretmühle zu leisten. Dies verdanken wir dem Sohn des Gefängnisleiters, der damit jene bestraft, die ihm missfallen. Aus diesem Grund kann ich mich erst am frühen Abend meiner Handarbeit widmen, bis die Sonne untergeht.«

Der Gentleman sog scharf die Luft ein. »Die Frauen werden hier ebenso zu schwerer körperlicher Zwangsarbeit herangezogen wie die Männer? Das deckt sich nicht mit dem, was der Gefängnisleiter uns erzählt hat.«

Die Frau mit der Augenklappe gackerte. »Glauben Sie bloß

nicht, was Sie innerhalb dieser Mauern zu hören bekommen. Am wenigsten dem Mann, der sich Gefängnisleiter nennt, aber genauso gut der Schatzmeister sein könnte bei dem ganzen Geld, das er im Austausch für eine Extraportion Haferschleim denen abknöpft, die es haben.«

Die Brille des Gentlemans wurde wieder abgenommen und poliert, dieses Mal mit mehr Nachdruck. »Wir werden Untersuchungen einleiten«, erklärte er entschlossen, »um zu überprüfen, ob das der Wahrheit entspricht.« Dann, ohne Vorwarnung, klopfte er mit dem silbernen Knauf seines Stocks an die Tür. »Wache, lassen Sie uns heraus. Wir haben genug gesehen.«

Mary Rose wusste nicht genau, was sie von dem Besuch der Fremden halten sollte. Aber bei den anderen Frauen löste er Begeisterung aus. »Vielleicht erhalten wir nun endlich mehr Fleisch«, flüsterte die junge Schwangere mit einem hoffnungsvollen Ton in der Stimme.

Fleisch wäre in der Tat gut, dachte Mary Rose, obwohl ihr Magen inzwischen so stark geschrumpft war, dass er keine Hungerattacken mehr auslöste. Vielleicht hatte er sich an die mickrigen Portionen gewöhnt, aber das war gut, oder nicht? Allerdings würde sie sicher nicht Nein sagen zu Feder und Papier, um ihre Gefährtinnen weiter unterrichten zu können.

Doch über Nacht erschienen weder bessere Kost noch Lehrmaterial. Stattdessen ging das Leben weiter wie zuvor. Dann, gerade als Mary Rose den letzten scharlachroten Stich in ihrem Tuch gesetzt hatte, ereigneten sich zwei monumentale Dinge. »Alle mal herhören!«, brüllte der Kerkermeister eines warmen Frühlingsmorgens. »Von heute an braucht ihr nicht mehr im Tretwerk zu arbeiten!«

Zuerst herrschte unter den Frauen eine erschrockene Ungläubigkeit, der gleich darauf zustimmender Jubel und ein paar

Freudentränen folgten. »Ihr seid wohl weich geworden, wie?«, bemerkte die Dunkelhäutige, die wegen einer »zweifelhaften Forderung«, die sich »jeden Tag« aufklären würde, im Gefängnis saß.

»Stattdessen«, fuhr der Kerkermeister fort, »werdet ihr unter der Aufsicht von Miss Combe von der Gesellschaft britischer Damen unterrichtet.« Er nickte Mary Rose zu. »Du wirst ihr assistieren, und wehe, du benimmst dich nicht anständig.«

Sie nickte, begeistert über den Sonderstatus, den er ihr zuerkannte. »Außerdem werdet ihr auf andere Schlafräume aufgeteilt«, erklärte er barsch. »Anscheinend ist diese Zelle hier nicht fein genug für Gesetzesbrecherinnen. Stürmt nicht alle gleichzeitig los. Verhaltet euch ruhig, oder ich hole die neunschwänzige Katze heraus.«

Sofort wurde es still. Sie alle kannten den Kerkermeister gut genug, um zu wissen, dass dies keine leere Drohung war. Innerhalb von ein paar Wochen fand Mary Rose sich in einer kleineren Zelle wieder mit einer Gruppe von acht Frauen, darunter das Mädchen, das so große Ähnlichkeit mit Dora hatte, die Frau mit der Augenklappe, die Dunkelhäutige und die Frau, die ein Kind erwartete. Der Raum war immer noch feucht und zugig, aber es gab mehr Luft zum Atmen, da sie nun von weniger Frauen verbraucht wurde.

Unterdessen juckte es Mary Rose in den Fingern, mit dem nächsten Sticktuch zu beginnen, nachdem das aktuelle fertig war und sorgfältig zusammengerollt unter ihrem Brett lag. Wäre der neue »Bildungsunterricht« nicht gewesen, wäre sie vor Langeweile wahnsinnig geworden. Allerdings war Miss Combe mit ihrer Hakennase und ihrem schmalen Mund sehr fordernd und behandelte Mary Rose wie ein Dienstmädchen. »Du musst deinen Mitgefangenen beibringen, wie sie ihre Schrift verfeinern können«, beschied sie ihr ungeduldig.

Leichter gesagt als getan! Die derben rauen Hände ihrer Schülerinnen waren eher daran gewöhnt, einen Bierkrug zu halten als eine Feder. Ein ums andere Mal musste Mary Rose ihnen zeigen, wie man die Finger richtig um den Kiel platzierte. Sie musste den Frauen auch begreiflich machen, dass ein Strich mit einem Kringel auf der rechten Seite eine ganz andere Bedeutung hatte als ein Strich mit einem Kringel auf der linken Seite.

Dann trat das zweite außergewöhnliche Ereignis ein. »Du hast einen Besucher«, verkündete der Kerkermeister eines Tages. »Beeil dich. Du darfst ihn nicht warten lassen.«

Es würde sicher wieder Henry sein, dachte Mary Rose mit einem aufgeregten Flattern in der Brust, während sie eilig durch den Gang trippelte, ein Arm umklammert von dem Kerkermeister, in der anderen Hand ihr kostbares Sticktuch. Vielleicht hatte er es sich anders überlegt mit Letitia! Natürlich wünschte sie ihrer alten Freundin nicht, dass sie unglücklich war, aber wie wunderbar würde es sein, wenn Henry erkannt hätte, dass *sie* diejenige war, die er in Wahrheit liebte. Sie malte sich aus, wie er vor ihr niederkniete und seine freundlichen braunen Augen sie flehentlich anblickten, während er den Arm ausbreitete und ihr seine unsterbliche Liebe erklärte.

»Du bist es, die ich anbete«, würde er ihr, auf Knien liegend, gestehen. »Ich weiß, dass du nicht imstande bist, ein derart schlimmes Verbrechen wie einen Mord zu begehen. Ich störe mich nicht an deinem vernarbten Gesicht. Es ist dein inneres Ich, das ich liebe. Bitte, erweise mir die Ehre und werde meine Frau.«

Aber nachdem der Kerkermeister sie unsanft durch eine Tür gestoßen hatte, starrte sie auf den alten grauhaarigen Mann mit dem Silberstock, der da auf einem Stuhl saß.

»Papa?«, flüsterte sie. »Papa? Bist du es wirklich?«

»Mein Kind.«

Ihr Vater sagte die Worte trocken, als würde er zum ersten Mal ihren Klang ausprobieren. Wie konnte er so emotionslos sein!

Dann sah sie, dass er die Narben in ihrem Gesicht musterte. »Ich habe gehört, du warst krank«, sagte er leise. »Aber mir war nicht bewusst, wie sehr du dich verändert hast.«

Sie konnte kaum atmen mit dem Kloß in ihrer Kehle. »Du hast dich auch verändert, Papa. Es ist viel Zeit vergangen, seit wir uns das letzte Mal gesehen haben.«

Zögernd streckte sie die Hände in einer Milde heischenden Geste zu ihm aus, aber er blickte sie nur bekümmert an und schüttelte den Kopf. »Ich bin auf Bitten des Gefängniskaplans hier. Aber nun muss ich feststellen, dass du von mir erwartest, dass ich dir dein abscheuliches Verbrechen vergebe.« Seine Miene zuckte gequält, und er streifte mit den Fingern durch sein schütteres graues Haar. »Ich fürchte, mein Herz kann sich nicht dazu überwinden.«

Sie hörte ihre Stimme ansteigen, als wäre es nicht ihre eigene. »Ich habe es nicht getan, Papa. Ich habe meinen kleinen Bruder nicht ermordet. Du musst mir glauben! Hast du meine Sticktücher nicht erhalten? Hast du sie dir nicht sorgfältig angeschaut?«

Er wandte ihr sein Profil zu, und sie konnte die Spuren des Alters in seinem Gesicht sehen. »Doch, das habe ich getan, aber dein grausamer Reim hat mich lediglich in meiner Haltung bestärkt. Du warst schon immer eine Träumerin mit unglücklichen Höhenflügen deiner Fantasie, Mary Rose, genau wie deine liebe arme Mama. Trotzdem danke ich dem Herrn, dass sie dich jetzt nicht sehen kann.«

Das war nicht fair! »Du irrst dich! Ich bin sicher, dass Mama alles sehen kann und dass sie weiß, wie grausam Véronique sich verhielt, sobald du ihr den Rücken zukehrtest.«

Das Gesicht ihres Vaters wurde nun noch fahler, und in seiner Stimme schwang Zorn. »Was zweifelsohne der Grund dafür war, warum du einen Säugling umgebracht hast. Aber deswegen bin ich heute nicht gekommen. Meine Frau ist nun endlich in der glücklichen Position, wieder guter Hoffnung zu sein.«

Véronique erwartete ein Baby? Wie wundervoll und doch unfair zugleich. Dieses Kind würde sich frei durch das Haus und den Garten bewegen können. Es würde sich an der Liebe seiner Eltern erfreuen, wohingegen sie, Mary Rose, dazu verdammt war, im Innern dieser Gefängnismauern zu leben.

»Sie ist nervös, verständlicherweise.« Ihr Vater wandte sich ihr direkt zu. Seine Augen, ehemals so freundlich und liebevoll, blickten nun streng, als würde er einen ungezogenen Dienstboten tadeln. »Sie ist von der Idee besessen, dass sie, sollte der Ring nicht in ihren Besitz zurückkehren, verflucht ist und ihr Kind verlieren wird.«

Mary Rose warf bestürzt die Hände in die Luft. »Ich weiß nicht, wo der Ring ist. Aber er gehört ihr ohnehin nicht! Mama wollte, dass er an *mich* geht, und nicht an eine Frau, der es gelungen ist, dein Herz zu stehlen.«

Ihr Vater erhob sich. »Ich sehe, es gibt hier nichts mehr zu bereden.«

Tränen brannten in ihren Augen. »Bitte, nimm das hier an dich.« Sie reichte ihm das Sticktuch, das sie erst vor kurzem vollendet hatte.

Er zögerte.

»Ich flehe dich an«, weinte sie.

Er schüttelte den Kopf, und sie sah, dass auch er Tränen in den Augen hatte. Weinte er vor Wut? Oder aus Mitleid?

»Ich werde dich jedes Jahr ein Mal besuchen, Mary Rose, wie es meine Pflicht ist. Das hat mir der Gefängniskaplan erklärt. Aber bei jedem Besuch werde ich dich fragen, ob du deine Schuld eingestehst.«

Sie spürte, wie ihre Hände an der Seite sich verkrampften. »Und ich werde dir eine Antwort darauf geben, Papa. Aber sie wird in Seide gestickt sein, statt in der Luft zu verhallen, damit mein Appell so lange fortbesteht, wie meine Sticktücher existieren. Auf diese Weise werden zukünftige Generationen die Wahrheit erfahren, lange nachdem diese grausamen, böswilligen Verleumdungen verklungen sind.«

Er schüttelte traurig den Kopf. »Dann werde ich mich nun verabschieden, bis wieder ein Jahr verstrichen ist.« Er klopfte mit seinem Stock an die Tür und erhob seine Stimme. »Wache, ich bin hier fertig und wünsche zu gehen.«

Plötzlich jagte ihr das Grauen, einmal mehr alleingelassen zu werden, schreckliche Angst ein. Die Anwesenheit ihres Vaters, so unversöhnlich er sich auch zeigte, war eine scharfe Mahnung daran, wie ihr Leben früher einmal ausgesehen hatte. »Bitte, geh nicht!«, rief sie, während der widerwärtige Sohn des Kerkermeisters mit seinem fischigen Atem sich nun an sie heranschlich. Wütend schlug sie nach ihm. »Lass mich nicht hier, Papa, ich flehe dich an!«

Es nutzte nichts. Er war gegangen, den Kopf tief gesenkt, als würde er sich zwingen, keinen Blick zurückzuwerfen. Weinend ließ sie sich durch den Gang in ihre Zelle zurückführen. Dort sank sie in eine Ecke und schloss die Augen, während sie sich weigerte, den Trost der anderen Frauen anzunehmen, die sich um sie versammelten. Am folgenden Tag brachte der Kerkermeister ihr ein Päckchen. Darin waren ein neues Stück Leinenstoff und eine Auswahl an Seidenbändern. Auf dem beigefügten Kärtchen stand einfach »Von L«.

Langsam fädelte Mary Rose ein Seidenband ein, das die Farbe von Lady Romers Pfauen hatte. »Ein Stich«, flüsterte sie laut, worauf ihre treuen Schülerinnen ihr nachsprachen. »Zwei Stiche«, fuhr sie fort, dieses Mal entschlossener, und die Frauen wiederholten erneut ihre Worte. »Drei Stiche, vier …«

Dann begann sie zu summen. Zunächst leise, dann lauter, während die anderen einstimmten.

»Alle Dinge kehren an den Anfang zurück. Lass Tapferkeit deine Lanze sein und bleibe deinem Herzen treu, mein Kind. Dann wirst du nie etwas zu fürchten haben!«

Eines Tages, sagte sie sich, während ihre Nadel trotzig auf und ab flog und ihre Stimmen mit zunehmender Sicherheit und Beherztheit erschallten, würde Papa die Wahrheit erkennen.

47

Im Verlauf der nächsten paar Monate gedieh ihr neues Sticktuch, zusammen mit der Beliebtheit der Unterrichtsstunden. Allerdings entwickelte Miss Combe einen hartnäckigen trockenen Husten, der vermutlich von der Feuchtigkeit in der Gefängnisanstalt herrührte. Mary Rose wurde nun oft aufgetragen, den Unterricht allein abzuhalten, den sie zudem erweiterte, indem sie eine Singstunde einführte. Diese geriet manchmal so lebhaft, dass der Sohn des Kerkermeisters sie anbrüllte, leiser zu sein.

Dank der Verantwortung, die ihr einen gehobenen Status verlieh, begann Mary Rose, an ihrer miserablen Umgebung Gefallen zu finden. Wie wundervoll es war, Verständnis in den Augen einer Frau aufleuchten zu sehen, wenn diese einen Buchstaben auf ihrem Sticktuch wiederkannte. Und was für eine Freude Mary Rose an dem Tag empfand, als die Frau mit der Augenklappe ihren vollen Namen schreiben konnte. *Mabel Cox.*

Dennoch konnte sie nicht aufhören, an Seamouth House zu denken. Hatte Véronique inzwischen ihr Baby zur Welt gebracht? Falls ja, würde Mary Rose' Brüderchen oder Schwesterchen die gleichen Pausbacken haben wie der kleine Jacob? Die gleichen tiefbraunen Augen, die nach ihr suchten, wenn sie den Raum betrat? Den gleichen festen Griff um ihren Finger?

In solchen Momenten ertappte sie sich dabei, dass sie zu ihrem Stickzeug griff, um die düsteren Gedanken zu verdrängen und sie durch fröhliche zu ersetzen.

Eines Abends, als die Sommersonne noch am Himmel stand, stieß die Frau, die ein Kind unter ihrem Herzen trug, einen schrillen Schrei aus, bevor sie auf dem Steinboden zusammenbrach. Sie begann, sich vor Schmerzen zu winden und aus dem Mund zu schäumen.

»Zu Hilfe!«, rief Mary Rose laut und hämmerte mit den Fäusten gegen die Tür. Als der Kerkermeister erschien, rief er sofort nach der Vorsteherin, die kurz darauf mit zerknittertem Rock angerannt kam, verärgert darüber, dass man sie gestört hatte. »Holt den Gefängnisarzt«, schnaubte sie. »Vielleicht gelingt es ihm noch, das Kind zu retten.«

Das Kind retten? Mary Rose verstand nicht. Wie würde das Kind herauskommen? In den vergangenen Monaten hatte sie fasziniert beobachtet, wie die Taille der angehenden Mutter immer breiter wurde. Hin und wieder durfte sie ihre Hand auf den dicker werdenden Bauch der Frau legen. Wie sehr sie darüber gestaunt hatte, dass die Haut sich gelegentlich ausbeulte, als würde ein großer Fisch darunter schwimmen.

Doch nun, während sie beobachtete, wie der Arzt sich mit einem großen Metallinstrument über die Frau beugte, hatte es den Anschein, als sollte das Baby wie ein riesiger Splitter herausgezogen werden! Die Schreie der Gebärenden waren so entsetzlich, dass sie sich die Ohren zuhalten mussten. »Ich kann gar nicht hinsehen!«, heulte jemand.

Gleich darauf ertönte ein Schrei. Ein dünner Schrei, der zunehmend lauter wurde. Mary Rose spähte zwischen ihren Fingern hindurch und sah in den Händen des Arztes ein blutiges Etwas. »Gebt es mir«, sagte die Mutter schwach. »Seht ihr, es trinkt bereits.«

Gebannt beobachteten Mary Rose und ihre Gefährtinnen, wie das Baby gierig an der Brust sog. Selbst die Vorsteherin wirkte einen Moment lang gerührt. Dann wurden ihre Augen schmal. »Das Balg hatte Glück. Lasst euch das eine Lehre sein! Kein Herumpoussieren mit den Männern!« Sie drohte den umstehenden Frauen mit einem dicken Finger. »Habt ihr mich verstanden?«

Kein Herumpoussieren mit den Männern? Mary Rose hätte beinahe gelacht. Der einzige Mann, den sie jemals gekannt hatte, war ihr Cousin Henry, und der gehörte nun einer anderen. Wie ungerecht, dass der Mörder des kleinen Jacob ihr auch jede Hoffnung auf eine eigene Familie zunichtegemacht hatte.

Im Laufe der nächsten paar Wochen fand eine neue Entwicklung statt. Vater Benedikt beschwor Mary Rose nicht länger, dass sie ihr Verbrechen gestehen sollte. Stattdessen beobachtete er nachdenklich, wie sie für Miss Combe den Unterricht leitete, wenn es dieser zu schlecht ging, um das selbst zu tun.

Gelegentlich kam er sie auch abends besuchen, wenn sie am Fenster saß und in dem verblassenden Licht stickte. »Mein Kind, du wirst dich überanstrengen«, tadelte er sanft.

Sie lächelte traurig. »Ich muss das für meinen Papa machen. Es wird nicht mehr lange dauern, bis er mit Neuigkeiten wiederkehrt. Ich hoffe auf ein neues Brüderchen oder Schwesterchen.«

Aber obwohl die Eiche einmal mehr ihre Blätter verlor und danach wieder frische grüne Knospen trieb, ließ ihr Vater sich nicht sehen. Tatsächlich erschien der Kerkermeister erst, als die Blätter wie orangefarbene und gelbe Motten am Fenster vorbeiflogen, um ihr mitzuteilen, dass sie einen Besucher hatte.

Dieses Mal sah ihr Vater aus, als wäre er um zehn Jahre oder mehr gealtert. Sein Gesicht war faltig, und seine Augen blickten so matt, dass sie nicht mehr als zwei fleischige Schlitze bildeten.

»Du hattest einen kleinen Bruder«, sagte er leise. »Er hat nur wenige Wochen gelebt.«

Eine schreckliche Traurigkeit überkam Mary Rose, während sie ihm tröstend die Hände entgegenstreckte. Aber zu ihrem Kummer wich ihr Vater ihr aus. »Fass mich nicht an. Das ist alles dein Werk. Meine Frau sagt, du hast sie mit einem Fluch belegt, indem du ihr den Ring entwendet hast. Wenn du ihn zurückgeben würdest, wäre alles wieder gut.«

Mary Rose' Lippen spannten sich. »Dann kann ich nur wiederholen, was ich bereits gesagt habe. Ich bin nicht in der Lage, ihn zurückzugeben.«

Ihr Vater erhob sich. »Dann soll es so sein. Wir werden erneut ein Jahr abwarten, damit du es dir anders überlegen kannst.«

Schweigend übergab sie ihm das Sticktuch, und einen Augenblick lang dachte sie, er würde sich dagegen sträuben. Aber dann klemmte er es sich unter den Arm, klopfte an die Tür, um die Wache zu rufen, und ging. Dieses Mal rief Mary Rose ihm nicht hinterher. Stattdessen ließ sie sich zurück in ihre Zelle führen, wo sie auf die Knie sank und für die Seele ihres zweiten kleinen Bruders betete, der gestorben und zu den Engeln gegangen war, bevor sie ihm überhaupt einen Kuss auf seinen flaumigen kleinen Kopf geben konnte.

Im nächsten Jahr wiederholte sich das Muster. Ihr Vater kam sie besuchen, mit Hoffnung in den Augen im Widerspruch zu seinem grauen Gesicht, und eröffnete ihr, dass Véronique erneut »einem freudigen Ereignis« entgegensehe. Wieder bat er sie um den Ring. Und wieder gab Mary Rose ihm ihre Antwort in Form eines weiteren Sticktuchs.

Die nächsten zwölf Monate verstrichen, während derer Mary Rose sich mit ihrer Stickerei und den Unterrichtsstunden beschäftigte. Vater Benedikt saß dabei häufig neben ihr und beobachtete, wie sie den Frauen auf einfühlsame Art beibrachte, das Garn einzufädeln oder ihren Namen zu schreiben. Ihr selbst fiel auf, dass ihre Hände inzwischen trocken und welk aussahen, als wäre die Frische ihrer Jugend längst verschwunden.

Dann kam der nächste Besuch ihres Vaters. Er selbst blieb stumm, aber die Furchen in seinem Gesicht sprachen Bände.

»Wie lange?«, flüsterte Mary Rose.

»Sechs Tage.« Ihr Vater sprach mit brüchiger Stimme. Sein Blick war leer. »Wir dachten, Elizabeth würde es schaffen, aber es sollte nicht sein.«

Elizabeth! Sie hatte eine Schwester verloren. Eine Gefährtin, die ihr sicher eine Freundin und Vertraute geworden wäre. Mary Rose konnte es sich bildlich vorstellen. Sie hätten sich in trauter Zweisamkeit ihrer Stickerei gewidmet und lange Spaziergänge an der Steilküste unternommen, wobei sie sich an den Händen hielten und zusammen unbeschwert lachten.

»Siehst du denn nicht«, fragte sie unter Tränen, »dass zwischen den Todesfällen vielleicht ein Zusammenhang besteht? Es könnte sich um eine Krankheit handeln. Das würde auch erklären, warum Jacob gestorben ist!«

Ihr Vater wich zurück. »Und wie erklärst du dann, dass sein Kopf zerschmettert war?«, entgegnete er kühl. »War das auch eine Krankheit?«

»Ich weiß es nicht!«, schluchzte sie. »Ich weiß es nicht.«

Leise erhob er sich und wandte sich zum Gehen, während sie bitterlich weinend zurückblieb, ihr Sticktuch noch in der Hand. Der Aufseher, dem es nicht gelang, sie von der Stelle zu bewegen, rief Vater Benedikt herbei, der sich neben sie kniete und sie inständig bat, sich zusammenzureißen. »Mein Vater hat nicht einmal Wert darauf gelegt, das Sticktuch mitzunehmen«, brachte sie schließlich hervor.

»Dann werde ich ihm eine Nachricht schicken, dass er es von einem seiner Dienstboten abholen lassen soll. Komm, lass uns gemeinsam niederknien und den Herrn um Vergebung bitten.«

Mary Rose schüttelte den Kopf. »Ich werde Gott nicht um Vergebung bitten für ein Verbrechen, das ich nicht begangen habe. Aber ich will ihn bitten, jenen zu vergeben, die auf meiner Schuld beharren.«

»So sei es«, sagte der Gefängniskaplan leise. »So sei es.« Und trotz ihres Kummers sah Mary Rose, dass er begann, die Möglichkeit in Betracht zu ziehen, dass sie tatsächlich unschuldig war.

Die Hoffnung ließ ein kleines Licht in ihrem Herzen keimen. Eines Tages würde die ganze Welt sehen, dass sie keine Mörderin war. Und dann würde ihr Name endlich reingewaschen sein.

Die Jahre verstrichen. Immer wenn der einsame Baum sein grünes Kleid trug, kam ihr Vater zu Besuch. Aber er erwähnte nie wieder eine weitere Schwangerschaft oder einen weiteren Todesfall. Oft saßen sie einfach nur schweigend da. Manchmal wirkte das beinahe freundlich und erinnerte Mary Rose an die kostbaren Abende vor Véroniques Ankunft, als Papa und sie noch zu zweit gewesen waren.

Hin und wieder brach ihr Vater das Schweigen und erzählte, beinahe beiläufig, eine wichtige Neuigkeit von der Familie. Henry und Letitia hatten inzwischen einen Sohn bekommen. Einen Erben, um den Steinbruch zu übernehmen! Mary Rose spürte einen Anflug von Neid, unterdrückte diesen jedoch mit einem Dankgebet, als sie an die Worte von Vater Benedikt dachte.

Im folgenden Jahr erklärte Papa leise, dass Véronique, erschöpft davon, drei Kinder geboren zu haben, die nicht auf dieser Welt blieben, nach Paris zurückgekehrt sei und sich bei einer Tante aufhalte, um zu genesen. Daraufhin streckte Mary Rose die Hand aus und berührte seinen Arm. »Papa, ich wünschte so sehr, ich könnte bei dir zu Hause sein und deine Einsamkeit lindern.« Sie war froh darüber, dass er ihrer Berührung nicht auswich, wie er das in der Vergangenheit getan hatte, sondern lediglich traurig nickte, als würde dies auch seinem Wunsch entsprechen.

Im Jahr darauf gab es Neuigkeiten von der einfältigen Annie, die schon vor geraumer Zeit den Bäcker geheiratet hatte. Mittlerweile hatte sie ihr achtes Kind zur Welt gebracht. Also hatte ihr ehemaliges Dienstmädchen etwas erreicht, von dem sie, Mary Rose, nicht einmal mehr träumen konnte. Denn sie war nun fast eine alte Jungfer. Sie würde nie einen Babymund an ihrer Brust spüren. Sie würde nie das Vergnügen und die Gesellschaft eines Ehemanns erfahren. All das machte sie umso entschlossener, ihr Glück hier zu finden, unter Frauen, die ihre Hilfe brauchten, und mit einem Vater, der inzwischen in ihrer Gesellschaft zufrieden wirkte.

Ein Jahr später berichtete Papa ihr, dass er viele Dienstboten habe gehen lassen, da außer ihm niemand mehr im Haus war. »Ich würde liebend gern mit dir zurückkehren und für dich sorgen«, sagte sie wieder einmal. Daraufhin – welche Freude! – griff er nach ihrer Hand und drückte sie sanft, und aus dieser Berührung schöpfte sie neue Hoffnung.

Jedes Mal, wenn ihr Vater sie besuchte, präsentierte sie ihm schüchtern ein neues Sticktuch, an dem sie mit Liebe und Hingabe bis spät in die Nacht gearbeitet hatte. Und jedes Mal dankte er ihr mit dieser leisen Traurigkeit, als wäre sie ein Kind, das man beruhigen musste.

Manchmal kam ihr der Gedanke, dass es vielleicht einfacher sein würde, so zu tun, als wäre sie tatsächlich schuld am Tod des kleinen Jacob. Vielleicht würde Papa ihr dann verzeihen können, statt von Verwirrung geplagt zu sein, wie sie an seiner Miene ablesen konnte.

Während die Jahre vergingen, wurde Mary Rose ihrer Stickerei ein wenig überdrüssig. Was für einen Sinn hatten die Tücher, wenn sie Papa nicht von ihrer Unschuld überzeugen konnten? Statt mit ihrem vollen Namen zu signieren, begnügte sie sich folglich nun mit ihren Initialen. Irgendwie wirkte das weniger prahlerisch.

Die Außenwelt war inzwischen nicht mehr verlockend, sondern ein Ort zum Fürchten, weil sie ihr nicht länger vertraut war. Gelegentlich sickerten jedoch Neuigkeiten von draußen herein. Eine neue Gefangene erzählte von einem magischen neuen Licht, das nun anstelle der Gaslaternen auf wundersame Weise die Straßen abends beleuchtete. »Elektrisches Licht«, wurde es genannt, obwohl Mary Rose nicht verstand, wie es funktionierte. Normale Privathäuser wurden inzwischen auf dieselbe magische Weise erhellt, und außerdem gab es etwas, was sich »Telefon« nannte: einen speziellen Apparat, der es einem ermöglichte, mit jemandem am anderen Ende des Landes zu sprechen.

Und das war noch nicht alles. Die ehrwürdige Königin war zur Kaiserin von Indien erklärt worden, ein Land, so weit entfernt, dass es unvorstellbar zu sein schien. Vielleicht würde die Königin nun immer auf einem Elefanten reiten! Es gab auch eine sehr mutige neue Organisation, die sogenannte Frauenrechtsbewegung, die sich dafür starkmachte, dass Frauen die Möglichkeit haben sollten, ein eigenes Haus zu besitzen.

Mary Rose lauschte diesen Wundergeschichten mit einer Mischung aus Ungläubigkeit, Faszination und Sehnsucht. Unterdessen hatten die Striche an der Wand – die stellvertretend für die Jahre standen, die sie eingesperrt war – die unfassbare Summe von vierzehn erreicht.

In jenem Sommer brannte die Sonne draußen so heiß, dass sie alle unter einer Fliegenplage zu leiden hatten. Vergebens versuchte Mary Rose, ein kleines Kind zu trösten, dessen Mutter vor ein paar Monaten hierhergebracht worden war, weil sie versucht hatte, sich das Leben zu nehmen. Das Elend von Mutter und Kind hatte Mary Rose zutiefst berührt, und sie verbrachte so manche Stunde damit, die Kleine auf ihr Knie zu setzen und mit einem Murmelspiel zu unterhalten (das von einer Repräsentantin der Gesellschaft britischer Damen gebracht worden war), während die Mutter schlief.

Manchmal tat Mary Rose so, als wäre das Kind ihr eigenes und als würden sie sich zu Hause in Seamouth House in dem großen Morgenzimmer gemeinsam die Zeit vertreiben. Aber dann fiel ihr der Fluch ein. Der verschwundene Ring brachte allen Unglück, die sie gernhatte. Aus diesem Grund wappnete sie sich mit Härte gegen das kleine Kindergesicht, obwohl sie nicht widerstehen konnte, ihm stillschweigend etwas von ihrem Haferschleim abzugeben.

»Ich wünschte so sehr, ich würde ein eigenes haben, für das ich sorgen könnte«, dachte sie wehmütig. Aber dann, nur wenige Tage nach ihrem Wunsch, passierte etwas.

Es begann damit, dass der Kerkermeister einen zähen Keuchhusten entwickelte. Das war hier nicht ungewöhnlich. Die meisten von ihnen, Mary Rose eingeschlossen, waren aufgrund der feuchten Gefängnismauern und der beißenden Kälte schwach auf der Brust.

Eines Tages betrat Jack, der Sohn des Kerkermeisters, ihre Zelle und verkündete, dass es Veränderungen geben werde. Mit einem Glitzern in den Augen teilte er ihnen mit, dass sein Vater gestorben sei.

»Ab sofort weht hier ein anderer Wind«, erklärte er. »Ein paar von euch werden in Schweigezellen verlegt, wo ein Redeverbot gilt.« Darauf folgte eine Woge des Widerspruchs, was Jack nur noch breiter grinsen ließ. »Das ist jetzt die neue Mode im Strafvollzug. In der Einsamkeit könnt ihr in Ruhe über eure Sünden nachdenken. Ist es nicht so, Kaplan?«

Mary Rose bemerkte, dass Vater Benedikt mit kummervoller Miene leise eingetreten war, als wäre er der hinterbliebene Sohn statt Jack. Plötzlich wurde ihr bewusst, dass der Blick des Juniors auf ihr ruhte. »Du bist die Erste, Mylady. Beeilung.« Er leckte sich über die Lippen, und Mary Rose durchrieselte ein kalter Schauer. »Folge mir!«

Der Gefängniskaplan machte den Eindruck, als wollte er etwas sagen, aber Jacks Augen blitzten auf. »Mischen Sie sich nicht ein«, zischte er, »oder Ihre Stellung hier ist gefährdet, dafür werde ich sorgen. Merken Sie sich meine Worte.«

Zitternd ließ Mary Rose sich durch einen Mauergang schleifen und in einen kleinen Raum hineinstoßen, der sich ganz am Ende befand und in dem ein Bett stand. Einen Moment lang hob sich ihre Stimmung. Sie würde endlich eine richtige Matratze haben statt eines Holzbretts! Dann kickte Jack zu ihrer Bestürzung die Tür hinter ihnen zu und begann, sich Wams und Hose vom Leib zu reißen.

»Bitte!«, rief sie erschrocken. »Was tut Ihr da?«

Grinsend kam er auf sie zu, drückte sie gegen die Wand, während er ihren Rock hochschob, und warf sie dann schließlich rücklings auf das Bett. Vergeblich trat sie nach ihm.

»Ich mag Frauen, die Widerstand leisten«, sagte er. Gleich

darauf spürte sie etwas in ihren Körper eindringen. Sie schrie vor Schmerz laut auf und versuchte, sich freizuwinden. Aber es war unmöglich. Er hielt sie mit aller Gewalt fest.

»Es nützt nichts, wenn du dich wehrst«, keuchte er. »Mein Vater ist tot, und nun kann mich niemand mehr aufhalten. Ich begehre dich schon all die Jahre. Du solltest dankbar sein, dass ein Mann dich noch will mit deinem vernarbten Gesicht.«

Und dann spürte sie einen Schmerz, der so furchtbar war, dass sie wieder laut aufschrie. Jack schien gleichzeitig zu schreien, als würde er selbst Qualen leiden. Schließlich brach er auf ihr zusammen. Lieber Gott, würde sie nun unter seinem Gewicht ersticken? Vielleicht war er tot? Aber gerade als sie es wagen wollte, sich zu bewegen, rollte er von ihr herunter und schenkte ihr ein widerwärtiges Grinsen.

»Gar nicht so schlecht für eine Anfängerin«, sagte er. »Ich werde dir bald wieder einen Besuch abstatten, denke ich.«

Mary Rose lag weinend auf dem Bett, ein feuchtes, klebriges Gefühl zwischen den Beinen.

»Los, mach dich sauber und steh von meinem Bett auf.« Seine Hand umklammerte fest ihren Arm. »Du kommst jetzt in deine Schweigezelle.« Er grinste wieder. »Dort ist es so still, dass dir alles Schreien nichts nützen wird, wenn ich wiederkomme.«

Nacht für Nacht besuchte Jack sie in ihrer neuen Schweigezelle, die sie sich mit fünf weiteren Frauen teilte. Nacht für Nacht unterwarf er sie derselben schrecklichen Schande, ohne sich darum zu kümmern, dass die anderen im selben Raum waren.

Manchmal versuchte Mary Rose, sich zu schützen, indem sie ihre Sticknadel in der Hand versteckte, aber Jack kontrollierte sie immer zuerst. Tatsächlich betrachtete er es als ein Spiel, ihr das Utensil abzunehmen und es auf den Boden zu werfen, sodass sie hinterher Stunden damit zubrachte, im Schmutz danach umherzutasten. Danach saß sie weinend in der Dunkelheit und versuchte, die Schweinerei zwischen ihren Beinen abzuwischen, während die anderen Frauen, die sich inzwischen an diese Vorfälle gewöhnt hatten, vor sich hin schnarchten.

Angesichts der neuen Gefängnisregeln wagte sie es nicht, etwas zu sagen, da ihnen die Prügelstrafe drohte, wenn sie laut sprachen. Nur wenn der Kaplan sie besuchte, durfte sie ein paar Worte flüstern. Dennoch erzählte sie ihm nichts von Jacks nächtlichen Besuchen aus Angst, dieser könnte seine Drohung wahrmachen und sie und ihre Zellengenossinnen umbringen.

Zu ihrer Erleichterung wurde der Sohn des Kerkermeisters ihrer schließlich anscheinend überdrüssig. Seine Aufmerksamkeit richtete sich nun auf ihre Gefährtinnen. Dieses Mal war es Mary Rose, die den Kopf unter den Armen vergrub, um die Geräusche auszublenden. Aber statt zu schreien, jauchzten die anderen Frauen laut vor Vergnügen. Wie konnte das sein, fragte sie sich. Hassten sie Jack nicht genauso sehr wie sie?

Ein paar Wochen lang ging das so weiter, bis Mary Rose eines Tages bewusst wurde, dass sie eine anhaltende Übelkeit spürte und ihre Taille breiter wurde. Es war die Vorsteherin, die Kerkermeisterwitwe, der es als Erster auffiel. »In Gottes Namen«, sagte sie, »ich glaube, du bist in freudiger Erwartung.«

»In freudiger Erwartung?«, rief Mary Rose aufgeregt. »Bekomme ich Besuch?«

Die Lippen der Vorsteherin spannten sich. »So kann man es auch nennen, und ich glaube, ich weiß, wer dafür verantwortlich ist.« Dann zog sie ein Messer aus ihrer Rocktasche und hielt es Mary Rose ins Gesicht. »Wenn du deinem Papa auch nur ein Sterbenswörtchen von meinem Jack sagst, werde ich dafür sorgen, dass dein kostbares Baby keinen einzigen Atemzug macht, wenn es auf die Welt kommt. Hast du mich verstanden?«

Ihr kostbares Baby? »Ich verstehe nicht!«

Eine der anderen Frauen kicherte. »Du erwartest ein Kind, Mary Rose. Du wirst Mutter!«

Laura Marchmont

Gegenwart

48

»Laura! Laura!«

Die Stimme schien weit entfernt. Wie ein Kind, das vom anderen Ende des Strands rief, so wie das eine neulich, das sie bei einem Spaziergang mit Audrey gesehen hatte. Das kleine Mädchen hatte im feuchten Sand gestanden und in seinem nassen Badeanzug gezittert, während seine feuchten Haare über ein Auge fielen und es einen Eimer und eine Schaufel in den Händen hielt.

»Ist sie nicht noch zu klein, um sich selbst überlassen zu bleiben?«, hatte Audrey bemerkt. »Ein Verantwortlicher sollte sich um sie kümmern.«

Ein Verantwortlicher! Nicht wie sie, vor all diesen Jahren, als sie für den kleinen Andrew verantwortlich gewesen war.

»Laura! Laura!«

Die Stimme, der es irgendwie gelang, bestimmt und doch freundlich zu klingen, kam nun näher, aber Laura wollte sich umdrehen und sie ignorieren. Wie erstaunlich tief sie gerade geschlafen hatte.

»Laura.« Die Stimme verlor ihren singenden Unterton, als würde sie ungeduldig werden. »Können Sie die Augen öffnen?«

Die Stimme schien nun über ihr zu stehen. Sie würde ganz offensichtlich nicht weggehen. Widerstrebend und leicht missmutig öffnete Laura die Augen und sah eine Frau in einer weißen Tracht, die zu ihr herunterlächelte. »Sie sind im Krankenhaus, Laura. Sie hatten einen kleinen Unfall, aber machen Sie sich keine Sorgen. Ihr Baby …«

Noch während sie sprach, löste sich dieser wundervolle, magische Frieden auf, als hätte jemand einen Stöpsel in Lauras Körper gezogen. Die Erinnerung kehrte zurück. Sie hatte vor dem Haus gestanden, vor ihrem bezaubernden neuen Zuhause am Meer. Sie war spazieren gewesen. Von irgendwo zurückgekommen. Genau! Sie war mit Audrey und Derek auf dem Friedhof gewesen, wo sie ihr eine Reihe kleine Gräber gezeigt hatten, und auf jedem stand der Name Marchmont. »Angenommen«, hatte Audrey aufgeregt gesagt, »Mary Rose' Halbgeschwister sind alle einer Kinderkrankheit zum Opfer gefallen oder litten an einer Erbkrankheit. Würde das nicht nahelegen, dass Ralph eines natürlichen Todes starb und doch nicht ermordet wurde?«

Dann – o Gott – war Charles' Wagen auf der Zufahrt angeschossen gekommen. Sie sah es nun so deutlich vor sich, als würde es in diesem Moment passieren. Aber nicht ihr Ehemann saß am Steuer, sondern Eloise. Ihre schreckliche, gehässige Stieftochter, die sie auf den Tod nicht ausstehen konnte. Eloise hatte den Wagen direkt auf sie zugesteuert. Laura war zur Seite gesprungen und gegen etwas Hartes gestoßen. Erklärte das die heftigen Schmerzen in ihrem Kopf?

»Mein Baby!«, rief sie nun laut. »Mein Baby!«

Genau das, was Mrs. Green geschrien hatte, als sie an jenem schicksalhaften Abend eilig zurückgekehrt war. Und dann verstand Laura. Sie war für den Tod des kleinen Andrew bestraft worden. Sie war verflucht, so wie die Inschrift auf den Sticktüchern verkündete.

»Schsch.« Die Schwester streichelte ihre Hand. »Es ist alles gut. Ihrem Baby ist nichts passiert. Wir haben alle möglichen

Tests durchgeführt, und die Ärzte konnten nichts bei ihm feststellen. Trotzdem hatten Sie beide großes Glück. Jemand wacht über Sie und Ihr Kind, wenn Sie mich fragen.«

Instinktiv wanderte Lauras Hand unter die Decke. Da war er. Ihr Bauch, immer noch prall, immer noch mit ihrem Kind darin. Sanft, liebevoll streichelte sie ihre eigene Haut, und plötzlich spürte sie darunter einen großen Sprung wie von einem Fisch. Die Maschine neben ihrem Bett piepte laut, und die Schwester schenkte ihr ein zufriedenes Lächeln. »Sehen Sie? Ein hübscher, kräftiger Tritt.«

Gott sei Dank! Laura, die sich selbst nie als besonders religiös betrachtet hatte, schickte nun ein Dankgebet zum Himmel. Aber da war noch etwas in ihrem Hinterkopf, das ihr keine Ruhe ließ. Etwas, was die Schwester gerade gesagt hatte, aber das ihr in ihrem benommenen Zustand entglitten war.

Wieder erfolgte ein Tritt, und die Maschine piepte. »Er ist ein kräftiges Kerlchen, nicht wahr?«, sagte die Schwester bewundernd.

Das war es.

»Er?«, wiederholte Laura fragend. »Sie haben *er* gesagt!«

Auf dem Hals der Schwester bildeten sich rote Flecken. »Tut mir leid, das hätte ich nicht sagen sollen. In Ihrer Akte steht, dass Sie das Geschlecht nicht wissen wollten, aber auf dem Ultraschall, den wir machen mussten, war es ziemlich eindeutig …«

»Schon gut.« Lauras Herz füllte sich mit einer Begeisterung und ungläubigen Freude, genau wie damals, als Charles sie zum ersten Mal geküsst hatte. »Ist nicht schlimm. Ich bin froh, dass ich es weiß.«

Sie würde einen Sohn bekommen! Sie würde einen kleinen Jungen haben, der, wie sie instinktiv ahnte, das Ebenbild seines Vaters sein würde. Stephanie hatte zwei Töchter zur Welt gebracht, aber sie, Laura, würde ihrem Mann ein Kind schenken, das seinen Namen in der nächsten Generation weiterführen würde. Wie unglaublich, dass sie noch vor wenigen Monaten eine solche Angst davor gehabt hatte, ein Kind zu bekommen. Nun schien es das Wichtigste zu sein im Leben.

»Ganz ruhig. Werden Sie jetzt nicht enthusiastisch.« Die Schwester klang besorgt. »Sie dürfen sich nicht aufregen. Der Arzt wird gleich hier sein, um Sie noch einmal durchzuchecken.«

»Wegen des Babys?« Lauras Stimme wurde vor Schreck lauter.

»Nein, Herzchen, Ihretwegen. Sie hatten Glück. Der Wagen hat Sie nicht erwischt, aber Sie sind auf einen Stein gefallen und haben sich ein richtiges Veilchen geholt. Sie waren eine Weile lang bewusstlos, bis man Sie zu uns in die Notaufnahme brachte. Wir haben Ihnen eine kleine Beruhigungsspritze gegeben, weil Sie sehr aufgewühlt waren.«

Laura konnte sich an nichts davon erinnern.

»Gut, gleich kommt der Arzt. Danach, mit etwas Glück, können Sie Ihren Mann sehen. Er wartet schon die ganze Zeit draußen und macht sich furchtbare Sorgen, der Gute. Ihre Töchter sind bei ihm.«

»Meine *Töchter*!« Laura hörte, dass ihre Stimme einen schrillen Ton annahm. »Das sind nicht meine Töchter, sondern seine. Und ich will sie nicht sehen. Jedenfalls nicht Eloise.«

Die Schwester musterte sie misstrauisch. »Beruhigen Sie sich, Herzchen. Es ist normal, dass man nach einem Schlag auf den Kopf durcheinander ist.«

»Ich bin nicht durcheinander.« Laura versuchte, sich im Bett aufzusetzen, aber währenddessen trat das Baby wieder, und ihr wurde ein dumpfer Schmerz im Kopf bewusst. »Dieses Gör hat versucht, mich und meinen Sohn umzubringen.«

Ihr Herz klopfte so laut, dass sie kaum die Worte voneinander trennte, die in ihrer Verzweiflung aus ihr heraussprudelten. Die Maschine neben ihr piepte, als würde sie ihr zustimmen. »Ich möchte, dass Eloise mir nie wieder nahe kommt. Haben Sie verstanden?«

49

Am nächsten Tag, als Laura entlassen wurde, war ihr Zorn eher noch größer geworden, als dass er sich abgekühlt hätte.

»Sie hat direkt auf mich zugehalten!«, wetterte sie, als Charles und sie zurück in ihren eigenen vier Wänden waren und am Küchentisch saßen, von wo aus man diesen wundervollen Ausblick auf den alten Kalksteinbruch und das Meer hatte, das in der Frühlingssonne glitzerte. »Aber du hast ihr nicht einmal die Leviten gelesen! Begreifst du denn nicht, dass sie versucht hat, mich umzubringen?«

Charles griff nach ihrer Hand, aber sie riss sie zurück. Er warf ihr einen enttäuschten Blick zu, als wäre sie diejenige, die im Unrecht war, statt seine kostbare, verwöhnte Tochter. »Findest du nicht, du übertreibst? Eloise hat den Kopf verloren und vergessen, wo die Bremse ist. Ehrlich, Laura, sie macht sich schreckliche Vorwürfe. Darum hat sie gestern darauf bestanden, ins Krankenhaus mitzukommen, um sich zu entschuldigen.«

»Entschuldigen?« Laura schnaubte. »Es ist wohl nicht damit getan, dass sie sich entschuldigt. Wie würdest du denn reagieren, wenn sie mich umgebracht hätte oder ich deinen Sohn verloren hätte?«

Während sie redete, gab ihr Baby einen kräftigen Tritt von sich, sodass ihr fast die Luft wegblieb, als wollte es ihre Argumentation unterstützen. Charles verzog gequält das Gesicht. »Bitte, Laura, sag so was nicht. Ich könnte es nicht ertragen, wenn dir oder dem Baby etwas zustoßen würde.« Seine Augen nahmen einen wehmütigen Ausdruck an. »Ich kann es immer noch nicht glauben, dass wir einen Jungen bekommen!«

»Dann solltest du besser mit deinen Töchtern ein Machtwort sprechen, bevor er da ist.« Laura war bewusst, dass sie auf eine höchst untypische Art überreagierte, was nicht ausschließlich auf ihre Hormone zurückzuführen war. Sie war eifersüchtig! Genau so eifersüchtig auf die Mädchen, wie diese auf sie waren. Aber Charles musste nun sie und das Baby an die erste Stelle setzen. Sonst … tja … Laura wollte den Gedanken nicht weiterspinnen.

Das Schlimme war, dass sie diese bohrende, zweifelnde Stimme in ihrem Kopf einfach nicht loswurde. »Wie gut kennst du diesen Mann wirklich?«, fragte die Stimme immer wieder. »Hättest du nicht besser auf Krissie hören und zuerst mit ihm zusammenwohnen sollen, bevor du ihn gleich heiratest?«

Während Laura nun begann, ihre Farben zu mischen, Pastellflieder und Ockergelb, um sich zu beruhigen, hatte sie das schreckliche Gefühl, dass sie sich zu etwas hatte hinreißen lassen, wofür sie ehemalige Freundinnen kritisiert hatte. Sie hatte es zugelassen, dass ihr Herz über ihren Verstand herrschte, und sich in eine Ehe gestürzt, ohne vorher richtig zu überlegen.

Wie dämlich von ihr zu glauben, dass der Umzug in eine neue Wohnung und das Schaffen eines gemeinsamen Nests helfen würden! Charles hielt eindeutig immer noch zu seinen Töchtern. Laura spürte einen kalten Nebel des Zweifels, der sich in ihrer Brust ausbreitete.

Charles mochte in der Lage sein, ihre Vergangenheit zu akzeptieren. Aber konnte sie *seine* akzeptieren?

»Was Sie brauchen«, sagte Audrey forsch, als Laura in der folgenden Woche ihre Nachbarin mit deren Hund im Garten antraf, »ist eine Ablenkung! Was ist eigentlich aus Ihrem Projekt mit der glücklosen Mary Rose geworden?«

Laura blieb neben dem Lavendelbeet stehen und fuhr mit dem Finger einen Stiel empor, wobei sie ein paar Blütenblätter abstreifte. Sie rollte diese zwischen ihren Händen und atmete den beruhigenden Duft ein, und das Baby machte einen kleinen Hüpfer der Zustimmung. Ja! Laura fühlte sich immer besser, wenn ihr Sohn sich bewegte. Nach diesem furchtbaren Schock war es tröstend, dass alles in Ordnung war. »Bei allem, was in letzter Zeit passiert ist, bin ich mit meiner Recherche ins Stocken geraten.«

Das stimmte nicht ganz. Laura war immer noch gespalten, ob es wirklich eine gute Idee war, der Wahrheit auf den Grund zu gehen. Diese kleinen Gräber waren schön und gut, aber sie waren kein Beweis, dass das erste Kind eines natürlichen Todes gestorben war. Und falls Mary Rose sich letztendlich doch als eine Mörderin entpuppte, würde Laura es eines Tages ihrem Sohn sagen müssen. Womöglich würde er so verstört sein, wie sie es nun war. Niemandem gefiel die Vorstellung, eine Gewaltverbrecherin in der Familie zu haben.

»Ich habe eine Idee.« Audrey strahlte. Wenn ihre Nachbarin eine Idee hatte, war ihr diese nicht wieder auszureden. »Kennen Sie das Landesarchiv von Devon?«

Laura schüttelte den Kopf, während sie an der sauber gestutzten Buchsbaumhecke entlang in Richtung Teich schlenderten. »Das Archiv steht jedem offen, allerdings müssen Sie sich ausweisen. Vielleicht können Sie dort mehr über Ihre Familiengeschichte herausfinden.«

Audreys Stimme wurde höher vor Begeisterung, sodass Whisky erwartungsvoll zu seinem Frauchen aufblickte in der

Hoffnung, dass es wieder den Ball warf. »Ich habe mir erlaubt, dort anzurufen, und mir wurde gesagt, dass sie Informationen über weibliche Gefangene im neunzehnten Jahrhundert haben. Man kann nie wissen! Wenn Ihre Mary Rose diese Sticktücher anfertigte, *nachdem* sie eigentlich hätte gehängt werden sollen, sind sie vielleicht im Gefängnis entstanden. Oder sie wurde vielleicht auch begnadigt.«

»Das habe ich mich bereits selbst gefragt«, gab Laura zu.

»Dann ist nun die Zeit, es herauszufinden!« Audrey legte freundlich eine Hand auf Lauras Arm. »Mag sein, dass ich nicht viel von Babys verstehe, aber ich nehme an, dass sie eine beträchtliche Menge an Zeit verschlingen. Wenn Sie Ihre Recherche jetzt nicht fortführen, werden Sie wohl kaum dazu kommen, wenn Ihr Sohn geboren ist.«

Ein paar Tage später ertappte Laura sich dabei, dass sie auf der Suche nach dem Landesarchiv durch die Außenbezirke von Exeter kurvte. Dem Himmel sei Dank für ihr Navi! Es stellte sich heraus, dass die Landesbehörde sich in einem modernen Glasgebäude in einem Industriegebiet versteckte, das Laura an die Bücherei in ihrer Kindheit erinnerte.

Die Frau am Informationsschalter war äußerst hilfsbereit, als Laura ihr von ihren Nachforschungen über viktorianische Gefangene erzählte. »Nehmen Sie schon einmal Platz. Nein, keine Sorge, ich bringe Ihnen die Bücher an den Tisch.« Sie warf einen Blick auf Lauras kugelrunden Bauch. »In Ihrem Zustand sollten Sie keine schweren Dinge tragen. Hier haben Sie ein paar Kissen.«

Kissen? Laura hätte sich am liebsten darauf schlafen gelegt. Sie fühlte sich immer noch müde nach dem Unfall.

»Die sind als Unterlage für die Bücher gedacht. Die wiegen nämlich einiges, wie Sie gleich sehen werden. Im Gegensatz zu den armen Frauen, die darin dokumentiert sind. An ihrer

Größe und ihrem Gewicht kann man ablesen, dass sie alle recht zierlich waren.«

»Hatte das mit der Zeit zu tun, in der sie lebten?«, fragte Laura, beeindruckt von dem Wissen der Frau.

»Eher damit, dass sie nicht genug zu essen bekamen. Okay, hier ist das erste.« Sie legte den schweren Band auf ein Kissen. »Sie möchten sich sicherlich Notizen machen, richtig? Bitte beachten Sie, dass Sie nur einen Bleistift verwenden dürfen, keinen Kugelschreiber. Das ist hier Vorschrift, damit die Bücher nicht versehentlich markiert werden.«

Mühsam beugte Laura sich vor und zog den gewaltigen, gut einen Meter langen und sechzig Zentimeter breiten Schmöker in einem marmorierten Einband zu sich heran. »Das ist ein sogenanntes Anmeldungsregister«, erklärte die Bibliothekarin. »Wenn jemand, ob Mann oder Frau oder Kind, ins Gefängnis kam, wurde das mit Angaben zu der jeweiligen Person in diesem Buch vermerkt.«

Lauras Blick wanderte über die herrliche gestochene Handschrift. Das Buch enthielt eine lange Liste von Frauennamen, und hinter jedem standen Gewicht, Alter, Art des Verbrechens und der Tag des Haftantritts. Darunter war eine Eliza Jenkins, die 1869 inhaftiert wurde, weil sie ihren Mann ermordet hatte. Sie war eins fünfundsechzig groß und wog achtzig Pfund. Eine andere namens Susan wurde als »dunkelhäutig und von zigeunerähnlichem Aussehen« beschrieben. Ihr Verbrechen war gewesen, einen Laib Brot zu stehlen. Auch ein fünfjähriges Kind war aufgeführt, das zusammen mit seiner Mutter eingesperrt worden war, einer »Schuldnerin«. Die Kleine war nur knapp einen Meter groß gewesen und hatte gerade einmal dreißig Pfund gewogen. Wie traurig!

Aber von Mary Rose gab es keine Spur.

»Das hier«, sagte die Bibliothekarin, während sie den nächsten Wälzer auf das Kissen daneben legte, »enthält Aufnahmen von den Gefangenen. 1869 wurde ein neues Gesetz erlassen, wonach jeder Insasse fotografiert werden musste. Den Fotos ist jeweils ein Code zugeordnet, der auf den entsprechenden Eintrag im Register verweist.«

Unglaublich! Mit widerwilliger Faszination blätterte Laura durch das Album, das Polizeifotos von Frauen in viktorianischen Kleidern enthielt. Manche trugen um die Schultern Tücher, die vorn zusammengeknotet waren, andere hohe Spitzenkragen. Alle waren ohne Kopfbedeckung, mit strengem Mittelscheitel, die Haare straff zurückgebunden, sodass man nicht viel davon sehen konnte. Die meisten Gesichter hatten einen resignierten, bedrückten Ausdruck. Eine Handvoll Frauen blickte wütend, als würden sie, sobald sich auch nur der Hauch einer Chance bot, vor dem Fotografen von ihrem Stuhl aufspringen und um ihr Leben rennen.

»Ich dachte, Strafgefangene wurden damals nach Australien deportiert.«

»Das änderte sich in der Jahrhundertmitte.« Die Bibliothekarin klang, als wäre ihr diese Frage schon oft gestellt worden. »Vorher wurden Tausende auf Gefängnisschiffe verfrachtet, aber ungefähr um diese Zeit gab es eine Reform der Haftbedingungen für Frauen, was zum Teil Elizabeth Fry zu verdanken war. Sie lebte zwar nur bis 1845, aber ihre Arbeit wurde nach ihrem Tod fortgesetzt, sodass den weiblichen Gefangenen mehr Raum zugebilligt wurde, statt sie wie Sardinen zusammenzupferchen. Außerdem wurden sie von den Männern getrennt, obwohl das die Verbrüderung nicht ganz verhinderte, wenn Sie verstehen, was ich meine.« Sie hob ironisch die Augenbrauen. »Aber es gab auch Veränderungen, die nicht so gut waren. Manche Gefangenen wurden in spezielle Räume verlegt, in denen sie nicht reden durften, sondern schweigend ausharren mussten, um über ihr Verbrechen nachzudenken. Außerdem mussten sie Zwangsarbeit in der Tretmühle leisten, um Mehl zu mahlen, oder damit sie einfach beschäftigt waren. Sie verrichteten auch Handarbeiten und flickten zum Beispiel die Kleider der anderen Gefangenen.«

Sie verrichteten Handarbeiten! Laura wurde sofort hellhörig. »Genau darum bin ich hier«, sagte sie aufgeregt. »Ich habe eine … Ich meine, ich forsche gerade über eine Frau namens Mary Rose Marchmont, die 1872 wegen Mordes verurteilt wurde. Sie erhielt die Todesstrafe, aber ich habe ein paar wunderschöne Sticktücher von ihr entdeckt, die *nach* dem Datum ihrer Hinrichtung angefertigt worden sind. Also habe ich mich gefragt, ob man sie stattdessen ins Gefängnis steckte oder vielleicht sogar begnadigte. Gibt es eine Möglichkeit, das herauszufinden?«

»Hm. Mary Rose Marchmont. Der Name kommt mir irgendwie bekannt vor.« Die Bibliothekarin blätterte durch die Seiten. »Ich bin mir sicher, dass ich den schon mal irgendwo gelesen habe. Wenn man sich wie ich für dieses Thema interessiert, bleiben im Laufe der Jahre recht viele Details hängen. Ah, da ist sie ja!«

Kaum fähig, ihre Aufregung im Zaum zu halten, las Laura den handschriftlichen Eintrag, der ganz unten auf die Seite gequetscht worden war.

Mary Rose Marchmont. 1872. Alter: sechzehn Jahre. Größe: ein Meter sechzig. Gewicht: hundert Pfund. Äußerliche Merkmale: rote Haare, grüne Augen, Muttermal auf dem linken Arm. Verbrechen: Kindsmord.

»Meine Güte.« Die Stimme der Bibliothekarin klang beeindruckt. »Sie hatte Glück, dass sie dem Galgen entronnen ist. Gut, dann wollen wir mal sehen, ob wir ihr Bild finden. Ah, da ist es ja. Normalerweise wurden die Gefangenen fotografiert, ehe man ihnen den Kopf schor. Schrecklich, wenn man genauer darüber nachdenkt, nicht wahr?«

Aber Laura gab keine Antwort. Sie war zu sehr damit beschäftigt, das freundliche, süße, von Locken eingerahmte Gesicht zu betrachten und die Andeutung eines Kleids mit Spitzenkragen. Das Mädchen machte keinen wütenden Eindruck wie manche der anderen Frauen. Auch wirkte es nicht entsetzt oder sogar resigniert. Es war, als würde es für einen Gesellschaftsfotografen lächeln.

»Sechzehn Jahre alt«, wiederholte die Bibliothekarin. »Leider nicht ungewöhnlich. In diesem Register hier stehen andere, die mit zwölf einen Mord begangen haben. Vielleicht handelte es sich um Notwehr. Es waren damals schwierige Zeiten.«

Notwehr gegen einen Säugling? Das war eher unwahrscheinlich. Laura lief ein eiskalter Schauer über den Rücken, als sie wieder die lächelnde Mary Rose betrachtete. Wäre diese unschuldig gewesen, hätte sie mitgenommen gewirkt. Aber dieses Mädchen lächelte! Es war offensichtlich zufrieden mit sich selbst, dass es aus Eifersucht das Baby seines Vaters umgebracht hatte, genau wie Eloise beinahe Lauras ungeborenes Baby getötet hätte.

Laura klappte das Register zu und stand ruckartig auf, während sie spürte, dass ihr Kind im Bauch wieder trat. »Schon fertig?«, fragte die Bibliothekarin, als wäre sie enttäuscht.

Laura nickte. »Ja danke. Ich habe genug gesehen.«

Sie fuhr nach Hause, während sich hinter ihren Schläfen ein Spannungskopfschmerz ausbreitete. Mary Rose' Lächeln sagte alles. Es lag keine Reue darin. Nur böses Blut. Blut, das Laura geerbt hatte und das sie nun an ihr eigenes Kind weitergab. Das war etwas ganz anderes als ihre eigene Schreckensgeschichte. Andrews Tod war ein tragischer Unfall gewesen. Sie hatte ihm nichts getan. Jedenfalls nicht absichtlich.

Hätte sie Mary Rose' wahres Gesicht früher erkannt, dachte sie, als sie in die Zufahrt bog, hätten Charles und sie Shellscape niemals gekauft. Laura hatte sich schon immer vorstellen können, dass Orte Schwingungen aus der Vergangenheit bargen. Als sie nun auf das herrliche Haus vor ihr blickte mit seinen schönen großen Fenstern und den Seemöwen, die auf dem grauen Schieferdach saßen, fröstelte sie.

Es mochte nach dem Feuer neu errichtet worden sein, aber das Fundament war dasselbe, genau wie der Garten, aus dem Mary Rose sicherlich ihre Inspiration geschöpft hatte. Würde der Ort weiterhin Unglück bringen?

»Laura! Laura!«

Während sie die Beine aus dem Wagen schwang (ein Unterfangen, das mit ihrem dicken Bauch zunehmend schwieriger wurde), sah sie, dass Eloise und Hannah zusammen mit ihrem Vater auf sie zukamen. Es war das erste Mal seit dem Unfall, dass Laura die Mädchen zu Gesicht bekam, und offen gestanden war sie dafür nicht bereit.

»Wir möchten uns entschuldigen.« Eloise streckte ihr einen Strauß blassrosa Chrysanthemen entgegen. Tankstellenblumen! »Ich wollte dich nicht überfahren. Wirklich nicht.«

Hielt das Mädchen sie für dumm? Laura ignorierte Charles' flehenden Blick und marschierte so schnell zur Haustür, wie es ihr im achten Monat schwangerer Körper erlaubte.

»Bitte, Laura, können wir nicht Freunde sein?«

Eloise war ihr nachgelaufen! Zum Glück stand Charles weit genug entfernt, um sie nicht hören zu können. »Hör zu, Fräulein«, zischte Laura. »Wenn du jemals wieder versuchst, mir oder meinem Baby Schaden zuzufügen, werde ich dafür sorgen, dass du weggesperrt wirst. Habe ich mich klar ausgedrückt?«

In Eloise' Gesicht leuchtete Empörung auf. Sie wäre sicher

eine gute Schauspielerin. »Ehrlich, Laura, du hast das falsch verstanden. Es war keine Absicht.«

Keine Absicht? So wie Mary Rose nicht die Absicht gehabt hatte, ihrem Halbbruder etwas zuleide zu tun? Laura spürte, wie sie sich vor Wut verspannte. »Ich glaube dir nicht. Du kannst vielleicht deinen Vater zum Narren halten, aber nicht mich.«

Eloise hatte nicht einmal den Anstand, ihr in die Augen zu sehen. Stattdessen starrte sie auf den Boden. »Du hast dich selbst angepinkelt«, kicherte sie.

Was? Laura starrte auf die Pfütze unter ihr, während sie gleichzeitig eine Nässe an ihren Beinen herunterlaufen spürte. Charles' Arm war augenblicklich um ihre Taille, um sie zu stützen. »Deine Fruchtblase ist geplatzt!« Seine Augen glänzten. »Mein Liebling, ich glaube, es geht los!«

50

»Laura, versuchen Sie, noch nicht zu pressen. Nicht pressen.«

Die Stimme der Hebamme schwebte herunter, als würde sie von einem anderen Ort kommen. Wie konnte sie *nicht* pressen? Ihr ganzer Körper verkrampfte sich, als müsste sie auf die Toilette. Es kam ihr vor, als wäre jeder Knochen und Muskel in ihrem Leib Teil eines Schiffs, das sich in einem tosenden Meer verirrt hatte, unfähig, dem Geheiß des Kapitäns zu folgen. Sie fühlte sich wie eine andere Person. Nicht wie die beherrschte Laura Marchmont, Künstlerin. Sondern wie jemand, der in altmodischen Begriffen wie »tosend« und »Geheiß« dachte.

Selbst als sie schwitzend auf allen vieren kniete (die bequemste Position im Moment), ertappte sie sich bei der Frage, ob sie so tief in Mary Rose' Geschichte eingetaucht war, dass sie sich in ihre Urahne verwandelte. Mary Rose Marchmont. Ein grausames, böses Kind mit einem sonnigen Lächeln ohne Reue.

»Nein!«, schrie sie. »Nein, schafft sie mir vom Hals!«

»Es ist alles gut, Liebling.« Undeutlich nahm sie wahr, dass Charles mit einem feuchten Schwamm ihre Stirn abtupfte. »Ich bin da. Es wird nicht mehr lange dauern.«

Seine freundliche, tiefe Stimme beruhigte sie für einen Moment. Ihr ganzer Zorn auf ihn schmolz dahin, während sie auf den Geburtshocker zurücksank und die Hand nach ihm ausstreckte. »Ich … schaffe … das … nicht«, keuchte sie.

»Doch, mein Liebling, du schaffst das.« Charles streichelte ihren schmerzenden Rücken. »Denk an die vielen Frauen, die schon vor dir entbunden haben. Sie haben es alle überstanden, und du wirst es auch!«

Das stimmte. Stephanie, Charles' erste Frau, hatte sogar zwei Kinder zur Welt gebracht. Laura musste tapfer sein. Sie musste das hier durchstehen, nicht nur sich selbst zuliebe, sondern auch Charles zuliebe, damit sie ihm das geben konnte, was seine erste Ehe hatte. Ihr kam in den Sinn – so irrelevant es im Augenblick auch war –, dass Mary Rose den Mord an ihrem Halbbruder sicher bereut hätte, wenn sie selbst jemals ein eigenes Kind gehabt hätte.

»Pressen, Laura!«, rief die Hebamme nun aufgeregt. »Der Muttermund hat sich vollständig geöffnet. Sie können pressen!«

Was für eine Erleichterung! Aber es war nicht so einfach, wie Laura es sich vorgestellt hatte. »Versuchen Sie, mittiger zu pressen«, sagte eine andere Stimme, die einen drängenderen Unterton hatte.

»Laura.« Die Stimme ihres Mannes klang ergriffen, als wäre er ein kleiner Junge, der gerade zum ersten Mal dem Weihnachtsmann begegnet war. »Laura! Ich kann seinen Kopf sehen!«

Dann schoss irgendetwas aus ihr heraus, als würde ihre untere Körperhälfte ohne die Erlaubnis ihrer oberen Körperhälfte Dinge tun. So etwas hatte sie noch nie zuvor gespürt. »Noch einmal pressen, Laura. Einmal noch. So ist es gut. Und noch einmal.«

Ein Schrei erklang. Hoch. Anhaltend. Wütend. Verängstigt. Bedürftig.

»Laura! Können Sie mich hören?«

Es war wieder die Stimme der Hebamme. »Sie haben einen Sohn. Einen bezaubernden kleinen Jungen!«

»Geben Sie ihn mir!« Gleich darauf spürte sie, dass ein nasser, warmer kleiner Körper auf ihre Brust gelegt wurde. Sie senkte den Blick und sah einen feuchten rostroten Lockenschopf. Mit einem Anflug von Enttäuschung wurde ihr bewusst, dass ihr Sohn ihre Haarfarbe geerbt hatte statt die ihres Mannes, aber dann sah sie das winzige anbetungswürdige Gesicht. Es war, als würde sie einen Miniatur-Charles betrachten.

»Unser Sohn!« Charles kniete neben ihr auf dem Boden, den Arm um sie gelegt, und seine Stimme brach, aber auf eine wundervolle Art. »Unser Sohn.« Und in diesem Moment wusste Laura, dass es das alles wert gewesen war. Nun konnte nichts und niemand, nicht einmal Eloise oder Mary Rose, ihre neue kleine Familie zerstören – dieses Band zwischen Charles und ihr.

Während sie staunend und ungläubig auf ihren Sohn blickte, beobachtete sie, dass er ihre Brustwarze suchte und gleich darauf gierig daran saugte, als hätte er das schon zuvor getan. Laura wurde von einer Liebe erfüllt, die sie nicht für möglich gehalten hätte. Sie war Mutter! Alles andere, auf das sie stolz gewesen war – Ehefrau, Künstlerin –, schien nun unbedeutend. »Ich werde immer auf dich aufpassen«, flüsterte sie inbrünstig. »Dir wird kein Leid geschehen. Niemals!«

»Wie soll er denn heißen?«, fragte die Hebamme gerührt.

»Jacob«, antwortete Charles entschieden. Es war der zweite Vorname von Lauras Vater und ihre Art, die Erinnerung an ihn wachzuhalten. Als sie kurz nach der ersten Schwangerschaftsuntersuchung darüber gesprochen hatten, hatte Charles ihren Vorschlag befürwortet und erklärt, dass der Name Jacob kraftvoll klingen würde, wenn auch vielleicht ein wenig altmodisch, mit seinem biblischen Hintergrund. Dass jemand mit diesem Namen alles werden könne, ob Künstler oder Architekt oder wofür auch immer ihr Sohn sich später entscheiden würde.

»Willkommen in der Welt, Jacob«, flüsterte Laura zärtlich. »Willkommen.«

Trotz der Babyratgeber, die Laura in der Schwangerschaft gelesen hatte, war sie nicht auf die Realität mit einem Säugling vorbereitet. Es war nicht nur die chronische Übermüdung, weil sie zu jeder Tages- und Nachtzeit aufstehen musste, um Jacob zu stillen, dessen Hunger anscheinend keine Grenzen kannte. Und es war auch nicht nur die Anstrengung, sich zurechtzumachen oder nie genau zu wissen, ob Tag oder Nacht war.

Es war vor allem die ständige Angst, dass sie etwas falsch machen könnte. »Warum gibt es keine Kurse, die einen darauf vorbereiten, wie man für sein Kind sorgt?«, fragte sie Charles, wobei sie nicht wusste, ob sie lachen oder weinen sollte.

Sie lagen alle zusammen auf dem Ehebett, und Jacob an der Schulter seines Vaters brüllte entweder vor Hunger oder Blähungen oder weiß der Himmel, warum. Charles streichelte ihm den Rücken, aber es machte keinen Unterschied. Genauso wenig Lauras Brust, die sie ihm anbot, obwohl ihre Brustwarzen geschwollen waren und heftig schmerzten. Laura fühlte sich heiß und fiebrig, als hätte sie eine Grippe. »Was hat er?«, fragte sie. »Warum schreit er?«

»Ich weiß es nicht.« Charles klopfte seinem Sohn weiter sanft auf den Rücken, aber das Gebrüll wurde immer lauter.

»Du hast doch so was schon mal mitgemacht. Ich dachte, du weißt, was zu tun ist.« Es kam unbeabsichtigt scharf heraus, aber sie war hundemüde.

»Jedes Baby ist anders.«

»So wie jede Ehefrau?«

Charles' gekränkte Miene ließ Laura erkennen, dass sie dieses Mal zu weit gegangen war. »Tut mir leid.« Ihre Augen füllten sich mit Tränen. »Es ist nur so, ich fühle mich wie eine Versagerin. Ich sollte eigentlich in der Lage sein, mein Kind zu beruhigen, aber es will nicht gestillt werden, es benötigt keine frische Windel, und ich weiß einfach nicht, wie ich damit zurechtkommen soll.« Die Tränen flossen nun ungehindert. »Vielleicht hätte ich einfach nur Künstlerin bleiben sollen.«

»Nein.« Charles zog sie an sich. »Es ist alles in Ordnung. Du machst das richtig gut. Ehrlich. Außerdem wirst du es leichter haben, wenn deine Mutter zu uns runterkommt.«

Sie schniefte. »Ach ja? Sie wird wahrscheinlich das Zepter an sich reißen und mir sagen, dass ich alles verkehrt mache.«

Letzten Endes entpuppte sich der Besuch ihrer Mutter als ein Geschenk. Die starken Schmerzen in der Brust, da war Laura sich mit der Hebamme einig, waren ein Symptom für eine Mastitis – eine unangenehme Sache, von der sie noch nie zuvor gehört hatte, aber mit der Krissie in der Stillzeit auch zu kämpfen gehabt hatte, wie ihre Freundin ihr am Telefon eifrig versicherte. Da es Laura widerstrebte, Medikamente zu nehmen, solange sie Jacob stillte, musste sie erst überredet werden, um eine Antibiotikumtherapie zu machen, durch die es ihr bald deutlich besser ging. Die Hebamme empfahl ihr außerdem eine andere Brustsalbe, die das Stillen weniger schmerzhaft machte.

»Gib ihn mir, dann kannst du dich ausruhen«, bot ihre Mutter an, aber Laura schüttelte vehement den Kopf. »Ich will ihn bei mir haben.«

»Aber Schatz, ich bin deine Mutter! Ich habe dich großgezogen. Vertraust du mir denn nicht?«

»Doch. Nein. Ich weiß nicht.« Lauras Augen füllten sich wieder mit Tränen. Wie konnte sie ihrer Mutter erklären, dass ihre dumme Recherche über ihre zwielichtige Vorfahrin die schreckliche Angst in ihr ausgelöst hatte, dass ihrem Baby etwas zustoßen könnte – so wie Mary Rose' kleinem Bruder Ralph?

»Ist es normal, dass sie sich die ganze Zeit ängstigt?«, hörte sie Charles leise ihre Mutter fragen.

»Ihr sollt nicht hinter meinem Rücken über mich reden!«, schimpfte sie.

»Schätzchen.« Ihre Mutter streichelte ihre Hand, als wäre Laura wieder ein kleines Mädchen. »Es ist nur so, dass wir uns Sorgen um dich machen. Die Hebamme glaubt, du hast ein bisschen den Babyblues, aber das ist normal. Das geht wieder vorbei. Lass mich wissen, wenn du bereit bist für Besucher. Die Mädchen sterben beinahe vor Ungeduld, ihren kleinen Bruder zu sehen, und auch Audrey ist schon furchtbar gespannt. Dem armen Derek geht es in letzter Zeit nicht so gut.«

»Nicht so gut?« Laura hörte, dass ihre Stimme vor Panik lauter wurde. »Dann will ich weder ihn noch Audrey hierhaben. Sie könnten eine Ansteckungsgefahr für Jacob sein.«

»Es handelt sich nicht um eine ansteckende Krankheit, Liebes.« Die Stimme ihrer Mutter klang traurig. »Derek ist wieder herumgewandert. Man befürchtet, das könnten die ersten Anzeichen für Alzheimer sein. Armer Mann. Es würde Audrey sicher guttun, dich zu besuchen. Einverstanden?«

Laura nickte. »Aber die Mädchen will ich nicht sehen.«

»Die Mädchen nicht?« Charles klang gekränkt. »Sie sind Jacobs Schwestern.«

Laura zögerte. Sie wusste, dass sie den Mädchen nicht verbieten konnte, die Wohnung zu betreten, aber gleichzeitig fürchtete sie sich aufrichtig davor. Hatte Eloise nicht versucht, sie umzubringen? »Also gut. Aber nur, wenn du sie die ganze Zeit im Auge behältst.«

Charles schüttelte traurig den Kopf. Er hielt sie wahrscheinlich für verrückt oder unhöflich oder womöglich beides. Aber das war ihr egal! Alles andere war unwichtig, solange sie Jacob hatte, sagte sie sich, während sie seinen Kopf streichelte. »Ich werde sie mal anrufen«, sagte Charles leise.

Ihre Mutter wartete, bis er das Zimmer verlassen hatte. Dann nahm ihr Gesicht einen Ausdruck an wie früher, als Laura noch ein Kind gewesen war. »Schätzchen«, begann sie. »Ich will dir mal was sagen. Du denkst vielleicht, du weißt Bescheid, aber glaub mir, das ist erst der Anfang. Es ist normal für eine junge Mutter, Angst zu haben. Ich war genauso. Ganz genauso.«

Wirklich? Laura hätte das nie vermutet. Ihre Mutter hatte immer so einen patenten Eindruck gemacht.

»Besonders«, fuhr ihre Mutter fort, »wegen der Herzprobleme in der Familie deines Vaters.«

Laura wurde direkt wieder panisch. »Die Ärzte haben gesagt, dass mit Jacobs Herz alles in Ordnung sei. Aber was, wenn sie sich geirrt haben?«

»Sie haben sich nicht geirrt. Die Medizin hat große Fortschritte gemacht, seit …«

Sie verstummte, aber Laura wusste, dass sie an die beiden Babys dachte, die sie verloren hatte, bevor sie Laura zur Welt brachte. Lauras Hand kroch über das Bett, um die ihrer Mutter zu halten.

»Du kannst dir vorstellen, wie kostbar du warst – und natürlich immer noch bist. Als du klein warst, hatte ich ständig Angst, dass irgendetwas passieren könnte und ich eines Morgens aufwache und feststellen muss, dass du nicht mehr atmest, obwohl du kerngesund warst. Deinem Vater ging es genauso. Das war mit ein Grund, warum er dich vergöttert hat. Um ehrlich zu sein, war ich manchmal ein bisschen eifersüchtig.«

Davon hatte sie nie etwas geahnt!

»Aber bei dir, Liebes, ist es noch komplizierter. Charles hat außer seinem Sohn noch zwei Töchter. Da du nun selbst Mutter bist, wirst du sicher verstehen, dass die Elternliebe praktisch unerschütterlich ist, egal, was der Nachwuchs anstellt. Selbst wenn Eloise tatsächlich versucht haben sollte, dich zu überfahren – wobei ich persönlich es für einen Unfall halte –, liebt ihr Vater sie immer noch abgöttisch. Wenn du den Mädchen nicht erlaubst, Zeit mit ihrem Bruder zu verbringen, wird das einen Keil zwischen dich und Charles treiben.« Ihre Mutter sah sie nun ernst an. »Vertrau mir in diesem Punkt.«

Laura nickte. Es widerstrebte ihr zwar enorm, es zuzugeben, aber die Worte ihrer Mutter ergaben einen Sinn. Sie hatten sogar den kleinen Jacob beruhigt, der nun auf ihrer Brust fest eingeschlafen war. Als dann später am Tag die Mädchen vorbeikamen und auf Zehenspitzen und mit erwartungsfrohen Gesichtern, die Laura von ihnen gar nicht kannte, hereinschlichen, erlaubte sie ihnen, sich neben sie zu setzen und jeweils eine Hand ihres Sohnes zu halten, obwohl jede Faser in ihrem Körper zum Zerreißen gespannt war in einer fürsorglichen Alarmbereitschaft, die ihre Arme steif werden ließ vor Angst.

»Er ist so winzig«, flüsterte Hannah mit einem Leuchten in den Augen. »Wie eine Babypuppe!«

»Sieh mal!«, wisperte Eloise, als wäre sie ein kleines Kind, das ein heiß ersehntes Geschenk betrachtete. »Er hat unsere Nase und dieselbe Augenfarbe!«

Leise stellte Charles sich hinter seine Töchter und legte ihnen jeweils eine Hand auf die Schulter, während er Laura anlächelte. Sie konnte seine Gedanken so deutlich lesen, als würde er sie laut aussprechen. »Danke«, sagte er. »Danke, dass du aus uns endlich eine richtige Familie machst.«

51

Während die Wochen verstrichen, schien es unvorstellbar, dass Laura jemals ein Leben gehabt hatte, von dem Jacob kein Teil war. Nun wurde jeder wache Moment ihres Tages davon bestimmt sicherzustellen, dass ihr Sohn richtig trank, dass er sauber war, dass er zufrieden war. Aber vor allem, dass er atmete!

Nachts schreckte sie im Bett hoch, weil ihr plötzlich bewusst wurde, dass sie drei oder vier Stunden am Stück geschlafen hatte, ohne nach ihrem Sohn zu schauen, und dann stand sie rasch auf und ging auf Zehenspitzen hinüber zu seinem Gitterbett neben dem Nachtlicht.

Obwohl er gleich nebenan ein hübsches Kinderzimmer hatte, weigerte sie sich, ihn dort nachts allein zu lassen. Was, wenn ihm etwas passierte? Als er mit sechs Wochen einen Schnupfen entwickelte und mit Antibiotika behandelt wurde, die sie ihm in den Mund spritzen musste, war sie mit ihrer Weisheit am Ende, vor allem da ihre Mutter zu diesem Zeitpunkt bereits wieder nach Hause gefahren war.

»Mach dir keine Sorgen«, sagte Charles in einem Ton, der beruhigend klingen sollte, Laura jedoch das Gefühl vermittelte, dass sie sich unnötig verrückt machte. »Kinder sind viel zäher, als man denkt.«

Waren sie das? Man brauchte nur den armen kleinen Andrew als Beispiel zu nehmen. Nachdem Laura nun selbst ein Kind hatte, konnte sie den Schmerz seiner Eltern viel besser nachempfinden. Manchmal kam ihr der Gedanke, zu ihnen Kontakt aufzunehmen, um ihnen zu sagen, wie leid es ihr tat. »Ich halte das für keine gute Idee«, sagte ihre Mutter am Telefon. »Schlafende Hunde soll man nicht wecken.«

Vielleicht hatte sie recht. Als Jacob drei Monate alt war, wurde Laura allmählich etwas lockerer. Ihr Sohn würde »ordentlich zulegen«, sagte die Familienhebamme, und er begegnete der Umstellung auf feste Nahrung mit einer Begeisterung, die zu dem gesunden Appetit seines Vaters passte. Langsam, ganz langsam, erlaubte Laura den Mädchen, den Kleinen abwechselnd auf den Schoß zu nehmen – aber nur, wenn sie dabei war und ein Auge darauf haben konnte.

»Er ist so cool«, sagte Hannah, während sie mit den Fingern über das kleine pausbäckige Gesicht ihres Bruders strich. Hast du dir die Hände gewaschen, lag Laura auf der Zunge. Aber sie dachte an den Rat ihrer Mutter und verkniff sich die Bemerkung. Selbst Eloise schien von ihrem Bruder fasziniert zu sein und richtete sein Foto als Bildschirmschoner auf ihrem Handy ein.

Mittlerweile hatte Laura etwas entwickelt, was die Babyratgeber »eine Routine« nannten. Wenn Jacob schlief, schaffte sie es, mit ihrer Arbeit für die neue Chefredakteurin, die inzwischen offenbar ziemlich von ihr angetan war, ein Stück weiterzukommen. Zurzeit arbeitete Laura an dem zauberhaften Motiv einer Hundsrose, aber es hatte den Anschein, dass Jacob wach wurde und sofortige Aufmerksamkeit verlangte, kaum dass sie anfing zu zeichnen. »Warum holen wir uns nicht eine Hilfe?«, schlug ihr Mann vor. »Stephanie hatte ein Au-pair-Mädchen.«

Die Idee war absurd. »Ich will nicht, dass sich eine Fremde um unseren Sohn kümmert«, erwiderte sie entschlossen.

Unterdessen war es erstaunlich, wie viel Aufmerksamkeit ein Baby in einer Stadt auf sich ziehen konnte. Menschen, die Laura früher auf der Straße nur zugenickt hatten, blieben nun stehen, um den kleinen Jacob in seinem Buggy zu bewundern und großes Aufheben um ihn zu machen. »Ist er nicht hinreißend? Was für ein hübscher Junge! Sie haben sich bestimmt schon in der neuen Mutter-Kind-Gruppe angemeldet, oder?«

»Ich bin noch nicht dazu gekommen«, sagte sie dann. Aber der wahre Grund war ihre Angst, dass er sich von den anderen Kindern einen Bazillus einfangen könnte.

»Sind Sie sicher, das Richtige zu tun, meine Liebe?«, fragte Audrey, als sie eines Tages auf einen Kaffee herüberkam. »Derek sagt immer, dass Babys ihr Immunsystem durch den Kontakt zu anderen entwickeln müssen. Aus diesem Grund hatten wir früher Windpockenpartys, als wir noch Kinder waren.«

Was für eine alberne Idee! »Wie geht es Derek?«, fragte Laura sanft, um das Thema zu wechseln. Audrey hatte widerstrebend eingelenkt, ihren Bruder zwei Tage in der Woche in das örtliche Pflegezentrum zu geben, um sich selbst eine Atempause zu verschaffen. Dereks Vergesslichkeit und sein Gedächtnisverlust wurden immer schlimmer, während seine Alzheimererkrankung voranschritt. »Er amüsiert sich, danke. Er hat in der Pflege ein paar Bekanntschaften geschlossen, darunter mit der Mutter dieser Antiquitätenhändlerin, ist das nicht nett?« Audreys Gesicht verlor sein übliches Strahlen. »Nun habe ich jedoch ein Problem. Ich bin so sehr an Dereks Gesellschaft gewöhnt, dass ich nichts mit mir anzufangen weiß.«

Sie warf einen wehmütigen Blick auf Jacob, der in seiner Babyschale schlief, den Daumen im Mund. Laura spürte Mitleid mit dieser netten, herzlichen Frau, die nie eigene Kinder gehabt hatte. »Tatsächlich habe ich mich gefragt, ob Sie vielleicht bei Ihrem Projekt über Mary Rose Hilfe benötigen. Ihre

Erzählung von dem Landesarchiv hat meinen Appetit geweckt. Hätten Sie etwas dagegen, wenn ich selbst ein paar Nachforschungen anstelle, um zu sehen, ob ich mehr in Erfahrung bringen kann?«

Ihre Worte jagten Laura einen kalten Schauer über den Rücken. »Das können Sie gerne tun, wenn Sie das möchten, aber um ehrlich zu sein, habe ich dieses Kapitel schon so gut wie abgeschlossen.« Sie versuchte, unbekümmert zu lachen. »Gegen böses Blut in der Vergangenheit kann man eben nichts machen.«

Audrey blickte sie fragend an. »Dann denken Sie also, sie hat es doch getan?«

»Lassen Sie es uns so ausdrücken: Auf dem Foto macht sie nicht gerade einen reumütigen Eindruck.«

»Aber was ist mit diesen Kindergräbern? Wissen Sie noch, Dereks Vermutung, dass es in Ihrer Familie eine Erbkrankheit gab?«

Laura zuckte mit den Schultern. »Das erklärt aber immer noch nicht, warum der Säugling mit zerschmettertem Schädel auf dem Boden gefunden wurde, wie in diesem alten Zeitungsartikel stand.«

Während sie redete, bewegte sich Jacob im Schlaf, und sie streichelte mit dem kleinen Finger über seine samtweiche Wange. »Wenn Sie weiterforschen wollen, Audrey, dann von mir aus. Aber tun Sie es bitte nicht meinetwegen.«

»Danke, meine Liebe!« Audreys Gesicht strahlte wieder. »Das gibt mir etwas, womit ich mich beschäftigen kann.«

Weitere Wochen verstrichen, und Jacob begann, sich aufzusetzen, indem er sich gegen ein Kissen lehnte. »Schlauer Junge!«, applaudierte Hannah bewundernd. »Ist das nicht genial, Eloise?«

Aber ihre Schwester gab sich inzwischen wieder verschlossener, auch wenn Laura, als Jacob zu krabbeln anfing, ein Leuchten in den Augen ihrer älteren Stieftochter wahrnahm.

»Ich weiß, es klingt vielleicht albern«, begann sie eines Abends, als sie in Charles' Armen lag. Sie hatten gerade miteinander geschlafen, was sie seit Jacobs Geburt seltener taten, aber immer noch so wunderbar war wie früher.

»Na los, sag schon«, murmelte Charles, während er in dieser herrlichen Mattigkeit nach dem Sex den Umriss ihrer Brüste nachzeichnete.

»Ich habe Angst, dass Eloise Jacob etwas antun könnte.«

Zu spät erkannte sie, dass sie besser den Mund gehalten hätte.

»Jacob etwas *antun*?« Charles rückte im Bett von ihr ab. »Das würde sie niemals tun. Wie kommst du auf so eine Idee?«

Laura fühlte sich nun töricht und auch unbehaglich. »Sie hat dieses Funkeln in den Augen, wenn sie Jacob beim Krabbeln beobachtet. Ich habe dann immer das Gefühl, dass sie etwas ausheckt.«

Charles setzte sich auf, und in dem Dämmerlicht, das durch die Fenster fiel, konnte sie sehen, dass er die Stirn runzelte. »Ich dachte, du hättest diese Paranoia überwunden.«

»Das ist keine Paranoia!«

»Nun, was auch immer es ist, es ist jedenfalls nicht sehr nett. Nicht wenn du an meinen Mädchen kein gutes Haar lässt. Ich denke, du solltest mal zum Arzt gehen.«

»Ich brauche keinen Arzt. Ich brauche nur deine Unterstützung.«

Und dann stritten sie sich in gedämpftem Ton, was dazu führte, dass Charles für den Rest der Nacht in das Gästezimmer umzog. »Siehst du, Mary Rose!«, zischte Laura wütend in die Dunkelheit. »Das ist alles deine Schuld!« Denn hätte sie nie von dem Verbrechen ihrer Vorfahrin erfahren, und wäre sie nicht unwissentlich in deren ehemaliges Haus gezogen, wäre alles vielleicht ganz anders gekommen. Dann wäre sie eine dieser gelassenen, coolen Mütter, die sie immer aus der Krabbelgruppe kommen sah, statt ein wehleidiges Wrack, das es nicht auf die Reihe brachte, Mutter und Ehefrau zu sein.

Am nächsten Morgen zeigte sich Charles verständnisvoller. »Es tut mir leid«, sagte er und gab ihr einen Kuss auf den Kopf. »Aber ich denke trotzdem, du solltest mal zum Arzt gehen. Vielleicht hast du den Babyblues. Der kommt sehr häufig vor. Stephanie hatte ihn auch.«

Stephanie hier, Stephanie da! Würde sie jemals die Vergangenheit auslöschen können? »Aber Jacob ist jetzt fast sechs Monate alt. Ist das nicht ein bisschen spät für den Blues?«

»Keine Ahnung. Geh einfach zum Arzt. Bitte.«

Seltsamerweise hielt ihre Freundin Krissie das anscheinend auch für eine gute Idee, als Laura sie am Telefon um Rat fragte. »Absolut. Lass dir einen Termin geben.«

Also hörte Laura auf sie. In der Woche darauf schob sie einen gut eingepackten Jacob in seinem Buggy zur Arztpraxis, während sie sich fragte, was genau sie dort sagen sollte. Als sie die Abkürzung über den alten, stillgelegten Friedhof nahm, konnte sie nicht umhin, vor den kleinen Marchmont-Gräbern in der Ecke stehen zu bleiben. Was für eine schreckliche Vergeudung, dachte sie und strich zärtlich über einen der alten, von Flechten bedeckten Grabsteine, während Jacob fröhlich gluckste. Das Leben konnte manchmal sehr grausam sein.

Vielleicht löste sie sich deshalb in Tränen auf, als sie vor der freundlichen Hausärztin saß. »Nach einer Geburt liegen die Nerven sehr häufig blank«, sagte die Ärztin beruhigend. »Gesellschaft kann dagegen helfen. Probieren Sie doch mal die Krabbelgruppe aus. Man kann ein Baby nicht für immer in Watte packen.«

Und so verließ Laura die Praxis mit einer Telefonnummer in der Hand und dem kleinen Jacob, der nun kräftig schrie. »Schsch«, versuchte sie ihn zu trösten, aber es half nicht. Um ihn abzulenken, blieb sie vor dem Antiquitätenladen stehen, wo Molly gerade eine zerbrochene Vase reparierte. »Hab Sie schon eine Weile nicht mehr gesehen!«, begrüßte die Frau sie fröhlich. »Wie ich sehe, waren Sie beschäftigt. Ein strammes Kerlchen, nicht? Ich muss jetzt wieder an die Arbeit. Meine einzige Chance, solange Mum in der Tagespflege ist. Sie hat sich übrigens mit Ihrem Nachbarn angefreundet. Derek heißt er, glaube ich. Die beiden benehmen sich wie zwei richtige Turteltäubchen.«

Wusste Audrey davon?, fragte Laura sich, während sie Jacob an der Küste entlangschob, wo der Wind das Meer zu schaumgebäckartigen Kronen aufpeitschte. Alte Menschen taten manchmal unvorhersehbare Dinge. Genau wie Teenager.

»Schau mal, Jacob!« Sie deutete auf eine Reihe von prall aufgeplusterten Seemöwen, die auf dem Geländer saßen. Wie leicht es war, laut vor sich hin zu sprechen, wenn man ein Kind hatte. In ihrem fast verzweifelten Bedürfnis nach einer Unterhaltung mit einem Erwachsenen machte sie auf dem Hügel spontan vor dem Blumengeschäft Halt und kaufte einen kleinen Strauß weiße Lilien.

»Das soll bestimmt ein Geschenk sein, oder?«, fragte die Floristin, nachdem sie Jacob bewundert hatte.

»In gewisser Weise«, erwiderte Laura, während sie den herrlichen Duft der Blumen einatmete. Stargazer-Lilien waren schon immer ihre Lieblingsblumen. Als sie wieder den Friedhof überquerte, legte sie jeweils eine Lilie auf die drei kleinen Gräber. Auf diese Weise sahen sie weniger einsam aus, dachte sie, bevor sie ihren Weg nach Hause fortsetzte. Weniger vernachlässigt.

Aber kaum hatte sie vor der Haustür ihren Schlüssel herausgekramt, kam Audrey ihr mit einem Stoß Papierblätter in der Hand entgegengeeilt. »Laura! Sie werden nie erraten, was ich entdeckt habe. Sehen Sie!«

Sie drückte ihr die fotokopierten Seiten in die Hand. Es schien sich um ein Verzeichnis von Haushaltsgegenständen zu handeln, die in einer schönen, äußerst sorgfältigen Handschrift aufgelistet waren, samt einem Preis dahinter.

»Das ist ein altes Haushaltsbuch«, erklärte Audrey aufgeregt. »Und zwar nicht irgendein altes Haushaltsbuch. Sehen Sie nur!«

Sie deutete auf das Titelblatt. *Mrs. Hasberry, Haushälterin,* stand dort. *Seamouth House 1872.*

»Ist das nicht das Jahr, in dem Ihre Mary Rose wegen Mordes verurteilt wurde?« Audreys Gesicht hatte sich vor Aufregung leicht gerötet. »In dem Buch ist sogar an jedem Tag das Kommen und Gehen der Dienerschaft vermerkt. Sehen Sie? Also, Mary Rose soll das Verbrechen am ersten September begangen haben. Laut dem Eintrag von Mrs. Hasberry kam der örtliche Bäcker, ein gewisser Joe Colyton, an jenem Tag ins Haus, um eine Lieferung abzugeben. Angenommen, der Bäcker hat das Kind umgebracht und nicht Mary Rose?«

In diesem Moment fing Jacob an zu quengeln. Laura lernte allmählich die verschiedenen Unmutslaute ihres Sohnes zu deuten. In diesem Fall handelte es sich um ein hungriges Greinen, was bedeutete, dass er schnell gefüttert werden musste. »Ich weiß nicht«, seufzte sie. »Außerdem gibt es keine Möglichkeit mehr, das zu beweisen, oder? Hören Sie, Audrey, es ist wirklich lieb von Ihnen, dass Sie sich so viel Mühe geben, aber wenn ich ehrlich bin, habe ich das Interesse verloren, seit ich dieses Foto von Mary Rose gesehen habe. Dieses Lächeln hat mir wirklich den Rest gegeben.«

»Ich weiß, meine Liebe.« Audrey legte eine Hand auf ihren Arm. »Aber ich habe das Gefühl, dass Ihre Mary Rose zum Sündenbock gemacht wurde. Warum hätte sie sonst so viele Stunden damit zugebracht, ihre Unschuld auf diesen wunderschönen Sticktüchern zu beteuern? Das nenne ich Hartnäckigkeit! Genau aus diesem Grund müssen wir der Sache nachgehen. Ich habe nämlich das Gefühl, dass Sie erst dann in Frieden hier leben können.«

»Eigentlich möchten wir ausziehen.« Die Worte waren heraus, bevor Laura es verhindern konnte. Dabei war es nicht so, als hätten Charles und sie schon darüber gesprochen; vielmehr war es bloß ein Gedanke von ihr. Aber nun, da sie ihn ausgesprochen hatte, schien ein Umzug die einzige Möglichkeit zu sein, um ihre Vergangenheit loszuwerden, die ihre Gegenwart zerstörte. Wenn Charles und sie in einen Neubau ohne negative Schwingungen aus der Vergangenheit umsiedelten, würde alles wieder in Ordnung kommen. Sie würde dann nicht mehr in ständiger Sorge um Jacob sein. Sie würde sich nicht mehr einbilden, dass seine Halbschwestern ihm Schaden zufügen wollten. Und Charles und sie würden sich wieder blendend verstehen.

»Wenn du das unbedingt möchtest«, erwiderte ihr Mann bedächtig, als sie ihm später am Abend von ihren Überlegungen erzählte. »Aber es wäre wirklich ein Jammer. Das Haus ist bezaubernd.«

»Für mich nicht mehr, seit ich über Mary Rose Bescheid weiß.«

Charles warf ihr einen enttäuschten Blick zu. »Ich würde alles tun, um dich glücklich zu machen, Laura. Gut, dann werde ich ein paar Makler kontaktieren. Ach, übrigens … Stephanie und ihr Mann wollen eine Kreuzfahrt machen.«

Er unterbrach sich. Es war für ihn nicht einfach, dass seine

Töchter mit einem anderen Mann zusammenlebten, und Laura empfand Mitleid mit ihm. Die Vorstellung, Jacob bei einer Stiefmutter abzugeben, war undenkbar. »Sie hat gefragt, ob wir solange die Mädchen nehmen können. Geht das in Ordnung?«

Wie konnte sie Nein sagen? Nun, da sie selbst Mutter war, konnte sie nur allzu gut nachvollziehen, wie wichtig es war, seine Kinder in der Nähe zu haben. »Okay. Aber sie müssen sich benehmen. Ich habe Arbeit, die pünktlich fertig werden muss.«

»Sie werden dich nicht stören. Eigentlich könntest du sie doch auf Jacob aufpassen lassen, während du arbeitest, oder?« Er sah sie flehentlich an. »Sie würden diese Aufgabe bestimmt gerne übernehmen. Vielleicht ist es genau das, was sie brauchen.« Er schenkte ihr ein verlegenes Lächeln. »Und du auch.«

Vielleicht hatte er recht, dachte Laura. Wenn Charles bereit war umzuziehen, musste sie ihm schließlich beweisen, dass auch sie flexibel sein konnte. Außerdem wäre sie ja im Zimmer nebenan. Als die Mädchen eintrafen und Jacob beschlossen hatte, nicht zu schlafen, sondern vergnügt und wunderbar gerade in seinem Kinderstuhl saß und Babylaute von sich gab, die vielleicht ein »Mama« waren oder auch nicht, erklärte Laura ihnen also, dass sie auf ihn aufpassen durften, aber sie sofort holen kommen sollten, wenn ihnen etwas seltsam vorkam.

»Cool!« Hannah hüpfte begeistert auf der Stelle.

Eloise antwortete mit einem unverbindlichen Achselzucken. »Ich muss lernen.« Sie setzte sich an das Fenster mit Aussicht auf das Meer und überließ es ihrer Schwester, bei Jacob zu sitzen und ihn in der Handfläche zu kitzeln, was ihn zum Quietschen brachte.

Während sie sich damit zu beruhigen versuchte, dass sie ja

nur wenige Meter entfernt war, setzte Laura sich mit leichtem Unbehagen an ihren Schreibtisch und begann, die Umrisse eines Staubgefäßes zu zeichnen. Innerhalb von wenigen Minuten war sie in ihrer eigenen wunderbaren Welt, in der nichts zählte außer der Form der Efeublüte vor ihr. Nicht lange, und sie war meilenweit weg. Nicht mehr nur eine Mutter, sondern Laura Marchmont, eine eigenständige Künstlerin.

»Laura!« Die Stimme hinter ihr ließ sie zusammenfahren und katapultierte sie schlagartig in die Gegenwart zurück.

Sie wirbelte herum und sah ihre jüngere Stieftochter, deren Gesicht vor Angst verzerrt war. »Es ist was mit Jacob. Seine Lippen sind ganz blau!«

52

Einen Moment lang dachte Laura, das Mädchen würde einen grausamen Scherz mit ihr treiben, aber dann sah sie die Panik in seinem Gesicht. Ihr Herz begann sofort zu hämmern, aber als sie von ihrem Stuhl aufstehen wollte, zitterten ihre Beine wie Wackelpudding.

»Schnell!« Hannah zog Laura am Ärmel ihrer Strickweste hoch. »Ich weiß nicht, was ich machen soll! Wir haben nichts getan. Ehrlich nicht!«

Die Unschuldsbeteuerung ihrer Stieftochter, die jener auf Mary Rose' Sticktüchern so ähnlich war, jagte Laura einen kalten Schauer über den Rücken. Benommen rannte sie hinüber ins Wohnzimmer, wo sie törichterweise, wie sie nun erkannte, ihren kostbaren Sohn in der Obhut seiner Halbschwestern zurückgelassen hatte. Jacob lag bäuchlings auf der Spielmatte, den Kopf zur Seite gedreht, und seine Lippen waren bläulich verfärbt.

»Jacob! Jacob!«, schrie sie und kniete sich neben ihn. »Schnell, ruf den Notarzt!«

Aber noch während sie sprach, sah sie, dass sein kleiner Brustkorb sich hob und senkte. Er war nicht tot! Er war nicht tot. Erleichtert wiederholte sie es in ihrem Kopf.

»Was ist passiert?«, fragte sie grimmig nach einer Weile.

Hannah machte ein abwehrendes Gesicht. »Er hat plötzlich

angefangen zu weinen, und dann ist er irgendwie müde geworden.«

Laura spürte instinktiv, dass sie schwindelte. »Bist du sicher, dass er nicht gefallen ist?«

»Ich schwöre es.« Hannah bekreuzigte sich. »Bei meinem Leben.«

Das Mädchen wirkte so überzeugend, wie Mary Rose damals gewirkt haben musste, dachte Laura unwillkürlich. Sie zögerte, während sie ihre Stieftochter musterte. Sagte Hannah die Wahrheit, oder war sie eine gute Lügnerin? Im nächsten Moment zuckte Laura zusammen, als eine Stimme an der Tür ertönte. »Was ist denn hier los?«

Derek? Wie war er hier reingekommen? »Mit Jacob stimmt was nicht.« Ihr Mund war trocken, und sie zitterte am ganzen Leib, sodass sie die Worte kaum herausbrachte. »Seine Lippen sind blau. Nun, zumindest bläulich verfärbt. Sehen Sie.«

»Ist er gefallen?« Ihr Nachbar klang geistesgegenwärtig – als wäre er im Kinderarzt-Modus statt in dem eines verwirrten alten Mannes.

»Die Mädchen sagen Nein.« Sie warf einen fragenden Blick zu Eloise, die mit steinerner Miene zurückstarrte. In Laura stieg Hass auf. Wenn dieses Gör und seine Schwester ihrem Sohn etwas angetan hatten, würden sie bei Gott dafür bezahlen.

Derek kniete sich nun ebenfalls neben Jacob und nahm sein schmales samtweiches Handgelenk zwischen Daumen und Zeigefinger. Er fühlte seinen Puls, wurde Laura bewusst, und plötzlich schlug Jacob die Augen auf, erblickte sie und begann zu weinen, als wäre er gerade aus dem Schlaf erwacht. Noch nie zuvor war Laura so froh gewesen, ihn schreien zu hören! Gleichzeitig bekamen seine blassen Wangen wieder Farbe, obwohl seine Lippen weiterhin bläulich aussahen. Dann hörte man ein lautes ploppendes Geräusch, und gleich darauf roch es nach Kohl. »Blähungen«, verkündete Derek triumphierend.

Blähungen? Aber Jacobs Lippen waren blau. Nun, zumindest bläulich.

»Bei einer Kolik kann so etwas schon mal vorkommen. Vielleicht hat er sich auch ein bisschen verkühlt, weil er ohne Decke geschlafen hat.« Der alte Mann stemmte sich hoch, wobei er sich auf eine Sessellehne stützte. »Babys nicken von einer Sekunde zur nächsten ein wie wir Alten.« Er tätschelte Lauras Schulter. »Allerdings würde ich ihn an Ihrer Stelle sicherheitshalber untersuchen lassen.«

»Warum?«

Derek kratzte sich am Kinn. »Ich könnte mich täuschen, aber ich glaube, mit seinem Puls stimmt etwas nicht.«

Die ganze Erleichterung, die Laura in den letzten Sekunden gespürt hatte, verflüchtigte sich im Nu. »Was meinen Sie damit?«

»Ich bin mir nicht sicher, meine Liebe. Es kann sein, dass ich mich irre. Lassen Sie ihn einfach von Ihrem Kinderarzt durchchecken.«

Redete er wieder wirr?

»Siehst du!« Hannah sprang auf und versuchte, Jacob zu berühren. »Ich habe doch gesagt, dass er nicht gefallen ist. Jacob! Jacob! Sieh mich an! Ich bin's, deine Schwester.«

Sie hatte ihrer Stieftochter unrecht getan, wurde Laura bewusst, während sie beobachtete, wie das Mädchen Jacob Küsse zublies. »Es tut mir leid«, sagte sie und legte den Arm um Hannah, während sie die Lippen auf den kleinen Kopf ihres Sohnes drückte.

Währenddessen hatte Eloise – die kleine eiserne Lady – sich auf die Couch zurückgezogen, wo sie ihre SMS checkte. »Dir ist das wohl alles egal«, wollte Laura sagen, aber in diesem

Moment klingelte es an der Tür. Es war Audrey. Laura hatte sie noch nie zuvor so nervös erlebt. Hinter ihr auf der Zufahrt näherte sich ein Krankenwagen mit blinkendem Blaulicht. Natürlich! Sie hatte den Mädchen vorhin gesagt, sie sollten den Notruf wählen.

»Haben Sie Derek gesehen?« Audreys Augen waren vor Schreck weit aufgerissen. »Ich kann ihn nirgendwo finden!«

»Er ist hier.« Laura wandte sich um. »Zumindest war er das vorhin noch. Er hat sich irgendwie Zutritt zu unserer Wohnung verschafft.«

Audrey zitterte vor Erleichterung. »Und wie?«

»Das weiß ich nicht genau.« Laura blickte auf ihren Sohn, der auf ihrem Arm heftig zu zappeln begann. Er wirkte nun wie das blühende Leben. Unglaublich. Hatte sie überreagiert wie so manche unerfahrene Mutter oder schlimmer noch wegen Andrew vielleicht? Es stimmte, dass sie sich oft zu Jacob hinunterbeugte, wenn er schlief, um zu prüfen, ob er noch atmete, wobei sie immer das Bild der dunklen Silhouette vor dem Fenster vor Augen hatte. »Hören Sie, Audrey, wir hatten hier gerade ein bisschen Aufregung wegen Jacob. Ich melde mich später bei Ihnen, okay?«

Das musste Laura dem Krankenhaus lassen, sie waren dort sehr gründlich. Nachdem sie geschildert hatte, was vorgefallen war, wurden sie sofort in eine Kabine geführt, wo Jacob von einem Arzt untersucht wurde. Er machte nun so einen lebendigen und gesunden Eindruck mit seinen rosigen Wangen, dass es Laura fast peinlich war. Danach wurde er für weitere Untersuchungen in die kardiologische Abteilung gebracht, »als reine Vorsichtsmaßnahme«.

Zwischendurch hatte sie Charles in der Arbeit verständigt, und nun saßen sie beide besorgt im Warteraum, wo sie versuchten, Jacob festzuhalten, der mit seinen kleinen Armen und Beinen ruderte, weil er auf den Boden hinuntergelassen werden wollte, um auf Erkundungstour zu gehen. Schließlich wurden sie in ein Behandlungszimmer gerufen, wo an einer Lichttafel hinter dem Schreibtisch eine Röntgenaufnahme hing. Laura bekam einen trockenen Mund.

»Es sieht so aus, als hätte Jacob das, was wir als harmloses Herznebengeräusch bezeichnen. Tatsächlich kommt das recht häufig vor, und gewöhnlich unternehmen wir nichts dagegen, außer dass wir ein Auge darauf haben. Kinder können da herauswachsen. Tatsächlich haben auch viele Erwachsene Herznebengeräusche und ahnen gar nichts davon«, erklärte der Arzt.

Das alles klang harmlos. »Aber warum hat man das nicht schon gleich nach seiner Geburt festgestellt?«, fragte Charles.

»Es ist leider nicht immer so offensichtlich.«

Laura biss sich auf die Unterlippe. »Ist es was Ernstes?«

»Normalerweise nicht. Gibt es bei Ihnen beiden Herzkrankheiten in der Familie?«

Charles schüttelte den Kopf, aber Laura lief es kalt über den Rücken. »Mein Vater.« Sie zögerte kurz, während sie versuchte, den Schmerz zu unterdrücken, der jedes Mal hochstieg, wenn sie von ihrem Vater redete. »Er ist mit vierzig an einem Herzinfarkt gestorben. Und meine Mutter erlitt zwei Fehlgeburten, bevor ich auf die Welt kam. Man vermutete, dass da ein Zusammenhang bestand.«

Der Arzt mit dem freundlichen Gesicht nickte mitfühlend. »Das tut mir leid.«

Das war nett von ihm. »Mein Großvater hatte auch Herzprobleme, glaube ich, aber sonst weiß ich von keinem mehr.« Während sie sprach, blitzte das Bild der kleinen Gräber auf dem Friedhof vor ihrem geistigen Auge auf.

»Was ist mit Ihnen selbst?«

»Mir wurde gesagt, dass ich gesund bin.«

Charles legte beschützend den Arm um sie, und Laura lehnte sich an ihn. Warum musste wieder alles schiefgehen, gerade wenn alles in Ordnung zu sein schien?

»Vielleicht sollten Sie sich noch mal durchchecken lassen, um sicherzugehen.« Der Arzt gab ihr einen Durchschlag. »Sie brauchen das nicht sofort zu machen. Ich habe notiert, dass wir uns Jacob in einem Jahr wieder anschauen werden, nur um die Sache im Auge zu behalten. Und nun würde ich an Ihrer Stelle mit dem kleinen Wonneproppen nach Hause fahren. Das war für Sie sicher ein kleiner Schock. Ich habe selbst so ein Kerlchen. Er wird morgen sechs Monate alt. Beängstigend, frischgebackene Eltern zu sein, nicht wahr?«

Aufgekratzt vor Erleichterung, fuhren Charles und Laura nach Hause, während Jacob hinten in der Babyschale tobte, weil er raus und spielen wollte. »Das war wirklich ein Schock«, sagte Laura zitternd. »Jetzt im Nachhinein komme ich mir töricht vor. Aber vorhin, als er schlief, wirkte er so …«

Sie unterbrach sich, unfähig, das Wort »tot« auszusprechen.

»Du hast unglaublich gut reagiert.« Charles' Blick war auf die Straße gerichtet, aber seine Hand kroch zu ihr hinüber und streichelte ihr Bein. Dabei spürte Laura das alte magische Kribbeln wieder. »Wirklich, du hast alles richtig gemacht – den Notarzt gerufen, Jacob in der Klinik durchchecken lassen. Babys sind unheimlich.« Er schenkte ihr ein kleines Lächeln. »Ich weiß noch, wie es war, als die Mädchen so klein waren.« Dann wurde er wieder ernst. »Und dein schreckliches Erlebnis mit Andrew macht es bestimmt noch unheimlicher.«

»Allerdings«, sagte sie leise und dankbar für sein Verständnis. »Die Mädchen haben auch toll reagiert«, fügte sie hinzu. »Hannah jedenfalls. Derek war auch klasse, aber ich habe keine

Ahnung, wie er in die Wohnung gekommen ist. Das war wirklich eigenartig.«

Charles nickte. »Ich habe bereits mit Audrey darüber gesprochen. Es ist ihr furchtbar peinlich. Offenbar ist der arme Derek wieder herumgewandert. Er ist nicht mehr ganz klar im Kopf.«

»Aber er hat einen ziemlich klaren Eindruck gemacht, als er Jacobs Puls fühlte.«

Sie bogen nun in die Einfahrt. »So ist das mit Alzheimer«, sagte Charles traurig. »In der einen Minute noch klar und in der nächsten völlig wirr. Arme Audrey. Ich beneide sie nicht.« Er schaltete den Motor aus und zog Laura in seine Richtung. »Vorhin dachte ich einen Moment lang, wir würden unseren Sohn …«

»Nicht.« Sie legte ihm die Hand auf den Mund. »Bitte, sprich es nicht aus.«

Sie wandten beide den Kopf nach hinten, um Jacob zu betrachten, der inzwischen ohne eine Spur von Blau auf den Lippen friedlich schlummerte. »Wir haben so ein Glück«, flüsterte sie.

Charles nickte. »Trotzdem möchte ich, dass du dich so bald wie möglich durchchecken lässt. Ich würde es nicht verkraften, wenn dir etwas zustoßen würde. Ich liebe dich so sehr.«

Gott sei Dank. Es hatte Zeiten gegeben, in denen sie sich wegen der Mädchen so sehr stritten, dass Laura um ihre gemeinsame Zukunft gefürchtet hatte. »Ich kann ohne dich nicht leben«, murmelte Charles und zog sie näher an sich.

»Und ich nicht ohne dich«, erwiderte sie, bevor seine Lippen ihre berührten. Die Erleichterung darüber, dass es zwischen ihnen wieder stimmte, war die Angst um Jacob beinahe wert gewesen.

Zehn Tage später erhielt Laura die Entwarnung. Ihr Herz war kerngesund. »Das sind natürlich gute Neuigkeiten«, bemerkte Audrey, der sie sich anvertraut hatte, weil sie ihre Mutter nicht beunruhigen wollte, die gerade erst eine neue Hüfte bekommen hatte. »Aber es ist auch ein bisschen schade, nicht wahr?«

Manchmal fragte sich Laura, ob Audrey geistig noch auf der Höhe war. »Wie meinen Sie das?«

»Nun, wenn auch Sie ein schwaches Herz hätten, wäre das ein zusätzlicher Beweis für eine Erbkrankheit in Ihrer Familie. Das würde erklären, warum Mary Rose' Bruder und die anderen Halbgeschwister gestorben sind.«

Mary Rose schon wieder. Seit dem Schreck mit Jacob war es Laura gelungen, ihre dubiose Verwandte aus ihren Gedanken zu verdrängen. Aber nun war sie wieder da und dominierte die Unterhaltung. »Ich möchte nicht über sie reden.« Laura pürierte die Karotten mit Hackfleisch für Jacob, der bereits in seinem Hochstuhl saß und ungeduldig seine kleinen Fäuste schüttelte. »Ich kann mich des Eindrucks nicht erwehren, dass sie uns Unglück bringt.«

»Möchten Sie immer noch ausziehen?«, fragte Audrey traurig.

Laura nickte. »Noch einen kleinen Augenblick, Jacob. Dein Essen kommt gleich. Charles und ich wollen uns in Exeter nach einem Haus umschauen. Nach einem hübschen Neubau ohne irgendwelche Geister oder Erinnerungen aus der Vergangenheit.« Sie drückte kurz die Hand der älteren Frau. »Aber keine Sorge, wir werden uns weiterhin regelmäßig sehen, versprochen.«

»Aber es wird trotzdem nicht dasselbe sein, oder?« Audrey schmiegte die Hände um ihre Kaffeetasse, als wollte sie sie wärmen, obwohl es in der Küche durch den Herd warm und behaglich war.

»Es tut mir leid.« Laura fütterte Jacob mit dem Karotten-Hackfleisch-Brei, während sie ihm erlaubte, seinen eigenen Löffel zu halten. So selbstständig! »Übrigens, ich muss Ihnen noch etwas sagen. Charles und ich haben beschlossen, Jacob nächsten Monat taufen zu lassen.«

Audrey blickte hoffnungsvoll auf. »Ich hatte Sie beide nicht für große Kirchgänger gehalten.«

»Sind wir auch nicht wirklich, aber der Schreck mit Jacob hat uns zum Nachdenken gebracht.« Sie griff wieder nach Audreys Hand. »Wir möchten Sie und Derek gerne bei der Taufe dabeihaben. Meine Mutter kommt auch, genau wie meine Freundin Krissie, die Taufpatin ist.«

Audreys Augen strahlten. »Vielen Dank, meine Liebe. Wir kommen sehr gerne. Nun gut, ich weiß, Sie möchten über Ihre nicht ganz so glorreiche Vorfahrin nicht reden, aber da gibt es etwas, was ich Ihnen unbedingt sagen muss. Ich habe auch noch einmal ein bisschen im Landesarchiv gestöbert und bin auf eine Liste mit den Entlassungsdaten von Strafgefangenen gestoßen. Ihre Mary Rose kam 1892 heraus.«

Ihre Augen funkelten. »Daraufhin habe ich mir die Lokalnachrichten von damals auf Mikrofiche angesehen. Und wissen Sie was? Ich habe tatsächlich einen Bericht über den Brand entdeckt, dem das ehemalige Seamouth House zum Opfer fiel.« Ihr Griff um Lauras Hand verstärkte sich. »Halten Sie sich fest! Das Feuer passierte genau in dem Monat, in dem Mary Rose freigelassen wurde.«

»Also hat sie aus Rache ihr Elternhaus niedergebrannt«, flüsterte Laura.

Audrey zuckte mit den Schultern. »Sieht wohl so aus. Tut mir leid, wenn ich Sie beunruhigt habe. Ich dachte einfach, Sie sollten das wissen.«

Diese Information gab den Ausschlag. Nach der Taufe würden sie die Wohnung so schnell wie möglich verkaufen, selbst wenn das einen finanziellen Verlust bedeutete. Je früher sie hier rauskamen, umso besser.

Mary Rose Marchmont

1884

53

Ein Baby? Sie erwartete ein Kind? Mary Rose war so schockiert, dass sie kaum sprechen konnte. Ihre Gedanken wanderten zu der Zeit in ihrem ehemaligen Stickzirkel zurück, als Letitia sie mit allerhand Gekicher darüber aufgeklärt hatte, dass eine bestimmte Dame, die im vergangenen Jahr die Ehe eingegangen war, nun ein Kind geboren hatte.

»Was glaubst du denn, wie Babys gemacht werden?«, hatte Letitia gezischt, und Mary Rose war tief errötet. »Ich weiß nicht.«

Dank der anzüglichen Gespräche um sie herum hatte sie inzwischen etwas mehr Ahnung. Die körperlichen Übergriffe von Jack, dem Sohn des Kerkermeisters, hatten irgendwie ein neues Leben in ihr erschaffen! Vielleicht erklärte das ihren Bauchzuwachs und die Morgenübelkeit. »Wann wird mein Kind kommen?«, fragte sie verblüfft. »Morgen oder nächste Woche?«

Die Vorsteherin stieß ein derbes Lachen aus. »Nicht so hastig. Kurz vor Weihnachten, würde ich sagen.« Laut der Eiche war das noch einige Monate hin. »Außer«, fügte die Vorsteherin hinzu, »wir treffen Maßnahmen, um dich von deinem Übel zu befreien. Hier, nimm!«

Sie drückte Mary Rose eine Flasche Gin in die Hand. »Wenn das nicht hilft, versuchen wir es mit heißen Bädern.«

Mary Rose blickte stirnrunzelnd auf die Flasche. »Wozu soll das gut sein?«

Die Vorsteherin warf ihr einen abschätzigen Blick zu. »Du machst doch sicher einen Scherz, oder? Wir müssen dein Baby töten, bevor es den ersten Atemzug tun kann. Sonst bekommen wir alle Schwierigkeiten.«

Ihr Baby töten? Es ermorden, so wie alle behaupteten, dass sie Jacob ermordet habe? Dazu war sie nicht fähig, auch wenn sie den Vater verabscheute. Schließlich konnte das arme unschuldige Leben in ihr nichts dafür. »Das ist für mich keine Option«, widersprach sie kühn, »auch wenn das bedeutet, ein außereheliches Kind zur Welt zu bringen.«

Die Vorsteherin musterte sie nun mit noch mehr Geringschätzung. »Und was wird dein Vater zu dieser Schande sagen? Denk an meine Warnung. Wenn du auch nur ein Sterbenswörtchen über meinen Sohn verlierst, werde ich deinem Balg die Kehle aufschlitzen.«

Mary Rose schob das Kinn mit einem Trotz vor, der ihr bis zu diesem Moment fremd gewesen war. »Dann werde ich schweigen. Aber merkt Euch meine Worte: Wenn meinem Kind auch nur das geringste Leid widerfährt, werdet Ihr und Euer elender Sohn dafür bezahlen.« Ihre Augen blitzten, während sie die Sticknadel hervorholte. »Ihr werdet von den anderen Frauen gehört haben, dass ich besondere Fähigkeiten besitze. Gebt also acht, oder Ihr werdet mit ihnen Bekanntschaft machen.«

Zu ihrer Erleichterung schienen ihre Worte, die so viel stärker waren als ihr bebendes Herz, Wirkung zu zeigen. Von diesem Tag an war nie wieder die Rede von Gin oder heißen Bädern. Stattdessen erhielt Mary Rose regelmäßig Fleisch und Extraportionen Haferschleim, während ihr Taillenumfang immer weiter zunahm. Dann kam eines Tages die Nachricht, die sie in der Vergangenheit immer mit Begeisterung erfüllt hatte, sie aber nun vor Angst auffraß: Papa war hier für seinen jährlichen Besuch. Sie konnte ihr Geheimnis nicht länger vor ihm verbergen.

Wie fürchterlich, eine Information zu besitzen, von der ein anderer nichts ahnte! Mary Rose stand vor der Tür, und es widerstrebte ihr hineinzugehen.

»Sag es ihm«, zischte Jack ihr mit diesem furchtbar fischigen Atem ins Ohr, »und du wirst dafür büßen!« Seine Drohung, ein Echo der Drohung seiner niederträchtigen Mutter, schrillte in ihrem Kopf, während Jack sie in den Besucherraum stieß, wo ihr Vater am Fenster stand. Im Gegensatz zu seinen früheren Besuchen wirkte er nun beinahe erfreut, sie zu sehen. Doch dann wanderten seine Augen zu ihrem Bauch hinunter.

Augenblicklich spannte sich sein Mund, und sein Blick verhärtete sich. Er sank zu Boden und bedeckte die Augen. »Welche neue Schande hast du nun über mich gebracht, Kind? Wie kann das sein?«

Mary Rose dachte an die Worte des Kerkermeistersohns und seiner Mutter und konnte nur stumm mit flehentlichem Blick dastehen, unfähig, auch nur ein Wort herauszubringen. Wohl wenig überraschend wandte ihr Vater sich von ihr ab, während seine Stimme nun schroff und abgehackt klang, wie damals nach Jacobs Tod.

»Ich bedaure, dass du so störrisch bist wie eh und je.« Die Worte kamen barsch und bitter heraus. Gleichzeitig war von draußen Lärm zu hören, weil die männlichen Gefangenen für ihren täglichen Rundgang in den Hof hinausgelassen wurden. Laute rüpelhafte Rufe schallten in einer unflätigen Sprache durch die Luft.

Papa schauderte. »Du brauchst meine Frage nicht zu beantworten. Ich kann nur allzu deutlich sehen, dass die Fleischeslust dich übermannt hat.« Er seufzte. »Es ist offensichtlich, dass du mit irgendeinem Tunichtgut intime Beziehungen gepflegt hast.«

»Nein!«, hörte sie sich laut rufen. »So war es nicht!«

Er drehte sich wieder zu ihr mit bekümmertem und flehentlichem Blick. »Dann erkläre dich, oder du bist nicht mehr meine Tochter.«

Daraufhin begann sie zu weinen, langsame, heiße Tränen, die auf ihren Wangen brannten. Wie grausam das Leben war! Wie sehr sie sich danach gesehnt hatte, eines Tages ihr eigenes Kind im Arm zu halten und zu lieben. Doch nun verursachte ebendieses Kind eine neue Kluft zwischen ihr und dem Menschen, der ihr am meisten auf der Welt bedeutete. »Ich kann es nicht sagen, Papa. Ich habe es geschworen.«

Er stieß ein kurzes bitteres Lachen aus. »Einem niederen Subjekt geschworen, wage ich zu behaupten, damit es keine Prügel von mir bezieht. Ich sehe nun, dass Véronique recht hatte. Du hast eine unbeugsame Seite in dir, einen Wesenszug, der nichts auf die Moralvorstellungen dieser Welt gibt. Ich werde dich nie wieder besuchen kommen. Nein, behalte dein Sticktuch mit deiner glühenden Unschuldsbekundung. Ich weiß nicht, was ich mit dir machen soll.«

Mary Rose sank auf die Knie, so schwer es ihr mit ihrem aufgeblähten Körper auch fiel. »Wenn du die Wahrheit kennen würdest, Papa, würdest du nicht so streng zu deiner Tochter sein.«

»Wie kann ich die Wahrheit kennen«, erwiderte er, nun etwas leiser, »wenn du sie mir nicht sagst? Ich hoffe nur, du wirst dein eigenes Kind nicht so grausam behandeln, wie du deinen kleinen Halbbruder behandelt hast.«

Damit wandte er sich zum Gehen und ließ Mary Rose auf

den Knien zurück. Doch trotz ihres Kummers spendeten ihr die Bewegungen in ihrem Bauch etwas Trost. Ihr Baby, das nun heftig trat, würde sie bedingungslos lieben! Er oder sie würde sie akzeptieren, ohne sich des schlimmen Verbrechens bewusst zu sein, das ihr zur Last gelegt wurde.

Bevor die Tage wieder länger wurden, war Mary Rose' Zeit gekommen. Zunächst war es nur eine kleine Unpässlichkeit, nicht genug, dass sie ihre Stickarbeit unterbrach. Dann wurden die Beschwerden intensiver, sodass es sich anfühlte, als würde ihr Körper gleich explodieren. »Holt den Arzt und bringt mir heißes Wasser«, rief die Vorsteherin, als sie Mary Rose am Morgen zusammengekrümmt auf dem Boden fand.

Die Worte der Vorsteherin versetzten Mary Rose in Schrecken. Zitternd vor Angst dachte sie an den Arzt, der das Gefängniskind mit einem grässlich aussehenden Metallinstrument herausgeholt hatte. Würde er sie retten, so wie er die Mutter gerettet hatte? Oder würde sie zu denen gehören, die Pech hatten?

»Lieber Gott«, betete sie. »Nimm mir das Leben, wenn du es für angebracht hältst, aber ich flehe dich an, verschone mein Kind.«

Sie wusste nicht, wie lange sie dort lag. Aber an irgendeinem Punkt wurde ihr bewusst, dass Vater Benedikt über ihrem Kopf das Vaterunser betete. »Und vergib uns unsere Schuld, wie auch wir vergeben unseren Schuldigern«, versuchte sie zu wiederholen, aber sie hatte nicht genügend Kraft, um zu sprechen. Stattdessen verlangte ihr Körper danach, sich zu heben. So hart zu pressen, dass sie keine Kontrolle über ihn hatte.

Dann ertönte ein Schrei. Nicht wie der, den die Vorsteherin ausgestoßen hatte, als sie Mary Rose auf dem Boden entdeckte. Es war auch nicht Mary Rose' eigener Schrei vor Schmerz und

Angst. Nein, es war der Schrei eines Babys! Fast bewusstlos nahm sie wahr, dass zwei fleischige Arme ihr ein Baby auf den Bauch legten. Der kleine Kopf war von einem dichten rostroten Flaum bedeckt, genau wie ihre eigene Haarfarbe. Der kleine Rosenmund suchte nach ihrer Milch, und trotz der Schmerzen und des Schocks lotste sie ihn instinktiv zu ihrer Brustwarze. Er dockte sofort an, während sich die kleinen Augen auf ihre hefteten, als wüsste er – denn es war tatsächlich ein Junge –, dass sie seine Mutter war.

»Gelobt sei der Herr«, murmelte der Kaplan neben ihr.

»Das mag ja sein«, brummte die Vorsteherin, während der Gefängnisarzt mit blutverschmierten Händen seine Instrumente wegpackte und sich dann anschickte, die Blutlache auf dem Boden aufzuwischen. »Aber wie sollen wir das hier erklären? Ganz zu schweigen von durchfüttern.«

Doch während Mary Rose zärtlich auf ihren Sohn blickte, wurde sie von einer Liebe durchströmt, die sie noch nie zuvor gespürt hatte. Wie perfekt er war mit seiner Stupsnase, seinen auffallenden blaugrünen Augen und (das einzige Zugeständnis an seinen Erzeuger) seinem kräftigen, eckigen Kiefer. Selbst der Gedanke an Jack, ihren Aggressor, konnte diese Flut von Leidenschaft nicht eindämmen.

Sie würde dieses Kind mit jedem Zoll ihrer Kraft beschützen! Sie würde nicht zulassen, dass ihm Leid widerfuhr, selbst wenn sie dafür ihr Leben opfern musste. Es war nun unmöglich, ihren Schwur aufrechtzuerhalten und nie wieder zu lieben, damit der Fluch des Rings nicht einen anderen traf. Die glühende Leidenschaft, die sie für dieses unschuldige Baby an ihrer Brust empfand, war mit nichts zu vergleichen.

Dann sah ihr Sohn sie wieder an. Sein Blick erinnerte sie mit erschreckender Deutlichkeit an ihren kleinen Halbbruder. »Jacob«, murmelte sie schwach. »Ich werde ihn Jacob nennen.«

Noch nie zuvor hatte Mary Rose solch eine Liebe empfunden! Nicht einmal für ihren Vater, dessen Hand sie bei ihren gemeinsamen Spaziergängen an der Steilküste in jenen weit zurückliegenden unschuldigen Tagen ihrer Kindheit immer fest umklammert hatte. Und auch nicht für Mama, die in ihrer Erinnerung verblasst war und nur ein vages und fernes Gefühl der Lieblichkeit hinterließ.

Nicht einmal für den ersten kleinen Jacob, den sie nur so kurz gekannt hatte. Und auch nicht für Henry, dessen Gesicht sie nach wie vor in ihren Träumen verfolgte. Ihre Liebe für ihren Sohn übertraf bei Weitem alles davon! Während Mary Rose auf ihren eigenen kleinen Jacob blickte, der zufrieden an ihrer milchgefüllten Brust nuckelte, übermannte sie eine Woge des Stolzes. Denn *sie* war es, nach dem dieses Kind verlangte, und keine andere. Bevor ihr Sohn nicht eine Ehefrau gefunden hätte, würde sein Blick zu keiner anderen Frau abschweifen. Denn Mary Rose wusste von ihrer eigenen tiefen Liebe zu ihren Eltern, dass es Bande gab, die unzertrennbar waren.

Andere Verbindungen mochten vielleicht durch den Blick eines Dritten auf die Probe gestellt werden, in dem die Aufforderung lag, den Gemahl oder die Gemahlin zu verlassen und in einer neuen Liaison Leidenschaft zu finden. Manchmal mochte ein Mann, so wie ihr eigener verehrter Papa, in Versuchung geraten, die Erinnerungen an seine erste Liebe zugunsten des oberflächlichen Charmes einer anderen aufzugeben.

Aber die Liebe zwischen einer Mutter und ihrem Kind konnte nichts zerstören! Selbst wenn etwa weltliche Auseinandersetzungen über banale Angelegenheiten den friedlichen Weg blockierten, würde diese Mutter-Kind-Bindung sich am Ende immer durchsetzen. Warum sonst würde sie ihren verehrten Papa immer noch lieben, obwohl er sich hartnäckig weigerte, sie oder seinen einzigen Enkelsohn zu sehen?

»Eines Tages, mein kleiner Mann«, sagte sie leise zu ihrem Sohn, »wirst du deinen Großvater kennenlernen. Das verspreche ich dir.«

54

Wie wunderbar das Leben war, nun, da sie den kleinen Jacob hatte! Die Gefängnismauern kamen ihr jetzt wie ein Palast vor. Denn es war dieser Ort, der ihr schließlich das geschenkt hatte, wonach sie sich immer gesehnt hatte – nach jemandem, der sie bedingungslos liebte.

Bald begann ihr Sohn zu krabbeln und schließlich innerhalb dieser Steinmauern umherzutapsen, die sein Zuhause waren. Vielleicht half sein sonniges Naturell, dass jeder, ob Mann oder Frau, beim Anblick seines gewinnenden Lächelns und seines zufriedenen Glucksens tief in seinem Innern eine Wärme aufflammen spürte. Jacob konnte selbst den größten Griesgram in eine fröhlichere Seele verwandeln.

»Ich habe noch nie so ein ausgeglichenes Kind gesehen«, erklärte die Frau mit der Augenklappe, die immer noch mit ihnen die Zelle teilte, obwohl sie ihre Strafe abgesessen hatte. Der Kerkermeister wollte sie nur gegen eine Kaution freilassen, doch sie hatte keine Mittel, um diese aufzubringen, und auch keine Angehörigen, die einspringen konnten.

»Ein wahrhaft ausgeglichenes Kind«, wiederholte sie, während sie aus ihrem Napf etwas Haferschleim in die Schüssel des kleinen Jacob kratzte. Eine andere Mitgefangene (die eingekerkert war, weil sie den seidenen Hausmantel ihrer Herrin gegen Brot eingetauscht hatte, um ihre sieben Kinder zu füttern) gab ihm ein fettiges Stück Hammelfleisch, das sie von ihrer Mahlzeit am Abend zuvor aufbewahrt hatte. Und viele stimmten in die Kinderreime ein, die Mary Rose ihrem Sohn abends vor dem Einschlafen vorsang, darunter natürlich auch ihr Lieblingslied.

»Alle Dinge kehren an den Anfang zurück. Lass Tapferkeit deine Lanze sein und bleibe deinem Herzen treu, mein Kind. Dann wirst du nie etwas zu fürchten haben!«

Noch vor seinem ersten Geburtstag bewegte Jacob sich mit einer solchen Leichtigkeit durch den Raum, dass er älter wirkte, als er tatsächlich war. »Das Bübchen ist eine alte Seele«, bemerkte eine Frau, die erst seit kurzem bei ihnen war. Sie hatte sogar noch dunklere Haut als die Frau mit der Narbe über dem Auge, aber sie war deutlich kleiner und hatte ein zerfurchtes Gesicht, sodass Mary Rose sich ein wenig vor ihr fürchtete.

Es hieß, sie sei eine Zigeunerin, die man ins Gefängnis geworfen hatte, weil sie einem Gentleman aus der Hand gelesen hatte, der daraufhin in Ohnmacht fiel und das Bewusstsein nicht wiedererlangte. Doch ihre Haltung drückte keine Reue aus, sondern eher Stolz, als würde sie in ihrer Situation die Oberhand haben. Tatsächlich machten viele einen Bogen um den Neuankömmling.

»Eine alte Seele?«, fragte Mary Rose leise, während sie ihren Sohn an sich zog und die Arme um ihn schlang, obwohl er sie trat, weil er lieber mit einer Rassel spielen wollte, die ihm einer der Wärter gebracht hatte.

Die Zigeunerin nickte. »Wenn du mich fragst, der Knirps hat schon einmal gelebt. Siehst du, er weiß genau, wie dieses Spielzeug benutzt wird oder dass er dich an den Haaren ziehen muss, damit du tust, was er will.« Sie kicherte. »Dein Junge wird später sicher einige Herzen brechen.«

Der Knirps hat schon einmal gelebt! Die Worte der Frau schienen in Mary Rose' Brust zu vibrieren wie die Saiten in ihrem alten Pianoforte. War es möglich, fragte sie sich, während sie ihrem Sohn einen Kuss auf den Kopf mit den dunkelroten widerspenstigen Locken gab, dass ihr Jacob einen Teil der Seele in sich trug, die, wenn auch nur kurz, in ihrem Halbbruder geleuchtet hatte? Die bloße Vorstellung verlieh ihr ein Gefühl der Schwäche und Stärke zugleich. Falls das tatsächlich zutraf, handelte es sich bestimmt um ein Zeichen vom lieben Gott persönlich, dass Er ihr keine Schuld an dem mysteriösen Tod ihres Bruders gab. Aber gleichzeitig machte es ihr deutlich bewusst, dass sie ihren Sohn vor allem Unheil in der Welt schützen musste, damit ihm nicht ein ähnliches Schicksal widerfuhr wie dem ersten kleinen Jacob.

Die Angst umklammerte ihr Herz mit stählerner Entschlossenheit. Ihn beschützen, das würde sie! Sie würde keinen Moment zögern, ihr Leben für ihr Kind zu opfern. Dieser Entschluss ließ sie jeden Muskel und jede Sehne in ihrem Körper konzentriert anspannen, ähnlich einem Wachposten, der im Dienst strammstand. Immer wenn der Sohn des Kerkermeisters sich näherte, hielt sie ihren Sohn fest aus Angst, Jack könnte versuchen, ihr Jacob wegzunehmen, obwohl er bemüht war, jeden Blick auf die Frucht seiner Lenden zu meiden, als würde er jegliche Verantwortung abstreiten.

Als ihr Sohn, der jeden Tag mutiger wurde, versuchte, durch die Tür hinauszuschlüpfen, während die Wache die Mahlzeiten verteilte, war Mary Rose zur Stelle, um ihn aufzuhalten. Ihre Achtsamkeit hatte zur Folge, dass sie langsamer mit ihrem Sticktuch vorankam, sodass es immer noch unvollendet war, als ihr Sohn ein Jahr alt wurde.

»Wie schnell die Zeit vergeht«, murmelte Vater Benedikt, der Jacob kurz nach der Geburt mit keinen anderen Zeugen außer Mary Rose selbst und der Vorsteherin getauft hatte. »Er ist in der Tat ein Prachtexemplar.« Sein Blick ruhte auf ihr mit einer Sympathie, die im Laufe der Jahre gewachsen war. »Und es gibt immer noch keine Nachricht von deinem Vater?«

Mary Rose beobachtete, wie Jacob mit einem Stock, den er in der Zelle gefunden hatte, Bilder in den schmutzigen Boden malte. »Nichts.«

»Vielleicht würde es helfen«, sagte der Kaplan leise, »wenn du ihm die Wahrheit sagst.«

Mary Rose versteifte sich. Sie hatte keiner Menschenseele verraten, wer der Vater ihres Kindes war, aus Angst, Jack oder seine Mutter könnten ihre bösen Drohungen wahrmachen. Nachts lag sie oft wach und lauschte Jacobs Atem, während sie Augen und Ohren nach einem Übeltäter offen hielt, der sich vielleicht in diesem Moment mit einem Messer in der Hand in die Zelle schlich.

»Du brauchst es mir nicht zu sagen«, fuhr der Kaplan leise fort. »Ich weiß von dem Gerede innerhalb dieser Mauern, dass der Vater sich dir aufzwang. Ich weiß außerdem, dass er aufgrund seiner Position in der Lage ist, Druck auf dich auszuüben, der fortbestehen wird, solange du hier bist. Du brauchst nichts zu sagen, mein Kind. Aber erlaube mir, deinem Vater zu schreiben und ihm die Wahrheit zu erklären.«

»Das kann ich nicht!« Mary Rose klammerte sich an den Arm des Kaplans. »Ich flehe Euch an, sagt zu niemandem ein Wort darüber!«

Vater Benedikts Blick verschärfte sich. »Dann streitest du es also nicht ab?«

Mary Rose erhob sich, um den Gefängnisschmutz von den Kleidern ihres Sohnes zu bürsten, die sie von der Vorsteherin erhalten hatte. »Ich werde es nicht sagen, so oder so, weil ich Angst habe, dass ich unser Leben in Gefahr bringe.« In ihren

Augen schimmerten Tränen. »Mir liegt nicht viel an meinem eigenen Leben, abgesehen davon, dass ich nicht weiß, wie mein Sohn ohne mich durchkommen soll.«

Daraufhin schüttelte der Kaplan mit einem bedächtigen, bekümmerten Lächeln den Kopf. »Fürchte dich nicht, Mary Rose. Sollte dich eine Krankheit oder ein Unglück ereilen, werde ich dafür sorgen, dass dein Sohn behütet in einer christlichen Familie aufwächst.«

Sie nickte, während sich vor Dankbarkeit ein harter Kloß in ihrer Kehle bildete. »Ich danke Euch. Dennoch, Vater, da gibt es noch etwas. Ich bitte Euch, meinem Vater mein neues Sticktuch zu überbringen, damit er meinen Appell selbst lesen kann.«

Der Kaplan nickte traurig. »Wenn das deinem Wunsch entspricht, mein Kind. Aber ich habe gehört, dass er bereits wieder nach Frankreich abgereist ist.«

Mary Rose spürte einen schmerzhaften Stich in der Brust. »Dann bitte ich Euch, gebt es Mrs. Hasberry, der Haushälterin, damit es bei seiner Rückkehr auf ihn wartet.«

Vor der Geburt ihres Sohnes hatte die Zeit im Gefängnis sich zäh hingezogen. Aber nun verflog sie! Jeder Schritt, den Jacob machte, jedes neue Wort, das er lernte, jedes neue Kunststück wie das Lied, das die Zigeunerin ihn zu singen lehrte – all diese Dinge sorgten für ständige Unterhaltung und stellten zugleich seine Mutter vor eine Herausforderung.

Wie wundervoll Jacob war! Aber gleichzeitig war Mary Rose erschöpft davon sicherzustellen, dass er sich nicht verletzte. »Schau, Mama«, rief er im Hof, wo sie einmal am Tag frische Luft schnappen durften. Dann warf er seinen kleinen, aber robusten Körper gegen die Mauer, als wollte er sich einen Weg bahnen. Vergeblich versuchte sie ihm zu erklären, dass er sich dabei verletzen konnte – man brauchte sich nur seine Blutergüsse anzuschauen! Stattdessen musste sie sich damit zufriedengeben, dass sie, wenn ihre Striche an der Wand stimmten, nicht mehr lange an diesem Ort ausharren mussten. Doch wie würden sie nach ihrer Freilassung zurechtkommen?

»Ich habe Angst, dass wir beide im Armenhaus enden«, weinte sie vor dem Kaplan kurz nach Jacobs viertem Geburtstag. An der Wand waren nun neunzehn Striche.

»Mach dir keine Sorgen.« Die ehrlichen Augen des Kaplans funkelten mit einer Entschlossenheit, die sie noch nie zuvor beobachtet hatte. »Ich werde dafür Sorge tragen, dass dir und deinem Kind kein Leid geschieht.«

Mary Rose dankte ihm und musste dabei husten, denn die feuchten Gefängnismauern hatten im Laufe der Jahre ihre Lunge geschwächt, in der es bei kalter Witterung blubberte. Jacob wurde derweil sogar noch umtriebiger und ungeduldiger darauf, das Gefängnis zu verlassen, das ihm aufgezwungen worden war, ohne dass er sich etwas hatte zuschulden kommen lassen.

Wenn Mary Rose an all die verlorenen Jahre dachte, schmerzte ihr Herz so sehr, dass sie unfähig war zu weinen. Sie war nicht die Einzige, die sich nach der Freiheit sehnte. Eines Morgens nach dem Aufwachen, als sie in der Nacht undeutlich ein dumpfes Geräusch wahrgenommen hatte, das sie zugunsten ihres Schlafs ignorierte, entdeckte sie auf der anderen Seite der Zelle einen Leichnam, der zusammengesunken an einem Brett lehnte. Es war Mabel Cox, die Frau mit der Augenklappe, die vor langer Zeit für Elizas Hinrichtung verantwortlich gewesen war.

Nun hatte sie sich selbst erhängt, indem sie die Schnur, an der ihre Häftlingsnummer hing, an einen Dachbalken geknüpft hatte. Offenbar war die Schnur jedoch gerissen, und wenngleich sie nicht stark genug gewesen war, um Mabel das

Genick zu brechen, war diese so unglücklich auf den harten Boden gestürzt, dass ihr Schädel zerschmettert wurde. Erinnerungen an ihren kleinen Halbbruder kehrten nun zurück, als Mary Rose sich neben Mabels leblosen Körper kniete und in ihrer Trauer bitterlich weinte.

»Ist die Lady tot, Mama?«, fragte Jacob, als sie vom Boden aufstand, um die Wache zu alarmieren. Seine Stimme war lieblich, und doch schwang darin das schmerzhafte Akzeptieren eines Grauens, das ein Kind seines Alters nicht zu Gesicht bekommen sollte. Sie musste ihn von hier fortschaffen!

»Ich fürchte, ja, mein Schatz«, erwiderte sie und drückte ihn an sich, sodass sein Gesicht in ihrem schmutzigen Rock vergraben war und er diesen traurigen Anblick nicht länger sehen musste. Welch Ironie, dachte Mary Rose. Obwohl diese Frau anfangs so grausam zu ihr gewesen war, hatte sie nun das Gefühl, als hätte sie eine alte Freundin verloren.

Sich das Leben zu nehmen war eine Todsünde! Tatsächlich wurden Männer wie auch Frauen für den Versuch, ihre irdische Verstrickung zu lösen, in dieses Höllenloch gesteckt. Selbst wenn Mary Rose nicht den kleinen Jacob gehabt hätte, für den sie sorgen musste, wäre dies kein Schicksal, das sie jemals für sich selbst in Erwägung gezogen hätte.

Mabels Selbstmord machte sie noch ruheloser. Während diese langen zwanzig Jahre der Haft sich dem Ende neigten, wachte sie jeden Morgen früher auf und wälzte sich dann in der Dunkelheit stundenlang auf dem steifen Holzbrett hin und her, derweil sie sich fragte, ob heute vielleicht der Tag sei, an dem eine Nachricht von Papa eintraf oder er persönlich erschien. Er konnte doch seinen Enkelsohn nicht weiter verleugnen und ein Kind meiden, dessen Gesichtszüge mit dieser kräftigen Nase und dem entschlossenen Ausdruck den seinen so sehr ähnelten, oder?

Aber es kam nach wie vor keine Nachricht, und auch die übliche Notiz von Letitia blieb aus. Zwar schickte ihre alte Freundin wie jedes Jahr ein Päckchen mit Stoff und Seidenbändern, aber ohne die kleine Botschaft. Bestimmt hatte sie von der Schande erfahren, dass Mary Rose ein uneheliches Kind zur Welt gebracht hatte, und wünschte nun nicht länger mit ihr zu verkehren. Mary Rose drückte ihren schlafenden Sohn an sich und hörte ihre Lunge rasseln. Auf dem Brett neben ihnen summte die alte Närrin leise vor sich hin, die inzwischen zwanzig Striche oder mehr haben musste und dennoch sowohl der Freiheit als auch dem Tod trotzte. Nichts war von Bedeutung, solange Mary Rose ihr Kind hatte.

55

Schließlich näherte sich der Tag, von dem Mary Rose oft genug gedacht hatte, dass er womöglich nie kommen würde. Die hellen Abende waren längst der Dunkelheit gewichen und eine Kälte lag in der Luft, die zu dem hartnäckigen rauen Husten in ihrer Brust passte. Gott sei Dank war ihr Sohn nicht von diesem Leiden befallen.

»Schau!« Sie zeigte aufgeregt hinaus, während sie auf Zehenspitzen vor dem vergitterten Fenster stand und Jacob schwer auf ihrem Arm wog. »Siehst du den Baum?«

Jacob war es gewohnt, die Eiche draußen zu betrachten. Mary Rose hatte ihn anhand der Veränderung der Blätter die Farben gelehrt und auch die Buchstaben auf ihrem Sticktuch. Während sie seine weiche Wange an ihre drückte, ertönte sein Freudenschrei in der dunklen Morgenluft, sodass die anderen Frauen aus dem Schlaf hochfuhren. »Die Blätter haben sich gelb und braun verfärbt, Mama!«, rief ihr Sohn, dessen Ausdrucksweise für sein zartes Alter fantastisch weit entwickelt war. »Bedeutet das, dass es bald Zeit ist, nach Hause zu gehen?«

Mary Rose' Herz flatterte. Sie hatte Jacob oft Geschichten über Seamouth House erzählt. So manche Tage hatte er dagesessen und mit seinem kleinen Finger das Motiv auf ihrem Sticktuch nachgezeichnet, während sie die Erinnerungen wiedergab, die damit verbunden waren. Dank der Szenerie in Rot und Blau und Gelb und Grün kannte er jede Ecke des Anwesens, als hätte er sein ganzes Leben an diesem Ort verbracht. Er wusste von dem Teich und dass er ihm nicht zu nahe kommen durfte, weil seine Mutter Angst hatte, er könnte hineinfallen. Er war über den Pfad unterrichtet, der zum Meer hinabführte, das manchmal sanft wie ein Lamm und dann wiederum grimmig wie ein Löwe sein konnte. (Dabei ahmte sie immer die Geräusche von wilden Tieren nach, um ihren Sohn zu unterhalten.)

Er hatte Geschichten über seinen Großvater gehört, der, wie sie ihm versicherte, lange Spaziergänge an der Steilküste mit ihm unternehmen würde, so wie er das früher mit ihr getan hatte. Er war entzückt von Pepe, dem kleinen Hund, obwohl sie fürchtete, dass das Tier mittlerweile längst im Himmel war. Und jeden Abend beim Nachtgebet gedachte er seinem Onkel Jacob, nach dem er benannt worden war.

Aber von Véronique erwähnte Mary Rose nichts. Auch unternahm sie keinen Versuch, ihrem Sohn zu erklären, warum sie im Gefängnis waren. Offenbar war ihm diese Frage noch nicht selbst in den Sinn gekommen, obwohl er sonst so wissbegierig war. Stattdessen schien er sich damit abgefunden zu haben, dass diese Steinmauern sein richtiges Zuhause waren. Und wieso auch nicht? Schließlich waren sie alles, was er jemals kennengelernt hatte.

Doch nun würde sich das ändern. Mary Rose ließ vorsichtig ihren Sohn herunter, nahm sich einen Stein vom Boden und ritzte einen weiteren Strich in die Wand, so wie sie das all die Jahre zuvor getan hatte, wenn draußen die Blätter der einsamen Eiche sich golden verfärbten. Sie hatte keine Möglichkeit, in Erfahrung zu bringen, wann der genaue Tag ihrer Freilassung war, aber da der Baum nun sein Kleid verlor, würde es nicht mehr lange dauern.

»Siehst du«, sagte sie und deutete auf die letzte Markierung, wobei sie husten musste. »Das ist der zwanzigste Strich. Eins, zwei, drei …«

Jacobs Ungeduld war so groß, dass sie sich wie eine ansteckende Krankheit auf Mary Rose übertrug. Vor seiner Geburt hatte sie sich damit begnügt, auf ihre Freilassung zu warten, besänftigt von ihrer Stickarbeit und den Unterrichtsstunden, die sie ihren weniger begünstigten Gefährtinnen erteilte. Doch in jüngster Zeit erfüllte sie der Eifer ihres Sohnes »fortzufliegen« (er hatte eine reiche Fantasie, wahrscheinlich gefördert durch Mary Rose' erfundene Geschichten über Feen und Zauberwünsche) mit einer Unzufriedenheit, die ihr keine Ruhe ließ.

Jedes Mal, wenn die Tür aufging, sprang sie in Erwartung ihrer Freilassung auf. Aber jedes Mal war es der Sohn des Kerkermeisters oder seine Mutter, die lediglich Näpfe mit einem Stück Hammelfleisch in einer öligen Flüssigkeit verteilten oder verkündeten, dass sie in den Hof hinausdurften, um sich die Beine zu vertreten. Dies geschah in einem Ton, der einen nie vermuten lassen würde, dass Mary Rose' kostbarer Sohn blutsverwandt mit ihnen war.

Zumindest dafür war Mary Rose dankbar. Es war ihr recht, dass Jacobs Vater und Großmutter es vorzogen, jegliche Verbindung zu leugnen. Mary Rose schwor sich, niemandem den Erzeuger ihres Sohnes zu offenbaren, wenn sie diesen Ort hinter sich gelassen hatten. Ihre Mutterliebe würde den Verlust des Vaters mehr als wettmachen.

Dann schließlich, als die Eiche draußen wie ein nackter Galgen auf dem gefrorenen Boden stand, öffnete sich die Tür, und Vater Benedikt trat ein. Er trug die Andeutung eines Lächelns im Gesicht. Mary Rose' Puls schlug schneller, denn sie ahnte, dass der Kaplan nicht gekommen war, um mit ihr gemeinsam zu beten. Stattdessen drückte seine Miene eine Beflissenheit aus, in die sich Erwartungsfreude mischte, sodass er Unbehagen und frohe Kunde zugleich vermittelte.

»Morgen werdet ihr freigelassen«, verkündete er.

»Morgen?« Jacob hüpfte auf der Stelle. »Dann muss noch einmal die Sonne untergehen und der Mond aufgehen. Ist das richtig?«

Mary Rose lachte, und der Kaplan stimmte ein, obwohl sie in seinen Augen Traurigkeit schimmern sah. »Du hast deinen Sohn gut unterrichtet.« Dann ergriff er ihre zitternden Hände und forderte sie auf niederzuknien. »Wir müssen zu unserem Schöpfer beten, damit er über euch wacht und dafür sorgt, dass ihr euch in der Außenwelt rechtschaffen verhaltet, indem ihr das Böse meidet und ein gutes, frommes christliches Leben führt.«

Sie nickte und faltete die Hände zum Gebet, während Jacob sich neben sie kniete, wie er das jeden Abend tat. Plötzlich tat sich die Ungewissheit vor ihr auf. All die Träume und Geschichten über ihre Heimkehr, die sie ihrem Sohn erzählt hatte, schienen nun nichts weiter zu sein als dumme Hirngespinste, die sie unklugerweise Jacob in den Kopf gesetzt hatte. Sie war eine Mutter! Und als solche musste sie für das Wohlbefinden ihres Kindes sorgen und es speisen, nicht mit wilden Fantasien, sondern mit Brot und Haferschleim, die sie ab morgen nicht mehr vom Gefängnis erhalten würde.

»Aber wo sollen wir leben? Wer wird sich um uns kümmern?«

Vater Benedikt senkte den Kopf. »Dein Vater hat eine beträchtliche Summe an die Gesellschaft britischer Damen gespendet. Sie unterhält eine Zufluchtsstätte für Frauen wie dich. Diese ist ein paar Meilen von hier entfernt, aber morgen früh wird eine Kutsche euch abholen.«

Mary Rose wurde nun von einer noch größeren Angst erfasst als jener, die sie damals fast aufgefressen hatte, als man sie vor zwanzig Jahren an diesen Ort brachte. Wie konnte sie Abschied nehmen? Wie konnte sie die Menschen aufgeben, derer sie sich angenommen hatte? Die dunkelhäutige Zigeunerin, die Abend für Abend dasaß und ihre Karten auslegte, während sie seltsame Worte murmelte. Die arme alte Närrin, die von Sonnenaufgang bis Sonnenuntergang Kinderreime sang. Das kleine Kind, dessen Mutter den Hausmantel ihrer Herrin gestohlen hatte und das so mit ihr zu einem Leben verdammt war, das man nicht als Leben bezeichnen konnte. Wer würde nun den Unterricht durchführen, der Mary Rose wie auch den anderen zur täglichen Routine geworden war?

»Kommt mein Papa mich nicht persönlich abholen?«, fragte sie mit bebender Stimme. »Hat sein Herz sich immer noch nicht für mich und mein Kind erweicht?«

Der Kaplan schenkte ihr einen Blick, der zwischen Bedauern und Bestätigung zu schweben schien. »Ich habe ihn gebeten, seine Entscheidung zu überdenken. Ich habe ihn daran erinnert, dass Gott den Sündern vergibt, und ich habe ihm geschrieben, dass er, wenn er die volle Wahrheit kennen würde, mit dir und deinem unschuldigen Sohn Mitleid empfinden würde. In seiner Antwort versprach er, dich an diesem Ort zu treffen, bevor der Morgen wiederkehrt.«

Papa würde also doch kommen! Mary Rose' Herz hüpfte vor Freude. Wenn er seinen Enkelsohn erblickte, der ihm bis aufs Haar glich, würde er ihr sicher verzeihen und sie und ihr Kind an seine Brust drücken. Er würde sie um Vergebung bitten für all die schrecklichen Jahre, die sie eines normalen Lebens beraubt hatten, obgleich sie ihr in Gestalt ihres Sohnes auch ein kostbares Geschenk machten.

»Werden mein Kind und ich von dieser Zufluchtsstätte

direkt nach Hause zurückkehren, zusammen mit meinem Papa?«

»Nein.« Der Kaplan schüttelte den Kopf. »Deine Stiefmutter hält sich dort auf, nachdem sie aus Paris zurückgekehrt ist. Dein Vater lässt dir sagen, dass du unter keinen Umständen zum Haus zurückkehren darfst, sondern am verabredeten Ort warten sollst, bis er morgen Abend dort eintrifft.«

Also wünschte Véronique, sie nicht zu sehen. Mary Rose spürte, dass ihre Brust sich zusammenschnürte. Dieser Wunsch beruhte auf Gegenseitigkeit. Dennoch empfand sie keinen Hass mehr für diese Frau, sondern hatte Mitleid mit ihr. Schließlich besaß sie, Mary Rose, nun etwas, das ihrer Stiefmutter niemals vergönnt sein würde: ein eigenes Kind. Wie glücklich sie sich trotz allem schätzen konnte!

In jener Nacht tat sie kein Auge zu. Das Holzbrett fühlte sich härter an denn je zuvor. Ihr blutete immer noch das Herz wegen all jener, die sie zurücklassen musste. Am frühen Morgen dann, vor Sonnenaufgang, umklammerte sie jede einzelne ihrer Gefährtinnen zum Abschied, selbst die Zigeunerin, die daraufhin zunächst nach Mary Rose' Hand griff und dann nach der ihres Sohnes.

Im Gegensatz zu den anderen Frauen hatte Mary Rose es aus Angst vor dem Ergebnis abgelehnt, sich aus der Hand lesen zu lassen, aber nun hielt die Zigeunerin ohne Erlaubnis ihre Hand, starrte auf die Linien und zeichnete sie mit ihrem schmutzigen Zeigefinger nach.

»Bitte, was siehst du?«, fragte Mary Rose, während sie wieder husten musste, da das Rasseln in ihrer Lunge schlimmer geworden war.

Die Zigeunerin ließ ihre Hand los. »Dein Sohn wird zu einem kräftigen, gesunden jungen Mann heranwachsen. Er ist für große Dinge bestimmt.« Dann hefteten sich ihre Augen auf Mary Rose, die das Gefühl hatte, in zwei schwarzen Seen zu versinken, sodass es ihr für einen Moment die Sprache verschlug. Etwas tief in ihrem Innern sagte ihr, nicht nach ihrem eigenen Schicksal zu fragen, denn schließlich zählte allein ihr Sohn, oder nicht? Dann fuhr die Zigeunerin fort. »Gib auf dich acht, mein Kind. Gib gut auf dich acht.«

Mary Rose spürte eine kalte Angst durch ihre Knochen kriechen. »Sag mir bitte, wie meinst du das?«

Aber die Zigeunerin schüttelte lediglich den Kopf und zog sich in ihre Zellenecke zurück, in der sie sich eingerichtet hatte, während sie sich nickend und murmelnd wieder über ihre Karten beugte, die sie auf dem kalten Steinboden ausgelegt hatte.

»Denk daran, mir einen Krug Ale mitzubringen, wenn du uns besuchen kommst«, kicherte eine Frau, die für den Diebstahl eines Hammelbratens verurteilt worden war. Mary Rose sammelte ihr Kind und die Sticktücher ein, deren Annahme ihr Papa verweigert hatte, und verstaute Elizas kostbare Babyschleife in ihrem Dekolleté, bevor sie sich zum Gehen wandte.

Und so geschah es, dass Mary Rose und ihr Sohn aus der Zuchtanstalt eskortiert wurden und sie draußen ein eisiger Wind empfing, der an ihren dünnen Kleidern zerrte. Plötzlich ertönte ein lautes Knacken, als würde einer ihrer Knochen splittern. Als Mary Rose sich umwandte, sah sie, dass das Geräusch von einem Ast der einsamen Eiche herrührte, den der Sturm abgerissen hatte und der nun auf den Boden krachte, als symbolisierte er ihren Abschied.

»Mama«, jammerte der kleine Jacob. »Ich spüre vor Kälte meine Hände nicht mehr.«

Sie drückte ihr Kind eng an sich, damit das bisschen Wärme, das sie noch besaß, auf seinen kleinen Körper überging, auch wenn sie dadurch noch weiter auskühlte. »Hab keine Angst.

Siehst du? Dort drüben wartet die Kutsche, genau wie Vater Benedikt angekündigt hat.«

Während Mary Rose gierig die frische Luft einatmete, die nach dem Gefängnismief geradezu unnatürlich schmeckte, stieg sie mit Jacob in die Kutsche. Nach ein paar holprigen Meilen hielten sie schließlich vor einem kleinen Holzhaus, nicht größer als eine Hütte, wo sie von einer freundlichen Frau gesetzten Alters herzlich begrüßt wurden, die großes Aufheben um Jacob machte, bevor sie sie in ihr Zimmer führte.

Welch ein Luxus! Mary Rose wollte kaum ihren Augen trauen, als sie die Waschschüssel mit frischem Wasser sah. Und saubere Kleidung für sich und ihren Sohn, um ihre verdreckten Lumpen zu ersetzen. Und Schuhe für ihre nackten Füße sowie, anstelle eines Brettes, ein richtiges Bett mit einer Matratze, so weich, dass sie sich, als sie sich daraufsetzte, wie auf einer Wolke im Himmel fühlte.

Mary Rose blickte sich staunend um. Es war so lange her, dass sie in einem Raum gewesen war, den sie nach freien Stücken jederzeit verlassen und betreten konnte. Wo es keinen üblen Gestank gab oder Wände, an denen das Wasser heruntertropfte. Für einige Minuten war sie sprachlos.

»Ihr seid hungrig, nehme ich an«, bemerkte ihre Gastgeberin freundlich, aber Mary Rose schüttelte den Kopf, obwohl ihr Magen knurrte. »Ich erwarte meinen Papa«, sagte sie und labte sich an den freudigen Worten, die Nahrung genug waren. »Ich werde mit ihm speisen, wenn er eingetroffen ist. Allerdings wäre ich Ihnen sehr dankbar, wenn Sie meinem Sohn etwas geben könnten.«

Währenddessen war Jacob, der seinen kleinen Kopf auf das Kissen gebettet hatte, mit einem seligen Gesichtsausdruck eingeschlafen. Ihr Herz hob sich. Er hatte fürwahr das Antlitz eines Engels. Papa würde seinen Enkelsohn sicher in sein Herz schließen, selbst wenn seine Liebe für seine Tochter verdorrt und versiegt war.

Mary Rose ging hinüber zu dem Stuhl am Fenster, setzte sich und wartete, während ihr Körper sich jedes Mal anspannte, wenn draußen eine Kutsche vorbeifuhr. War er das? Nein. War er das? Nein. Um sich abzulenken, zwang sie sich, ihr Sticktuch in die Hand zu nehmen und mit der Kletterrose an der honigfarbenen Mauer fortzufahren. Nicht mehr lange, sagte sie sich, während ihre Nadel auf und ab flog und ihr Mut machte. Papa würde bald hier sein. Bis dahin würde sie geduldig auf ihn warten. Das hatte sie zwanzig Jahre lang getan. Sie unterbrach kurz ihre Arbeit, um erneut ein raues Husten auszustoßen. Ein paar Stunden mehr oder weniger machten keinen Unterschied.

56

Draußen wurde es allmählich dunkel. Mary Rose saß immer noch am Fenster und wartete, während ihre Finger über dem Sticktuch jedes Mal das Tempo verlangsamten, wenn sie draußen ein Geräusch vernahm. Jacob bewegte sich hin und wieder im Schlaf, entspannte sich dann aber wieder. Besser so, sagte sie sich, als dass er wach wurde und Enttäuschung bekundete, weil sein Großvater noch nicht eingetroffen war.

Etwas später näherte sich das Klappern von Pferdehufen, und Mary Rose beugte sich erwartungsvoll vor. Es war die Stimme eines Mannes! Aber sie klang schroffer als die ihres Vaters und hatte einen stärker ausgeprägten regionalen Tonfall.

Sie wandte sich wieder ihrer Stickarbeit zu und versuchte, sich auf den angenehm beruhigenden Rhythmus zu konzentrieren. Aber dieses Mal funktionierte es nicht. Ihr brennendes Verlangen, ihren Vater zu sehen, trieb Mary Rose wieder und wieder an die Fensterscheibe, wenn sie draußen ein Geräusch hörte.

Die nächste Kutsche, die draußen über das Kopfsteinpflaster ratterte. Das war er bestimmt, dachte sie und drückte sich die Nase an der Scheibe platt wie ein Kind. Doch als die Kutsche vorbeifuhr, ohne anzuhalten, platzte sie fast vor Ungeduld. Wo bloß war Papa? Es musste etwas Unvorhergesehenes passiert sein, das ihn aufgehalten hatte.

Aber vielleicht hatte er sich inzwischen auf den Weg gemacht. Sie sah ihn nun deutlich auf seinem glänzenden schwarzen Ross vor sich. Es war mehrere Handbreit höher als Mamas Stute Bessie, die früher so gerne ihre Nase zärtlich an ihrem Ärmel gerieben hatte.

Aber Bessie würde mittlerweile schon lange tot sein, wurde Mary Rose bewusst. Viele, viele Jahre waren vergangen, seit Mama und sie an der Steilküste einträchtig nebeneinander herschlenderten. Papa würde inzwischen ein anderes Pferd haben. Alles würde anders sein.

Vielleicht sollte sie hinausgehen und ihn suchen. Doch irgendetwas hielt sie zurück. Welche Ironie, dass sie sich zwanzig Jahre lang danach gesehnt hatte, die frische Seeluft zu atmen und das Salz im Wind zu schmecken, und sich nun nicht hinaustraute.

Stattdessen kehrte sie zu ihrer ursprünglichen Idee zurück, dazusitzen und auf Papa zu warten. Sie wandte sich wieder ihrem Sticktuch zu, aber dieses Mal fühlte sich ihr Handwerkszeug schwer an wie Stein. Ihre Nadel wollte nicht die hübsche, gerade Reihe von Stichen um den Palisanderbaum fortsetzen, und sie weigerte sich auch, die honigfarbene Mauer neben dem Apfelbaum hochzuklettern. Das Seidengarn sog sich voll mit Mary Rose' heißen Tränen, die nach und nach auf das Tuch tropften und dunkle Flecken hinterließen. So wurde das nichts. Sie musste stark sein.

Mary Rose musterte das Tablett mit Bratenaufschnitt, das ihre Gastgeberin gebracht hatte. Sie hatte es bisher nicht angerührt, weil sie Papas Ankunft abwarten wollte, um mit ihm gemeinsam zu speisen. Aber vielleicht würde sie sich besser fühlen, wenn sie etwas im Magen hatte. Unfähig, sich länger zurückzuhalten, nahm sie sich ein Stück Fleisch, nur um gleich darauf festzustellen, dass der saftige, schwere Brocken, der ganz anders als die Gefängniskost schmeckte, ihr im Hals stecken blieb.

»Mama! Mama!« Jacob war aufgewacht. »Ich möchte hinausgehen zum Spielen. Du hast es versprochen.«

»Gleich«, vertröstete sie ihn, da sie es nicht wagte, ihren Beobachtungsposten zu verlassen, falls ihr Vater eintraf. Stattdessen beschäftigte sie ihren Sohn eine Weile, indem sie ihm erlaubte, die Stiche mitzuzählen, während sie weiterstickte. Aber das war nicht genug für sein lebhaftes Naturell, also dachte sie sich Zahlenspiele aus, um ihn davon abzuhalten, am Fenster hochzuklettern.

Dann brach die Nacht an, sodass abgesehen von einem brennenden Leuchtfeuer in einiger Entfernung draußen völlige Dunkelheit herrschte. Das musste der Leuchtturm in der Nähe des Steinbruchs sein, wurde Mary Rose mit einem Gefühl der Erleichterung bewusst. Wie tröstend es war, ihn wiederzusehen!

Sie legte ihr Stickzeug zur Seite, ging hinüber zum Bett und bettete ihr Haupt auf das Kissen. Schließlich fiel sie in einen leichten, unruhigen Schlaf, immer wieder unterbrochen von ihrem quälenden Husten, bis sie ruckartig hochfuhr, als das Morgenlicht durch die Vorhänge drang. Zuerst saß sie kerzengerade im Bett und wunderte sich, dass sie nicht das Schnarchen der anderen um sich herum hören konnte, aber dann fiel ihr wieder ein, wo sie war. Papa! Sofort stürzte sie ans Fenster, um zu sehen, ob seine Kutsche draußen stand oder ob ein Pferd vor dem Haus angebunden war, aber wieder nichts.

»Ist Großpapa nun da?«, fragte ihr Kind verschlafen.

»Noch nicht.« Sie strich über seine Braue, wobei sie wieder husten musste, aber sie achtete darauf, dass sie ihn nicht anhauchte. »Wir müssen Geduld haben.«

Draußen war ein Kreischen zu hören. Ein Laut, den Mary

Rose lange Zeit nicht mehr vernommen hatte, weil das Gefängnis zu weit im Landesinnern lag. Seemöwen! Sie hatte ganz vergessen, wie ihr Lachen klang.

Sie schienen sie nun anzuflehen. »Geh!«, kreischten sie. »Geh nach Hause. Wir werden dich begleiten. Geh und finde deinen geliebten Papa. Du hast lange genug gewartet.«

Mary Rose schnappte sich ihr Kind und eilte zur Tür. Sie rechnete damit, dass sie verschlossen war wie die Türen im Kerker, aber zu ihrem Erstaunen ließ sie sich öffnen. Es gab kein Anzeichen von Leben, abgesehen von einem Hausmädchen, das den Kaminrost reinigte. Es hielt abrupt mit seiner Arbeit inne und starrte sie an.

Ob es wohl ihre Geschichte kannte, fragte Mary Rose sich nervös. Hatten seine Eltern in der fremden, johlenden Menge gestanden, als man sie vor all den Jahren in den Gerichtssaal führte? Vielleicht hatten sie dem Mob angehört, der vor Enttäuschung laut aufheulte, als Mary Rose schließlich doch nicht dem Henker vorgeführt wurde.

Rasch huschte sie an dem Mädchen vorbei, aus Furcht davor, aufgehalten zu werden, und eilte hinaus auf die Straße. In welche Richtung sollte sie sich wenden? Vielleicht nach rechts. Nein, nach links. Nein, doch nach rechts. Wie der Wind durch ihre Knochen drang. Sie schlang ihren neuen Umhang fest um sich – was für eine Wohltat, wieder einmal saubere Kleidung zu tragen – und begann, so flott, wie sie konnte, an der Wiese entlangzumarschieren. Doch ihre Beine, nicht gewöhnt an längere Bewegung, fingen bald an zu ermüden, und sie musste immer wieder stehen bleiben, um sich unter einem Strauch oder einem Baum auszuruhen.

Ihre Arme schmerzten von Jacobs Gewicht, dessen kurze Beine längst aufgegeben hatten. »Ich bin durstig, Mama«, klagte er. Könnte sie ihm doch nur etwas zu essen geben oder einen Schluck Wasser! Aber er hatte das restliche Fleisch bereits verzehrt, das sie eingepackt hatte, und nun war nichts mehr davon übrig.

Vor jeder Biegung, die sie passierten, hob sich Mary Rose' Herz in der Hoffnung, dahinter auf ihren Papa zu stoßen. Aber nein, da war niemand. Nicht einmal ein Bauer, der ihr bestätigen konnte, dass sie die richtige Richtung eingeschlagen hatte. Dann, Stunden nach ihrem Aufbruch, war das Geräusch einer Kutsche zu hören, die sich von hinten näherte.

Ihr Herz klopfte aufgeregt, während sie dem Kutscher bedeutete anzuhalten. »Bitte, Sir«, sagte sie zu ihm. »Seid Ihr auf dem Weg nach Seamouth?«

Er nickte kurz. Gott sei Dank! Mary Rose schickte sich an aufzusteigen, während Jacob auf ihrem Arm wieder eingenickt war, sein rosiges Gesicht gerötet von der Kälte. »Nicht so schnell, Mylady.«

Er hatte sie erkannt! Mary Rose verließ der Mut. Nun würde er sie nicht in seiner Kutsche mitnehmen.

»Das macht eine Guinea für Euch und das Kind.«

Es ging ihm also nur um Geld. Ihr Körper sang vor Erleichterung. »Bitte, kann ich bezahlen, wenn wir am Ziel sind?«, bat sie. »Mein Papa wird die Fahrtkosten begleichen, dessen bin ich gewiss.«

Der Kutscher lachte. »Den Spruch kenne ich schon. Und nun scher dich fort mit deinem Balg und halte mich nicht länger auf.«

»Wartet!«, rief sie. »Würdet Ihr so gut sein und mir sagen, wie viele Meilen es noch sind bis Seamouth?«

Noch während sie sprach, setzte die Kutsche sich wieder in Bewegung, und obwohl der Mann etwas rief, verloren sich seine Worte im Wind. »Verzweifle nicht«, sagte sie zu sich selbst. »Du hast zwanzig lange Jahre gewartet. Also kannst du noch ein paar Stunden länger warten in der Gewissheit, dass du deinem Ziel näher kommst, wenn auch wohl in kleinen Schritten.«

Mit gesenktem Kopf, das Sticktuch in ihrer Tasche und Elizas kirschrote Schleife in ihrem Dekolleté sicher verstaut, setzte Mary Rose langsam ihren Weg entlang der Straße fort, während der kleine Jacob neben ihr hertrottete. Hin und wieder, um ihn abzulenken, machte sie ihn auf die Form eines Baums aufmerksam oder auf die Farbe der roten Beeren an einem Stechpalmenstrauch.

»Sollen wir unser Lied singen, Mama?«, fragte ihr Sohn und wandte sein süßes Gesicht zu ihr empor. Sie kniete zu ihm nieder und schlang die Arme um ihn. »Das ist eine schöne Idee!« Dann hustete sie wieder. »Du wirst es wohl allein singen müssen. Lass mich deinen Gesang hören!«

Seine Kinderstimme kämpfte mannhaft gegen den Wind. *»Alle Dinge kehren an den Anfang zurück. Lass Tapferkeit deine Lanze sein und bleibe deinem Herzen treu, mein Kind. Dann wirst du nie etwas zu fürchten haben!«*

»Gut gemacht, Jacob«, brachte sie zwischen zwei Hustenanfällen heraus. »Das war sehr schön gesungen.«

Die Worte ihres Sohnes halfen, den schrecklichen Gedanken zu verdrängen, der ihr immer wieder in den Sinn kam. Papa hatte sie verraten. Er hatte nie die Absicht gehabt zu kommen. Stattdessen hatte er geplant, sie für den Rest ihres Lebens in diesem Refugium zu lassen.

Da war noch ein Gedanke, so finster, dass er sie vor Angst erzittern ließ. Der Ring, dachte sie, während sie sich auf der holprigen Straße vorwärtsbewegte, ihren Sohn fest in den Armen. Ohne den Ring waren sie nicht geschützt. Ohne den Ring, wer wusste da schon, was für ein Leid ihnen widerfahren würde?

Inzwischen war der Tag dem Abend gewichen. Mary Rose, die immer noch ihren Sohn trug, der nun still war und schwach vor Hunger, bog um eine Ecke. Gütiger Gott. Sie war zu Hause! Zurück in Seamouth.

Dort war der kleine weiße Schlagbaum, vor dem die Kutschen hielten, um ihren Zoll zu entrichten.

Doch wie seltsam, die Schranke war verwaist. Von dem alten Mann mit den krummen Beinen und den rosigen Wangen, der immer eine kleine Verbeugung gemacht hatte, wenn sie mit ihrem Papa vorbeiritt, war nichts zu sehen. Natürlich, dachte sie, bestimmt war er inzwischen gestorben. Aber dann hätte doch sicher ein anderer seinen Platz eingenommen?

»Jacob, schau«, wisperte sie, weil ihr Husten inzwischen so tief saß, dass ihr das Sprechen wehtat. »Wir sind fast zu Hause!«

Obwohl sie erschöpft war und bis auf die Knochen durchgefroren, beflügelte der Anblick des Schlagbaums ihre Schritte. Dort drüben, wie sie nun mit wachsender Begeisterung sah, war das strohgedeckte Haus, in dem Miss Hall aus dem Stickzirkel wohnte. Sie musste inzwischen sehr alt sein. Vielleicht sollte Mary Rose an ihre Tür klopfen und um einen Schluck Wasser bitten. Aber im Fenster war kein Kerzenlicht, also hatte Miss Hall sich vielleicht schon schlafen gelegt. Außerdem bestand die Möglichkeit, dass Miss Hall über ihren Anblick nicht erfreut sein würde, rief Mary Rose sich ins Bewusstsein.

Würde sie jemals, fragte sie sich mit zunehmender Nervosität, während sie dem Haus ihres Vaters näher kam, über jeden Verdacht erhaben sein? Vielleicht war es besser, weit fortzugehen, wo niemand sie kannte und wo sie und ihr Sohn von vorn beginnen konnten.

Solche Überlegungen gaben ihr Kraft, um ihren Weg fortzusetzen. Dort drüben war das hübsche weiße Haus, in dem Letitia vor ihrer Ehe mit Henry gelebt hatte. Gleich daneben stand das Cottage, zu dem ihre Mutter sie einmal mit Kalbsfußsülze für eine erkrankte Bekannte geschickt hatte. So viele Erinnerungen, die sie mit den Jahren ausgeblendet hatte und die nun zehnfach zurückkehrten!

Um diese Nachtzeit waren alle Häuser dunkel. Das einzige Licht kam von dem Leuchtturm. Mary Rose orientierte sich daran, während sie ihren Weg durch die Stadt fortsetzte, vorbei an Geschäften, die sie nicht wiedererkannte. Verschwunden war das Kurzwarengeschäft, wo sie und Véronique ihre Seidenbänder gekauft hatten. An seiner Stelle befand sich nun ein viel größeres Geschäft mit feinen Stoffbahnen im Schaufenster. Über der Metzgerei stand ein anderer Name, und das Schild vor der Bäckerei war durch die Inschrift »& Söhne« ergänzt worden.

Fast am Ziel! Als sie die Abkürzung über den Friedhof nahm, machte sie eine kleine Pause und kniete am Grab ihrer lieben Mama nieder, deren Grabstein nach all den Jahren mit grünen Flechten übersät war. »Wie sehr du mir gefehlt hast«, sagte sie leise und streichelte den Stein, wie sie früher die Haut ihrer Mutter gestreichelt hatte.

»Siehst du das hier, Jacob?« Sie stand auf und hob ihr Kind hoch, während sie einen fröhlichen Ton anschlug, um ihn aufzuheitern. »Hier ruht deine Großmutter.«

Dann fiel ihr Blick auf das kleine Grab neben dem von Mama. Ihr stockte der Atem, als sie die Inschrift las.

Hier ruht Jolyon Marchmont, drei Monate alt.

Und noch eins.

Hier ruht Elizabeth Véronique Marchmont, sechs Tage alt.

Dann waren dies ihre Halbgeschwister, die in den ersten Jahren ihrer Kerkerhaft gestorben waren. Diese armen, unglücklichen Seelen! Leise bewegte sie die Lippen, um für ihre Seelen zu beten. Wie groß die Trauer ihres Vaters gewesen sein musste. Mary Rose fühlte auch mit Véronique, trotz deren grausamen Verhaltens. So etwas wünschte sie niemandem. Ein kleines Stück weiter war auch das Grab ihres geliebten ersten Halbbruders. Nach so langer Zeit war auf dem Stein nur noch der erste Taufname zu entziffern. *Ralph*. Aber als sie davor niederkniete, begann Jacob zu weinen.

»Ich habe Durst, Mama. Großen Durst.«

Sie streichelte tröstend seinen kleinen Kopf. »Keine Sorge, mein Schatz. Wir sind fast da.«

Während sie ihren Sohn wieder trug – wie schwer er war! –, verließ Mary Rose den Friedhof in Richtung Leuchtturm, wo ihr altes Zuhause lag. Doch dann, als sie um die Kurve bog, hinter der die Zufahrt zu Seamouth House begann, blieb sie stehen.

Das Licht, dem sie gefolgt war, kam nicht vom Leuchtturm, sondern von dort, wo ihr Zuhause sein sollte. Es war auch kein helles Leuchtfeuer, obwohl es gestern Abend von Weitem so ausgesehen hatte. Es ähnelte eher einer sanften Glut, einem Überbleibsel von dem, was zuvor gewesen war.

Ungläubig starrte Mary Rose auf die schwelenden Trümmer von Ziegelsteinen und Holz, die vor ihr lagen. Gleich darauf sah sie zwei junge Burschen mit vollen Händen lachend aus dem Haus laufen. »Bitte«, rief sie, »was ist hier passiert?«

»Wisst Ihr das denn nicht?«, rief einer zurück. »Das große Haus wurde durch ein Feuer zerstört. Es wütete zwei Tage lang. Man sagt, die Französin habe es nach einem Streit mit dem Master gelegt.«

»Aber was ist mit den Bewohnern?«, rief Mary Rose verzweifelt.

»Alle tot«, antwortete der andere. »Verbrannt.«

Ihr Mund war so trocken, dass sie kaum sprechen konnte. »Alle? Selbst der Hausherr?«

»Auch er, Gott hab ihn selig.« Dann verschwanden die beiden, flohen in die Dunkelheit, beladen mit Kerzenleuchtern und anderen kostbaren Edelmetallen, die im Schein der Glut funkelten.

Tot? Alle tot? Mary Rose begann zu keuchen und sog gierig die kalte Nachtluft ein, was ihren Husten noch verstärkte. Was für einen Sinn hatte ihr Leben nun noch, nachdem Papa nicht mehr war? Wozu eine Sekunde länger auf dieser sterblichen Erde vergeuden, wenn alle, die sie liebte, vor ihr gegangen waren?

»Wasser«, japste ihr Kind. »Ich brauche Wasser.«

Jacob! Wie konnte sie den Tod in Erwägung ziehen, wenn sie ein Kind hatte, für das sie sorgen musste? Dankbar drückte sie ihren Sohn an sich und machte sich auf zu der Quelle, die nicht weit von dem alten Brunnen entfernt lag. Es war gleich hier in der Nähe. Sie war sich sicher.

»Nicht mehr lange«, sagte sie aufmunternd. Aber Jacobs Wimmern war schwächer geworden. »Schau«, flüsterte sie laut, um ihn zu trösten. »Hier ist der Apfelbaum, unter dem ich früher immer saß und den Geschichten meiner Mutter lauschte.«

Liebevoll fuhr sie mit der Hand über die Rinde und fühlte die verkrustete Struktur. Dann sank sie auf die feuchte Erde vor der Quelle nieder und schöpfte mit der hohlen Hand Wasser, die sie dann vorsichtig an Jacobs kleinen Mund führte.

»Mehr, Mama«, bat er wimmernd. »Ich brauche mehr.«

Daraufhin schöpfte sie mit beiden Händen und versuchte vergeblich, ohne ein Trinkgefäß mehr Wasser in seinen ausgetrockneten Mund zu befördern. Aber sie musste so stark husten, dass ihre Hände wackelten. »Bitte!«, rief sie in die Nacht hinaus. »Jemand möge uns helfen!«

Dann sackte sie gegen die Ziegelmauer neben einem vertrauten Steinbogen und spürte, dass ihre rasselnde Brust sich unter Druck zusammenschnürte, der zuvor nicht da gewesen war. Ihre Lider senkten sich, als würde jemand ihre Augen schließen.

Sie träumte! Wundervolle Träume von Seamouth House, wie es früher einmal gewesen war, als ihre Mutter noch lebte. Magische Träume vom Meer, das mit grandiosem Zorn gegen die Klippen peitschte.

»Miss Mary Rose«, flüsterte eine derbe, aber freundliche Stimme. »Sind Sie das?«

Eine ferne Erinnerung rührte sich in ihrer Brust. Die einfache, aufrichtige Stimme klang wie die der einfältigen Annie aus ihrer Kindheit! »Ja, ich bin es«, versuchte Mary Rose zu sagen. Aber die Worte blieben in ihrem Mund hängen.

Es spielte keine Rolle mehr. Denn sie war nun endlich zu Hause, in ihrem geliebten Garten. Endlich frei.

»Alle Dinge kehren an den Anfang zurück. Lass Tapferkeit deine Lanze sein und bleibe deinem Herzen treu, mein Kind. Dann wirst du nie etwas zu fürchten haben!«

Laura Marchmont

Gegenwart

57

Die Taufe war ein voller Erfolg! Jacob trug ein wunderschönes weißes viktorianisches Taufkleid, das Lauras Mutter all die Jahre sorgfältig verpackt aufbewahrt hatte. »Du hast es schon getragen und dein Vater und davor sein Vater«, hatte sie gesagt.

Ein leichter Schauer hatte Laura durchrieselt. »Was ist mit den Generationen davor? Haben sie es auch getragen?«

»Wer weiß, Schatz. Es ist wirklich exquisit, nicht wahr?«

Laura hatte die feine Handarbeit und den zauberhaften Spitzenkragen befühlt. Angenommen, Mary Rose hatte es getragen oder ihre kleinen Halbgeschwister? »Ich glaube, mir wäre für Jacob etwas, nun ja, weniger Mädchenhaftes lieber.«

»Sei nicht albern, Liebling. Das ist ein Stück Geschichte.«

Also hatte sie nachgegeben, und jeder sagte, dass Jacob hinreißend aussah (»Wie der kleine Lord!«), obwohl er während der gesamten Zeremonie schrie, vor allem als der Pfarrer ihn mit einer großzügigen Handvoll Wasser bespritzte.

»Wir hätten ihn schon früher taufen lassen sollen«, bemerkte Laura hinterher zu Krissie. »Dann wäre er ein kleines Baby gewesen wie Daisy und hätte den Pfarrer nicht treten können.«

»Ich glaube es nicht«, erwiderte ihre Freundin lachend und leerte ein Glas Champagner in der Küche, nachdem sie Laura geholfen hatte, die russischen Eier für das Büfett herauszustellen. »Hast du schon vergessen, was für einen Aufstand Daisy veranstaltet hat? Egal, jedenfalls besser spät als nie. Ich bin froh, dass Jacob jetzt getauft ist. Es mag sich altmodisch anhören, aber mir gefällt die Vorstellung nicht, dass ein Kind nicht getauft ist, dir vielleicht? Sicher ist sicher.«

Ihre Worte ließen Laura frösteln, während sie beobachtete, wie Jacob auf Dereks Knie schlenkerte, aufmerksam verfolgt von ihrem Mann. Heute war einer von Dereks guten Tagen, aber, wie Audrey sagte, man konnte nie wissen.

»Ich kann nicht glauben, dass ihr diese fantastische Wohnung verkaufen wollt«, fügte Krissie hinzu, den Blick auf die Champagnerflasche gerichtet.

Laura füllte ihr Glas auf. »Ich habe dir gesagt, warum.«

»Und du findest nicht, dass du überreagierst, nur ein kleines bisschen?«

»Redet ihr von dem Haus?«, fragte Simon, der nun mit einem Teller, der mit Räucherlachs und Waldorfsalat beladen war, zu ihnen stieß. »Krissie hat mir erzählt, dass ihr ausziehen wollt. Hör zu, ich weiß ja nicht, was du davon hältst, aber meine neue Chefin hat mich beauftragt, Menschen zu porträtieren, die in Häusern wohnen, in denen früher bereits ihre Vorfahren lebten. Ich habe bisher zwei Fälle aufgetan, und es wäre toll, wenn du der dritte sein könntest. Das könnte dir sogar für den Verkauf der Wohnung nützen, falls ein Leser sich spontan in die Bilder verliebt.« Er blickte sich um. »Offen gesagt, das hier wäre meine Traumwohnung.«

»Ich weiß nicht«, begann Laura.

»Bitte.« Krissie wartete, bis ihr Mann in der Schlange vor dem Büfett weitergegangen war. »Simon macht sich ernsthaft Sorgen um seinen Job nach den ganzen Veränderungen in jüngster Zeit. Er hat seiner neuen Chefin bereits von eurem Haus erzählt, und sie fand das sehr spannend. Es wäre schrecklich, wenn er sie enttäuschen müsste.«

Widerwillig gab Laura nach. Schließlich kannte sie sich mit neuen Chefredakteurinnen und ihren manchmal unmöglichen Forderungen aus. Außerdem, was konnte es schon schaden? Sie würden ja ohnehin ausziehen. Simon fragte sie auch, ob er mit den Einheimischen sprechen könne, die etwas über die Geschichte des Hauses wussten. Also erklärte sie ihm den Weg zum Antiquitätenladen, der sonntags, glaubte sie, bis ungefähr sechzehn Uhr geöffnet hatte. »Molly ist manchmal ein bisschen schroff, aber sie meint es nicht böse. Sie war diejenige, die mir von dem Brand erzählt hat.«

»Von dem Brand?« Das Journalistenfunkeln leuchtete in seinen Augen auf. »Welcher Brand?«

»Ich dachte, ich hätte Krissie davon erzählt. Auf diesem Grundstück hier stand früher ein anderes Haus, bevor Bay View Heights errichtet wurde. Das alte Haus brannte 1892 nieder.« Sie machte eine kleine Pause. »Dasselbe Jahr, in dem Mary Rose aus dem Gefängnis entlassen wurde.«

Simon stieß einen Pfiff aus. »Wow. Klingt nach einer interessanten Story. Hast du was dagegen, wenn ich mir diese Wandteppiche noch einmal genauer ansehe?«

»Sticktücher«, korrigierte sie ihn und führte ihn in die Diele. »Wandteppiche werden gewebt, Sticktücher werden gestickt.«

»Eine richtige Expertin, wie ich sehe!« Dann nahm sein Gesicht einen bewundernden Ausdruck an. »Wow! Die sind unglaublich!« Er betrachtete blinzelnd das älteste Tuch. »Diese geheime Botschaft ist etwas ganz Besonderes. Wie lautet sie noch gleich? Die Schrift ist leider zu klein für mich, um sie noch lesen zu können. So ist das halt, wenn man älter wird. Die Sehkraft lässt einfach nach.«

Laura konnte den Vers auswendig. Manchmal erschien er ihr wie ein verzweifelter Appell und dann wiederum wie das Dementi einer Lügnerin.

»Unschuldig bin ich,
Denn du tatest nicht gut.
Du stahlst meinen Ring
Und verfluchtest unser Blut.«

Wieder pfiff Simon leise. »Ziemlich eindringlich, nicht wahr? Deine Vorfahrin war eindeutig sauer auf jemanden. Hast du vielleicht eine Idee, auf wen?«

»Nein«, erwiderte Laura steif. Aus irgendeinem Grund machten Simons Fragen sie nervös. »Vielleicht versuchte sie auch nur, die Schuld einem anderen in die Schuhe zu schieben.«

Simon zuckte mit den Achseln. »Das gibt trotzdem eine gute Story. Ist es dir recht, dass ich Fotos mache, wenn ich schon mal hier bin? Meine Chefin wird begeistert sein. Danke, Laura. Ich schulde dir was.«

Die Mädchen blieben nach der Taufe gleich da, weil ihre Mutter – wieder einmal – mit ihrem Mann weggefahren war. Wie unverantwortlich! Laura war im Namen ihrer Stieftöchter aufrichtig empört. Sah Stephanie denn nicht, dass die Mädchen sie brauchten, besonders Eloise, die bald ihren Schulabschluss machte?

Beide Mädchen hatten sich bei der Tauffeier überraschend hilfsbereit gezeigt, indem sie sich um die Gäste kümmerten und sogar halfen, die Spülmaschine einzuräumen. Und es gab keinen Zweifel, dass sie Jacob vergötterten, besonders Hannah, die ständig mit ihm knuddelte und spielte. »Ich bin so froh, dass sein kleines Herz in Ordnung ist«, sagte sie eines Abends zu Laura, als sie alle gemütlich vor dem Fernseher saßen.

»Ich auch.« Laura legte den Arm um das Mädchen, und Charles, der neben ihr saß, drückte dankbar ihre Hand. Sie fühlten sich nun fast wie eine richtige Familie. Nächste Woche würde jemand vorbeikommen, um die Wohnung zu besichtigen. Sie brauchten bloß einen Käufer, und dann konnten sie einen Neuanfang machen, bevor Mary Rose eine Chance hatte, noch mehr Panik zu verursachen.

Je mehr Laura darüber nachdachte, umso mehr war sie davon überzeugt, dass Mary Rose so lange keine Ruhe geben würde, bis sie auch Lauras Sohn Schaden zugefügt hatte. Tatsächlich war Laura froh darüber, dass die Mädchen die ganze Woche hier sein würden, da Charles geschäftlich verreisen musste. Es war gut, die beiden – und natürlich auch Audrey – in der Nähe zu haben.

»Dad«, sagte Eloise leise. »Ich habe Bauchschmerzen.«

»Das kommt davon, dass du die ganzen Reste vom Büfett in dich reingestopft hast«, sagte Hannah.

»Nein, habe ich nicht.«

»Doch, hast du wohl.«

Jacob fing drüben im Kinderzimmer an zu weinen, und Laura stand auf, um nach ihm zu sehen. Die Atmosphäre war wunderbar wie in Krissies Haus, wo alle sich zankten, aber auf eine nette Art. Vielleicht kehrte hier nun doch endlich Normalität ein.

Am nächsten Morgen flog Charles von Exeter nach Newcastle zu einer viertägigen Konferenz. Die Lehrer in der Schule hatten heute ihren Fortbildungstag, also brauchte Laura ihre Stieftöchter nicht aus den Federn zu scheuchen. Aber Eloise wankte kurz vor den Neun-Uhr-Nachrichten in die Küche.

»Ich fühle mich nicht gut«, murmelte sie. »Ich habe richtig schlimme Schmerzen hier unten auf der rechten Seite.«

Auf der rechten Seite? War da nicht der Blinddarm? »Ich rufe sofort den Arzt an«, sagte Laura und führte Eloise zu einem Stuhl. Die Leitung war besetzt! Sie nahm Jacob hoch – keine Zeit, seine nasse Windel zu wechseln! – und suchte den Autoschlüssel. Als sie in die Küche zurückkehrte, kniete Eloise auf allen vieren auf dem Boden, während sie offensichtlich Qualen litt. »Ich bringe dich direkt in die Notaufnahme. Ist gut, nicht weinen. Ich bin ja hier.«

Mit Müh und Not half sie dem Mädchen aus dem Haus, während Jacob auf ihrem Arm zappelte. In der Einfahrt traf sie zufällig Audrey. Sie erklärte ihrer Nachbarin kurz, was los war. »Lassen Sie Jacob solange bei mir, meine Liebe. Sie können sich nicht um beide gleichzeitig kümmern.«

Laura zögerte. »Ich weiß nicht.«

Aber Jacob streckte bereits die Hände nach Audrey aus und zog in ihre Richtung, wobei er Laura Tritte verpasste, um ihr zu zeigen, dass er das Angebot annehmen wollte. Unterdessen wimmerte Eloise, als wären ihre Schmerzen noch schlimmer geworden.

»Wirklich«, bekräftigte Audrey. »Das ist kein Problem. Ich werde wie ein Schießhund auf ihn aufpassen. Sie haben doch sicher Ihr Handy dabei, oder? Prima. Ich werde auch ein Auge auf Hannah haben. Sie schläft doch sicher noch? Dann setze ich mich einfach solange in Ihre Küche und spiele mit dem Kleinen. Und jetzt fahren Sie schon los.«

Gott sei Dank hatte Laura auf ihren Instinkt gehört! Ja, sagte ein Arzt, nachdem sie die Schlange in der Notaufnahme hatten überspringen dürfen, es handele sich um eine akute Blinddarmentzündung und Eloise müsse sofort operiert werden. Ob sie die Mutter sei?

»Stiefmutter«, antwortete Laura fieberhaft. »Ihr Vater ist auf einer Tagung und telefonisch nicht erreichbar, und ihre Mutter ist gerade verreist und geht nicht an ihr Handy.«

Also unterschrieb sie das Formular und umarmte Eloise, bevor man diese in ein OP-Hemd steckte. Zu ihrer Überraschung erwiderte das Mädchen ihre Umarmung. »Ich bin so froh, dass du da bist. Ich lasse nicht zu, dass Hannah dich vergrault, so wie sie es mit den anderen gemacht hat.«

Lauras Haut begann zu kribbeln. Was meinte Eloise damit? Aber sie wurde bereits davongerollt, und Laura blieb allein zurück, verwirrt und besorgt. Sie erinnerte sich dunkel daran, dass Charles einmal erwähnt hatte, dass die Mädchen seine vorherigen Freundinnen »nicht sehr nett« behandelt hätten. Allerdings hatte Laura immer gedacht, Eloise wäre diejenige, die sie hasste, und nicht Hannah.

War es möglich, fragte sie sich erschrocken, dass die Liebenswürdigkeit ihrer jüngeren Stieftochter nur vorgetäuscht war? Schließlich war es Hannah gewesen, die Jacob mit blauen Lippen auf dem Boden »gefunden« hatte. Was, wenn sie nachgeholfen hatte? So wie Mary Rose …

Mit zitternden Händen kramte Laura in der Tasche nach ihrem Handy und wählte Audreys Nummer im Telefonverzeichnis, nur um festzustellen, dass sie direkt auf der Mailbox landete – genau wie bei Hannah. Sie konnte nichts tun, außer abzuwarten. Aber Audrey war vernünftig, sagte sie sich. Und außerdem war Hannah ja nicht mit Jacob allein.

Einige Zeit später, nachdem Laura auf dem harten blauen Plastikstuhl im Wartezimmer leicht eingenickt war, klingelte ihr Handy, was eine der Krankenschwestern veranlasste, auf das »Bitte schalten Sie Ihr Mobilgerät aus«-Schild zu deuten. Mit einem entschuldigenden Blick ging Laura zum Hauptausgang, um den Anruf draußen entgegenzunehmen. Mist! Der »unbekannte Teilnehmer« hatte aufgelegt.

Gleich darauf klingelte ihr Handy erneut, gerade als sie einen verzweifelt wirkenden Charles entdeckte, der sich vom

Parkplatz dem Eingang näherte, nachdem er vermutlich ihre Nachrichten erhalten hatte.

»Laura?« Die Stimme in der Leitung klang alarmiert. »Hier ist Audrey. Hören Sie, ich möchte Sie nicht in Panik versetzen, aber es geht um Jacob. Er ist … er ist verschwunden.«

58

»Ich verstehe kein Wort«, sagte Charles, die Stirn in tiefe Sorgenfalten gelegt, während jemand mit einem Handwagen und einer weißen Decke an ihnen vorbeieilte. »Du sprichst zu schnell. Das war Audrey, hast du gesagt. Was ist passiert?«

Die erschrockene und angespannte Stimme ihres Mannes machte Laura sogar noch mehr Angst. Sie wünschte sich, er würde den Arm um sie legen und ihr sagen, dass alles in Ordnung sei. Dass Jacob gar nicht verschwunden sei. Sie wünschte sich, dass Charles aus irgendeinem Grund wissen würde, wo Jacob steckte, obwohl er selbst weit weg auf einer Konferenz gewesen war. Aber stattdessen standen sie nun hier und umklammerten sich im Foyer der Klinik wie jenes andere Paar dort drüben, das offensichtlich eine schlechte Nachricht erhalten hatte.

»Es ist wegen Jacob«, presste sie zwischen lauten Angstschluchzern hervor, die ihren Körper schüttelten, sodass ihre Worte in einem Schwall herausströmten, der in die Luft schwappte. »Eloise hatte starke Bauchschmerzen, also habe ich sie ins Krankenhaus gefahren. Audrey hat angeboten, solange auf Jacob aufzupassen. Ursprünglich wollte sie mit ihm zu Hause bleiben, aber dann nahm sie ihn mit zu einem Spaziergang mit Derek und Hannah.«

An diesem Punkt vergrub sie das Gesicht in Charles' Hemd,

wütend auf sich selbst, weil sie ihre eigenen Regeln gebrochen und jemandem erlaubt hatte, die Verantwortung für ihren Sohn zu übernehmen.

»Audrey wollte in die Bücherei, aber sie hatten den Hund dabei, also haben Hannah und Derek mit Jacob in seinem Buggy draußen gewartet, und als Audrey wieder herauskam, waren alle drei verschwunden!«

»Wohin?«

Laura begann zu heulen. Ein hoher Laut, der sich nicht anhörte, als würde er zu ihr gehören. Gleichzeitig hatte sie das Gefühl, wenn sie ihn herausließ, würde das Jacob vielleicht irgendwie zurückbringen. »Das ist es ja. Wir wissen es nicht.«

»Sie können nicht weit gekommen sein.« Charles' beruhigender Ton gab ihr einen Funken Hoffnung. »Und wenn sie zu dritt sind, kann man sie leicht ausmachen. Hast du schon die Polizei verständigt?«

»Audrey hat sie verständigt. Sie sind auf dem Weg. Ich muss auch dorthin, sofort. Wir müssen beide dorthin.«

»Aber was ist mit Eloise?«

»Appendizitis. Man hat ihr den Blinddarm entfernt, und sie hat es gut überstanden. Es ist Hannah, wegen der wir uns Sorgen machen müssen.« Sie schnappte sich Charles' Hand und zog ihn in Richtung Parkplatz. »Ich glaube, sie hat Jacob gekidnappt. Wir müssen sofort dorthin!«

»Hannah?« Er starrte sie an, als hätte sie den Verstand verloren.

»Ja!« Sie musterte ihn kühl, während ihre Tränen auf den Wangen trockneten. »Eloise hat mir verraten, dass Hannah deine bisherigen Freundinnen alle vergrault hat.«

Ihre erhobene Stimme zog ein paar neugierige Blicke auf sich, aber das war ihr egal. Der aufgestaute Unmut über ihre Stieftöchter sprudelte nun aus ihr heraus. »Nun ergibt das alles einen Sinn. Die ganzen Dinge, die schiefgelaufen sind – der Autounfall, der ›schlafende‹ Jacob auf dem Boden, meine ruinierten Bilder –, das war nicht nur Eloise. Das war vor allem Hannah, die vornerum immer so nett zu mir tut. Wahrscheinlich war sie die treibende Kraft für das alles. Sie war …«

Ihr Handy! Es klingelte! Ihr Herz machte vor Hoffnung einen Sprung. Hatte man Jacob gefunden?

»Laura, hier ist noch einmal Audrey.« Die Stimme ihrer Nachbarin klang beherrscht wie bei jemandem, der eine schlechte Nachricht überbrachte. »Die Polizei ist jetzt hier, meine Liebe, aber … aber da ist noch etwas.«

»Was?« Ihre Stimme hörte sich fremd an.

»Hannah ist wieder aufgetaucht. Sie behauptet, sie habe Derek und Jacob verloren.«

»Das ergibt keinen Sinn! Wie denn? Und wo sind die beiden jetzt?«

»Ich fürchte, meine Liebe, das weiß niemand. Aber sie müssen hier irgendwo in der Nähe sein. Bestimmt tauchen sie wieder auf, bevor Sie zurück sind.«

»Nein!« Laura brüllte nun. »Hannah hat Jacob was angetan. Das weiß ich. Sie lügt!«

Charles' Gesicht war vor Panik verzerrt. »Was ist los?«

Laura rannte zum Wagen. Es galt keine Zeit zu verlieren. »Deine geliebte Tochter hat sich unseren Sohn geschnappt.« Sie startete den Motor, bevor Charles eingestiegen war. »Das ist los!«

Sie fuhren direkt zur Bücherei, vor der bereits zwei Streifenwagen parkten und das Interesse der Passanten auf sich lenkten. Eine sympathische Polizistin notierte Lauras Aussage, in der sie erklärte, was passiert war. Dass sie Jacob in Audreys Obhut zurückgelassen hatte, während sie ihre ältere Stieftochter ins Krankenhaus brachte. Und dann sah sie die beiden! Hannah, die so tat, als würde sie im Arm ihres Vaters weinen, und Audrey, blass und aufgelöst.

Laura riss das Mädchen von Charles weg, packte es an beiden Schultern und schüttelte es. »Was hast du mit ihm angestellt?«

»Laura!« Charles klang schockiert. »Lass sie in Frieden!«

»Nein!« Laura fuhr herum. »Sie und ihre Schwester hatten von Anfang an etwas gegen mich. Wenn die beiden nicht wären, wäre Jacob noch hier!«

Hannah begann zu schluchzen. »Sie hat recht. Es war meine Schuld.« Sie klammerte sich wieder an ihren Vater. »Es tut mir so leid, Daddy.«

Charles' Stimme flackerte. »Was meinst du damit?«

Hannah vergrub den Kopf an der Brust ihres Vaters, sodass ihre Worte erstickt klangen. »Derek und ich haben draußen vor der Bücherei gewartet, als diese unheimliche alte Frau vorbeikam. Derek schien sie zu kennen. Dann hat sie sich einfach den Buggy geschnappt, und die beiden sind zusammen losgezogen, mit Jacob und Whisky. Ich bin ihnen hinterhergelaufen, aber dann …«

Sie stockte.

»Erzähl weiter«, sagte Charles, immer noch mit flackernder Stimme.

»Dann hat mein Handy gepiept. Es war eine SMS von Sam aus meiner Schule, also bin ich stehen geblieben, um ihm kurz zu antworten, und als ich fertig war, konnte ich die seltsame Alte oder Derek oder Jacob nirgendwo mehr sehen. Sie waren einfach wie vom Erdboden verschluckt.« Sie begann wieder zu schluchzen. »Es tut mir leid. Hätte ich mein dummes Handy ignoriert, hätte ich sie nicht verloren. Aber ich war das nicht, die den Kleinen entführt hat. Ich schwöre!«

Ich war das nicht.

Genau das, was Mary Rose behauptet hatte. Die lächelnde Mörderin. Mit einem Schrei stürzte sich Laura auf Hannah, aber ein Polizist stellte sich ihr in den Weg und hinderte sie daran, dem Mädchen nahe zu kommen. »Mrs. Haywood, ich verstehe ja Ihre Aufregung, aber wir tun hier, was wir können. Wir haben ein Suchteam losgeschickt, das gerade die Strände abkämmt.«

O mein Gott, das Meer! Wieder wurde sie von einer kalten Woge der Panik überschwemmt. Was, wenn Hannah, vielleicht mit der Unterstützung eines verwirrten Derek, Jacob von der Klippe gestoßen hatte?

»Officer.« Audrey meldete sich nun zu Wort. »Ich weiß, das klingt jetzt ein bisschen weit hergeholt, aber ich frage mich, ob Ihnen das hier eine Hilfe sein könnte.« Sie wedelte mit einem Blatt Papier. »Meine Nachbarin und ich haben ein paar Nachforschungen über das Haus angestellt, in dem wir wohnen, und vorhin in der Bücherei bin ich auf einen recht interessanten Zusammenhang gestoßen.«

Laura wollte ihren Ohren nicht trauen. »Was soll das, müssen Sie ausgerechnet jetzt davon anfangen?« Ihr Blick huschte wild umher und suchte dann die Hauptstraße ab, die nun, zur Teezeit, abgesehen von ein paar plumpen Seemöwen, die auf der Suche nach Krümeln umherstolzierten, fast leer war.

Aber die Polizistin nickte offenbar, da Audrey fortfuhr, und sprach dann in ihr Walkie-Talkie. Zwischen Hannahs lauten theatralischen Schluchzern schnappte Laura das Wort »Antiquitätenladen« auf.

Sie riss Audrey das Blatt aus der Hand und versuchte, es zu lesen, aber in ihrer Panik schienen die Wörter miteinander zu verschwimmen. Offenbar handelte es sich um ein Trauregister aus dem Jahr 1872, dem Jahr, in dem Mary Rose ins Gefängnis gewandert war. »Sehen Sie, hier«, bemerkte Audrey in sanftem Ton, als wären sie auf einer Historikerkonferenz und nicht am Schauplatz einer Entführung. »Das ist der Bäcker. Laut dem Protokoll der Haushälterin war er an dem Tag im Haus, als der kleine Jacob starb.«

»Um Gottes willen, Audrey, das ist jetzt nicht der richtige Zeitpunkt.«

Ihre Nachbarin tätschelte tröstend ihren Arm. »Ich denke doch, meine Liebe. Sehen Sie nur, wen der Bäcker geheiratet hat! Annie Brown! Ein junges Dienstmädchen, das damals im Haus der Marchmonts beschäftigt war. Und jetzt lesen Sie noch einmal den Familiennamen des Bäckers.«

Colyton? Wie die Stadt? Und? »Audrey, bitte, tun Sie mir das jetzt nicht an. Jacob ist verschwunden! Ich muss ihn suchen.«

»Aus diesem Grund hat die Polizistin gerade einen Wagen zu Mollys Antiquitätenladen geschickt. Es könnte nämlich ein Zusammenhang bestehen.«

Hatte Audrey den Verstand verloren wie ihr Bruder? »Ich verstehe nicht.«

»Mollys Mutter, Nellie, besucht dieselbe Tagespflege wie Derek. Ihr Familienname ist Colyton. Ich habe mich kurz nach der Taufe mit ihr unterhalten. Offenbar war sie ziemlich beunruhigt, weil Ihr Freund, der Journalist, sie aufgesucht hat, als er hier unten war. Sie hat immer wieder von irgendwelchen Babys gesprochen und von einem Ring und von Dingen, die scheinbar keinen Sinn ergaben. Hannah sagte, dass die Frau, die Derek vor der Bücherei angesprochen hat, ihn wohl kannte. Angenommen, es war Nellie? Falls ja, sagt mir mein Bauchgefühl, dass sie vielleicht etwas wissen könnte.«

Was für eine verrückte Theorie! Aber gleichzeitig rührte sich etwas in Laura. Eine kleine Stimme, die ihr sagte, dass sie diese

Theorie nicht verwerfen sollte. Sie wandte sich an Charles, der immer noch die schluchzende Hannah tröstete, und schnappte sich seine Hand. »Schnell. Wir müssen los. Sofort.«

59

An der zerkratzten blassblauen Tür von Mollys Antiquitätenladen hing ein »Geschlossen«-Schild, aber die Polizistin ging bereits um das Haus herum zur Rückseite. Laura und Charles folgten ihr, zusammen mit einer schniefenden Hannah und einer sehr entschlossenen Audrey.

»Was gibt's?«, fragte Molly, als sie in einer fleckigen, blauweiß gestreiften Schürze die Hintertür öffnete. In der linken Hand hielt sie eine recht große kupferfarbene Urne, die sie offensichtlich frisch poliert hatte. Polieren! Immer polieren! Taten das nicht Menschen, die sich schuldig fühlten? Oder verlor sie, Laura, allmählich völlig den Verstand?

»Wir würden gerne mit Ihrer Mutter Nellie Colyton sprechen, bitte«, sagte die Polizistin und zeigte ihren Dienstausweis.

»Was hat sie jetzt schon wieder angestellt?«, stöhnte Molly und machte Platz, damit sie eintreten konnten. »Mum? Bist du wach? O Gott …« Sie blickten auf einen leeren, bereits ziemlich durchgesessenen Sessel mit verschlissenen gepolsterten Armlehnen und einem beigefarbenen Wirbelmuster, das an die Sechzigerjahre erinnerte. Er stand direkt vor einem großen Fernseher, der laut vor sich hin plärrte, als wäre das Publikum schwerhörig. »Sagen Sie nicht, sie ist wieder ausgerissen. Augenblick. Vielleicht ist sie in ihrem Zimmer. Mum? Mum?«

Molly ging durch einen dunklen Gang voraus in ein Zimmer, das einer längst vergangenen Epoche anzugehören schien. Darin standen eine verstaubte Stehlampe mit einem wuchtigen roten Brokatschirm und ein Frisiertisch aus Eiche mit gedrechselten Beinen, auf dem silberne Haarbürsten lagen. Das Bett war mit einer schweren rosa Daunendecke überzogen, und über dem Kopfende hing ein Kruzifix aus billig wirkendem Messing auf einem blauen Samthintergrund. Die Luft war stickig, als wäre das Fenster seit Monaten nicht geöffnet worden, und es roch eindeutig nach Mottenkugeln, sodass Lauras Nase zu kribbeln begann.

»Entschuldigen Sie das Chaos.« Molly wirkte verlegen. »Mum lässt mich nie hier rein. Sie klemmt sogar kleine Papierschnipsel zwischen die Tür und den Rahmen, um zu kontrollieren, ob ich hinter ihrem Rücken zum Saubermachen reingehe. Wenn sie die Schnipsel auf dem Boden findet, weiß sie, dass ich die Tür geöffnet habe.« Laura starrte auf die abgerissenen Seidenpapierfetzen, die tatsächlich nun auf den Boden trudelten, aber dann spürte sie die Berührung von Audreys warmer Hand.

»Laura«, flüsterte ihre Freundin. »Sehen Sie.«

Ihr Herz pochte laut, als sie beobachtete, dass die Polizistin sich nun unter das Bett mit dem Kopfteil aus antikem Holz beugte, das an die Wand geschoben war, die ein großer Riss und ein feuchter Fleck zierte. Die Polizistin zog ein Bündel Lumpen hervor, in die scheinbar etwas eingewickelt war. O mein Gott. Bitte, lass es nicht Jacob sein! Bitte, lass es nicht sein kleiner Körper sein, in ein Leichentuch gehüllt. Bitte …

»Das sieht aus wie eins von Ihren Sticktüchern«, flüsterte Audrey.

Sprachlos verfolgte Laura, wie die Polizistin das Lumpenbündel auseinanderwickelte. Audrey hatte recht. Der Rahmen war aus schmutzig braunem Holz, und das Glas war gesprungen, aber das Motiv auf dem Tuch selbst war unverkennbar das Haus mit den hohen Schornsteinen. Dort war der Garten mit den kunstvollen grünen, rosaroten und gelben Kreuzstichen. Ganz unten stand der Name. Mary Rose Marchmont. Und es enthielt dieselbe Botschaft:

»Unschuldig bin ich,
Denn du tatest nicht gut.
Du stahlst meinen Ring
Und verfluchtest unser Blut.«

Aber das Tuch war nicht ganz fertig geworden. Unten links auf dem Leinenstoff war eine freie Ecke, die nicht bestickt war. Als hätte jemand die Arbeit eingestellt und nie wieder aufgenommen. »Woher hat Ihre Mutter das?«, fragte Laura scharf.

»Das ist bloß ein Teil von ihrem ganzen Plunder, nehme ich an.« Mollys Gesicht war rot und unsicher. »Ich kenne die Hälfte von ihren Sachen gar nicht. Mum schätzt ihre Privatsphäre.«

»Sie sagten, Ihre Mutter strolcht gerne herum«, bemerkte die Polizistin sanft. »Wohin geht sie denn immer?«

Mollys rechte Wange zuckte nervös. »Zu den Klippen unten am Oststrand, am stillgelegten Steinbruch. Dort finde ich sie meistens, wenn sie wieder mal ausgebüxt ist.«

Die Polizistin begann, in ihr Handy zu sprechen, aber Hannah zupfte an Lauras Hand. »Ich laufe schon mal vor. Das geht schneller.«

Als sie am Steinbruch eintrafen, war von Hannah weit und breit nichts zu sehen. War das wieder einer ihrer Tricks? Suchtrupps der Polizei durchkämmten die Felsen. Laura ahnte instinktiv, dass sie nach der Leiche ihres Sohnes suchten. Das konnte einfach nicht wahr sein. Sie fühlte sich wie betäubt. Krank. Roh. Atemlos. Genau wie Andrews Eltern sich gefühlt haben mussten. Und nun passierte es ihr selbst. »Jacob!«, schrie sie. »Jacob!«

Charles' Griff um ihre Schulter wurde stärker, aber er sagte nichts. Sagte nicht: »Es wird alles wieder gut.« Er wusste genau wie sie, dass nun nicht mehr viel Hoffnung bestand. Mollys verrückte Mutter hatte Jacob etwas angetan. Gleich darauf hörte man ein lautes Surren, und Laura sah, dass ein Polizeihubschrauber mit einem schwindelerregenden Schlingern über ihren Köpfen aufstieg. Dann kreiste er langsam in der Luft auf der Suche nach ihrem Sohn.

Eine Stimme! Hannah. O mein Gott. Sie winkte von dem gefährlichen Bereich des Strands, wo ein Schild vor Erdrutschgefahr warnte. »Bleiben Sie hier«, brüllte einer der Polizisten in den Wind. »Dort drüben ist es nicht sicher.«

Wie konnte sie hierbleiben? Ihr Kind könnte dort drüben sein! Sie löste sich aus Charles' Arm und rannte über den Kiesstrand zu ihrer Stieftochter, den Schmerz ignorierend, als die scharfen Steine durch ihre Schuhsohlen schnitten. Gleich darauf vernahm sie ein Geräusch. Es klang wie ein Bellen. Whisky? Audreys Hund? Waren sie dort drin? Vor ihr befand sich eine Felsöffnung, die aussah, als würde sie in den tiefsten Schlund der Hölle führen. Ein Passus aus einem der vielen historischen Bücher, die Laura über Seamouth gelesen hatte, kam ihr in den Sinn. War das der alte Eisenbahntunnel, den es hier einmal gegeben haben sollte?

Wieder hörte man einen Hund bellen und Hannah, die aus dem Tunnel rief: »Hierher! Schnell!« Hustend, weil Staub in ihre Lungen drang, betraten Laura und Charles, der ihr nachgelaufen war, den Tunnel, der in eine Höhle mündete. Dort saß Derek zitternd zusammengekauert auf dem Boden. Neben ihm hockte eine alte Frau mit langen strähnigen grauen Haaren auf einem Felsen. Sie trug eine grob gestrickte hellblaue Weste und eine schmuddelige braune Hose und summte leise vor sich hin. Sie hob den Kopf und blickte Laura mit einem eisigen Lächeln an.

Laura bemerkte, dass sie auf einem Auge schielte – ihre Pupillen zeigten in verschiedene Richtungen. Sie schaukelte einen Buggy. Jacobs Buggy. Und er war leer.

»Mein Baby.« Die Worte erstickten fast in ihrem Mund. »Was haben Sie mit meinem Baby gemacht?«

Charles' Stimme klang plötzlich sehr emotional. Er umklammerte ihren Arm. »Sieh doch!«

Auf einem anderen Felsen saß Hannah und wiegte ihren Bruder in den Armen. Lauras Herz setzte kurz aus. Jacobs Augen waren geschlossen. Er bewegte sich nicht.

»Pst«, flüsterte ihre Stieftochter und blickte lächelnd zu ihr hoch, genau wie Mary Rose aus dem Register im Landesarchiv herausgelächelt hatte. »Er schläft. Ihr weckt ihn noch auf.«

60

BABY IN STILLGELEGTEM TUNNEL GEFUNDEN
6 MONATE ALTES KIND VOR BÜCHEREI ENTFÜHRT – RENTNERIN VERHÖRT
RENTNERPAAR BRENNT ZUSAMMEN DURCH – MIT NACHBARSKIND!

Die Story erschien in allen Zeitungen, von der *Western Morning News* bis zur *Times*. Aber die Journalisten kannten nicht alle Einzelheiten. Laura hatte das alles selbst noch nicht richtig begriffen.

»Warum hat sie das getan?«, fragte sie immer wieder, als die Polizei und die Sanitäter eintrafen, um Mollys Mutter und Derek abzuholen. Audrey bestand darauf, mit ihrem Bruder zu fahren. »Es tut mir so leid«, sagte sie immer wieder. »Es tut mir so schrecklich leid.«

Die Sanitäter wollten auch Jacob mitnehmen. Gleich nachdem Laura und Charles ihn entdeckt hatten, war er aufgewacht und hatte angefangen zu brüllen, wahrscheinlich vor Hunger. Aber sie weigerten sich, erneut von ihrem Sohn getrennt zu werden, und brachten ihn selbst ins Krankenhaus. Laura saß auf dem Rücksitz, Jacob eng an sich gedrückt, mit Hannah an ihrer Seite.

Der Arzt im Krankenhaus versicherte ihnen, dass Jacob unversehrt und in bester Verfassung sei, was bemerkenswert war. »In diesen alten Höhlen kann es sehr feucht sein«, sagte er, während er ihnen Jacob wieder übergab. »Ich gehe in meiner Freizeit selbst gerne auf Klettertour. Sieht so aus, als wäre mir der Kleine ein Stück voraus.«

Aber das erklärte immer noch nicht, warum Derek und Nellie mit Jacob in den Steinbruch gegangen waren. Laura gab Derek keine Schuld. Er war zunehmend geistig verwirrt. Aber Nellie war ihr nicht geheuer. Die Polizei ermittelte anscheinend weiter, aber das genügte nicht. Laura wollte sofort eine Antwort haben. Charles legte ihr leise nahe, geduldig zu sein und abzuwarten, aber wie sollte sie das machen? Ihr Sohn hätte sterben können!

Am nächsten Morgen marschierte Laura mit Jacob, der in seinem Buggy festgeschnallt war, und mit Charles an ihrer Seite schnurstracks zu Mollys Laden. »Ich komme mit«, hatte er gesagt. »Vielleicht hast du recht. Wenn Molly mehr weiß, als sie zugibt, wird sie Jacobs Anblick vielleicht überzeugen auszupacken.«

An der Tür hing das »Geschlossen«-Schild, aber Charles hämmerte so lange dagegen, bis Molly endlich von hinten auftauchte mit feuchten Haaren, als wäre sie gerade im Meer geschwommen. Verlegen trat sie von einem Bein auf das andere.

»Tut mir leid wegen gestern«, begann sie.

»Leid?«, wiederholte Charles schroff. »Denken Sie, das reicht? Lassen Sie uns bitte herein.« Widerwillig machte die Frau Platz, damit Laura und Charles eintreten konnten. Laura ließ den Blick durch den Ladenraum schweifen und sah, dass das übliche Chaos herrschte und auf der altmodischen Eichentheke zahlreiche Unterlagen und Ordner verstreut lagen. Anscheinend mistete Molly in ihrer schmuddeligen, blau-weiß gestreiften Schürze gerade ein bisschen aus. Vielleicht um Beweismaterial verschwinden zu lassen.

Charles' tiefe Stimme riss sie aus ihren Betrachtungen. »Wir sind nicht für weitere Spielchen hier. Wir wollen wissen, warum Ihre Mutter Jacob entführt hat.«

Molly zuckte mit den Achseln. »Sie ist eine verwirrte alte Frau. Vielleicht wollte sie nur für ein wenig Ablenkung sorgen.«

Charles' Ton verschärfte sich. »Eine Ablenkung wovon?«

Molly seufzte. »Ich schätze, Sie sollten sich das hier mal anschauen.« Sie gab ihnen das gerahmte Sticktuch, das sie gestern schon gesehen hatten. »Drehen Sie den Rahmen mal um.« Die Rückseite war lose! Und unter dem Rahmen ragte etwas hervor. Ein Stück Papier. »Schon gut. Nehmen Sie es raus.« Molly zuckte wieder mit den Achseln. »Sie können es auch genauso gut lesen. Es stammt von meiner Urgroßmutter, oder zumindest hat man mir das so erzählt. Die einfältige Annie, so wurde sie genannt. Sie war wohl ein bisschen tumb, obwohl Sie das wahrscheinlich nicht als eine Entschuldigung anerkennen werden.«

Laura warf dazwischen: »Eine Entschuldigung wofür?«

»Meine Mutter hat mir einmal diesen Rahmen gezeigt, als ich noch ein junges Mädchen war«, ignorierte Molly Lauras Frage. »Sie sagte, ich müsste darauf aufpassen, wenn sie nicht mehr wäre. Damals wusste ich nicht wirklich, worum es ging. Ich bin mir auch jetzt nicht sicher, um ehrlich zu sein, aber für meine Mutter hatte das Sticktuch eine Bedeutung. Sie hatte es von ihrer Mutter, und die wiederum hatte es von ihrer Mutter. Sagt Mum jedenfalls.«

»Dann haben Sie gestern die Polizei angelogen!«, sagte Charles wütend.

»Nein!« Molly funkelte ihn an. »Ich habe nur gesagt, dass

Mum einen Haufen Krempel besitzt. Egal, oder? Ich zeige es Ihnen ja jetzt.«

Was für eine schöne gestochene Handschrift! Laura ließ den Blick über das Blatt wandern. Ganz unten fiel ihr etwas ins Auge, eine zittrige Unterschrift in schwarzer Tinte. *»Annie Colyton. Im Jahr des Herrn 1892.«*

1892? Zwanzig Jahre nachdem Mary Rose ins Gefängnis gesteckt worden war! Das Jahr ihrer Freilassung. Langsam und stockend wegen der unvertrauten Diktion las Laura laut vor.

»Ich, Annie Colyton, ehemals Annie Brown, bekenne, dass ich an jenem Tag, als Ralph Jacob Marchmont, genannt Jacob, von dieser Erde ging, das Zimmer meiner Mistress, Véronique Marchmont, unerlaubt in der Absicht betrat, mir etwas Schmuck zu borgen, weil ich Joe, dem Bäcker, gefallen wollte, dessen Besuch ich erwartete. In meiner Eitelkeit probierte ich ihren kostbaren Ring an, aber gleich darauf vernahm ich ein eigenartiges Geräusch und vermutete, dass es aus dem Kinderzimmer kam. Ohne zu überlegen, steckte ich den Ring ein und ging hinüber, um nach dem Säugling zu schauen. Seine Wangen waren bleich, und seine Lippen hatten eine bläuliche Färbung. Als ich ihn aus seinem Bett nahm, um ihn zu trösten, konnte ich seinen Atem nicht hören. Vor Schreck ließ ich ihn durch meine Arme rutschen, und er fiel auf den Steinboden. Ich war derart entsetzt, dass ich, zu meiner ewigen Schande, aus dem Haus floh und durch den Garten zu dem Tor rannte, wo ich mich mit Joe verabredet hatte. Unterwegs warf ich den Ring fort. Meine Angst davor, an den Galgen zu kommen, war zu groß, um vor Gericht die Wahrheit zu sagen. Ich schwöre bei meinem Leben, dass Mary Rose keine Schuld an dem Tod ihres Bruders Ralph, genannt Jacob, trifft. Und mich ebenso wenig. Als ich bei dem Kind war, atmete es bereits nicht mehr. Ich bekenne außerdem, dass ich in der Nacht nach dem großen Feuer Mary Rose im Garten fand, wo sie im Sterben lag, nachdem sie kurz zu-

vor aus der Zuchtanstalt entlassen worden war. Ich verständigte daraufhin Henry Marchmont. Er und seine Frau Letitia zogen Mary Rose' Sohn nach dem vorzeitigen Ableben der Mutter wie ihr eigenes Kind groß, auf den Rat von Vater Benedikt.

Vergib mir, Herr, dass ich das Sticktuch stahl, das meine ehemalige Mistress bei sich trug. Es war so hübsch, dass es meine Aufmerksamkeit weckte und ich es nicht aufgeben wollte. Ich bekenne, dass ich zudem eine kirschrote Schleife an mich nahm, die Mary Rose in ihrem Dekolleté versteckt hatte.

Es heißt, dass die zweite Mrs. Marchmont das Feuer in Seamouth House an dem Tag legte, als Mary Rose freigelassen wurde, damit ihre Stieftochter es niemals erben würde. Ich schwöre, das ist die Wahrheit in meinen eigenen Worten, wie ich sie dem Kaplan beichtete, im Jahr unseres Herrn 1892.«

Darunter standen die Unterschrift der Verfasserin und daneben der Name eines Zeugen. Vater Benedikt.

»Ich verstehe immer noch nicht«, murmelte Laura, während sie zu begreifen versuchte. »Bedeutet das also, dass Mary Rose doch unschuldig war?«

Molly nickte.

»Und ihr toter Bruder«, fragte Charles verblüfft, »war zwar auf den Namen Ralph getauft, wurde aber Jacob genannt?«

Lauras Gedanken wanderten blitzartig zurück zu dem dritten Kindergrab – das älteste, in dem der kleine Ralph ruhte. Es war schon schwierig gewesen bei den vielen Rissen und Spuren, die die Zeit auf dem Grabstein hinterlassen hatte, seinen Taufnamen zu entziffern. War es möglich, dass er einen zweiten Vornamen gehabt hatte? Denselben wie ihr eigener Sohn?

Molly schniefte. »Zu jener Zeit wurden die Söhne oft nach ihren Vätern benannt, aber bei einem anderen Namen gerufen, um Verwechslungen zu vermeiden.« Sie warf ihnen einen listigen Blick zu. »Obwohl es ein bemerkenswerter Zufall ist, dass Sie Ihren Sohn auch Jacob genannt haben.«

»Der Name hat in unserer Familie Tradition«, erwiderte Laura leise, während sie sich fragte, ob Mary Rose' Geisterhand sie gelenkt hatte. Sie fröstelte. Aber da war noch etwas in der Beichte.

»Darf ich noch einmal einen Blick darauf werfen?« Sie griff nach dem Pergamentpapier, so brüchig und rissig, dass es sich wie Papadam anfühlte. Ja, dort stand es. Sie hatte richtig gelesen. »Mary Rose hatte also einen Sohn? Obwohl sie im Gefängnis war?«

Molly zuckte mit den Achseln. »Damals passierten viele Dinge, die nicht hätten passieren dürfen.«

»Und dieser Henry und diese Letitia nahmen ihn unter ihre Fittiche«, fügte Charles hinzu. »Das war damals nicht unüblich, glaube ich. Patchworkfamilien sind nichts Neues. Allerdings wundert es mich angesichts der gesellschaftlichen Auswirkungen, dass der Sohn den Familiennamen seiner Mutter behielt.«

Laura spürte die Worte aus ihrem Mund kommen, als würde jemand anders durch sie sprechen. »Vielleicht hat er ihn weitergeführt, weil er wusste, dass sie unschuldig war und dass es keinen Grund gab, sich zu schämen.«

Charles nickte leicht, um anzudeuten, dass sie recht haben könnte. »Hast du von diesem Henry und dieser Letitia schon einmal gehört?«

Laura nickte. »Ich glaube, ja. Aber ich muss Mum fragen. Sie hat Dads Aufzeichnungen zu unserem Familienstammbaum aufbewahrt.« Dann bedachte sie Molly mit einem strengen Blick. »Sind Sie sicher, dass diese sogenannte Beichte auch echt ist?«

»Natürlich«, entgegnete Molly beleidigt. »Warum hätte unsere Annie so etwas erfinden sollen? Sie hat ein Schuldbekenntnis abgelegt. Die Arme ist wahrscheinlich zu Tode erschrocken, als sie ihre ehemalige Mistress fand, halb tot vor Kälte und Hunger. Meine Mutter hat vermutet, dass sie damals zu Henry Marchmont lief, weil sonst niemand von der Familie übrig war, und dass dieser sich höchstwahrscheinlich an den Gefängnispfarrer wandte, der Annie schließlich dazu brachte, ihre Beichte niederzuschreiben.«

Ihr Blick verhärtete sich. »Meine Familie musste all die Jahre Annies Schuld tragen, und das ist nicht fair. Wer weiß schon, woran der Säugling damals starb? Sie haben es ja selbst gelesen. Das Kind hat schon nicht mehr geatmet, bevor sie es fallen ließ. Aber hätte sie sich offenbart, hätte ihr niemand geglaubt, und so ist daraus ein Fluch geworden.«

Sie machte eine ausladende Geste. »Mum und ich müssen seit Jahren kämpfen, um über die Runden zu kommen.« Ihre Augen wurden schmal. »Wäre Ihre Familie nicht gewesen, wäre alles ganz anders gekommen.«

Ein Fluch? War das wirklich möglich?, fragte sich Laura. Hatte sie nicht Ähnliches befürchtet? Hatte sie sich nicht davor geängstigt, dass Mary Rose' Geist ihrem Sohn irgendwie Schaden zufügen könnte?

»Das ergibt immer noch keinen Sinn«, sagte sie langsam. »Was hat diese Beichte damit zu tun, dass Ihre Mutter Jacob entführt hat?«

An diesem Punkt begann ihr Sohn in seinem Buggy heftig mit den Beinen zu strampeln und Laute des Unmuts von sich zu geben, die darauf hinwiesen, dass es ihm widerstrebte, angeschnallt zu sein. »Weil«, sagte Charles sanft, »in unserem Teil der Welt Erinnerungen tief reichen, nicht wahr, Molly?«

Die Frau nickte beschämt. »Meine Mutter war sehr verstört, als dieser Reporter, mit dem Sie befreundet sind, ihr erklärte, dass er über Mary Rose schreiben wollte. Sie spricht vielleicht nicht viel, aber sie versteht mehr, als die Leute denken. Sie hat wohl befürchtet, dass es Schande über die Familie bringt, wenn die Geschichte von der einfältigen Annie herauskommt. Für jemanden, der nicht von hier stammt, mag das albern klingen, aber ich kann ihre Angst nachvollziehen. Sie brauchen nur zu lesen, was die Zeitungen jetzt schon alles über Ihr Kind und meine Mum schreiben.« Sie wedelte mit Annies Beichte vor ihren Gesichtern. »Wenn die Presse die ganze Geschichte herausbekommt, wird nie wieder Gras über die ganze Sache wachsen, und dann muss ich meinen Laden dichtmachen.«

»Dann wird es nicht herauskommen«, sagte Charles entschlossen. »Oder, Laura?«

»Ich weiß nicht.« Sie zögerte. »Es liegt nicht mehr an uns, oder? Wir müssen es schließlich der Polizei sagen. Aber ich verstehe trotzdem nicht, was Ihre Mutter sich davon versprochen hat, unseren Sohn zu entführen.«

Molly stieß ein verdrossenes Seufzen aus. »Wie bereits gesagt, vielleicht dachte sie, dass sie damit von Annie ablenken könnte. Ich weiß nicht, was im Kopf meiner Mutter vor sich geht. Manchmal glänzt sie mit einem messerscharfen Verstand, und manchmal redet sie totalen Unsinn. Vielleicht wollte sie es Ihnen auf ihre Art heimzahlen, weil Sie die Vergangenheit ausgegraben haben, statt sie ruhen zu lassen.«

Ihre Augen blitzten plötzlich und offenbarten einen kurzen Blick auf jemanden, der unter seiner Oberfläche sehr hart war. »Sie hätte Ihrem Kind nichts zuleide getan, das kann ich Ihnen versichern.«

Das war nicht gut genug! Aber Charles nickte verständnisvoll. »Es muss schwer sein für Sie«, sagte er sanft. »Eine Mutter zu pflegen, die nicht ganz …« Er stockte.

»Die nicht ganz da ist, meinen Sie? Ja, es ist schwer. Gott

allein weiß, was wir tun würden, wenn wir das Pflegezentrum nicht hätten. Man hat mir schon vor Jahren geraten, Mum in ein Heim zu geben, aber das mache ich nicht.« Ihr Gesicht wurde lang. »Tja, nach dieser Sache werden sie mich wahrscheinlich dazu zwingen.«

»Mama! Mama!« Jacob schenkte ihnen ein zahnloses Lächeln aus seinem Buggy. »Mama! Mama!«, wiederholte er.

»Hast du das gehört, Laura?«, sagte Charles aufgeregt. »Er hat ›Mama‹ gesagt!«

Molly lächelte traurig. »Ich hätte auch gerne ein Kind gehabt, aber es ist nie dazu gekommen. Schließlich hatte ich mit meiner Mutter und dem Laden alle Hände voll zu tun.« Sie streichelte über Jacobs Wange, worauf Laura rasch dazwischen trat und ihren Sohn aus dem Buggy nahm, um ihn beschützend an ihre Brust zu drücken. Sie wollte nicht, dass eine fremde Person ihn anfasste, am allerwenigsten diese Frau.

Molly schenkte ihr einen verständnisvollen Blick. »Schon gut. Ich bin nicht beleidigt. Wenn er meiner wäre, würde ich wahrscheinlich auch etwas dagegen haben, dass ihn jeder berührt.« Ihre Stimme wurde weicher. »Niemandem gefällt die Vorstellung, dass ihm das Kostbarste genommen wird, sei es ein Kind oder ein Ring.«

Die Stimme der Frau wurde so leise, dass Laura die Ohren spitzen musste, um sie zu verstehen. »Was wohl daraus geworden ist? Aus dem Ring, meine ich. Ich habe mich oft gefragt, ob er nach wie vor in Ihrem Garten liegt oder ob ihn jemand gefunden hat. Ich schätze, mittlerweile dürfte er ein kleines Vermögen wert sein.« Molly seufzte. »Jedenfalls genug, um die Pflegekosten zu bezahlen, kann ich mir vorstellen.«

Dann ging ein Ruck durch sie hindurch, als würde sie plötzlich zu sich kommen, und ihre Stimme klang wieder schroff und leicht verbittert. »Gut, Sie haben jetzt alles erfahren, was

Sie wissen wollten, oder? Dann können Sie sich ja jetzt wieder auf den Weg machen. Ich muss mit den Leuten vom Sozialdienst darüber sprechen, was aus Mum wird. Ich nehme an, Ihre Nachbarin wird genau dasselbe tun wegen ihres Bruders.« Ihr Ton wurde noch bitterer. »Häusliche Pflege! Ich habe denen gesagt, dass das nicht reicht. Wann werden diese Gutmenschen das jemals kapieren?«

61

War Jacobs Entführung wirklich schon volle drei Monate her?, dachte Laura, als sie im Gemeinschaftsgarten saß. Sie beobachtete ihren kleinen Sohn, der entschlossen versuchte, sich an dem tiefen Ast eines alten knorrigen Apfelbaums vom Boden hochzuziehen. Das Drama mochte nur wenige Stunden gedauert haben, aber es hatte Lauras Einstellung zu ihrer Mutterschaft komplett verändert. Sie fühlte sich nun zuversichtlicher. Weniger neurotisch.

»Das liegt daran, dass du mit dem Schlimmsten konfrontiert wurdest«, hatte Charles in den ersten Tagen danach erklärt, als sie sich noch in einem Zustand des Schocks und der Erleichterung befanden. »Wir beide wurden damit konfrontiert. Aber wir haben es gemeinsam überstanden.«

»Andrews Eltern nicht«, sagte Laura leise. »Mum war neulich in Kent, um eine alte Freundin zu besuchen. Anscheinend haben die Greens sich kurz nach dem Tod ihres Sohnes getrennt.«

»Das ist traurig.« Charles hielt ihrem Blick stand. »Ich weiß, was du gerade denkst. Du überlegst, ob du Andrews Mutter besuchen gehen sollst.«

»Wenn ich ehrlich bin, spiele ich schon seit Jahren mit dem Gedanken. Aber seit ich selbst Mutter bin, sehe ich alles viel klarer. Ich brauche einen Schlussstrich. Vergebung.«

Charles legte eine Hand auf ihre Schulter. »Ich verstehe das. Aber du musst damit rechnen, dass sie nicht begeistert reagieren wird. Du darfst es ihr nicht übel nehmen, wenn sie wütend ist. Verletzt. Nachtragend.«

Sie nickte. »Ich weiß. Aber ich muss es riskieren.«

Es gab noch etwas. Etwas, was Laura instinktiv bereits geahnt hatte, ohne eine Bestätigung dafür zu suchen, bis ihre Mutter Dads alte Unterlagen durchgesehen hatte. »Du wirst es nicht glauben«, hatte sie Laura aufgeregt verkündet, als sie kurz nach Jacobs Rettung nach Devon herunterkam. »Dein Vater ist mit dem Familienstammbaum weiter gekommen, als mir bewusst war. Es hat zwar eine Weile gedauert, bis ich mir einen Überblick verschaffen konnte, aber es sieht ganz so aus, als wäre Mary Rose deine Ururgroßmutter gewesen. Unglaublich, nicht wahr?«

Nein, dachte Laura. Es passte. Als hätte jemand das vorletzte Puzzlestück eingefügt. Wenn sie jetzt nur noch wüssten, wo der Ring abgeblieben war, dachte sie unwillkürlich, dann wäre das Bild wieder vollständig. Nun ja, fast.

Eine Woche später ließ Laura den kleinen Jacob volle zwei Tage und eine Nacht in der Obhut seines Vaters zurück (was sie sich vorher wahrscheinlich nicht getraut hätte) und trat die lange Reise nach Kent an. Zu dem Haus, wo alles passiert war.

»Andrews Mutter wohnt immer noch dort«, hatte ihre Mutter ihr erzählt. »Aber denkst du nicht, es wäre besser, ihr zuerst zu schreiben?«

»Wenn ich das mache«, erwiderte Laura, »weigert sie sich womöglich, mich zu sehen.«

Aber als Laura vor dem bescheidenen Reihenhaus parkte, in der Nähe ihres ehemaligen Elternhauses, begann ihr Herz vor Nervosität laut zu klopfen. Der Vorgarten war sauber und ordentlich, so wie sie ihn in Erinnerung hatte. Die Gardinen waren immer noch dieselben. Selbst die Türglocke klang wie früher, dachte sie, als eine Gestalt hinter der gläsernen Eingangstür erschien.

»Mrs. Green?«

Die kleine Frau in dem adretten Twinset und dem schlichten braunen Rock, die nun vor ihr stand, musterte sie.

»Mein Name ist Laura Marchmont«, sagte Laura mit leiser Stimme. »Sie kannten mich früher als Katy.«

Wütendes Erkennen dämmerte in den Augen der Frau. »Mir ist schleierhaft, woher Sie die Nerven nehmen, nach all den Jahren einfach hier aufzutauchen«, erwiderte sie ebenfalls leise. »Ich hatte gehört, Sie seien weggezogen. Sie hätten dortbleiben sollen.«

Sie schickte sich an, die Tür wieder zu schließen. »Bitte, Mrs. Green.« Laura war verzweifelt. »Ich bin gekommen, um mich zu entschuldigen. Ich weiß, dass nichts Andrews Tod wiedergutmachen kann, aber …« Sie stockte kurz. »Aber ich habe jetzt selbst einen kleinen Sohn, und ich glaube, ich kann zum ersten Mal verstehen, was Sie durchgemacht haben.«

Es entstand eine Pause. Dann wurde die Tür ein Stück weiter geöffnet. »Niemand kann jemals ahnen, was ich durchgemacht habe.« Die Frau musterte sie von oben bis unten. »Sie sind also jetzt selbst Mutter? Das ändert die Sache ein wenig. Kommen Sie herein.«

Sie führte Laura durch eine moderne Glastür in ein offenes Wohnzimmer. Laura erinnerte sich daran, als wäre es gestern gewesen. Das Zimmer hatte sich nicht verändert! Ein Symbol für die Neunziger, als wäre die Zeit nach dem Unfall stehen geblieben. Rechts stand das Klavier. Der altmodische Fernseher in der Ecke. Die Ledercouch, auf der sie und Peter herumgeknutscht hatten.

»Setzen Sie sich.«

Sie hatte keine andere Wahl, als denselben Platz einzunehmen, auf dem sie das Geräusch oben in Andrews Zimmer ignoriert hatte. Wäre sie damals doch nur aufgestanden, dann wäre das Leben für sie alle ein ganz anderes gewesen.

»Ich wollte nur sagen …«

»Nein.« Mrs. Green unterbrach sie. »Ich würde gerne zuerst reden, wenn es Ihnen nichts ausmacht. Im Grunde bin ich froh, dass Sie gekommen sind. Sie ahnen ja nicht, wie viele Jahre ich auf diesen Tag gewartet habe. Ich nehme an, Sie haben es bereits gehört.«

»Was gehört?«

»Mein Mann oder, besser gesagt, mein erster Mann, ist letzten Monat gestorben.«

»Das tut mir leid.«

Mrs. Green nickte. »Danke. Wissen Sie, warum wir uns damals scheiden ließen?«

Laura spürte, dass ihre Stimme bebte. »Wegen Andrew?«

»Ja. Aber nicht aus den Gründen, die Sie vermuten.«

»Ich verstehe nicht.«

»In der Woche vor … bevor es passierte, haben wir Andrew schon einmal dabei erwischt, dass er versuchte, aus dem Fenster zu klettern. Er hat sich auch da schon in dieser verdammten Jalousieschnur verheddert. Mein Mann wollte gleich am nächsten Tag Vorkehrungen dagegen treffen. Aber das hat er nicht getan. Zu beschäftigt. Zu beschäftigt mit dieser Frau im Büro. Aber das habe ich erst später erfahren.«

Laura stockte der Atem. »Aber das haben Sie bei der gerichtlichen Untersuchung nicht gesagt.«

»Nein.« Mrs. Green stand auf und durchquerte den Raum zu der Fotografie eines lächelnden Jungen, die auf dem Kaminsims stand. »Mein Mann hat mich angefleht, es nicht zu erwähnen.«

»Trotzdem hätte ich sofort hochgehen sollen, als ich dieses Geräusch gehört habe.«

»Ja.« Mrs. Greens Augen hefteten sich auf sie. »Ja, das hätten Sie tun sollen. Aber hätte Ray die Jalousie repariert, würde Andrew heute noch leben. Es war also nicht allein Ihre Schuld.«

Laura stand auf und ging zu ihr hinüber. Instinktiv nahm sie die Frau in den Arm und drückte sie. »Es tut mir so leid«, schniefte sie. »So entsetzlich leid.«

Für ein paar Minuten standen beide Frauen in stummer Umarmung da. Dann brach Mrs. Green das Schweigen. So leise, dass Laura sie bitten musste, es zu wiederholen.

»Wie heißt er, Ihr kleiner Sohn?«

»Jacob.«

Sie spürte ein Nicken. »Ein guter Name. Ein guter, kraftvoller Name.«

Dann hob sie den Kopf zu Laura. »Ich verzeihe Ihnen, Katy Cook oder wie auch immer Sie sich jetzt nennen. Ich für mich persönlich habe Ihnen vergeben. Weil Sie vielleicht eines Tages dasselbe für jemand anders tun müssen.«

»Mama! Mama!«

Jacobs beharrliche Kinderstimme holte sie zurück in die Gegenwart. Er klammerte sich nun an dem Ast fest und grinste sie im Stehen an. Es könnte nun jeden Augenblick passieren, hatte die Familienhebamme gesagt, dass er anfing zu laufen. Und dann würde er bald mit Lauras Patentochter Daisy um die Wette rennen, die inzwischen schneller war als Krissie.

Noch etwas war passiert. Laura hatte Krissie über ihren Werdegang aufgeklärt, über den wahren Grund für ihren Schulwechsel und darüber, dass sie früher einen anderen Namen trug. »Ich habe mich schon gewundert«, hatte ihre Freundin erwidert und sie fest umarmt. »Du hast dich über deine

Vergangenheit immer ziemlich bedeckt gehalten. Ich sehe, es verfolgt dich immer noch, Laura. Aber Charles hat recht. Du musst es endlich hinter dir lassen. Wenn du immer wieder zurückblickst, hilft das niemandem.«

Die Erleichterung darüber, die sie auch bereits empfunden hatte, nachdem sie Charles die Wahrheit offenbart hatte, verwandelte Laura in einen anderen Menschen. Sie würde sich nie ganz verzeihen für das, was sie getan hatte, aber nun konnte sie den nächsten Schritt machen und in der Gewissheit, dass sie nichts mehr zu verbergen hatte, wirklich sie selbst sein.

Es hatte weitere Veränderungen gegeben. Mollys Mutter war inzwischen in einer sogenannten »Sicherungsverwahrung für psychisch Auffällige«, aber laut Molly kam sie dort gut zurecht. Molly schien ebenso eine Last von den Schultern gefallen zu sein. Sie hatte ihren Laden auf Vordermann gebracht, sodass die Schaufenster nun funkelten und die frühen Sommertouristen tatsächlich sehen konnten, was sich hinter diesen ehemals verstaubten Scheiben verbarg. »Letzte Woche habe ich zum ersten Mal überhaupt Gewinn gemacht«, erzählte sie Laura. »Es ist, als wäre dieser Fluch von unserer Familie abgefallen, nachdem nun jeder die Wahrheit kennt.«

Laura konnte das verstehen. Im Gegensatz zu Mollys Befürchtungen hatte sich Seamouth freundlich und verständnisvoll gezeigt, als Simons Zeitung den Bericht über Mary Rose veröffentlichte. Die Geschichte über Lauras zu Unrecht verurteilte Vorfahrin und die arme einfältige Annie, die es in ihrer Angst zugelassen hatte, dass Mary Rose für einen niemals begangenen Kindesmord schuldig gesprochen wurde, erregte nicht nur bei den Einheimischen Aufmerksamkeit, sondern landesweit.

Ein Postsack voller Zuschriften war eingetroffen, darunter ein Brief auf recht edlem geprägtem Papier von einem Mann namens Hugo Romer. Offenbar war er im Besitz von Briefen, die von einer seiner Vorfahrinnen stammten. *»Ich glaube, sie war mit Ihrer Mary Rose bekannt«*, schrieb er in einer spinnenartigen Tintenschrift von einer schottischen Adresse, *»und hatte einen entscheidenden Anteil daran, dass dieser der Galgen erspart blieb. Dem Vernehmen nach war Lady Romer ein munterer alter Hase, im Gegensatz zu ihrem Sohn, der das Familienvermögen verspielte. Ich glaube, es gab auch das Gerücht, dass er über Jahre eine Affäre mit einer verheirateten Marchmont hatte, einer gebürtigen Französin. Lassen Sie mich wissen, ob Sie an einem Treffen irgendwann einmal interessiert sind.«*

Wie unglaublich. Wie klein die Welt doch war. Und was für eine riesige Geschichte! Laura war sogar von einer Filmproduzentin kontaktiert worden, die mit ihr über eine Verfilmung sprechen wollte. »Tolle Story«, hatte die Frau am Telefon geschwärmt, als sie aus Los Angeles anrief. »Damals ist so vieles passiert, das würde es heute gar nicht mehr geben, finden Sie nicht auch? Wer weiß schon, ob der kleine Ralph tatsächlich an dieser Herzschwäche starb, die in Ihrer Familie vorkommt? Damals hatte man noch nicht das medizinische Know-how, um das festzustellen, nicht wahr? Übrigens, es kann sein, dass wir das im Drehbuch ändern.«

Die Frau redete, als hätte sie die Rechte bereits gekauft. »Tut mir leid«, sagte Laura entschlossen. »Ich bin nicht interessiert. Außerdem habe ich schon jemanden autorisiert, ein Buch darüber zu schreiben.«

Die Filmproduzentin war enttäuscht gewesen und hatte ihr eine lächerlich hohe Summe geboten, falls sie es sich anders überlegte. Aber Laura war entschlossen. Es war nun *ihre* Geschichte – ihre und Mollys. Irgendwie hatte Lauras Herz sich im Laufe der Monate für die ältere Frau in ihrer Misere erweicht. Es konnte nicht einfach gewesen sein, mit einer psychisch kranken Mutter zusammenzuleben, die davon überzeugt war, dass die Vergangenheit die Zukunft bestimmte. Gemeinsam hatten Laura und Molly sich darauf geeinigt, dass Simon die Geschichte zu Papier bringen durfte – er hatte bereits einen Verlag gefunden, der sich sehr stark für sein Projekt interessierte.

»Tausend Dank«, hatte Krissie gesagt und die Arme um Lauras Hals geschlungen. »Ich kann dir gar nicht beschreiben, was das für uns bedeutet. Ich wollte nichts sagen, aber seit Daisy auf der Welt ist, haben wir wirklich finanziell zu kämpfen. Selbst wenn ich wieder unterrichten würde, könnten wir uns keine Kinderbetreuung leisten, und wenn ich ehrlich bin, möchte ich lieber zu Hause bei meinem Kind bleiben.«

Laura wusste genau, was ihre Freundin meinte. Seit diesem schrecklichen Tag, als sie und Charles geglaubt hatten, sie hätten Jacob verloren, schätzte sie jeden wachen Moment mit ihrem Sohn. Aber gleichzeitig hatte das Geständnis der einfältigen Annie ihr diese furchtbare, quälende Angst genommen, dass überall Unheil lauern könnte. Während sie nun beobachtete, wie ihr Sohn auf seinen gepolsterten kleinen Hintern in den Rasen plumpste und sich dann wieder hochstemmte, entschlossen, den nächsten taumelnden Schritt zu machen, spürte sie eher Stolz als Panik. Sie würden schon ans Ziel gelangen. Langsam, aber sicher würden sie ans Ziel gelangen.

62

Dann kam eine Neuigkeit, die sie alle wieder aufzurütteln drohte. »Hast du schon das mit dem Pflegezentrum gehört?«, fragte Audrey, als sie in der folgenden Woche draußen saßen. Laura arbeitete an einer Skizze, während Audrey Erbsen pulte. Sie saßen oft zusammen im Garten, seit das Wetter so schön war, und erfreuten sich an den herrlichen Blumenrabatten, den warmen Steinmauern und dem sanften Schatten der Eiche über ihnen. Jacob lag auf einer Decke und hielt sein Nachmittagsschläfchen.

»Nein. Was denn?«

»Es schließt nun definitiv in sechs Monaten.«

»Das tut mir so leid.«

»Wir wussten ja, dass es so kommen würde. Die Frage war eher, wann als ob.«

Das Pflegezentrum, wie Audrey oft sagte, war Dereks Rettungsanker. Und auch ihrer, vor allem weil sich der geistige Zustand ihres Bruders immer mehr verschlechterte. Laura hatte eine Weile gebraucht, um Audrey davon zu überzeugen, dass sie Derek keine Vorwürfe machte für seinen Part in dem von seiner Busenfreundin, Mollys Mutter, angezettelten Versteckspiel um Jacob. Aber sie wusste, wie hart es nun für Audrey war, auf Derek aufzupassen. Er war wie ein großes unberechenbares Kind.

»Wie willst du zurechtkommen?«

»Es wird schon irgendwie gehen.« Audreys Miene war gespielt heiter. »Derek würde es widerstreben, in ein Heim zu ziehen. Vorerst jedenfalls. Wir schaffen das schon. Es wird sich irgendetwas ergeben.«

Hatte sie recht? Laura ließ einen Moment lang ihren Skizzenblock sinken und schloss die Augen, während sie die frische salzhaltige Luft einatmete und dem Geräusch der Wellen lauschte, die unten jenseits der Gartenmauer gegen den Felsen schlugen. Das war noch so eine eigenartige Sache. Seit dem Erscheinen von Simons Artikel über Mary Rose' Unschuld herrschte hier in Bay View Heights ein deutlich spürbarer Frieden.

Es war fast, als hätte Mary Rose' Geist sich erlaubt, in der Gewissheit Ruhe zu finden, dass die Botschaft auf den Sticktüchern sich schließlich in der ganzen Welt verbreitet hatte. Dieser Frieden war nicht nur auf Laura übergegangen. Auch die Mädchen waren nun viel netter zu ihr, obwohl das vielmehr daran lag, wie Charles sagte, dass die Vorstellung, ihren kleinen Bruder zu verlieren, ihnen eine Heidenangst eingejagt hatte.

»Sie lieben ihn«, hatte er in jenen ersten Tagen nach Jacobs Rettung erklärt, als sie immer noch tief erschüttert von dem, was hätte sein können, waren … »Sie lieben ihn wirklich.«

Während Laura und Audrey nun im Garten saßen und beobachteten, wie Jacob sich einmal mehr an dem niederen Ast hochstemmte, hörten sie einen Wagen, der mit quietschenden Reifen vor dem Haus hielt. »Eloise, nehme ich an«, sagte Audrey und zog die Augenbrauen hoch.

Laura nickte. »Mir gefällt ihr Fahrstil nicht, aber was soll ich machen? Sie hat ihre Prüfung bestanden, und nun chauffiert sie all ihre Freundinnen durch die Gegend.«

»Hi!« Eine Schar Mädchen strömte in den Garten mit verboten kurzen Miniröcken und tollen Beinen, sodass Laura sich pummelig vorkam, obwohl sie einen guten Teil ihrer Schwangerschaftspfunde schon wieder losgeworden war. »Ich bin ganz vernarrt in deinen kleinen Bruder, Ellie«, sagte eins der Mädchen, dessen Make-up so perfekt war, dass Lauras flüchtige Wimperntuscheschicht und der Tupfer Lipgloss im Vergleich dazu erbärmlich amateurhaft aussahen.

Ellies kleiner Bruder! Wie sich die Dinge geändert hatten! Statt Jacob als einen Rivalen zu betrachten, präsentierten Eloise und Hannah ihn wie eine Trophäe ihren Freundinnen, deren Mütter aus dem Stadium des Kinderkriegens längst heraus waren. Es verging kaum ein Tag, an dem eine der Schwestern oder beide nach der Schule nicht einen ständigen Strom von Freundinnen mitbrachten, um den kleinen Jacob zu bewundern oder um ihre Hausaufgaben am Strand zu machen, obwohl Laura vermutete, dass es den Mädchen eher darum ging, den gut aussehenden Rettungsschwimmer zu beobachten, der als angehender Student in Seamouth jobbte.

Mittlerweile war das Mädchen, das wie ein Model geschminkt war, in die Hocke gegangen und kitzelte Jacob in der Handfläche. Dieser öffnete lachend den kleinen Mund und ließ dabei etwas Weißes aufblitzen, das Laura vorher nicht wahrgenommen hatte. »Ein neuer Zahn!«, japste Hannah. »Er hat noch einen bekommen!«

Das war also der Grund, warum Jacob in der letzten Zeit so quengelig gewesen war und nicht richtig essen wollte. Laura konnte nicht viel von ihm sehen, weil alle Mädchen sich mit lauten Oohs und Aahs um ihn scharten. Gleich darauf fühlte sie etwas Zartes auf ihrer Wange. Himmel! Eloise hatte ihr gerade ein Küsschen gegeben und machte nun einen äußerst verlegenen Eindruck, während sie sich wieder entfernte.

Vor einem Jahr wäre Laura völlig verblüfft gewesen über dieses Verhalten. Aber die Tragödie um Jacob hatte sie alle einander nähergebracht, besonders nachdem Laura den Mädchen erklärt hatte, dass sie sie nicht dafür verantwortlich machte, was hätte passieren können. »Es tut uns leid, dass wir so grässlich zu dir waren«, hatte Hannah gesagt, und Eloise hatte genickt. Natürlich herrschte bei ihnen nicht nur Friede, Freude, Eierkuchen. Es gab immer noch die üblichen Familienreibereien – um den Wagen zum Beispiel –, aber genau darum handelte es sich, wie Charles sagte, um kleine Reibereien, die in jeder Familie zum Alltag gehörten und davon zeugten, dass sie endlich tatsächlich eine Familie waren.

Allerdings wären sie womöglich nie so weit gekommen, wenn Laura und Charles sich nicht ausgesprochen hätten. »Du hast recht«, hatte er eingeräumt. »Ich bin mit den Mädchen zu nachsichtig.« Dann hatte er beide Hände in die Hüften gestemmt wie damals, als er ihr zum ersten Mal in der Kunstgalerie aufgefallen war, und ihr ein schiefes Lächeln geschenkt, das sein Gesicht zu einem wunderbaren Geflecht aus freundlichen Fältchen zerknitterte, sodass sie das Bedürfnis hatte, es mit zarten Küssen zu bedecken.

»Aber seit der Scheidung habe ich große Angst, die beiden zu verlieren. Ich befinde mich in einer Situation, in der ich nicht gewinnen kann. Du verstehst das, nicht wahr? Die Mädchen leben bei ihrer Mutter, und wenn ich zu oft mit ihnen schimpfe, könnten sie einfach sagen, dass sie mich nicht mehr sehen wollen.«

»Trotzdem darfst du dich nicht erpressen lassen.« Sie hatte seine großen Hände genommen und festgehalten, gespürt, wie sie sich beschützend um ihre legten. »Ist das der Grund, warum du es hingenommen hast, dass sie meine Vorgängerinnen sabotierten?«

Er hatte genickt. »Hannah hat einer ein Kleid zerschnitten, und Eloise ließ den Autoschlüssel einer anderen verschwinden. Sie fuhr einen BMW, wenn ich mich recht erinnere.« Er grinste reumütig. »Sie hatte ihren Zweitschlüssel verloren, und es hat ein Vermögen gekostet, Ersatz zu beschaffen.«

Es war ein kurzes Schweigen entstanden, bevor Laura in schallendes Gelächter ausbrach. »Das muss man den beiden lassen: Sie müssen ihren Vater sehr lieben.«

Für einen Augenblick hatte sie diesen jungenhaften Ausdruck in seinem Gesicht wahrgenommen, der so sehr im Widerspruch zu seiner kräftigen Gestalt stand. »Denkst du?«

Sie hatte genickt. »Sie haben großes Glück, dass sie dich haben.«

Danach schien die Luft zwischen ihnen geklärt zu sein, nicht nur, weil die Mädchen sie nun offenbar akzeptierten, sondern auch, weil Laura und Charles sich nach einem eher turbulenten Start immer besser aneinander gewöhnten. Er hatte gelernt, dass sie es hasste, wenn sie beim Zeichnen gestört wurde. Sie für ihren Teil sah ein, dass er hin und wieder allein Zeit mit seinen Töchtern verbringen musste.

Zudem war Laura beruflich kürzergetreten und hatte sich bereit erklärt, nur noch eine Illustration im Monat für den Verlag anzufertigen, was ihr den Druck nahm. Wenn sie arbeitete, passte Audrey im Zimmer nebenan auf Jacob auf, während Derek in der Tagespflege war. Das würde sich nun bald ändern, wurde Laura mit Schreck bewusst. Vielleicht würde sie sich in der Stadt nach einer Kinderbetreuung umsehen müssen.

»Kannst du mir das nicht beibringen?«, fragte Hannah nun, während sie von oben auf Lauras Tuschezeichnung einer wilden Artischocke blickte, deren lila Blüten und grüne Blätter aus dem Pergamentpapier hervorsprangen.

Laura hob den Kopf. Das Interesse in Hannahs Gesicht wirkte aufrichtig. »Wenn du möchtest.«

Eine von Hannahs Freundinnen ließ sich neben ihnen ins Gras plumpsen und pflückte gedankenverloren Gänseblümchen, um daraus eine Kette zu machen. »Sie könnten uns ein Bild malen für dieses doofe Schulprojekt, das wir machen müssen.«

»Worum geht es denn?«, fragte Audrey eifrig. Laura lächelte still. Ihre Freundin liebte alles, was sich nach einem Projekt anhörte.

»Wir sollen was mit Kunst machen, um Geld für einen wohltätigen Zweck zu sammeln«, antwortete Hannahs Freundin, die, wie Laura bemerkte, einen kleinen blauen Stein in der Nase trug, genau so einen, wie Hannah unbedingt haben wollte. »Es muss etwas zum Thema Familie sein.« Sie seufzte. »Voll langweilig. Und unsere Lehrerin will unsere Beiträge hinterher ausstellen. Wenn wir also Schrott fabrizieren, werden es alle sehen! Wie uncool ist das denn?«

Etwas zum Thema Familie? Laura blickte Audrey an und sah, dass sie dieselbe Idee hatte. »Das unvollendete Sticktuch«, sagte sie leise, und Audrey nickte.

»Meinst du etwa den bestickten Lappen, den dir diese schräge Alte aus dem Antiquitätenladen geschenkt hat?«, fragte Eloise scharf.

Laura nickte. »Wie wäre es, wenn ihr beide mir helft, das Sticktuch zu vollenden, statt für euer Schulprojekt ein Bild zu malen? Ich bin nicht so gut im Sticken, aber …«

»Ich schon!« Hannahs Augen glänzten. »Mum hat es mir gezeigt. Ich mache meine Namensbänder immer selbst, weil Mum dafür keine Geduld hat.«

Laura spürte insgeheim Mitleid mit Stephanie, die ihr nach Jacobs Rettung eine ziemlich nette Karte geschickt hatte. Laura hatte daraufhin ihren Mut zusammengenommen und Charles' Exfrau angerufen, um ihr vorzuschlagen, gemeinsam einen Kaffee trinken zu gehen. Zu ihrer Überraschung hatte Stephanie eingewilligt. Das Treffen war leicht angespannt verlaufen, aber es hatte definitiv geholfen. »Ich würde mich freuen, wenn wir Freundinnen werden könnten«, hatte Laura gesagt, worauf Stephanie ihr einen *Machst-du-Witze?*-Blick zugeworfen hatte.

»Verstehen Sie mich nicht falsch, Laura. Ich bin froh, dass Sie Ihr Kind wiederhaben. Trotzdem ist es für keine Frau leicht, mit anzusehen, dass ihr Exmann eine neue Familie gründet.«

»Aber Sie haben *ihn* verlassen!«

Stephanie hatte ihre glänzenden Lippen geschürzt, die aussahen, als wären sie professionell geschminkt worden. »Das spielt keine Rolle. Ich kann das nicht logisch erklären. Wenn Sie eines Tages in meine Situation kommen, werden Sie das verstehen.«

In Stephanies Situation? Nein. Dazu würde es nie kommen. Sie und Charles würden für immer zusammenbleiben. Das wusste Laura. Was seine Töchter betraf, so hatte sie nicht die Absicht, deren Mutter zu spielen. Aber sie konnte versuchen, eine gute Stiefmutter zu sein. Und das gemeinsame Projekt mit dem unvollendeten Sticktuch wäre vielleicht der erste Schritt dazu.

»Ich gehe mal kurz ins Haus, um es zu holen, ja?«, sagte Laura, während sie sich wieder auf die Gegenwart konzentrierte. »Dann können wir es uns noch mal anschauen.« Sie stand auf, genau wie ihr Sohn, aber dieses Mal blieb er stehen. »Seht mal«, flüsterte Hannah und zeigte auf Jacob. »Seht!«

Ja! Jacob machte seinen ersten Schritt. Dann den zweiten. Und dann … »Schon gut«, rief Laura, als die Mädchen zu ihm eilten. »Es ist ihm nichts passiert. Seht ihr, er lacht!«

Und so fing es an. Glücklicherweise musste das Projekt erst im September fertig sein, was ihnen die ganzen Sommerferien Zeit gab, um an dem Sticktuch zu arbeiten. Es war nicht einfach, weil sie das richtige Garn finden mussten, das zu den Originalfarben passte, aber die nette Expertin für Sticktücher, die Laura schon einmal weitergeholfen hatte, gab ihnen wertvolle Tipps, wo sie Seidenbänder kaufen konnten und wie man die Fasern trennen musste, um die richtige Fadenbreite zu erhalten. Außerdem erklärte sie ihnen, wie sie sich an dem Leinengewebe orientieren konnten, um ihre Stiche nach der Vorlage zu setzen, die Laura skizziert hatte. Und die Expertin machte den Vorschlag, zum Schluss die verblasste, einst kirschrote Schleife einzuarbeiten, die in das Originaltuch eingewickelt gewesen war. »Man kann nie wissen«, sagte sie. »Die Schleife könnte für Ihre Mary Rose von Bedeutung gewesen sein.«

Aber das Beste daran war, dass das gemeinsame Projekt Laura und ihre Stieftöchter einander tatsächlich näherbrachte. »Wie kommt ihr voran?«, fragte Charles, wenn er von der Arbeit nach Hause kam und »seine Mädchen«, wie er sie nannte, über den Stickrahmen gebeugt antraf. »Wow! Das geht ja richtig flott.«

»Hannahs Stiche sind nicht so ordentlich wie meine«, brummte Eloise dann. »Sie verschandelt meine ganze Arbeit.«

»Tu ich nicht!« Hannah verpasste ihrer Schwester einen heftigen Stoß mit dem Ellenbogen, woraufhin Eloise sie zwickte. »Geh da weg, Ellie. Das ist nicht dein Stück. Wir haben uns darauf geeinigt, dass ich den Stechpalmenstrauch mache.«

»Warum machst du nicht die linke Seite von dem Strauch, und Eloise macht die rechte?«, schlug Laura vor.

»Nein!«, widersprach ihre ältere Stieftochter laut.

Laura biss die Zähne zusammen. »Ich dachte, das wäre gerecht.«

»Ist es auch. Das Nein bezog sich auf das Eloise.« Das Mädchen errötete und wandte den Blick ab, als wäre es verlegen. »Du kannst mich jetzt Ellie nennen. Wenn du willst.«

Laura hätte sie am liebsten in den Arm genommen, aber sie hatte gelernt, die Dinge langsam angehen zu lassen. Es war für die Mädchen bestimmt nicht einfach. Jede Zuneigungsbekundung für Laura musste in ihren Köpfen ein Symbol der Illoyalität gegenüber ihrer leiblichen Mutter sein. Deshalb war das »Ellie-Angebot« ein echter Durchbruch. »Danke«, sagte sie leise. »Das nehme ich gerne an.«

In der Zwischenzeit hatten sie und Charles beschlossen, Shellscape doch nicht zu verkaufen. Zu dieser Entscheidung waren sie unabhängig voneinander gelangt.

»Es fühlt sich jetzt richtig an, dass wir hierbleiben«, sagte Laura später am Tag, nachdem Audrey in ihre Wohnung zurückgekehrt war und Eloise ihre Freundinnen nach Hause brachte. Laura und Charles saßen auf der Terrasse und stießen mit einer neuen Flasche Pimms auf Jacobs erste Schritte an, während sie den Sonnenuntergang beobachteten. »Diese seltsamen Schwingungen, die ich vorher empfangen habe, spüre ich nun nicht mehr. Es ist alles gut.«

Charles ergriff ihre Hand und streichelte sie auf diese Art, die ihr immer noch vor Verlangen eine Gänsehaut verursachte. »Lust, heute früh ins Bett zu gehen?«, fragte er und liebkoste ihren Nacken.

»Klingt perfekt.« Sie vergrub das Gesicht an seiner warmen Haut. »Warum nicht sofort?«

63

»Habt ihr eure Deadline geschafft?«, fragte Jane, während sie an einem zauberhaft sonnigen Morgen im September über die Strandpromenade joggten, und der feuchte Sand mit dieser neuen Nässe der einsetzenden Ebbe glitzerte. Laura liebte den Strand, wenn er so aussah: eine taufrische Leinwand, bereit, die ersten Fußabdrücke und Reifenspuren des Morgens zu empfangen.

Sie nickte, während sie versuchte, ihren Buggy in einer geraden Linie zu halten. »Gerade noch so!«

Vor einem Jahr bezog sich eine Deadline automatisch auf ihre Arbeit. Aber Jane – Lauras neue Freundin, die sie in der Krabbelgruppe kennengelernt hatte – meinte die Deadline für das Schulprojekt beziehungsweise, wie die Mädchen es inzwischen nannten, für das Mary-Rose-Sticktuch.

»Wir mussten praktisch die ganze Nacht durcharbeiten, damit die Mädchen es pünktlich zum ersten Tag im neuen Schuljahr abgeben konnten, aber jetzt ist es fertig.« Sie schnaufte leicht beim Laufen. »Wie sagt Charles? Es spielt keine Rolle, wenn wir nicht gewinnen. Es ist das Teamwork, das zählt.«

Jane blickte auf ihren Buggy vor sich, der zu Lauras Modell passte. »Genau. Ich finde die Idee genial. Ich muss mir auch ein Projekt überlegen für meine Stiefkinder, wenn sie zu Besuch kommen, obwohl Sticken ganz bestimmt nicht ihr Ding ist. Dann schon eher Kajakfahren, aber davor habe ich eine Todesangst! Muss an meinen Londoner Wurzeln liegen.«

»Ich liebe das Meer, aber manchmal macht es mir auch Angst«, stimmte Laura ihr zu. »Es hat die Angewohnheit, in der einen Minute völlig friedlich zu sein und in der nächsten unberechenbar. Ein bisschen wie die Mädchen … Uups. Sorry.« Laura schob ihren Buggy gerade noch rechtzeitig zur Seite, als eine Frau in einem Champneys-T-Shirt an ihnen vorbeijoggte. Ein Stück weiter konnte sie Mollys Fahrrad sehen, das am Geländer lehnte, was bedeutete, dass Molly ihre übliche Morgenrunde im Meer schwamm.

Alle hier waren so gesund! Das war ein Grund, warum Laura und Jane schon kurz nach ihrem Kennenlernen beschlossen hatten, morgens mit ihren Kindern in den Buggys gemeinsam am Meer entlangzujoggen. Die Freundinnen waren sich in vielem ähnlich. Beide waren älter als die anderen Mütter in der Gruppe, und beide waren von London hierhergezogen. »Auf diese Art kriegen wir hoffentlich unseren Schwangerschaftsspeck weg«, hatte Lauras neue Gefährtin erklärt.

Janes Freundschaft und ihre gemeinsamen Morgenrunden hatten Laura sehr dabei geholfen, sich in Seamouth einzuleben, und inzwischen, nach fast zwei Jahren, betrachtete sie es allmählich als ihr Zuhause. »Ich bin so froh, Liebes«, sagte ihre Mutter, als sie einige Wochen später zu Besuch war. »Um ehrlich zu sein, ich habe mir etwas Sorgen gemacht, als du nach Devon gezogen bist, aber ich verstehe nun, warum es dir hier so gut gefällt. Ich hätte nichts dagegen, mir hier selbst einen kleinen Bungalow zu suchen. Übrigens, kurz vor meiner Abreise habe ich einen Anruf von einem Kunsthändler erhalten, der den Zeitungsbericht gelesen hat. Ich habe keine Ahnung, wie er auf meinen Namen kam, aber er möchte gerne mit dir sprechen. Ich nehme an, wieder einer von denen, die hinter deinen Sticktüchern her sind.«

Laura hatte bereits mehrere Kaufangebote erhalten, aber alle abgelehnt. Als sie den Kunsthändler anrief, stellte sich jedoch heraus, dass er nicht an einem Kauf interessiert war. Vielmehr wollte er ihr ein Sticktuch *verkaufen*. »Ich bin auf ein Exemplar gestoßen, das genauso aussieht wie Ihre«, erklärte er. »Soll ich Ihnen ein Foto mailen?«

Zu ihrem Erstaunen entpuppte sich das besagte Exemplar als das verschollene Sticktuch aus dem Jahr 1883: das letzte fehlende Glied in ihrer ansonsten lückenlosen Sammlung.

»Woher stammt es?«, fragte sie den Anbieter, als sie sich wieder meldete.

»Von einer Wohnungsauflösung. Die Familie heißt Hasberry. Niemand weiß, wie es in ihren Besitz gelangt ist. Es gehörte einem älteren Onkel, der vor kurzem gestorben ist.«

Hasberry? War das nicht der Name der Haushälterin, die das Haushaltsbuch geführt hatte, das Audrey in der Bücherei entdeckt hatte? »Richtig«, bestätigte ihre Nachbarin, während sie mit leuchtenden Augen von ihrem Oregano aufblickte, den sie gerade umtopfte und der anscheinend »wunderbar« gegen Verdauungsprobleme half. »Vielleicht hat die Haushälterin das Sticktuch gestohlen. Oder vielleicht hatte sie auch die Anweisung, es im Gefängnis abzuholen und ihrem Herrn zu bringen. Ich habe mich immer gefragt, wie die Sticktücher zu der Familie gelangt sind. Ihre Mary Rose muss sie irgendwie nach Hause geschickt haben.« Audreys Augen leuchteten wieder, aber dieses Mal lag eine Spur von Bedauern darin. »Wir werden es niemals sicher wissen, aber es kann ja nicht schaden zu spekulieren. Außerdem wäre das Stoff für ein weiteres Kapitel in dem Buch, das dein Journalist gerade schreibt, nicht wahr?«

Als Laura Charles von dem Mindestpreis erzählte, der für

das Sticktuch angesetzt worden war, stieß er einen leisen Pfiff aus. »Das ist verdammt viel Geld.«

Sie nickte. »Ich weiß, vor allem jetzt, mit unserem Abflussproblem. Hast du den letzten Kostenvoranschlag gelesen?«

Er nickte. »Aber es muss nun einmal gemacht werden. Die Kanalfirma sagt, sie kann sofort loslegen. Ich denke, wir sollten zusagen, meinst du nicht auch?«

Sie hatten den Geruch zuerst in ihrem privaten Gartenbereich wahrgenommen, schon im Sommer, aber es war schlimmer geworden. Also wandten sie sich an eine lokale Kanalfirma, die ihnen eine der Bibliothekarinnen, mittlerweile eine gute Freundin der Familie, empfohlen hatte. Die Fachleute stellten fest, dass der Geruch mit dem Teich zusammenhing, der schon vor Jahren entleert worden war. Sie vermuteten, dass es irgendwo im Garten eine versteckte Wasserquelle gab, die gefunden und trockengelegt werden musste. Je früher, desto besser.

Als Charles ein paar Tage danach früher nach Hause kam, unter dem Arm ein ziemlich großes, in braunes Papier gehülltes Paket, das er ihr mit einem Lächeln übergab, wusste sie nicht, was sie erwartete, bevor sie es auspackte. »Mein Sticktuch«, flüsterte sie. »Du hast es für mich gekauft!«

»Ich musste einfach.« Sein Gesicht strahlte über Lauras Freude. »Es ist ein einmaliges Exemplar, und es vervollständigt deine Sammlung.«

»Danke.« Sie schlang die Arme um seinen Hals. »Danke.«

»Sorry, Leute.«

Verlegen löste Laura sich von Charles, als einer der Kanalarbeiter unvermittelt vor ihnen stand. »Tut mir leid, dass ich störe, aber könnten Sie mal kurz mitkommen und sich das ansehen?«

Laura und Charles nahmen Jacob in die Mitte, obwohl er wie üblich an ihren Händen zappelte, um wegzulaufen, und folgten dem Mann in einen Bereich des Gartens, wo die Erde immer ein wenig feucht zu sein schien. Sie war nun eingesunken und enthüllte ein Loch im Boden. Ein großes Loch, das tiefer und tiefer ging bis … wow! So weit das Auge reichte! Der Gestank war *grauenhaft*!

»Das ist ein alter Brunnen.« Der Kanalarbeiter grinste. »Das Loch hätte zu einem scheußlichen Unfall führen können. Der alte Gitterrost ist nämlich nicht mehr sicher und war mit Gras zugewachsen. Da hätte jeder reinfallen können.«

Laura verstärkte ihren Griff um Jacobs kleine warme Hand bei der Vorstellung, was hätte passieren können.

»Dann hat jemand über uns gewacht«, sagte Charles ruhig und blickte sie vielsagend an. Vor einem Jahr, bevor sie die Beichte der einfältigen Annie gelesen hatte, hätte Laura den Schacht womöglich als ein weiteres Omen dafür betrachtet, dass Mary Rose es auf sie abgesehen hatte. Aber nun war sie überzeugt, dass es sich um ein Omen dafür handelte, dass ihre Ururgroßmutter auf sie aufpasste.

»Wir müssen den Schacht ausheben«, erklärte der Kanalarbeiter. »Ich schätze, da unten liegt irgendwas, das diesen Duft verursacht.«

O Gott. Laura kam der schreckliche Gedanke, dass man nie Mary Rose' Grab gefunden hatte. Angenommen, dort unten lag ihre Leiche! Laura konnte es sich vorstellen. Henry und Letitia hatten zwar den kleinen Jacob zu sich genommen, aber was, wenn sie keine Erlaubnis erhalten hatten, Mary Rose ein ordentliches Begräbnis zu geben? Schließlich war diese zu einer Zeit eine ledige Mutter gewesen, in der das ein gesellschaftliches Vergehen war …

Nach einer unruhigen Nacht, in der Laura von dem ans Fenster klopfenden Wind und von Schritten auf der Treppe merkwürdige Träume hatte, saßen sie und Audrey am nächsten

Morgen bei einer Kanne Pfefferminztee zusammen und beobachteten durch das Fenster die Männer draußen bei der Arbeit. »Du darfst nicht gleich an das Schlimmste denken, meine Liebe«, sagte Audrey und drückte tröstend ihre Hand.

Laura biss sich auf die Unterlippe. »Ich weiß, aber ich kann nichts gegen das Gefühl machen, dass es in letzter Zeit verdächtig ruhig zuging.«

»Irgendwelche Neuigkeiten?«, fragte Charles, als er von der Arbeit nach Hause kam.

Laura schüttelte den Kopf. »Nein. Sie suchen immer noch.«

Ein paar Vormittage später, als Laura mit einem müden und quengeligen Jacob von der Krabbelgruppe zurückkehrte, kam einer der Männer auf sie zu mit einem zufriedenen Ausdruck im dreckverschmierten Gesicht. »Sieht so aus, als hätten wir die Ursache für das Problem gefunden«, sagte er.

Laura bekam die Worte kaum heraus. »Was ist es?«

»Keine Leiche, falls Sie das dachten!«, sagte der Mann grinsend. »Es handelt sich um den Zulauf unten auf dem Schachtgrund, der in den alten Kalksteinbruch führt. Dieser Zulauf war verstopft, und das Wasser im Brunnen ist schließlich umgekippt.« Dann streckte er die Hand aus. »Und wir haben den hier gefunden. Er steckte in der Schlammschicht über dem Boden. Es war pures Glück, dass einer meiner Männer ihn entdeckt hat. Wir haben ihn ein bisschen sauber gemacht, damit Sie ihn sich richtig ansehen können.«

Laura blickte erstaunt auf den Ring in der schmutzigen Hand des Mannes. Was für ein herrlicher Kranz aus Rubinen, eingefasst in einen schmalen, feinen Goldring. So klein! Viel zu klein für ihre Finger.

»Sie wurden damals so klein gemacht«, sagte der Mann, als hätte er erraten, was sie gerade dachte.

»Danke.« Sie nahm den Ring, vorsichtig, damit sie ihn nicht

fallen ließ. »Vielen Dank.« Sie zögerte. Sollte sie dem Mann eine Belohnung geben?

»Wir möchten nichts dafür«, erklärte er rasch. »Der Ring gehört rechtmäßig Ihnen, da dies hier Ihr Grundstück ist. Ich schätze, jemand hat ihn vor langer Zeit weggeworfen.« Er grinste wieder. »Vielleicht aus Liebeskummer!«

»Ich weiß nicht«, sagte Laura, während sie an das Bekenntnis der einfältigen Annie dachte. Was genau hatte noch mal darin gestanden?

»Ich war derart entsetzt, dass ich, zu meiner ewigen Schande, aus dem Haus floh und durch den Garten zu dem Tor rannte, wo ich mich mit Joe verabredet hatte. Unterwegs warf ich den Ring fort. Meine Angst davor, an den Galgen zu kommen, war zu groß, um vor Gericht die Wahrheit zu sagen.«

Laura starrte auf den Kranz aus Rubinen in ihrer Handfläche. Auf der Innenseite des Rings war ein kleines Wappen eingraviert, ein Ornament um den Buchstaben M.

M für Marchmont? Laura ahnte intuitiv, dass dies hier der Ring war, der früher einmal Mary Rose' Mutter gehört hatte. Ihrer Ururururgroßmutter. Er war eine ihrer letzten Verbindungen zu Dad. Das letzte Teil in Mary Rose' Puzzle.

»Danke«, sagte sie stumm und schloss die Finger um die kühlen Steine. »Danke, dass du mich gefunden hast.«

64

»Bist du wirklich sicher, dass du das willst?«, fragte Charles, während sie auf den Beginn der Auktion warteten. Laura blickte sich in dem ziemlich eindrucksvollen Londoner Auktionssaal um, in dem alle ordentlich in Reihen saßen wie bei einem Konzert. Irgendwie hatte sie eher so etwas wie den Auktionssaal in Exeter erwartet, wo alle Schulter an Schulter standen und ihre Gebote brüllten.

»Absolut.« Sie schob ihren Arm unter seinem durch und spürte, dass seine Wärme auf sie überging. Nachdem sie den Ring hatten schätzen lassen, war Lauras erster Gedanke Derek gewesen. Das Pflegezentrum brauchte Geld, damit es gerettet werden konnte. Dies hier war sicher eine gute Möglichkeit, um all das Leid wiedergutzumachen, das der Ring im Laufe der Jahre verursacht hatte.

Charles beobachtete die Leinwand, auf der gleich das nächste Versteigerungsobjekt aufleuchten würde. »Lass uns einfach die Daumen drücken, dass wir die Summe einnehmen, die wir uns erhoffen. Gut. Wir sind dran.«

»Der Startpreis für dieses ganz besondere Objekt beträgt fünfhunderttausend Pfund«, donnerte der Auktionator, während er den Blick durch den Saal wandern ließ. »Wer bietet mir sechshunderttausend Pfund? Ja, die Dame dort hinten. Bietet jemand siebenhunderttausend?«

Verblüfft beobachtete Laura, dass die Zahl auf der Leinwand höher und höher kletterte. Das spezialisierte Auktionshaus, an das sie sich gewandt hatten, war nach der Begutachtung sehr euphorisch gewesen und hatte »ein gewaltiges Interesse« prophezeit, aber mit einer so hohen Summe hatte Laura nicht gerechnet.

»Verkauft für eins Komma acht Millionen Pfund«, erklärte der Auktionator entschieden, während er den Hammer niederlegte.

Laura schnappte nach Luft. »Dir ist bewusst«, sagte Charles leise, »dass wir mit dieser Summe locker unsere Hypothek tilgen könnten, oder?«

Sie nickte. »Aber ich habe mich anders entschieden. Für alle, die auf das Pflegezentrum angewiesen sind, zur Erinnerung an Dad und Mary Rose und den ersten Jacob.«

Er erwiderte verständnisvoll ihren Blick. »Ich weiß. Und genau darum liebe ich dich. Wirst du es Audrey beibringen, oder soll ich das machen?«

Ihre Freundin konnte es nicht fassen! »Du willst die ganze Summe für das Pflegezentrum spenden? Das ist unglaublich.« Ihre Augen füllten sich mit Tränen. »Das bedeutet, dass der Betrieb dort weiterlaufen kann – und die leisten wirklich großartige Arbeit.«

»Ich weiß. Autsch, Jacob. Lass das.« Nur mit Mühe konnte Laura ihren Sohn zurückhalten, der darauf brannte, durch den Garten zu stürmen. Er liebte es, draußen zu sein. Es war beinahe, als hätte er sein ganzes Leben im Garten verbracht. Während er nun zu dem Apfelbaum hinüberrannte, um an dem unteren Ast zu schaukeln, übergab sie Audrey den Scheck. »Er ist auf das Pflegezentrum ausgestellt.«

Audrey nahm ihn mit zitternder Hand entgegen. »Ich möchte, dass du ihnen den Scheck persönlich überreichst, meine Liebe. Du hast keine Vorstellung, wie viel mir das bedeutet. Wie kann ich dir jemals danken?«

»Tatsächlich«, begann Laura, »gibt es da etwas.«

Und während Audrey zuhörte, nickte sie zustimmend mit dem Kopf. »Das klingt sehr angemessen, meine Liebe. In der Tat, sehr angemessen.«

Achtzehn Monate später

»Wie manche von Ihnen wissen werden«, sagte Laura, an ein Meer von Gesichtern gewandt, »lebte meine Ururgroßmutter Mary Rose Marchmont früher in dieser Stadt. Mit siebzehn Jahren wurde sie eines Mordes beschuldigt, den sie nicht begangen hat, und für zwanzig Jahre in den Kerker gesteckt. Kurz nach ihrer Entlassung verstarb sie. Aber sie hat ein Vermächtnis hinterlassen! Einen Sohn, der mein Urgroßvater war, und einen Ring, der rechtmäßig ihm hätte gehören müssen.«

Sie blickte hinunter zu Molly, die lächelnd im Publikum saß. Es war Molly, die sie überzeugt hatte, die Sticktücher zu verkaufen statt des Rings. »Er muss in der Familie bleiben«, hatte sie beharrt. »Nennen Sie mich abergläubisch, wenn Sie wollen. Aber wenn Sie den Ring behalten, wird das Leben es gut mit Ihnen meinen. Und auch mit uns. Das spüre ich in meinen Knochen. Vielleicht hat Ihr Mann Sie in diesen Teil der Welt gelotst, damit der Ring Sie finden konnte.«

Insgeheim hatte Laura sich das bereits selbst gefragt. »Warum verkaufen Sie stattdessen nicht lieber die Sticktücher?«, hatte Molly weiter gesagt. »Sie haben ihren Part erfüllt und ihre geheime Botschaft verkündet. Ich schätze, die sind ein hübsches Sümmchen wert!«

In der Tat. Nicht einem britischen Sammler, sondern einem

amerikanischen Museum, dessen Hauptstifter Wurzeln in Devon hatte. Ja! Es war zwar hart zu sehen, wie die Sammlung abgeholt wurde, aber die Erleichterung in Audreys Gesicht und auch in Mollys war es das wert, ganz zu schweigen von all den Altenpflegern in der Stadt. Außerdem fühlte es sich richtig an, dem Ort etwas zurückzugeben, der ihr ein neues Leben geschenkt hatte.

Nun, während sie sich an die Menge vor ihr wandte, spürte Laura einen wohligen Schauer. Die Gewissheit, dass sie das Richtige getan hatte.

»Wir müssen die Vergangenheit ruhen lassen«, fuhr sie fort, während sie ihre Stimme über das Mikrofon hörte. »Anderenfalls kehrt sie zurück, um uns heimzusuchen. Heute machen wir den nächsten Schritt. Es ist mir daher eine große Freude, das neue Mary-Rose-Marchmont-Pflegezentrum zu eröffnen, und ich hoffe, es wird jedem, der es nutzt, Trost, Erleichterung und Zufriedenheit bringen.«

Das Publikum brach in tosenden Applaus aus, auch ihr Sohn, der zwischen Charles und den Mädchen begeistert auf und ab hüpfte. Instinktiv berührte Laura den exquisiten Rubinring, den sie nun jeden Tag an einer Goldkette zur sicheren Aufbewahrung um den Hals trug.

Dann, plötzlich, entdeckte sie einen wunderschönen Schmetterling! Einen Kohlweißling, der unter der Decke umherflatterte, obwohl es schon kurz vor Weihnachten war. Wie konnte das sein?

Ein paar Zuschauer hatten ihn ebenfalls bemerkt und begannen, darauf zu zeigen. Aber während sie hochstarrten und »Seht euch das an!« murmelten, machte sich in Laura ein Gefühl breit. Zunächst war es nur ein leichtes Bauchgefühl, das sich zu einer absoluten Gewissheit entwickelte, während der Schmetterling umherschwirrte und sich im Flug immer wieder fallen ließ. Das war Mary Rose. Ihre Seele war zurückgekehrt. Endlich hatte sie ihren Frieden gefunden.

Die Geschichte war an ihren Ursprung zurückgekehrt. Genau wie der Ring.

ENDE